马殿选传奇

王维胜/著

（上）

人民日报出版社

图书在版编目（CIP）数据

马殿选传奇 / 王维胜著 . —北京：人民日报出版社，2018.3
ISBN 978-7-5115-5323-2

Ⅰ.①马… Ⅱ.①王… Ⅲ.①长篇小说－中国－当代 Ⅳ.① I247.5

中国版本图书馆 CIP 数据核字（2018）第 032820 号

书　　名：	马殿选传奇
编　　者：	王维胜
出 版 人：	董　伟
责任编辑：	葛　倩
封面设计：	金刚创意
出版发行：	人民日报出版社
社　　址：	北京金台西路 2 号
邮政编码：	100733
发行热线：	（010）65369527　65369509　65369510　65369846
邮购热线：	（010）65369530　65363527
编辑热线：	（010）65363486
网　　址：	www.peopledailypress.com
经　　销：	新华书店
印　　刷：	大厂回族自治县彩虹印刷有限公司
开　　本：	710mm×1000mm　1/16
字　　数：	612 千字
印　　张：	42.75
版　　次：	2018 年 5 月第 1 版　2018 年 5 月第 1 次印刷
书　　号：	ISBN 978-7-5115-5323-2
定　　价：	88.00 元

内容简介

长篇纪实小说《马殿选传奇》以马殿选从一个洪帮首领成长为地下共产党的传奇人生为主线,讲述了清末民初主人公痛苦的人生经历,以及洪帮设香堂、立山头、打围子、搞串联、夺枪支、闹暴动的故事,多角度、全方位地描写了洪帮串联、辛亥革命、护法运动、红军过境、甘南民变、地下斗争等重大事件,通过刻画临刑越狱、暴狱造反、多方聚义、夜袭樊家岭、伏击皇后沟、活佛举义、解救帮会头子、血溅埋人沟、被戮飞机场等一系列细节,塑造了边永富、赵对儿、马有实、马殿选、任谦、王仲甲、刘鸣、刘余生、肋巴佛、马福善、肖焕章、张英杰、王德一、年单增、郭玉兰、钱平等众多鲜活的人物,表现了他们在抗日救国中英勇献身的革命精神。

作者将众多人物巧妙地融合在大事件中,情节紧凑,冲突不断,语言生动,悬念迭起,故事跌宕起伏,荡气回肠。

作者简介

王维胜，中国作家协会会员、茅盾文学奖入围作家、《老王讲故事》主讲人。

出版长篇小说《黄蜡烛》《双城》《打马走过草地》《花儿》；传记《胡廷珍传奇》；大型旅游散文集《寻古探幽览胜》；网络小说《王维胜揭秘马仲英》。曾获《小说选刊》笔会奖、黄河文学获、敦煌文艺奖等多种奖项。长篇小说《花儿》入围第九届茅盾文学奖，获第四届全国"中国大学出版社图书奖"、第六届黄河文学奖、第八届敦煌文艺奖。

上 册

序 / 1

目录 CONTENTS

第一章
哥老会施粥 / 1

第二章
边大爷遇险 / 17

第三章
后娘赵对儿 / 36

第四章
狼娃儿要油 / 53

第五章
屠药行碰壁 / 65

第六章
劝工局招工 / 78

第七章
逼走吃军粮 / 92

第八章
王阴阳传信 / 106

第九章
护法遭夭折 / 121

第十章
清洗革命党 / 134

第十一章
司令漆世昌 / 149

第十二章
穷人都喜欢 / 165

第十三章
县府办善后 / 188

第十四章
推举仁义公 / 204

第十五章
肖焕章越狱 / 222

第十六章
不给你军饷 / 239

第十七章
政帮大串联 / 254

第十八章
开山设香堂 / 264

第十九章
靳副官殉难 / 276

第二十章
衙下拉扎节 / 296

第二十一章
刘志道被捕 / 313

下 册

第二十二章
急患肠梗阻 / 323

第二十三章
收柴五百斤 / 335

第二十四章
放了第一枪 / 346

第二十五章
设计打围子 / 364

第二十六章
土匪案频发 / 379

第二十七章
苟家滩誓师 / 393

第二十八章
活佛举义旗 / 414

第二十九章
解救漆大哥 / 441

第三十章
南下找尕张 / 457

第三十一章
蒋介石调兵 / 473

第三十二章
单马度三关 / 480

目录 CONTENTS

第三十三章
清乡搜群山 / 510

第三十四章
夜阑杜鹃鸣 / 525

第三十五章
智斗盛师长 / 539

第三十六章
余生赴延安 / 560

第三十七章
重新点燃我 / 578

第三十八章
大佬的新生 / 593

第三十九章
狼少爷问路 / 605

第四十章
血泼了一炕 / 622

第四十一章
他们的后来 / 640

跋 / 666

序

飞机从北京首都机场升空,十三小时后降落纽约纽瓦克国际机场。

朱勇走出航站楼,小鲁开着他的小车在门口接机等候。他拉开车门,一屁股坐进副驾驶的位子。小鲁笑着打了招呼,他轻轻点头。车开动了,小鲁打开收音机。

朱勇大学专业是机制,工作已经四个年头了。因为英文好,又有较强的项目执行与协调能力,善于变通,晋升很快,担任了江山能源集团公司派驻美国分公司的商务总监。在美国工作的一年多时间内,他仍然保持着在车上听新闻的习惯。

收音机里传来了电台播音员醇厚的男中音:

据美国五角大楼当日证实,美军一架B-52战略轰炸机飞近中国南海岛礁,中国地面控制人员与飞机进行过联络,但轰炸机继续执行任务,没有受到阻碍。五角大楼发言人彼得·库克(Peter Cook)在新闻发布会上说"我们的B-52轰炸机经常在那一片国际空域飞行"。

收音机播完这条新闻,小鲁发现朱勇张嘴连打了几个哈欠。连续坐了十三小时的飞机,时差还没有倒过来,又马不停蹄地从曼哈顿赶往危险的布鲁克林谈项目。他休息不好,身体疲惫不堪。临近傍晚,小车驶向布鲁克林大桥。

黄昏里的布鲁克林大桥呈现出诱人的光景。微风吹来，桥下黑色的河水在桥的阴影中波光粼粼。河面上的白帆游艇，远处的自由女神像，在逆光中勾勒出一幅迷醉的剪影。每次过东河，小鲁总是放慢速度，感受一下它的雄浑、沧桑和神秘。他以为朱勇也在看风景，扭头一看，发现他已经沉入梦乡，便知趣地关掉收音机。

过了东河，就进入了布鲁克林。

这里是纽约州五大区中人口最多的一区，因为最早的殖民者——荷兰人在河边建有多个村庄，便有小荷兰之称。据说布鲁克林是美国犯罪率最高的地区，被一些人视为混乱、肮脏、罪恶的原住地。就在朱勇回国休假的前两周，布鲁克林连续发生了八起抢劫案，受害者一半为华人。小鲁在布鲁克林曾被打劫过，虽然只被抢劫了二十美元，但那次经历，在他心里留下了阴影。每次看到人高马大的荷兰人和黑人，心里不由得紧张，甚至于连这块美丽的土地，都觉得可憎。

天黑了。小车拐个弯，驶入富尔顿街。在昏暗的灯光下，房子破旧，矮小，脏乱。沿街简陋的商铺，凌乱的小店，就好像到了国内的一座破败的小县城。不时有黑人在店外叫卖，提醒着小鲁，这里是美国。而在小鲁的潜意识中，黑人似乎已经成了危险的代名词。小车在行走的黑人中间穿梭，他有点不习惯，有点无名的怯意。

小鲁想跟朱勇聊天，借以壮胆。

他扭头一看，朱勇睡着了。

朱勇在车上做起了梦。梦中他驾机升空，跟美军展开空战，他打下了两架美军B-52轰炸机。可是回头发现，一架美军F-22战斗机紧咬着他的战机，他架机向茫茫深海飞去。飞了好长时间，眼前出现了一座岛屿，他便降落到这座孤岛上。

他打开机舱门，走出驾驶室。意外地发现，一大群人端着武器，向飞机围拢而来。他以为是美军士兵，急忙寻枪。那领头的却说，不要害怕，我们不是美军！睡梦中朱勇问道："你们是谁？"领头的回答，我们是帮会的人。

朱勇的神经又绷紧了。

他下意识地想到，帮会在清末时期、民国年间，大行其道，厉害得很。旧时候举国皆知的青帮头子杜月笙、张啸林、黄金荣，利用帮会势力，网罗门徒，在上海滩翻手为云，覆手为雨。还有一个叫王亚樵的，创建了斧头帮，控制会员达十万之众。王亚樵组织铁血锄奸团，反霸除奸。他因暗杀汪精卫而轰动中外，暗杀日本侵华上海派遣军总司令白川义则，让国人拍手称快。曾经叱咤一时的斧头帮，令汉奸日寇闻风胆寒，令蒋介石、戴笠闻之色变。而毛泽东则评价帮主王亚樵："杀敌无罪，抗日有功。小节欠检点，大事不糊涂。"

周星驰主演的电影《功夫》中的帮会成员阿星，让国人从一个侧面认识了帮会组织和另类的武侠文化。

梦中朱勇问自己：帮会的人为何在这座孤岛上，他们会伤害我吗？

他还没有想出答案，一束强光从车前射进车内，小车吱的一声停了下来。

朱勇醒了，车窗两边是一片茂密的古树，那些独立的大洋房、尖顶小宅院、低矮的维多利亚式建筑，都掩映在绿荫中。透过挡风玻璃，他看到他们的小车前面，并排横着两辆跑车，都开着大灯，射出刺目的光。将他们的小车逼停在柏油路中间。

"怎么啦？"朱勇问。

小鲁仓皇地说：

"我们遇到麻烦了，可能是劫匪！"

一名身材肥胖而高大的男子从跑车上下来，走近他们的车，用手敲击车窗。

从两周前发生的八起劫案看，受害者都是在送外卖途中、步行回家的路上、公车站等车时被劫，都有一个共同点——受害者孤身一人。像这样明目张胆地拦截车辆，并不多见。美国的同事曾提醒他们，深夜尽量避免外出独行,而且不要边走边使用手机。万一出门,身上要装二十至三十美元救命钱,劫匪拿了钱就不会伤害你的性命。看来,这一切都用不上了,因为这群劫匪不仅开着红色跑车,而且都是黑帮的打扮。

车窗的敲击声越来越大,越来越猛烈。

前面并排停着的两辆车堵死了路,冲过去显然不太可能。

"怎么办?"小鲁问。

"后座有硬家伙,跟他们干一仗!"朱勇每天锻炼身体,后座上常放着一根弹力棒,一对哑铃。朱勇并不怕,他扭过身子,想攫取弹力棒。却被小鲁挡住了。小鲁小声说:"别,你看他们手里拿的,可不是球棒,那是真家伙。"

朱勇朝窗外一瞧,这群劫匪手中端着枪,感觉威力挺大,好像是冲锋枪。

他们决定服软,按照劫匪的要求顺从地拉开门,下了车。

车门两侧,各站着一个人高马大的劫匪,他们动作娴熟地用胳膊肘扼住他俩的脖颈,押着他们到前面的红色跑车旁。车门打开,他俩分别被塞进两辆车中,跑车立刻起动,加速。

劫匪用绳索捆扎住他们的手,却没有蒙他们的眼睛。车速很快,穿过布鲁克林几条棋盘似的街道,驶离市区,一头扎进了一片树林。一个多小时,车停了。

他俩被押下来,朱勇看到他的小车也停在一旁。

劫匪押着他们走进树林深处的一座楼内,周围漆黑一团,他们看不清这是什么地方。

楼内大厅宽敞明亮,墙面整洁、雪白,挂着一张大幅的彩画。画面是一个古装人物,紫色头发,黑色胡须,乍看像古巴人,细瞧又像关公。而最让人奇怪的是,彩画的下方靠墙摆着一张香案,居然供奉着一座塑像,也不知道供奉的是谁。香案前面是一张单人沙发,一个瘦小的华人老头坐在上面。老头身旁站着好几个梳着刺头,穿着黑西装,身材彪悍,脸面大块文身的持枪男子，浑身透着戾气。

看到面部文身，朱勇心中叫苦，他们这次遇到的可不是什么劫匪，而是黑帮。

他们遭绑架了。很明显，黑帮是冲着江山能源集团公司来的，他们不幸成了人质。

瘦老头轻轻挥挥手，一个大块头黑人走上来搜身，搜走了他们身上的护照、身份证，并搜走了他们身上的所有现金。哦，黑人还从朱勇身上搜走了一块玉圭。那是他奶奶马云英出国前给他的一件贵重的礼物，奶奶称之为"核迪"。朱勇问"核迪"是干什么的？奶奶上了年纪，说话啰里啰唆，说了大半天太姥爷从清朝到民国的事，朱勇听得一头雾水，还是没听明白。朱勇打断奶奶的话问，护身符吧？奶奶说，这是她父亲随身佩戴了半辈子的宝物，不仅可以驱邪免灾，在特殊时刻，有特殊的用途。

瘦老头拿起护照、身份证，看一眼上面的照片，又看一眼他们，似乎在对照检查。

"你们是江山集团的？"老头用华语问。

他俩点点头。

老头漫不经心地拿起玉圭。把玩片刻，他似乎意识到什么，手上翻动玉圭的动作顿住，低声说了句什么。敛住视线，奇怪地盯住朱勇。

"这是什么？"老头瞪大眼问。

"核迪！"朱勇想起了奶奶的话。

瘦老头突然从沙发上起身，过来亲自给朱勇解开了绳索，行拐子礼。

朱勇大感意外，却又欣喜万分。

小时候他奶奶马云英给他讲过帮会的故事，他觉得那都是古代的事，好遥远，与自己一点关系都没有。他曾经问过奶奶："假如在现实中，帮会会伤害我吗？"

奶奶肯定地回答："不会。"

朱勇问："为什么？"

奶奶说："因为你外太爷就是帮会头子，我就生活在帮会家庭，我了解他们。"

奶奶出生在临洮，那儿的人称姥爷为外爷，姥姥为外奶。奶奶的回答令朱勇吃惊。从小到大，他清楚自己的外太爷、外太奶、爷爷、奶奶都是地下共秘党，可不知道外太爷当过帮会头子。那些影视文学作品中的青洪帮，竟然就发生在自己的家庭中。

出国前他也听说美国也有帮会，未曾料想，就像时空穿越，在大洋彼岸，他居然跟帮会发生了关系。瘦老头看到玉圭，就像看到了亲人。他详细问了玉圭的来历，显得很兴奋。瘦老头不仅亲自给他松绑，归还证件钱物，而且马上安排酒宴，宽待朱勇两人。朱勇十分诧异，赶紧声明自己不是帮会成员。瘦老头笑着用华语说："我知道。但你是先辈后代，在我地盘上，让你受惊，有负前辈，我给你们压惊。"

席间，瘦老头告诉朱勇：他手上的那块"核迪"，是青洪帮大哥的秘密凭证。玉圭上写的是隐语，表明持有者的辈分。瘦老头端着酒杯说，这块玉圭应属祖爷辈了。他从怀里也掏出一块"核迪"，指给朱勇看，这一块比朱勇的小，字也少。瘦老头说，他中文名叫刘世通。这是他祖爷手上的，属小字辈。他祖爷系福建人，民国时参加洪帮，在国民党军队中做事。解放军打败国民党军后，他从大陆逃台再逃美国，在华人社区组织福清帮。祖爷老逝，他接了祖爷的衣钵，注册"堂口"，在商业圈"玩命"。

"刘伯，您为啥盯上我了？"酒过三巡，朱勇不怕瘦老头了，追问道。

"白鬼收了Williams的钱，让我们搅黄你们的项目。Williams是布鲁克林铜矿公司的小股东，他怕公司被中国江山集团购买，就没他什么事了。"瘦老头说，"不过你放心，你的'核迪'救了你。这单生意我们不做了！不仅不做，还要处处保护你们。"

此后朱勇在布鲁克林没有碰到任何麻烦，直到项目结出硕果。

回国前夕，朱勇在曼哈顿The Clam餐厅宴请了瘦老头刘世通。

回国到达兰州的第一天，朱勇向全家人兴致勃勃地说了他奇遇瘦老头的故事。为了彻底搞清楚"核迪"，他在强烈的好奇心驱使下，刨根问底地向奶奶追问外太爷过去的事。

他奶奶马云英平静地说："这没有什么大惊小怪的，任何事物，都会过去，成为历史的产物。帮会也一样。你外太爷曾经是洪帮首领，他利用这个特殊身份，为穷困百姓办过许多事情，也为共产党办过事。"

"奶奶，我记得小时候，我问起外太爷，你总是回避。因此到现在，我也不太清楚外太爷是帮会头目，你为什么要瞒着那段历史。"朱勇迟疑片刻后问。

"很多事情要看时候，不到时候，不能说的。"奶奶马云英笑道。

"比如帮会？"朱勇看着奶奶。

"是啊，对洪帮这一民间组织，在旧民主主义和新民主主义不同革命历史时期所发挥的作用，各方面一直采取低调、冷处理方式。新中国成立后，我们党从政治的高度，建立统一战线，分化改造了这一海内外具有广泛影响力的社会政治力量，最终发展成为我国政治协商制度的民主党派之一'致公党'。"虽然奶奶马云英退休多年，但她在市委部门领导岗位上工作多年，理论水平很不错。

"用现在的话说，我外太爷是帮会大佬，他干了啥？"

"你外太爷马殿选，利用洪帮大佬的特殊身份，在险恶复杂的环境中，和敌人斗智斗勇，发挥了独特的作用，为甘南事变做出了特殊的贡献。"马云英坐在沙发上，笑着说。

"奶奶，那你给我讲讲吧。"

"掐指算来，这是一百多年前的事了……"

第一章

哥老会施粥

[光绪三至四年(1877—1878),临洮灰盐市,刀砧]

 灰盐市

我奶奶马云英说——

我外太爷马殿选从九岁就跟帮会兄弟来往,可他跟帮会真正发生关系,应该说是从临洮古城灰盐市三间杂货铺开始的。灰盐市并不是一座城市,就像骡马市、粮食市、菜市一样,这里其实是一个市场。交易的只有两样东西,焚烧后的草木灰和从沟岔崖边挖掘来的土盐。人们将这两样东西买回家,调制后腌制鸡蛋或者鸭蛋,用独特的草木灰腌制出来的鸡蛋,蛋黄松嫩,蛋清脆白爽滑,很受人们的喜欢。

灰盐市在临洮古城的正南方,在城中心大什字那儿。

原来的灰盐市只是个松散的自由市场,可是随着时间的推移,人们在市场周围安家落户,形成了以市场为中心的城中村。无序的灰盐市显得零乱,而临洮古城是个很讲究的文化方城,它东、西、南、北四条大街呈丁字形摆布,四条副街与大街组成了一幅美妙的"卍"形图案,蕴含着天地轮回、万寿无疆的主题,象征着福寿吉祥。人们自然不愿意在美好的古城内出现这么一个不伦不类的城中村,衙门便开始规范、修整,

临洮东城门

经过一番整治，慢慢地跟正西的粮食市，东面的石桥新街、北面的马栏街，形成了一条商业街。

这一条商业直街，长不出一里，却是临洮城最热闹的街巷，两旁皆是连家铺，前面商铺，后面住人，整个街有五十多间铺面。后半街大都是平房，没有铺面，住的都是匠人。有修理木轮、铁轮和胶轮大车的车匠，做磨轮的轮匠，雕刻的雕花匠，打凿石磨、石碾、碌碡、柱顶石的石匠，箍桶的桶匠，钉碗匠，补锅匠，林林总总，都是下苦人的行业。与后街形成鲜明对比的是前街。前街铺面集中了吃食行的买卖，街头最前段一排两层木楼，是这条街上最阔绰的酱菜园，六间店里摆满了一色的黑釉大缸和坛子。装满了用酱油、醋、糖、盐和各种调料腌制的菜，有酱笋、酱黄瓜、醋腌蒜薹、甜萝卜干、腌豆角、什锦菜、泡菜、榨菜、糖蒜等。酱菜园还经营着酱油、陈醋、豆瓣酱、豆食、香辣酱、红豆腐等。挨着酱菜园的是糖坊，堆着做糖用的小米、苞谷等粮食作物，临街的铺子里摆着疙瘩糖、芝麻糖、灶糖等各种糖。

我外太爷马殿选帮会生涯中的杂货铺也在这条街上，紧靠着糖坊。但比糖坊小多了，只有三小间。铺子是宅子的东厢老房改建的，连个像样的门都没有，只是从厢房的后墙面开了扇窗户，卖些蓬灰、盐、调料之类的生活必需品。从杂货铺的小窗看进去，能看到里面是一个通透的小庭院，北面三间大堂屋，两边套着耳房，院中种植着花果树木，午后的阳光暖暖地洒了一院。如果不是那扇简陋的窗户，不看杂货铺里面简单的货物，很难想象里面是个大宅子。

我外太爷马殿选的祖父曾在县衙当差，买了城中心大什字北段路这座前后三进的大宅子。同治十二年，陇上变乱四起，我外太爷的祖父随清军渡过洮河平匪，战死沙场，家道逐渐中落。我外太爷的父亲我外祖爷马有实虽然是前清秀才，却淡于功名，未入宦途，以教书为业。然而清末时期，新学渐兴，送孩子上私塾的越来越少。仅靠束脩无法维持全家人生活，我外太爷的父亲我外祖爷马有实不得不放下秀才的脸面，开了杂货铺，贴补家用。

我奶奶说，光绪年间临洮古城遭受了一场史称"河湟民变"的劫难，好多人死于战乱，繁华的灰盐市连同我外祖爷这三间杂货铺，几乎成了一座废墟。城里许多人家的宅院被烧毁，只剩下几间破败的烂房，孤零零地耸立在苍凉的天空下。地上到处散落着碎石烂砖，烧焦的木料冒着黑烟。城中百姓，纷纷逃难，十室九空。

我奶奶说，在百姓最艰难的时候，城里来了一位姓边的大爷，人称边爷。

这位边爷带着一帮兄弟，携粮负薪进了城。望着一片焦土，边爷步步揪心，暗自垂泪。他吩咐随从的兄弟们："都到各处看看，城里还有什么人！"兄弟们四处散开，到废墟深处，好一会儿，带着一身黑灰聚拢到边爷身边。边爷问，你们见到了什么人？兄弟们摇头，说城里头没有一个活人，到处是死尸，有刀砍的，火烧的，惨不忍睹。边爷长叹一口气，命人将尸首就地掩埋，然后带着众人离开了满目疮痍的城西，朝城东走去。

他们走到大什字，突然从灰盐市传来一阵孩子的哭声。

边爷一惊，说走了一晌午，到处房倒屋空，路上没有人烟，这会儿总算听到人声，快去看一看，哭的是什么人，叫到我跟前，我有话要问。

兄弟们循着哭声，找到一老一少，带到边爷马前。

这两个人到了马头前，流着泪说："好汉饶命！"

边爷赶紧下马，把一老一少叫到身旁，沉痛地说："你们不用怕，我们不是土匪，快起来。"

这老的便是我外祖爷,那年他老人家的年纪不过五十,四十七八岁。我奶奶讲,我外祖爷脸色枯黄,骨瘦如柴,身材甚高,比边爷高出了半头。我外太爷只有六岁左右,生得瘦小,因为缺少吃食,脸颊有些浮肿。他们看着边爷慈眉善目,不像凶恶之人,很快镇静下来,可是两腿仍然吓得乱颤。边爷的小兄弟拍拍我外祖爷的肩膀说:"老乡,你不要害怕,我们是好人。你看,我们这位老爷穿着官服,他是部队上的大爷。"

"哎呀,大老爷在上,小民有礼了。"我外祖爷看到官服,听到老爷二字,马上趴到地上磕头行礼。

边爷慌忙下马,扶起我外祖爷。

我奶奶说,边爷并不是地方官老爷。边爷是临洮西乡的庄稼汉,小名大娃。从小跟着父亲在临洮城杀猪宰羊,从事屠宰业,典型的粗人。光绪三年(1877),刚刚二十出头的边爷参加了陕甘总督左宗棠的湘军进疆,来到了喀什噶尔。起了大名叫边永富,也像读书人一样,给自己取了字:昆山。边爷跟随湘军征战天山南北,最得意的是参加了平定阿古柏之乱的战斗,立下了战功。奶奶说,左宗棠大帅率领的湘军,多数为湖南人,军中好多中下级军官和士兵都是贫困人家的子弟,他们大都加入了洪帮。

自从在美国布鲁克林遇到过瘦老头,我对帮会产生了极大的兴趣。缠着奶奶,要她讲帮会的来源。我奶奶告诉我,洪帮起源于晚清袍哥会,与"青帮""洪门"并称为三大民间帮会组织。奉行"劫富济贫,除暴安良"的宗旨。帮会的成员主要是一些侠义之士,以及下层社会中的贫民、小手艺人、当兵的和城市中的无业游民。他们有严密的组织,成员之间讲义气、重情义,很受百姓欢迎。清同治年间,西北地区回汉大仇杀,左宗棠率兵平定叛乱后,许多西北年轻人纷纷加入了湘军,加入了洪帮,由此奠定了西北地区洪帮发展的基础。一些老湘军后来组建"舵把子",成了洪帮头目,洪帮在西北地区的影响逐渐扩大。当时,整个西北处于战乱之中,百姓生活无保障,争相"入帮进会者"甚多,人们以参加帮会后与老爷们称兄道弟、平起平坐为光荣。据估计,除军队帮会外,地方老百姓参加帮会的有百万之众。

奶奶说,边永富虽然出身屠夫,大字不识几个,却自小喜欢舞枪弄棍,崇拜英雄,洪帮很对他的胃口,对他有很强的吸引力。经人介绍,他很快成了洪帮一员。因他敢打抱不平,又善于团结,得到会员的尊敬,树立了威望,被推举为喀什噶尔洪帮首领。我奶奶说,当时俄国人占据了伊犁,英国也虎视眈眈,企图瓜分西北。大英帝国派马戛尔尼带着一些英国人驻在新疆喀什,马戛尔尼戏称边永富为"屠夫主宰喀什"。边永富当上老大后,全身心投入,上至文武官吏,下至无业游民,满、汉、维、回、哈、蒙等各个民族的贫困百姓踊跃加入,喀什洪帮迅速壮大。他也成了新疆洪帮首领,人称边爷。

2 一把大刀

边爷虽然身在关外,却心系桑梓。听说家乡遭了劫难,就带着一帮洪帮兄弟和新疆帮会捐献的钱物,到古城救援。

他早上去了西乡,沿途皆是一片焦土,不闻鸡犬之声。除了倒毙的尸体,还没有见一个活人,心情死灰一般低沉。现在碰到我外祖爷和外太爷一老一少两个大活人,自然要探问一番。

"乡亲,你别怕,你是哪里人?"

"告诉老爷,我就住在灰盐市,我叫马有实,这是我的儿子,叫马殿选。"我外祖爷说。

"刚才是谁在哭?"

"儿子饿得没办法,忍不住哭泣,惊扰了老爷。"

边永富叫手下兄弟从褡裢里取出一些干粮,递到我外祖爷马有实父子手中。我外祖爷父子已经三天没吃饭了,见了吃的,立刻狼吞虎咽起来。边永富说声慢点，不要噎着。令人拿来皮囊，取出小铜碗，倒水给他们喝。我外祖爷和外太爷二人，吃了干粮，喝了水，精神大振，又要磕头相谢，被边永富一把拉住。

"你不用磕头，只管回答我的问题就是。"边爷说。

"边爷你问，只要我知道的，点滴不漏我都告诉你。"我外祖爷感激地说。

"临洮城的人呢？"

"都逃难去了，有的跑到西番，有的跑到衙下，有的钻进南乡山林。家里的牲畜、能带走的家什，都带走了，城空了。"我外祖爷回答。

"那你怎么没跑？"

"我带着一大家子到乡下避难，可不放心城里的家，就带着儿子来看，谁料到这些土匪，连一个空庄廓都不放过，拆门卸梁，抢走了好多东西……"我外祖爷马有实一边说着，一边抬起袖子，悄悄地擦了擦眼睛。

"你带我们到你家看看。"

边永富叫我外祖爷马有实父子带路，走进了他家。

我外祖爷家一片狼藉，外院最好的房屋拆得只剩下一座空墙，像饿虎的嘴，恐怖地对着天空。二院的门窗已经拆走，屋顶上的瓦偷走了一半，一堆椽子东倒西歪地横在空地上。跨过二院，到了三院，情况稍好一些，除了满地尘土，屋子还算完整。

我外祖爷抹了一会儿泪，就将边永富请进北房。

面柜虽在，可没有一粒粮食，拿不出东西招待。我外祖爷马有实不知从何处找到藏匿的壶和几只碗，烧了一壶开水，倒在几个碗里叫大家喝。

边永富一边喝水一边问："我在新疆就听到'河湟事变'被董福祥大人平定，料想百姓遭受战火蹂躏，肯定民不聊生。可是事情过去一个多月，为什么四乡还是尸野遍地？"我外祖爷马有实虽然年纪只有四旬，却已经历过两次大劫，数次小劫，见惯了乱世，便照实说道："战乱主要在河州，可临洮也遭了大殃，土匪抢粮抢面，杀人放火，老百姓都逃了，被杀的人没人掩埋，到处都是死尸，任凭狗啃狼咬，惨呀！"边永富长叹一声。端起碗，喝一口开水，平复一下情绪，问："董宫保除暴安良，已将土匪铲除，老百姓为何还不上庄，四处逃难？"

我外祖爷马有实提起水壶，给边永富碗里添上些水，然后蹲在门槛上，慢慢腾腾地据实回答道："边爷有所不知，朝廷逢乱必剿，剿后必'办善后'。民间传说：不怕大炮吼，就怕'办善后'。这次也一样，'河湟事变'虽然平息，可也要'办善后'。好多人被捕、被杀，百姓怕受到牵连，纷纷逃难，不肯进城。"

来家乡之前，边永富听到不少乱情，但他没想到自己看到的比听到的还要严重，他的心情十分沉重。缓了片刻，边永富看着我外祖爷说："我有一件大事，需要你出来帮办，你肯不肯？"

我外祖爷马有实说："边爷有什么事，只管吩咐。"

边永富捋着胡子说道："实不相瞒，我是新疆洪帮大爷。我给你一项任务，你马上进山，去找逃难的百姓，告诉他们，我们后天在城中心施粥赈灾，凡是愿意加入洪帮的，人人有份。"

令边永富不快的是我外祖爷马有实不仅没有爽快地答应，而且轻蔑地看了他一眼，从鼻孔发出了一声哼，将头扭向一边。

"你不愿意？"边永富克制着自己的情绪。

"我不是官，可是个秀才呢。我知道，赈灾是朝廷的事，轮不到洪帮。"我外祖爷熟读四书五经，脑袋瓜子像个榆木疙瘩，吃了边爷的馍，却不肯替他办事。

"想不到你竟然是个老古董，你对朝廷那么效忠，土匪攻城时，你们秀才在哪里呢，还不是洪帮兄弟在卖命！"我外祖爷马有实的话激怒了边永富，他瞪起了眼。

"光绪二十一年乱军攻城时，我加入民团，带领一班人马登上城楼，苦守城池，保全了一方百姓。你别以为我只是个迂腐的秀才，只会拿笔，只会之乎者也,拿刀杀敌,我不会比你们洪帮差。"我外祖爷马有实昂首站起。边永富听到我外祖爷马有实的话,既好笑又可气,又觉得这书呆子傻得可爱,倔得可敬。他第一眼看到这父子的时候,他们是那么的可怜,现在突然感到眼前的这个人,身子直挺,双肩高高耸起,像一条汉子。

"朝廷给了你什么?"边爷冷笑。

"他们以为民服务有功,赏赐我一把大刀,一面金旗。"我外祖爷自豪地回答。

"我能看看吗?"边爷想不到慈眉善目的我外祖爷还会弄枪杀人,好奇心就被激发起来了,边爷提出要看看我外祖爷的家伙。

我外祖爷马有实当时迟疑不决,可他没想到,我外太爷马殿选突然从身后钻出来。

"等着,我去取!"

没等大人反应过来,我六岁的外太爷马殿选一溜烟跑出去,我外太爷不知从哪儿将两样东西拿来,摆在边永富面前。边永富看了,交口称誉,赞不绝口。边永富的赞语让我外祖爷马有实很受用,他的脸色缓和了许多。

"你刚才说,朝廷逢乱必剿,剿后必办善后。他们为啥热衷于办善后,不热衷于赈灾。还不是因为办善后能捞到钱财,而赈灾捞不到钱嘛!洪帮出来赈灾,为的是救人一命,老哥为啥误解那么深呢?"边永富耐心地问。

我外祖爷马有实顿时语塞。我外祖爷这个老秀才,虽然并不是朝廷的官儿,可对朝廷忠心耿耿,从骨子里来讲,他是愿意听从朝廷的。县衙里的人到处贴告示,说洪帮和哥老会是一回事,他就对洪帮有了成

百年洪帮

见。因为哥老会是清朝初期以"反清复明"为宗旨的民间组织，朝廷反对，他也跟着反对。到了咸丰、同治年间，哥老会遍布全国，名目繁多的哥老会组织风起云涌，发展成为一种反抗贪官污吏和地主恶霸的群众社团。他们中急公好义的有志之士、江湖好汉、英雄豪杰，扶危济困、劫富济贫、反贪除污，干了许多快事。

 袍哥人家不拉稀

"这位大哥，到底愿不愿进山找逃难的百姓？"边永富停顿片刻问我外祖爷。

我外祖爷马有实好面子，开始他碍于脸面，磨磨蹭蹭不肯朗声回答。可是我外太爷马殿选早已喜上眉梢，他立刻站起来，拍打身子，就要动身。可是因为长时间受饥挨饿，我六岁的外太爷身体有些虚脱，猛然起身，竟晕倒在地上。

边永富连忙拉起我外太爷马殿选，扶他坐在炕头，细细打量，见他虽然衣衫褴褛，露出一身筋肉，可是椭圆脸盘上，一对大眼睛清澈明亮，带着一股灵气。

"山里路途遥远，你人小，咋吃得这苦。"边永富怜惜道。

"边爷是来救大家的，这点苦我不怕！"我外太爷马殿选涨红脸，挣扎着要离开炕头。

"你刚才头晕，就不要去了。"边永富说。

"……不，我要去……"我外太爷还是个孩子，他不懂我外祖爷的心思。

"你这孩子，咋不听话，万一你晕死了，怎么办？"边永富嘴里说着，眼睛却盯着我外祖爷马有实。他故意给我外祖爷出难题。而幼小的我外太爷马殿选，自然读不懂大人眼睛里的东西。他跳下炕说："边爷你放心，我头晕了好多天了，不要紧，我爹说，头晕是因为肚子饿。我刚吃了边爷的馍，腿脚有劲，我进山去叫。"

边永富说这兵荒马乱的，你一个孩子进山，怕不妥当。他低下身子，抚摸着我外太爷的小脑袋，突然问道："尕娃你看我怎样？"我外太爷马殿选望了望边永富的军服，昂起头脆声回答："老爷福大。"边永富哈哈大笑："这娃娃，你知道我是谁？"我外太爷马殿选乖巧地说："边爷是父母官。"

我外太爷费了半天劲，从他父亲的词语中想起了父母官三个字，机敏地给出了一个孩子气的答案。边永富哈哈大笑，显然，这孩子气的话投了他的心意，他的心情一下子舒畅起来。

"娃娃呀，你看我穿着清军的衣服，我可是洪帮头子，你不怕吗？"

"不怕！"我外太爷扭着脑袋瓜子说。

"你知道什么是洪帮？"

我外太爷马殿选摇摇头。

"你听过袍哥吗？"

"听过呀。跑滩的水手都叫袍哥。"

"他们咋样？"

"袍哥人家不拉稀！"我外太爷马殿选的回答引来了一阵笑声。

这句话是我外太爷马殿选从木场听来的。

木场在临洮城西南面，湍急的洮河从西倾山东麓挺拔繁密的松柏树、陡峭蜿蜒的山峰间穿峡窜谷，奔腾而来，到古城这里形成了开阔的河滩。每当筏运时节，水手们高唱着花儿，满载着木头、烧柴、薪炭、毛竹、山货、药材、牛羊、皮张、羊毛，手把长桨，驾驭着串串木筏，从上游顺流而下。雍乾年间，由于木材的砍伐运输，河滩形成了一个城外集镇，成了筏运的贮木场，木材堆积如山。许多巨型木排，顺流而下，都要到木场登岸，临时搭起一座座帐篷，埋锅造饭。木商、客商往来不断，水手、脚户出出进进，河岸上拉木的号子不绝于耳。木筏刚一停泊，就有附近村庄的妇女蜂拥而上，铲松皮，摘枯枝。更有不同凡响的人物，纷至沓来，河州大商人马旷武的"振业公木厂分厂"，宋有才的儿子瘸少爷的天泰号，山陕会馆的势伊号、临洮大户何坤山的庆泰号、临潭大户张云程的福顺号，不胜枚举。久而久之，木场成了放筏的舵把子的天下。既然有舵把子，自然少不了船夫脚户，于是跑江湖的袍哥纷纷出现。帮主占地盘，开馆子，设赌场。更有妓女暗娼、赌徒混混、跑滩匠、耍戏卖唱的混迹舵把子，一时间这里成了繁忙闹市。

我外太爷马殿选和小伙伴经常到这里玩耍，认识了几个舵把子、很多袍哥。在木场，无论地痞流氓，三教九流，一声"拜舵把子"就可以通行无阻，吃遍天下。袍哥们"为兄弟两肋插刀"的耿直和义气，给我外太爷马殿选留下了深刻的印象，他们经常挂在嘴边的"袍哥人家不拉稀"这句话，也深深地印在了我外太爷的脑海中，他不假思索，顺嘴说了出来。

"哎哟，这是个好苗子！"边永富听到我外太爷说行话，喜上眉梢。

"除了袍哥人家不拉稀，你还知道袍哥什么？"看到边爷高兴，兄弟们的兴致被激发起来了，有人追问我外太爷。

"他们打平伙。"我外太爷马殿选说。

水手放筏，一踏上木排，要在水上漂浮好多天。木筏靠岸，最开心的就是打平伙。邀几个人买上一只羊，聚在一起，打上几斤酒，高声大嗓，猜拳行令，端来手抓，大块吃肉，大碗喝酒，解馋，又联络了感情。边永富上新疆之前，这是他熟悉的生活。这些年在关外军营中，他经常思念打平伙的日子，思念家乡河边的袍哥，思念儿时的伙伴。这次听到"河湟民变"大劫，他带着银两来赈灾，看到洮河两岸都是凄怆的景象，热闹的木场到处是残垣断壁，成了一片废墟，很多儿时的伙伴和帮会兄弟惨遭杀戮，死于非命。

我外太爷马殿选简简单单的打平伙三个字，突然勾起了边爷对袍哥美好的回忆。

"你今年几岁？"边爷和蔼地问。

"六岁。"我外太爷边说边用手指做出个"六"字，这是他从木场生意人那儿学来的。他能用手指比画出一至十个数字,一个六岁的孩子,当他用手比画数字时,那情景十分可爱。

"袍哥个个会唱花儿,你会唱吗?"边爷逗他。

"会唱。"

"那你给我们唱一首?"

我外太爷马殿选说声唱就唱,便鼓足勇气,扯开了嗓子,嫩嫩地唱道:

> 洮河沿上鞭炮响,
> 独木筏子一片桨;
> 安川里的人尖子——
> 你给水手争了光。

歌声唤醒了边永富和他的洪帮兄弟的记忆,他们当中就有水手。当年的情景浮现在他们的眼前:饿了,啃几口干馍,渴了,喝几口冷水。筏子停泊,前无村后无店,搭锅自炊。吃的是水煮面,无油、无肉、无菜。面片无碱,揪得厚,半生不熟,就像咬皮带。有碗无筷,找根木棍扎着吃。白天风吹,日晒,雨淋,夜晚住在简易帐篷里,阴冷、潮湿,任蚊虫叮咬。

洮河自上游奔泻而来,落差大,水流湍急,地形复杂,沿途暗礁险滩密布。险礁龙王坑,窄峡羊蹄门子,急转弯三间坝,暗礁博峪槽子,大浪石门,急浪沙尕,险滩大庙滩,石峡野狐桥,还有上浪、下浪、九甸峡、板板石、狐爪石,光听这些古怪而险恶的名字,就让人望而生畏,更何况这些险滩一处与一处不同,各有各的特点。水手少打一桨就会遇险,多打一桨就能化险为夷。上了筏,水手的命就交给了水,交给了礁,稍有不慎,筏子触礁,便丢了性命。

> 黑石山跟里的大庙滩,

筏子哈拴给者河滩，

尕罗锅支起者做黑饭，

羊皮袋当哈的案板。

洮河水大，筏子也大，前四后三，七人把桨。揽头（水手工头）监筏，坐在货堆上，处在高点，观察水势，发号施令。号子声声，桨板上下，水手齐心，奋力拼搏，古铜色的脊梁上，汗珠滚滚，真是一幅水上搏斗图。

洮河的筏子七片桨，

揽头哈筏高处坐上，

娃娃嘴扳的缠头桨，

喊哈的凶，扳哈的歹，

汗淌在干脊背上。

我外太爷马殿选的一首花儿，引出了边永富和他的兄弟们的歌声，这个唱一首"脚户哥你把个车赶，水手哥你把个桨扳；困难的面前抢着干，才算是英雄好汉"。那个又唱一首"羊皮筏不如木头筏，木头筏坐上是稳哩；口头话不如心里话，口头话把人（哈）哄哩"。另一个不甘心，又唱一首"进去了大峡进小峡，七十里峡，鹦哥儿搭了架了；千留万留的留不下，你走吧，再不说后悔的话了"。唱着唱着，就唱到了情人，唱到了尕妹妹："九甸峡里云起来，绵风伴着雨来；尕妹是仙女虚空来，你给我转过个脸来"。

一句尕妹，引得边永富想起了妹妹，想起了他们家的老宅子。

说实话，边爷的父亲从临洮西乡到城里宰猪杀羊。虽然屠夫难听，却是个挣钱的行当。他只用几年工夫，就在城内买了大宅院。边永富清楚地记得，那个宅子有一个大大的院子，从乡下进城，劳作惯了的母亲，喜欢养些花草，种些蔬菜。他们家的餐桌上，总能吃到自家院子里种植的新鲜蔬菜。初夏的中午或者傍晚，他到那两垄田地里摘瓜除草。樱桃开花的时候，他攀着梯子把红红绿绿的旧布条系在枝头，期望能够吓住贪吃的麻雀。

边爷记忆最深刻的是夏天成熟的季节爬树摘桑葚的经历。院里那一棵挂满桑葚的桑树，弯曲着垂向地面，树下站着他的妹妹。仰着脸，等着树上的他这个大哥哥不时扔下一两枝挂满桑葚的树枝。妹妹拿着桑枝，一颗一颗地摘下来填到嘴里享用，那甜滋滋的味道，甜得他和妹妹眼睛眯成了一条缝，望着对方那紫色的牙齿，紫色的嘴巴，还有那像刚刚染完紫色墨水的手，笑得前俯后仰。

边爷和他的妹妹最喜欢做的事情是春天种葵花。选几十粒饱满的葵花籽，装进一个小布袋里，晚上睡觉的时候放在被窝里焐上两天，然后用水浸泡。当瓜子壳被顶开的时候，也是他们最高兴的时候。他们把发出嫩芽的葵花籽埋入松软的地里，然后每天都去观察，几天之后，嫩绿色的葵花苗像一个个害羞的姑娘，陆陆续续冒出地面，在阳光的照射和水分的滋养之下，小苗的两瓣幼叶逐渐地伸展开来，慢慢长高，长出更多的叶子。边永富的思绪不知不觉飘到了童年，飘到了那棵桑树，飘到了长满鲜花的院落。那情那景，似乎就在昨天。可是这次回到家乡，那木场上的袍哥不见了，商行木号不见了，樱桃树不见了，桑葚树不见了，妹妹不见了，父母亲不见了，那个留下他美好记忆的院落，也像我外祖爷马有实的家，被土匪洗劫一空，他的父母亲和妹妹都进山逃难去了。

他们似乎忘记了此行的目的。

唱了一会儿，说了一会儿，边永富的目光又落到我外太爷马殿选的脸上。

"我告诉你，洪帮和袍哥是一回事，都是秘密结社的，清家反对的，你难道不害怕吗？"边永富和蔼地问我外太爷。

"我不怕，边爷拿馍馍救了我们的命……你就是我们的救命恩人！就是我们的……父……母官，我喜欢都来不及，哪里怕呢。"我外太爷感激涕零地说。

"你不怕，你爹怕呢。"边永富盯着我外祖爷马有实说。

吃了人家褡裢里的干粮，我外祖爷马有实对洪帮纵然有偏见，想保持一个秀才的姿态抵御洪帮大爷边永富的请求，已经是不可能了。他清清嗓子说："我知道你们搞赈灾，干善事！我也想进山，叫逃难的进城，我怕土匪拆我的房子呢。"

"放心，从现在起，你家我们要当粥厂呢，土匪不敢来。"边永富笑道。

"那好，我这就进山。"我外祖爷马有实拉起我外太爷马殿选的手就要走。

"慢着。"边永富挡住我外祖爷的去路说，"你去叫人，山大沟深的，孩子肿得厉害，怕走不动。你看这样行不行，孩子交给我，我暂时带着。等你将难民请进城，你再领他回家。"我外祖爷马有实心里叫苦，这是边爷的心计，怕他一走了之，扣下了儿子。罢罢罢，我是大清的秀才，不钻任何门道。这回被逼无奈，权且为洪帮跑一趟路。我外祖爷他这样想着，连声说："哎呀，边爷不嫌我家孩子，我十分乐意，就怕给你添麻烦。"边永富说："我们有吃的，有住的，不会亏待孩子，你就放心去吧！记着我的话，凡是进城吃粥的人，都要入帮会。"

我外祖爷马有实点点头，动身上路。边永富等人当即分头行动，他亲自出马，找本地洪帮大哥、当地绅士商议，捐资买粮，施赈救灾。

两天后，我外祖爷马有实带领一家五口以及逃难的人进城。他看到了儿子身上那破烂的衣衫不见了，换上了半新的衣服。仅仅两天时间，我外太爷似乎变了个人，洗得白白净净，浮肿不见了，精气神恢复了。

我外祖爷倒塌的家，修缮一新做了粥厂。

那三间杂货铺，重新盖了屋顶，墙上抹了新泥，屋中间立起了一口大铁锅，三四个人烧火，提水的、淘谷添料的，轮流换班熬粥。临街的那面墙，照以前的样子，墙面开了扇窗户，暂时做了施粥的窗口。

难民陆续进城，边永富见到自己的父母和妹妹，喜不自说。

那些食粥者，须到我外祖爷马有实家堂屋，面见边永富和本地洪帮大哥，先按帮规入了会，按辈分收了徒。然后由洪帮兄弟发给一根木签，木签上端染红。食粥者凭这一根红签，到我外祖爷马有实家以前的杂货铺，从施粥的窗口舀粥。每人可得一大土碗稀饭。连续半月，洪帮每人每天按五两谷下锅，五更煮粥，煮好打钟施粥。

我外祖爷这个前清秀才，经过这半月的施粥，也成了洪帮的一员。劫难过后，他家的三间杂货铺，常有洪帮兄弟光顾。水手打捞的东西，脚户带的私货，哥兄哥弟应急出手的宝物，甚至于劫道来的不明之物，都成了我外祖爷代销的商品。

他的家也莫名其妙成了洪帮联络点。

第二章

边大爷遇险

[宣统元年至民国二年（1909—1913），新疆喀什，四不祥]

 4　走口外

我奶奶说，边永富的一锅粥不仅救了临洮半城人的性命，而且这一锅粥就像一粒粒成熟的种子，撒进了临洮人的心田。种子萌动，发芽，一天天成长，长成了树，全部成了洪帮的有用之材。使临洮这座古城，成了陇上洪帮中心。

边永富在临洮人心目中，不仅是洪帮大爷，更是一个威风凛凛的英雄。

而他在双亲眼里永远是个孩子。父母亲关心的永远是实际的问题，儿子的婚姻。儿子孤身一人远在新疆，他们趁儿子这次回家赈灾的时机，张罗着给他成了家。儿媳妇是本地衙下洪帮大爷王守山的女儿王德芳。王大爷的儿子王德一是临洮年纪最轻的洪帮会员，时年十三，姐姐王德芳大他三岁，结婚时不到十七。

这场劫难，也使许多孩子成了孤儿，边永富收养了这些孤儿。

八个月后，边永富动身回新疆的日期越来越近，难题就这样摆在了边永富面前：他的妻子王德芳因为身上有孕，不能跟他一同前往新疆。

而他的父亲，也日渐老去，再也举不动杀猪的屠刀了。他这一走，父亲怎么办？妻子怎么办？妻子生了孩子又怎么办？

照常规，边永富可将家眷托付给临洮城的洪帮兄弟，可他没有这么做，他想到了我外祖爷马有实。确切地说，他看上了我外祖爷马有实的酸儒和忠烈，家眷交由他照顾，他才放心。

然而问题并没有像边永富想得那么简单易行，因为我外祖爷前后娶了两房亲。家口大，孩子多，拖累重。我外祖爷光拉扯自己的一家人都很困难，他哪有精力再照顾边爷的家眷。边爷想出了一个办法，他带我外太爷上新疆，减轻我外祖爷的家庭负担，好让我外祖爷腾出手来关照边爷年迈的父母和有孕的妻子。边爷的办法对我外祖爷无疑是个好办法，因为我外太爷是前妻所生，用我们老家的话讲是前一窝，而后一窝还有三个孩子，倘若边爷带我外太爷走口外，不仅省下了一张口粮，而且我外祖爷听邻居讲，他的后妻常常虐待我外太爷。

我外祖爷马有实迟疑不决，他担心我外太爷太小，不放心。哎哟，父亲难呀！

边永富从怀里掏出一张银票，啪地放在炕桌上。

"这是什么？"我外祖爷问。

"钱！"边爷回答。

"干啥？"

"给你！"

"为啥呀？我无功不受禄。"我外祖爷不解。

"我老爹上了年纪，拿不动刀，干不动杀猪宰羊的营生了。新疆那边形势凶险，他们也去不得。我想给我爹找个轻松生意，干些力所能及的体面买卖，等局势稳定。我妻子生了娃，长大点，我接他们进新疆。在这之前，要麻烦你关照他们。"边爷说。

"都是街坊，我答应就是了，我不要钱！"我外祖爷推开银票。

"你听我说，我打听了三天，灰盐市巷尾有个酒馆出售。离大寺不远，我想把它买下来由我爹经营，但他是个粗人，杀猪宰羊行，酿酒搞买卖不行，我怕他弄不好。而你的杂货铺挣钱少，你用这些钱在酒馆附近开个山货铺子。两边的生意，你都料理着。"边永富抓起银票，塞进我外祖爷手中。

"你为啥不找舵把子，他们比我能耐大。"我外祖爷亢亮道。

"找你有找你的理由。你是大秀才，熟读四书五经，更是个一诺千金的君子，我的家眷由你来照看，我放心！"边爷大声说。

我奶奶曾说，我外祖爷最爱戴高帽子。他听了边爷的话，好像自己做了托孤重臣、内阁首辅一样高兴。我外祖爷当天就跟边永富一块儿，到灰盐市巷尾看酒馆，寻铺面。

那个待售的酒馆是一幢半旧的木楼，上下两层共有八间。楼下两间灶房用单土块墙隔开，外面是楼梯，空出的地方摆着两张四方桌，几张条凳。楼上的四间，都隔成了包间。木楼后面是主人宅院，房子不多，酿酒的作坊占去了大部。酒馆老板是陇南人，他说老家出了事，急着出手。边永富看到老板出价合适，而酿酒的伙计都是本地人，接手后经营并不费事，双方袖里乾坤，捏指头，讨价还价，买下了酒馆。

我外祖爷马有实在灰盐市租了两间铺面，有了边永富的资金支持，山货铺子很快开好。

边永富在临洮又待了俩月，边爷家的酒馆和我外祖爷的山货铺子一样，生意也很快进入正常状态。边爷召集临洮的舵把子，交代洪帮内部的事情，然后上了新疆。

过了冬，我外太爷马殿选跟二十多个孤儿一起走了口外，他们的行程确定在春天这个朝气蓬勃的季节里，那时冰雪消融，新疆春意盎然，处处生机勃勃。边永富在口外已经为这些孤儿安顿好了去处，他派两个洪帮兄弟，雇了两辆马车来接他们。

并非孤儿的我外太爷在这群孩子中很快成了娃娃头，孩子们都围拢在他身边，还给他起了个外号：狼娃。我曾问过奶奶，我外太爷为啥落了这么个外号，他是不是心狠手辣？若不是这样，他也当不上洪帮大佬。

民国时的哈密

我奶奶说，我外太爷其实心很软，他在路上救了一只小狼娃，误认为狗娃，养了好些日子，孩子们就给他起了"狼娃"的外号。

负责护卫我外太爷马殿选他们的两个洪帮，一个叫范刹，人称一把刀。另一个叫赵虎，因为走夜路来去不过一碗热汤的时间，人称清汤一碗。他俩手上都有些功夫，在帮内属大哥级人物，跟边爷是铁杆兄弟。他俩骑着马，穿过河西走廊，进入新疆。

"这是新疆吗？"到了哈密，他们住进了郊外客栈。这座客栈和西北庄户农家一样，其实是一个四合院。和一般农家不同的是，这家院子干净，房屋漂亮，炕上铺着草垫，还有一层薄褥覆盖其上。光亮的炕沿儿，精致的年画，锁着的板柜。这让我外太爷很好奇，他问范刹。

"是的，这就是新疆。"一把刀笑着回答。

"那咋不见边爷？他说等着我们呢。"我外太爷问。

"边爷在喀什，离这儿还远着呢。"

原定只在哈密住一个晚上，可一住就是七天。郊外客栈孤零零处在荒野，周围都是戈壁大漠，我外太爷和一群孤儿在这儿住的时间一长，不免着急，就到范刹住的房子去问。一把刀和清汤一碗跟另外两个过路的客人住一墩炕，我外太爷进去时，客栈老板正跟四人聊天。

"我们怎么不去喀什？边爷在哪里呢？"我外太爷插话问道。

"我们还要等几天！"一把刀扭头看着孩子们说。

"为啥？"

"那边打仗呢，等事平稳了，我们动身。"一把刀说。

"去玩吧，到时候叫你们。"清汤一碗赵虎笑着将孩子们赶出去。

我外太爷马殿选走出房门，并未离去，他站在门外，偷听了他们的谈话。

"你刚才说，边爷惹了祸，到底咋回事？"一把刀范刹问过路的客人。

"他杀了沙俄人！"

"官家最怕外国人，他惹外国人干什么？"

"说起来气人！"那客人呷口茶，慢慢说道，"清朝倒了，现在已经到民国时期了。可是沙俄老拳头打地原脸窝，仍然欺负中国人。喀什有个叫色依提的坏蛋，充当沙俄间谍。这个人勾结当地富商，霸占了策勒村好多良田。这人经常勒索村民钱财，欺凌妇女。村民不服，他就私设公堂，关押吊打村民。今年春季灌溉时节，他霸占了水源，策勒村农民无水可浇，就奋起反抗。色依提就召集上百人，手拿长枪，向村民示威。"

"这个老毛子咋这么狠，啥来头？"一把刀范刹刨根问底。

"啥老毛子呀！他就是个假洋鬼子，一个恶棍！他装黑熊，装鬼子，哄得了官，骗得了民。休想哄骗我洪帮兄弟，他的老底谁不清楚。他一口一个乌兹别克人，一些不知道底线的和阗人称他为安集延人。其实他就是个和田的羊粪蛋，家里穷，欠了一屁股债，在和阗城混不下去，十六岁时跟随商人流落到塔什干，他根本不是老毛子。"

"听说他在俄国求学，是真的吗？"客栈老板好奇地问。

"都是他自个儿编造的谎言！他在塔什干街头卖大豆呢！"

"那他加入俄籍，也是假的吧？"

"这可是真的。"另外一个客人说。

"那他咋入了俄籍？"

"骚运来了呗，沙俄贪上咱新疆这块肥肉了，千方百计地渗透。他们出了个政策，以享有领事裁判权及免税权为诱饵，勾引新疆人加入俄籍，等到新疆人入俄籍的人一多，他们就实施阴谋，偷梁换柱把中国的地方变成他们的。俄国人在塔什干街头碰到色依提，会说汉话，一问是从和阗来的，就给他甜头，让他入了俄籍，改变身份。因为色依提会说乌兹别克话，就让他自称是乌兹别克东部的安集延人。俄国人给了一些钱，派他到策勒，名义上是做买卖，实际上充当沙俄驻喀什领事馆的间谍，为沙俄提供情报。"客人气愤地说。

"这么说来，这色依提，也不过是个街头混混。他在策勒无亲无故，咋成了一霸？"一把刀范刹打量着客人，不解地问道。

"这家伙到策勒后，一边做些小本买卖，一边观察。他看到当地一个叫阿布里孜的富商很有钱，就极力巴结他，赢得他的好感，娶了他的女儿买热木汗为妻，在策勒立住了脚跟。然后按沙俄人的意思，以商人身份为掩护，搞分裂活动。"客人一针见血地说。

"我去过策勒，那地方历来缺水干旱，水是策勒人的命根子。你说他纠集了上百人，垄断了水源。他一个外来人，咋召集了那么多人？"清汤一碗赵虎默默听着，这时插嘴道。

"沙俄给了色依提很多钱，他用钱收买了一些人。"

"都是些啥人呀？"

"除了本地的地痞无赖，大部分是俄国侨民。"

"怎么？我们的国土，哪来的俄国人？"范刹是从内地来的，不熟悉情况，奇怪地问。

"老兄，你不知道，这几年沙俄征兵打仗，吉尔吉斯人不满，反了沙皇。沙俄派哈萨克骑兵镇压，撒马尔罕地区乱成一团，难民逃的逃，跑的跑。土匪趁机滋事，杀的杀，抢的抢。沙俄根据色依提提供的内线，把这些难民和土匪赶到新疆。沙俄早打好了算盘,他们一方面到策勒村霸占土地,另一方面让色依提以保证用水、不纳捐税为诱饵,煽惑当地维吾尔人加入俄籍,领取俄侨证。一旦时机成熟,就把策勒从中国分裂出去。"客人说。

"他们明目张胆这么干,那些当官的呢,咋不管?"清汤一碗赵虎气愤地问。

"老兄,你没去那地方,不知道那里的情况。策勒村夹在和田与于阗之间,两县都不管。加之色依提自称外国人,官府躲都来不及,谁还敢惹!"客人如实说。

"哎,就没个狠人啊,治治这恶棍的病!"赵虎气不过,一拳头砸在炕沿上。

"官熊,可民不熊!策勒村有一个人,名叫苏朴尔格。这人性格豪爽,不畏强权,爱争公理,常助人打官司。他看不惯色依提横行乡里,联络祖木然提、库纳吉等十几个村民,到于阗县衙控告色依提强占水源、胁迫中国人入俄籍等不法行为。色依提狗胆包天,纠集所谓俄侨,闯入县衙,恐吓于阗县吏。官府迫于民众压力,扣押了色依提。不料沙俄驻喀什领事听闻他们的间谍被抓,竟派副领事贝伦斯赶到于阗,威胁官府,迫使县衙将色依提交给沙俄驻喀什领事馆。色依提大摇大摆地回到策勒,爪牙列队欢迎,鸣枪示威,气焰更为嚣张。更可恨的是他的岳父阿布里孜,竟然在宅院内挂起了沙俄国旗,门口设立了岗哨。色依提带头吊打村民,逼令村民花钱入俄籍。他们的暴行,激起了公愤,村民在苏朴尔格的带领下,纷纷上告,要求惩办色依提。"客人喘着粗气,静默片刻。很显然,他非常愤恨。

"官府怎么说?"清汤一碗赵虎气呼呼地追问。

"哼,他们吓破了胆,不敢得罪俄国人,竟借口人证不全,不接村民的状子。"

"他妈的!"一把刀范刹气得骂脏话。

那客人端起茶碗,喝了一口,接着说:"苏朴尔格听说边爷是洪帮首领，一向行侠仗义，就带着村民到营房告状。边爷一听，怒火中烧，派莎车参将熊高升、赵大胜前往于阗处理。临行前边爷吩咐熊高升：你别怕，色依提他敢耍横，你们就给我开枪打，我不信他们的脑袋不是肉长的！有我边永富驻守喀什，就不能让沙俄在我们的国土上横行霸道。熊高升说，我怕惹出外交事端。边爷说，你给我挺起胸膛，该打时打，该放枪时放枪，别给洪帮弟兄们丢脸。出了事，我顶着！熊高升带众兄弟到了策勒村，村民们群情激昂，纷纷向他控诉色依提的罪行。熊高升找到色依提，耐心规劝，叫他开闸放水，共用水源。可是色依提等人，根本不把熊高升放在眼里，宣布和熊高升开战，当场开枪打死中国士兵周树棠，用刀劈死农民依斯拉木。这下，熊高升和策勒村村民都被激怒了，五百多人包围了俄国人。熊高升下令自卫还击，击毙俄侨二十九人，放火烧毁了色依提的庄园。"

"打得好！"一把刀范刹禁不住叫好。

"色依提那个坏蛋呢？"

"他穿一身女装，从墙洞中逃跑了。跑到邻人吾守尔·苏克恰克家躲了两天，风声刚过，逃到喀什，逃进了喀什沙俄领事馆。"

"可惜，没打死他！"两个客人亲历了这次战斗，印象非常深刻。讲起来滔滔不绝，讲得很生动，很投入，动了真情。话说完了，我外太爷马殿选从门缝里偷窥，看见那两个客人身子激动得微微发抖，看得出，他们还沉浸在战斗的情景中。

屋子里没有声音，安静极了。

好半天，一把刀范刹咳嗽了一声，站起身，向门口走来。

我外太爷马殿选缩起身子，赶紧轻手轻脚地溜开。

 杀了个大人物

我奶奶曾问过我外太爷色依提的下落，我外太爷告诉她，色依提在喀什沙俄领事馆躲藏了几个月，被领事馆的人赶出来，他无处可去，又跑到乌兹别克，被人打死在安集延了。

我外太爷马殿选说，他那时小，不懂那两个客人为啥对喀什的事情知道得那么清楚。其实那两个客人也是洪帮，跟一把刀和清汤一碗是一伙人。我外太爷估计，这两个客人很可能就是莎车参将熊高升和赵大胜，因为在那些事件中，死了三十多人，几个俄侨被杀。当时我们国家积贫积弱，上上下下都怕洋人，杀了洋人，官府肯定要追究。边爷打发熊高升和赵大胜两人离开喀什，意在避开祸殃。

之所以做出这样的判断，我外太爷马殿选给出了两个理由，一是第二天这两个客人突然动身去了伊犁，据说是联系那边的洪帮。二是一把刀和清汤一碗离开了哈密，临走前，他们将二十五个孩子交给客栈老板照看。客栈伙计发给我外太爷他们每人一个小锥子，上午伙计带他们到荒无人烟的沙漠边拾发菜。下午在一个叫破城子的废旧古堡内练武功，晚上回到客栈。我外太爷马殿选等孩子在哈密滞留了半年。

时间一长，我外太爷他们就知道了内情，这个客栈就是洪帮的一个秘密窝子。我外太爷追问客栈伙计一把刀范刹和清汤一碗赵虎去了哪里，起初他不肯说，问的次数一多，他就烦了。

"他们去杀人。"伙计叫王才有，从口外来的，是个粗人，肚子里装不住话。

"杀谁呀？"孩子们天生好奇，杀人的话题，更加诱人。

"喀什噶尔道尹袁鸿祐！"

"什么？道尹，这官有乡长大吗？"

"大得多了去了。"

"比知县大吗？"

"知县到他跟前，两手垂立，不敢坐下！"

"哎呀，那就相当于知州嘛，那可是大官呀。"

"比知州还大呢。"

衙役在这些孤儿眼里，都像凶神恶煞似的，他们见过最大的官不过是个乡长而已。如今听到一把刀范刹和清汤一碗赵虎去杀比知州还大的官，早已心惊肉跳，急得脸色发白，眼泪都快要流下来了。因为从临洮到新疆，范刹和赵虎一路照顾他们，这些失去亲人的孤儿，早已对他俩有了感情。孩子们为他们的安全担忧。

"都别急，我估计这会儿他们已经杀了那坏蛋。"王才有说。

"那袁鸿祐有保卫，他们两个人咋杀得了？"我外太爷马殿选问。

"他们武功高强，能飞檐走壁！"王才有大声说。

"那就好！"孩子们松了口气。

"这袁鸿祐该杀不？"我外太爷马殿选提问。

"该杀，袁鸿祐是个大贪官，大坏蛋。"王才有回答。

"才有爸，我们啥时候动身到喀什？"

"等一把刀和清汤一碗回来，你们就该动身了。"粗人王才有说。

"我，我……想他了，他腿脚有病，不知……"有个叫丛娃的孩子，父母双亡，长得可爱，被一把刀收为义子。丛娃想义父，就哭泣。孩子们不远千里，来到这陌生的地方，他们想家，想亲人。丛娃一哭，惹得大家跟着哭。

"别哭了，我给你们讲新疆的故事！"王才有哄道。

孩子们哭了一阵，自动住了哭声。在戈壁滩，他们本就寂寞，听说讲故事，好奇的天性都被激发起来了，众星捧月似的围着王才有，吵吵嚷嚷地要他讲一讲。

"你们谁知道新疆的巡抚是谁？都督是谁？"王才有一个粗人，肚子里没有墨水，不会讲《三国》也不会说《水浒》。夸口讲故事，却不会讲。就提了这么个问题来难孩子们。

孩子们你看我，我看你，回答不上。

王才有看到孩子们摇头，得意地一笑，说道："连这都不知道，听着，我告诉你们，新疆巡抚叫袁大化，都督叫杨增新。这两个人都是一手遮天的狠角,尤其是新任都督杨增新,常年在甘肃,当过中卫知县、河州知府、甘肃提学使、武备学堂总办等职,表面上他跟边爷以老乡相称,可我们洪帮了解他的底细。边爷现在要对付这两个人。"

"那袁鸿祐是个道尹,洪帮为啥不杀袁大化,偏要杀袁鸿祐?"我外太爷问。

"这……"这问题,难住了粗人王才有。

我外太爷马殿选提的问题很快有了答案。

两天后,一把刀和清汤一碗回到哈密,将他们带到了喀什。孩子们作为洪帮童子兵,被边爷安排在军营中搞内勤。

我外太爷马殿选很快就弄清了个中由来,道尹袁鸿祐总揽南疆八大城的军政大权和涉外特权。在喀什当了十七年兵备道,十年道尹,在喀什树大根深。他在老百姓面前是一条狼,从来都是挖地三尺,搜刮民脂民膏。在俄国人面前是一条狗,只知道摇尾乞怜,点头哈腰。沙俄多次入侵,多次挑衅,他大屁都不敢放一个,一味退让。因此洪帮对他早已恨之入骨。

"那个时代,这样的官太多了,边爷为啥要冒这个险?"我曾问我奶奶。

我奶奶说,袁鸿祐是洪帮的仇人,不得不杀,不得不冒这个险呀!在那个年代,洪帮因有严密的组织和明确的反清斗争目标,在很长一段时间,汇聚成一股强大的政治、军事力量。宣统三年武昌起义后,同盟会、新军、哥老会纷纷发动武装起义。新疆伊犁等地也纷纷响应,同盟会会员邓宝珊、伊犁哥老会头领方孝慈到喀什联络洪帮。

我外太爷告诉我奶奶,边永富与方孝慈一见如故,结为生死兄弟。边永富接受了孙中山"驱除鞑虏,恢复中华,建立民国,平均地权"的主张。暗中策反军队,密令各地帮会头子拉队伍,立"舵把子"。邓宝珊、方孝慈离开喀什前跟边永富密定,伊犁举枪后喀什马上响应。

谁料革命党人接到一封武汉密电:"袁大化、升允、长庚、志锐,谋拥宣统西迁……"要他们迅速起义，革命党人接电后冒死提前举义。攻占了将军署，杀死了伊犁最高行政长官志锐，宣布独立。新疆巡抚袁大化派陆军协统王佩兰率部进攻伊犁，交战于五台、精河、沙泉子、固尔图等地。在沙泉子之战中，方孝慈陷入敌群战死。

伊犁起义军战败的消息传到喀什。

喀什这边刚刚拉起一支洪帮队伍，各队长官由舵把子充任。第一次穿上军服的舵把子渴望战斗，纷纷要求出战："兄弟们死得太惨了，我们要报仇雪恨！"

面对这个局面，边爷仰天长叹。

我外太爷说，边爷是疾恶如仇的血性汉子，洪帮亲如一家，他很快决定报仇！

当时伊犁起义军中三分之二是哥老会或洪帮兄弟，许多人和喀什的洪帮兄弟不是结拜兄弟就是亲朋好友。事有凑巧，这时候有个洪帮兄弟探听到一个消息，说袁鸿祐授意疏勒知县张秉铎、参将汤殿恒，将他们搜刮的二十万两银圆准备偷送至迪化，贿赂袁大化。

我外太爷马殿选告诉我奶奶，新疆巡抚袁大化和喀什噶尔道尹袁鸿祐，都是保皇派。袁大化出兵，袁鸿祐出钱，两人联手，不遗余力地镇压伊犁革命。辛亥革命推翻清朝后，袁鸿祐执意封锁清帝退位消息，秘而不宣，坚持使用宣统年号对外行文，强令官民不准剪辫易服，仍身穿清朝官吏服装、头戴花翎招摇过市，一副清朝遗老的派头。喀什百姓对他早已深恶痛绝。

袁鸿祐和袁大化穿一条裤子，袁大化向袁世凯保荐袁鸿祐当新疆都督。袁鸿祐从心底里感谢袁大化，为了报答袁大化的举荐之恩，袁鸿祐加重赋税，倒行逆施，搜刮民脂民膏，到了丧尽天良的地步。喀什群情鼎沸，百姓愤慨不已，人人恨不得诛杀袁鸿祐。

袁鸿祐控制着南疆财源，他二十万两银圆送上去，官帽就下来了！

就在袁鸿祐打点行装、欣喜若狂地偷偷赴迪化上任时，他的丑行被洪帮兄弟侦听并报告给边爷。边爷通晓大义，同贪官污吏水火不相容，他和副手魏得喜召集洪帮的弟兄们商量，大家义愤填膺，决定连夜劫杀贪官，为被害的伊犁洪帮和革命党报仇。

边爷立刻决定动手，趁天黑让这个坏蛋脑袋搬家！

可是这天黑夜，洪帮没有杀掉袁鸿祐。

原因是半路上竟杀出个程咬金来，此事被英国驻喀什总领事马嘎特尼得知，他连忙去道尹衙门通告消息。

我外太爷马殿选说，这个马嘎特尼是个杂种，父亲是英国传教士，母亲是太平天国叛将纳王郜永宽的女儿。马嘎特尼出生在南京，据说李鸿章给他起了个马继业的中文名字。这人通晓英、法、德、俄、波斯、突厥等多种语言，凭借半个中国血统，爬上了英国驻喀什总领事的宝座。马嘎特尼谙熟官场，与袁鸿祐关系很好。

马嘎特尼告诉袁鸿祐洪帮要杀他，让他到英领事馆躲藏。

可是袁鸿祐自恃早年参加过捻军，身经百战，在喀什官场摔打几十年，树大根深，根本不把洪帮放在眼里。他不以为然地骂边爷："尔靠屠夫之勇，能奈我何？"

马嘎特尼没想到袁鸿祐如此轻敌，只好悻悻而回。

老奸巨猾的袁鸿祐等马嘎特尼一离开，便藏进一座牢房中，躲避风头。

可是狐狸再狡猾，也有露出尾巴的时候。

衙门和监狱中都有洪帮兄弟，虽然袁鸿祐藏在秘牢里，不出衙门。但他的一举一动，逃不过边爷的眼睛。几天后，袁鸿祐偷偷派人送给边爷一堆银圆，想用袁大头保住他那颗头。

边爷大大咧咧收了钱。

袁鸿祐放心了。就出头露面，出入衙门。

袁鸿祐还指着自己手腕上的玉镯对外人夸口："你们看到过如此精美的和田玉镯吗？只要玉镯在，只要它不碎，我的命就丢不了！"

狡猾的袁鸿祐万万没有料到，边爷这是将计就计，诱他上钩呢。

那一天，袁鸿祐从牢房走出来，大摇大摆地走进经常处理公务的道尹衙门大堂，装模作样地办了公。晚上参加完下属宴请，安安心心地住在二堂。

我外太爷马殿选曾说，袁鸿祐的经历中，没有用钱买不到的东西。他认为钱可以买到官，用钱买一夜的安稳觉，那是再正常不过的了。可是他失算了，这世上有人就不爱钱。袁鸿祐在宴席上小酌了几盅，心情好得很。

临睡前他精心洗漱，和离别多日的美丽夫人云雨一番，沉浸于梦乡。

袁鸿祐的噩梦这时候发生了。

新疆的夜晚来得迟，凌晨三时，天刚刚黑。得到准确情报的边永福、魏得喜两头领，率领洪帮兄弟冲进道台府。早有内应打开了紧闭的前堂、二堂大门。内应在前面带路，引着边爷等人直奔二堂袁鸿祐卧室。在月光下，他们看到袁鸿祐搂抱着夫人，睡得正酣。

边爷一努嘴，心领神会的两个刺刀手冲上去，站在床头，一人对付一个。

剑头对准夫妇两人的要命处，一剑要命，将两人刺死于卧榻之上。

"后堂住着几位贪官，杀不杀？"因为袁鸿祐高升都督，那些想攀龙附凤的官员，不怕情势危急，冒险拿着礼物来探望新都督。参将汤殿恒、疏附县知事张秉铎等人，昨天宴请袁鸿祐后就住在后堂。这里是衙门招待所。

"杀一个不少，杀几个不多。杀！"

边爷一声令下，这些人皆死在利刃之下。

杀戒一开，喀什到处是枪声，全城一片惊慌。杀得各级官吏东躲西藏，南奔北窜。许多公职人员为了逃避灾祸，带着亲属四处逃散，分头躲藏。喀什噶尔提督焦大聚、道尹王炳坤及各县知事，都受到洪帮挟制。

洪帮一不做二不休，乘势而进，扩大战果，将莎车、于阗、英吉沙和巴楚等地洪帮组织起来，编成左安、右安、共安三个营。焉耆、库车、轮台、阿克苏等地洪帮得知喀什事变，也相继起事，杀死了一批清朝官吏和保皇势力。喀什全境及南疆大部落入洪帮之手。

一时全疆震惊。

受到官方保护的英沙两国领事馆内，乱成了一锅粥，而大小官吏装扮成维吾尔人，化装成叫花子，仓皇地前来投奔领事馆，又加剧了混乱。英国驻喀什总领事马嘎特尼来者不拒，一律接待，腾出几间房子让落难高官居住。

在这些人中有个名叫陈世杰的高官。此人臭名昭著，坑害忠良，干过许多欺压百姓的事，喀什洪帮对他恨之入骨，边永富发誓要杀他，宣称无论多少钱也救不了他的命。可是事件发生后，洪帮在全城搜寻了两天，陈世杰竟然失去了踪影。

陈世杰在洪帮起事的第二天躲进了一座馕坑。

金黄色的馕是维吾尔的主食。烤馕的土炉子便是馕坑。就像汉人家不可或缺的灶台一样，馕坑也是维吾尔人生活中不可或缺的。馕坑半人高，肚大口小，形似水缸，维吾尔人用它烤馕，也烤羊，烤牛。馕坑里面不是直壁，而是向外扩的椭圆形，底部留有通气口。陈世杰就藏匿在黑咕隆咚的馕坑里。他个高，馕坑小，他在里面只能蹲着，跪着。一连五天五夜，陈世杰被憋坏了，受不了了。恰在此时，两名瑞典传教士路过，陈世杰便央求传教士，将他带进英国领事馆。马嘎特尼在喀什多年，非常清楚陈世杰的所作所为，也听到了边永富放出的誓言。

我奶奶说，这个洋鬼子凭借着半个外国血统，从不把中国人放在眼里，更不把洪帮放在眼里，认为洪帮就是一群乌合之众，可是这一次让他见识了洪帮。

随着时间的推移，陈世杰发现洪帮并非如清朝官员那样好对付。他就像一只麻雀，嘴里叼上了一粒硕大的蚕豆却无法下咽，弄不好危及生命。洪帮搜捕得越紧，马嘎特尼越加慌乱。他意识到领事馆内"难官"太多，将会引起洪帮仇视。他认为边永富是个屠夫，跟义和团的拳民一样，才不管什么国际法。假若洪帮得知陈世杰藏匿在领事馆，他们会不顾一切攻打领事馆。

马嘎特尼越想越怕，他想把陈世杰这颗烫手山芋送出去。

想来想去，他觉得交给俄国人最合适。因为北极熊处事粗鲁莽撞，动怒后敢豁出去，何况俄国人在策勒村跟洪帮头子边永富结下了深仇大恨。想到这里，马嘎特尼披了一件大氅，在夜色的掩护下，亲自将陈世杰偷偷护送到俄国驻喀领事馆躲藏。

果然不出所料，俄国人慷慨接受了这个烫手的山芋。立刻将陈世杰和避难的贪官污吏锁在一间房子里，派六十名荷枪实弹的哥萨克士兵守卫。

同时在策勒村事件中吃了大亏的俄国驻军，借口保护俄侨利益，立即派了一支骑兵连夜入侵喀什噶尔，他们用大炮炸开喀什北门，进入城中挑衅。

边永富、魏得喜、陈得功三个洪帮头领各统一营，迅速冲向喀什北门。

他们荷枪实弹与俄国骑兵在街头对峙。

洪帮兄弟临危不惧，寸土不让。

莎车、于阗、英吉沙、巴楚等县洪帮兄弟闻风趋赴，纷纷前来助阵，部队攻势迅速扩大。俄国将领见自己孤军深入，一旦开火，俄军骑兵不但占不到一点便宜，而且将陷于绝境。权衡利弊，俄将鸣金收兵，退出城去。

而此时英俄两国领事馆内，上上下下枕戈待旦，准备迎战。

驱逐了沙俄骑兵的边永富，立即带领洪帮军队扑向领事馆。

就在双方枪口对峙的时候，一个手拿大红帖子的革命党人来到边永富身边悄悄耳语了几句。然后站在英领事馆外的城墙上大声喊道："贪官已被处决，外国人不必惊慌。我们撤军了。"

一场一触即发的恶战，就这样莫名其妙地结束了。

我外太爷马殿选后来说，吊诡的背后必然有吊诡的理由。革命党首领蔡乐善、冯特民等未能识别假装革命的袁世凯的真面目，向袁受抚了。革命党人向边永富下达了停止进攻的指示。十天后，袁世凯委任杨增新为新疆都督兼布政使，密令杨增新严防革命党人活动。

 一场诡计

我奶奶说，杨增新凭着老谋深算、圆滑多变的政治权术在边疆为官多年，他不仅深谙官场之道，而且深知在边疆兵权的重要性。通过喀什兵变，看清了自己的对手。坐上都督宝座，他就把枪口对准了革命党人。举兵镇压了蔡乐善、冯特民。

对于洪帮，杨增新采取了拉拢和暗中收买的办法。

"边爷是我同乡，咱们是自家兄弟。"杨增新对边永富说。

"魏爷喝湘江水长大，是左帅的功臣啊！"杨增新对魏得喜说。

我奶奶说，杨增新镇压蔡乐善后，边永富心里担忧。因为他响应革命党人斩杀了道尹袁鸿祐，现在革命党首领蔡乐善、冯特民遭到镇压，他深知自己处境凶险。杨增新内心深处视边永富为眼中钉肉上刺，视洪帮为洪水猛兽，可慑于洪帮的势力，不敢用兵。杨增新表面上给边永富写信，告诉他洪帮劫杀袁鸿祐一案已销，意在使边永富放松警惕。暗中却指使喀什噶尔提督焦大聚、道尹王炳坤见机行事，除掉边永富。

焦大聚的行迹，引起了边永富的警觉。

洪帮处处设防，焦大聚、王炳坤始终找不到下手的机会。

杨增新

"边爷，焦提督向我打听你的家人。"提督府一位洪帮兄弟向边永富密报。

"他问这干什么？"

"焦大聚一直想除掉边爷您，他会不会惦记您的家人？"

"哎呀，杨增新是个笑面虎，要防他背后捅刀子。"

边永富为了防止杨增新伤害家人，立刻派一把刀范刹带几个人，连夜偷偷进关，秘密潜入临洮古城保护家眷。

我奶奶说，边爷跟杨增新玩脑子玩不过，他以为杨增新会加害他的家人，可过了一月，一把刀范刹从临洮派人来报告，说杨增新并没有加害家眷的意思。杨增新派人到边爷家，送给他家一千银圆，十盒茶叶，十斤冰糖，一卷兰湿布。边爷的父亲不久写信证实了此事，还告诉他一个大好消息：他当爸爸了。边太爷在信中吩咐儿子：杨增新是个好官，要听从他的话。

我奶奶说，杨增新就玩了这么一个小招数，就把边爷的心玩进去了。边爷认定，他爹的话不会错。杨增新是个好官，跟他实心。

我外太爷告诉我奶奶，杨增新杀心藏得深呀。边爷失去提防，他就准备下手了。杨增新对边爷说："老毛子带着外蒙骑兵侵犯科多布边界，我愁得吃不下饭，边爷，你看咋办呀？"

"给他舔些辣辣，他糖吃多了。"边爷说。

"可我的人马都是些软蛋，按不住老毛子的脖颈。边爷你杀色依提，打马嘎特尼，多么的痛快淋漓，对付老毛子，边爷的拳头厉害！"杨增新恭维道。

"都督有什么话，明说！有兄弟在，你别怕。"边爷是直人，马上拍胸脯。

"好兄弟啊，那你率洪帮兄弟前去平定，怎么样？"

"行，我听都督的话！"

边爷是眼里容不得沙子的人，他没有多想这是杨增新设下的计谋。

他恨老毛子，为了保家卫国的大义，他准备慨然率领兄弟们前往迪化。

"喀什防务怎么办？"陈得功营长担忧地问。

"怕什么，手里有枪，内鬼外鬼都不怕！"边爷根本没有把提督焦大聚、道尹王炳坤这两个人放在眼里，他认为这两人连袁鸿祐的小指头都不如，他不怕。

"那这些童子军呢？远路，娃娃们吃不消。"

"留守喀什军营。"

"焦大聚干不过洪帮，会杀娃娃出气，这不行！"

边爷想了半天，决定十四岁以上能行军的孩子编入部队，十四岁以下的送回故乡。我外太爷马殿选那时只有十岁，他和丛娃等几人，由脚户中的洪帮兄弟带回了临洮。

我外太爷马殿选说，边爷率领的人马一到迪化，杨增新便命魏得喜率三营人马，奔赴新蒙交界处的科多布前线作战。边爷的军队劳师远涉，粮食弹药补给困难。蒙俄军队配备有新型武器，他们趁魏得喜立足未稳，先发制人。洪帮兄弟与蒙俄军队殊死战斗，伤亡惨重。

边爷傻眼了，他没想到败得这么快。杨增新拍着边爷的肩膀，笑着说，兄弟，胜不骄败不馁，我调任你为阿克苏副将。你到阿克苏，再把洪帮部队拉起来。边爷苦啊，他哭不出，笑不出。喀什洪帮军实力消耗殆尽，他只能服从杨增新的安排。

我外太爷说，这是杨增新耍弄的手腕啊。他密令库车知事马绍武：边永富途经库车时，拘捕他。马绍武遵命抓了边爷，将他下了大牢。但马绍武慑于洪帮势力，不敢杀害边爷，也不敢在库车府衙审理。他请示杨增新，将边爷押到省衙审理。

杨增新本意是要马绍武不明不白地弄死这个洪帮头子，电文不敢明写，怕落下把柄，遭洪帮报复。若弄不死，押到省衙审理，那也不行。杨增新深思片刻，密令马绍武，将边爷押解到兰州审理。这样，一则他脱了干系，二则离开新疆进入关内，喀什洪帮有劲无处使。

第三章

后娘赵对儿

[民国二至四年（1913—1915），杂货铺，无禄日]

 7　清汤一碗来求救

我外太爷马殿选是在一间磨坊里听到边爷被抓的消息的。

磨坊靠近我外祖爷马有实家的山货铺子，旁边是边太爷家的大寺酒馆。我外祖爷自从受了边爷的托付，除了自家的山货铺子，还操心酒馆的生意。他一人挑两担，撑起了两个店面。边太爷上了年纪，干些力所能及的事。闲时常来磨坊跟人聊天。

洪帮大都是穷哥们，过的是"斤斤面，两两炭"的日子。他们挣了一点钱，就赶紧到粮号籴粮食存放起来，现磨现吃。因此磨坊就成了洪帮的窝子。

我外祖爷马有实家的面粉快要吃完的一天，我外祖奶赵对儿打发我外祖爷马有实父子到磨坊磨面。磨主家给毛驴喂好草料，套上笼头、拥脖，戴上蒙眼罩，拴上粪兜，牵到石磨旁接上磨杆。我外祖爷马有实徐徐地往磨眼里倒着麦粒，毛驴沿着磨道优哉游哉地拉动石磨，细碎的面粉均匀地落在了圆圆的磨盘上。不一会儿，磨盘上的面粉末子就落成了一个小圆堆，我外祖爷马有实用簸箕将面粉归拢起来，堆到大面箩跟前。

"娃娃，快来罗面。"我外祖爷马有实向我外太爷马殿选喊。

我外太爷马殿选最喜欢罗面。罗面用的"脚踏箩"真像一个玩具。长方形的面箩架在一个木质的滑道上，底下放置着接收面粉的笸篮。一个比锨把还粗的三尺左右高的木头柱子，上边连接着一个四方的横梁，横梁的另一端与面箩相连。木头柱子下端榫接着一个中间厚两头薄的横木梁子，下边用一个横圆轴固定在一个底座凹槽上。我外太爷马殿选的双脚踩动这个木头梁子，连接着上边的木头柱子就左右摆动，横梁便带动着大面箩在滑道上滑动，粉面末子在面箩里摇动，细碎的面粉就从面箩的网眼中落下，面箩里只剩下了麸子。

我外太爷马殿选坐在木凳上，双脚不停地踩着木头梁子，嘴里轻轻地唱着歌。在哐当哐当的运动中，雪白的面粉纷纷扬扬地落进了笸篮里。我外太爷马殿选完全沉醉在这种游戏似的劳动中，直到面粉全部筛完，停下"脚踏箩"，才发现我外祖爷马有实不在磨坊。

我外太爷扭头一看，磨坊外面多了两匹大马。紧挨着磨坊小木屋里的土炕头，坐着两个人，一个是衙下的洪帮头子王大爷，一个是清汤一碗赵虎。我外祖爷马有实、磨主家、边太爷站在炕下，一脸凝重，正跟他们小声谈论着什么。

我外太爷一见清汤一碗赵虎，高兴地大叫一声赵叔，跑出磨坊，奔进小木屋。清汤一碗赵虎拉着我外太爷的手，亲热地说了一会儿话。我外太爷向赵虎询问小伙伴的情况，那些孤儿，在科多布前线有几个战死，活着的接受改编，仍在魏得喜部。

听到熟悉的伙伴死去，我外太爷伤心地大哭。清汤一碗抱起我外太爷，放在他的腿上，替他擦去脸上的泪水，从怀里掏出一把洋糖，装进我外太爷的小口袋里。又拿出一把腰刀，送给我外太爷。清汤一碗说，这是一把刀叔叔送给你的，你和丛娃一人一把。我外太爷马殿选急忙问，他在哪里？清汤一碗说一把刀在兰州洪帮舵把子家。

清汤一碗跟我外太爷说了一阵话，就从腿下放下他说，狼娃，你去罗面，我们大人们还有重要的事情要商量，我外太爷听话地回到磨坊。

而此时，罗面这种游戏似的劳动，已经引不起我外太爷多大的兴趣了，他耸起耳朵，仔细地听着小木屋里大人们的谈话。

"杨增新这个家伙太狡猾了！"只听我外祖爷马有实愤然说道。

"那，边爷现在哪里呢？"磨主家急忙问。

"在库车大牢，说是要押解到兰州审理。"这是清汤一碗的声音。

"哎呀，杨增新这个狗杂种，啥审理啊，他是要我娃命呢！你们救救我娃呀……"边太爷听到这里，哭出了声。

"您别哭，我们就是专为解救边爷而来的。"

"快讲，怎么个救法？"衙下王大爷问。

"在半途劫囚车。我干过衙役，押运过人犯。通常新疆的重要人犯押往甘肃，都会施以手铐脚镣，装入木笼，由解差押送。从关外到关内，最少要半个月时间。星星峡是从关外进入河西走廊的唯一通道，我们想联络临洮洪帮兄弟，在这里杀掉解差，劫走边爷，不知临洮的兄弟们肯不肯出力？"清汤一碗说。

"家乡有灾，边爷出力赈灾。如今他遇险，我们临洮的洪帮兄弟绝不会见死不救！要人出人，要钱出钱！"衙下大爷王守山拍着胸腔说。

"好！一把刀已经联络了兰州洪帮，我们两帮，分头进疆。"清汤一碗说。

"慢着，再想一想！"我外祖爷马有实说道。

"有什么好想的？"

"我去过新疆，走过星星峡。那里是个隘口，东西两侧丘陵起伏，号称西域咽喉，东西孔道，历来是兵家必争之地。常年重兵把守，再说押解边爷的是解差还是军人？啥时经过？我们都没有搞清楚，贸然前去，不妥啊！"我外祖爷马有实毕竟是秀才出身，考虑问题全面得多。

于是大家仔细商量一番，制订了几套严密的解救计划。商定洪帮众兄弟自备干粮、马匹，分头秘密出发，约定五天后在一个名叫撒卡尔塔的沙漠小镇聚合。

商量妥当,偏下大爷王守山和清汤一碗出了小木屋,翻身上马,扬长而去。磨主家、边太爷、我外祖爷马有实三人慢慢腾腾走进磨坊。

我外祖爷看见我外太爷马殿选已经罗好了面。

我外祖爷马有实一声不吭地拿起畚箕,将面粉装进口袋,夯实在底层。中间用绳子扎紧,空出一截,装上麸子。在磨主家的帮衬下,将一大口袋面粉架到毛驴上驮回家。

"快烙几锅大饼!"面口袋抬进灶房,我外祖爷马有实吩咐我外祖奶赵对儿。

"刚磨的新面,一顿新面还没来得及吃,烙饼干什么?"我外祖奶赵对儿不满地问。

"出门!"

"到哪里去?"

"这个就你别问了!"我外祖爷马有实冷着脸说。

"怪事!你出门,打狼还是擒虎?连问都不能问吗?"我外祖奶赵对儿不高兴了。

"叫你烙,只管烙饼,哪来那么多废话!"我外祖爷马有实生硬地说。

"你不说清楚,我不烙!"我外祖奶赵对儿也犯起了脾气。

"你敢?"

"我就敢!"

"妈,我告诉你,爹要去新疆。"眼看我外祖爷马有实大男子脾气要犯,我外太爷马殿选不愿看到爹妈寻棍弄棒地干架,就插了嘴。

"新疆,干什么?"我外祖奶赵对儿惊愕道。

"救边爷去呢!"我外太爷马殿选回答。

"你,你……你一个小孩子,咋知道的?"我外祖奶赵对儿变脸问。

我外太爷马殿选的眼睛瞅着父亲,从头到尾向我外祖奶赵对儿说了他听到的一切。

我外祖奶赵对儿听了，一言不发，脸上却露出悲伤的神情，一行无助的泪水，顺着白净的脸蛋无声地流了下来。

我外祖爷马有实年近五十，身材像柴垛一样高。这些年因为杂货铺兜售洪帮的私货，生意比较好，原来干黑橘皮似的脸变得红润起来，可是火暴的脾气依然如故，一不高兴，就会打人。我外太爷马殿选看到自己的话惹得我外祖奶赵对儿流泪，生怕父亲动怒，像往常一样拦腰抱住他在屁股上狠揍，话一说完，身子就挪到了门口，做好了随时逃跑的准备。可这一次，父亲却没有发脾气，他长叹了一口气，坐在我外祖奶赵对儿身边。

"你也过来，坐这儿！"我外祖爷马有实指着地下的柴草，对我外太爷马殿选说。

我外太爷马殿选乖乖地走过去，坐在父亲指定的位置上。

"我年过半百了，也不想冒大险，但是我不能不去啊！"

"爸，你不是说洪帮是朝廷反对的，你也反对吗？"我外太爷马殿选鼓足勇气问。

"俗话说，滴水之恩当涌泉相报。当初我们遭难，家破人亡，没有边爷，我们也挺不过那场大难。边爷给我们修了家，修了杂货铺，还出资让我们开山货铺子。全家人才吃饱了肚子，活得光鲜，人不能忘恩。忘恩是无义之人！"我外祖爷马有实叹息道，"我这一趟出去，不知道能不能活着回来，但你们一定要记住，不管谁问起我，千万不能说我去新疆，更不能说是去救洪帮边爷。外面风声紧，万一让外人知道，我们全家人都活不了！"我外祖爷马有实抚摸着我外太爷马殿选的头，眼里闪着光。

我外太爷看到，两行清泪，从我外祖奶赵对儿的脸上流了下来。

8　惹了祸

我外祖奶赵对儿天不亮就起床，拿一把大扫帚唰唰地扫院子，院子大，院墙矮，从外面看得清楚，这个院子始终干干净净。她扫完院子，叫醒几个孩子。然后给亲生的儿子穿衣戴帽。太阳一出窝，他们一家人出了门。已经十一岁的我外太爷马殿选带着六岁的弟弟下地干活。我外祖奶赵对儿则背一个褡裢，抱着三岁的儿子到灰盐市前街路口。那三间施舍过粥饭的杂货铺，在我外祖爷马有实手中早已从背巷搬到了路口，发展成了三间临街大铺面。不管刮风下雨，我外祖奶赵对儿准时到灰盐市前街，雷打不动地按时开门。

即便是我外祖爷马有实没有进新疆救边爷之前，我外太爷马殿选早晨总是看不见他。勤快的我外祖爷马有实半夜里牵着那头大骡子进货去了。他必须走很远的路，到很远的大山里，才能进到便宜货。一般出门，四五天才能回家。

和以前的杂货铺不同，我外祖爷马有实现在的店铺主要经营山货，而这些山货要靠皮货兑换，他头一天将皮匠店里加工好的皮袄扎成捆堆在门口，第二天天麻麻亮用骡子驮进南山，用皮袄换回山里的铁锹把、锄头把、笤帚、木锨、簸箕、背篼、筛面的箩，背草的筐等山货。我外祖爷马有实总是晚上到皮货匠那儿进货，因此我外太爷马殿选必须在晚上干很长时间的苦力活，当搬运工。艰辛的劳动并没有累着我外太爷马殿选，他的肌肉、骨骼反而比其他同龄的孩子更加健壮，个子也显得比其他孩子高。在劳动中，他还增长了许多知识。比如说，他能一眼认出皮货的好坏。他知道最好的皮袄是羔子皮，还知道用山羊皮做的叫猾子。未到生育期流产的羔皮做的皮袄叫云板。云板毛短，皮小，不值钱。除了云板，他还认识板子。板子皮厚，毛长，但毛不密，是用没有绒根的山羊皮做的，等等。

时间又到了春分时节。

往年这时候，洮河两岸杨柳青青，莺飞草长，大片的油菜花覆盖田野，到处是一派生机盎然的忙碌景象。可不知为什么，今年的这个时节，春风没有如期送来春天温暖的前奏和温馨的花环，却是阴雨不断。春分过后的好几天，阴雨依然没有消退的迹象。牛毛般的雨丝飘飘悠悠地落在临洮斑驳的古城墙上，落在灰盐市幽静的小巷中，落在前街路口我外祖爷马有实山货铺朴拙的窗棂上，落在倚门而立的我外祖奶赵对儿的愁眉苦脸上。雨下雨停，她静静地听着，看着，想着。不经意间，情不自禁地用手去接屋檐下滑落的雨滴，点点晶莹，串串如泪。

忽然一阵寒风扑面吹来，带着些许粗暴、夹着些许冰凉的雨点，狂傲地掠过灰盐大街。风雨中，我外祖奶赵对儿看到一男一女两个老人踽踽同行，女的拄着拐杖，男的手提一只木桶，跟跟跄跄地走在灰盐市幽静的林荫道上，两个老人相互搀扶，那满是老年斑的粗糙苍老的双手，微微颤动着，紧紧地牵握在一起。

两个老人慢吞吞地经过山货铺门口，渐行渐远。

我外祖奶赵对儿凝视着他们的背影，心底顿时注入了一声叹息、一丝寂寥、一叶阴凉。这两个老人是边爷的父母亲。以前他们是那么的硬朗，可是仅仅一年时间，他们衰老得惨不忍睹。自从一把刀和清汤一碗带着兰州和临洮的洪帮远赴新疆那天起，边太爷夫妇总是习惯性地出城远望，人们嘴上不说，心里明白他们望的是什么。一年多来，他们天天从山货铺门口走过，随着太阳升起希望，伴着晚霞送走愁苦。每一次看见两个老人迈着沉甸甸的脚步，手牵着手从街头走过，我外祖奶赵对儿真想把两个老人请进来，问一问，说一说。

可是每次她都忍住了，她实在不忍心去触碰那个话题。我外祖爷马有实未进新疆之前，两家的生意都由我外祖爷打理，可他一走，光山货铺子，我外祖奶就忙不过来。她无力帮酒馆，重担只能落在王德

临洮城墙

芳肩上。两个老人，一个满周岁的孩子，日子，真难啊。

云卷云舒，花开花落，他们只能这样艰难地、默默无语地走。

细雨停了，天黑了下来，街上的行人越来越少。

我外祖奶赵对儿环顾一下货物越来越少的店面，愁眉苦脸地走出店铺。慢慢搬动摞在门外台阶上的门板，一扇一扇地将活动木板装上门框，用一把铜锁锁上门，径直朝灰盐市东头自家宅院的方向走去。四个孩子无声地在家门口等她。

这些年来，由于我外祖爷马有实远走新疆，店里货物越来越少。尽管皮货店愿意赊货给她，但她一对三寸金莲，进不了山，孩子们还小，也不能进山。新货进不来，旧货日渐少，山货铺子陷入困境。秋后川里闹旱灾，山里连天阴雨，庄稼歉收，粮价上涨，苦了百姓也苦了我外祖奶赵对儿一家。她连房租也交不起了。

我外祖奶赵对儿咬牙硬挺了一阵，最终还是关闭了山货铺子。

愁苦的日子，我外祖奶赵对儿忍不住想起山货铺子。脚不由人地走到前街去看。熟悉的门紧紧地关着。门顶上出现了一个新钉锦子。一把新锁，挂在钉锦子上。新锁一直挂着，闪着光亮，渐渐地，光亮暗淡下来。天长日久，风吹雨打，钉锦子发黑，锁有了红锈。可门一直就这样锁着，钉锦子越来越黑，锁子越来越锈，锈成了一个铁疙瘩。终于有一天，来了几个人。轻轻用手一拨，那铁疙瘩连同钉锦子掉在地上，于是原来的山货铺子变成了铁匠铺。

山货铺子在我外祖奶赵对儿心中彻底死去了，她收拾西房，打开了墙面上的那扇窗户，重操旧业，一边开着杂货铺，一边盼着我外祖爷马有实回来的那一天。

泥佛对土佛，相比而言，大寺酒馆比杂货铺生意要好一些。因为边爷是洪帮头子，洪帮兄弟明里暗中都会照顾酒馆。而杂货铺就没有这么幸运了，加之我外太爷家口大，孩子多，生意一天不如一天。我外祖奶赵对儿的难处，边太爷都看在眼中。边太爷让我外太爷马殿选到他们酒馆当个跑堂，以贴补家用。

如今两家的铺面，街隔街，是隔行的买卖，通常是没有什么来往的。可是每到秋后，庄稼收割，粮价降低，酒馆就要收购粮食以备酿酒。收粮的时候，边太爷站在街口，背着手，看着满头大汗的伙计们裸露着膀子，把乡下趸来的新粮，从骡子车上卸下，一趟一趟背进大寺酒馆后面的大仓。我外太爷马殿选帮着过秤，记账，算钱。忙完了，边太爷会炒几个菜，打几斤酒，请洪帮王大爷喝酒。我外太爷马殿选则充当了跑堂的角色，来来回回端菜，倒酒。

我奶奶说，边永富的妻子王德芳是个大美人，鸭蛋脸，柳叶眉，大眼睛，双眼皮，高鼻梁，标准的美人坯子。见过她的人说，这人水灵灵的，皮肤雪白雪白的像鸡蛋清。收粮酿酒的日子，王德芳会从娘家衙下叫小弟王德一到酒馆。王德一剃光头，戴圆帽，穿青衣，比我外太爷马殿选大五岁。可我外太爷马殿选长得结实，个子高，看上去和王德一一般大小。忙完酒馆的活，两人在一块玩耍，也偷偷地谈论洪帮。

但这样的日子持续的时间很短，我外太爷马殿选就再也没有去酒馆，因为他和王德一玩耍的时候，向王德一透露了洪帮救边爷的秘事。王德一又把这事告诉了他姐王德芳和边永富的母亲。而这件事，一直瞒着边永富的母亲、妻儿。边永富母亲从王德一这儿得到实情，急火攻心，大病一场。我外祖奶赵对儿怕我外太爷马殿选惹出更大的祸，就不让他到酒馆当跑堂。

王德一不知道父亲王守山这几年去了哪里，他从我外太爷马殿选这儿得知实情，冲动而喜欢冒险的王德一，偷偷联络了几个洪帮小兄弟，晚上来叫我外太爷马殿选。

"我们要去新疆，你去不？"王德一问。

"我想去，可家里不行。"我外太爷马殿选兴奋地涨红脸，想了半天，失望地说。

"咋不行？"

"她不让去。"

"她是谁?"

"还能是谁,恶毒的后娘,赵对儿!"我外太爷马殿选说。

"我们偷偷摸摸地去,不让她知道!"王德一鼓动道。

我外太爷马殿选的心早动了,自从去了一趟喀什,他的心早已拴不住了。每晚做梦,梦的都是那帮小伙伴。清汤一碗到临洮求救的时候,他很想跟我外祖爷一块进新疆。可是我外祖爷马有实反复说,他是家中长子,要帮助母亲料理家务。

我外太爷经不起王德一的蛊惑,心热了,几个孩子在门外低头密商。

可是他们根本没想到,他们的话,我外祖奶赵对儿在门里全听见了。她气得浑身发抖,不仅是因为我外太爷马殿选前几天走漏消息,惹得边老太太大病一场,差点要命。更令她生气的是,我外太爷居然直呼其名,喊她恶毒的后娘。我外太爷马殿选的话寒透了她的心。

我外祖奶赵对儿顺手从门背后拿起一根木棒,气急败坏地拉开门,扑过去,照着我外太爷马殿选的头一阵猛打。王德一等几个大点的孩子,知道惹了祸,一溜烟跑了。我外太爷马殿选左避右挡,头上还是挨了几棍子。一股鲜红的血,顺着脸颊流了下来。但是他一声不吭,更不求饶,一双血红的大眼睛,射出仇恨的光芒,死死地盯住我外祖奶赵对儿。

"狼娃,你吃人呢!"

我外太爷马殿选的目光刺痛了我外祖奶赵对儿,她越发生气了。且不说他嘴松,没封口,走漏消息,就说他在背地里那么恶毒地称她后娘,他也该打。可是我外太爷马殿选犯了错,不仅不知错,还用一双狼眼瞪人,我外祖奶真受不了。她下手更重了。

雨点般的棍棒落在我外太爷马殿选身上,头破了,脸破了,手也破了,滴滴血珠溅得到处都是。可是他不觉得疼痛,只感到委屈和仇恨。他咬牙切齿地瞪着她,寻找机会反击。终于他抓住了我外祖奶赵对儿打过来的棍头,死劲拽。我外祖奶赵对儿气喘吁吁。她没想到一个十多岁的孩子，居然敢反抗，居然有如此大的力气。

棍子被拽来拽去，两人的手上全是血。

"梆梆梆！梆梆梆！"

响亮的敲击声，穿过凝滞的空气，从巷口传过来。

这敲击声粗糙而沉闷，生硬而泼辣。哎，原来是补锅匠来了。

一只独轮小车，车前装了一个炝着火的小铁炉子，中间是一个装了用具的小木柜，车旁边又挂着一只小木风箱。车把上倒扣着一个破铁锅，车把上的带子挎在推车人的脖子上。补锅匠一只手扶着车把，往前推着车走，另一只手里的木棒子敲着那只破铁锅。

"梆梆梆！"敲过了再喊："箍漏锅嘞！"

"哎哟，你们母子，练的是哪一路拳呀！"补锅匠停住了车。

补锅匠是王奶奶的儿子王彦邦，人称王十娃。系紫松乡衙下集农民，因为兄弟中排行老十，人称王十娃，以识麻布、锔锅锔碗养家糊口。王奶奶夫妇原来住在衙下集，因家口大，负担重，夫妇俩就在灰盐市后街租房搞生意。王奶奶共生了十男三女，只有王十娃继承了父亲的衣钵，学了锔碗锔锅的手艺。

王奶奶男人王福才带着王十娃锔锅锔碗，靠手艺养家糊口，虽没挣下金山银山，置下大家业，却也日积月累，慢慢在临洮城灰盐市后街盘下了两间铺面。王福才每天挣几个辛苦钱，一家人窝头咸菜，日子倒也滋润。有一天，隔壁的银匠到王福才铺子里，说有一批银器要贩卖到草原藏区尖扎寺，一个人去太孤单，邀王福才同往。修理行中，他两家走得近，城里没活的时候，他俩经常结伴走镇串乡，一个锔锅碗盆壶，一个打镯坠锁链，各挣各钱，末了一同回城。藏区虽远，可报酬高，王福才一口应诺，打理挑子，备上干粮同去了。这一去，他们再也没回来。人们猜测他们被土匪打劫了，或在草原遭遇了狼群。不管咋说，他们就像落在茫茫草原上的一粒水珠，永远消失了，活不见人，死不见尸。王奶奶整天以泪洗面，王十娃抱住王奶奶说，妈，你别哭，儿不吃十年的闲饭，我手艺也会，担子我来挑。"

王十娃接过了父亲的金刚钻，揽起了瓷器活。

男人王福才走失的那件事给王奶奶打击太大了，她要求儿子，就是饿死，也不能走州跨县去挣钱。孝顺听话的王十娃，绝大部分时间，只在铺子里接货，很少出门。母亲绣花，看着儿子，儿子锔锅，守着母亲。挣钱虽少，日子艰难，可安稳。谁想"河湟民变"袭来，王奶奶死于逃难途中。王十娃大哭一场，葬了母亲，领着一家回到衙下。靠手艺在衙下村西头盖了几间草房，落了户。

民变过去，王十娃进城，可是王福才手里在灰盐市后街盘下的两间铺面早已荡然无存，王十娃不得不违背母亲愿意，像父亲一样走街串巷，养家糊口。与父亲王福才不同的是，王十娃在衙下王守山大爷的介绍下，参加了洪帮，当上了衙下大哥。

"嫂子，你看娃娃脸上全是血，你松手！"王十娃走过来，先掰开我外祖奶赵对儿的手，拿住棍子一头。又抓住我外太爷马殿选的小手，轻轻一拉指头，取下棍子另一头，顺手一抛，隔墙掷进家。

"啥事呀？你脸红脖子粗的！"王十娃问我外祖奶赵对儿。

"气死我了，我……我屎一把尿一把地伺候，越伺候越成了仇人，骂我是恶毒的后娘！我……我饭碗里养了仇人，养了狼娃了，我要问问，我恶在哪里了？毒在哪里了？"我外祖奶赵对儿柳眉倒竖，但此时她并没有气昏头，不肯吐露实情。她看着王十娃，择轻说道。

"你看你，这娃也就跟我的娃王仲甲一般大小，骨头还嫩着呢！你下手这么重，他受得了吗？你看这血！"王十娃一边轻轻擦着我外太爷马殿选脸上的血迹，一边责怪我外祖奶赵对儿。

我外太爷马殿选觉得委屈极了，他放声大哭。

"娃呀，你爹不在，不要惹娘生气！你娘白天给你们吃，给你们喝，夜里纳鞋袜，做衣衫。她一个人拉扯你们，多不容易呀！怎么能骂娘呢！"王十娃劝。

"……我没骂,我只给王德一说了一句话,她就打我!"我外太爷马殿选争辩。

"你人前头没骂,人背后骂了!"我外祖奶赵对儿气还未消。

"你没骂,你好好的、乖乖的,她咋会打你呢?"王十娃反问我外太爷马殿选。

"她……她打我,不是为这!"我外太爷马殿选哭着说。

"为啥?"

"……我要上新疆,她听了就打我!"我外太爷马殿选豁出去了。

"狼娃,你住口!"我外祖奶赵对儿急了。

"我偏不,我偏要说!"我外太爷马殿选牛劲犯了。

"……狼娃呀,你存心要我们死呢嘛……"我外祖奶赵对儿哭了。

"好好的,你咋想起上新疆?"王十娃追问。

"我想救……"

"狼娃,你不要命了啊!"我外祖奶赵对儿勃然大怒,扑向我外太爷马殿选。

"嫂子你冷静,我啥都明白了!"王十娃拦住我外祖奶赵对儿说。

"你明白啥?"

"我啥都明白!"

"那你说嘛。"我外祖奶赵对儿紧张地盯着王十娃。

"说白了,还不是边爷!"王十娃轻声说。

"……坏了!补锅匠胡说呢!"王十娃的这一句话,无疑是一声炸雷,惊呆了我外祖奶赵对儿。她的一张脸,顿时吓得像白纸一样,她急煞道。

"嫂子,你别紧张,也别拿娃娃出气。我全知道,你不让娃当跑堂,就因为他在酒馆说漏嘴,怕他招来杀身之祸。也难怪你,帮会是秘密组织,官府从大清时就视为眼中钉,肉中刺。如今到了民国,帮会暗中支援革命党,官家怕得要死。尤其是关外出了事,官家对关内的帮会盯得紧。一有风吹草动,不是抓,就是杀。帮会的兄弟,不得不多长个心眼啊!"王十娃一口气说了这么多,听得我外祖奶赵对儿目瞪口呆。

我外祖奶大张着嘴,眼睛一动不动地盯着眼前这个"八"字肩、粗长辫,戴瓜皮帽,穿破衣烂衫的补锅匠。

"你到底是谁?"

"哎,嫂子啊!我不瞒不昧,我是衙下的洪帮大哥啊!"王十娃坐在独轮车把上,掏出长长的旱烟杆,装上一窝黄烟,点着火。美美地吸上几口,咳嗽了几声,吐口痰。环顾四周,见巷中无人,这才放心说:"嫂子,大哥很快要回来。"

"你咋知道?"

"救边爷,我也去了。我们在撒卡尔塔得了手,由于边爷是重犯,劫案惊动了袁世凯,设了重重关卡,不惜一切要抓捕。兄弟们商量,潜伏在离撒卡尔塔一百多里的一个叫旗布林卡的藏乡,等风声一过再回来。"王十娃不紧不慢地说。

"我家老马没来,你咋来了?"我外祖奶赵对儿问。

"我是补锅匠嘛,串乡走镇,通风报信,谁也不怀疑。"王十娃静坐着装了一袋烟,慢吞吞地吸着。

"那风声过去了吗?"我外祖奶赵对儿问。

"过去了!"

"他啥时候回来!"

"快了!"

我外祖奶赵对儿看着王十娃,仿佛不认识他了。她做梦也没有想到,这个平时讨价还价,斤斤计较,一味在那些鸡毛蒜皮上反复纠缠的山野村夫,此刻就像一位隐居深山、时隐时现、洞若观火的智者。他的话就像一把火焰,点燃了我外祖奶心底那团快要熄灭的火。巷子里灰头土脸、东倒西歪的瓦房,豁牙露风、狗尾巴草一样摇摆不定的土墙,甚至那些倒下去,塌陷成一堆破瓦碎砖的废墟,都有了色彩。

"嫂子,回去吧!"

王十娃站起来，磕掉烟锅里的灰，小心翼翼地将烟杆装进烟袋，推起独轮小车，摇摇晃晃，东倒西歪地向巷子深处走去。很快，王十娃消失在我外祖奶的视线中，叮当作响的声音也听不见了，可她仍然痴痴地望着。灰盐市咬着烟杆的老汉、腿疼的婆娘、低头拉车的驴、啃草的羊、欢唱的喜鹊、放声歌唱的孩童、发酵膨胀的臭牛粪，这一切，在她眼里都亮了。

这么多年来，我外祖奶潦草地奔波，潦草地活着，受了多少苦，担了多少惊啊。

"娘，我们回家吧！"不知过了多少时间，我外太爷马殿选拽了拽她的衣服。

我外祖奶一甩手，突然坐在地下，伤心地哭起来。

可怜的女人

我外祖奶赵对儿也是个苦命人。她娘家在东坪，人多地少，家穷吃不饱。他们结婚时我外祖爷马有实前妻袁氏留下二子一女共三个孩子，我外祖爷马有实分别取名我外太爷为马殿选、我外二太爷为马殿德，我外姨太奶为马思静。我外祖爷马有实熟读《国语》，他从"故食谷者，昼选男德以象谷明，宵静女德以伏蛊慝"中选择了几个字为子女取名，希望也仅仅停留在食谷上，希望他们将来有饭吃，可见他的要求并不高。三个子女中，我外太爷马殿选居长，出生于1889年12月19日。在他长到三岁时，袁氏因难产抛下他们去世了。

我外祖奶赵对儿嫁给我外祖爷马有实，她心有不甘。

"女子啊，你要嫁到城里去，不挨饿，就要舍弃一头。"我外祖奶的父亲劝她。

"他年纪大，比我大十多岁呢。"我外祖奶赵对儿哭泣。

"可他是个识字人啊，是个秀才呢。年纪大点，有什么关系呢！"我外祖奶的父亲劝。

我外祖奶赵对儿娘家全是瞎汉，几辈人没出个念书人。我外祖爷马有实念私塾，教私塾。虽然现在大清国完蛋了，中华民国取消科举，大办新学，我外祖爷马有实无法获取官职，可他有一肚子四书五经，能写会算。

"秀才弱不禁风，哪里比得上庄稼汉！"我外祖奶赵对儿擦着泪水顶撞。

"女子你错了，这秀才可不是那秀才，他有功名，立下了武功。他在陕甘民变中守护临洮古城立下大功，朝廷奖励他一面金旗、一把大刀。他虽然没有一官半职，但再怎么比，庄稼汉也比不过他！他川里有地，城里有房，农耕之余还开着杂货铺，日子比庄稼人好十倍呢。"我外祖奶的父亲耐心地说。

"啊……他是二婚啊，我一进门，三个娃就喊娘！"我外祖奶赵对儿擦净泪水。

"这不是问题啊，娃多，劳力多嘛！做女人的，迟早娃娃要喊娘的，你就当他们是你亲生的，心放公当，啥事都没有了！"我外祖奶的父亲端起茶缸，挨在嘴边，却不喝下，停在半空，眼睛盯住我外祖奶赵对儿。

"反正我心里不好受。"我外祖奶赵对儿不死心。

"攀一门亲，哪能都随心呢？你想嫁新式青年，人家也嫌弃呢！"为了说服女儿，我外祖奶的父亲揭了我外祖奶的短：东坪庄上有个读新学的青年，我外祖奶赵对儿喜欢。可搬媒的去说，那青年却嫌弃我外祖奶赵对儿是孖脚，不识字，土气，未出过门，没有见识，看不上她。

我外祖奶赵对儿泪水哗啦啦淌了一脸。

"听我话，嫁给马有实，好好过日子！"我外祖奶的父亲最后说。

我外祖奶赵对儿低头，没吭声。她默默接受了这桩婚姻。拜堂时我外祖奶借着鞠身的工夫，透过面纱偷偷瞅了一眼身边的我外祖爷，大身材，戴着个礼帽，穿着青布马褂，灰色长袍。红纱遮着，她看不清他的脸，但感觉大致是不错的，心里平静了许多。宴席开始后，洞房里只剩下她一人，静悄悄的。桌上的大红龙凤花烛烛光摇曳，映照着墙上的大红喜字，映照着炕床上的绣花大红被子，大红床帘。隔着红纱，她听见有人轻轻推开了门。

我外祖奶心里惴惴不安，觉得一面鼓在心口窝子咣咣地敲。随着一阵轻微的响声，他的身影走近了炕床，我外祖奶赵对儿的心跳得更猛了。她赶紧双手捂在胸口，生怕它一不小心跳出去。我外祖奶觉得那人在她身旁坐下了，炕床吱吱地发出一阵声音。她不知道坐下来他会干什么，紧张得全身颤抖。

那人朝我外祖奶那边坐一坐，挨得近些，轻轻揭去她的红头纱。

我外祖奶赵对儿大睁着眼，一脸受惊的神色，满头金银钗簪，在幽靡的烛光映照下晃来闪去，像摇动一树的桃花般缤纷。

我外祖奶被吓着了。

我外祖奶眼前是三个孩子，由大到小端坐在炕头。

他们是我外太爷马殿选、我外二太爷马殿德，我外姨太奶马思静。

"……你，你们，怎么回事？"

三个孩子小手捂着嘴唇，笑得像桃花。

"你们咋进来了？"孩子天真烂漫的笑容，消融了我外祖奶赵对儿的紧张。

"爹说给我们娶了个妈，我们来看看！"那个最大的男孩，就是我外太爷马殿选，当时只有五岁，长得条条细细，干干净净。一双亮晶晶的眼睛，闪着柔波。

孩子的目光就像两条清澈的小溪，流淌到我外祖奶的脸上，立刻与她的目光交汇成了一条河。我外祖奶赵对儿的母性被唤醒了，她忘了自己是新娘，跟孩子们逗笑。昨日的担忧和愁肠，被孩子们稚嫩的笑靥送走了。就在这一刻，仿佛那快乐无比的童年回到了他们中间。

我外祖奶赵对儿望着戴青圆帽、梨花一样又白又灿的三个孩子笑了。就在这一刻，她喜欢上了三个孩子。像一个真正的母亲那样爱上了三个孩子。

第四章

狼娃儿要油

[光绪二十六至三十四年(1900—1908),岳麓山,正绝烟日]

 进门就跪下

我外祖奶赵对儿婚后的生活简单而琐碎,平淡而热烈。

每日炊烟升腾,饭菜飘香。牲口圈里有骡有马,晨要遛马,晚要喂豆。而院里的菜园子、狗和一群鸡,就让我外祖奶赵对儿忙得团团转。稍不留意,站在断墙上昂首挺胸打鸣的公鸡,跳下墙头,飞进窗内,追逐着母鸡,光天化日之下上演着爱情剧。勤劳的我外祖奶赵对儿不管累不累,每天都要起早贪黑,爬锅抹灶,砸麻捻线。日落西山,她还要烧火做饭,掏灰烬填土炕。忙完这一切,天黑了。吃饱了的猫,爪子搭在大腿上,闭着眼睛念叨着清闲。闹腾了一天的三个孩子,打着哈欠,爬上温暖的土炕,响起了一片鼾声。可山一般硕壮的我外祖爷马有实的幸福却刚刚开始,他瞅一眼炕那头熟睡的孩子,风一般钻进我外祖奶赵对儿的被窝。

日子像柿子一样通身透亮,像剥开外衣的玉米闪着光亮,像蓝格茵茵的胡麻花让乏味的生活喷香。漏雨透风的屋子,就这样温暖着,挥洒着传宗接代的爱情和鸡毛蒜皮的故事。

收获如期而至。一年后,我外祖奶赵对儿生了一个儿子,起名叫马

殿明。我外祖爷马有实家人口多，生活不宽裕，孩子们上不起新学。我外祖爷马有实就自己教孩子们识字。在乡村里，只要你走不出家门，官名就叫不开，村上称我外太爷马殿选三兄弟为马大、马二、马三。

有了亲生儿子，我外祖奶赵对儿对我外祖爷马有实前妻孩子的爱，就像花期短暂的梨花，一点点地凋零了，转移了。最初的日子，男主外，女主内。我外祖奶赵对儿对待我外祖爷马有实前妻的孩子，还算过得去，并无过分。可是随着我外祖爷马有实远走新疆，家里就乱了套。就像石头滚到了半山中，我外祖奶赵对儿不得不硬着头皮顶上去。她从我外祖爷马有实手中接过了山货铺子，可遗憾的是她是个山乡女子，没见过世面，没做过生意，更要命的是她不识字，不会算账，货进不来，售不出。最终不得不关门。重开的杂货铺，只是针头线脑的薄生意，又因为缺少本钱，品种少，挣不了钱。货少了，钱没了，家里的面柜比叫花子的肚子还空。

我外祖奶赵对儿哭哑了嗓子，她愁得吃不下，睡不着，恨不能含泪把脖子伸进绳索，眼睛一闭上了吊，跳了河。可是望着几个骨瘦如柴、叽叽喳喳的娃娃，她下不了决心，咬牙挺着。

和所有山乡女子一样，我外祖奶对待困难的办法唯有两条：一条是到卧龙寺烧香许愿，祈祷神仙保佑；另一条是碗口里抠食，扎紧肚带，能省则省。

省谁？亲生的，娃小，不能省。

省自己？大人是顶梁柱，万一倒下，家就倒了。

要省只能从我外祖爷马有实前妻的三个娃娃口中省。我外祖奶白日里蹲在杂货铺，不做饭，不烙馍。晚上偷偷到灶房里做了馍馍，拿到堂屋，锁进炕柜。

我外祖奶赵对儿和亲儿子我外三太爷马殿明饿了，偷偷从炕柜里取馍，吃独食。而我外太爷、我外二太爷和外姨太奶三个孩子只能空着肚子，饿得实在受不了，三个人就哭着要吃的，我外祖奶赵对儿听到孩子们哭，也不知哪儿来的无名火，棍棒相加，甚至用锥子在屁股上戳，在大太阳底下罚站，在冰雪中身上浇冰水。他们挨了打，挨了骂，还不能大声哭。哭的声音大了，街坊邻居听见，就要劝阻，说闲话。我外祖奶赵对儿要面子，越发恨，就打得越厉害。

起始我外太爷马殿选在大寺酒馆当跑堂，吃不上饭，一天从早跑到黑，头晕眼花，打软腿，跑不利索。顾客要东不来东，要西不来西。就高声大嗓门地发火。弄得边太爷替他求情：兄弟，先别发火，来，椅子上坐。都是洪帮兄弟，你不分我，我不分你。我们兄弟讲的是你的仇就是我的火，你吃肉我喝汤，生死路上走一场！这娃娃爹是洪帮，娃将来也是洪帮！来来来！弟兄们，端碗，先把酒喝下。那顾客虽不高兴，但碍着边太爷的面子，端起了碗。顾客忍住气说，边太爷你可不能这样打哈哈，洪帮的娃也是娃，错了要打则打，要骂则骂。边太爷笑道，喝酒，人前头不打娃，人背后我收拾。

时间一久，大家发现我外太爷马殿选打软腿的原因。

到酒馆喝酒的大都是抱了拳，烧了香，喝了血，山盟海誓在石头上摔过碗的洪帮兄弟。之前他们也曾扑通跪倒，叫过我外祖爷马有实我的哥，也曾拿着来路不明的货物到我外祖爷马有实杂货铺销过货。如今看到马有实的孩子吃不饱，难免心生恻隐之心。这个一把豆，那个一块馍，而大寺酒馆的残茶剩饭，边太爷也全部让我外太爷马殿选提回家给弟妹吃。我外祖奶赵对儿心知肚明，暗自窃喜。

可是随着我外太爷马殿选跑堂生涯的结束，饥饿再次袭来。

面对饥饿，我外太爷马殿选选择了乞讨。他不能眼睁睁地看着弟妹活活饿死。他领着弟妹逃出古城，到外面讨些吃的。他们不敢在附近村庄讨要，怕碰见熟人。

我外祖奶赵对儿也是爱面子的。但是县城不同于乡下，住在石头街上，没有地，没有庄稼，可你不能吃石头。两间朝不保夕的山货铺子，在我外祖爷马有实走后的半年时间内水断渠干，日子又回到了针头线脑的杂货铺时代。而与那时不同的是，那时我外祖爷马有实兜售洪帮兄弟们的私货，还有一笔固定的收入。如今这一笔收入没有了，光靠针头线脑的小钱，光靠我外祖奶一个小脚女人，养不活五张嘴，更改观不了这个家穷酸的面貌。我外祖奶赵对儿对此异常冷静。她也知道，作为秀才的我外祖爷马有实比她更要脸面，更怕听到闲言碎语，但是闲言如腾起的炊烟，一吹就散，而肚子只要三天不填就会饿死人，她佯装不知，只当不知道孩子们出城是去讨饭，也只当是件别家事，与己无关。她用这种自欺欺人的办法来保全脸面。

冬天，我外祖奶赵对儿连着几天没有进灶房。

我外太爷马殿选和他的弟妹连着几天面食未进。如果说，这时是夏秋时节，孩子们总是有办法填饱肚子，顺手摘几枝麦穗、掰几颗苞谷、撸几把豆子，或者掏两窝洋芋烧个地锅锅，甚至于捡些野菜或者榆钱，挖些草芽、草茎，煮上一锅，吃个肚皮滚圆，那也是很容易的事，然而一入冬季，大地沉睡，一片荒凉，他们的眼前只有外出讨要这一条路了。

好在我外太爷马殿选习惯了这样的生活，由于经常外出乞讨，也使他的胆子越来越大，便领着弟妹到三十里外的衙下村讨要。

这一天由于离家较远，一直到天黑，我外太爷他们才返回。

远远地，他们感到家里的一股热气。

"哥，你快看，烟！"我外姨太奶笑靥灿烂。

"啊，我们，我……我们家的烟筒，冒烟呢！"

"娘肯定挣了钱，买了面，做饭呢！"

走进灰盐市，走进后街，巷子深处那高高拔起的塌房烂院上面，一股袅袅炊烟奇迹般地升起，遮住了后街的半个天。笼罩在院中的大树顶上。那烟不断地从房顶窜出，不断地窜上天空。我外太爷他们笑着，跑着，可炊烟一直没有离开过他们的视线，他们好久没有看到自家烟筒里的烟了，好久没有闻过烟味了，那常见的炊烟好像是一束一束的面条，看着就让人喜欢。

我外太爷他们三人像飞鸟投林，像牛羊归栏，欢喜地推开了自家大门。

院子里热气腾腾，一个身板高大魁梧的男人，弓着腰，迈着八字步，气定神闲地在院子漫步。那男人听见门响，转过身。我外太爷马殿选看清楚了他的高鼻梁，厚嘴唇，大长脸，我外太爷马殿选的身子情不自禁抖动起来，他认出来了。

这个人是我外太爷日日夜夜盼望的亲爱的爹，我外祖爷。

我外二太爷和外姨太奶怯生生地望着我外祖爷。

我外太爷马殿选激动得全身发抖，两行泪水，不知什么时候流了下来。

"爹！"

我外太爷马殿选哭了！

无数个白天，无数个夜里，我外太爷马殿选期待着父亲回家。无数个梦里，他梦见父亲回家的情景——抱着他打转，他笑，他哭，他跳；父亲也在笑，父亲也在哭，父亲也在跳。日日夜夜盼望的这一刻，终于来了。

可是我外祖爷无动于衷，我外太爷马殿选抬头望望父亲，他一脸黑云。

"爹！"

"娃，跪下！"我外祖爷马有实没有应答，却高声说了一句。

"……爹！你一进门，咋让我下跪？"我外太爷马殿选觉得意外。

"你带着他们哪儿去了？"我外祖爷马有实涨红脸道。

我外太爷马殿选紧闭嘴唇，不敢说话。

我外祖爷马有实问了半天，我外二太爷和外姨太奶吓得一句话都不敢说，他俩怯生生地望着我外太爷马殿选。

"你说话！"我外祖爷马有实吼。

"说什么？"

"到哪儿去了？"

"城外衙下集。"

"干啥去了？"

我外太爷马殿选低着头，不吭声。

"你不说，我替你说，你当叫花子去啦！"我外祖爷马有实气急败坏地说。

"谁说的？"我外祖奶赵对儿心虚地问。

"我们一进城，各地舵把子来迎接边爷。那个王十娃一见面，就说他领着弟妹四处讨饭。我堂堂正正一个大秀才。这次因救边爷有功，有人提议要选我当舵把子呢。王十娃当着那么多人的面，告诉我我儿子当叫花子，我这脸面，朝哪儿搁呀！"我外祖爷看着我外祖奶说。

我外祖奶赵对儿一听，脸色都变了。她知道，我外祖爷脸面看得比命还重。但她毕竟是女人，没念过书，眼窝子浅。又死要面子，不敢说实话，不敢担当。硬着头皮，想瞒天过海，把责任全推给我外太爷马殿选身上。我外祖奶赵对儿说，你一走，他就疯了，娃也不抱，家也不回。我守着杂货铺，脱不开身，顾不住家。他带着一大一小，到哪里野，我也不知道。

"你是他娘，你咋不管呢？"我外祖爷马有实瞅着我外祖奶赵对儿说。

"我管不了，我说的话，他一句也不听。"我外祖奶赵对儿讲。

"不听，你就打！"

"我打不过。"我外祖奶赵对儿想起了之前跟我外太爷马殿选挣扎的事。

"他一个娃娃，你咋打不过？"我外祖爷马有实怀疑道。

"啥叫打不过。你的打，我没少挨！"我外太爷马殿选顶撞道。

"啊，你听听，他外号叫狼娃，我能打得过狼娃吗？"我外祖奶赵对儿愤愤地说。

"你……你，你！谁，谁……谁家的娘叫儿子的外号啊？"我外太爷马殿选气得拿眼瞪她，偏偏我外祖爷马有实看到了儿子那不屈的愤怒的眼神。

"你怎么说话呢？你拿死羊眼瞪谁呢！她是你娘！"我外祖爷马有实气道。

"……她不是娘……我娘是狼，我是狼娃！"我外太爷马殿选咬着牙，瞪着眼。

"简直成了野骡子，该给上个笼套了。"我外祖爷马有实其实心里不想一见面就打儿子，可他受不了儿子瞪老子，受不了那眼神，受不了我外太爷马殿选用那样的口吻跟我外祖奶赵对儿说话。我外祖爷马有实的巴掌落到我外太爷马殿选身上，打得他满院子跑。而我外太爷马殿选越跑，我外祖爷的火气越大，就不停地追。一个十多岁的孩子，哪里能跑得过大人。我外祖爷马有实最终抓住了他，拿了一根棒子，狠狠地抽打起来。一边打一边骂："说，你到哪野去了，不说我打死你。"我外太爷马殿选受不了疼痛，哭着大声回答。

"……我们饿，我们吃不饱！"

"爹，爹，爹……她不给我们饭吃……"

我外祖爷马有实愣住了，停下了追打："我家里穷，可还不到揭不开锅的地步，难道你们吃不饱吗？"他怀疑的目光转到我外祖奶赵对儿脸上。

我外祖奶赵对儿早有准备，她拉起我外祖爷马有实的手，噔噔噔几步，拉到灶房，揭开锅盖，大声吼叫道："你是怀疑我这个后娘，你看看！"我外祖爷马有实看着这一大锅剩饭，疑惑的目光又盯住了我外太爷马殿选。

我外祖奶赵对儿乘机说："活忙的时候，我两顿饭合一顿做，可从来没有饿过他们。我忙完外面，又忙家里，里里外外，哪一件事不要我操心，哪一样活不要我的手去做。我一天累得要死，娃娃又哭又闹，他们不好好抱，你一走，他瞅空往外跑，不知道体谅一下大人。"说到这里，我外祖奶赵对儿使出了哭天抹泪的招数："嗯……我这冤枉……给谁说呢……

半路嫁了个穷秀才,好日子没过一天。就远走他乡,留下一堆吃口,要我养活。我一个小脚女人,偷,没处偷!抢,没处抢!还要受这么多气……"

"名节要紧啊,再难,也不能去要饭啊!"我外祖爷马有实说。

"他们的腿长在自己身上,他们去要饭……我挡得住吗?"我外祖奶赵对儿哭。

"河湟大劫那么苦的日子,没饿死,没苦死。我走后日子苦是苦些,可土匪没追,强盗没逼!要什么饭,你们在败坏我的名声!"我外祖爷马有实气得脸膛发紫。

"你,你……冲我吼什么!冲你儿子吼去!我,我是后娘,我,我……我不想背黑锅。他,他们……也不是三岁的娃娃,不顾你……老子的脸……不顾你秀才的脸。我能咋的!"我外祖奶赵对儿想起那些难过的日子,气得大哭。

我外祖奶赵对儿一哭,三岁的我外三太爷马殿明也吓得哭了,端着个碗跑到母亲怀里。

那是一只砂泥碗,碗边有一圈黑瓷。碗大,他瘦小。竖起碗喝汤时,从远处看,就像小身子上长了两个头;走近些时,总有一种担心,怕他端不牢那大碗,会掉到地上摔碎了。我外祖奶赵对儿看到饿得皮包骨头的我外三太爷马殿明哭闹,又气又疼,连亲儿子都没了好声气,眉头皱成了一窝乱麻,吼一声端牢。

和所有老秀才一样,我外祖爷马有实极爱脸面。他是读书人,有着旧式读书人的尊荣,他的子女岂能和叫花子一样沿街乞讨!何况他曾得到朝廷的御赐,曾经那么风光地戴着大红花打着红旗在全县百姓面前亮相,他不能说是大英雄,也是个勇士。自古老子英雄儿好汉。英雄的子女在外面乞讨,丢人啊!

我外祖爷看着我外祖奶赵对儿,她的眼里流出泪水,无声地流过她清秀的面颊,流过她小巧圆实的下巴,滴落到那件破旧的衣裳上。我外祖爷跟我外祖奶赵对儿成婚时，她像白玉兰一样圆润、鲜亮，仅仅几年时间，她被磨砺得像一片落叶了。我外祖爷不忍心责罚我外祖奶。他的气，只能向孩子撒。他拿着大棒子走向我外二太爷马殿德和我外姨太奶马思静。

面对父亲的棒子和母亲的锥子，我外二太爷和外姨太奶吓坏了，他们违心地说话了。

"我们没要饭。"

"那你们干什么去了？"

"我们玩去了。"

"到哪玩去了？"

"我们上岳麓山玩去了。"

"岳麓山近近的，咋去了一天时间？"我外祖爷马有实问。

"我们在岳麓山碰到一个大人，他讲光绪二十一年爹爹守城的故事，我们一听就忘了时间，回来天就黑了。"

我外二太爷和外姨太奶说的自然是谎话，可是聪明的他们知道，这谎话对解决当前的危险是很有用的。我外祖爷一生最自豪的事情就是抗击民军。三前年每当闲暇时间，我外祖爷津津乐道的就是这件事，我外二太爷马殿德和我外姨太奶记忆犹新。我外祖爷马有实一听这话，果然放下了手中的棒子，脸上露出了笑容。

"哄我呢吧，那人长的什么样？"

"真的，那个人一脸白胡子。"

我奶奶说，人性的弱点，明知道是谎言，可是爱面子的老秀才却不愿意戳破那层薄纸，而我外祖奶赵对儿更希望事情到此为止。这样一来，肯定了谎话，我外太爷马殿选的实话就成了谎话了，他将面对我外祖爷更加严厉的惩罚。

"小小年纪，学会说谎了？"

我外太爷马殿选一言不发。

"你到底说的是不是真的？"

也许这时候，只要我外太爷马殿选摇摇头，我外祖爷就宽恕他，原谅他。可是我外太爷不想摇头，不想认错。他觉得委屈极了，难过极了。我外太爷想不通，自己日思夜梦，甚至于想冒险远走新疆，为的是救父亲。他日日盼，夜夜想，盼着父亲回来，盼着好日子回来。可是他盼到了什么，盼来了一顿骂，盼来了一顿打。父亲刚进门就骂他打他。眼泪像止不住的水一样地流了下来。我外太爷想起了死去的母亲，想起了受过的罪，挨过的打，吃过的苦。他哭得很伤心，哭得两肩不停地抖动。

而我外太爷马殿选一哭，我外二太爷和我外姨太奶也放声大哭。

我外祖爷马有实烦了，火又一次冒了出来。

"你哭什么，难道你没说谎？"

这一回我外太爷马殿选豁出去了，他使劲点点头。

我外祖爷马有实又举起了棒子。可是我外祖奶赵对儿拦住了他，她虽然是后娘，却不是恶毒之人，看到几个孩子伤心地哭泣，我外祖奶的心已经软化，有了悔过之意，但此时的她又不能承认我外太爷马殿选说的是真话。那关系到她的名誉，关系到夫妻感情。她清楚，我外祖爷马有实疼爱自己的孩子，如果她承认了真相，后果很严重。我外祖奶赵对儿顺手从我外三太爷马殿明手中拿过那只砂泥碗，气呼呼地塞进我外太爷马殿选的手里。

"我倒要看看，你娃有本事，别要饭，要一碗油去！"

11　赌气出走

我奶奶说——

那年头，家家都很穷困，都缺吃少穿，都填不饱肚子。出门讨饭的人要一块馍馍都不容易，油是金贵的东西，一年四季只有好过一些的人家在过年才用一点点。就算是县长家里，吃饭的配菜也只有大葱、萝卜、咸菜，从来舍不得用油做一碟炒菜，荤菜自然更不用提了。穷人连咸菜也舍不得吃，只临时泡点咸水下饭。一般人家，几年油星难见，哪里有一碗油白白给人的！我外祖奶赵对儿这个举动，不过是想吓唬外太爷一下，让他认个错，顺坡下驴，给双方一个台阶而已，可是没想到我外太爷马殿选却犯了犟，他一把夺过砂泥碗，抹着泪，甩门走了。

"你狠，狠就别回来！"我外祖爷马有实看着长子的背影，狠狠地追了一句。

当儿子真的犯犟时，作为父亲的我外祖爷，气，已消了一半。心想就此为止。说这句话的意思非常清楚，是要儿子知难而退，赶紧回头。

可是我外太爷马殿选一头扎进夜色中，头都没回一下。

刚开始，我外祖爷和外祖奶还硬撑着，认为我外太爷会回头。可是过了一顿饭工夫，夫妇俩都耐不住了。两人摸黑出门，分头去找。最后在磨坊门口找见了那只砂泥碗。

"磨主家，你见我家孩子了吗？"我外祖奶赵对儿脸色发白，声音颤抖。

"谁？是秀才呀，这娃怪得很，黑天敲门，央求我给他一碗油。说不给油，他活不了，你们不让进家门，要打死他。现在是荒月，磨坊里没有半粒粮食，别说油了。他没有回家？"

"没回！"

"打娃不过是吓娃，你们真个胡闹。"

"那他到哪个方向走了？我们去寻他。"

"哎呀，黑灯瞎火到哪去找。回家去吧，娃娃是气头上走的，外面又冷又冻，他肯定躲到哪个草垛里睡觉去了，天一亮，他会乖乖回来。"磨主家说。

我外祖爷马有实沮丧地离开磨坊，刚走了几步，就听磨主家在身后叫："马大哥，你到娃他姨娘家，舅舅家去找一找。娃娃受了委屈，兴许到他们家去呢。"我外祖爷马有实停下脚步，看看天，长长地叹口气说道：

"对啊，姨娘的怀里寻娘亲。你说得有道理。可到这时候，城门早关了，我明早找他去。"

第二天天亮，城门刚开，我外祖爷马有实就跑到袁家庄，敲前妻袁氏娘家门。

"姨夫，你咋来了？"袁氏侄子袁良珍拉开大门，看着门外气喘淌汗的我外祖爷马有实奇怪地问。前妻袁氏尽管离世多年，但两家仍然走动，保持着亲戚关系。逢年过节，我外祖爷马有实常提着两色礼，上门拜见老人。

"殿选在你家吗？"我外祖爷马有实问。

"没有呀！他咋啦？"袁良珍又答又问。

"他赌气跑了，一夜没回家。"

"昨晚我还见他了！"

"在哪里？"

"陈雨生的糠坊铺，他拿着一只碗，我一问，他跑了。"袁良珍说。

"哎呀，这娃娃，把人急死了！"我外祖爷马有实拿袖子擦汗。

"姨夫，你别急，我们帮你找。"袁良珍安慰说。

袁良珍是临洮养正小学的教养员。和中国所有的小学校一样，那时候的小学都有蒙养院，后来改称幼儿园。蒙养院和幼儿园的教师都称为教养员。这个名称同幼儿教育既重"教"又重"养"的任务比较贴切，袁良珍从事的正是这样一种职业。除了我外祖爷马有实夫妇和众多亲友，袁良珍还发动养正小学的老师和学生，进城的进城，走乡的走乡，上山的上山，四处去找。

天黑了，出去寻找的人都回来了，一无所获。

临洮养正学校

第五章

屠药行碰壁

［民国二至五年（1913—1916），金城，白虎中］

 12　草垛结义

我外太爷马殿选抹着泪水，拿着砂泥碗，抱着豁出命的决心大步跑出了家门，跑过窄窄的后街，跑到盐灰市。那些携着篮儿，挑着担儿，推着车儿以及牵牛赶猪的生意人的叫卖声和讨价还价的喊声早已消失。空地上打滚的驴，吠叫的狗，咩咩叫的羊也无影无踪，只剩下一片狼藉的尘埃和胡乱地撒在各处的粪蛋。

我外太爷马殿选擦净泪水，走向街道两旁的铺子。他觉得这条短浅的街巷，突然之间变得那么狭长，那么曲折，那么幽深，甚至有些阴沉，昏暗。他从后街走到前街，但没有一个人抬头看他，没有一个人注意到他。

临近黄昏，忙碌了一天的店家们清闲了下来，他们站在门口聊天，发呆，显得极为慵懒。鞋铺的老板娘正拿一根绳子拴一只黑猫，酱菜园的伙计来回朝店里搬大木盆、水桶、大水缸、磨豆的小石磨。一个男人带着两个女孩子经过糖坊铺，男人被里面笼子里的鸟吸引了。丢下女孩，踱进铺子里，努着嘴，对着笼子逗鸟，鸟不停地啼叫。两个女孩，大的约莫四岁,手腕上挎着个小篮子,小的三岁,小手拽着大的后襟。两个女孩被花花绿绿的糖果吸引,眼睛盯着糖,不肯挪动一步。糖坊老板陈雨生看着两个女孩子长相心疼,笑嘻嘻地摸了摸那小女孩的小脸蛋,女孩乖巧地笑笑,脆生生地说,我要糖。糖坊老板陈雨生就从柜台里取出两块糖,给两个女孩子一人一块。

谁也没有注意到,我外太爷马殿选走进了糖坊铺。

陈雨生是我外太爷马殿选见过的肯施舍的有钱人。我外太爷马殿选在大寺酒饭当跑堂时,陈雨生常来喝酒。剩了肉,剩了菜,常打包给他。据说陈雨生也是洪帮中人,在前街是数得着的有钱汉。有一次陈雨生喝醉酒,给了他好几块大洋。陈雨生头顶有点秃,身子有点胖,脸大,头大,肤白,牙白。笑起来眼角会露出两条鱼尾纹,加上鬓角那一点点白发,在我外太爷马殿选心目中他真像个弥勒佛。我外太爷马殿选看见陈雨生很大方地将糖递给两个小女孩,心想从陈雨生这里兴许能要一碗油。

"大伯!"我外太爷马殿选尽量挤出笑容,可是难掩满脸的泪痕。

"娃呀,你咋啦?"

"我,我……我要一碗油呢。"我外太爷马殿选伸出砂泥碗,鼓足勇气说。

听过要饭的,要馍的,没听过要油的,陈雨生愣住了!

"啊,你要油干什么?"糖坊铺里逗鸟的男人听见声音,走了出来。

我外太爷马殿选抬起头,他没有注意到躲藏在里面的表哥,他的脸唰一下红了。他羞臊极了。别看我外太爷经常外出讨饭,胆子比别的孩子大,见过得多,历练多。可那都是在离家远的地方,在外人面前。现在他竟然碰到了表哥,一种沉重而绝望的情绪一下子蹦了出来,令他害怕。我外太爷转身就跑,感觉身后是毒蛇、毒蝎、老鼠,还有那密密麻麻啃食血肉的黑色虫子。他一口气逃出了前街。

但是他逃不过世态炎凉,逃不过魔爪,逃不过一碗油。

我外太爷独自一人伤心地哭了很久很久,但心中的痛不会因为哭泣而消失，那碗油也不会因为哭泣而端到眼前。我外太爷等心情平复一些，决定再去要。

这一次，我外太爷没有到店铺中去要，他憋着一口气。径直奔向一户绅士家。我外太爷知道这一户人家很有钱，经常宰猪杀鸡，全家人也很大方，估计能要出一碗油来。可是外太爷好话说尽，绅士愿给他一碗饭却不给他一碗油。

我外太爷马殿选又串了几户自认为是有钱的人家。他们一个个吝啬得要死，甚至有人放出恶狗来咬他。此时他的委屈已经转化成了对有钱人的恨。但是他一腔的愤恨能顶什么用，天空渐渐变暗了，我外太爷马殿选默默流着泪，不敢回家。忽然他想到了磨坊，想起了磨主家。他认为那是能要到油的地方。他满怀着希望敲开了磨主家的房门。磨主家很和善，从灶间提出一个油瓶，瓶里没有一滴油。磨主家抚摸着我外太爷马殿选的头说，娃娃啊，我老汉一年没见油星了。我外太爷马殿选所有的希望都落空了，他坐在磨坊门口，哭泣了很久。

我外太爷也想回家。可是耳边却响起了父母的声音：要不来，你别回家。

我那幼小的外太爷在土地上坐得腿脚都发木了，他的犟劲上来了，心里暗暗地说，不回家就不回家，在外面，我也饿不死。我外太爷站起身来，拿着粗碗甩开膀子朝黑暗中走去。走了几步，觉得手里的粗砂泥碗有点碍事，想狠狠地摔碎了。可是当他将举过头顶的时候，想起了我外二太爷和外姨太奶，他把碗轻轻地放到磨坊门口。他想，万一弟妹天亮来找他，他们能看到这只碗。他赌气地想：既然爹娘不要我，不叫我回家，我就不认他们。碗是他们的，我也不要。

我外太爷马殿选趁天还没有黑定，城门还没有关闭，跑向城门楼子，出了城。

那雄伟高大的城门楼两侧，厚厚的城墙根那儿，很早以前是一字儿排开的吃食摊子。好几年过去了，古城还没有从民乱中喘过气。昔日的吃食摊子仍然没有恢复。原来扎凉棚摆条凳放案桌的地方，密密麻麻长满了蒿草。离城墙不远是一片荒芜坍塌的废墟。

起风了，我外太爷马殿选向那废墟走过去。

透过颓墙和几棵老树，我外太爷马殿选看见一位老者蜷曲着身躯，神情麻木地缩在一堆蒲草上。我外太爷马殿选弓着身子，轻手轻脚地走近，看到老者年纪并不显老，头发浓密粗硬，只是那头发雪一样白，白得扎眼睛。老者身子瘦弱，头颅硕大，叫人不由自主地生出身子架不住头的感觉。

"娘，你不要死……我好怕……好怕……"

颓墙内传出一阵哭叫声。

我外太爷马殿选伸头细看，才发现萧索而荒凉的废墟里面有几个人呢，伤残的，浮肿的，生蛆的，每张脸都那么狰狞可怖。离老者四五步的地方，躺着一个一动不动的女人。一个小女孩，摇着地上的女人，声音嘶哑地哭叫着："……娘，娘，我的……娘……"

"丫头，不要哭了！"有人抱住全身发颤的小女孩，劝说着。

我外太爷马殿选大惊失色。他看清了废墟里面的坟坑，突然明白这些人在埋死人。他吓跑了，逃离了废墟。他逃过一座木桥，便是牛马市。漆黑的牛马市不见一个人影，更不见牛羊骡马。显得冷冷清清，只有几堆牲口的粪便。

我外太爷马殿选跑过一条清亮的小河，跑过一条沟岔。拐过一道弯，月光下，一个静谧的小村庄就豁然出现在他的面前。村边的地里，稀稀拉拉竖立着一些干枯的谷子，像生了癞的头一样看着叫人难受，这显然是去年秋旱枯死在地里的。进村的路口有几间土坯房，房顶上枯干的苫草在风中瑟瑟地发抖。土坯房旁边的马莲墩上拴着三头小黄牛，气定神闲地卧在路的中央，嘴巴一嚅一动，反刍干草。

村庄里鸡不鸣、狗不叫，一片死寂。

我外太爷马殿选走近土坯房，却没敢敲门，站在窗外偷窥。听见里面有个男人说话:"愁啥呢嘛!一只羊眼前头有一把草呢,饿不死。你瞅这庄禾外面的坡地,荒了好多。叫宝聪和宝才给你开出一大块,城里抓兵住不成,就让娃们到这里来种庄稼,好歹比当炮灰强。我家西边坡根的空庄窠,本来是预备宝聪分家时住,他们嫌远,一直空着,你们先住在那里。等风头一过,再搬回城。"那人话一说完,听见有人哭着劝:"老哥你别伤心,有我吃的就有你吃的。我吃稠的绝不会叫你喝稀的,人在金在呢。庄上苦焦些,可这儿偏僻,山高皇帝远,官家管不着,平安着呢。"我外太爷马殿选本想进土坯房借住,从外面一瞥,土炕上围满了人,抹着眼泪,说城里的抓兵,哭日子的艰难。我外太爷马殿选便打消了进去的念头,转身离开村庄。

黑沉沉的夜晚,那些平时很害怕的鬼怪,我外太爷一丝一毫也没有想起来。他只是伤心地哭着,走着,不知道往哪里去,不知道走到了哪里。

天越发黑了,我外太爷又累又困。

他看见一个干净的草垛,走过去,在草垛上扯出一个洞,一头钻进去,睡着了。

"里面是谁,出来!"

我外太爷马殿选睡得正香,猛然听到有人大声吼叫,他被惊醒了。顶着一头草从草垛里爬出来。天已大亮,草垛旁站着一大一小两个男孩子,二人也是一身草。

"你是谁?"

"我叫陈国栋。"

"我叫禹兆南。"

"咋,你俩昨晚也睡在草垛里吗?"

"嗯。"

"你是哪里人,为啥睡草垛?"

"我是筲下陈家嘴的,从山里给东家送山货,没钱住店,就睡在草垛里。他是从河南跑出来的,跟我一块给人背货。"那个叫陈国栋的男孩子说。

"俺下，我去过。你也是跑出来的？"我外太爷马殿选惊喜地问那个大孩子。

"是啊！"大男孩禹兆南老练地说道。

"你是从家里跑出来的？"我外太爷马殿选又问了一句。

"是啊，家里穷，不跑活不下去。"

"你家在哪？"

"河南荥阳。"

"这个地方在哪？"

那个叫禹兆南的孩子被问住了。中国太大，他也说不清楚河南在哪儿，指着北方说，离这里好远，黄河下游，嵩山那儿，隔几个省呢。我外太爷马殿选听得糊里糊涂。还是陈国栋机灵些，插话道："你这么说，他听不懂，你就说离皇上家不远，他就清楚了。"

陈国栋结识禹兆南时，也搞不清河南在哪。禹兆南想了半天，告诉他，皇上家在北京，河南在北京的西边，他就清楚了。

"你家跟皇上家是隔壁？"我外太爷马殿选问。

那两个男孩忍不住哈哈大笑。

这一笑，我外太爷马殿选知道问错了，也跟着笑起来。

"我要是和皇上家隔壁，也不会跑到这里来。我家是穷庄稼人，我跟着我娘出来要饭，我娘路上得病死了。我一个人流落到西安。那里打仗，待不住，我一个人边要饭边走，流浪到兰州。在路上碰到陈国栋，他说给人背货物能挣钱，就跟着他背货。"禹兆南轻描淡写地说了家史。

我外太爷马殿选扭头一看，草垛旁果然立着两个麻袋驮子。跟他的身高差不多。

"里面是什么？"我外太爷马殿选拍着驮子问。

"都是些吃食货，有山里的蕨菜、木耳、蘑菇、调料。"禹兆南回答说。

"你们要背到哪里去？"

"兰州，送到东家的铺子里，往返一趟，给两块钱。"

"我想跟你们干，行不？"

"你到兰州，问问东家，他说行就行。"

"好，我跟你们去兰州。"

我外太爷马殿选到喀什，来去都经过兰州。一把刀搬洪帮救兵，也是在兰州搬的。还有一把刀的义子、他的好朋友丛娃，也是兰州人。兰州在我外太爷心目中，是个美丽的地方，也是出英雄人物的地方。他的眼前突然一亮，决定跟这两个男孩子一块去兰州。

一路上，他帮着他们背驮子，三人边走边说，很快就成了好朋友。

陈国栋告诉我外太爷马殿选，他从小父母早亡，先是在叔伯之间被人踢来丢去，冷眼相加。长到六岁，还需要别人照顾他的时候，叔叔就叫他去照顾东家屠掌柜的羊。屠掌柜是个有钱汉，在兰州、临洮城有铺面。十岁那年，屠掌柜见他个头长高了，就让他当骡子。

我外太爷马殿选问，啥叫骡子。陈国栋说，就是给他背驮子。每到秋季，屠掌柜从大山里趸来山货晒干，到冬季让他背到城里赚钱。我外太爷马殿选说，既然屠掌柜是有钱汉，咋让人当骡子。陈国栋回答，越有钱越吝啬，用骡子驮，虽然驮得多些，可骡子要人牵，费料费工，他才不干呢。

三个孩子都是苦命人，陈国栋死了父母，禹兆南死了娘，二人都没有享受过亲情，过早地感受到世态炎凉。而我外太爷马殿选受到后母虐待，也是吃尽了苦头。三人越说越投机，陈国栋提出三人学桃园三结义，结拜为兄弟，我外太爷马殿选一口答应。

看见前面有一座庙宇，他们将麻袋放在门口。陈国栋不识字，我外太爷马殿选跟我外祖爷学过字，认得门口匾额上写着玉佛寺三个大字。

我外太爷他们三人手牵手进去，跪在大殿佛像前，焚香磕头。报了生辰八字，禹兆南大他们两岁，二人认了大哥。我外太爷马殿选和陈国栋二人同庚，我外太爷马殿选长陈国栋五个月，陈国栋认了二哥。

13 冤家路窄

结拜完毕,我外太爷他们三人继续赶路。陈国栋问,马大哥你识文断字,比我强了百倍,为啥从家里跑出来。我外太爷马殿选将自己如何乞讨,到家如何挨打,受的委屈都说了出来。说到伤心处,我外太爷哭了,禹兆南和陈国栋也陪着流泪。

一到兰州,货物交割完毕,陈国栋拉着我外太爷马殿选去找屠掌柜,禹兆南在街上等。

"东家,我给您找了骡子,您要了吧?"

屠掌柜背着手,看了我外太爷马殿选一眼。

"一顿吃几饭?"

"两碗。"

"哪里人?"

"临洮城里人。"

"城里人?你爹是干啥的?"

"秀才。"

"叫啥?"

"马有实。"

"啊,你是马有实的儿子!"

我外太爷马殿选点点头。

屠掌柜叫屠天宝,老家河南,是一个走乡串户的篾匠。清咸丰年间张宗禹率领西捻军西进河南、陕西,豫陕大乱。屠天宝带着一家老小流落到临洮安居下来。以前他生活的地方竹子多,他编扎的品种也多,什么竹榻、竹椅、竹匾、竹丝畚箕、竹箩头、竹篮、竹篓等,而临洮竹子少,山里只有毛竹,屠天宝的手艺就受到大大的限制,只能编簸箕、笆帚、笆篓之类的,产品少,日子过得恓惶。过了几年,屠天宝摇身一变,篾匠的挑子换成了郎中的药箱,治跌打损伤有了名气。就在临洮北槐巷开了个药铺，买卖秦艽、黄芪、甘草、柴胡、牛蒡子、红花、大黄、黄芩、冬花之类的草药。至于屠天宝为什么会看病，没有人说得清，至今仍是个谜。尽管屠天宝的药铺生意兴隆，但也只能算个一般人家，可仅仅三四年之间，突然变成了临洮城头号药材商人，除了临洮之外，在兰州等附近几个州县共开设了好几家分号。这一切，缘于他的儿子。

他儿子叫屠安良，出生时家境已经变好。从小吃香的喝辣的，难免沾染富豪之家的一些恶习。十六岁时，禁不起别人劝诱，逛了一次窑子。屠天宝知道后大发雷霆，用一根牛皮鞭将他狠狠打了一顿。屠安良被打得皮开肉绽，不由得心生怨恨，伤还没好就离家出走了。屠安良派人四处寻找，却不知所踪。谁知过了三年，屠安良骑着高头大马，带着两个卫兵，大摇大摆地回家。屠天宝看着儿子漂亮的军装问：娃，你干上啥了。儿子掏出腰里的手枪，晃荡着说，我当了官。屠天宝小心翼翼地问，跟了谁？屠安良说，宋有才。屠天宝笑问，你一个娃娃，他咋让你挎盒子枪？屠安良说，宋有才军队里没有识字人，他当然让我挎盒子。屠天宝大喜，吩咐全家为儿子设宴洗尘。吃饭时，屠安良问："爹，你的药行，开了几个？"屠天宝一愣，没有回答，心里暗想，这小子当了几年兵，口气咋这么大呀。屠天宝瞅一眼儿子，叹了一口气说："一个都费劲，还能开几个！"屠安良按捺不住笑道："我想在兰州，陇西等地再开几家！"屠天宝哼了一声："说得容易，本钱呢？"屠安良努一下嘴，两个卫兵站起来走出屋，稍许时间，抬着一个木柜子进来，打开锁子，里面全是金银财宝。屠天宝见状，大吃一惊。不敢相信这是真的，吓得脸色都变了，说话的声音有点抖："你哪来这么多钱？"屠安良笑道："看你吓的，反正没抢没偷！"

别看这屠安良貌不惊人，却精于计算。他到宋有才的军队后，很快跟宋有才的儿子瘸少爷交成了铁哥们儿。瘸少爷的天泰号原来做木材生意。在他的劝说下，瘸少爷涉足药材。瘸少爷以天泰号做抵押，向钱庄借得一笔银两，在兰州等地开了药行，交给屠安良父子打理。药行在屠天宝父子手里，药材生意很快做大，屠家成为一方巨富。发家后，屠安良和瘸少爷关系更进一步，两人兄弟相称，不分彼此。精明的屠安良深知，在这样的乱世，生意不靠枪杆子，挣不到大钱。他知道瘸少爷靠的是老子宋有才，屠家的药材生意要长久兴隆，必须有长远的打算。除了依靠宋有才父子，他要发展自己的势力。因此，屠安良将药行交给父亲屠天宝打理，自己暗中跟各洪帮山头、江洋大盗来往，暗中组织武装。他在洮州杀死青帮张大爷，夺了枪，在酒馆召集各乡香堂堂主说话，大家推举他做了洮州的舵把子。

  屠天宝父子一明一暗，迅速发迹。那个昔日的篾匠，成了头号掌柜。

  篾匠和山货铺，好比碟碗，总在一起。当年屠天宝初到临洮，他编扎的簸箕笤把等东西，交由我外祖爷马有实的山货铺子销售。记不清哪一年，我外祖爷马有实从山里回来，碰到屠天宝独自从他家西房出来。我外祖爷马有实疑心屠天宝勾引我外祖奶赵对儿，就打了屠天宝一顿，两人结了仇。其实我外祖爷马有实冤枉了屠天宝，他那时贫困潦倒，根本没有心思对我外祖奶赵对儿起邪念。我外祖爷马有实后来弄清了真相，但他一没有道歉，二没有认错，反而待屠天宝比以前更凶。我外祖爷马有实蛮横无理地说，你冤枉，你没错，但你看我婆娘的眼神不对，你该打。气得屠天宝吃不下饭，但我外祖爷马有实身后有洪帮撑腰，心里有气也只能忍着。今天突然看到我外祖爷马有实的儿子求到自己门上，顿时眼神一变。

  "你真的是马有实的儿子吗？"

  "真的！"

  "那我咋没见过你？"

  "我也没见过你！"我外太爷马殿选说。

  屠天宝万万没有想到马有实的儿子居然会跑到兰州，向他求情，这实在难以置信了。

  屠天宝朝前走几步，仔细地瞧我外太爷：年纪不过十一二岁，圆脸儿，两道黑剑眉，一双大豹眼。眼珠儿闪着光，黑眼珠黑得像炭，白眼仁白得像雪。通关鼻梁，四方阔口，头上是灰布小帽，身上是灰布短袍，穿着双草鞋。衣服旧，褪了色，打着补丁。尽管眉头紧皱，可是眉宇间透着一股英气，极像我外祖爷马有实。

屠天宝突然想到，他给我外祖爷马有实山货铺子送货时，见三个孩子在地下玩，但因为孩子小，他并未在意。在我外太爷马殿选幼小的记忆中，记得有个篾匠隔几天到山货铺子来，那人脸长得有点歪，又黑又瘦，头发经常是乱乱的，嘴唇上略有几根胡须。他一进门就坐在一个低矮的草墩上，手里总是拿着一把篾刀。这人见了他爹似乎有些怕，总是点头哈腰。父亲对他没有好脾气，训斥他偷工减料，缺筛子少簸箕。但是眼前的这个人，戴的虎皮帽，直贡呢的长袍、黑花绸缎的马褂，跟当年的篾匠千差万别，他显然没认出来。

"如果你真是临洮马有实的娃，我就收你当骡子，但我问你的话，你必须如实回答。编谎的娃，我不要！"屠天宝说。

"你问，我一定说实话。"我外太爷马殿选小声回答。

"你从家里跑出来，你妈赵对儿知道吗？"

"知道！"

"你为啥跑？"

"她说我要不来一碗油，就别回家，我没要上，就跑了。"我外太爷马殿选说。

"你不敢回家？"

"不，我不想回家！"我外太爷马殿选答。

"你跑到兰州，她肯定急坏了。"屠天宝心地是善良的，他叹气说。

"我死了，少一张嘴，后娘才高兴呢。"我外太爷马殿选赌气道。

"娃，你不能这么说。"屠天宝忽然想起了我外祖奶赵对儿那张清秀的脸。他这会儿倒有了邪念，因为他知道，那时他没钱，生活陷于绝境。而这时候钱对他早已不是问题。如果收留了这个孩子，他就有机会接近我外祖奶赵对儿。屠天宝想,这娘们长得水灵,比马有实小了十多岁。俗话说三十如狼四十如虎,赵对儿还不到四十,马有实一个老头子,如何能满足她那颗不甘寂寞的心。听说马有实这家伙去了新疆,山货铺子撂给赵对儿。一个女人嘛,哪里能挑得动大梁,日子肯定艰难。他真有点恨自己,这么多年在省城忙生意,竟然没去招惹那么一个水灵的人。要不是今天这小子送上门来,差点忘了这好事。不过还不晚,自己趁此机会,将赵对儿揽进怀里,给马有实戴一顶绿帽子,既报了过去的仇,还讨了便宜。想到这里,他装出一副同情的模样说:"娃,你这么说,你爹会伤心的。"

"我爹跟她是一路货!"我外太爷马殿选一肚子气还没消。

"你爹回来了?"屠天宝张大嘴问。

"回来了!"

"啥时候?"

"前天!他一进门,就打了我一顿。"我外太爷马殿选说。

从刚才屠天宝的问话中,我外太爷马殿选感受到屠老板对自己的关心,因此从情感上,他对屠天宝有了一些亲近和好感。屠天宝也有意想收留我外太爷马殿选。但是他被我外祖爷打怕了,一听到我外祖爷马有实回来的消息,邪念顿消。多年前的仇恨突然从心底里面冒出。他恨恨地想,我心善还没有到给仇人端饭碗的那一步。他的想法突然变了。

"你走吧,我店里不缺人。"屠天宝冷冷地说。

"东家,求求你,我哥他能吃苦。"屠掌柜刚才还笑言笑语,一下子变脸拒绝,陈国栋没有想到,连声求情。其实他也知道,屠掌柜店里并非不缺人,像这种廉价的童工,他是愿意的。

"买卖不好,我不想添一张吃饭的嘴。"好话说尽,屠掌柜只有一句话。

"我的工钱你少开些,你就要了马哥。"陈国栋求情道。

"你小小年纪,自己都顾不住,哪来的叫花子哥!我告诉你,你少跟不明不白的人来往，如果今后铺子里少了东西，我找你算账。"屠掌柜瞪着眼说。

陈国栋还在一个劲地跟屠掌柜求情，我外太爷马殿选上前，一把抓住陈国栋的手，拉他出了铺子，走到街头，气呼呼地说："兄弟，别跟他低三下四了，你没看见，他拿我当贼防呢，求他不如求自己。"

"兄弟，你别灰心，兰州城大得很，有我吃的就有你吃的。"禹兆南走过来，拉住我外太爷马殿选的手，平静地说。

"有这句话就够了，我能来兰州城，就饿不死。"我外太爷马殿选被感动了。

话虽说得硬，然而现实却很残酷。

我外太爷他一个十三岁的孩子，人小，力气也小，想找短工都找不见，不得不乞讨。有时候饿得实在不行，我外太爷就到屠掌柜的铺子门口转悠。禹兆南和陈国栋，瞅空从铺子里跑出来，塞给他一些吃的。那是他们从自己嘴里匀出来的。

整个冬季，我外太爷白天去乞讨，晚上睡在北山崖下的窑洞里。

第六章

劝工局招工

［光绪三十三至三十四年（1907—1908），金城，地贼］

 14　毡匠铺

我奶奶说，兰州城北山根那一带，原先是贫民区，许多无家可归的人，流浪汉，叫花子，乞丐，孤儿，病人，生活无着的穷人，受残的士兵，聚集到北山的窑洞里，彼此关照，度过每一个寒冷的夜晚。因为我外太爷马殿选手脚灵便，总是能弄到较多的食物。他慷慨地把自己要来的东西分给那些走不动的穷人，很快他成了这儿的娃娃头。

这样过了几个月，我外太爷马殿选感到很难过，他心里问自己：我跑到兰州，难道是来当叫花子吗？不，我不想。我外太爷听大人们说过，兰州城大，他暗暗地对自己说，我要找个正经的事，陈国栋比自己小五个月，他能找到吃饭的地方，我也能找到。可是偌大的兰州城，就是找不到卖力气的地方。

春天已经悄悄来临，可是我外太爷马殿选的生活依然没有走出冬季，依然在寒冷中挣扎。

这天早晨，我外太爷从城里往北山窑洞走，眼前的道路泥泞无比，他高一脚低一脚地走着，烂鞋上沾满了泥水，一不小心还踩了一脚屎。

我外太爷马殿选仰天长叹，映入视线的是歪斜的屋檐，倾斜的土墙。有些屋子的山墙外面，撑着两三根碗口粗的木头，似乎只要抽走其中任何一根，那些危险的房子就会轰然倒掉。他穿过一条窄巷，两边岌岌可危的房子里，不时传来此起彼伏的咳嗽声。走到巷口，天空放晴了，他远远地看到了北山。他迎面看见一个穿着棉裤和短袄的黑瘦汉子拉着一辆木车从北山那边向着巷子走。到了巷口，黑瘦汉子将人力车停在一片石磨前，从兜里掏出一块馍，掰成两半，递给我外太爷马殿选半块，不说话，也不就座，就站在车前，捧着另外半块馍慢慢地吃。

"殿选，禹兆南和陈国栋叫你。"黑瘦汉子吃完馍，搓着手说。

这黑瘦汉子就住在北山崖窑洞，卖榆皮面为生。

我奶奶说，榆皮面可是穷人的美食。只需将榆树剥皮晒干，推碾子轧碎，细罗一罗，掺进棒子面里，粗粮细做，擀成面条儿。或者，将榆皮面儿与洋芋掺和蒸熟，压饸饹吃。我外太爷后来常提起这黑瘦汉子给他的那半块馍，但我外太爷不知道他的名字，只知道他卖榆皮面吃榆皮面，难得吃到白面。自从我外太爷马殿选住进北山窑洞，禹兆南和陈国栋背货回到兰州，总是到这里找他，带来好吃的，我外太爷马殿选常分给这黑瘦汉子吃，他们慢慢成了朋友。

"他们在哪？"我外太爷马殿选问。

"东关！"

"啥时候？"

"昨天我卖榆皮面路过药材行，他们带的话，说他们今日无货，掌柜让他们歇息一天，叫你一大早去东关。昨天晚上我到你住的窑洞，等了一晚上，没见你人影，你到哪里去了？"黑瘦汉子边说边问。

"昨天雨大，我避在城隍庙，没回北山。"我外太爷马殿选解释。

"那好，我今日到东关去卖，咱一块走。"黑瘦汉子弯下身，双手从地上抬起车把。这时我外太爷马殿选已经吃掉了黑瘦汉子给的那半块馍馍，他高兴地走到车子后头，伸出手推车。两人说说笑笑地向东关走。

太阳一杆高，两人到了东关，果然看见禹兆南和陈国栋站在路边。

"马哥，毡匠铺缺人。你想去不？"看见木车，陈国栋跑过来问。

"这还用问，去啊。"我外太爷马殿选笑着回答。

"先帮三个月的忙，只管一顿吃的，不管睡。"禹兆南随后赶到说。

"行啊，只要能学到手艺，咋都行。"我外太爷马殿选跺跺脚，跺掉鞋帮上的泥。

"早上我推车出门，看见门梁上有一张网，一只喜虫悬空垂着，恰巧挂在我的眼前头，有豆荚子那么大，俗话说甘鹊噪而行人至，蜘蛛集而百事喜。原来你们给他找了好差事啊！快去快去！"黑瘦汉子擦着汗，笑嘻嘻地说。

三人别了黑瘦汉子，高高兴兴地来到毡匠铺。

毡匠铺的师傅叫黄万有，榆中新营张园子人，是个长着一脸蜷曲连鬓络腮胡的大汉。看上去略显粗犷，还有些老苍。他全家七口人，上有老母，下有四个孩子。七张口全靠黄师傅的手艺，黄师傅的妻子长年睡炕，是个病秧子。四个孩子还小，最大的十七岁，最小的才八个月。家里人多地少，黄万有就领着大儿子黄作宾到兰州开了毡匠铺。他手下缺人，雇不起大工，就雇了我外太爷马殿选。

我外太爷马殿选干的活很简单，洗羊毛。

毡匠铺后面有一个大院子，贩子定期将羊毛送到这里，堆放在墙根。我外太爷马殿选在黄万有的指点下，清理掉羊毛上的草芥、泥巴、渣滓、粪便等物。草木枯萎的时候，羊上山，从杂草中穿过，身上都会扎上好多带刺的曼陀罗、臭蓖麻之类的椭圆形的小球果，它们钻在羊毛里，隐蔽、刺手。我外太爷马殿选必须小心翼翼地把这些小球撕掉，羊毛弄净，装进透气的袋子里，在水中浸泡一天，换掉脏水。然后重新装入袋子里，浸泡一次。直到黄师傅放话说净了，才放上皂碱，脚踩，淘净，再手洗一遍，平铺在阴凉通风的地方晾干。

我外太爷马殿选不惜力气，眼里能见活，手里能出工。不到三个月，就跟黄作宾混成了兄弟,也赢得了黄师傅的好感。黄万有心胸开阔,拿徒弟当自己的孩子对待,传授徒弟真东西。不足一年的时间,我外太爷马殿选不仅学会了弹毛、摊毛、卷帘子、擀帘子、擀毡、洗毡、晒毡等擀毡手艺,而且学会了擀汗屉、毡鞋、毡帽。

我在城市长大,没见过擀毡,我奶奶就给我讲:牛皮筋做成弦的弹毛弓,竹子编制的八尺帘子,三根细竹制成的手扦。压毛的拉扇,操纵毡卷的洗鞛,专用的空弦刀,这些擀毡的工具,到了我外太爷马殿选手里,如同毛笔到了画家手里,刀剑到了侠客手中一样,能画出风景,舞出人生。我外太爷马殿选擀的条毡、方毡、满炕毡,或者二五毡、四六毡、五尺毡,或者白毡、花毡、红毡、青毡、套色毡,都得到货主的称赞。

 15　离间师徒

每年到了秋天,地里的庄稼成熟了。庄稼汉忙着收获,没时间进城,毡匠铺便进入了淡季。但坐在石头街上,消耗是少不了的。往往这时候,黄万有父子二人要进山擀毡。

山里穷,房子少,人去多了,费用大,但山里人好客,毡匠擀毡那几天,尽其所有,拿出最好的东西款待毡匠。厚道的山里人认为,毡匠从山下来,就像家里来了贵客一样,这几顿饭也是不会算在工钱里。黄万有考虑到穷人的难心,总是父子进山,不带徒弟,以减少吃口。父子两个配合稔熟,从清洗羊毛,至晾干,到擀毡,两人一气呵成,用时少,完成得干净利落。

擀完这一家,又换另一家,直到把山上的毡擀完,父子才回到毡匠铺。

这一去,少则两三个月,多则半年。

又到了收获的季节,黄万有收拾工具准备进山。他的病秧子妻子目光痴痴地盯着他的背影看了许久,突然偷偷抹起了眼泪。

"你身上不舒服吗？"黄万有转身看到妻子，走过去，扶着她的肩头说。

妻子摇摇头。

"那你哭什么？"黄万有关切地问。

"我肚子里有话，想跟你说。"妻子流露着柔情似水的目光。

"老夫老妻的，啥话，你说！"黄万有催促。

黄万有妻子正要开口，毡匠铺的后门被推开了，我外太爷马殿选和黄作宾抬着一条毡走进来，将毡放在货柜上。黄妻咽回了想说的话。

"过些日子，你要进山，我担忧啊！"黄妻看着我外太爷马殿选出去，小声说。

"每年都这样，狼吃不上，怕啥呢！"黄万有扶着妻子的肩头，惹笑道。

"我不担忧虎，也不担忧狼！"

"那你担忧啥？"

"你徒弟。"

"他，马殿选有啥担忧的？"黄万有追问。

"前天铺子里来了个人，自称是药铺的屠掌柜，买了三条毡，临走悄悄对我说，叫我防着马殿选。"黄妻沉默了一大会儿，忧心忡忡地说。

"他一直很老实，干活也卖力，有啥可防？"黄万有奇怪地问。

"屠掌柜说，马殿选鬼大着呢，他老子是洪帮，儿子也是洪帮，身份复杂。"黄妻抱住头痛苦地坐在炕头，似乎脑袋中一团乱麻，搅得她头疼。

"哎哟，看你胆子小的，这多大的事！洪帮多了去了，脚户、贩子，哪个下苦人没入洪帮，我都想着入呢。这有啥怕的！"黄万有安慰妻子。

"问题是他老子不是下苦人，是秀才！"黄妻愁眉不展。

"秀才？不简单！"黄万有叹气。

"那个屠掌柜说，他老子上新疆，救洪帮头子，一去三年，打打杀杀的，听着就害怕！"瘦小的黄妻身体微微颤抖，无声地流着泪诉说。

"流啥泪呀!他老子别说救洪帮头子,他就是个头子,关儿子啥事!"

"你们一走,没个靠得住的男人,我一个妇道人家,又有病,娃娃小,他万一起个歪心,我咋办呢?"黄妻难掩心中的忧虑,忍不住哭出声,慌乱扭过头。

"你想哪里去了,他又不是土匪!去年我们进山,他生意照顾得那么好,你都夸他呢。"从一开始,黄万有就觉得我外太爷马殿选不仅人机灵,而且能识文断字,一直印象不错。虽然听到妻子的话有些吃惊,但他相信我外太爷马殿选的人品。

"听他外号,好怕啊!"黄妻说。

"他外号叫啥?"

"狼娃!"

"你听谁说的?"

"还不是那个屠掌柜。"

"他是个大老板,老往我们这小铺里跑什么?"黄万有疑心道。

"甩手掌柜,闲嘛,到处转呗。"黄妻说。

"没那么简单,他钱多,架子大!见了面,正眼都不瞧我们,我们的烂铺子有什么好看的呢。他一来就说闲话,我倒对他看不顺眼,猴眉鼠眼的!穷人不富,富了挺腰撑肚!你以后少听他嚼舌头。"黄万有告诫道。

"屠掌柜他不说这些,我心里稳稳当当的,他一说,我心里总觉得有一面鼓敲着,吃饭睡觉都不踏实!"胆小怕事的黄妻仍不放心。

"有啥不踏实的!马殿选手脚干净,肯吃苦,我看没什么。"黄万有说。

"屠掌柜说,他是从家里偷跑出来的,万一他老子追上门来,说我们拐骗了他儿子,讹诈我们,咋办?"黄妻说。

"这好办,我们当面锣、对面鼓地跟他说。"黄万有回答。

"你马上要进山,跟你说?"

"我把马殿选叫过来,现在就问一问他。"黄万有说完这话,走到后门口,撩起门帘,对着院里晾晒羊毛的我外太爷马殿选,喊他过来。

"殿选,我对你好不好?"我外太爷马殿选一进屋,黄万有一脸严肃地问。

"好!好得很!"我外太爷马殿选看到师傅表情严肃,不敢大意,恭敬地回答。他在社会上游荡久了,明白街头的行规。都说教会徒弟饿死师傅,收徒不是个简单的事。徒弟不但每年要给师傅白干活,还得向师傅交钱纳粮。而黄万有对待他,真的好。

"那我问你句话,你必须说实话。"黄万有说。

我外太爷马殿选使劲点点头。

"你的外号叫什么?"

"狼娃!"我外太爷马殿选极不自然地回答。

"你爹是干啥的?"

"开山货铺子。不,开杂货铺子。"

"不是说秀才吗?他有功名,应走宦途,当官啊,咋开杂货铺子呢?"黄万有扭头看一眼妻子,疑惑道。

"我爹确实是前清秀才,但他没当官。"我外太爷马殿选小心谨慎地回答。

"那他靠啥维持生活?"黄万有感兴趣地问。

"刚开始教私塾,学生少,我们家口大,后来开了个杂货铺。"黄万有夫妇认真地听着,那种和蔼可亲的表情,无形中鼓励了我外太爷马殿选,他敞开心扉,述说了他们如何遭难,如何在边爷的帮助下开山货铺子。为了减轻负担,边爷如何带他到喀什,边爷如何出事,他爹如何走新疆救人等事。说到伤心处,我外太爷马殿选眼圈红了,黄万有夫妇眼圈也红了。

"那你咋跑出家的?"

"……我爹回家的头一天,听了后娘的话打我。"我外太爷马殿选吞吞吐吐好半天,才告诉自己赌气出走的来龙去脉。

"你跑出来，你爹娘没找你吗？"黄妻问。

"我跑的当晚，我就听见他们喊我，我没要上一碗油，没脸回家。再说我气得很，也不想回家……"我外太爷马殿选说。

"娃啊，气头上的事，不能记一辈子。我问你，你爹疼你不？"

"头一天进门就打我，他不疼嘛！"我外太爷马殿选回答得含糊。

"你说你爹眼里瞧不上洪帮，咋洪帮头一天进城，他肯帮洪帮跑腿，后来还入了帮？"黄万有先没有评判我外太爷马殿选说得是否正确，忽然话题拐了个弯，按着我外太爷马殿选告诉他的，问起我外祖爷替洪帮跑腿的事。

"边爷扣下了我，他没办法。"我外太爷马殿选说。

"你说他咋没办法！如果他不疼你，可丢下你独自逃命，不管你嘛！为啥他违心进山叫难民上庄，要知道，你爹是秀才，老脑筋，跟上洪帮跑，这个弯子转得太大了。他心里，不知道有多痛苦呢。他们念书人，不像我们下苦人，这里想头多。"黄万有手敲着脑袋瓜子说。

我外太爷马殿选一时愣住了。

"河湟大劫我也经了，好多人逃难，进山，进番子，进堡子。我们庄上百十口男女老少，躲藏在一个山洞里，被贼匪发现，团团围住。这洞子在半崖上，里面很大，各家各户的粮食、银钱、搬得动的财物，都藏在洞里。贼人们就举着火把，搭着梯子，红着眼往上攻。女人娃娃就吓得哭天喊地，男人们就不停地往崖下扔石头泼屎尿。折腾了十多天，洞没攻下来，贼匪就走了。后天来了一个下庄的人叫黄老七的，在崖下喊叫，说土匪走了，叫大家下来。大家在洞子里渴得很。黄老七不停地喊，时间一长，有人经不住诱惑，想爬下去了。族长招手叫黄老七顺着崖坡爬到洞口，一阵乱石，将黄老七砸死了……"黄万有掏出羊腿骨做的烟锅，吸上一口，说了他亲历的故事。

"为啥要砸死他？"我外太爷马殿选惊骇地问。

"族长怕黄老七是土匪奸细，或者受了土匪胁迫。"黄万有说。

"上下庄的人,都熟悉啊!"我外太爷马殿选不解。

"大难来时,乱得很!贼匪为了抢劫,设下圈套,威逼利诱,胆小的,眼窝子浅的,就上了土匪的当。族长怕黄老七喊话,会动摇大家的心,才下狠心砸死了他。那时候,这种事天天有呀!"黄万有叹着气说。

"你说这些做啥呀?"黄妻神色凄怆地阻止道。

"我讲这件事,是想告诉马殿选,他爹进山叫难民,那可是提着命去的,如果不是为了他这个儿子,他何必冒那么大的险!万一乡亲们信不过他,他一条老命就完了。殿选你好好想想,你爹是不是疼你?是不是爱你?儿是爹娘的心头肉,打归打,骂归骂,哪里有天下的父母不疼子女的!"黄师傅是个有经验的人,看出了我外太爷马殿选心中的隐情,细声软语,比前比后,慢慢开导我外太爷马殿选。

黄万有的话,就像敞开了一扇门,开启了一扇窗,在我外太爷马殿选心里迎来了一缕曙光。他心里突然敞亮了,心上的阴霾一下子被驱走了,换来了朗朗晴空。三年来的心结一下子打开了,对父母的恨,涣然冰释。

"你说你爹娘不疼爱你,跑出来这三年,不知道你爹娘哭了多少回啊!流了多少泪,天天以泪水洗面……"黄妻抚摸着我外太爷的头说。

"娃他爹,你进山前,带殿选去一趟临洮,见见他爹吧!"这一番谈话,黄妻心里释然了。因屠掌柜挑拨离间而起的怀疑也消失了,她诚恳地向丈夫提议。

"你说呢?"黄万有盯着我外太爷马殿选问。

我外太爷马殿选点了点头,没再说话,脸上流下了两行泪水。

"那好,我们明天就去!"

16 栽赃

我奶奶说——

第二天,黄万有专程陪我外太爷马殿选去了一趟临洮,去见我外祖爷马有实。

我外太爷一进门就看到，爹老了，脊背弯曲了。娘老了，光洁的额头冒出了皱纹。我外祖爷夫妇见到失踪三年的儿子，哭一阵，笑一阵。我外二太爷、外三太爷、外姨太奶更是喜出望外。全家人哭够了，说够了，这才发现屋子里还有一个人，赶紧端茶倒水，热情招待。

我外祖爷马有实和黄万有都是从苦处过来的，他们年纪相仿，经历相仿，都逃过荒，逃过难，有许多共同的话题，加上黄万有三年来照顾我外太爷马殿选，我外祖爷马有实心存感激之情。我外祖爷这位平时不爱说话的老秀才，拉着黄万有的手说个没完。晚上吃过我外祖奶赵对儿做的面片，两人同睡一炕，又说个没完。

黄万有在我外祖爷马有实家住了半个月，两人同睡一炕，一同出，一同回。也不知道什么时候什么地点，反正黄万有离开临洮时，已经入了洪帮。我外祖爷马有实拉着黄万有的手说："老哥，我娃马殿选在你跟前，我一百个放心，你带走吧！"

师徒一到兰州，黄万有进了山，我外太爷马殿选留在毡匠铺照料生意。

如同清明断雪，谷雨断霜，短暂的危机过后，进入了山花烂漫的季节。也算老天眷顾，经过几场透雨的洗涤，黄河岸边的柳树长出了嫩条，在微风中舞动着婀娜的身姿，尽情释放着少女般的妩媚与柔情。田野里，豆子扬花，麦子灌浆，青稞泛黄，洋芋扯蔓。

今日老家新营来了人，黄万有给我外太爷马殿选和黄作宾放了假。

他俩手挽手地走出毡匠铺，穿过幽深的小巷，穿过看上去都是晃晃荡荡、松松垮垮的街区，信步来到辕门广场上。

辕门广场明朝初年为殿阁巍峨、壮丽宏廓的肃王府。王府门前竖立着四根大旗杆，东西两边是高大的石狮子。清时王府改为总督衙门，朝房午门变为辕门，周围满布鹿角栏栅，东西两门站立着虎视眈眈的清兵。如今民国初建，总督衙门变为辕门，旗杆上悬挂着"帅"字大旗，警卫森严的士兵荷枪实弹，站立在大旗之下。

我外太爷他们来到广场中央八卦式的讲演台前，看到了一则告示。

黄作宾不识字，我外太爷马殿选一看这则告示，脚步就走不动了。

"小弟，你看什么？"黄作宾年纪长我外太爷马殿选四岁，他停下脚步问。

"黄大哥，这是一张招工告示。"我外太爷马殿选看着告示说。

"哪里招工啊？"

"兰州劝工局招工。"

"我看看。"

黄作宾挤上前，白纸上一团黑字，他一个也不认识。我外太爷马殿选就讲给他听。劝工局是兰州道尹彭英甲在兰州举院创办的洋务工厂，设有绸缎、织布、玻璃、栽绒、铜铁器、制革等六科，技师向省外招聘，艺徒在兰州招收。按照招工要求，我外太爷马殿选和黄作宾会擀毡，符合招工条件。

劝工局待遇高，还能学到新技术。二人回到毡匠铺，向黄万有说了，黄万有很开通，第二天亲自到劝工局，看他们同时报名，同时被录用。彭英甲在任兰州道尹四年期间，兴办工厂、开设书局、开采矿山，各项实业办得红红火火，历史上称他为拨亮兰州工业文明之灯的人。可是他官运不济，随着洋务运动的失败，彭英甲悄然离去，劝工局也黯淡收场。这是后话。

清早起床，外面下起了雪，白茫茫的一片。我外太爷马殿选推开房门，一股刺骨的寒风扑面而来，脸上一下子有了尖刀刮肉般的感觉，耳朵，鼻子，冻得生疼，他不由得打了一个喷嚏。这个腊月，兰州的天气似乎比临洮更冷。但是我外太爷马殿选心里却是热腾腾的，前天劝工局发了工资，他准备回家过年了。他一边走，一边嘴里小声唱："二十三祭灶官；二十四扫房子；二十五磨豆腐；二十六去割肉；二十七杀只鸡；

二十八蒸枣花；二十九去打酒……"

"站住！"走过厂门口，黄作宾从一棵大树后窜出来，挡住去路。

"是你，吓我一跳。"我外太爷马殿选笑着当胸给了黄作宾一拳。

"你哪里去？"黄作宾问。

"我到屠记药行叫禹兆南和陈国栋，一块回家过年。"我外太爷马殿选回答。

"我也去！"

"好，那一块去。"

到了药铺，正碰见禹兆南拿着一团烂棉花，蹲在铺子台阶上。使劲朝两个鼻孔里塞，脸上、手上，全是鼻子里流出的血。

"咋啦？"我外太爷马殿选惊问。

"给屠掌柜那个畜生当了一年的骡子，不给工钱！我开口要，他又说我顶了嘴，扇了我两个耳光。"禹兆南擦着鼻血，气愤地说。

正在说话之时，店内传来一阵号哭！药铺是病人常来之地，店外我外太爷马殿选、禹兆南、黄作宾三人，以为病人啼哭不算甚事，过后一会儿便也了然。却不承想那哭声，一声高过一声，一阵响过一阵，叨叨吭吭似有无数哀怨。那哭声出奇而且响亮，夹杂着时高时低的骂声。细听，声音好像是陈国栋的。

我外太爷马殿选等三人推门而入，穿过铺面，进入后院。听见哭声在北面堂屋里，便几步跨上台阶，掀开门帘，推开门扇进屋。

只见西边暖炕前，陈国栋跪在地下流泪啼哭，双眼红肿！北面的八仙桌旁站着一个穿灰军装的男子，手里拿着一根马鞭。军人一侧的太师椅上，坐着一身光鲜的屠掌柜。头戴翡翠帽顶黑缎瓜皮的帽子，双耳套着狐皮护套，身穿貂皮七星马褂，贡缎长袍，脚蹬祥云厚底棉靴，正惬意地靠在太师椅上，执一杆老烟枪，快活地闭眼吞吐着烟雾。袅袅青烟，弥漫屋子。

"犯了啥王法，你们打他！"我外太爷马殿选看一眼流泪的陈国栋，愤怒地问。

"谁家的叫驴没拴好,跑到这里来叫呢?"屠掌柜睁开眼睛。

"你,你,你……才是叫驴!"我外太爷马殿选涨红着脸,回嘴道。

"哎呀,是狼娃呀!"屠掌柜稍转一下身子,对着身旁的军人说,"你好好看看啊,这就是马有实的儿子,狼娃!"

"临洮后街的狼娃,我认识!常和王德一那小子搅在一起,在灰盐市闯头号!"那军人冷笑一声。我外太爷马殿选抬头一看,那军人有些面熟,略微一想,便想起来了,这人正是屠天宝的宝贝儿子屠安良。

小时候,王德一多半时间在他姐姐王德芳家,经常跟临洮灰盐市的孩子们玩耍。王德一是后街的娃娃头,屠安良是前街的娃娃头。我外太爷马殿选小王德一四岁,后街跟前街打仗,他常跟在王德一屁股后头喊叫。因为年纪小,从未跟屠安良交过手,他甚至连屠安良的长相都记不清了,可屠安良记着他呢。

"难得见狼娃,你今日到我门上,有甚话说?"屠安良冷冷地说。

"为啥不给工钱,还打人!"我外太爷马殿选质问。

"巧啊!世上想巧不是巧,碰巧才是真巧!可是真巧!狼娃,你可知去年清明我家药铺被劫之事?"屠安良见我外太爷马殿选一时发愣,就接着说:"去年卧龙沟乡民杀人越货,抢劫洮州商民,闹得惶惶不可终日。一群盗贼趁乱行劫,闯进临洮我家药行,打死一名看店伙计,盗走我家三千银子。"

"药行被盗,跟他们有啥关系,你咋不给工钱!"我外太爷马殿选气愤难平。

"啥关系?他们是内鬼。"屠天宝一拍大腿!

"你,你,你……血口喷人!"禹兆南气得浑身发抖。

"……捉贼捉赃,你,你……你有啥凭据栽赃!"陈国栋跺脚哭泣。

"我没凭据,衙门里有啊!"屠天宝吐口烟说。

"有,你拿出来呀!"禹兆南咬牙道。

"衙门抓了卧龙沟不良乡民,他们交代了抢劫洮州商民的事实。药行盗案也破了,知道是谁干的吗?"屠安良瞪大眼,恶狠狠地问。见无人作答,就自己回答道:"抢劫之事系洪帮鼓动,我家的药行,也是洪帮所抢。"

"别说这些没用的,你开工钱!"我外太爷马殿选说。

"没用?咋没用,他们两个洪帮不当内鬼,我的药行咋能被盗啊!你们不是要凭据吗?我送你们到衙门里去,那里有嘛!"屠安良大声说。

"狼娃,巧得很啊。我本来要扭送这两个人下大牢,今日你到我门上,看在灰盐市同乡的面上!我就让你当个大保人,放了他两个。你也别提什么工钱,今天的日子明天的年,你带他们走!"屠天宝说完,抬起屁股就走。

禹兆南和陈国栋气得大哭大叫。

屠安良招招手,跑来几个打手。

我外太爷马殿选和黄作宾眼看要吃亏,强压怒火,咬牙拉着他们出了药行。

第七章

逼走吃军粮

[光绪三十三至三十四年（1907—1908），东乡、虎关、地转杀]

17　状告无门

我外太爷、禹兆南、陈国栋三人，满怀悲愤地回到了临洮。

到了城门口，三个人都停下不走了，陈国栋因为没有拿到工钱无脸回家，禹兆南是河南人，无家可回。我外太爷马殿选虽有家，却不忍心丢下朋友独自回家，三个人就在西门外的庙台枯坐。不料被玩耍的我外三太爷马殿明瞧见，硬叫禹兆南和陈国栋一块回家。二人清楚我外太爷马殿选家的情况，怕我外祖奶赵对儿给我外太爷马殿选难堪，都不肯去。我外三太爷马殿明无奈，返身跑回家，过了一会儿，我外祖爷马有实夫妇亲自跑来。

"娃们啊，大年三十，哪怕是一个筲帚，一根棍渣，都要回家的，你们咋回事啊！站在这里做啥？都快跟我走，过年去！"我外祖爷马有实一手一个人，拉住禹兆南和陈国栋的手，就朝城里走。我外祖奶也笑着拉起我外太爷的手说："娃啊，娘炸了一锅油饼，专等你们呢。"

"啊，我们叫屠掌柜白使唤了一年，没脸见人。"陈国栋带着哭腔。

"人在金在呢，丢的啥人啊！走！"我外祖爷马有实诚恳地说。

穷人的年短，贴门神，送财神，放炮，守岁，吃团圆饭，拜年。三天瞬间就过去了。初三我外太爷马殿选开始收拾行李，准备初四回劝工局上工。禹兆南和陈国栋也想一块回兰州，再找个新东家下苦。晚上围坐在炕上，话题说到了工钱上。

"屠天宝为啥不给工钱？"我外祖奶赵对儿问。

"说是他家的药行遭抢，洪帮打死了一名看店伙计，盗走了三千银子。我们两个因是洪帮兄弟，他诬蔑我们是内应。"禹兆南叹气道。

"啥时候？"

"说是去年！"

"胡说呢，他在临洮北槐巷的药行跟灰盐市后街紧挨着，一年三百六十天，我们天天在街头，药行啥时候遭人抢过？啥时候死过人？别说强盗抢三千银子，谁家店里进个小偷，城里就传开了。要是店里进了强盗，打死了人，临洮城早就轰动了！哪里能风平浪静的呢。连街坊邻居都不知道呢。"我外祖爷马有实说。

"那洪帮抢劫洮州商民，有没有这回事？"陈国栋问。

"洮州在藏区，谁知道。"我外祖爷马有实说。

"啊，洮州不是临洮呀？"禹兆南惊愕地问。

"这是两个地方！"

"你们叫屠玉堂哄骗了。"我外祖奶赵对儿在一旁说。

我外太爷三人，此时才明白，屠玉堂利用他们的无知，欺骗了他们。

我外太爷他们初四动身，一路上沉默不语。进了兰州城，走到赐福巷兰州道台衙门，禹兆南忍不住说，我们到衙门里告他去，一年的"骡子"，不能白干了，血汗钱呀！我外太爷马殿选和陈国栋附和。三人在衙门口掏钱请刀笔写了诉状，递了进去。

过了几日，衙门传讯。禹兆南和陈国栋随衙门人进了大堂，看见屠天宝早已坐在那里，嘴里正嘟噜嘟噜跟堂上人说话。他们进来，那堂上的停了嘴。

"你们状告屠掌柜欠工钱,可有证据?"衙门人问。

"我朋友马殿选可以做证。"禹兆南回答。

"你在哪里做工?"衙门人眼睛盯住我外太爷马殿选。

"劝工局!"

"你怎么证明屠掌柜欠钱?"

"腊月二十八,我到屠家药行,找朋友陈国栋、禹兆南,商量一块结伴回家过年。我亲眼所见,屠掌柜不仅不给工钱,还打了人。"我外太爷马殿选说。

"工钱嘛,我年前就结清了,没拖过腊月!"屠天宝冷笑。

"屠天宝为啥不给工钱,他当时说了啥话?"衙门人问。

"他诬蔑说洮州商民抢劫,我们是内鬼,没给一分钱!"禹兆南答。

"屠掌柜,你说过吗?"衙门人问。

"我说过!洮州乡民抢劫,抢了我的药行!"屠天宝说。

"他说了这话吗?"

"说了!"禹兆南回答。

"洮州店出内鬼,你咋扣临洮店伙计的工钱?"衙门人面对屠天宝问。

"大人问得好!我确实没给洮州店伙计的工钱,这是真的!可是他们的工钱,我都如数给了!我说过洮州店出了内鬼,没说过临洮。"屠天宝头一晃说:"咳!大人明察秋毫!这两人败坏我店声誉,讹诈钱财!"

那堂上衙门人听了点点头,突然拍案而起:"你们可知诬告要受罚!"禹兆南先是一愣,瞪大眼。过会子才说:"你不能这样断案,冤枉好人!"那衙门人止住怒气慢说:"我断案还要你来教!去年洮州乡民抢劫商人,有案可查,你们从临洮店背货,跟洮州八竿子打不着!屠掌柜刚才说,他扣了洮州店的,没扣临洮店的!这个道理,走到天下都说得通!你们告什么!"

禹兆南一听,气极了,扑过来就要打屠掌柜!

屠天宝朝后一躲。却见几个兵丁,早已虎虎威威地赶到,不问青红皂白,一顿拳脚,打得禹兆南鼻青脸肿。然后将他们三人,推出衙门。

 抢药行

我外太爷他们不但没有拿到一分钱,还受尽侮辱,被衙门人拳打脚踢,赶出衙门。他们三人正是血气方刚的年轻人,不甘心受冤屈,受屠天宝陷害,悲愤填膺。

"这口气,咽不下!"

"告状不成,反挨了打。"

"天下衙门朝南开,有理没钱莫进来,告状不顶用!"

"我倒有个主意?"

"你说说?"

"我们干脆抢回工钱,行不?"

"行,咋不行!"

"屠记药行人出人进的,我们两个人,咋动手?"陈国栋发愁道。

"我们是结拜兄弟,你俩的事就是我的事,我不能不管!我去跟黄作宾说一说,叫他一块跟我们干!"我外太爷马殿选拍着胸脯说。

"啥时候干?"

"说干就干!按照以往的情况,农历十五这一天,屠天宝总是带领全家人赶庙会,店里只有几个伙计。我们就趁机抢他,保证成功!"禹兆南说。

"你说大白天?"我外太爷马殿选问。

"晚上店里有值更的,不好下手,白天反而没有防备。"

"走前门还是后门?"

"前门。扮成看病的,直奔后院北房。"

说好时间,三人分手。我外太爷马殿选来到劝工局,将黄作宾叫到避背处,向他悄悄说了抢劫计划。黄作宾那天亲眼看过屠掌柜欺负禹、

陈二人，心里窝着一肚子气，听到打抢药行，立刻情绪高涨。他们准备了四把擀毡用的空弦刀、一把大剪钳、一个钉撬。

农历十五早上，四人躲在巷尾拐角处，瞅着屠天宝一家人上了骡子车，驶往庙会。就跑到街上，直奔药铺。按照分工，我外太爷马殿选和黄作宾拿着空弦刀，手抱着肚子，刀子藏匿在衣服底下，乍看，似是病人肚子疼。他们站在门外守候。禹兆南和陈国栋进店打抢。禹、陈跨进店内，那些老伙计，都熟悉，没有在意。新招背货的"骡子"，倒是看到了，却无心搭理。

二人径直跨进北面堂屋，管家正在案前拨算盘。

"拿钱匣来！"禹兆南低吼一声，空弦刀架在脖子上。

"大胆贼人！光天化日之下你想抢劫，没门！"管家并不怕，手猛一抬，打飞了空弦刀，可是手臂却划出了一道口子，鲜血直流。

紧急之下，禹兆南扭住了管家的头，将他压在椅子上。别看禹兆南是个十六岁的孩子，常年劳动下苦，手劲大，力量足。压得管家哇哇叫，却动弹不得。

"你别过来，别管我们！快寻钱匣子！快！"陈国栋看到管家大喊大叫，忙过来帮他，禹兆南扭头喊了一声。

陈国栋赶紧翻动案桌。钱匣子其实就是个小茶几，放在管家的右侧，平常吊着一把铜锁。陈国栋在案桌上半天没有翻见钱匣子，却见枣木茶几的门开着，抽屉一截被拉了出来，露出了里面的钱财。便一步上前，拉出抽屉，抱上就跑。

"抓强盗！"管家着急，大声喊叫。

"打！打死你！"禹兆南也是急了的，一手撕住管家头发，一手用尽全力在他脑袋瓜子上用拳击打。管家蜷曲在椅子里，猛一用劲，连人带椅倒在地上。禹兆南趁机撒腿就跑。店里的伙伴听到喊叫，以为北房里斗殴。瞧热闹似的拥到北房门口，却被从里面冲出来的禹兆南撞倒几人。院里顿时乱成一团。等大家明白过来，禹兆南和陈国栋早已跑得无影无踪。

伙计们进了北房，看见管家满脸是血，坐在地上。案桌上一片狼藉，账本和算盘珠子，散落一地。茶几边，一把带血的空弦刀，搁置在一旁。

"瞧我干啥？快叫掌柜！"管家立刻打发人去叫屠天宝。

屠天宝得知药行被抢，自然没心思逛庙会，飞也似的赶到家，一边报官，一边打发人给儿子屠安良报信。巡警看过现场，立即派人抓捕禹兆南和陈国栋，可是两人得手后，没有片刻停留，早已出城，不知去向。

"狼娃呢？"屠掌柜问。

"他在劝工局上工。"

"抓他呀！"

"我们没见狼娃，作案的只有禹兆南和陈国栋。"伙计们说。

"胡说！我不相信他脱了干系。"

"证据呢？"巡警问。

"那把空弦刀，还不是铁证！"屠掌柜比巡警聪明得多。

巡警和屠安良分头抓捕。劝工局、毡匠铺、临洮灰盐市，这些地方都搜了遍，却是一无所获。气急败坏的屠安良将我外祖爷马有实抓了起来。不料我外祖爷马有实被抓的消息，传到洪帮大哥漆世昌耳里，他勃然大怒。

我奶奶马云英说，漆世昌是岷县岷阳虎桥村人，因排行老三，人称漆三。老大漆世彦，老二漆世荣，一个农民，一个乡绅。而最出名的漆世昌，却大字不识，混迹于青、红两帮，当上了西南帮会头人。我外祖爷马有实上新疆救边永富，与此人同行，结下了一段情谊。漆世昌性情豪爽，最讲义气，为朋友甘愿两肋插刀。听到屠安良抓了我外祖爷马有实，传话给屠安良：限三天放人，否则屠掌柜一条胳臂便是我漆三的下酒菜。

我奶奶说，屠安良心眼多，惯于布设陷阱，但奸诈之徒怕蛮横之人。屠安良清楚，在洪帮内部，漆三是一棵大树，辈分高，人数多，势力大。

他虽然是洮州城的舵把子,却不敢惹漆三,屠安良马上放了我外祖爷马有实。

我外祖爷一回家,就让我外二太爷马殿德去找我外太爷马殿选。

"巡警都没找见,我咋找得见?"我外二太爷马殿德问我外祖爷。

"你到河州大东乡,到最深的大山去找。"我外祖爷马有实记得,黄万有说过他的愿望是到大东乡深处擀一趟毡。凭我外祖爷对儿子的了解,既然出谋划策抢屠掌柜,他一定先想好了退路。躲避的最好的地方,自然是大东乡。因为那是东乡族聚集区,官府想不到。再者,黄万有儿子黄作宾参与此事,黄万有还能坐视不管?管的法子,无非是到东乡藏匿。

"见了他,我说什么?"我外二太爷马殿德问。

"你告诉他,兰州、临洮这两个地方,绝不能去!"我外祖爷马有实说。

 19　结识马木哥

我外二太爷马殿德背上干粮,当日出发。越过洮河,便是东乡的红岩山。

东乡的山与山肩并肩、脚对着脚,一层摞着一层,像背篼面上的竹条,一个连着一个,又像是洮河的浪花,一个推着一个。东乡的沟与沟手牵着手、头背着头,像拉不断的牛毛丝,一个缠绕着一个。人走进东乡的沟壑里,就像一只蚂蚁被山吞噬了。我外二太爷马殿德绕过五座大山,走了一天一夜,终于在一个叫克力夫的东乡族农家场院里找到了我外太爷马殿选。

果然不出我外祖爷马有实所料,他们四个人都跟着黄万有,正在场院里擀毡,羊毛晒了一场。因为正是中午时间,日头毒,没有人围观。我外太爷马殿选和黄作宾两个徒弟擀毡,禹兆南和陈国栋弹羊毛,黄万有在阴凉下歇息。

"你，咋找到的？"五个人围拢过来，我外太爷马殿选惊奇地问。

"你闯了大祸，老爹差点坐大牢。"我外二太爷马殿德说。

"咋回事？"

我外二太爷马殿德就将因他们抢劫药行，屠安良抓走父亲，又被漆世昌救回。我外祖爷马有实吩咐他进东乡大山，叫他们不要回家，想法在山中躲藏等事，详细说了一遍。

"干得好！"我外二太爷马殿德的话音刚落，场院角落一堆草堆上，有人叫好。

"哎呀，马木哥，你咋在这里？"黄万有师傅胆怯地问。

"我在草上睡觉，你们把我吵醒了。"那个叫马木哥的少年，深眼窝，大眼睛，条细身材。揉着眼窝从草堆那边走过来。

"你听到什么了？"

"啥都听见了！"

"哎呀，这可如何是好？"黄万有发愁道。

"黄师傅，别愁眉苦脸地看着我。你把我马木哥看扁了，别害怕，我不会告官，也不会透漏一点风声。"马木哥像个大男子汉似的保证道。

"那就好！这四个娃娃，万不得已，才闯了祸，我也跟着受累。你可千万要扎紧嘴，万一别人知道了，他们就没有活路了。"黄万有半诉苦半求情道。

"看不出的木匠修楼呢。你们到我家，看上去秀里秀气的，话不多，只知道下苦，我还以为是几个老实疙瘩。想不到你们能干大事，我就喜欢这样的人，我跟你们交个心，交个朋友，行不？"马木哥豪迈地伸手。

我外太爷马殿选先握住马木哥的手，接着禹兆南、陈国栋、我外二太爷马殿德，都把手摞在他们的手上。五个人心里热乎乎的，无须多言，他们的手连在一起，心就连起一起，就成为联手，就成了心灵相通的朋友。

"擀完我家的毡，你们到哪去？"马木哥问。

"再找一家,继续擀!"

"大山里,没几户人家,擀不了几条毡啊。"马木哥说。

"那我们就下川。"黄万有无奈地说。

"下川就是入虎口。"马木哥说。

"那怎么办?"

"我有个法子。我的姑舅哥在康乐虎关三十里铺,名叫马福善,儿子叫马继祖。两人都是英雄好汉,爱打抱不平,爱结交各方朋友。我领你们到他那里躲避一阵,等风声一过,再各自回去。"马木哥提议道。

"好,我们仍以擀毡为掩护,到虎关去!"

过了几天,马木哥带领五人到虎关。一进马木哥姑舅哥家,就看见院里一位身材高大、气宇轩昂的男子汉在院中劈柴。经马木哥介绍,大家才知眼前这人便是马福善。

马福善果然是个豪侠之人,听了马木哥介绍,一点不惊奇,反而拍着手说,抢得好,就该抢他老财的!我外太爷他们在马福善家落了脚,一边擀毡,一边打听风声。

我奶奶马云英说,虎关是个穷乡。像马福善这样的中等人家,炕上能铺得起毡,铺得起席子。而大多数人家就连席子也铺不起,只能用糨糊、蛋清拌着草汁,将一盘土炕刮得光溜溜的,这叫上浆。穷人家,即便冬天也直接睡在光板子炕上,身上盖着随身的衣服和皮袄。铺毡的少,擀毡的少,很快他们就闲了下来。

我奶奶说,她小时候常去虎关。那里是贫困乡村,高寒阴湿,地薄,肥少,靠天吃饭,一亩地打不了多少粮。一些白面、苞谷和洋芋掺和起来吃。即便是好年份,也吃不饱肚子。就是财主家,也过得捉襟见肘。虎关没有好饭,一天只吃两顿。早饭撒饭汤汤,喝完,碗底剩点,舌头舔,手指刮,恨不得连泥碗一块吃上。晚饭是搅团,或者煮一锅洋芋,用韭菜腌一碟咸菜,调着吃。有时候是糜面窝窝,烩酸菜。

五个男人五张嘴,马福善即便好客热情,我外太爷他们也不好意思待下去。

陈国栋首先提出到岷县找漆世昌去，他说，漆三是洪帮大哥，找他搞点事做，应该没问题。禹兆南随声附和，第二天别了大家，赶往岷县。剩下黄万有师徒三人，都有了动身的心思。我外太爷马殿选让我外二太爷马殿德到临洮探风声，两天后，我外二太爷马殿德和父亲我外祖爷马有实一块回来。我外祖爷马有实提着二色礼，谢了马福善。

"城里风声紧，去不成呀！"我外祖爷马有实担忧地说。

"还是住我这里稳当，虽吃得稀些！可是，有我们吃的，就有你们吃的！"马福善拉着黄万有的手，诚恳地阻挡道。

"老马哥，心意我们领了，这不是长久之计，我们回兰州。"黄万有说。

"兰州比临洮紧，更去不成！"我外祖爷马有实否决道。

"我想分两路走，我是老头，跟事情无关，我就回兰州。两个娃到榆中，在县城搞老本行。"黄万有和盘托出他的计划。

"好是好，兰州的毡匠铺恐怕师傅顾不过来，我和黄作宾在劝工局做工，忙里偷闲，能帮师傅干些活，现在你一个人，没个帮手，怕不行啊！"我外太爷马殿选想到多病的师母，毡匠铺惨淡的生意，忧虑地说。

"这个小铺，我一人就够了。我们进城做生意，家里的地，丢荒了几年没人种。你们回去，正好替我撑起那个家。"黄万有说。

"我儿子拖累你了！"我外祖爷马有实听到黄万有这样安排，心里十分感激。从兜里掏出一个布包，放在炕头："这是我凑的一点银两，娃们开铺子，要本钱呢。这点钱不多，能添补一点是一点吧。"

"你娃多，日子也难，你不要管了。"黄万有说着拿起钱袋，硬塞进我外祖爷马有实手中。我外祖爷黑着脸，自是不肯。黄万有就开玩笑说："他们抢的钱，开个毡匠铺，也够本呢。"这话一说，惹得大伙儿笑了。我外祖爷却没笑，一本正经地对我外太爷马殿选说，记住了，我且饶你这一回，往后不能再干这种事。马福善笑道，马大哥说的啥话，错在屠掌柜，不在娃娃身上。他们抢的是工钱，不是铺子。我外祖爷马有实虽不满，但也没有再说什么。

当晚马福善宰了一只鸡娃，大家围坐在炕上，吃着鸡，谝了一夜话。

 20　参加巡防骑兵

第二天各自动身，分头出发。

我外太爷马殿选和黄作宾到了榆中，先到亲戚家住下。然后在县城寻找铺面，可是看准的铺子往往租金高，租金低的却地偏远，引不起人的注意。而这还不是大问题，令人头痛的是，毡匠铺要大投入，买木头，搭架子，置机子，购工具，买毯子原料也是一笔不小的数目，一句话，要大本钱。从药行抢的钱，禹兆南和陈国栋给他们留了一些，但那只是个零头，差远了。

我外祖爷马有实回到临洮，仍然心神不安。没几天，赶着骡子，说是进山货，其实是放心不下儿子，专程来看开毡匠铺的事。看到这种情况，也是焦虑不安。

"干脆，我把小店卖了，给你放本钱。"我外祖爷马有实说。

"这个险太大了，冒不起，一家人的命都拴在小店了，卖掉小店，咱家就没有退路了。这世道不太平，我们就等一等。"我外太爷马殿选说。

这一等就是一个多月，然而我外太爷马殿选没有等来商机，却等来了招募新军的消息。

经过八国联军的打击，此时的清王朝像一个垂暮的老人，已经摇摇欲坠，风雨飘摇。但绝望的它不甘心就此死去，于是推出新政，倡导大办新军，派人到各地招募新兵。

我外太爷说，这次省府招募的是巡防骑兵。县衙门口，贴出了省城巡防招兵章程：规定每户无论公馆、铺户、居民，有男丁三口者，限三日内由巡兵查明报知，注册列表。逾限不报，官员革职，绅士没收邸宅，查出者，巡兵记过，有心询隐者，处罚撤职。各户凡符合条件的男丁，

在法定期限内到兵站报到，经催促仍不报者，罚百元。

"我俩当兵去，你看如何？"我外太爷马殿选看了告示后跟黄作宾商量。

"我娘多病，我又是家中老大，怕离不开。"黄作宾说。

"开毡匠铺难度大，你不想当兵，还是到兰州去。"我外太爷马殿选想了想说。

"去兰州？巡警抓我咋办？"黄作宾胆小，胆怯地问。

"你不像我，他们不抓你！"我外太爷马殿选肯定地回答。

"为啥？"

"因为我父亲打过屠掌柜，两家结了仇，他恨的是我，盯的也是我。再说那个案子，我们只是望风。何况时间过去好几个月了，应该说风平浪静了。"我外太爷马殿选的分析，给黄作宾壮了胆。稍后从兰州传来消息，兵源缺乏，只要不是江洋大盗，小案子官府一概不咎。也就是说，我外太爷他们所犯的那桩案子，像风吹杨柳，浮云消散。

得知此情，我外太爷马殿选看见自己黯淡的人生蓦然出现了一道弥足珍贵的亮光。他朦朦胧胧意识到，循着这道亮光，他可以走入一个新的世界，开始新的人生。他满怀着愉快的心情，和黄作宾一块去了兰州，在毡匠铺住了一晚。

第二天，我外太爷告别黄师傅一家，踏上回家的路程。

回到家，我外太爷向父母说了自己的打算。

可是我外祖爷马有实担心打仗，长吁短叹。

我外太爷马殿选劝我外祖爷说，我十岁到喀什，你放心。现在长大了，又在外面闯荡了三年多，有啥不放心呢？我外祖爷说，那时边爷罩着，人多，我当然不担心。现在当兵去打仗，跟上次不一样。我外太爷说，自古男子汉当兵吃粮，天经地义，招募巡防骑兵，对我来说是个好机会。我不会给您丢脸。再说我们家，弟弟妹妹一天天长大，我也该替您分担些责任了。

我外祖爷马有实被我外太爷马殿选说服。

不用说，我外太爷马殿选符合条件，他到兵站报了名。

我外祖爷马有实目送儿子上路，走出老远，才偷偷擦掉眼角的泪水。

我外太爷马殿选说，他跟着招兵的到了兰州拱星墩大教场，穿上了新军的服装，分到新建左军二营。一年后开赴武都，统领为蓝发荣、帮统为孔繁春、营长为杜斗才。我外太爷马殿选到武都不到两个月，康南百姓因为官府在征办"烟亩罚款"过程中敲诈勒索，激起了民变。我外太爷曾经回忆，民变头子叫朱恒山，手下都是"红灯教"。

红灯教是从四川传进武都的，在民间秘密结社，信仰"真空家乡，无生老母"。教徒吃斋，画符，念咒，练法水，自称佛兵，每个人身上有一张委牌，上面写着"收补九十二亿的人缘皇胎男女，传讲祖师的根源返本还源，皈家认主，逃避三灾八难"。我外太爷亲眼看到委牌，教徒们说，这是灵山无生老母给的，他们认为无生老母是创世主，创造了宇宙和人类。无生老母是救世主，要拯救沉沦于苦海中的人类。她差遣弥勒佛、太上老君等神灵下凡，要将红尘的九十二亿无生老母的皇胎儿女收回极乐世界。朱恒山掀起抗交"烟亩罚款"这股浪潮，杀了三名办款委员。营长杜斗才领兵前往白杨滩镇压"红灯教"，却被"佛兵"击败。

我外太爷马殿选随溃散的新兵跑出白杨滩，跑到一处不知名的河滩。

温婉的月光下，河滩被烟雾熏染。

我外太爷马殿选说，他在迷雾般的草丛间穿行，新兵没有枪，手里都杵着削尖的木棒。他们跑着跑着，身后响起了枪声，我外太爷马殿选猛然转过身来。只觉一道红光擦着肩头挑过，肩头落上了一摊热乎乎的黏液，用手一摸，全是血。

我外太爷马殿选一吓，双腿发软，住了脚步，只见一股浓烟从远处弥散而来。我外太爷马殿选伸出手指轻轻触碰了一下肩头，剧烈的疼痛从肩头传遍全身。他来不及细看伤口，就被一个满身是血的新兵拽着朝远处逃去。可是还没有跑出河滩，他们就被一个骑着高头大马、穿着高领制服的军官拦住了去路，军官黑乌乌的枪口正对着他们："逃兵，我枪毙了你！"我外太爷马殿选急中生智，喊道："我们不是逃兵！"拦路的军官一愣，说："不是逃兵跑什么？"我外太爷马殿选朝那个新兵靠近些，让他扶着自己，大声说："报告长官，我们在前线受了伤，连长让我们找随军医生包扎伤口。"那军官看到两人浑身是血，相信了他的话。收起枪问道："医生呢？"我外太爷马殿选赶紧回答："还没找见。"那军官挥挥手，从另一个方向奔过来一位随军医生，放下药箱，替我外太爷马殿选看伤，那军官则带着人马，朝前赶赴。

"大哥，我肩头疼得很，伤到哪里了？"我外太爷马殿选问。

"一颗子弹划破了肩头。"医生说。

"严重吗？"

"你命大。子弹只擦破了皮肉，包扎一下，没事！"

"大哥，拦我们的军官是谁呀？"得知自己并无大碍，我外太爷马殿选放心地问。

"帮统孔繁春啊！你们是哪一部的？"医生连答带问。

"杜斗才营的。"我外太爷马殿选答。

"他吃了败仗，孔繁春前来增援。一路上看到好多逃兵，都被孔帮统枪毙了，你们不要朝西走，沿东向白杨响呜山走。"医生扎好伤口，好心地告诫。

周围的树丛里传出一阵响动，我外太爷马殿选抬头，看到树后跟跟跄跄走着荷枪实弹的新军。知道跑不逃脱不掉，就跟着军队又返回到阵地。

孔繁春杀了七个人，朱恒山败退。孔繁春乘胜追击，在漆树沟遇到洪帮杨福来，孔繁春不问青红皂白，将杨福来逮捕斩首于巩集。

第八章

王阴阳传信

[宣统三年至民国四年（1911—1915），武都，黄帝死]

 **21　惹火了洪帮**

我奶奶说，当年我外太爷当兵的武都，属秦州管辖，孔繁锦为清乡司令。当时孔繁锦身兼陇南镇守使、陕甘边防督办、援川总司令数职。坐镇秦州，割据一方，号称陇南王。孔繁锦发迹，全靠省长张广建这棵大树，因为他是张广建的胞弟，过继给舅父家，改姓为孔。孔繁锦一手遮天，疯狂敛财。他胞弟孔繁春追剿"红灯教"期间，孔繁锦和县长张明新强行发布征收"烟亩罚款"指令，摊派"烟亩罚款"高达四十余万两银子，大户五十两，中户三十两，小户二十两。巨额征款致使百姓家贫如洗，流离失所，群众怨声载道。

我外太爷在孔繁春的带领下完成了追剿任务，准备撤离巩集时，突然从沟岔中呼啦啦冲出一帮人，各个手持木棍、斧头、大刀，黑压压围拢上来，将孔繁春一营人马团团围住。

"都是些什么人？红灯教的吗？"

"不是，这次来的是洪帮。"

"你们想干什么？"杜斗才营长走出大营。

"我们想跟帮统说句话！"人群中有人喊。

"喂，马殿选，你去报告帮统。"杜斗才被围在中间，只好喊叫。

我外太爷当时是传令兵，他一溜烟跑去报告孔繁春。

孔繁春听了我外太爷马殿选的报告，怒气冲冲地端着枪杆子冲出营帐。一看外面里三层外三层全是洪帮兄弟。枪口不知朝哪儿放。

"反了？反了？都回去！"

"你说得好，我们回哪里去？"

"从哪里来，回哪里去！"

"人打死了，银子拿走了，军队不能走。"

"对，不能一抬屁股就这么走！"

"哎哟，你们想怎么着？"孔繁春叫嚣。

"屁，也得放一个嘛！"洪帮会员以牙还牙道。

"我们剿的是匪，剿的是红灯教徒！有什么好说的！"

"朱恒山是红灯教，可是洪帮杨福来惹你们了吗？为什么打死他？"洪帮大爷质问道。

"杨福来无罪！"

"还杨大哥的命来！"

……

洪帮吵吵闹闹，乱成一团。刚开始，帮统孔繁春并没有将他们放在心上，渐渐地，人越聚越多，摩肩接踵地不断从漆树沟方面拥来。巩集的大街小巷，到处坐满了人，连营帐外面的树上，都站满了人。孔繁春向堂兄、督办孔繁锦和县长张明新求援，二人手中无枪，要他自己解决。

僵持了一天一夜，孔繁春终于出面跟洪帮大爷谈判。

"开个价？"孔繁春说。

"洪帮跟红灯教无关，放了我们的弟兄。"洪帮大爷说。

"行，凡是洪帮，都放了。"孔繁春答应了第一个条件。

"洪帮兄弟的烟亩罚款，要归还给洪帮。"洪帮大爷又提出一个条件。

"烟亩罚款是督办和县长的事,兄弟只是执行命令。你们应该去问他们,我负责剿匪,钱财的事,我办不到!"孔繁春两手一推,耍了个花招。

"那好,这个问题,我就不为难你。但另一个条件,你必须答应!"洪帮大爷快人快语,也好糊弄。

"什么问题?"

"杨福来死得冤枉,要厚葬!"

"我们给他买个两寸厚的大棺材!"

"要请一班阴阳超度亡魂!"

"我们一块请阴阳,费用军队出!"

孔繁春立刻召集新军中的洪帮,不知是谁报告的,孔繁春知道了我外太爷马殿选跟洪帮有关系,就指派他跟洪帮一块布置灵堂。这时正逢夏秋之季,巩集的田野里绿树成荫,瓜果满枝。他们在一棵老树底下搭了凉棚,树前竖起两绺白色的对联,树根处停放尸体,算作灵堂,尸首前放置祭奠的炕桌。洪帮兄弟逐一走进灵堂,向杨福来的遗体磕头、敬酒、烧纸。

偶遇王阴阳

第二天凌晨,七个身穿道袍的阴阳来到军队驻地,贴布蔓,竖灵牌,敲锣打鼓,诵经吟唱。其中一个长脸的年轻阴阳,写得一手漂亮的毛笔字。他一直在树下的一张方桌上,用黄纸写了很多字符,写了杨福来亲属及洪帮兄弟的名字。杨福来的亲属们披着白孝,洪帮兄弟戴着红白色的布条,轮流跪在杨福来的棺材面前磕头、烧纸钱。我外太爷马殿选跟着阴阳到巩集庙里上香、祈福、送公德、放鞭炮,然后回到大树底下,班长吩咐他挂帷帐。

"王德一!你咋在这儿?"我外太爷马殿选到大树底下取黄纸写的名单,准备粘贴到帷帐上,一抬头,认出了那个长脸的年轻阴阳。

"哎呀，是你啊！"王德一跑过来，抓住我外太爷马殿选的手。

"你不是分到精锐西军附中营了嘛，咋当起了阴阳？"我外太爷马殿选问。

"你听谁说的？"

"鲁大昌。"

我奶奶说，王德一和我外太爷马殿选当兵的时间前后只错几天。新兵到兰州，必须训练一个月，然后分配到不同的部队。训练我外太爷马殿选的老兵是循化参将罗开福部的勤务兵，名叫鲁大昌。这个人是河州黄泥湾鲁家村的，自幼丧母，由舅母一手操劳，养到八岁，送到河州城内姬家巷祖爷家中。祖爷送他上私塾，可他顽劣，对书本望而生厌，视读书为畏途，视塾馆为监狱，毫无兴趣，便辍学经商。摆小摊，干货郎，当脚夫，一事无成。跑到循化，参加了参将罗开福的部队，当了勤务兵。我外太爷马殿选和王德一在一块训练了不足十天，突然王德一被马安良的老西军抽调去执行任务，我外太爷马殿选去问鲁大昌，他说王德一分到精锐西军附中营。此后不久，鲁大昌也走了，听说随老西军去打陕西。

"这里不是说话的地方，你先忙，过会儿我们在避背处说话。"王德一说。

我奶奶说，王德一父亲王守山因了姐姐王德芳是边爷的妻子这层关系，被洪帮众人推为衙下洪帮大爷。王守山祖上几辈，干的都是跑山走艺的阴阳。

据说王守山的爷爷道行极深，很是厉害。掐指算卦，看坟埋人，诵经降神，叫魂安宅，无不精通。天上的、地下的、阴间的、阳间的，凡求到他跟前，没有摆布不了的。一次守山爷爷看见几个小孩子往一堵土崖下面跑，便连忙挡住，说崖快塌了，不能过去。孩子们不信，大人们也不信。好端端一堵崖，咋能说塌就塌呢？正在狐疑，土崖"哗"地一声塌了下来，惊得大人小孩"哇哇"乱叫。王守山爷爷的大名就这样传开了。

王阴阳王守山虽没有他爷爷那样传奇，但也是屈指可数的大阴阳。很小的时候，他就修道学艺。说是开了天眼，能够走阴间，入地府。作法的时候，能将一只五雷碗掷到千米之外，丝毫不损。他手执箩儿，能看见身后的一切，就像脑后长了一只眼一样。王德一从小跟着父亲跑山走艺，也学会了阴阳。

"鲁大昌说你跟老西军打陕西，怎么到巩集来了？"行完道场，王德一找到我外太爷马殿选，两人到避背处，我外太爷马殿选问。

"军队里没一个好货，我不干了，跑了！"

"啥时候？"

"半年了。"

"你是从陕西乾州战场跑的吗？"我外太爷马殿选问。

"我还没有到陕西，在宁夏就跑了。"王德一回答。

"为啥？"

"我们上当了，从兰州出发时，西军标统马安良说去打叛军，走到半道，才发现上当了，打的是哥老会大哥刘华堂、刘耀鲤，打的是革命党。哥老会就是帮会，老西军打的是帮会，我不情愿，趁机跑了。"王德一回答。

"宁夏城究竟发生了什么事？"

"从银川城逃出来的宁夏总兵张绍先说，哥老会头领刘华堂、刘耀鲤，趁总兵外出的机会，深更半夜率领会党拥入镇署。他们手拿爆竹，在署内到处燃放。宁夏府警官刘照藜、镇署教官刘复太原是哥老会党人，率领士兵百余人向空中鸣枪响应。镇署里的人被炮声惊醒，慌乱中有人惊叫：革命军来了！府署官兵听到枪炮声不断，乱纷纷越墙逃去。帮会占领了宁夏。"王德一兴奋地说。

"我明白了，原来是这么回事！"我外太爷马殿选醒悟道。

我奶奶说，宣统三年的武昌起义犹如多米诺骨牌，大清帝国顷刻间土崩瓦解，全国除甘肃、河南、直隶、山东四省效忠清朝外，十四个省脱离清廷先后宣布独立。西安同盟会、哥老会和新军武装起义，响应武昌，成立秦陇复汉军政府，张凤翙为大统领，张云山为兵马大都督。宁夏军民刘华堂、刘耀鲤起义并取得胜利，刘耀鲤自任宁夏镇，刘华堂任宁夏道。各地革命起义的消息不断传来，大有草木皆兵之势。惊慌失措的清廷急命升允署理陕西巡抚，长庚督办甘肃军务。二人纠集十万甘军，长庚亲任统帅，甘肃劝业道彭英甲为行营务处总办，以马安良部精锐军为西路，固原提督张行志部壮凯军为东路，进攻陕西、宁夏。

我外太爷马殿选和王德一参加的所谓新军，都是原清廷甘军改编的常备军，共分骑步四标，马队第一标由镇南军和督标队改编而成，标统为马安良。步兵第一标标统先为张定邦，后为陆洪涛、孔繁锦。步兵第二标由西宁镇、河州镇和固原提督所属部队改编而成，标统为马福祥。步兵第三标标统为周务学，协统为张行志。我外太爷马殿选说，当时王德一参加的是马队第一标，他参加的是步兵第一标。

"鲁大昌咋样？他还在军队？"我外太爷马殿选问。

"那个家伙是个保守派，马安良将罗开福部改编为精锐西军附中营，调赴攻打乾州的革命党，他死心塌地地跟着罗开福。据说攻城中，鲁大昌奋勇向前，胳膊、腿、腰，三处受伤，为人机智有谋，深得罗开福赏识。"王德一说。

"以后咋办？你一直当阴阳吗？"我外太爷马殿选问。

"你说呢？"王德一歪着脑袋反问。

"从小你就是个平处不卧之人，我想不会满足当个阴阳吧！"我外太爷马殿选肯定道。

"哎，乱世之年，社会动荡不安，百姓性命难以苟全。都想有一个豪杰站出来，带领大家除暴安良。我因为看不惯这个吃人的世道，带领一群年轻人习武练拳，拉起了一支一百人的部队，被推举为首领。平时耕田种地，发生战乱就拿起武器保卫家乡，反抗军阀暴政和地方反动势

王德一

力。"王德一笑着告诉我外太爷他真实的情况。

"我明白了,你当阴阳是假,串联是真!"我外太爷马殿选看看左右,小声说。

"对,我利用洪帮的社会关系,组织积蓄力量。"王德一笑了。

"好嘛,我就知道你是干大事的人。"我外太爷马殿选说。

"你在部队咋样?"王德一问。

"我看透了,十个猕猴一个脸。"我外太爷马殿选叹口气,详细说了他随帮统孔繁春进剿的真实情况,"我这次看清了,官府所谓的土匪,不过是可怜的农民。说实话,我杀了许多红灯教的人,我心里同情他们。我真懊悔穿了这身灰衣。"

"不想干,你就跑!"王德一鼓动道。

尽管我外太爷马殿选后悔当了兵,可他并没有跑。因为他知道,自己除了擀毡,没有其他手艺。王德一不当兵,跟着王守山当阴阳,不会饿肚子。可是他一旦跑,马上面临着挨饿的危险。但是人算不如天算,很快,我外太爷马殿选的机会来了。一个月后,升允对各地新军进行整治,削减地方武装,陇南巡防军也在整编之列。凡是想离开军队的士兵,升允发给遣散费。我外太爷马殿选便借机离开了军队。

 再穿军衣

我外太爷马殿选揣着二十块大洋走出了军营的大门,他拿定了主意,要用这些钱作为本钱,像父亲那样做个小买卖人。他径直到集市去,置办了一些山货，贩运到县城。几个月下来，他手里积攒的钱足够买一头骡子了。

有了骡子，他进的货物品种渐渐多了起来，手头的钱也渐渐多了起来。由于他为人忠厚老实，买卖公道，讲义气重信用，结交了许多朋友。一年后，他的生意一日旺盛一日。和几年前他希望的毡匠铺相比，他已经是个大买卖人了，当初的毡匠铺，他已经不放在眼里。他决定回一趟家，一来看望家人，二来寻找更大的商机。

他到兰州，买了礼物去看了黄师傅。

黄万有师傅老了，一眼没有认出他，看了半天，才惊喜地握住了我外太爷马殿选的手，他捋着胡子说："大了，结实了，我认不出来了。你到我这里的时候才十三岁，个子小小的，一转眼，成十八九的大小伙了。个子长了，身体壮了。"

"我兄弟黄作宾呢？"师徒二人亲热地上了炕，我外太爷马殿选开口问。

"哎，榆中家里的地够他操心的了，他哪有时间到这里。"黄万有说。

"够吃吗？"

"按理说我家有十几亩水浇地，养活几口人应该没问题。可是这世道，天天催粮催款，地皮都刮起了一层白土。一年四季在地里苦，苦出的粮食都交了，简直不让人活。"

"铺子还好吗？"

"毯子料高，销不出，勉勉强强交个房钱。"

我外太爷马殿选在黄师傅铺子里住了一晚。第二天告别黄师傅，前往临洮。出兰州城之前，他到商店给父母亲、弟弟妹妹每人扯了一匹兰石布，又挑了些他们喜欢的东西，驮在骡子上，一口气赶到家里。一家人的欢喜自不必说。从这天起，我外太爷马殿选挑起了家庭的重担，常年往来于兰州、武都、天水之间，用赚的钱买了几亩地，翻建了破烂的房屋。

一家人的日子，慢慢有了起色。

但是好景不长，这年秋天，他在武都驮了一骡子山货，走到麻子崖，一伙劫匪突然从大山中冲出来，连骡子带货物，抢了个干净。我外太爷马殿选净身到兰州，找禹兆南求助。此时的禹兆南已经离开岷县，干起了走乡串户的货郎。

"你入帮会吧，洪帮讲的有福同享，有祸同当。入了帮就有了靠山，走南闯北，只有我抢人，哪有人抢我？"禹兆南慷慨地掏出一包洋钱，递给我外太爷马殿选。

"我打小跟帮会跑，早已入会。"

"你入了帮？那你的'核迪'给我看看。"

"啥核迪？"

"你连这都不知道，算啥洪帮。凡是洪帮兄弟，随身都有一个核迪，表明身份。"

我外太爷睁大眼睛，愣住了。他没想到，自己从小跟洪帮打交道，在喀什天天跟洪帮兄弟在一起，可自己还不是洪帮。禹兆南说，入洪帮有一套严格的手续，必须入香堂，拜大哥，舵把子要给核迪，才能成为洪帮。我外太爷沉默了好一会儿，长叹口气说，我要进洪帮，咋办？我跑武都，希望得到洪帮庇护，可不知武都谁结的兄弟伙，立的山头，开的舵把子，设的公口？

禹兆南经常跑武都，凉州，结识了王作贵、杨月先、杨才茂，入了洪帮，拜了大哥。对二地的洪帮比较熟悉，他向我外太爷介绍说，在武都，名医王者井立了凤瓜山头，高风岗当了坐堂大爷，出入公门，迎神赛会，发号施令，结交官衙。高风岗死后，王绷继位，曹寿衫、张灾甲、王树猎、王延年等人辅助。这几年，池仇山的马尚智，凤凰山的王墉，洛塘的周富银，碧口的赵光裕，五库的靳录山，阳坝的魏成第，文县的赵于厚，都开了山头，各占一方，势力很大。

"哎呀，你说了这么多，我都听糊涂了，不知拜哪一个？"我外太爷挠着头皮说。

"那你想拜哪个地方的？"禹兆南问。

"武都城的坐堂大爷是谁？我想拜城里的。"

"人称王阴阳，临洮人王守山。"

"他呀！"

"咋，你认识？"

"他儿子王德一是我光屁股长大的朋友，咋能不认识！"

"那你找他嘛！"

我外太爷马殿选拿着禹兆南资助的盘缠，到了武都，就结了山头，跪了坐堂，拜王阴阳为大爷，王德一为大哥。王阴阳授了我外太爷核迪，就是我在美国派上用场的那块玉圭。该行的手续结束，王守山突然问我外太爷为啥要入洪帮，我外太爷马殿选说如今乱腾腾的时代，当个贩子都遭人打劫，入了帮，就安全了，好做生意。

"我们欢迎你入帮，但不要去做生意。"王德一大哥说。

"不做生意，我干什么？"我外太爷马殿选问。

"当兵去！"

"怪！你当初劝我跑，我好不容易脱下军装，你又说当兵去。你啥意思吗？"我外太爷马殿选瞪着眼，似有不悦地说。

"你听我说，我要你参加的是革命军。"

"革命军，哪里的革命军？"

"平凉陇东镇守使中营！"王德一大哥答。

"哎，我当是啥呢，这跟陇南巡防兵有啥不同吗？"我外太爷马殿选怀疑道。

"名字像呢，人不像嘛！旧瓶子装的是新酒！"

"咋讲？"

"这支部队归黄钺辖制。"

"黄钺是谁？跟着他有啥出息？"我外太爷马殿选问。

王德一说，他是同盟会成员，辛亥革命的元勋。担任甘肃督练公所军事总参议，升允命他统带骁锐军十营在陇南布防。如果我外太爷参加陇东镇守使中营，就等于参加了革命军。王德一的意思，让我外太爷跟着他，在骁锐军中发展洪帮，培植洪帮力量。我外太爷马殿选听从王德一的劝告，辗转到陇东当了兵。如果说上次有点强迫的话，这次他可是心甘情愿的。

我闲暇时间翻阅了史书，看到升允是个顽固的保皇派，黄钺是革命党。

我向我奶奶提问，那，升允这个保皇派，咋放心把十营人马交给黄钺这个革命党呢？

我奶奶一怔，呆呆地望着我，许久才深沉地叹息了一声。她缓缓地说，唉，说起来话就长了。我要想一想，老糊涂了啊。我听你外太爷说，黄钺的父亲叫黄万鹏，是湘军的名将。黄万鹏年轻时从宁乡县到西北任职，跟升允一块共事，两人关系很好。黄钺幼年随父亲到西北，在西北长大，可以说升允是看着他长大的。庚子年八国联军进犯北京，黄钺三十一岁，正是血气方刚的年纪，他在北京虎军营务处任职。率部在朝阳门、东直门一线抗击侵略军，英勇善战，给升允留下非常好的印象，因此他一点也没有怀疑黄钺是同盟会，给予黄钺重兵。

我奶奶马云英收拢了一下头发，用两只手搓了一把脸。搓完了，深深地看我一眼，便望着我外太爷的照片出神。我静静地等着，外面刮起了风。我奶奶低头看一阵我外太爷的照片，想了大半天，又缓缓地说道，也许这次战斗触动了黄钺的内心，他转向革命。可升允仍然认为黄钺对皇帝忠心耿耿，跟他同心。

表面上看，黄钺是为堵击陕西革命军，实际上却在积蓄力量等待时机揭竿起义。黄钺到达秦州后，除了动员洪帮，积极为起义做准备外，还秘密同中国同盟会和陕西革命军联系。同盟会从广州、保定、武昌等军校派了几个政治教官到骁锐军。

这是一个晴天，骁锐军全体官兵全部在操场上集合。

不一会儿，黄钺陪着两个不认识的军官，走上了东面的训练台。台上摆着两张桌子，他们就座后，黄钺咳嗽一声，介绍了那两个军官，二人都是同盟会员，一个是保定陆军军官学校教官，叫李应春，一个是学员，叫宗铭。

李应春宣讲了孙中山先生的"驱除鞑虏，恢复中华，创立民国，平均地权"纲领和三民主义的思想，这是我外太爷马殿选第一次听到中国有个孙中山，第一次听这么新鲜的思想。一小时不知不觉过去了，我外太爷马殿选听得意犹未尽。却见那个叫宗铭的上场了，他一开口，我外太爷马殿选大吃一惊，他说的是临洮话。

宗铭身材伟岸，古铜色的皮肤，五官轮廓分明，一双单眼皮，目光深邃，显得狂野不拘。他站起身，离开桌子，大步走到台前，激动地说："兄弟们，我们的国家，正陷于难以自拔的危机之中。辛亥八月的武昌兵变，敲响了皇权统治的丧钟，清王朝已经摇摇欲坠，他们离死亡的日子不远了。革命党人掌控了武汉三镇，湖北军政府已经成立，各省民众积极响应。而我们西北，仍然是战乱频发、生灵涂炭，人民屡遭浩劫，要结束专制奴役的噩梦，必须靠新军的兄弟们，跟着孙先生，打倒反动势力，响应陕西革命军……"

宣讲结束，部队解散回营。

我外太爷马殿选没有走，他等着宗铭走下台，大胆地迎上去。

"宗长官，你是临洮人？"

"是啊。"

"我们老乡。"

"你是哪的？"

"临洮城灰盐市。你呢？"

"衙下集！"

我奶奶说，这个宗铭，就是史鼎新。他告诉我外太爷，他在甘肃陆军小学堂上的小学，十八岁那年到湖北武昌，考入陆军第三中学。每逢星期日，就跟文学社的人来往，认识了文学社社长蒋翊武。一群热血青年相聚同游，畅谈天下大事，讨论反清革命方略。辛亥年秋天的一个夜晚，他从黄鹤楼文学社沙龙会上回校，寂静的夜空被激烈的枪声划破，声音响彻云霄。他跟着高年级同学朝紫阳湖那边跑，去支援工八营。他冲锋陷阵，非常勇敢。武昌事变不久，在蒋翊武的介绍下，他参加了同盟会，保送到保定陆军军官学校。

我奶奶说，这个黄钺，想在秦州干一番大事，他为了激励士气，请同盟会派一批人到秦州军营，一面宣讲同盟会的主张，一面训练军队。同盟会考虑到宗铭是甘肃人，就派他到秦州，我外太爷就这么认识了宗铭。而我外太爷真正跟他成为朋友，得从我外太爷在骁锐军设香堂的那一刻说起。我外太爷穿上军装后，按王阴阳的指令发展了几个兄弟，秘密设堂。也不知是谁，写密信向黄钺告发，说洪帮预谋不轨，在城内拜堂。黄钺派人侦查，发现洪帮在坊间很多，已经渗透到底层每个下苦行业。黄钺不惊反喜，因为他兵力单薄，仅有官兵数百，怎能举事？黄钺曾派人与西安张凤翔、张云山及成都尹昌衡联系，请求外援。现在看到洪帮人数众多，可以倚重，招其为兵。就不动声色，派宗铭带两个军官，于这天晚上三更过后，骑马出城，奔驰二十余里，到我外太爷他们设堂的古庙。

宗铭下马敲门，庙内"当家"问是谁，宗铭就用暗语答话。门开了，宗铭大声说，总参议黄钺大人命我前来报到！此时庙中大院，聚集了数百名洪帮兄弟，正在举行仪式。大家见宗铭突然到来，无不惊愕。宗铭径直走到案前，拱手为礼。我外太爷急忙避座旁立，洪帮大爷王守山也走下台阶，笑迎宗铭。宗铭也不客气，登上台阶，坐到上座。对我外太爷说，兄弟，你不是我的老乡吗？我外太爷嗫嚅应答。宗铭笑着说，老兄你这种大好事，为什么不告诉我呢？我外太爷这才放下心。宗铭和王守山不但同乡，而且同庄。三言两语，就歃血为盟，成了一家人。

我外太爷提到宗铭,总叹气。我外太爷说,这是他跟宗铭的第一次合作。时隔三十年他们再相遇时,宗铭已改名史鼎新,他以丁圣杨的化名,跟我外太爷马殿选密谋开香堂、立山头、运枪支、拉队伍,发动了轰轰烈烈的甘南民变。

我外太爷将洪帮拉进骁锐军不久,传来了甘军在乾州与革命军相胶着的消息。

黄钺为了牵制攻陕的甘军,支援陕西革命军,果断宣布秦州独立,发动起义,分四路占领了筹防局、州署衙门、游击衙署和军械火药库,黄钺亲自率兵攻占了巩秦阶道道署。

关于秦州起义中的洪帮,我查阅了当地县志,在民国前后,洪帮在该地组织的大大小小的民间暴动就有十几起。唯独没有查到秦州起义中的洪帮,却查到一个叫王煊的亲历者记述:"壬子正月十五前,乘组织秧歌社鼓,遮掩耳目,钺每早率队往来校场校阅,十五后改由中和门进城,经过街市,仍到校场,一连几天。到三月十一日早六时,率队入城,分作三股:一股人游击衙门,杀游击玉润(满人);一股人入贡院内,有洋炮一营,存单响毛瑟二百支,来复枪、开花炮及刀矛等军器完全收了;一股人入州衙,知州张庭武被房。钺又提刀单身入道署,约道台向柴起义,向允赞助,就在道衙成立军政府,并收了新招防营的后镗枪械。黄自任甘肃临时都督,向为副,刘文厚为招讨使,魏绍武为使署参谋长。立八大处,分办军民各政。"

黄钺在秦州发动起义,震动陕甘。

长庚闻讯,惊恐万状,失声道:"黄钺乃革命党,何以无人告我!"

黄钺在后院里放的这把火,立刻影响到前线甘军。因为甘军有了后顾之忧,二路攻陕甘军的攻势顿时锐减。相隔只一天,清帝退位的消息传来,甘军在甘肃提督马安良的率领下退回兰州,控制了甘肃的整个局势。

如同辛亥革命的成果被袁世凯窃取一样,黄钺的革命成果被投机分子赵惟熙窃取。他凭借敏锐的政治嗅觉，在秦州起义八天之后，宣布甘肃独立，成立了一个"甘肃军政府"，又用最快的速度联络省咨议局议长张林焱，昭武军统领马福祥，向袁世凯发出拥护共和电报。袁世凯就事论事，即任命通电领先者赵惟熙为甘肃临时都督。而黄钺只向广州孙中山、黄兴等通电，给袁世凯的电报，比赵惟熙迟了不知多少天，所以袁世凯任命赵惟熙为甘肃都督，并根据赵惟熙一面之词，指责黄钺领导的秦州起义为非法，勒令黄钺取消甘肃临时军政府。黄钺最终妥协，取消临时军政府，流亡海外。

第九章

护法遭夭折

［民国六至七年（1917—1918），秦州、狄道，土公死］

 24　单线联络

黄钺流亡海外，骁锐军解散，心灰意冷的我外太爷马殿选就离开了军队，回到临洮。

他发现父亲我外祖爷马有实的腰板弯曲了，头发白了，人老了。我外祖奶赵对儿也明显老了许多。我外祖奶赵对儿大前年在灶房烧火，眼睛里不小心进去一个不到半厘米的柴草大小的东西，我外祖奶赵对儿让我外三太爷马殿明朝眼睛里吹了几口气，眼睛不怎么痛了，就以为是灰渣滓，被吹掉了，没引起注意。可当过了一段时间之后，我外祖奶赵对儿发觉看东西看不清，经常流泪，发炎，甚至肿了，还冒黄水。我外祖爷马有实领着我外祖奶赵对儿去看医生，可是当时城里没有西医，只能吃中药，吃了多服药，肿，虽然消了，眼睛却看不清了，成了半瞎。我外太爷马殿选看到这情景，接过父亲的杂货铺，挑起家庭重担。

经过历练的我外太爷马殿选，只用半年时间使杂货铺风生水起。一年后他盘回了后街的山货铺子。我外二太爷马殿德已经长大，除了帮助我外太爷马殿选照顾山货铺子外，自己又在河滩开了个木行，生意也不

错。我外三太爷马殿明进了高等小学堂，念起了新学。

随着家里窘境的改变，我外太爷马殿选时常到城内大寺酒馆去喝两盅。

从杂货铺东边，沿着一条小碎石路，经过磨坊，路逐渐宽了，最宽处能并排行走两驾骡子车，走不到半里，路就又变窄了。路中间树杈一样分出来几条巷子，其中一条略微宽些的土路深处，便是大寺酒馆。

酒馆的主人边太爷老了，从新疆营救回来的边永富从父亲手中接过了酒馆。

这位新疆洪帮的舵把子如今深居简出，轻易不露面。酒馆的生意则交给临洮劝学所所长秦钟岳打理，对外声称是两人合开的。实际上，边永富暗中控制着临洮洪帮，被兄弟们推到总舵把子的位上，立了山堂。他手下有好几个舵把子，替人收租，包赌包烟，收过往商旅的税，而他每天在家里待着。只有有了摆不平的大事儿，他才出面，进酒馆，评理，摆龙门阵。

城里老百姓日子没法过，他都会出面。洪帮的人，都是弟兄，更不在话下。是弟兄，不管认识不认识，都不能欺负。这样一来。欺负人的事儿也少了。以前好色的偷人媳妇，不算什么，但现在偷了，没准就偷了洪帮弟兄的家里人，按帮矩，要三刀六个窟窿，事儿就大了。

大寺酒馆表面上并不热闹，甚至于很平静，可是热闹却在背后。

这天不是集，盐灰市后街上空空荡荡，稀稀落落几个店肆，大门敞开，却是冷清寡淡，门可罗雀。我外太爷马殿选走到大寺巷子酒馆门口时，看到老榆树底下白胡子边太爷，支起一张白桌子，正懒心无肠地坐在那儿洗牛九。大门外头靠边垒了个土灶，灶上有口大铁壶，咕嘟咕嘟冒着热气。

"老太爷，你等谁呢？"我外太爷马殿选亲热地问。边太爷杀猪出身，没有其他爱好，就爱推牌九，耍点小钱。老了，毛病难改。

"还有谁，光光他们几个呗！"

边太爷话音刚落，从对面走来五六个人，全部围到那张白桌子跟前，兴致勃勃地耍起了牌。个个身上冒着汗，一边发牌，一边喊：押钱赢钱，押话赢话，押好把手拿开！我外太爷马殿选站在边上，看了一会儿，就听见酒馆内有人叫他："殿选大哥，你快上楼来，当兵的朋友找你。"

听见叫声，我外太爷马殿选满腹狐疑，只得喊问："哪一个找我？"酒馆内的人也不说姓名，只说你上来就知道了。我外太爷马殿选走进酒馆，上了木楼。就看见二楼拐角处的一张方桌上，坐着一个年轻人，二十三四岁，生得小眼睛，单眼皮，眉毛不粗，可是很浓，两个眼角稍微上吊，悬胆鼻，下嘴皮比上嘴皮略厚，给人有些憨憨的感觉。他身段不高，黑瘦却不单薄。身上一套军装洗得干干净净。

"你叫我？"我外太爷马殿选看一眼那人，低声问。

"对啊！你不认识我啦？"

"我……"我外太爷马殿选被蒙住了。

"我是郑瑞青，在新建右军中当兵！"那人主动说。

"还没想起来啊，兰州训练我们在一起，结束后你去了新建左军，我到新建右军！"郑瑞青笑着提醒道。

"哎呀，你看我这记性。"我外太爷马殿选想起来了，赶紧拉过木凳，坐在一旁。两人聊了一会儿，我外太爷马殿选立刻唤楼下的堂倌上来，要了几壶酒、一个肘子、半只香酥鸡和两个小菜，就在酒馆里小酌。

我外太爷马殿选经常到酒馆去，此后不久，通过郑瑞青又认识了营官焦桐琴。但他不知道这二人都是进步军人，跟甘肃法政专门学校学生师世昌有联系。他更不知道这里是国民党在临洮的秘密联络点，他只知道边永富、秦钟岳是洪帮，还有营官焦桐琴等人跟他说话很投机，对胃口。他关心国家大事，喜欢谈论时局，对现实不满。而他的性格又十分豪放，出手也大方，见了对口味的人，视为知己，邀他们喝酒，针砭时弊，高谈阔论。

这年秋天，当杨明堂和刘乾等人倡议全县有识之士筹款，利用岳麓山超然书院旧址创办"狄道师范讲师所"时,临洮劝学所所长秦钟岳是组织者之一,他发现我外太爷马殿选经常出现在筹款现场。秦钟岳也是洪帮,在跟我外太爷来往中,他发现我外太爷跟一般的洪帮兄弟有所不同,眼光高,胸怀大,不仅有教育救国的思想,而且对孙中山三民主义极为推崇。

那是一个细雨蒙蒙的下午,因为连着几天下雨,我外太爷马殿选被风雨所阻,没有外出进货,便应临洮劝学所所长秦钟岳的邀请到大寺酒馆去喝酒。

"马兄,你是个大忙人,平时没时间。今日咱们痛痛快快地喝几盅!"我外太爷马殿选一进门,坐在靠窗的桌上的郑瑞青和营官焦桐琴站起身。郑瑞青叫喊着拉他坐下,却见门帘掀起,一个书生模样的人走进酒馆,而此时边永富刚好从后堂过来。

我外太爷连忙起身,恭敬地行了礼,从旁边搬一张条凳,放在边爷身边。

"哈哈,今日下雨天,酒馆里没有顾客,难得凑到一块,干脆,我们关了酒馆大门,上楼喝个痛快!"边永富看一眼我外太爷,并未落座,站着说。

"好,边爷请我们喝酒,大家放开喝。"秦钟岳响应道。

我外太爷在边爷面前永远是小辈,他赶紧跑过去,关了酒馆大门。边爷在前,郑瑞青、焦桐琴、秦钟岳、我外太爷马殿选,还有那个书生在后。上了木楼,拉开桌。按照帮规,边永富坐了上首,秦钟岳和那个书生坐在他的两侧,郑瑞青、焦桐琴坐次位,我外太爷马殿选坐在末席。倒茶倒水。不一会儿,一桌丰盛的席端了上来。

"殿选,你不认识他吧?"秦钟岳指着那个书生问我外太爷马殿选。

"第一次见,不认识。"

"好,我来介绍。他叫师世昌,新添师家湾的,在甘肃法政学堂念书。"听了秦钟岳的介绍,我外太爷马殿选站起来,礼貌地握住师世昌的手说:

"啊，是同乡。"秦钟岳又笑着对师世昌说："这位马兄是商人，常跑兰州、武都。"我外太爷马殿选谦恭地笑一笑，小声说不敢称商人，我不过是一个生意人。

"来，我们边吃边说！"

推杯换盏地猜拳喝酒，每人一圈通关下来，都称兄道弟，变得亲热起来。秦钟岳主动问了我外太爷马殿选跟随黄钺以及秦州起义的情况，说着说着，话题扯到了时局。

"你们知道不，北京城里发生了一连串的事情，张勋拥戴溥仪复辟，段祺瑞组织讨逆军打败了张勋的辫子军，重新登上了国务总理的宝座。但是段祺瑞拒绝恢复国会和中华民国临时约法。孙中山反对段祺瑞专权，打出了维护《临时约法》的旗帜，在广州召开国会非常会议，掀起武装抗击北洋军阀段祺瑞的护法运动。"师世昌兴奋地说。

"孙中山在南方组织护法军政府，北洋军阀段祺瑞离死不远了。"

"马兄走南闯北，听到什么消息？"

"我一双脚走不出省外，只听说张广建是袁世凯的亲信，政声不好，许多人反对。"我外太爷跟师世昌比起来，对国家大事了解的不是太多。

我外太爷记性很好，他们在大寺酒馆把酒论天下，结识了师世昌。多年以后，我外太爷仍然清晰地记得当时的情景和师世昌说的话。当时师世昌端起一盅酒，敬了外太爷一大杯，然后说，张广建何止不好，他就是个灾星！就是个搜刮民财的奸佞！恨不能挖地三尺，把甘肃人的油都榨干！他是典型的复辟党，给袁世凯上表称臣，建子爵府，梦想开倒车。这个人治理无方，弄权有术。他按照袁世凯的旨意下令解散了国民党，查封了《大河日报》，逮捕进步学者聂守仁，通缉总编郑睿。取消了省议会中的国民党籍议员的资格，他是地地道道的反革命。孙中山先生在广州搞护法运动，打倒假共和，建设新共和，呼吁各地各界奋起为护法而斗争。这是个好机会，甘肃的有识之士应该联合起来，推翻张广建的反动统治。

我外太爷听着那些新鲜的事情，入迷了。

"殿选，你也说说？"师世昌笑着问。

"秦州起义失败后，我一直不甘心，想找革命党，可是大西北地处偏僻，总是找不见一个革命党人，要是革命党领导，我也干。"我外太爷马殿选说。

"不瞒马大哥，我们这几个人，都是革命同盟党人。"郑瑞青笑着看一看我外太爷马殿选。又看到秦钟岳含笑点头，就说出了他们的真实身份。

我外太爷马殿选吃一惊，惊喜地站起来。

"真的？"

几个人笑着点点头。

"怪不得你们说话办事跟别人不一样。"我外太爷马殿选说。

"我们观察你好久了，想吸收你跟我们一块干大事。"秦钟岳说。

"我早就想干革命，让我干啥？"我外太爷马殿选兴味盎然地问。

我外太爷后来才明白，这次酒馆相逢，貌似无意，其实秦钟岳等人做了精心安排。当时兰州护法运动已经开展起来了。师世昌的老师赵学普和校长蔡大愚就是甘肃的护法运动领导人。师世昌到临洮来，就是受了赵学普指派。联络新建右军的副统领郑瑞青和教练焦桐琴。而他们之所以联络我外太爷，除了他曾参加过秦州起义外，还看上了他的商人身份。我外太爷经常来往于兰州各地，他们确定我外太爷为交通员，单线联络兰州的师世昌、临洮的秦钟岳。

我外太爷马殿选从此利用来往兰州的便利条件，担当起了秘密交通员的职责。过了两个多月，师世昌对我外太爷马殿选说："我是通过边永富认识胡登云的，又通过胡登云联络了焦桐琴，校长让我搞清楚这两人的来历。马大哥你在新建左军中干过，帮我摸个底，搞清楚了，校长说要亲自去见焦桐琴。"

我外太爷马殿选将自己知道的情况告诉师世昌："当年我当兵是在新

建左军二营，跟胡登云分在一个营，统领是吴攀桂，驻扎在兰州拱星墩大教场。后来黄钺到秦州，我在骁锐军中当兵，听说武汉军政府支援黄钺，派同盟会员到甘肃，没几天被赵惟熙抓了，兵营中偷偷传说，抓了四个人，其中有胡登云。张广建当了督军后，释放被捕革命党人，胡登云获释，保送去了保定军官学校学习。"

"焦桐琴的情况，你知道多少？"

"鼻子底下有个嘴，我打听去。"

我外太爷马殿选很快弄清了焦桐琴的情况，告诉师世昌：焦桐琴是青海乐都马营人，家中穷困。自幼爱打抱不平，专与豪霸作对，为百姓伸张正义，颇有侠义热肠。练就了一身武艺，号称焦侠客。曾在甘肃陆军学堂学习，跟国文教师、同盟会会员王之佐来往密切。陆军学堂毕业后到四川成都熊克武军中，加入同盟会，入了洪帮。发动武装起义，失败后保送到保定陆军学堂第二期工兵科学习。此人在军中很有威望，前线作战亦十分勇敢。

师世昌马上将我外太爷马殿选摸底的情况报告蔡大愚。

据我外太爷说，蔡大愚祖籍四川成都，和甘肃提学使马邻翼是同乡同族。马邻翼从北京到甘肃来赴任，从北京等地聘请了几位知名教育家，其中一位就是蔡大愚。蔡大愚本不想接受聘请，可是宋教仁听到此事后，鼓励他到兰州开展革命工作，让他担任国民党驻甘特派员，于是蔡大愚就接受了马邻翼的邀请。担任了甘肃法政学堂校长兼教务主任。

校长蔡大愚听了我外太爷马殿选

蔡大愚

的报告，心里踏实了。亲自出马，邀胡登云、焦桐琴等人到兰州，秘密商定行动计划。胡登云负责第四营，焦桐琴联络策动第五营，郑瑞青负责第六营，张铭负责骑兵第一营。蔡大愚联络省城各界民主力量作为策应。起义时间定在冬至节，以鸣枪为号，以步兵第五营的"马首是瞻"为进退标记。焦桐琴打响第一枪后占领临洮，再攻占兰州，驱逐张广建，届时通电全国宣布甘肃独立，响应孙中山北伐。

一场护法兵变，悄无声息地策划就绪。

寒露那天，秦钟岳找到我外太爷马殿选，交给他一封信，让他交给师世昌。交代说里面是各营动员的人数和武器装备情况。

"过几天，我要去广州。"师世昌看完信后说。

"干啥？"

"校长派我去见孙中山先生，报告我们的计划。"师世昌平静地说。

"那我跟谁联络，往后的信件送给谁？"

"我领你去见赵老师，我不在的时候，你跟他联系。"

师世昌拿着信，领着我外太爷马殿选去见赵学普。

1917年11月，深秋的兰州法政学堂校园里，椿树叶枯黄了，可是宽大的叶子飘飘悠悠，摇摇欲坠，打着秋千不肯掉落。壮志未酬的师世昌收拾简单的行囊，离开校园，奔赴广州。不久，师世昌从广州发来电报说：孙中山同意蔡大愚的行动计划，委任边永富为甘肃护法军第一师师长，赵学普为甘肃护法军总参议。

25　边爷命丧浮桥

冬至临近，街头寒风袭人，可是临洮城内的大寺酒馆里，碰杯声、斟酒声、划拳声搅和在一起，呈现出一种热气腾腾的景象。酒馆里的两层木楼，七八张桌子，坐满了喝酒的人。店主人斜叼烟杆，笑着招呼客人。二楼东南角的一张桌子上，一个姓尹的班长跟一个姓洪的班长，一杯接着一杯地碰酒，刚开始头碰着头小声说话，酒一喝高，声音就渐渐大了起来。

"尹班长，我都听你的，事成之后，你要多关照兄弟。"

"兄弟你放心，郑瑞青是咱临洮人，他说了，孙中山委任酒馆后台老板边永富为护法军第一师师长，赵学普为总参议。他们和我铁着呢，只要你不怕死，愿意跟着焦桐琴干，洪班长，我保证将来你当个营长。"

谁料酒后倾谈，忘了隔墙有耳，全灌进了新建右军一个士兵耳中，他回营后将听到的话一字不差地报告给新军统领吴桐仁。

吴桐仁大惊，急忙报告张广建。

"什么！主谋是谁？"

"蔡大愚，还有赵学普、师世昌。"

张广建恼羞成怒，在电话里大骂："他妈的蔡大愚，真不是个东西。他一到兰州，就鼓吹民主自由思想，经常在辕门广场发表演说，批评这批评那，跟我过不去，我让他当高等审判厅厅长他不干，给他教育厅厅长，他也不干，我不得已发布公告，禁止他在公开场合讲话。可是想不到他背后给我捅刀子，策反军队要推翻我。吴统领，你马上采取措施，防患于未然！"

吴桐仁连夜没收了各营子弹，加强了警戒。

焦桐琴赶紧让我外太爷马殿选到兰州，将驻防临洮的新建右军两个班长酒醉泄密、吴桐仁没收子弹等情况报告赵学普。

赵学普一听大事不好，马上报告蔡大愚。

蔡大愚紧急召集兰州的革命党，秘密开会，商量应对办法。决定趁吴桐仁还没有完全搞清楚前，马上动手。

蔡大愚表情凝重地对赵学普说："我们兰州的同志也带上家伙，由我带领到临洮郊外，接应起义部队。我们不能坐以待毙，在张广建来抓我们之前要打进兰州。这里发生的情况，你让交通员连夜告诉武都的王德一、郑瑞青。"

因为此时阿干镇和武都县发生了兵变，革命党人胡登云和郑瑞青临时被调，一个调往阿干镇，一个调往武都。

赵学普找到我外太爷马殿选。

"马大哥，你去一趟武都，去找一个人。"

"谁？"

"王德一。"

"他是洪帮大哥，住在城外天地会堂。你找见他，交给他这封信，让他设法通知城里的郑瑞青。记住，你们的暗号是冬至节！"

我外太爷马殿选离开后，蔡大愚连夜率领赵学普、马培清等人前往临洮，潜伏于西郊二十里铺一户人家中。他们到达二十里铺的当天晚上，提督马安良趁着夜色，派人送来五百发子弹，蔡大愚派赵学普将子弹送到临洮城。

赵学普进了城，直往县城大寺酒馆去找边永富，他老远看到酒馆外站着背枪的士兵，便折转身子去了边永富家。边永富看到赵学普送来子弹，连口水都没来得及倒，就背着大箱子偷偷想办法送给焦桐琴。

边永富去了很久，一晚上都没回家。

赵学普焦急地等了一夜。

第二天一大早，边永富拖着疲惫的身子回家。

两人匆匆吃点馍，混在贩子中出了城，直奔二十里铺，向蔡大愚报告。

"城内情况怎么样？"

"吴桐仁像热锅上的蚂蚁，急得团团转，他加强了警戒，城里气氛紧张得很，营房、衙门放了岗哨，连大寺酒馆外头都站了哨。"

"焦桐琴怎么样，子弹交给他了吗？"

"吴桐仁害怕激变，没敢对焦桐琴采取行动。我将子弹交给了营房的厨师，他是洪帮兄弟，已将子弹送到。厨师早上趁买菜的工夫，从营房中带出来焦桐琴口信，焦桐琴说明天就是冬至节，天麻麻亮，他们起事，等大功告成后,再迎接蔡校长进城,主持大计。"边永富喘着气说。

蔡大愚连连点头。

"你们辛苦了,喝点水。"

"不,我们得马上进城,我组织的洪帮兄弟等我们消息,准备一同举事。"

不远处的河面上架着一座浮桥,这是由几十艘木船用铁链联结,船上面又用木板铺就的浮桥,桥体下面据说还有许多巨石垂着,以防洪水将桥冲走。这座浮桥就像一道亮丽的彩虹,静静地屹立在河面上。赵学普和边永富返回临洮,过洮河浮桥时,被吴桐仁守军发现。守军一阵扫射,边爷和赵学普一头栽倒在浮桥上,死了。

枪声一响,临洮城内的焦桐琴独自上城,对着天空开枪联络。但是焦桐琴没有听到城外回应的枪声,却惊醒了新军分统刘忠荩,他立即吹响了集合哨,各连官兵闻声跑步到城下。

焦桐琴孤零零地站在城头,手中的枪口,还冒着硝烟。

"焦桐琴!你想造反吗?快,捆了他。"

刘忠荩和连长张承让带头冲向城头,焦桐琴见情势危急,毅然调过枪口,对准二人扣动了枪机,刘忠荩和张承让立刻被击毙,栽倒在城下。焦桐琴涨红着脸,大声疾呼:"各连的弟兄们,快拿枪,我们马上起事。"

士兵们呆呆地望着焦桐琴,好像被突如其来的事情吓昏了。

"快!你们听见没有?"

焦桐琴连喊数次,但是应者无几。

城下集合的士兵中,焦桐琴只动员了一部分,由于事起仓促,这些人准备不足,好些人没有拿到子弹。集合哨子吹响,有的士兵连枪都没有拿。他们这时都产生了畏惧情绪,怕一站出来,被刘忠荩收拾掉,因此站着不动。

焦桐琴被迫无奈,跑下城头,孤身一人逃走。

却说赵学普和边永富离开二十里铺后,蔡大愚一直焦急地等待着临洮城里的消息。当晚十二时,临洮劝学所所长秦钟岳终于从临洮逃出,带来了消息。

"哎呀,大,大事……不好,起义失败了。"

"失败了?那焦桐琴呢?"

"他,他,他……只身逃命,不知去向。"

"那赵学普和边永富呢?"

"……他二人刚到洮河浮桥边,就,就……就被守军发现打死了……"

"你别惊慌,慢慢说。"

蔡大愚拉秦钟岳坐在炕头,让他紧张的情绪慢慢平复下来。

过了几分钟,秦钟岳不再喘息,将临洮发生的一切详细告诉了蔡大愚。事情完全出乎蔡大愚意料,他只觉得脑袋里面一阵嗡嗡响动,一时之间,一口气哽在咽中,不由得失声痛哭起来。

"蔡校长,你不必难过,除了临洮的焦桐琴,我们还有阿干镇的右军营副胡登云和武都的郑瑞青两路人马。"

蔡大愚擦干眼泪说:"赵学普临行前派马殿选到武都,也不知他见到王德一、郑瑞青没有?"此时谁也说不上我外太爷马殿选到武都的情况,只好耐心等待。

其实我外太爷马殿选从兰州出发时,武都已经全城戒严。一是因为兵变,二是临洮泄密后张广建提高警惕,向各地发了密电。而蔡大愚等人,当时因为没有发报机,考虑到安全问题,也不能到电报局去发电报。只能采用最原始的办法,连夜派我外太爷马殿选去通知。我外太爷马殿选马不停蹄赶到武都,已经是第三天了。他到郊外的天地会堂找王德一。会堂里面只有一个守门的老汉,老汉说王德一三天前进城,到现在都没回来。我外太爷只好进城去找,可是到了城门口,却城门紧闭,城里的人只许出,城外的人不许进。

我外太爷马殿选着急万分,想尽了办法,却始终无法进城。

王德一和郑瑞青得不到消息,仍然按原计划做准备。

再说阿干镇方面，因距离近，交通员在张广建发电前及时通知了胡登云。他按照蔡大愚等人的变动计划，率兵要向临洮进发，与焦桐琴约定时间会合。

岂料胡登云半夜里走到中铺，却遇到了埋伏。

焦急的蔡大愚，等待着胡登云。不见他的部队，却听到了远处的枪声。蔡大愚不知具体情况，派一人穿着农民羊皮袄，趁黑跑去观察。

天大亮时，那人气喘吁吁地回到二十里铺。

"怎么样？"

"完了，昨夜枪响了一晚上，我趴在林棵里不敢动。枪声停了，我到中铺街，看到一家杂割铺亮着油灯，店主告诉我，头天街上来了吴桐仁的兵，他们早有准备，在中铺设下埋伏，晚上跟一伙人打仗。天快亮时，我夹在农民堆里，一块去看究竟，才搞清楚，昨晚胡登云一到这里，吴桐仁下令守军开枪堵击，打得胡登云措手不及，丢下几具尸体，败下阵了。"

"那么胡登云是死是活？"

"没见他的死尸，据吴桐仁的兵说，往河州方向逃了。"

蔡大愚情绪低落到极点，一整天茶饭不思。

不久从武都、拉卜楞等地传来消息：驻武都的郑瑞青没有提前起义，按原计划行动，被早有准备的张广建陇南军镇压，郑瑞青被捕入狱。准备在拉卜楞策应的杨希尧，引起当地驻军的警惕，下令通缉，逃往藏区躲藏。兰州更是阴云密布，张广建安插在甘肃公立法政专门学校的密探许廷彦，已经报告了蔡大愚等人秘密活动的一些情报。张广建在兰州西大城门瓮城（今城关区张掖路西）设立了筹安会，布置加强防备，并委派兰山道尹孔宪廷组织侦缉力量，通缉蔡大愚等人。兰州大街上，到处贴满了通缉令，悬赏两万银圆捉拿蔡大愚。

第十章

清洗革命党

［民国七年（1918），秦州，兰州、河州，死别］

 逃生

蔡大愚等人从二十里铺动身，逃往河州。

走到中铺，蔡大愚、秦钟岳等人碰到胡登云。

胡登云的兵被打散了。他大腿中弹，血流不止，躺在地上不能走。胡登云见了秦钟岳，无声地流下了两行泪水。蔡大愚蹲下身子，看了看伤口，站起身，撩起长袍，从马褂上撕下一块布，做成绷带，裹住胡登云的伤口。秦钟岳背起胡登云，走了十多里地，秦钟岳气喘吁吁，头上冒汗。蔡大愚让秦钟岳歇歇，他背着继续朝前走。背上的胡登云失血过多，已经昏迷，头枕着蔡大愚的肩膀，好像睡熟了，脸色苍白。蔡大愚无论如何想象不到会有这样的场面。

逃到河州，养了几天伤，就到大公馆找提督马安良，请求他收留。

据我外太爷讲，张广建入甘之初，带来了一个混成旅。当时马安良的西军驻在南关什字附近帅府街（今互助巷），张广建为达到驱马目的，怂恿属下在街头、戏院、茶馆跟西军打架闹事。马安良受气不过，带队返回河州。马安良对张广建恨之入骨。护法运动酝酿期间，蔡大愚等人

的计划,得到了马安良父子的支持,不料几处起义失败,马安良见风使舵,黑着脸,拒不收留蔡大愚、胡登云、秦钟岳等人。

几个人含泪离开大公馆。

这时胡登云的伤已经好了许多,能够走了。他们决定分头逃走,免得被张广建一网打尽。蔡大愚潜入大草原,辗转到四川。胡登云、秦钟岳潜往西乡。走到黄河边,胡登云和秦钟岳巧遇逃散的秦俊峰、杨景如、边杰臣。几人悲喜交集,相约同赴陕西。

当他们走到两当县盘龙镇时,不幸被当地驻军逮捕,押解天水。审讯时胡登云顽强抗争,慷慨陈词,张广建授意就地杀害于水月寺。临刑时胡登云大义凛然,毫无惧色,英勇就义,年仅二十七岁。秦俊峰、杨景如解省监禁,到1921年获赦释放。焦桐琴辗转逃往四川,参加了熊克武的护法军,后在战斗中牺牲。

我外太爷马殿选直到武都戒严解除才找到了王德一,他把赵学普的信交给他。

王德一看完信,一屁股坐在地上,轻声说:"迟了。"

"啥迟了?"

"郑瑞青已经被捕了。"

我外太爷马殿选默默地看着王德一,好半天没有开口。

"你咋打算?"我外太爷马殿选问。

"我没想好。"

"要不,你到鹁鸽崖或者到兰州?"王德一家在临洮衙下集鹁鸽崖村,我外太爷马殿选提议他到家乡躲藏一阵子。王德一低着头想了一会儿。

"不行,我要去广州。"王德一说。

"你找谁去?"

"我找师世昌去。"

"他,你认识?"我外太爷马殿选好奇地问。

"新添铺老乡,咋不认识!我是通过他认识的赵学普、蔡大愚。"

"那你,不会是同盟会吧?"我外太爷马殿选盯着王德一的眼,猜测道。

"你以为洪帮大哥就不能参加同盟会?"王德一挤出一丝笑,说道,"师世昌在新添介绍我加入了同盟会。"

"那么,你也认识焦桐琴?"

我外太爷事后才弄清楚护法兵变的来龙去脉。王德一结识师世昌,二人说去联络边爷。通过边永富的关系,联系了胡登云,右军副统领焦桐琴、教练郑瑞青。大家志趣相投,拥护护法运动。一心要发动起义,成立甘肃护法军。策划就绪,王德一和师世昌受蔡大愚的指派,去了一趟广州,晋谒了孙中山,向先生汇报详情。当时,中山先生问他们,如何在兰州进行革命活动。师世昌回答说,先从下层入手,联络洪帮,联络士兵,组织可靠的武装,发动武装起义。对这个方案,中山先生比较认可。随即给了他们路费、密电本等,发了委任状。委任边永富为甘肃国民军第二师师长,赵学普为甘肃国民军总参议,因为师世昌有事,留在广州没回来,派王德一将委任状送到。

就在王德一送达委任状的当日,郑瑞青调到武都。蔡大愚指派王德一,悄悄潜入武都,动员洪帮,协助郑瑞青发动起义。可是没想到半途泄密,郑瑞青被捕了。

"他们没有注意到你吧?"

"我不在军中,他们没发现。"

"你说,我们下一步咋办?"王德一跟我外太爷商量。

"依我的看法,你先不要去广州,我们一块到兰州城。看看情况,跟赵学普碰个头,瞧瞧风声,再拿主意。"我外太爷马殿选说。

"好。"王德一想了半天,同意了我外太爷马殿选的提议。

因为消息闭塞,王德一和我外太爷马殿选并不知道兰州和临洮护法运动夭折的详细情况。他们连夜返回兰州向赵学普报告武都的情况,走到甘肃公立法政学校门口,王德一低头朝学校里走,我外太爷马殿选多了个心眼，拉住他的衣袖。二人留心看了一下告示栏，一眼看到悬赏两万银圆捉拿蔡大愚的通缉令。他们暗暗叫苦，没有冒险进校。我外太爷马殿选悄悄观察，发现学校四周有许多暗探，二人便抽身离开。

我外太爷马殿选想了一阵，猛然想到黄万有师傅，想起毡匠铺东家的儿子是法政专门学校的学生，学法学。便在王德一耳边嘀咕半天，直奔黄师傅毡匠铺。我外太爷马殿选借口将那学生叫到黄万有师傅铺子里，打听学校里的情况。才知学校已经乱成一团，大批巡警进校搜查，好多教员和学生下落不明。

马殿选

"这几天你没上学？"

"警察天天抓人，学校已经一个多星期没有开课了。"

"有个叫赵学普的教员，你可认识？"

"他是我们的国文老师。"

"我们是赵老师的同乡，听说张广建通缉校长，赵老师的母亲不放心，趁我们到兰州进货的空当，打听她儿子的情况。麻烦你到他宿舍看看，他现在怎么样？"

那学生倒很痛快，一口答应，转身去了学校。

我外太爷马殿选从小闯荡江湖，见多识广，经验丰富。学生走后，他向黄师傅说，我看兰州城凶险得很，如果那个学生回来，怕会引来巡警，引火烧身。你就说我们等不及，到商号算账进货，已经回去了。我明天再来听消息，黄师傅点头。

果然不出所料，那个学生回来时，巡警跟随他前来抓捕我外太爷马

王德一

殿选和王德一。黄师傅就按照我外太爷马殿选交代的话，一一回答。巡警听了黄师傅的话，也没有怀疑，转身离去。第二天，我外太爷马殿选和王德一又到黄师傅家。黄师傅告诉他们，那个学生已经打听出了确切的消息，赵学普已经死了。他和边永富的人头，被官兵割去，在临洮县城城门头上挂着，有官兵把守着示众一个月。

情况已经明了，一场悲壮而惨烈的护法暴动彻底失败了。它就这样告别了历史舞台，而那些掩盖在表象背后的真相，就像滚滚流逝的洮河江水，永不再回到流淌过的河床中来。

王德一和我外太爷马殿选互相望着，久久没有说话。

"我必须去一趟广州，告诉孙中山这里发生的一切。"王德一含泪道。

"我跟你一块去。"我外太爷马殿选考虑半天后说。

"没有必要，你是交通员，身份没有暴露，张广建发布的通缉名单中没有你，你在这里，还可以继续做点工作。"王德一反对道。

民国六年岁末，王德一动身再返广州，向孙中山汇报起事经过，孙中山得知赵学普、边永富、胡登云等人牺牲，深为悲痛。

 年轻的舵把子

我父亲朱小勤告诉我，我的外太爷是个不服输的汉子，他的胆量，一般人是没法比的。我外太爷曾告诉他，送走王德一那一刻，他曾经有

过逃跑的念头。但我外太爷终究没有跑，除了相信王德一的判断外，他还想起了家人。如果他逃跑，会给我外祖爷招来更多的灾难。他毅然返回临洮。

我父亲对外太爷的事也极感兴趣，外太爷曾对他讲过张广建这个人。说他督甘七年，放手任用皖籍同乡亲信，培植亲信，贪赃枉法，推行暴政，政治腐败。张广建爱好书法，曾被封为冠字将军。闲暇时四处搜求名画古玩，不惜制造冤狱，陷害忠良。他在兰州起用封建余孽，恢复旧礼教。在袁世凯称帝和张勋复辟中积极响应配合，祭孔易服，上演了一幕幕丑剧。他设立土药局、官膏局，利用民间旧存的烟土，贱价收买，高价出售，名为禁烟，实为弄钱。他还借口军政费用无着，滥征赋税，在他统甘期间开征验契税、屠宰税、印花税、烟酒公卖税、农具税、茶捐和鸦片通过税，各种税目多达四十余种，老百姓不堪重负，民不聊生。

这次护法暴动矛头直指张广建，他好像一个沉睡的人突然遭到刺客袭击一样，整天忧心如焚。虽然暴动没有成功，但因为这次运动，从根本上动摇了张广建的统治地位，时隔不久，他丧魂落魄地离开了兰州。这是后话了。

我外太爷马殿选回到临洮，发现城里黑云密布，张广建正在大搜捕。

当晚，我外太爷的表弟袁良珍神色慌张地来到他家。

"姑舅哥，你不在外躲避。干吗回家来？"

"我身正不怕影子斜，有什么怕的！"

袁良珍叹气道："你不知道，你出门的这几天，城里发生了大事，右军副统领焦桐琴发动兵变，死了好多人。统领吴桐仁和巡警到处抓人。大寺酒馆的一个老板边永富被打死了，另一个老板不知去向，酒馆被封。常去酒馆的人，一个个都被抓了。你赶紧跑吧？"

"我只是喝酒，没犯法，他凭什么抓我！他们还抓了哪些人？"我外太爷镇静地回答。

"除了右军中的一些士兵，抓了许多教员。我们养正学校的教员也有，说是参加了护法暴动,搞得人们惶惶不可终日,学生都不敢来上学。"袁良珍愁眉不展。

我外太爷马殿选眼前突然一亮,脑子里有了一条计谋。他猛地站起来,拉着表弟袁良珍就朝门外走,边走边说:"这怎么行,我和你去找校长,娃娃们的学不能停。"到了校长家,我外太爷马殿选大声对校长说,他们官争官,教员们有什么错。校长也很生气,叹着气说:"他们手里有枪,想抓谁就抓谁,我们有什么办法?"我外太爷马殿选说,办法我有。连夜动员学生和家长,明天到衙门里要老师,看他们能把所有人都抓了去。

第二天一大早,我外太爷马殿选和几所学校的校长带领一群人拥进县衙要人。

警长徐子连见带头的是我外太爷马殿选,勃然大怒,骂道:"日奶奶的,我没有抓你,你反倒找上门来了!给我抓起来。"

"慢,你抓我,我犯了什么罪?"

"你和边永富穿一个裤裆,天天在他酒馆喝酒谋事!"

"我在酒馆,也看见你天天喝酒来着,还和吴统领的士兵称兄道弟!我看要抓,你是第一个,你手中有枪。我一个小贩子,造反还轮不上我。"我外太爷马殿选这几句话,一下子将徐子连镇住了。他知道,自己虽然怀疑我外太爷马殿选,却没有证据,但是我外太爷马殿选这几句话,若叫穿军装的吴桐仁听见,自己就难以撇清。何况我外太爷马殿选是洪帮,平常扶困济弱、仗义执言,在老百姓当中威望很高。

"那好,我不抓你,你也别管这里的事!"

"今天的事我管定了,临洮是个文化城,不是土匪窝子。你们军营里哗变造反,碍着学校什么事,光天化日之下抓教员、抓学生!"

"穿制服的没有好人,教员鼓动学生搞护法,跟政府对抗!"

"胡说,你看见哪个教员拿了枪,拿了棍?"

随着时间的推移,学生和家长越聚越多,到太阳升起的时候,衙门外面的路上，已经聚满了人。督衙大门里外，人们围得水泄不通，前来维持秩序的巡警，被学生和家长逼到墙角，衙役们出不去进不来，一进三个大院衙门，陷入混乱。包括知县在内的官吏，走不开，吃不上，喝不上，一天下来，个个口干舌燥，饥肠辘辘。巡警人少，不敢动粗。

吴桐仁从军营派来的军队，到了衙门口，围着人群转了几圈，一来老百姓人多，二来这些人中妇女孩子多，上年纪的老人多。尤其是那些老人，一个个白发苍苍，弓着腰，拄着拐杖，个个都像熟透的果子，一碰就会掉落成泥。鉴于此种情况，吴桐仁怕引起更大的动荡，没敢动手，悄无声息地撤走了。

这样过了两天，县衙终于释放了被抓的教员。

但是聚集在衙门口的老百姓仍不离去。

"马殿选，教员都放了，你咋还不领他们散去。"官员吼叫。

"你们把赵学普和边永富打死在浮桥上，人头挂在城楼示众一个月，也不让家属收尸，这大热的天，臭气熏天，大人娃娃不敢到河边挑水。你们答应家属收尸，我们马上散去！"

"边永富是洪帮头子，死有余辜，你们不要参与！"巡警曾暗中得到命令，要以人头、尸体为诱饵，诱洪帮收尸，趁机杀人。因此他们不肯答应。

"河湟大劫，边爷的一锅粥救了半城百姓的命，他是好人啊！"

"人要讲良心呀！"

老百姓哭哭啼啼，双方开始僵持不下。僵持两天后，吴桐仁向上请示。张广建听到临洮全城百姓围堵衙门，吓得不轻。他心惊肉跳地想了半天，害怕僵持的时间一长，激起民变。便松了口，不再坚持暴尸。答应了家属要求，我外太爷马殿选出面料理了后事。

"……多亏马大哥出头，要不是你，我儿子暴尸野地，不能入土为安，你是我们边家的大恩人。我们无以为报，娃们，过来给马大哥磕个头……"料理完边永富丧事，边太爷流着泪水，拉着我外太爷马殿选的手颤抖着说。

边太爷话音刚落，忽听旁边一阵声响，边爷的妻子王德芳领着两个孩子扑通跪下磕头，慌得我外太爷马殿选赶紧扶住："大姐，这，这可……使不得。边爷是我家的恩人，我和王德一是光屁股玩大的好朋友。你们磕头，我受不起啊……"

"我娃的命……也是洪帮给的……是你爹他们……给的啊！"边太爷哭泣道。

"……他苦啊……死了还不让埋。"王德芳哽咽道。

"啊，你们别哭，别伤心，边爷是为大伙死的……"多年前的那一幕幕情景出现在我外太爷马殿选眼前。边爷生前多么霸气，多么英武啊！可是一瞬之间，一切都颠倒了。边爷死了，酒馆被没收了。上有八十的老人，下有三岁的孩子，全家九口人，吃穿成了问题。

我外太爷马殿选当时没有说话，回到家一直闷闷不乐。

"大哥，你想什么呢？"表弟袁良珍问。

"我想，咋想个办法，把边爷的酒馆要回来，解决他们一家人的生计。"

"大哥，你知道不知道边永富是洪帮头子？"尽管边永富深居简出，但他的真实身份仍然无法掩蔽，就连书生袁良珍都明白。

"知道！"

"袁世凯的北京政府跟孙中山是死对头，张广建是袁世凯的亲信，他们最恨洪帮，这个时候，别人躲避不及，你为啥偏要去出这个风头，要知道，因为你平时跟边永富等人有来往，官府一直在注意你呢。我劝你少管闲事。"

"表弟，这不是闲事。死的死了，可娃娃一大堆人，八九张口要吃饭呢。他们没收人家的酒馆，就断了人家的活路。再说，那是边太爷的老业，他们没权没收。"

"枪就是权力，咋？你还想跟他们讲理？"袁良珍说。

"我不信这个邪！偏要讲个理！"我外太爷马殿选握紧拳头，愤愤不平地说。

"你想咋的？"袁良珍问。

"我到城外二郎庙找李海如去。"我外太爷马殿选边披衣服边说。

"找他有什么用？"袁良珍不解。

"他是城外的舵把子，在家里设了堂会，我找他去。"我外太爷马殿选说。

"我跟你一块到二郎庙。"

二郎庙在西坪。西坪是临洮西山一个偏僻的穷乡。这里由于干旱少雨，丰年少，歉年多。然而官府的捐税比川里还要重，加上乡约士绅百般勒索，老百姓生活十分贫困。几年前西坪来了一个姓刘的外乡人，他留着一头长发，一脸须髯若神，不是道人，却是一副道人打扮。也不知怎么搞的，他虽然年纪不大，到这里没多久，大家都叫他刘爷。

刘爷入乡问俗，洞察民情，择居于离西坪四五里的山神庙里。从西坪往西山走，便是连绵起伏的大山。山与山肩并着肩、脚对着脚，一层摞着一层，像背篼面上的竹条，一个连着一个，又像是洮河的浪花，一个推着一个。

耸立的西山是神秘的，沟是支离破碎的。沟壑里，山民像一只只蚂蚁，被大山吞噬了，被贫困吞噬了，也被白喉、娥症等流行的传染疾病吞噬了。

刘爷不是道人，却是良医。

刘爷进山，带来了医术，他自己动手，采摘山中草木，配制良方，行医看病，治愈了很多患者。天长日久，就被西山百姓尊敬信仰。刘爷借此机会，交结乡友，发展洪帮。

而此时临洮城内，由于连续遭受同治、光绪、民国等河湟战乱，灾荒不断，饥寒交迫的难民，背井离乡，拖儿带女，从河州等地流落聚集到县城内，沿街乞讨，卖儿鬻女。当时两斗谷子，就可以买一个女孩。

刘爷看到这些难民，常从西山赶到城里，义务看病，施粥放粮，收养孤儿，大办善事。渐渐地，刘爷身边聚拢了一帮贫苦人，这些人中，有一个身强力壮的中年汉子，名叫李海如。他同情乡邻，伸张正义。跟刘爷秘密来往。

此时河西、酒泉、张掖、武威等地帮会以反抗鸦片、契据税为前导，反抗风暴，风起云涌，揭竿而起。消息传到临洮，刘爷和李海如秘密组织洪帮会众烧香供祭，八拜结交，誓词是"有福同享，有难同当"。参加者大多是无正当职业的游民，无家眷的单身汉，生活贫困的手艺人，衙门中"三班""六房"的下层士卒。以及为官宦人家牵马坠镫，放赌博、卖鸦片的临差。

时经数月，以城为主，由城到乡，四方串联，人数发展到上百人。

刘爷跟众兄弟商量，决定在城外二郎庙东侧、紧挨着庙宇的李海如家立山头，设堂会。分仁、义、礼等字堂。仁、义居高，礼字屈后。刘爷为掌旗大哥，即舵把子，执掌香堂大事。李海如为钱粮三哥，掌管香堂经济。何东生为管事五哥，行交际、执法等职。还设了副六、绿林、执法、跑腿等。排行中无二、四、七、八、九。据说二是不敢僭越关羽。四是桃园结义中没有赵子龙，当为四弟，故虚此席。七是叛徒，忌讳不提。八、九忌杨家将八姐九妹之称。

刘爷设立堂会后，准备响应河西暴动，不料临洮城却发生了马安良刺杀省议会议长李镜清事件，震惊陇上，大批军警从兰州赶来，暴动被迫取消。

如今刘爷虽在护法暴动前已经过世，但李海如的山堂没散，仍在秘密活动。

我外太爷马殿选和袁良珍踏进了李海如家时，他刚从地里劳作回来。

"马大哥登门，有什么事？"

"明人眼前不说假话，我也不用绕圈子。边爷的事，你也听说了。你这里是山堂，咱们得想法要回酒馆，让边爷的娃们有口饭吃！"

"好啊，马大哥是痛快人。你堂外的人为边爷的事两肋插刀，我堂内的人还有什么话说。你只管吩咐。"

"好，马上通知洪帮的人，带上家伙，到军营要酒馆去。"

吴桐仁的一口气还没有松下来，突然营房里聚集了洪帮这么多人。洪帮里三教九流，什么人都有，尤其是军队中的许多士兵，也都是洪帮会众，他们听大哥的而不听营长的。事情来得突然，容不得吴桐仁细想。他本想将枪杆子对准洪帮，实施镇压，却又怕士兵哗变，得不偿失。考虑再三，虽心有不甘，却不得不同意归还边永富的大寺酒馆。

事后不久，王德一从广州回来，悄悄见了我外太爷马殿选。

王德一从肩头卸下褡裢，从里面掏出一包银圆，放在桌子上。

"这是什么？"

"五千银圆。"

"哪来的？"

"孙中山给的抚恤金。先生听了我的汇报，非常痛心和惋惜，他命手下拨给五千银圆抚恤金，托我交给烈士家属，还亲书了一幅字。"王德一说着，从身后拉过背包，从里面小心翼翼地取出一个用纸包裹的东西，走到炕跟前，慢慢在炕头展开。我外太爷马殿选一看，却是一幅白绫挽幛，上写"为国捐躯"四个大字。

我外太爷马殿选连夜带着王德一，拿着孙中山先生的抚恤金，分别去了赵学普、边永富、胡登云等烈士家中，将抚恤金送给家属，以慰忠魂。

他们从烈士家中出来，我外太爷马殿选问王德一。

"你到哪里去？"

"孙中山先生在广州对我说，革命党人，还得抓枪杆子！护法运动前，我在峿下集鹁鸽崖老家，带领一群年轻人习武练拳，拉起了一支一百人的部队，被推举为首领。我想到峿下集，重新串联组织民团，拉起队伍跟他们干！"

"好，我跟你一块干！"我外太爷马殿选说。

王德一

"不行。目前革命分子死的死,跑的跑。留下来的人,身份都暴露了,只有你没有。我们要为死者报仇,让凶手偿命。你留在县城比较合适,能利用洪帮做好多事情。"王德一沉思半晌,劝阻我外太爷马殿选。

"这里有李海如啊!"我外太爷马殿选不悦道。

"靠他?"王德一皱眉。

"你觉得靠不住?"

"嗯!"

"别小瞧他,他也是舵把子啊!"

"可他不是革命者,你懂吗?"

这次护法暴动我外太爷马殿选目睹了革命者被杀,看到了统治者的残暴。他窝了一肚子火,想真刀真枪地干一场,可王德一反对。气得他瞪眼不说话。

"别生气,你把城里城外的洪帮兄弟串联起来,就立了大功!"

"那你为啥不串联洪帮?"我外太爷马殿选质问。

"我姐夫一死,这总舵把子的位子有多少人盯着!先不说我不是城里人,即便是,我在中间搅一杠子,城里的洪帮就乱了。"王德一细声慢语道。

"你的意思是我立山头、设香堂吗?"

"看时机再说。"

我外太爷马殿选一直送王德一出了城,看着他坐上骡子车走远,才返回家中。却见李海如在家里等他。我外祖爷马有实见他回来,指着李海如说,李大哥在家里等你半天了,他有话对你说。我外太爷马殿选摘下随身带的烟袋,掏出羊角把,装上黄烟,递给李海如。

"李大哥有啥话，只管说。"

"我就直说了，我们想请马大哥当舵把子。往后抢武器，劫富商，夺当铺，救贫民，你领着我们干！"李海如理着光头，头发楂包在头皮里发着青光。

我外太爷马殿选刚听到李海如的话，一时没有反应过来。

"马大哥，只要你同意，我通知山堂的兄弟们。"

我外太爷马殿选只是个洪帮普通会众。可通过边爷丧事和归还大寺酒馆这两件事，洪帮众人对他刮目相看。他在洪帮中的威信也空前高涨。李海如觉得我外太爷马殿选当总舵把子非常适合，便联合各乡的舵把子推举他当总舵把子，这是许多洪帮兄弟梦寐以求的事情。

可是李海如万万没想到，我外太爷马殿选拒绝了他。

"什么？你不想当总舵把子？"

"嗯！"

"为什么？"

"不为什么，兄弟我掌不起这个舵。"

李海如是个直性子人，他想不明白。

"马大哥，兄弟们心甘情愿你出任总舵把子。"

"这个我信。"

"那你说个理由，你信不过兄弟们？"

当时同盟会员是袁世凯通缉的对象，但洪帮可以公开活动。我外太爷马殿选不愿掌舵的原因是自己年纪轻，辈分低，资历浅，怕压不住山头。

"李大爷，我不是信不过兄弟们，我无功于山头。"

"边永富是爷字辈首领，他的名号在帮内谁人不知，何人不晓。你的父亲走新疆，救边爷，论资排辈，落不到爷字辈后头。你小时跟边爷到喀什。边爷遇难，你不怕受牵连，冒风险，出大头，据理抗争，夺得边爷尸首。现在大家推举你掌舵，兄弟们服！"

李海如无论咋说，我外太爷马殿选就是不点头。

"有实大爷，你放个话！"李海如说不动我外太爷，最后求助于我外祖爷马有实。

"老人们常说，请处该去，留处该站。当！"一直没开口的我外祖爷马有实说。

"好，马大哥，我们堂会者讲的是'身家清，己事明，不择穷'；遵的是五伦八德，视娼、优为贱类，更不许不忠不孝。现在有实大爷已经放了话，你若不遵从，就是不孝！"有了我外祖爷马有实的话，李海如也硬扎起来。

我外太爷马殿选只好妥协，但他提出只做城内舵把子，不设总舵把子。其实四乡各舵把子也明白，除了边爷，谁也总不起来。而城内舵把子除了我外太爷马殿选，没有更好的人选。因此都同意我外太爷马殿选不设总舵把子的意见。

我外太爷出任城内舵把子后，干的第一件事是串联，发展会员。在短短的几个月内，他发展了上百名洪帮，举行了歃血为盟的仪式。我外太爷马殿选供好关圣帝君的神位，供桌上陈列香表蜡烛，带领会众行叩拜礼，把一只大公鸡当场宰掉，鸡血滴在酒里融合起来，各人都喝一点。带头在神前宣誓："彼此同心同德，谁也不能三心二意，如有违背，神灵鉴察。"

第十一章

司令漆世昌

［民国八年（1919），岷江，瘟入］

 硬头漆三搬婚

临洮城最年轻的舵把子我外太爷马殿选并没有像其他大佬那样靠帮会掌威风，叱咤江湖，相反，他遵从秀才父亲的教诲，夹起尾巴当大哥。我外太爷关掉了边爷曾经暗中设立的玩赌耍横的场子，制定了一套江湖上不猛闯、不玩火、不斗凶的规矩。他自己的生意，仍然以山货铺子为根本，常年来往于岷山。

岷山横跨甘川两省，峰峦重叠，河谷深切，土匪强盗出没无常。

虽然这是一条险路，因为我外祖爷马有实和西南帮会头人漆世昌曾是换帖兄弟，我外太爷的朋友禹兆南又是这条线上的常客，他便和禹兆南做起了这一路的山货生意。白天爬山路，走山村，巢粮卖柴，卖桃卖枣，卖茶卖布，晚上到达漳县，住在岷阳虎桥东桥村漆世昌家。他们的生意由于受到漆世昌和帮会保护，进出货物从未被劫。

我外太爷到了老年，提起漆世昌，那眼光还是怯怯的。漆世昌也叫漆三，外号硬头。这外号源于他少年时的一回惊险遭遇。据外太爷说，他小时候，在村外的田埂上割草，撞见三个土匪。躲避不及，就伏在地边的水渠沟里。土匪在马上看得清楚，使马刀来砍漆世昌玩儿。三个土匪骑兵轮流策马疾驰而过，俯身来削漆三的脑瓜子。马刀虽快，漆三伏得却低，三马刀削过去，削掉了头发、肉皮，刀刀皆未落空，竟是不曾削破颅骨。漆三逃得性命，大家啧啧称奇，都说三马刀都没劈死漆三，真正是一颗硬头。外号就这么传开了。

这次土匪砍头，让漆世昌失去了几绺头发、一片肉皮、一团鲜血，却得到了一身胆量。他意识到，在这个乱世中，没有道理可讲，庄稼人要活下去，就得比别人横。刀子对刀子，才有路可走。从此以后，他先在邻里耍横，接着在村子里耍横，最后耍到乡里，耍到县城，耍到岷山，耍成了西南帮会头子。

我外太爷马殿选记得，那是初春的一天，他们住在漆世昌家，请他喝酒。

"老哥给你搬个媒，女方人长得好，你要不要？"酒到半酣，漆世昌端着酒盅，盯着我外太爷马殿选的脸，看了一会儿，忽然说。按理漆世昌和我外祖爷马有实是换帖兄弟，我外太爷马殿选是侄子辈，可是漆世昌不管那些俗礼，开口闭口自称老哥。我外太爷马殿选和禹兆南深知此人性格，也不管大小辈分，以帮内哥弟相称。

"我年纪大了，大哥搬媒，自然乐意。"我外太爷马殿选红着脸回答。

"不过女方离过一婚，带着个一岁半的女娃。"漆世昌哈哈一笑。

"我想回去问一下老父，听听他的意见。"我外太爷马殿选心里咯噔一下，但他不敢直接回绝，因为他知道，漆世昌向来虽讲义气，但喜怒无常，如果逆着他，立马红刀子进，白刀子出。因此婉转地搬出我的外祖爷来，想缓一缓再说。

"哎呀，有实大哥跟我好得像一个人，我们是哥哥弟兄，糖瓜柿饼。我们一同走新疆，救边爷，结下了生死情，他的主我可以替他做了！"漆世昌拍掌大笑道。

"一切听大哥的！"我外太爷马殿选浑身像被抽了筋似的发软，但不得不爽快地应承。

"好！好！好！"漆世昌一连说了三个好，一口喝了三大盅。

这几年跑江湖，我外太爷马殿选见识多了。也就在这年腊月三十，他和禹兆南借宿漆世昌家，看到他家的一幅中堂，写着"一河石头一河沙，一炷明蜡一炷香。有朝一日秋河涨，只见石头不见沙"。漆世昌问我外太爷写得如何，我外太爷回答说，这个中堂不好，有一点骂人的味道。漆世昌涨红了脸问，啥意思？我外太爷说，这诗骂你是沙，百姓是石头，有一天变天了，沙没有了，石头还在。这话一出口，我外太爷马上就后悔了，他担心漆世昌听了生气，撕毁了这幅中堂。可是令他感到意外的是，漆世昌并没有撕毁中堂，他哈哈一笑，大叫："张黑旦！赵狗子！"二人应声到跟前，漆世昌一只眼睛一闭，一挤，伸出左手，两个指头像耍花样似的动了一下。大声吩咐，去，到村西头请写中堂的私塾先生。

"漆先生在家吗？"私塾先生叫漆树德。张黑旦和赵狗子不动声色地走进了他家。

"谁找我呀？"漆树德净净脚走出堂屋，站在台阶上问。

"漆三，漆大哥。"张黑旦挤眼睛窝嘴。

"干甚？"

"喝酒呢！"

"我不想去。"漆先生回绝道。

"他请你喝酒，又不是杀人，你怕什么！"张黑旦笑道。

"那好，我穿个鞋！"私塾先生漆树德想了一下。他知道，虽然他写中堂骂漆三，可是那文墨之事，漆三是个睁眼瞎汉，不会看出来，但是如果漆三叫他，他不去，麻烦就大了。漆树德只好进屋穿上鞋子。临走时吩咐妻子摆烟盘，装大烟，准备酒后回来抽。可是妻子等了一晚上，漆树德没回来。第二天，赵狗子送来了先生的帽子、鞋、棉袄儿。明明白白地告诉妻子，私塾先生因冒犯帮会漆大哥，在半路被他杀了，尸体扔在水磨冰窟窿里，让他们去收尸。

我外太爷后来得知此事，惊出了一身冷汗，后悔说了那番话。

如今面对混世魔王漆世昌的提婚，我外太爷马殿选不敢忤逆，只能点头答应。

"女方是郭寿亭的大姑娘，渭源人，我保你满意。"漆世昌端起酒盅说。

"大哥说好，就错不了！"

话虽然这么说，因为女方是二婚，又带着个孩子，我外太爷马殿选心里不踏实。一晚上没有睡好，第二天起来，也不知漆世昌是怎么弄的，女方已经来了。二人见面，那女子长得明艳动人，言谈举止，也合我外太爷马殿选心意。而那女子，看着我外太爷马殿选长得帅气，也很中意。当下就由漆世昌做大宝山，选了黄道吉日成婚。

我外太奶郭玉兰有过不幸的婚姻，新婚一个月，新郎被抓了壮丁。她生下孩子，指望着男人当兵回来，可是等到孩子半岁时，等来的却是一张阵亡通知书。我外太奶拿着那张纸大哭了一场。最后我外曾祖郭寿亭赶着驴子把她接回了娘家，我外太奶抱着半岁的女儿在娘家门上蹲了一年。和所有守寡到外家门上的女人一样，哥嫂起初也是笑脸相迎，可是没上半年，嫂子摔碗筷，出冷言。我外太奶郭玉兰是个明智的人，知道娘家门上待不下去，考虑改嫁。经过了一次婚姻，她对生活灰心了许多，只想嫁一个老实本分的庄稼汉过日子，可我外曾祖郭寿亭心气高，不肯将就。我外曾祖郭寿亭是洪帮，他说，这世道，没有靠山就没有庄稼人的活路。他托靠洪帮头子漆世昌为女儿物色，想不到漆世昌竟替我外太奶找了个意中人。我外太爷马殿选虽然比她大好几岁，而且家境贫寒，但他长相好，有本事，对她也十分疼爱。

我外太爷夫妇婚后生活美满，我外太奶郭玉兰带来的女儿，随了我

外太爷马殿选的姓，起名叫马云莲。三年后我外太奶郭玉兰又给他生了个女儿马云梅，但在传宗接代思想浓烈的民国，人们都重男轻女。像我外太爷马殿选这个年纪的人，好多都是四五个孩子的爸爸，而这一年，他已经四十岁了。我外二太爷马殿德已经成家另过，我外三太爷马殿明也成了家，有了孩子。只有我外太爷马殿选没有儿子，只有两个女儿。在人们的眼中，他应该赶紧盼个儿子了，但是从小就走南闯北的我外太爷马殿选，见多识广，思想开明，对此似乎并不着急。

"你们趁早再生个娃啊！趁我没闭眼，抱抱孙子。"我外祖爷马有实已到古稀之年，留起了白胡子。他的头发，全部变成了银白色，不掺一根青丝。他的穿戴永远是老传统的长衫马褂和小圆帽儿。人变得很瘦很瘦，年轻时高大的身躯，老了就缩了水，脊背微微弯起，手指已经被烟草熏黄了。我外祖奶赵对儿没有以前那么精神了，她的眼睛瞎了，只能摸着走路。

老两口希望看到我外太爷马殿选生个儿子，可是我外祖爷马有实没有等到那一天。

在我外太奶郭玉兰怀孕五个月时，我外祖爷马有实和我外祖奶赵对儿双双离开了这个世界，相差不过半小时。那天初春料峭，我外太爷马殿选早晨起来给骡子喂豆子，经过我外祖爷马有实的房间，忽然觉得心慌意乱。冥冥之中，似乎有人在呼唤他。平时我外祖爷马有实醒得早，这时候总是趴在炕头吸几口烟，屋子里闪着红麻草的火星，奇怪的是今天没有。我外太爷马殿选站在院里叫了几声。

我外祖爷没有应声，从屋里传来他的呻吟，一声紧过一声。

我外太爷马殿选丢下手中的料豆，跑向房间，一把推开房门。

油灯的光影里，我外祖爷马有实紧闭双眼，枯槁的面容黄中泛白，双膝跪在炕头，手捂着肚子。我外祖奶赵对儿站在地下，一手捏药，一手端水，泪流满面。我外祖爷马有实的脸白得怕人，眼睛里的光亮，像抽去薪柴的火焰，火星正一点一点熄灭。他全身没有一丝力量，他的嘴唇朝着我外祖奶赵对儿动了动：我想便。

泪水模糊了我外太爷马殿选的眼睛，他将我外祖爷从腰里抱起来。

我外太爷长这么大，记得从来都是父亲抱他，他还没抱过他的父亲。我外太爷马殿选哪里知道，这是他第一次也是最后一次抱父亲。半瞎的我外祖奶赵对儿低头摩挲一阵，拿来脸盆放在我外祖爷马有实的身下。他挣扎了几下，无奈地摇摇头。我外祖奶赵对儿把脸盆挪开。

我外太爷马殿选将我外祖爷平放在炕上，紧紧地捏着他的双手。我外祖爷的手指发凉，慢慢地，这股冰凉如同一股电流，从指尖传向手腕，迅速向深处传去。

泪水夺眶而出，在我外太爷马殿选脸上流成了好几道河。

我外太爷跌入了万丈深渊。恐惧、绝望、惊惶、悲伤，如同狂风暴雨，全砸到他的身上。别看他是舵把子，别看他平时并不依赖父亲，甚至于有一段时间，他固执地认为娘后老子后，有点恨我的外祖爷，可是当父亲一旦要离开这个世界，他那颗硬朗的心，突然变得稚嫩，他难以接受死亡这个残酷的字眼。

我外太爷号啕大哭。

我外祖爷马有实的眼睛睁开了，目光盯在他满是泪水的脸上。

我外祖爷马有实的眼睛一闪一闪发着亮光。闪亮的不是泪光，他的眼中已经没有泪水了，他的瞳孔在闪亮。我外祖爷马有实无力地抬起手，试着要给儿子擦去满脸的泪花。

"……娃啊，别……哭，硬气些！你是舵把子！"我外祖爷马有实断断续续地说。

我外太爷马殿选的泪水再一次夺眶而出。

"……袍哥人家不……拉稀……"我外祖爷马有实轻轻吞出了七个字，很清晰。这是六岁的我外太爷马殿选在洮河边给边爷说过的话。我外太爷马殿选隐隐地意识到，这是我外祖爷马有实留给儿子的最后一句话，他心里针扎一样难受，泪水如决堤的洪水，一泻而下。

"快！叫大夫去。"我外祖奶赵对儿大哭着说。

我外太爷疯了般冲出房门。这时天刚发白，正是脚户出城的时候。我外太爷跑到后街郎中家里。平时不早起的郎中，家里的油灯竟然亮着。我外祖爷的灵魂跟着儿子的脚步出了家门。当时他翕动了几下嘴唇，随儿子的背影，长长地蹬直了两腿，直挺挺地躺在炕上咽了气。

郎中号脉，没有一丝儿跳动，翻了一下我外祖爷马有实的眼睛，无奈地摇摇头说："不行了，准备后事吧！"那一刻，我外太爷马殿选扑向直挺挺躺在炕上的父亲我外祖爷马有实，悲恸地放声大哭。他揪着心，轻轻地抚摸着父亲那瘦弱的、蜡黄而又冰冷的面颊，梳理着他那长长的凌乱而又花白的头发……

当我外祖奶赵对儿确证我外祖爷马有实悄无声息地离开了这个世界时，她没有哭，而是失魂落魄地走出了房门。她呆呆地站在路口正中央，无法消化这个事实。昨天还与她说话的老头子，竟然没打一声招呼，就这样去了。

我外太爷马殿选兄弟三人忙着处理后事，谁也没有注意我外祖奶赵对儿。

我外祖奶赵对儿凭感觉走到灰盐市后街曾经的山货铺子门口，重重地跌坐在石阶上，昏了过去。只觉得自己一下子从身体的壳里解脱了出来，接下来脑子就开始昏昏沉沉的，意识一下有，一下没的。

我外祖奶赵对儿似乎见到很多东西，又似乎什么都没见到，她觉得自己像是飘荡在时间和岁月的走廊里。不知道过了多久，她觉得自己好像又回到了少女时代。她扎着一对小羊角辫，从东坪一个小小的农家走进了县城，走进了山货铺子，走进了一户院落。这里的日子虽然过得并不富裕，她的到来似乎更是雪上加霜，但是上天似乎有意补偿似的，给她送来了一个秀才，送来了一个幸福温暖的家庭，不管日子过得多苦，他们都没有让自己的四个孩子饿着，自己吃草根野菜，给四个孩子吃窝窝头和酱菜。慢慢地，我外祖奶赵对儿的脑子陷入了一片空白，接着身体飘起来,飘到了云端,看见了高大的我外祖爷马有实。

发现我外祖奶赵对儿时,她已经没了呼吸。

街坊邻居从山货铺子抬出一条春凳,把这个可怜的女人放在上面抬回家。这条春凳是山货铺子里陪伴她时间最长的物件,它就像一个毫不惹眼的仆役,忠实地守在山货铺子门口。它那深褐而光润得发黑的板面,就像晒黑的男人细腻而结实的肌体。板的厚度和四只脚的粗细配置得恰到好处。宽度可以睡两个人。这春凳像一位长生不老的壮汉那么结实,那么四平八稳。睡在上面翻身,骨节儿都不挪几下。那无数个没有我外祖爷马有实的夜晚,微风轻吹,她搂着孩子就熟睡在春凳上,恍恍惚惚觉得就睡在我外祖爷马有实身边,睡在男人怀里……

人们把我外祖奶赵对儿从春凳上抬下来。因为她比我外祖爷马有实小十多岁,生前她只给老伴缝纫了寿衣而没有给自己准备。她突然离世,家人来不及缝纫寿衣。边太爷知道后,就将老伴的寿衣拿来。我外太爷马殿选兄弟心中过意不去,但只能如此。

王德芳自告奋勇,替我外祖奶赵对儿梳头、擦脸、修面、洗脚、沐浴、熏身、闭目合嘴。细心地给她穿上衬衣、棉衣、罩衣,在她的三寸金莲上,穿上白色长袜,黑色棉鞋。寿衣穿齐后,人们将我外祖奶赵对儿移到庭堂上。

我外祖爷马有实的寿衣是内外全新的蓝大褂蓝裤子,官靴官帽。朝廷规定,生前不管什么人,有两次穿官服的机会,一个是新郎官,再一个就是死人,当然是有品级的,最高不能超过九品。一辈子梦想着进入仕途的老秀才,牢记着这个规定,生前亲眼看着我外祖奶赵对儿缝纫寿衣,死后终于穿上了官靴,戴上了官帽。

这两个同一天归天的夫妻,并排仰面安放在灵床上。

他们并拢的两足,人们用麻衣片束捆了起来,脸上盖上了冥钱。

一对炕桌并排放在头顶,摆放上了相同的祭品;一对清油灯并排放在炕桌上,燃起了青烟。一对燃烧的黄蜡烛,插在大门口的土堆上。孝子们跪在地下，一面放声恸哭，一面烧倒头纸。在灵堂里铺上一层麦草。

我外太爷马殿选经历过两次丧葬，一次在陇南巩集埋葬杨福才，一次是埋葬边爷。但这两次，都是在血雨腥风下草草了事。只求亡人入土为安。这一次父母过世，局势相对安定，丧葬就按正常习俗进行。磨主家有威望，懂礼仪，承当了总管。出了执事簿，安排年轻人坐匦，接客，提茶，司酒，厨师，点照。王阴阳王守山似乎早已料到此事，不请自到。承担了卜算出煞时间、葬埋吉日、选择坟地、书写讣告等诸事。除了接到报丧的亲朋，许多洪帮兄弟也前来吊丧。

他们发现洪帮内部颇富传奇色彩的老秀才，家里竟然没有一点积蓄。

被我外祖爷马有实视为珍宝、早年朝廷奖励他的那一把大刀和那一面金旗，依然挂在堂屋最显眼的地方。大刀虽然钝了几个角，却被主人擦得锃亮。那面历经了蹉跎岁月的金旗晒得脱了色，像风烛残年的老朽正等待着进入历史的墓穴。

我外祖爷马有实虽然不是舵把子，但是由于秀才的身份和救洪帮大佬的那段经历，他在洪帮兄弟的眼中有了一层神秘感。而他的突然病逝以及相差仅仅几小时我外祖奶赵对儿追随他死去的奇闻，在临洮城内引起了不小的震动。加之我外太爷马殿选是新任的城内舵把子，各地的洪帮大爷大哥们以及舵把子们有意前来结交，我外祖爷马有实夫妇的葬礼无形中成了洪帮在临洮的一次大亮相。

葬礼的规格不随总管磨主家和孝子们的意愿，悄然发生了变化。

吊丧的人多，可是我外太爷马殿选的家院小，巷道窄。人站不下，骡马无处拴，花圈无处搁。众人提议将灵堂移到大寺内。而大寺紧挨着酒馆，那些洪帮兄弟给我外祖爷马有实夫妇点了香，焚过纸。想到自己曾受过边爷的大恩，而边爷牌位就设在大寺酒馆，便满怀悲伤地到酒馆给边爷敬酒、磕头、哭诉。

大寺酒馆本是营业的地方，也容纳不了这么多人。边太爷干脆将边永富的牌位挪到大寺大殿内，供洪帮兄弟祭拜。

王阴阳带着九人来超度亡灵，这是阴阳最大的阵容。他们竖起了用竹枝和五色彩纸连缀的倒头幡。王德一坐在木凳上写讣告牌，书写主人名讳、出生年月、亡故时辰、孝子、孝眷名字及告丧时间。他刚写完，讣告牌还未贴出，总管磨主家跑过来告诉他：各舵把子商量决定，还要请四双僧人，开经、黄两坛。洪帮兄弟们要借马家的灵堂，同时为边爷招亡坐师。

原定的当日经，改成了夜经。

天黑了，大寺内外挤满了人。王阴阳带领一班人，吹打，诵经，从殿内灵堂到寺内院落，慢慢踱到大寺外面的空场上。

场上按照五行方位，备有偌大的招魂城。

招魂城四角立着杆，杆根放着麦草堆，点着灯。立杆的上方，挂着用线串起来的纸钱。城中安放着桌椅，升着幡。阴阳们一边吹打诵经，一边围成圈转城。他们的后面，按辈分大小，跟着孝子。大孝子我外太爷马殿选手捧亡人灵牌，二孝子我外二太爷马殿德手捧引魂幡，跟随阴阳，其余孝子紧随其后。因为借了马家的灵堂，同时招边爷的亡魂，因此洪帮中除了爷字辈的，许多兄弟走进了孝子的行列，这部队就特别长，特别庞大。阴阳停止步伐时，孝子们哗啦啦跪倒一地，焚烧纸钱。

诵完经，便是破城，放鞭炮焚草堆。

据说这个时候，那些已故的亡魂都来接受超度。观看招亡的邻舍，每家早已给自己的亲人准备了纸钱，备好了米汤。尤其是那些在护法暴动中死去亲人的家属，因为当时官府禁止收尸办丧，就借了马家的丧事，来哭自己的亲人。他们哭喊着亲人的名字，焚烧纸钱，泼洒米汤。

转完城，阴阳带领孝子进入寺院招亡。

院内摆放着由条凳组成的"奈何桥"。桥面上搭着丈余白孝布，从屋檐垂挂到大殿灵堂。王阴阳就站在"奈何桥"前诵经，他用悲怆的哭声念叨亡人在世间辛苦的一生，念叨孝子们的悲哀。在一片哭声中，王阴阳擦着洋火，点着了白孝布。

我奶奶那时还未出生，她听老人们说，我外太爷马殿选在大寺内做道场、酬宾，办了五天五夜。前来帮忙出力的洪帮有上千人。吊孝者送丧者超过了万人。李海如、王德一等舵把子设香案，供关羽，杀鸡沥血，献牲，敬酒，参拜。借机秘密成立新堂口，拉人，扩武。

隆重的葬礼惊动了官府，他们秘密派人监视。

密探走进大寺时，看到院子里整整齐齐摆上了席面。每个席上放着八碗，吊丧的亲友团团围坐在条凳上。却没有一个人动筷子，眼睛盯着殿堂前的八仙桌。今天娘外家是主角，他们端端正正坐在椅子上。我外太爷马殿选兄弟三个孝子跪着，每人双手端着一个木盘，盘子里放有四色礼、已故亡人的衣服、被褥、酥馍、猪头、一卷孝布以及三牲祭品。孝子们叩头，磨主家代表孝子致诰词：

  天无日月下界愁，地无山川水失流。树不开花无春秋，人无礼仪非君子。家有黄金供白斗，有钱难买生死路。大教爷留下了金木水火土，二教爷留下了生老病死苦，三教爷留下了仁义礼智信，这就是请你们娘外家的礼仪。儿有外家，女有娘家。山有山主，人有人主。太子山虽高，马衔山为大。还有个管山的土主。亡人留下了孝男、孝女、孝孙，今天披麻戴孝，跪在了娘外家面前，把亡人（哈）高抬者深埋，想报答父母的养育之恩。亲戚们拿来了金香银罗和祭纸，装献了八宝的献碗及猪羊的祭献，来时身坐了冰冷的板凳，贵脚踩在了贱地，一路辛苦，多受了风寒之苦。今天桌面上摆着黑面的馍馍和薄茶淡菜，歉待了亲戚，请你们多多谅解，这些猪头的祭献和亡人的金衣宝裤、毡毛被褥、白布的孝衫，请亲戚们不要嫌少了收下。孝子们给娘外家叩头者相谢了。

磨主家说完，袁良珍作为娘外家代表站起来，谦恭地说道："众位老人在上听，人老五辈年老尊；我不说两句，失了人前的礼仪，说两句是因生在寒家，没读过'五经''四书'，不知道人前的礼仪，也不知道丧事的规矩，前言不搭后语，只是不多的几句浅言粗语，涵望亲友们万万笑话不得。"

说完这通话后，袁良珍一脸严肃地回禀道："天留日月佛留经，人留子孙草留根，天留日月东西转，佛留经卷度众生。人留子孙防顾老，草留冬根等春到。太上佛留了金木水火土，释迦佛留了生老病死苦，孔夫子留了仁义礼智信，三人共留十五个字，留在世间呈万物之灵。兵有兵主，马有马主。山有山主，太子山虽高，还有个巡山的本方土主，老姑舅也有个骨主。家有黄金供百斗，难买生死路一条，羊羔吃奶双脚跪，乌鸦还报父母恩；父母的恩情报不了，报不尽！亡人在世，眼看了花花世界，饱尝了人间酸甜苦辣，省吃俭用，痛里痛外勤劳一生，拉扯儿女们长大成人，口吃了珍禽百味，身穿了绫罗绸缎，活了六十花甲子、七十有余、八十有零。大限一满，千佛难留。今已口含眼闭，金骨在地。百岁光阴在上，你为何忽留家眷而去，噩耗传至，如比大梦一场。孝子们打发了亲方的老人奉请了我们，我们来时，没有搭上银罗的宝幡、猪羊的祭献和八宝的献碗，只烧着几张祭纸。我们的贱脚踏在了亲戚们的贵地上，孝子们披麻戴孝，头顶的香盘，手拄的丧棒，含唁掉泪地接迎了我们，又请了七寺的喇嘛，八庙的道人。唢呐吹开了天堂的大门，超度亡魂往西天跌落，好处超生。又请了有名的木匠掌尺，做了三榜到底的棺材。请了有名的画匠师傅，油画了'万福万寿'的花样，请了手巧的纸活匠，做了全副的纸活。请了有名的高功，看了天开黄道，地开良辰，万通大吉的日子，高抬者深埋，盼将来的子孙们发财发旺、学业有成、金玉满堂、大吉大利，子孙们尽到了孝心，报答了父母的养育之恩。亲戚们院内安下了八仙的桌椅，席面上端上了尖茶、蜜酒，黄白的录素、八宝的儒菜，我们与在座的挨门诸户、年老年幼尽心者饮用了，让亡人生在华夏之地，长在莲花池边。孝子们抬上的金衣银裤、毡条被褥，回者孝子们的宝库里,回到仓里,仓里长粮,回到库里,库里长银!我们万万不敢应受。孝子们抬的白绫的孝衫,斗大的斋茶,我们收者去了,让亡人荫护孝子,想事得道、谋事得成。麻一样长,水一样清,面一样发,灯一般亮。本家、亲戚、孝子们(哈)说多谢了!孝子请起!"

密探没有发现洪帮异常,回去报告。

"洪帮搞啥动作?"

"没有!"

"那人咋那么多?"

"同一天死了两人,百姓奇怪,看热闹的人多!"

"死人有什么可看的?"

"世道动乱,临洮城多少年没念过夜经,马殿选家本来亲戚就多,再加上请了经、黄两坛,一堂秀才又去凑热闹。灰盐市就像唱大戏,人就多呗!"

"噢,这么回事!"县长放心了。

可是等到出殡的那一天,出丧队伍如一条长龙缓缓而来,打头的是手执彩鞭和铜锣的洪帮巡风开道队伍,后面跟着捧香盘的、捧香炉的、吹唢呐的。挽联、祭幛、花圈,延伸了一里多,队伍排头已经过了灰盐市前街,尾巴还没有出大寺,黑压压几条街,密密麻麻都是人。县城甚至是万人空巷。

"临洮死了什么大人物呀,咋这么隆重?"出丧仪式传到甘肃讨逆军司令耳朵里,他很惊奇,派他的后方司令到临洮来打听。

"死的是谁呀?"后方司令进城

鲁大昌

后问县府的人。

"城内洪帮舵把子的爹，名叫马有实。"

"哎呀，快给我备一份礼，我要去马殿选家！"后方司令命令道。

出殡的第三天，也就是收土日，我外太爷马殿选接到县府通知，甘肃讨逆军后方司令要来吊唁，要他们到门口迎接。那时阴阳班子都走了。王德一却没有走，对外说是陪朋友，要给亡人焚纸、泼洒、祭祀、诵经，实际上串联城内洪帮。

"甘肃讨逆军司令？我咋没听过？"我外太爷马殿选奇怪道。

"哎，就是鲁大昌呀！"王德一告诉说。

"咋是他？听说他随罗开福去了湖南，啥时回来了？"我外太爷马殿选问。

"鲁大昌在督军王占元部当连长，混不下去，民国十年回来了。跟了宋有才，在宋有才手下当哨官，当帮带，当营长，一直当到团长。民国十五年，张兆钾、孔繁锦攻击西北军，向宋有才求援，鲁大昌自告奋勇率两连士兵打头阵，在关山的七道梁击退西北军，占领狗娃山，声名大振。你咋一点都不知道？"王德一说。

"我们一起训练，他就是野人，啥时候变厉害了？"我外太爷马殿选问。

"他就凭一股野劲，惯打白刃战，肉搏战，号称牦牛阵法。调驻安康，用牦牛阵法跟李宗仁交手，打败李宗仁，缴了他的械。据说通过何成浚，从蒋介石那讨了甘肃讨逆军第二路司令的官衔，经过四川万县时，拿了厚礼，跑去面见吴佩孚。吴佩孚收了礼，给发了甘肃自治军总司令的委任状。这些都是虚衔。"王德一说。

"哼！会来事，不知道他的后方司令是谁？"我外太爷马殿选轻视道。

"过一会儿，等他来了就知道了。"王德一说。

约一顿饭工夫，一群人簇拥着几匹高头大马出现在巷口。我外太爷马殿选和王德一赶紧迎上去，一见后方司令，大吃一惊。

"哎呀，漆大哥，你就是后方司令啊！"

"怎么，不像吗？"

"哪里的话，漆大哥天生人王子。当司令小菜一碟呀。"我外太爷马殿选灌蜜水。

"我只知道漆大哥是漳、岷两县的保卫团总，西南地区青、洪帮的首领，却不知大哥当上了后方司令，这是啥时候的事情啊？"王德一接过缰绳，将马拴到后槽。我外太爷马殿选领着漆世昌到我外祖爷马有实牌位前行了礼。从堂屋出来，到东房炕上坐定。王德一边倒茶水，边抬举着问漆世昌。

"哈哈，机缘巧合啊。"漆世昌摇头晃脑说道，"半年前，鲁大昌派人到漳县虎桥，给我送来川茶四包，酥油四牛肚，单打手枪一支，约我在县城见面。我在陆洪涛的振武军中担任过连长，当年升允挂帅进攻陕西革命军时，振武军为前锋，我在战场上跟他相识。这人打仗勇敢，很豪侠，对我的胃口。我就带着十个人马去见他，你们猜一猜，他见了我，咋对待？"

"鲁大昌名声大，派头大，以军礼相见？"王德一猜测。

"哈哈，他一见我，头一摆，手一拱，左脚前伸，右脚做屈，登打收腿连甩了三个虎虎有声的拐子礼。说漆司令大驾光临，敝人未能五里铺毡，十里结彩，迎风护驾，见谅见谅。还让红旗管事唱'眼看天空彩云飘，圣人夫子下天朝，弟子今日来迎圣，恭请圣人坐中堂'的赞词。"按帮会规矩，甩拐子礼，颂赞词，这是帮内上宾礼节，漆世昌高兴得大笑。

"他刚见面就封了你司令啊？"我外太爷马殿选问。

"是啊，他不惜官，当场封我后方司令，他自任前方司令。鲁大昌说，他得到可靠情报，临潭、岷县两县上解省财政烟亩罚款六万银圆，这天抵达岷县，必经漳县大草滩，我们当即劫了这笔巨款，收编了岷县一百人的警察队。用截获的银圆发饷，制发了军服，收服了洮、岷、漳等县好汉，夺取了岷县，在城内文昌宫设立了司令部。拉起了部队。"漆世昌得意地说。

"哎呀,你们真有两手!不知你们拉了多少人马?"王德一叹口气问道。

"我们拉了一万五千人,组编了六个团,任谦、马殿明纲、李希发、朱显荣、孙伯泉、何戒僧任团长。礼聘临洮人史鼎新、宋茂亭、俞方皋为部队出谋划策,整训队伍。不瞒两位兄弟,我们在漳县听到临洮城有人办丧事,阵势大,心想这里肯定有戏。果然是咱洪帮舵把子在办丧事。"漆世昌拿出一包银圆,交给我外太爷马殿选说:"这是我的一点随礼。我此来的目的,除了吊唁有实大哥,还想请二位兄弟入伙。"

漆世昌说完,眼睛盯着两人。

"我手下有一百兄弟,我愿跟着你们干!"王德一说。

"好!"漆世昌紧紧握住了王德一的手。

据我外太爷讲,因为他跟漆世昌来往多,了解这个人,不愿跟这个混世魔王搅在一起,心底里不想跟漆世昌干。但王德一不这么想,他跟漆世昌接触后,不久参加了鲁大昌的部队。王德一有胆有识,很快得到鲁大昌的赏识,被任命为讨逆军司令部副官,后又被提升为师直警备团连长,1932年驻防武都,终因对现实不满而辞职。

"你呢?"漆世昌盯着我外太爷马殿选问。

"漆大哥,我父母双亡,孝服未满,百天过后我来找大哥如何?"我外太爷诚恳而又委婉地回绝了漆世昌。

"也行,等你守完孝,我们再说。"漆世昌无奈地点头。

第十二章

穷人都喜欢

[民国九至二十九年（1920—1940），洮河流域，元气]

 流落赤匪颜子亮

我外祖爷马有实过世即将百天，一个新的生命诞生了。虽然这个孩子并不是我外祖爷一心盼望的男孩，但她的出生，给这个动荡不安的家庭带来了欣慰，给刚刚失去父母的我外太爷马殿选带来了欢笑、幸福和快乐。他给她起名马云英，这就是我奶奶。

我奶奶马云英的人生开始于1932年农历三月的一天清晨，我外太奶郭玉兰说，我奶奶出生时太阳还没有升起，窗外的牵牛花就吹起了小喇叭。望着啼哭的婴儿，我外太奶的脸上绽放出牵牛花一般的笑容。灰盐市的这个春天，我外太奶郭玉兰因为女儿的出生，过去留在心里的阴影一扫而光。奶奶给家里增添了一抹生机，也使我外太爷马殿选夫妇更加忙碌了。

我奶奶周岁的时候，我外太爷马殿选请来了亲朋好友，把一些东西都堆放到了她面前。按照临洮当地的说法，如果孩子在周岁这天，抓起了什么，以后就很可能会做什么样的行当。

因为是女孩子，我外太爷马殿选在炕上放了针缕、小花篮、剪刀、布鞋、毛笔、小锄头等东西，可是我奶奶对堆在眼前花花绿绿的玩意儿无动于衷，眼睛却盯住了炕边的秤砣，抓住了它。当时那只秤砣并不在这堆"抓周"中，大人们都感到意外，不知道这代表了什么，有人说人心不公拿秤称呢，这孩子长大肯定要当个公正廉明的判官呢。反对者说，这孩子将来会成为一个商人，长大后无论到哪里，不愁吃穿。而我外太爷马殿选更相信后者，因为我外太爷马殿选重新盘回的那个山货铺子，货物品种比以前更多。全家人的开销，全靠这个小店维持。

每逢我外太爷马殿选进山趸货，城外的庄稼和灰盐市的山货铺子，全由我外太奶打理，我大姨奶马云梅就背着我奶奶，哄她玩。我外太奶干活累了，我大姨奶就唱歌给她们听。稚嫩的歌声飘荡在田野上，被风带到很远的地方。我外太奶痴痴地听，开心地笑，笑出一串串泪花。

我奶奶在我大姨奶瘦小的背上长大了。

我外太爷从山里回来，口袋里总有几个细面白馍，分给姐妹吃，那是他们全家最快乐的时光。在我奶奶的记忆中，我外太爷很勤快，她从未发现我外太爷睡懒觉。有一次早晨，我奶奶背上书包准备去上学，却看见我外太爷还没有起床。她奇怪极了，想叫我外太爷，却被我外太奶摆手阻挡了。我奶奶说，后来我搞清楚了，我外太爷之所以睡懒觉，是因为他昨晚一夜未眠，他们干了一件大事。

那天，我外太爷睁开眼睛时拂晓已经来临。他看见我外太奶郭玉兰在炕底下烧开水，屋子里静静的，听不见孩子们的叫声。我外太爷马殿选翻起身，披上衣服，问忙碌的妻子，鸡没叫鸣吗？我怎么没听见？我外太奶郭玉兰笑一笑说，早叫过了。我外太爷马殿选揉着眼窝跳下炕，问，孩子们呢？我外太奶郭玉兰

郭玉兰和马云英

端着一盆洗脸水，放在地上说，都上学去了。

"昨晚你在枕头底下塞了什么？"我外太奶郭玉兰递毛巾时突然问。

"枪！"我外太爷马殿选小声说。

"你昨晚回来得太迟了，碰到人了吗？"我外太奶郭玉兰问。

"除了狗叫，一个人影都没有。"我外太爷马殿选回答。

随着日本人从关东打进了关内，乡下火药味也越来越浓。官道上一些游散将、刀客、土匪趁火打劫。我外太爷马殿选的生意也越来越难做。他不得已，在秦州一家客栈，经武都洪帮大爷王阴阳介绍，偷买了两支枪，一支给了禹兆南，一支自己留着防身。禹兆南说，他在武威南乡走街串巷时，结识了一个叫颜子亮的流浪汉，这人装了一脑袋新货，口口声声要北上打日本，好像是个革命党。问我外太爷马殿选想不想见。我外太爷马殿选自秦州起义后，一直留心革命党的行迹，当即决定去见。

颜子亮被禹兆南藏匿在洪帮兄弟王马客家中，因为受了伤，走路总是站不直身子，就像被一股大风刮着，眼看身子就要扑倒了，一个趔趄又站了起来。我外太爷马殿选见到他，才知他是"赤匪"。颜子亮讲述打土豪、分田地、建政权的道理，鼓励他们"劫富济贫"，发动老百姓跟豪绅斗。他的话很对我外太爷的胃口，我外太爷就跟颜子亮立誓，结为弟兄。

据我奶奶分析说，这个颜子亮是个神秘人物，可能是流落的红军。据他自己说，他的头皮挨了一枚弹片，昏死在道上，被路过的脚户帮救了。稀里糊涂随着脚户到凉州。如果这是真的，他就是我外太爷认识的第一个红军。

"我们想打劫刘百万，他算不算土豪？"王马客问。

"他是什么人？"颜子亮问。

"南乡财主，一个笑面虎，勾结马步芳杀了好多赤匪。"王马客说。

"这是典型的坏分子，就打他的土豪。"颜子亮咬牙回答。

颜子亮伤好后，就打发王马客出门，沿南乡刘百万土围子周围转悠了一圈。王马客发现戒备不严，便返回家中报告情况。颜子亮觉得机会难得，四人马上动身，王马客放哨，禹兆南、我外太爷马殿选和颜子亮三人装扮成羊客，打了刘百万的土围子，搞到了一些财物，禹兆南、我外太爷马殿选、王马客各分得一些。剩余部分，交给颜子亮做盘缠。

禹兆南、我外太爷马殿选和颜子亮连夜到兰州，三人分手，颜子亮去了陕西，禹兆南到武威找王作贵，我外太爷马殿选深夜潜回临洮。

 **31　割耳为证**

我外太爷马殿选洗完脸，顺手从枕头底下取出手枪，拿一块布，细细擦拭。

这时院里响起一阵脚步声。

"有人！"我外太奶郭玉兰轻声喊。

我外太爷马殿选赶紧藏起手枪。镇定自若地走出房门，看见陈国栋、刘汉三、李海如领着两个陌生人走了进来。陌生人一个穿制服，一个着长衫、戴瓜皮帽。

"马大哥，这一位是刘志道，这一位是甸子街的举人孙捷侯。他们昨天到陈家嘴，说一支部队过路，已经过了洮河，估计再有几天，就到临洮城。他们两个人，非要见你，跟大哥你商量部队过路的事。"陈国栋绷着脸，指着二人说。

那个年头，有枪便是草头王，司令将军满天飞，营长连长遍地爬。抢一杆枪，结一帮人，拉一支部队，似乎是很正常的事情。地方上队伍经常过路，今日一支，明日一支。过路不能白过，要各家各户交粮草，不交就得砍脑袋。过往的军队还抓壮丁，各家男人就躲起来，叫女人娃娃送粮草。陈国栋听到这两人说临洮部队过路，还要找洪帮舵把子，自然不高兴。

"刘志道？你可是啯下赶跑王敏悟县长的刘校长？"当陈国栋说出刘志道三个字时，我外太爷马殿选平静的神经被触动了一下，高声问道。

"正是敝人。"那个浓眉大眼的方脸汉子应声说。

"久仰大名！要是我没记错，你是紫松乡的人吧？"我外太爷马殿选问。

"马大哥怎么知道？"刘志道反问。

"老兄带领众人攻城时，把守城门的赵应安可是我们洪帮兄弟啊！他和一帮洪帮兄弟为老兄偷开了城门，出了大力，我怎么不知！可惜你赶跑了王敏悟，却便宜了鲁大昌。"

"我前门打狼，谁想后门进来只虎！"刘志道哈哈大笑。

"幸好，老虎虽凶，终未伤人！"我外太爷马殿选逗道。

"我脱了一层皮啊。要不是众乡亲伸手，早被它吃掉了。"

我奶奶讲，那个被刘志道称为狼的泾川人王敏悟县长，看上去聪颖，却是个心高气傲，刚愎自用之人。民国十四年（1925）冯玉祥国民军进军兰州，他在国民军第十七师师长兼河州镇守使赵席聘部搞文书，据说善行书，喜画兰，自刻印章"铁肩汉"，意思是可担当大任，有所作为。中原大战爆发，冯玉祥的国民军开赴河南，王敏悟逗留兰州。到民国二十年（1931）马鸿宾代理甘肃省主席时，王敏悟毛遂自荐。马鸿宾召见面试，王敏悟对答如流。马鸿宾委任其为临洮县长兼临洮警备司令。

王敏悟到临洮任县长时，正逢蒋介石为了牵制国民军，封官许愿，扶植甘肃地方军阀。鲁大昌、漆世昌等大肆拓展地盘，壮大势力。除了占据岷、漳两县外，又收买警察，收编散兵游勇，到夏河煽动保安大队长李和义等近百人反叛，拉拢招降了马尚智、孟世权等部，任命李和义、孟世权、李友三、顾开基等人为旅、团长，人马发展到近万人，占据了陇西、渭源。这临洮是西北名邑，驰名陇右的重镇，鲁大昌早就垂涎三尺，不断派人去探视县城动静，得知临洮换了个县长王敏悟，觉得有机可乘，气势汹汹地向临洮县城杀来，想一举占领县城。

鲁大昌率部从陇西出发，抵达南乡店子街，拉开攻打临洮城的架势。

县长王敏悟得报，大惊失色，急忙来到临洮骑兵团大营找团长张彦明。

据我外太爷和刘志道回忆，张彦明是那闹沟人，长得英俊，浓眉大眼，使一杆快枪，枪法很准。有人曾看见，一次他从马集街上走过，举枪朝塔山放了一枪。随声一只狗被打死，滚下山坡。更为奇巧的是，说他进紫沟驮扫帚，途经草滩时天色已晚，遇到巡夜的兵丁，大声喝问什么人，停下检查。张彦明勒住马头，从驮的扫帚中抽出枪，顺声将兵丁的下颌打伤。

"兵来将挡，水来土掩。我的好兄弟啊，好团长，鲁大昌到了南乡，你快领兵前去阻击，全城百姓的性命，都托付于你，不可延迟啊。"团长张彦明，副团长老刀嘴，连长张彦彪、马振元、马寿天、范老五，都是龙蛇年河湟事变时尕司令的追随者，被国民军收编。这些人平素桀骜不驯，不听王敏悟调遣，难以驾驭。王敏悟低声下气地说。

"没有好处，兄弟们不肯去。"张彦明要挟县长。

"张团长，破城了，我的县长当不成，你的团长也当不成呀！"王敏悟哭丧着脸。

"可是打仗是提头卖命的事，没点好处，谁肯出城！"张彦明毫不退让。

"事关危急，我们出些血。"王敏悟下决心道。

"出多少？"

"杀一个人，赏洋一元！"

"好，那我们出城，多多地杀！"张彦明脸色舒展了。

"那，你杀了人，以什么为证？"王敏悟问。

"县长你说，我们照办！"张彦明笑道。

"杀鲁军一人，割耳朵一只，作为凭证！你看如何？"王敏悟看着张彦明说。

"行！"

王敏悟当天就将"杀鲁军一人,割耳朵一只为证,赏洋一元"的荒唐命令颁布下去。

土匪出身的张彦明,率骑兵团到了南乡店子街。骑兵团貌似强悍,却不是鲁大昌的对手,双方刚一交火,就败阵而逃。但是张彦明作战无方,却冒功有术。溃散的骑兵团抓公事,摧粮款,鞭打绳捆,敲诈勒索,对百姓滥施淫威,竟然割取无辜百姓的耳朵,报功领赏。闹得店子街,远近大哗,民怨沸腾。大家聚集来找刘志道。

"刘校长,你是识字人,见多识广,你给我们评评理。张彦明到店子街打土匪,坏人一个没抓到,一次割去良民耳朵几百。光临洮北关的王有财一人,就交了十只耳朵领赏。还让不让老百姓活啊?你替大家出口气呗!"店子街的老百姓跑到杨家庙小学,向刘志道校长哭诉。刘志道是临洮县衙下集人,民国十四年考入省立师范学校,在校期间受中共地下党胡廷珍、马凌山、王孝锡等人影响,倾向革命。民国二十年回到临洮任杨家庙小学校长。

"张彦明就是个土匪,跟土匪讲什么理!"刘志道气愤地说。

"那怎么办?"

"土匪头硬屁股软,砸!"

"谁敢带头?"

马衔山

"我！"刘志道捏紧拳头，坚定地说。

"他们有枪，我们没有啊！"

"有钱就能买枪！"

"好，钱，由我出！不够的话，再去募捐！"临洮学者杨沐斋自告奋勇，捐款一千元，洪帮捐了五千。杨沐斋又偷偷发动乡绅、大户，捐了数千元。他们将钱交给刘志道和养正学校校长杨明堂的女婿段复生，让他们出面购买了枪支弹药。刘志道又自打自造了一千把大刀。

"有了枪支弹药，可人呢？"

"衙下集两个高等小学高年级学生，村上青壮年，这不是人嘛！"

"学生没见过阵势，没放过枪，没打过仗，还得请摸过枪的人。"

"景平娃、李占海、杨少泉、张忠扯旗造反，上了山，我们去联络。"

各村的老百姓四面去出动，很快组织起五千多人。为了万无一失，刘志道和教员蒲子东连夜奔赴马衔山马场，找他六弟刘志明。刘志明1929年临洮中学毕业后投笔从戎，进入驻临洮的国民军三十三师手枪队，数月后升任队长。现在是马衔山军马场场长。刘志明听了四哥刘志道的讲述，义愤填膺，当即带了几个骑兵，随兄长刘志道下山，加入浩浩荡荡的部队中。

刘氏兄弟带领五千愤怒的民众，从峡城出发，打下了石坪、姚家嘴、格子坪，沿洮河向县城进发。数天之内赶到县城脚下，团团将城池围了起来。刘志道兄弟攻南门，他们将学生军驻扎在南门外李家圪老、南瓦窑一带。李占海攻西门，景平娃攻东门，张忠攻北门。

张彦明已率兵镇守四个城门，士兵荷枪实弹，防卫壁垒森严。

刘志道兄弟搭云梯，偷袭入城，不料被张彦明发觉，死了数人，偷袭未果。第二天，猛攻一天，仍未奏效。刘志道意外得知把守南城门的连长是赵应安，暗中派人联络。赵应安是衙下集二衙坪人，跟刘志道同乡。曾拜紫松山杨道人为师学拳，并参加洪帮。赵应安排行老五，善于社交。当他得知攻城的是同乡刘志道，便命令士兵打开南城门。

刘志道兄弟大喜，从南门攻入城池，街头顿时刀光剑影，寒斧见血，好一场恶战。刘志道从灰盐市杀到马栏街一带，与骑兵团遭遇。张彦明虽然武器精良，但城中百姓对张彦明不满已久，兵民矛盾尖锐，早有驱张之意。双方一交手，张彦明骑兵团被打散。张彦明寡不敌众，渐渐被包围起来，而且圈子越来越小。忽然圈外一声大喊，杀进一个人来，刘志道定睛一看，只见副团长老刀嘴率领骑兵冲进圈内。张彦明见救兵到来，心中稍安。可此时城池已破，他无心恋战，趁势逃出包围，士兵纷纷逃窜。

王敏悟和张彦明率领百十人仓皇逃跑。

谁知螳螂捕蝉黄雀在后，鲁大昌趁乱进抵城郊。鲁部吴福全营攻进城中，乘刘志道兄弟不备，解除了他们的武装，遣散了学生。随后荷枪实弹的鲁大昌带大队人马进入县城。

鲁大昌在公馆内花亭设下鸿门宴，将景平娃、李占海、杨少泉、张忠等人，以曾盘踞岷、漳、陇南一带打家劫舍、袭扰商旅为名，枪杀在后院城墙脚下，收编了他们的部队。而将刘志道兄弟二人捉进监狱。

据我外太爷回忆，仓皇逃跑的王敏悟和张彦明跑到兰州，投奔马鸿宾。当时陆军暂编第一师师长雷中田认为马鸿宾懦弱无能，想取而代之。马鸿宾刚任省长，觉得势穷力绌。王敏悟脑瓜子灵，对这一切全看在眼里，他对马鸿宾说，我们手下有一百号人，还有快枪，我们愿献上枪马，听从马省长调遣。马鸿宾对这点人马，并未放在眼里，但他认为，王敏悟此时来投，有义气，可以信任。就把王敏悟介绍给宁夏代理主席马福寿，委任为金积县长。张彦明被马鸿宾收编，驻扎在兰州黄河北盐场堡。

民国二十年的兰州，对马鸿宾来讲注定是灾祸之年，八月二十五日这天，兰州城突然实施戒严，武装军警三步一冈，五步一哨，商家关门歇业，居民闭户不出。到了夜间，城区枪声大作。天亮后，大街小巷贴满了布告，人们才知道马主席在红城子被雷中田抓起来了。

事发这天，张彦明和弟弟张彦彪，以及外号叫野人的侍从，进城理发。三人一同到理发铺，张彦彪第一个理完，先出了城。待张彦明和野人理完发，走出理发铺，走到桥门街时，全城响起戒严号，雷中田属下官兵，荷枪实弹抓人。张彦明和野人系马鸿宾部队，穿着军服，当然属搜捕对象。他们看到附近有一座清真寺，立即跑进去，在一块大匾后面藏了起来。搜捕队随着脚印，寻到院内，见清真寺栏杆上的尘土，有手脚的抓痕，按迹循踪找到张彦明。据说，张彦明几天后被枪杀，尸体抛入黄河。也有说用黄表浸酒，蒙口毙命。

刘志道告诉我外太爷，王敏悟当了一阵县长，解职赋闲。民国二十二年（1933）马鸿逵接任宁夏省主席后，遂上书马鸿逵，建议剔除积弊、革旧布新，赢得信任，被委任为宁夏垦殖局总办。但王敏悟自恃有才，骄奢放肆，行为不检。他所寄居的院内，住着一个山西商贩，其妻赵淑贞青春少艾，略晓诗文，王敏悟与她私通，唆使赵淑贞与商贩离婚。商贩多次在街头，拦住马鸿逵的车告状，引起马鸿逵对王敏悟的不满，后又因地价税跟马鸿逵失和。王敏悟太岁头上动土，指使赵淑贞坐飞机赴南京，准备向国民政府状告马鸿逵，被马鸿逵的便衣发觉，赵淑贞被拘押，王敏悟被处决。

"刘兄，你可知道，你是如何出狱的吗？"我外太爷听完刘志道讲述，话锋一转。

"我只知道，糖坊老板陈雨生、杨明堂校长保释了我。"

"哈哈，当时鲁大昌一心要你兄弟二人的命。学生家长多次请愿，他仍不肯放你们兄弟。后来我找了洪帮老大漆世昌，让他出面疏通，鲁大昌答应放人，可要一大笔钱，我们洪帮就凑了些钱，交给陈雨生和杨明堂，由他们出面保释，鲁大昌这才放了你和刘志明。"

"哎呀，多谢大哥救命之恩，你若不说这些，我还蒙在鼓里。"刘志道醒悟似的向我外太爷马殿选深深作了一揖。我外人爷轻轻笑道："你救百姓，百姓救你。这是常理大道，不用客气。"说到这里，我外太爷拉住刘志道的手问："出了狱，再也没见过你，你去了哪里？"

"我到陇西去了。"

"咋,没回杨家庙小学当校长?"

"那些当官的封我是造反校长,说我是土匪,如果教书,会带坏子弟,反对我工作。教育局长王瑞徵也因我被撤职。学校的大门,我进不去啊。"刘志道叹气。

"你到陇西干什么工作?"

"除了教书,其他的我不会干。可是鲁大昌放不过我,他听说我到了陇西,怕我谋反,将我抓到军营,交给他的亲信孟世权控制使用,我在陇西给孟世权当了一段军需,文书,志不同,道不合,不久被孟世权遣散回家。"说起这些,刘志道喉咙里像塞了块石头般难受。

"回家后,你一直在峿下吗?"

刘志道撸一下袖子,对我外太爷说:"我想耕读自修,可是偌大的田地,放不下一张书桌。峿下有一个恶霸,人称李老爷。他鱼肉乡里,欺男霸女,放辟邪侈,无恶不作,峿下人恨之入骨。就找我诉苦,我的眼睛里容不下沙子,就痛打了李老爷。他跟鲁大昌有私交,鲁大昌派兵抓我,我只好逃走。我在师范时的老师张月秋的儿子张师周在通渭当县长,张老师介绍我到他那儿干了数月科员。任谦得知我的情况,又介绍我到武山找县长史生麟,当县府科长。史生麟对我好,他调任徽县县长,又带我到徽县给他当秘书。谁知胡宗南部到徽县,因史生麟是冯玉祥旧部,被撤职。我又回到紫松乡下,被乡民举荐,当了半年乡长,因拒办鲁大昌部康爪子的粮草,拒筑碉堡,被临洮县长王仲文撤职查办,我又逃到山中。"

"你兄弟刘志明呢?"我外太爷马殿选问。

1938年的刘余生

"他获释后改名为刘远峰,东下平凉,先在十三师陈国障手下,后在第四路军史国华部当骑兵营长。史国华被鲁大昌收编后,任谦团长看我弟弟是个识字人,问我弟弟愿不愿跟他干,我弟说愿意。他就叫了去,给了个连长,选送到黄埔军校洛阳分校第四期受训。前几天刚刚毕业回家,帮着我发动群众,准备欢迎红军呢。"刘志道说到红军,脸上神采飞扬。

32　红军过路

"过路部队的,是哪一支?"

"这支部队叫红军。"

我外太爷对于红军的了解,最初是从颜子亮口里知道的。虽然他没见过红军,但并非一无所知。颜子亮曾经在王马客的炕上,告诉我外太爷他的身世。"我给人家放羊,从早到晚一直和羊群为伴。没有鞋穿,就用玉米包皮裹脚,夏天放羊,光身子满山跑。大冬天没有棉衣御寒,就抱着小羊羔取暖。"颜子亮回忆说,"他十四岁时,在山上放羊,遇见了红军。听说是给穷苦人打天下,能吃饱饭,就跟着几个细娃嫩崽,参加红军。我外太爷由此清楚,红军是穷人的队伍,打土豪分田地,穷人不还富人钱。"

"他们现在在哪里?"我外太爷急切地问。

"过了洮河,驻扎在徜下、景古、会川。"

洪帮从县府得知,说马寿天的亲信副官瓦哥和副团长马新民,昨日带着九百名壮丁,到朱家山堵截一支部队。但我外太爷马殿选并不知道,马寿天堵截的是哪支部队,听到消息后未放在心上,现在看来,他是去堵截红军。我外太爷将知道的情况告诉刘志道。

"马寿天,是不是张彦明手下的那个连长?"刘志道着急地问道。

"对,就是他。刘大哥你攻开临洮城,张彦明大败,率残部投靠马鸿宾,驻扎在兰州黄河北盐场堡。雷马事变中张彦明被雷中田部枪杀,尸体抛入黄河。马寿天跑到马步芳那儿吃粮，马步芳派他到河州，当上了驻宁定的团长。"陈国栋进门后，一直紧绷着脸。看到我外太爷马殿选跟刘志道谈得欢，脸色也好了，插嘴道。

"哼，他是我手下败将，他去打，那是鸡蛋碰石头。景古奋主梁的哨兵一看红军，飞报景古城的分队长段干丞，吓得他连张炳丞区长都没来得及通知，就弃城逃跑。逃到五户刘汉富家中，装模作样打了两枪，逃进新集堡子里不敢露头。"刘志道把自己知道的情况，都说了出来。

我外太爷后来才知道，马寿天出城，还没到朱家山，就和设治局长童树新、保安大队长高虎臣一道，逃到上湾石墩梁躲藏起来了。

"哎，红军里能人多得很。莲麓、景古街头，来了好多叫卖针头线脑，锔锅锔碗，行医看病的人，他们穿着五花八门。三三两两，走乡串户，分散活动，向老百姓打听区公署和乡公所的情况，掌握保安队和壮丁队驻扎训练和巡逻情况，还打问谁是恶霸，谁是地主，谁是好人，谁是坏人，他们摸得一清二楚。大部队一到，他们开仓放粮，救济百姓。"那个叫孙捷侯的举人兴致勃勃地说。

我外太爷马殿选按捺住内心的喜悦，故意板着脸说："听你的口气，红军好得很，可是城里到处传说共产党的坏话，红军可不是好惹的。"

"虎臣（我外太爷马殿选的字），你不要信，他们胡造谣呢。"孙捷侯从怀里掏出一块布包，递给我外太爷："我给你看个东西，你一看就明白了。"说着孙捷侯将布包打开，里面是四方四正叠起来的字条，展开一看，是一张红军布告，我外太爷马殿选轻声念道：**我军此次北上，为了抗日反蒋，救国救民，纪律严明，所到之处，不拿群众一针一线，买卖公平。驻扎期间，一不抽丁，二不拉伕，三不要粮，四不要款，五不调戏妇女，六不打骂百姓，尔等群众，安居乐业，万勿惊慌……此布。中国抗日红军总司令朱德、总指挥徐向前，民国二十五年七月。**

"这个布告是你们从哪里得到的？"

"过红军的地方，到处都有。我们怕你不信，顺手从杨家河街道戏台的墙壁上揭了一张，白纸黑字，写得清楚。"

没想到我外太爷马殿选刚才笑容可掬，可看了布告，却皱起了眉头。

孙捷侯急了，摘下瓜皮帽，放在桌面上说道："虎臣，你父亲是前清秀才，我也是前清举人。我到过你家，那时你妈袁氏还健在，你还不到三岁，自然不认得我，我却认得你。刚才我说的话，句句属实，我胡子一大把，不会说谎话。不瞒你说，我现在是苏维埃政府委员，刘志道也帮衙下集苏维埃政府干事。红军好得很！你也跟我们干啊？"

"刘校长，这是真的？"我外太爷马殿选转过脸，盯着刘志道问。

"当然是真的，我和兄弟刘志明找了几个羊皮筏子，从石晶岩接红军一个营过的洮河。我还派我的学生曾广华、张保来、陈富娃、靳马保给红军送粮送羊，红军首领跟我面谈，送了我十支步枪。我们衙下的靳团团、史顽筋两家是有钱汉，平时为富不仁，我领着红军向这两家开刀，打了他们的土豪，大烟、清油、衣服、粮食，除了供应红军外，分给了穷人。衙下的穷人们都起来了，建立了苏维埃政权。"刘志道一口气说了这么多。

我外太爷马殿选一言不发，陷入深思。

"你有什么顾虑？讲出来嘛。"看到我外太爷马殿选情绪变化，刘志道直截了当地问。

"我是洪帮中人，怕跟红军不是一个道。"

"哎呀，大哥不必发愁。他们队伍中，有不少洪帮。"

"真的？"

"你不信我，问孙举人呀。"

孙捷侯连忙点头，我外太爷马殿选顿时心情舒畅起来。

我奶奶说，洪帮在陕甘兴起后，渗透到各个行业和阶层，红军及游击队里都有不少洪帮成员。比如红军著名将领贺龙，谢子长、刘志丹也多次利用洪帮，搞武装。

"我想跟你们干，但不知干些啥？"我外太爷马殿选高兴地问。

"马大哥，我们找你，就是为这事。过不了多久，红军要进临洮，可是四乡百姓，受到官府蛊惑，好多人逃进山林躲藏，城里的人也惊恐不安。红军首领派我们来联络你，是因为马大哥你威信高，街坊四邻都肯听你的话，我们想请大哥出面，让洪帮兄弟进山，拦回逃难的百姓，叫他们上庄。城里的百姓，也请大哥出面安抚，各安生业。"刘志道道明来意。

我问我奶奶，我外太爷若下令洪帮进山，招民回庄，按理说在志书上应该有所记载，但我查遍县志，并无只言片语，这如何解释？我奶奶从墙上取下我外太爷的遗像，拿在手里望了好半天。我外太爷坐在八开纸大的黑色镜框里一把老式椅子上，戴一顶毛茸茸的皮帽，空阔清瘦的脸，颧骨突出，一双粗大而长的手指指尖相握，款款搭在怀前。即使从坐姿上看，他也是一个身材魁梧的汉子。我外太爷这张被岁月浸黄的镶嵌在黑镜框里的照片，从我记事起就一直挂在奶奶正屋的墙上，每次去看奶奶，第一眼就是他永久不变的姿势和略带忧郁的目光。我奶奶沉吟半天，才说晓不得，说不清，那时候我还小。解放后她多次跟刘志道见面，也问过此事。据刘志道讲，我外太爷招民回庄，确有此事。那时候红军在衙下建立了县级苏维埃政府，确定王文镜为县长，张贴了布告。大部队翻过朱家山，进入南乡，直趋县城。红军的胡奇才师长打发他们找我外太爷，想通过各种渠道，稳住城中百姓，打消群众顾虑。

刘志道还说，红军到来之前，官府的乡保到处造谣诬蔑，使原本疑虑的老百姓，对红军既觉陌生，又感害怕。男女老少藏起了粮食和财物，带着干粮和衣服，四处逃躲。我外太爷马殿选当即答应出头，让洪帮会众分别登门走访，安抚惊恐不安的百姓，做解释，搞宣传，叫山里逃躲的百姓上庄。

"百闻不如一见，兄弟们亲眼一见，回去好说。"我外太爷当时提出了一个条件，由他带着几个洪帮骨干到景古城走一趟，看看红军到底怎么样。

"来回不过半天时间，这样也好。"

说走就走，我外太爷马殿选当即打发陈国栋，去叫城中几户洪帮骨干。不一会儿，几个人牵马到来。我外太爷马殿选稍加说明，便翻身上马，出城过了浮桥。穿过虎关乡，奔向红军驻扎的景古城而去。到了五户丁家滩村，看见老百姓的白泥墙上，用白石灰写满了标语，我外太爷马殿选边走边念。

抗日反蒋，救国救民，不当亡国奴！
红军为穷人得到土地和粮食而战！
创造铁的红军，红军是保护穷人利益的军队！
共产党是工农穷人的政党！
群众起来闹革命，打土豪！
托起枪来打帝国主义！

我外太爷马殿选几天前到陇西进货，纷纷扬扬听人们私下议论，说毛泽东的队伍到了岷县、通渭。在通渭榜罗镇开了个大会，红军打仗，硬得很，捏得稳，打一仗，胜一仗。鲁大昌和邓秀廷根本不是对手。

据文献资料记载，阿坝和甘南交界的腊子口，藏话的意思是险绝的山道峡口。那里群山耸立，峡口刀劈斧削，两崖林密道隘，别说人，连一只飞鸟都过不去，可是鲁大昌四个团守着这个"一夫当关，万夫莫开"的险地，却被红军打得屁滚尿流，丢盔卸甲跑到七十里外。听说他手下一个叫李和义的旅长，曾是夏河县的保安大队长，他率领数百人参加了红军，还听说洪帮衙下大哥王仲甲也率上百农民参加了红军。我外太爷马殿选尽管还没有亲眼见到红军，可是走过丁家滩村，他已经感到这支军队跟鲁大昌、跟马步芳、跟国民党军完全不一样。

我外太爷他们 行，骑马上了山梁，半山上就是洪帮会众蒲力房的家，正好路过。我外太爷马殿选便下了马，领着洪帮兄弟进了他家。蒲力房在后院跟几个人磨豆腐，不知道家里来了人，只听后院传出一阵笑声，响起了悠扬的花儿。

    红军好比亲兄弟，
    就合党家和亲戚。
    专给穷人长志气，
    胜过桃园三结义。

  这首花儿刚唱罢，只听一个女子清脆的声音响了起来。

    红军就是共产党，
    岷县打败鲁大昌。
    河州要打马步芳，
    气死老蒋委员长。

  "光听你们年轻人唱，我老汉也唱一首吧？"
  "你唱，你的嘴又没缝住。"
  "唱个什么呢？"
  "你是莲华山底下的人，就唱莲华山花儿。"

    沙河滩，塘坊滩，
    红军走的足古川。
    穷人见了都喜欢，
    吓死恶霸有钱汉。

  "唱美了。"我外太爷大声说。
  听见马蹄声响，大声的说话声，蒲力房一惊，猛地回头，看见几匹大马进了他家院子，领头的竟然是我外太爷。忙放下手中的活，跑步迎上前来说，哎呀是马大哥，啥风把大哥你给吹来了。我外太爷丢开缰绳，笑着握住蒲力房的双手说，吸引我们的，是你的歌声呗。蒲力房不好意思地笑一笑说，我的声音哑巴哑塞的，大哥见笑了。

"红军过洮河没几天，这花儿咋传开了？"我外太爷问。

"我只会一两首，唱把式们会的曲更多了。什么'红军开进杨家河，又操练来又唱歌。又勤快来又欢乐，说起话来学问多'。还有'针一根，针四根，红军不是红毛鬼，老实巴交穷出身，讲的道理我爱听'。'红军都是苦命人，为了报仇来当兵。拉起队伍杀仇人，扛抢叫的闹革命'。花儿编得可多了。"

"我听有个女子也在唱，谁呢？"刘志道问。

讯问刚完，只见一个相貌俊秀，身材修长白女子，像一朵带露的莲花，被蒲力房的老婆推到人前。蒲力房笑着告诉大家：这位姑娘名叫张英莲，出落成了个大美人。十里八乡的农家子弟都上门求亲，跑断了脚杆，可她就是不答应，原因是她心中已经有了意中人，叫杨盛华。两家准备择日成亲，不料半路杀出个有钱汉，逼迫张英莲嫁给自己的儿子。杨盛华张口骂了有钱汉，他叫来保长，一绳捆绑了杨盛华，打得不像人样子。红军一来，打了有钱汉的土豪。红军说婚姻自主，就由他们做主，张英莲嫁给了杨盛华。他们当然高兴，要唱呢。

我外太爷马殿选一行，越加高兴。

"这下，你们心里踏实了吧！"刘志道笑着对洪帮兄弟们说。

"亲眼所见，亲耳所闻，红军真不错。"我外太爷马殿选笑了。

"我们快到景古城去！"

"马大哥，你们坐会儿再去吧？"

"不了，我们只是路过，你们还要磨豆腐，我们走了。"

到了朱家山，拐过一个山弯，突然发现马步芳的驻军和大量的保安团。我外太爷马殿选正看着，就听见身后有人哈地笑了一声。他以为是洪帮哪个兄弟，回头一看，马步芳驻宁定的团长马寿天的马已经到了跟前。

"这不是马大哥嘛，往哪里去？"马寿天四十多岁，一脸黑胡子，身材臃肿，像是圈里的牛犊，笑起来的时候，眼睛就眯成了两条缝。他说着话，眼睛却不停地瞅着他们。

"马团长啊，王阴阳逃难到莲花山，兄弟们想去看看。"我外太爷马殿选嘴角勾起了一抹不屑的冷笑之色。他灵机一动，哄马寿天道。

"哈哈，王阴阳的儿子王德一跟官府作对，民国十八年率领麾下上百饥民造反，杀了不少人，他们不值一看。"马寿天一听王阴阳落难，幸灾乐祸地笑道。

"马团长你可别忘了，民国十八年孔司令造反队伍从八松打到那尼头，你和张彦明在关帝庙带领六七十人扯旗，一直打过了洮河。杀过的人也不少，临洮人没忘。你们都举过旗，都杀过人，你们是一路货啊。"我外太爷马殿选打断马寿天的话，顶撞道。

"我跟他走的路不一样，我跟了国民军，穿了正规军的服装，走的是阳光大道，他跟了鲁大昌，穿了羊皮袄，走的是一条土匪路。"马寿天一瞪眼，阴沉着一张脸说。

"他跟了鲁大昌，结果也不好，给了个掌旗官。好不容易被二旅团长任谦发现，提拔当了个连长，却被人告发，说他有野心，鲁大昌押送他到武都，现在生死不明。如今老父王阴阳受牵连，不敢在家里住，你说可怜不可怜啊？"我外太爷马殿选见他生气，不愿跟他扯老账，顺从着他说。

"他跟着鲁大昌占了临洮城，哪里有他的好果子吃，活该！"马寿天念念不忘被赶出临洮的那一幕，咬牙切齿地说。马寿天嘴里说着话，眼睛却不停地瞅着，骑马到刘志道跟前，盯住他不动了。眼眸中闪过一道冷冽的杀机。

"这位是刘校长吧？"

"我的兄弟们，都是大字不识的大老粗，哪来的校长！"我外太爷马殿选说。

"我怎么看着像刘志道？"马寿天疑惑道。

"人像人的多得很，哈哈，你不能看见个大脸盘，就说是刘志道。"

"马团长，你眼花了，我是个道长！"刘志道双手合十道。

马寿天勒马在刘志道身旁转了一圈。攻打临洮那事过去已经快七年了，当时他跟刘志道交战，刘志道一身血衣，怒气冲天。眼下这人，一副慈眉善目的模样，人也胖些，马寿天不敢确定。只能摇摇头，压下心中的杀念。他深吸了一口气后，便朝刘志道笑着说："刘氏兄弟厉害得很，我跟他们交过锋，打过仗，可惜啊。听说他后来跟了鲁大昌。"

"马团长，时候不早了，兄弟告辞！"我外太爷马殿选作揖。

"莲麓有共产党的土匪们，绕着些走。"马寿天慢吞吞地骑马到边上说。

"多谢马团长提醒。"

过了朱家山，陈国栋舒一口气说，好险，差一点叫马寿天认出来。刘志道笑着说，认出来也不怕，我们朝景古红军营地跑，狗日的他不敢追。说话间，翻过几道山梁，就到了景古城。迎面看见门楼两侧写着"奋斗中间莫放手，牺牲到底不回头"的对联，门口有两个红军哨兵。

刘志道打马上前，到城门口下马，脱掉外衣，露出了胸前的一块红布条。

哨兵站在一个用石头垒砌起来的石礅上，他跳下来，凑近看了看布条，挥手让他们一行进了城门。原来红军为了方便确认苏维埃政府工作人员，后勤队制作了长二寸、宽一寸的红布条，中间用米黄色丝线缝纫了一个正字，挂在胸前作为工作证。

进了城，却见街道上到处是弹壳，硝烟味尚未散去。一问才知，昨晚马步芳驻军一个骑兵连，在副营长马舌巴尼、连长马黑牙的带领下，抢占了景古城东北面的脚麻墩。马黑牙不听马舌巴尼的劝阻，执意攻城，在夜幕降临时，凭借有利地形，率部居高临下，猛攻城东。马黑牙手执短刀，带领士兵攀上城头，被红军机枪打死，跌落城下。战斗持续到掌灯时分，马舌巴尼撤退。抓了城外的几个村民，背着两具死尸到五户丁家滩去了。

刘志道驰往城内王家楼红军司令部，楼内空无一人，便转身到闻家楼政治部驻地，也不见一人。于是到孙家楼后勤部，看见景古苏维埃政府主席王朝佐，刘志道亮了身份，问胡奇才师长在哪里？王朝佐说，昨晚战斗结束，城里只留了一个连五十七人，其余的出城西，上金家山，沿八字沟绕道，转移到靳家庄去了。

刘志道别过王朝佐，领着我外太爷马殿选等人，骑马直奔靳家庄而去。

走到拉石山上插牌村口，看见几个红军骑兵，其中一人，正是派他到临洮城联络我外太爷马殿选的胡奇才师长。刘志道打马追了过去，胡奇才师长老远也看见了他。

"老刘，你打探得如何？河那边怎么样？"

"临洮四乡百姓，受了保甲长的蛊惑，逃走了一大半，城里也是人心惶惶。这位是临洮城的洪帮大哥马殿选，他答应帮我们。"刘志道牵马走到胡奇才师长跟前，指着我外太爷介绍道。

胡奇才师长走上前来，紧紧握住我外太爷马殿选的手说："老乡，你们不要怕，我们是穷人的队伍，是劫富济贫的，是北上抗日反老蒋、救国救民的！我们要打倒蒋介石、打倒土豪劣绅，使穷人不再受压迫和剥削。国民党、大恶霸、大地主压迫你们，使你们吃不饱、穿不暖。你们看，你们身上穿的啥？襟挂襟、绺挂绺的，你们过得好苦呀！穷人要翻身，只有靠红军。"胡奇才师长待人态度谦和，亲热异常，攀着我外太爷马殿选肩头问长问短。

"我们这里有句俗话说，宁叫贼走，不叫兵过。听说临洮要过红军，我们怕得很，现在亲眼见了，放心了。"我外太爷马殿选和他的洪帮兄弟，从来没有见过这样的官兵，感慨万端。

"红军为穷人闹翻身、谋福利,今后要帮大家打粮、打款坐天下。我们与国民党军队有根本的不同,我们一不杀,二不抢,三不烧。我们纪律严明,买卖公平、对人和气。希望你们不要听信谣言,如果不信,让我们今后拿事实来说话。"胡奇才师长开导说。

"马大哥在地方上威信高,他说要亲眼看看红军。"刘志道笑着解释。

"百闻不如一见,老百姓不了解,你们多看看,心里就明白了。"胡奇才师长说。

"我们走了一路,都看在眼里,你们是好人,穷人的队伍。我回去,让洪帮兄弟进山,把老百姓都招回庄。"我外太爷马殿选双手握着胡奇才师长的手说。

"好,我们计划过朱家山,经潘家集,进入临洮境内。老乡,你和老刘吃些辛苦,为我们打个前站,怎么样?"胡奇才师长望着我外太爷,微笑着说。

"胡师长,不能走朱家山。"

"为啥?"

"我们一路看到朱家山、竹子关、营盘山、巴麻峪山梁、虎狼关、五朝山、洞洞梁,都有官军把守。打临洮,最好从东面虎家沟翻山走。"

"啊,你们报告的这个情况太重要了。"胡奇才师长说。

如果说在此之前我外太爷马殿选心里还有疑虑的话,见了红军,跟胡奇才师长谈了话,他心里的疑云消失得一干二净。他对刘志道说,你放心到衙下忙去,临洮城和四周的百姓,我动员洪帮兄弟去做。刘志道就和我外太爷马殿选握手言别。

我外太爷马殿选当天回到城里,通知东乡的夏文禄,漫洼的何汉卿、张文如,北乡的师占海、康海山,南乡官堡的祁世如,西乡的周大贯等四乡洪帮舵把子,吩咐他们动员各乡洪帮骨干,分头出发,进山的进山,钻沟的钻沟,将四乡难民叫回庄上。我奶奶说,红军要进临洮的消息传进城,我外太奶郭玉兰和两个姨奶,也没有闲着,走东家,串西家,告诉大家真相。时隔不久，景古的大部红军翻越虎家沟，进入临洮南部的苟家滩，红四军第十师、第十一师和红九军第二十五师进驻临洮东、西、南三乡。

关于这件事情，我查到了地方史学专家宿永智、王得胜、余尚谋在《民主协商报》上发表的文章，题目是《红军长征在临洮》，他们生动地描述了红军进入临洮的情况，文章写道：

> 红军进入临洮境内后，关心爱护百姓，纪律严明，买卖公平，赢得了人民群众的拥护。住清水渠村张作哲家的红军战士，吃了他家两棵树上的果子，留下七串铜钱和一只青铜水烟瓶，并留字条，上面写着"张大伯儿子张文炳抽用，望永记红军，红四陈"。红军进入靳家坪时已到夜晚，群众早已入睡。为了不惊动群众，战士们露宿在村外的麦垛旁，天亮后群众看到此景，无不惊奇而感动。在衙下集二衙坪赵应昌家，全家人要把热炕让给红军住，战士们恳切谢绝，都睡在地上和屋檐下。进入三甲乡的红军，将地主藏在寺庙内的面粉、衣物等，分给了当地贫苦农民，格子坪的白占录分得一条单子、三袋面粉。群众去红军驻地，遇到吃饭时，战士们都站起来热情招呼，让群众吃饭、喝水，仿佛亲人到来似的。红军战士热爱群众的行动，使一些受国民党欺骗而躲避在外的人，纷纷返回家里。

在我外太爷马殿选等人的协助下，红军停留临洮县城一个月之久，他们组织老百姓，宣传红军北上抗日的主张；并在陈家嘴、衙下等十一处驻地，建立了区、乡、村苏维埃政权；在姚家坪建立了苏维埃政权，组建了五十多人的义勇队。村民姚枝清为红军办粮筹款，被选为姚家坪苏维埃主席兼义勇队队长。清末举人孙捷侯被选为苏维埃政府委员。

第十三章

县府办善后

［民国三十年（1941），临洮南乡，人民离］

 状告乡长保长甲长

一个月后，红军离开了。

红军前脚刚走，县府四处抓人，谓之办善后。

"马殿选，这个月你嚣张得很，像过大年一样，你忙个啥？"

"我是生意人，除了忙生意，还能忙什么！"

"听说你到乡下帮红军去了？不在城里。"

"红军来了，你们不打，跑了，还把城门关上不让我们老百姓进城。我们老百姓，跑，没处跑，躲，没处躲，红军叫我们给他们办事，我们这些赤手空拳的老百姓有啥办法呢？你们有本事为啥不找红军去，红军走了，你们趾高气扬来欺压老百姓。我倒想问问你，红军来的时候，你在哪里？弃城逃跑，是杀头的罪，我要组织绅士，写状子告你去。"

"你敢！"

"不信？你试一试。"

就在这天晚上，陈国栋、刘汉三、孙捷侯几个人慌慌张张地进了我外太爷马殿选的山货铺子。陈国栋怯生生地小声说："我得到确切消息，

官府明天一大早要下乡办善后，他们扬言要抓给红军办过事的人。大人小孩都心惊胆战，怎么办？"

我外太爷马殿选并不怕，他豁然起身，一字一顿地说："今天他们在城里，整得鸡飞狗跳，却没整出个啥名堂，他们怀疑我，也找了我。可是他们有软肋捏在我们手上。一是红军围城时大官都跑了，二是保甲长都跑了。我有个主意，孙举人上了年纪，一脸白胡子，你出头，我和洪帮兄弟跟着你，上县府告状。"接着我外太爷马殿选详细安排，谁写状子，怎么写？谁联络人，联络些什么人？谁说话，怎么说？等等。

第二天一大早，县府大门一开，一大群人拥进大院。

甸子街的孙举人把写好的状子呈给县长张恒懋。

"你告谁？"

"告乡长、保长、甲长失职。"

"拿来我看。"

孙举人恭恭敬敬将状子递给县长。

"怎么把我也告上了。"张恒懋瞥了一眼，两眼就瞪圆了。

"张县长，红军土匪攻城时，你带头弃城逃跑，怎么能不告你！"

"我，我……我组织民团和梁忠武的两个营守城，一个营把守姜维墩一线。一个营拆掉了洮河浮桥的船只，截断了东西城乡交通。我，我……还组织城内青壮年，向城头运送滚木、礌石，自带刀斧守城。我带着军官日夜巡察督阵，大家都看在眼里，记在心上，你怎么能说是弃城逃跑，你真是血口喷人！"按照国民党规定，红军来了弃城逃跑，县长要枪毙，这个状子若呈到省上，张恒懋县长的脑袋要搬家。他气坏了，拍着桌子，大吼大叫："你，你……你一脸白胡子，睁眼说瞎话！你们都是一帮刁民，我要枪毙你们！"

"我的好县长，红军攻城时，我在城头垛口上挂起了防雨灯笼，亲眼看到你带着一帮大官，从北门骑马逃跑，你想抵赖吗？"一个洪帮兄弟理直气壮地说。

"我出城巡察姜维墩去了。"张恒懋声色俱厉地说。

"胡说！那晚你骑着一匹白马，带着家眷，朝北去了！"孙举人说。

"红军从小寨坪、东峪沟和瓦房李家三路来攻姜维墩，当时我在第一线，没有见你们的影子，你少胡说了。"有个名叫苏尕虎的大声说道。

"众人眼睛是雪亮的，想赖，没门！"

"我跟梁忠武营的士兵守城门，我亲自给县长开的城门。"

"县长和孟世权旅长一块跑的，我也亲眼见了。"

大家你一言，我一句地嚷嚷。张恒懋嚣张的气焰就减弱了许多。但是他又不甘心在老百姓面前服软，气呼呼地瞪眼道："这状子，我不管，你们咋办？"

孙举人顶撞道："打官司，我承担，我和你们到省上去理论。"

"对，到省上告！"

"我们都是证人，大家都走！"

众人纷纷转身，吵吵闹闹向外走。

张恒懋真正急了，站起来拦住大家。

"你们别到省上去，这状子，我接了。"县长说。

"好，你接了，要给百姓一个交代。"孙捷侯说。

"孙举人，你要咋样？"

孙捷侯说："你办的啥善后，百姓无罪，你别抓百姓。"

张恒懋县长沉默不语，好半天，才说道："我们各退一步，我不办城里的善后。可是乡下的善后，我还是要办哩！但前提是你们不能滋事，不能到省上去告我，如果你们答应，就这样定了。不答应，今天谁也别想走出这道门，我都要抓哩。你们好好想想。"孙捷侯转身，两眼望着我外太爷马殿选。我外太爷轻轻点点头，孙捷侯马上明白了，就走上前，对张恒懋说："男子一言，白布染蓝，你要说话算数？"张恒懋说，我一县之长，说话算数。

取得了这样的胜利，大家都很高兴，从心底里佩服我外太爷马殿选。

出了县府,众兄弟眼睛都望着他。我外太爷马殿选轻声说:"各位兄弟,城里不办善后了,可乡下办,大家不要回家,现在我们分头行动,马上出发,通知乡下的人。陈国栋你连夜到衙下通知刘志道,刘汉三到姚家坪通知姚枝清,叫那些为红军办过事的人,能躲的躲,能藏的藏,别让他们找到。"

陈国栋和刘汉三匆匆忙忙出了城。

过了几天,我外太爷马殿选接到一封从衙下发来的信件,信中只有一行字:刘志道平安无事,大哥放心。可是陈国栋没有回城,人也不见了。

34　营救王仲甲

一年以后,陈国栋赶着一头骡子,走进我外太爷马殿选的家。

"这一年,你杳无音信,到哪里去了?"

"一言难尽。"

陈国栋拴好骡子,拍打掉身上的尘土,进了屋。我外太爷马殿选吩咐我大姨奶马云梅端来一盆水,放在堂屋地上。陈国栋蹲下,洗了脸。我外太奶郭玉兰生起了火盆,倒上茶。

"我叫你去通知刘志道,他到底咋啦?"我外太爷马殿选刮着碗子问。

陈国栋告诉我外太爷说,他到衙下时,鲁大昌派团长马殿明岗、营长康瓜子、史国璋,带着士兵到处抓刘志道。罪名是勾结红军,扰乱地方。街上传说他跑了,可跑到哪去了,谁也不知道。陈国栋就以收购山货为借口,到山里打探。过了十多天,马殿明岗撤走了,刘志道也回来了。他们见了面,陈国栋问刘志道跑到哪去了?他说带着几个持枪的人逃到黎家山、紫松山、盘道一带的林棵里藏身。大家以为无事了,正想换口气,县府又派人来办善后,幸好带队的衙役头子是石大个子,洪帮的人,暗地里通知了陈国栋。陈国栋立即传话给刘志道,他又躲藏起来。石大个子装模作样到村上转了一圈,就回去交差了。

"你也不带话,告诉我一声,让我干着急。"我外太爷马殿选责备道。

"我给你写了信,你没有收到吗?"陈国栋问。

"你的信只有一行字,具体事,没说嘛。"

"我不识字,那一行字,还是请人写的,你放心就成了嘛。"

"刘志道躲了,你该回来,咋又不见影了?"我外太爷马殿选问。

"洪帮大爷王十娃叫我,我一去,就走不脱了。"

小时候,我外太爷马殿选经常在街头碰见王十娃。可自从十三岁赌气逃走兰州,二十多年没见过王十娃了。陈国栋告诉他,王十娃父子现在是峁下洪帮舵把子。

据陈国栋说,王十娃的儿子王仲甲,机敏过人,活泼好动,养鸽子、抓鸟、凫水,无不入迷。他还按照曾祖母唐氏的传教,两腿之上,绑一串铜钱,在松软的沙滩上奔驰跳跃,练出了绝技。女人练武,实不多见。唐氏这身武功,还要从同治乱起年间说起,那年乱军进攻土门王家,王十娃曾祖父王海莲率领三个儿子抵抗,四人被杀。唐氏带着子孙六人,拜师学艺,全家人都练出了一身好武艺。王十娃二爷王权,曾被推为民团团长,驻守洮河岸边的闸门要隘。

王仲甲

王仲甲的表现,峁下集赵家村寺洼山国民小学校长赵重谊全看在眼里。他觉得王仲甲聪明伶俐,可孩子光练武不念书,太可惜了。就对王十娃说,这么能干的娃,你咋不送他念书?王十娃摊开手,无奈地说,我不想让他当睁眼瞎,可我穷,没钱交学费呀!赵重谊校长爱才,免费收下这个学生。王仲甲寺洼山小学毕业后,被卖为学兵。在川军史国华旅任排长,第二年进了河南洛阳军校,在第三期炮兵科学习。毕业后投身到冯玉祥的西北军第二十四师，担任少校书记官。部队开往河套，途中烟雾弥漫，漆黑一团，有一新兵，骑着马，趁大雾跑了。长官张福来震怒，打了王仲甲几记耳光、一顿军棍。他愤然离开军队，潜回故乡。

王仲甲回到衙下，春旱连着伏旱，伏旱接着秋旱，两茬庄稼颗粒无收，遇上了陇原百年不遇的大旱。田野里一片精赤，不见麦禾也不见青草，漫山遍野看不见丁点绿色，满眼是枯死的柴柴草草。大地被烈日暴晒得炸开锹把宽的口子，麦子麻子谷子豆子没有一样能种下去。他只好随父母到西河、渭源、礼县等地逃荒，沿路饿殍载道的景象，残垣断壁间饥民凄凉的哀号声，深深刺痛了王仲甲，他的心情久久不能平静。一粒仇恨、反抗的种子，悄悄在他心中萌发。尽管他们是逃难之人，身上一贫如洗，可是灾年匪盗四起，一路上担惊受怕。好在王十娃是衙下洪帮大爷，他们很快与陇南的帮会组织接上了头。王仲甲也成了洪帮的一员。艰难度过荒月，王十娃准备带着家人返回临洮衙下。王仲甲对父亲说，这是个吃人的黑世道，爹，你领着一家老小回家，我投奔鲁大昌的部队，耍枪吃饭。

陈国栋的话，使我外太爷马殿选对王仲甲产生了强烈的兴趣。他第一次听到王仲甲这个名字是我外祖奶赵对儿在灰盐市打他的那次。当时王十娃劝我外祖奶赵对儿，说他跟他的儿子王仲甲一般大小，劝我外祖奶不要打他。我外太爷马殿选清楚地记住了这个名字，并且认为他是个白白胖胖不会打架斗殴的孩子。

"王十娃叫你干啥？"我外太爷马殿选揭过碗子盖，添满开水问。

"叫我到武都，找舵把子王阴阳。"

"找他干啥？"

"还不是他儿子王仲甲的事！"

"我听人说，王仲甲投奔鲁大昌，担任骑兵连连长。去年当上了副旅长，带着鲁大昌的一支部队，上了新疆，他与武都有啥关系？"我外太爷疑惑道。

"新疆，他没去成。"

"咋没去成？"

陈国栋告诉我外太爷，尕司令马仲英在新疆，打得省长金树仁节节败退，金树仁电请鲁大昌招兵驰援。鲁大昌通过洪帮，募兵三千，编为一旅，任命夏河县保安大队长、他的同乡李和义为旅长。募兵过程中，鲁大昌发现王仲甲在洪帮中威信高，串联能力强，就任命他为副旅长。李和义带着一个旅的人马从临潭出发，行军一个月，穿过夏河县境，抵达黄河岸边，突然接到藏兵司令黄子才的报告，说新疆发生政变，金树仁已经下台，盛世才夺了督办大权，他们中途折回了。

"我只听街上议论，却不知有这么回事。"我外太爷马殿选叹了口气。

我外太爷没有继续问下去，据我外太爷对陈国栋的了解，这家伙走出去一年多，一定发现了什么秘密。我外太爷不着急，他清楚陈国栋是急性子人，有话肚里憋不住，他若真有什么机密事情，必定第一个会告诉他。果然，陈国栋脱下鞋，一只脚拉上椅子，头靠在椅背上。一边动着大脚指头，一边神态自若地说，这之后发生的事还多着呢。鲁大昌以为夏河县保安大队长李和义是河州同乡，很放心。谁知这一趟新疆没去成，李和义和王仲甲起了反心。两人脾气相投，密谋策反，被鲁大昌发现，遭到突袭，三千募兵叫鲁大昌打散了，王仲甲被捕了。

"鲁大昌生性刁悍，心狠手辣，王仲甲落到他手，岂能活命？"我外太爷马殿选一惊，从椅子上坐直身子，放下烟斗，眼睛直直地盯着陈国栋说。

"马大哥说得很对。鲁大昌本来要杀王仲甲，可是军官中有一个叫肖随子的洪帮兄弟向鲁大昌求情。肖随子年岁不大，在军中颇有号召力，鲁大昌不想得罪肖随子。就想了个借刀杀人之计，对王仲甲说，我给你一个将功赎罪的机会。武都杨占义是洪帮头目，他有一支地方武装，你劝说他投降我。事成之后，我不仅不杀你，还让你当团长。"

"杨占义很仗义，我见过他。"我外太爷马殿选抹了一把脸，身子朝前一躬。

这个杨占义，我小时候经常听祖父和奶奶说起过，我的外太爷贩山货借住在武都北街仓门巷。外太爷说那年杨占义带着豫匪王佑邦进城，东家吓得藏在了炕洞里，被发现后拉出，匪兵要砍时，我外太爷从外头进来，亮出核迪。杨占义说留下他吧，给我们拉骆驼送粮。由此救了东家一命。杨占义是康县阳坝人，他曾和武都周富银，二人投奔四川洪帮大爷郑志南。郑志南人怪，爱听三国，他拉的队伍，采用三国兵制。设伍长、什长、百夫长、都伯、都尉、牙门将。五人为一伍长，十人为什长，百人为百夫长。杨占义和周富银，在郑志南门下当什长。郑志南被人暗杀，他俩乘机夺取了部分枪支，返回洛塘王家坝，投靠了洪帮大爷王福元。王福元无妻室儿女，有枪二十多支，维持帮会活动。周富银自愿上门过继王福元，娶妻安家，继承了王福元财产。杨占义和周富银借了王福元的势，发展很快，三五年间，拥有长短枪一百多支。

陈国栋继续说，王仲甲到了武都杨占义的营地。二人见了面，正在洽谈，鲁大昌却派了一营人马，突然发动袭击，杨占义勃然大怒，立即下令将王仲甲五花大绑，推出斩首。王仲甲百般解释，都无济于事。王仲甲长长地叹一声，对杨占义说，今日杨大哥要杀要剐，兄弟绝无意见，但是我临死之前有两个要求，杨大哥能否答应？杨占义说，讲！王仲甲慨然道，我是洪帮中人，希望以帮会规矩行刑。杨占义说，这不成问题，你另一个要求是什么？王仲甲说，我写个遗书，烦杨大哥交给老父。不瞒杨大哥，我父是洪帮衙下大爷。杨占义点头说，行。

"刘志道告诉过我，他和王仲甲是寺洼山国民小学的同学。王仲甲文墨好，会作诗，写一手好字。"我外太爷马殿选听到这里，微微一笑，插话道。

陈国栋提高了声音："就是啊，当时杨占义命人取来笔墨纸砚，王仲甲立笔挥毫，旁若无人，洋洋洒洒写了一大篇遗书。看得旁边的人一愣一愣直发呆。写完后王仲甲把遗书交给杨占义。杨占义说，我不识字，你念给我听。王仲甲激扬顿挫,声情并茂地朗诵了一遍。众人连连称奇,交头接耳地说,这个人能文能武,是个将才!王仲甲听到众人的议论,索性提笔创作了一首诗,大声念给大家听。杨占义听后,当场拍案叫好,说道:'好一个能文善武的人才,我洪帮兄弟,都是大老粗,识字人不多。杀掉你,真是太可惜了!你老父又是洪帮大爷,我看在同帮的面上,饶你不死,放了你吧!'就这样,王仲甲捡了一命!"

"王仲甲写了啥诗,让杨占义放了他?"我外太爷马殿选好奇地问道。

"我不识字,没记住。不过,他写的诗我拿来了。"陈国栋笑着说。

"哎,他的诗稿,怎么在你手中?"

"我到武都找到舵把子王阴阳,和他一块去找杨占义。杨占义说,帮归帮,军归军。杀我者必死,你们来收尸。因此那一天,我和王阴阳也去了现场。王仲甲写的遗书和那首诗,最后都交给了我。这诗稿,我就带在身上呢。准备今天到毛笔店装裱呢,马大哥你看看。"陈国栋说着,从身后拉过褡裢,伸手进去摸了半天,取来一个布袋子,掏出诗稿,铺在宽炕桌上。

我外太爷马殿选端详着诗稿,越看越喜欢,轻轻念出了声:

豪志北征云,
黎民愁暴风。
清平同心变,
万物感化宗。

这时我外太奶郭玉兰已经做好了午饭。我奶奶马云英拿着菜碟和筷子,我大姨奶马云梅端着木托盘走进堂屋。我外太爷马殿选从我大姨奶端着的托盘中接过两碗饭放在炕桌上。我奶奶将菜碟放在炕桌上,筷子塞进陈国栋和我外太爷马殿选手中。

"王仲甲从杨占义那里出来,去了哪里?"我外太爷马殿选边吃边问。

"他和他舅舅王忠祖到哈达铺去了。"陈国栋扒口饭说。

"是不是找红军？"

"就是，据伺下人讲，他们在哈达铺见到了红军的总司令朱德、总指挥徐向前。他们高兴坏了，按照红军的指示，潜入岷县西川鲁大昌的部队，策反李和义。你想，李和义和他一条心，两人一拍即合。拉出部队，投奔了红军。"陈国栋说。

"他拉了多少人？"

陈国栋放下碗筷说，一个团。我在史料中也查到了此事，据当地老人讲，朱老总召集当地有名望的进藏商人和地方绅士了解此时洮河封冻情况，李和义准确地给朱老总提供了此地此时各种情况，朱老总经过大量调查了解，决定在新城召开"洮州会议"。史书记载，当时红军还召开了千人大会，朱德总司令宣布任命李和义为"中国抗日救国军甘肃第一路军司令"，王仲甲为第四团团长，成立了县苏维埃政府。李和义发布了《中国抗日救国军甘肃第一路军司令布告》，宣称"本军高举义旗，誓死要把日抗"，号召城乡百姓，不论民族，不论大小"踊跃加入本军，成立抗日武装"。千人大会后，李和义和王仲甲随红四方面军第三纵队由临潭新城出发，经岷县中部到达武山新市镇，然后向静宁、会川地区进发了。

"这下他们走上正路了。"我外太爷马殿选高兴地说。

"哎，事情没你想的那么好。"陈国栋长长地叹口气。

"咋？出意外了？"

我查过地方史，史书上说，李和义初时与红军并肩作战，但在旧城击溃马彪部后，逃回冶力关，在莲花山占山为王，被临潭县长吴景敖派人追捕，处决于岷县。

"前些日子王十娃又叫我去，说部队打散了，他儿子被捕了。"陈国栋神情沮丧地说。

"谁抓了他？"

"鲁大昌部的旅长孟世权。"

"在哪里抓的？"

"会川县官堡镇。听说王仲甲的人被打散后，他偷偷回了一趟家。不料被紫松乡乡长赵益山暗中盯梢，一直跟踪到会川，密报给孟世权，被孟世权抓了去。"

"那，会川抓的人，衙下的王十娃他咋知道的？"

"王仲甲从官堡狱中给家里捎信，让家人赶快筹款，向孟世权行贿营救，或者到会川收尸。王十娃接到信，犹如晴天霹雳，连忙变卖田产，可是钱数不够，叫我到他家商量。我有什么办法呢，我只能找你马大哥来帮忙。"陈国栋擦擦头上冒出来的汗，望着我外太爷说。

"你这家伙，一年不见，学鬼了。在大哥我面前说了半天，绕了这么大个弯子，才说到正题上。王仲甲既为洪帮兄弟，你我就义不容辞去救，说，咋帮？"我外太爷干脆利落地问。

"我也不知道，要不大哥你去衙下吧，见见王十娃，大家商量商量。或者到会川，直接跟孟世权说，也可以求求他，让他放了王仲甲。你是舵把子，面子大，他不能不给。听人说，孟世权爱钱，爱喝酒，我们用钱贿赂他，再拿酒灌他个痛快，不怕他不答应。"陈国栋说。

我外太爷立即东拼西凑，寻了钱，又到大寺酒馆借了一些，装了一坛酒，带上乔家年的儿子牛娃，和陈国栋一道，骑马直奔衙下。紫松山静谧而清幽。他们马不停蹄，一口气到衙下集赵家村，进了王十娃家。院里静悄悄的，两个孩子坐在树底下小板凳上玩。旁边的一棵梨树，也许得了病，一半郁郁葱葱，星星点点地开着几朵花；另一半枯萎了，绿叶萎缩，蜷曲，风一吹，散落一地，还留有一些飘零在枝头。在枝头发出沙沙的声响，在空中稀稀拉拉地摇曳着，如同无声的哑剧一般。时候还没到萧瑟的秋季，却有孤怆的感觉。

两个孩子因为认得陈国栋，并不怯生，站起来问好。陈国栋问大爷王十娃到哪去了，一个孩子脆生生地说借钱去了。我外太爷走进屋子，里面破烂不堪，墙面千疮百孔，窗棂破裂，房门坏了一扇，屋顶上开了个大洞，从洞口看出去，瓦稀稀疏疏，缺的缺，屋面不少地方已倒塌，显得惨败与荒凉。两个孩子一会儿叫来了王十娃。他面色苍白地行了拐子礼。

见了面，打过招呼，我外太爷就把凑的钱，交给王十娃。

"……马大哥，谢，谢……多谢！"王十娃瘦高个头，目字脸，阔嘴巴，目光犀利，仪表堂堂，有胆有识。在我外太爷的记忆中，虽不是威风凛凛的，但总是大踏步地走街串巷。现在儿子有难，他精神也没有先前好了。王十娃接过钱，靠住老墙，将钱抓得紧紧的，好似抓住了儿子的命。说出的话，声音小而轻，就像生怕惊着谁。

"别客气，救人要紧，我们马上到会川。"我外太爷抓起礼帽，一步迈出房门。

时间紧迫，我外太爷跟牛娃同骑一匹马，让王十娃骑了牛娃的马，四人三骑，快马驰往会川。王十娃的七兄王国福，借了一辆骡子车，拉着全家人，慢慢在后面走。

过了方正店子，天黑了，月光袭来，寒意阵阵。起风了，风中夹杂着不知名的花香，带着几分凉意。清辉洒在荒凉的道上，将马上的人拉出长长的影子。月光显得凄冷，草地里，不时还有虫儿的鸣叫。天还没亮，他们到达官堡镇。南山脚下的镇子，还没完全醒来，远处漫山遍野的绿，一条缓缓流过的小河，将它打扮得那么美丽。

孟世权的司令部设在官堡镇东街，我外太爷四人，在东街商量决定，由王十娃一个人去送钱，因为一则，贿赂毕竟不是阳光下的交易，受贿的人希望知情的人越少越好，孟世权也不例外，他也要顾脸皮。二则王十娃也是洪帮大爷，面子也是有的。

王十娃很快从司令部出来了。

"你见着孟世权了吗？他放不放人？"我外太爷围上去。

"人我见了，可他说我儿由副旅长审问，死罪改不成活罪。"王十娃说。

"钱他收了没？"

"收了。"

"既然收了钱，就该放人。"

"孟世权对我说，鲁司令跟我儿子仇深得很，第一次鲁大昌的三千募兵，一瓜叫你儿子弄完了。第二次又策反李和义，跟红军跑，难道说他不知道，鲁大昌跟红军是死对头吗！鲁司令大仁大义，肖随子向鲁司令求情，我们给了洪帮兄弟面子，放了他。说得好好的，他把杨占义的人马拉过来，他倒好，到杨占义营，把鲁司令的话记忘得一干二净。人有个再一再二，没有个再三再四。我原本要砍王仲甲的人头，暴尸三天。钱的脸大，我刀砍头改成枪子打，也不暴尸，让你们收个全尸！你们到西河滩准备收尸吧……"王十娃含泪道。

"孟世权这个杂疙瘩！"听到这里，我外太爷马殿选气得骂了一句。

我外太爷和王十娃不死心，又找到官堡镇的舵把子，亮了核迪，求爷爷告奶奶，到处找门道说情，身上的钱花光了，人却没有营救出来。过了两天，大家都不抱希望，准备担架，到西河滩前去收尸。就在这天下午，我外太爷带着陈国栋和牛娃，骑马直驱岷县去找鲁大昌。

为了稳妥，我外太爷没有直接面见鲁大昌，他先找王德一摸底，跟他商量。到了警备第二路司令部，司令部副官告诉我外太爷，王德一已提升为师直警备团连长，调到武都驻防。我外太爷想了想，就去找副司令漆世昌，求他帮忙。漆世昌一听，忙将我外太爷拉到僻静处，悄悄地说，鲁大昌的心思我清楚。他阴险诡诈，心胸狭窄，视王仲甲为心腹大患。你是临洮洪帮舵把子，名气在外，你向他求情，他会认为王仲甲神通广大，不但不放王仲甲，反而会坚定他的杀心。我外太爷问，那怎么办？不能见死不救啊！漆世昌沉思了一会儿，凑到我外太爷身边，嘴对着我外太爷的耳朵，低声说，我就冒一次险，你等着，我去见鲁大昌，盗他一件东西，你拿上它面见孟世权，诈称是鲁司令的口令，兴许管用。

我外太爷原地等候，日头偏西，漆世昌面带笑容回来，掏出一个四方布包，塞进我外太爷怀里，然后贴在我外太爷耳边，悄悄说了些话。我外太爷使劲点点头，用力握握漆世昌的手，走出警备司令部，飞身上马，直奔官堡。由孟世权部的洪帮兄弟内应，带着陈国栋、牛娃，闯进了孟世权旅部。见了面，陈国栋向孟世权讲了王仲甲劝降杨占义，鲁大昌突袭的真相。

"你知道我们鲁司令最痛恨什么吗？"孟世权听完陈国栋的话，一脸冰冷地问。

我外太爷一言不发，默默地望着孟世权。

"抢兵！"孟世权伸出两个指头，从牙缝里一字一字地挤出两个字。

"你是说王仲甲两次抢了鲁大昌的兵？"

孟世权轻轻地点了点头。

我外太爷明白了，孟世权举起两个指头，指的是王仲甲两次策反鲁大昌部队。我外太爷淡淡地一笑，从身上摘下核迪，放在桌上，亮明身份。然后不紧不慢地说："孟旅长跟着鲁司令时间长了，应该是老人手了。我和鲁司令同在兰州拱星墩训练了一个月，也有点交情。他跟罗开福到湖北，在督军王占元那里当连长，当代理营长。民国十一年回到兰州，在宋有才手下当营长时，用牦牛阵法打出了名声。关山战役后，国民军占了兰州，占了临洮，宋有才溃逃到渭源官堡镇，鲁司令不听宋有才退却陇南的军令，率领第三营到岷县，脱离宋部，另起炉灶。请问孟族长，这一营人马，难道说不是鲁司令从宋有才手下抢的兵吗？"

我外太爷的这一番言语，说得孟世权哑口无言。

我外太爷心里明白，他是来求人的，不是来打嘴仗的，他见好就收，立即掏出漆世昌给他的四方布包，连同一百大洋推到孟世权眼前。

"旅长，我叫马殿选，临洮洪帮舵把子，这是兄弟的一点见面礼，请笑纳！"

孟世权瞅一眼，漫不经心地打开一只四方布包，一支锃亮的毛瑟手枪出现了。他睁大眼睛拿起毛瑟枪，盯着看了好半天。他分明记得，这支毛瑟枪是鲁大昌最心爱的东西，白天黑夜爱不释手。他曾多次替鲁大昌擦过这支手枪，他不会记错。

"它怎么在你手里？"孟世权惊异道。

孟世权一点没有看错，这支毛瑟手枪，确实是鲁大昌的心爱之物。据漆世昌讲，这支枪颇有一段来历，中原大战前夕，浪迹江湖的鲁大昌，嗅出了冯玉祥和阎锡山联合反蒋的味道。若大战一开，冯玉祥的国民党肯定要远赴中原，西北就成了真空。他当即去找政客何成浚，经他推荐，赶到南京，求见蒋介石。此时蒋介石日夜寻思想在冯玉祥后院放一把火，四处网罗甘籍军人，鲁大昌拜访，投了蒋介石心意。他便签发了一张"甘肃封逆军第二路司令"的委任状，虽然这只是一纸空文，一张空头支票，蒋介石没有给鲁大昌一分钱、一个兵，他并没有抱多大希望。但对鲁大昌来说，好像黑暗中摸索的探险者看到了一束火光。鲁大昌认为自己出头的时机到了，他立即怀揣着这张委任状，兴高采烈地从南京坐船回甘肃。路过四川万县时，听说下野的吴佩孚在县城。鲁大昌曾在北洋集团担任过营长，现在老上司在万县，他便下船去晋见。向吴佩孚讨了一个"甘肃自治军"总司令的头衔。临别时吴佩孚送他一支M96毛瑟军用手枪。这是鲁大昌见过的最时兴最漂亮最好的手枪，德国制造的原装货，枪的加工很精美，价格高，性能好，鲁大昌一直视为珍宝，手枪从不离身。

"这支手枪，我偷了鲁司令的，转送给孟旅长。"我外太爷亮出核迪，笑眯眯地说。

"哟，马大哥跟漆司令一个香堂？"孟世权改变了冰冷的态度，笑着问。

"对，我们同堂，虽然鲁司令跟我没有拜过，但也是同门。"我外太爷轻描淡写道。

"这支毛瑟手枪很珍贵，马大哥怎么弄到手的？"孟世权爱枪，兴趣在枪上。

"真是偷的！"我外太爷皮笑肉不笑地说。

"别开玩笑了！"大一点的苍蝇谁都知道，想从鲁大昌身上盗枪，那是老虎嘴上拔毛，找死。根本不可能的事，孟世权一点不信。

"我说的是真的！我今天到贵地，向孟旅长传达鲁司令的意思，请你放王仲甲一马，鲁司令说了，面子上的事情，你有办法。"我外太爷镇静自若地说道。

"如果说我不放呢？"孟世权轻笑道。

"孟旅长你知道我的外号吗？"

"不知道！"

"那我告诉你，我叫狼娃。王仲甲是一只虎，杀了一只虎，你就惹了十只狼。"我外太爷说完这话，抓起礼帽戴在头上。朝孟世权拱拱手，带领陈国栋和牛娃甩身离去。

孟旅长瞅着毛瑟手枪，嘴里念叨：留下一只虎，少来十只狼。

到行刑的那天，在刑场上出现了戏剧性的一幕。原来说好由副旅长审问，王仲甲押到西河滩时，突然说旅长要亲自审问。大家等了大半天，孟世权骑马赶来，看到王仲甲虽然五花大绑，身戴脚镣手铐，却气度从容。孟世权问他，他镇定自若，对答如流，言辞慷慨激昂。面对着行刑的队伍，王仲甲视死如归，毫不畏惧，孟世权被王仲甲的大义凛然所慑服，突然大叫："宁要一只虎，不要十只狼！英雄死在我手，太可惜了，干脆你跟着我，咱们共同干一件大事，你看好不好？"王仲甲点点头，孟世权不仅放了他，而且留他在孟世权旅司令部当副官长。

王家人当场破涕为笑，王十娃差点跪下磕头。

第十四章

推举仁义公

[民国三十一年（1942），临洮城，火星]

 **35　省长设香堂**

我奶奶讲，王仲甲行刑的那天，我外太爷已经做好了两手准备，劫法场。四乡的洪帮，早已在西河滩四周埋伏。孟世权并不傻，他拿着毛瑟手枪想了半夜，他嗅着毛瑟枪管，不仅嗅到了一股硝烟，而且嗅出了血腥味。他想了半天，终于喊出"宁要一只虎，不要十只狼"，上演了惜才的一场戏。名义上他让王仲甲当副官长，其实是监控。

据说当时经过侠义之士的串联，洪帮从下层社会的贫民、手工业者、士兵和城市游民中逐渐渗透到各个阶层。旧有的帮会分子纷纷加入自卫队，许多军官、绅士、政府官员自找出路，也参加了帮会。一时间，大哥叫声满天飞。甚至在官场上，官大的见了官小的大哥，也是侧身点头敬礼。如有生人，先看茶，再打手势，用眼量一量上下，是自己人便请安见礼。

洪帮红运当头，由隐蔽状态一下子变成了半公开、公开的活动。一些军阀，看到洪帮有利可图，纷纷设香堂，开山头，大收徒弟。如马廷贤在天水开了大佛山、群英山，黄得贵在固原开了武威山。庆阳陈珪璋，陇南张忠，洮岷鲁大昌，正宁王瑞山，也都开了山头。

到了民国二十七年，帮会成员已达七十万人，全社会已基本帮会化了。省代主席贺耀祖为了在抗战中利用帮会，公开在省府后操场礼堂内开设香堂，青帮头子马愚忱大收徒弟，成员多为军政界人士，贺耀祖带头参加并讲话。青帮活动公开后，洪帮也积极行动起来，大开山堂。

贺耀祖

贺耀祖将经过帮会训练的军政人员派到各县，联络舵把子、山头堂主。

这一天，临洮青洪帮的头面人物都接到了开会通知。

我外太爷马殿选忐忑不安地走进县府大会议屋。除城区洪帮的陈国栋、刘汉三、李海如、何华如外，东乡的夏文禄，漫洼的何汉卿、张文如，北乡的师占海、康海山，南乡官堡祁世如，西乡周大贯等人都到了，唯独不见衙下大爷。

"祁大哥，南乡就来了你一个人，衙下大爷呢？"会议还没有开始，我外太爷马殿选悄悄坐到祁世如身边，小声问。

"衙下大爷进了牢房，你不知道吗？"祁世如小声道。

"啥时候的事，我一点都不知道。"我外太爷马殿选吃了一惊。

"衙下大爷王十娃的儿子王仲甲，被孟世权释放，留在旅司令部当副官长。因看不惯孟世权的军阀作风，借口探亲，脱离了孟世权。偷偷跑到皋兰、临洮、康乐一带，借着帮会的力量发展武装。孟世权得知内情，怒气冲冲地到衙下来抓王仲甲，洪帮通风报信，王十娃跑到康乐朱家山，躲藏在洪帮兄弟家中，孟世权没抓到人，就查封了衙下大爷的家园。"祁世如说。

"王十娃跑到了朱家山,咋被抓住下了牢?"我外太爷马殿选打断祁世如的话问。

"他藏在朱家山洪帮兄弟家,叫保长杨家代发现了,告了官。康乐设治局保安大队长马新民带人抓走了王十娃。"祁世如朝前移了一下身子说。

"儿子犯事,抓老子干啥?"旁边有人不解。

"哎呀,关到大牢里严刑拷打,逼他说出王仲甲的下落。"

"王仲甲人呢?"我外太爷马殿选担忧地问。

"我来县城途中,听到一则消息,说告密的保长杨家代昨天骑着走骡,耀武扬威地从城里返回朱家山,走到潘家集怀沟口时,从斜坡下来一个人,正是暗中跟踪他的王仲甲。王仲甲一枪将他打死了。"祁世如扭头看看左右,兴奋地说。

"活该!"几个堂主压低声音叫好。

"就怕他们报复,对王十娃不利。"我外太爷马殿选担忧道。

"王仲甲早就想到了,他打死杨家代后,立即给保安大队长马新民写了一封信,信上说:你若将我父亲枪毙了,我没顾虑了,我才好办呢!"祁世如说。

"一封信,吓不倒马新民。"我外太爷马殿选说。

"马大哥,你不要小看了这信,我刚得到消息。马新民看了信,吓得心惊肉跳,放了王十娃。"西乡舵把子周大贯突然插进来说。

"真的吗?"我外太爷马殿选听后暗喜,小声问。

"真的!"周大贯说得很肯定。

"啥时候放的?"

"今天早上。"

"太好了,开完会我们到衙下看他。"我外太爷马殿选高兴地提议。

舵把子们心领神会,相互点点头。这时候会议外响起了脚步声,县府的民政科长带着省府交际处丁玉财、专署秘书程海寰走进会场。

会议由丁、程召集，中心只有一个，各地帮会要按照贺耀祖主席的主张，推举仁义公，拧成一股绳，发挥人人抗日救国救民的责任。所谓仁义公，其实就是各帮会头子推举一个总头子，城乡各个帮会活动要在仁义公这个总头子领导下进行，都要纳入政府统一抗日大旗下。

丁玉财讲了一番抗日救国的道理，程海寰传达了贺主席的指示，最后点明主题："今日开会，给大家吹个风，你们回去都想想，推出一个大家都能接受的仁义公，过几天我们再商量。"

洪帮各山头堂主、舵把子都沉默不语。会议就这么散了。

我外太爷马殿选站起来要走，丁玉财和程海寰叫住他。会议屋只剩下三人。

"马大哥，你有什么想法？"

"我听贺主席的话。"

贺耀祖主席是同盟会员，早年从事革命活动，参加过讨袁、护法、北伐战争。抗日战争爆发，他坚决反对蒋介石"攘外必先安内"的政策，赞同中共建立抗日民族统一战线的主张，力主联合苏联，共同抗日。出任省主席之初，协助营救红四方面军在青海、凉州一带的流散人员，支持谢觉哉八路军驻兰州办事处工作。这些表现，赢得了我外太爷马殿选的好感。

"大哥，我们二人都是洪帮，丁大哥是五龙山，我是昆仑山。贺主席组织帮会，推举仁义公，目的只有一个，凝聚各方力量打日本。我们来临洮后四下里走访，各山头堂主、舵把子，都说你疾恶如仇，好打抱不平。遇见不公平的事，你挺身而出，帮助受欺负的一方，兄弟们都很拥戴你，我觉得，由你出任仁义公，最合适不过。你说呢？"程海寰由衷地说。

"打日本，我举双手赞成，可我没立山头，怕不服众。"我外太爷马殿选回答道。

"大哥，你入五龙山，我来介绍。"丁玉财说。

"容我想想。"

"好,我们等你回话。"

我外太爷马殿选走出县府大院,却见陈国栋、刘汉三、祁世如三人并未离去,在门口等候。见了他,都围拢过来。他们都是我外太爷马殿选的实心兄弟。

"你们没走?"我外太爷马殿选直截了当地问。

"大家商量到峒下看王十娃,大家等你呢。"陈国栋道。

我外太爷马殿选迈开脚步边走边问,你们都想去?大家点头。我外太爷马殿选说,时候不早了,我们干脆别回家,在街上吃了饭就走。祁世如走过来悄然对我外太爷马殿选说,我走一趟东街,一顿饭工夫后在城西头见。说完骑马去了东街。

我外太爷马殿选、陈国栋、刘汉三三人牵着骡马出了西门,在西城门一家饭馆要了三碗炒面,填饱肚子。我外太爷马殿选到隔壁羊肉摊上买了两只羊腿,陈国栋和刘汉三到磨坊称了五十斤白面,装进口袋。刚刚准备停当,祁世如笑眯眯骑马过来了。跳下马背,腰里硬邦邦的。我外太爷眼睛盯着,祁世如牙一龇,说,我拿烟土换了支手枪。我外太爷马殿选笑道,你这礼物够重的。祁世如说,他刚出狱,家里要粮没粮,要面没面,给他支枪,打土豪用得着。

"马大哥,上午开罢会,丁玉财二人叫住你,跟你说啥?"

"丁程二人,有意让我当仁义公。"我外太爷马殿选回答。

"哈哈,洪帮这帮穷兄弟,就服大哥,你当仁义公再合适不过。"

四人骑在马上,一路说说笑笑地朝峒下走。

 36 走进佛爷的梦里

听我大姨奶讲,峒下地名的来历源于明朝的藏族土司赵琨。传说赵土司骁勇善战,镇守边疆有功,皇上就将汉藏交会的宽阔平坦的川地划为他的封地。赵土司有两个心爱之物。一个是坐骑黑牦牛,那牦牛不是一头普通的牛,日行千里,夜走八百,只是牦牛的尾巴经常乱糟糟的,还不时有燕子在牛尾巴里飞进飞出。一个是他家的一只白狗,这只狗一年四季卧在赵土司家的房脊上,一旦敌人来犯,白狗就会连吠三声。屋后的二衙山便腾起烟雾,方圆十几里笼罩得严严实实,敌兵像钻进迷魂阵一样不辨方向,被赵土司轻而易举地消灭掉。

赵土司靠着这两个宝物打仗,百战百胜。赵土司有三个儿子,长大后个个能征善战。赵土司给他们各修了一座衙门:大儿子住大衙门,二儿子住二衙门,三儿子住三衙门,这便是现在大衙、二衙、三衙三个村庄。在这三座衙门脚下,每年农历初一、初四、初七,农工百作、私商、小贩四方云集,相集成市,久而久之,这一带就叫作衙下集了。

我外太爷马殿选四人骑马沿着洮河南岸的土路急行,太阳西斜时,一行人悄无声息地进入了大山深处的寺洼村。下马进村,满眼都是东倒西歪的烂房子。岁月沧桑,虽然它们成了断壁残垣,但即使是残余的框架,也在风吹雨淋中显出不服输的样子,就像曾经住在其中的穷困农民,在平凡而又平凡的外貌下,有着坚定而倔强的性格。村口大柏树的右侧,有一户破旧的宅院,我外太爷马殿选他们牵马走了进去。上次来时,院中那棵因病而使半面枯萎的梨树,不知什么原因,竟然恢复了生机,开出了半树梨花,细碎粉嫩的花儿送来扑鼻的清香。形成了半树果实半树花的奇观。院落有西南两面土房,西屋正房,南屋厨房。结实健壮的女主人正在南屋做饭,看见四个陌生人推开大门进来,从半开的窗中伸出半个头来,紧张地张望。

陈国栋一眼认出,那是王十娃妻子。

"婶子,我是国栋啊!"

"哎呀,是你们!我听马蹄声,以为那伙贼呢。"那女人赶紧敞开门走出来,惊喜地朝里面喊,"都出来吧,来的是洪帮兄弟!"

"哎呀,到底是自家兄弟,大老远来看我!"王十娃听到女人的喊叫声,披着一件破皮袄走出屋子,换上立在墙根边的烂布鞋。从土台阶上跳下，笑逐颜开地跑过来，一把抓住了陈国栋的手。他的花白胡子乱蓬蓬的，两只凹陷进眼眶中的眼睛，放出明亮的光。

王十娃看见我外太爷，立即放开陈国栋的手，突然神情庄重地甩了一个拐子礼，用洪帮内部的话，兴奋地说道："舵把子光临，如有迎接不周，礼仪不到，还请贵客在回龙较驾之时，花花旗、龙凤旗、日月旗，与南屏山公公打个好字旗。"

我外太爷马殿选赶忙两手合握，向右举在胸前，甩了一个左撇一的拐子礼。然后将缰绳丢给陈国栋，朝前赶了几步，笑着扶住王十娃说："衙下大爷，你慢些，受过刑的身子，小心扭着！"王十娃哈哈笑道："我遭难遭惯了，身子没那么金贵。"说着拉住我外太爷马殿选的手，笑呵呵地进了堂屋。陈国栋和刘汉三从马背上卸下面口袋和两只羊腿，随后进来，放在板柜上。

"啊，你们来就来，拿东西干啥！"王十娃客气道。

"你刚出狱，我们估计快断炊了吧？"我外太爷马殿选拉住王十娃的手，笑着说。

"哎，不瞒兄弟们，孟世权这个坏蛋，抄了我家。值钱的物件，圈里的羊，架上的鸡，仓里的粮，全抢光了。面柜里面，没剩一把。我正发愁呢。"王十娃一声酸楚的叹息被堵在喉咙里，想起遭过的罪，他感到自己憋闷得几乎要爆炸了。他的女人在一旁抹泪，苍白的脸上汗渍泪渍与黄土混合在一起，像蜗牛爬过的污痕。

"愁什么！哭什么！他驴日的抢了我，过些天我去抢他。"随着大嗓门，一个高大魁梧的身影突然从门外跨进来。

"鼎武（王仲甲字）兄，你怎么在这里？"陈国栋惊喜道。

"我就藏在后山林子里，从山头看清来的是你们，就下山了。"王仲甲说。

我外太爷马殿选这是第二次跟王仲甲面对面。

天黑了，王十娃的女人点燃了清油灯。在昏暗的灯光下，我外太爷看到王仲甲身穿灰布对襟衫子，下身青布裤子扎着裤角，衬着黑鞋白袜。虽说历经苦难，依然显得风神健朗。

　　我曾经为这个神秘的王仲甲专程回到阔别三十年的故乡，走访了当地的长寿老人。还专程到临洮县衙下集镇衙下村，找到了王仲甲的故居。在那个我外太爷曾经出入过的村庄，我走进了村里一座仅存的小土楼。夯土的小楼破败不堪，歪斜着，像一位瘸腿的老人，饱经风霜。却仍然顽强地站在大地上。楼外杂草肆虐，它的后面，有一股潺潺的泉水，衙下人叫月牙泉。据说泉水冬暖夏凉，从一崖坎下涌出。半月形的池塘，堤岸花草耀目，池中水草青青，偶然有小鱼悄然游动。楼上的土炕上，蹲着一位头发稀疏谢了顶的老人，他是退休的历史老师，有着渊博的学问。借着窗外的阳光，我才看清他布满皱纹的脸。我坐在他对面，他露出被烟火熏染的残缺不全满是黄垢的牙齿对我笑，问我是谁。我是谁呢？他已经整整九十岁了，比王仲甲小二十来岁。我当时想，如果说王仲甲还活着，他是这个模样吗？因为他说，他是王家后代。

　　那天，我和这个王家的老人一起踏进我外太爷曾经驻足的宅院——王仲甲故居。

　　我外太爷马殿选那天晚上本来要回城里，可是经不住王仲甲的一再挽留，他们当晚就住在了王仲甲家里。王十娃女人下厨，煮上两只羊腿，王十娃从集上打来一葫芦扎酒，就在炕上吃肉喝酒。喝到半酣，祁世如从腰里掏出他的宝贝疙瘩，双手递过去："王大哥，兄弟我这里有个礼物送你！"王仲甲接过，揭开包布，露出了一把锃亮的手枪。王仲甲大喜。

　　"老蒋的嘴脸我们都见识了，靠他打日本，真是靠屁吹火呢。日本人欺负我们百姓，军阀也欺负百姓。摆在我们眼前的只有一条路，自己拿枪，跟日本人干！跟军阀干！跟鲁大昌干！我们需要枪啊。"王仲甲红光满面，摆弄着手枪说。

"王大哥你起头，南乡的洪帮兄弟都听你的。"祁世如涨红脸说。

"除了皋兰和康乐，我还动员了临洮四乡的洪帮兄弟，已经串联了一帮穷哥们，就差临洮城的人没动弹。"王仲甲眉毛一扬，兴奋地说。

"城里有马大哥呢！"一直没开口的刘汉三插话道。

"马大哥，你说呢？"几个人目光都聚焦到我外太爷马殿选的脸上。

我外太爷没有说话，端起酒壶，给每个碗里都添点酒。

"马大哥，你说话呀！"陈国栋着急，催了一句。

我外太爷马殿选端起酒碗，递给王仲甲。自己又端上一碗，跟王仲甲碰了一下，一口喝下去小半碗，将碗放到炕桌上说："说句掏心窝子的话，这一步我们非走不可啊，但是光靠洪帮，也闹不出名堂。我走南闯北，见得多了。心里一直揣着一个愿望，这个会那个帮，都不如共产党。黄钺怎样？蔡大愚怎样？都是厉害人啊，可是秦州起义，护法运动都失败了。要闹成功，闹出些名堂，还得和共产党接上线，对了。王哥我一直想问你一件事，放在心里好长时间了。"

"什么事？你问！"

"都说你和河州的李和义跟红军走了，到底是怎么回事？"

"说来话长。我一听到红军的消息，就和舅舅王忠祖到哈达铺找，红军司令要我们策反李和义。众位兄弟可能听说过，民国二十二年，我和李和义募兵三千去新疆准备支援金树仁省长，我因为策反李和义，差点被鲁大昌杀掉。李和义和鲁大昌言归于好，回到鲁部当旅长，但他们面和心不和。民国二十五年我潜入临潭新城堡见李和义，我两个一拍即合，他暗中发动一个团起义。我动员的一百人同时出发，我们到岷县迎接红四方面军，迎到临潭新城，召开了千人大会。李和义当了第一路军司令，我当了第四团团长。我们随红四军第三纵队由新城出发，向北走，抗日。"

"那怎么又回来了？"

"事情坏在青海省主席马麟手上了。"王仲甲叹气说。

"他青海的手，咋伸到甘肃了？"我外太爷马殿选问。

"他的手长嘛。自从民国元年带兵进驻拉卜楞，马家军控制着藏区。国民军东下，马麟进驻兰州，当过一阵甘肃保安司令，甘肃骑兵暂编第一师师长，势力大得很。当时临潭驻军是宁海军防务支队，司令是马麟，队长叫马彪。我们在旧城跟马彪打了一仗，临潭岗沟湾人徐登云，还有一个售笔杆的笔杆客，名字我忘了，都是地下党，还有胡景智、夏生莲等几个红军士兵，被马彪的人打死了。"王仲甲喝了一口酒，心情沉重地说道。

"人死了几个，那仗打胜了没有？"陈国栋问。

"这一仗我们胜了。"王仲甲说。

"这我就不明白了，胜了，咋不往前走，反要回头呢？"陈国栋喝了酒，舌头有点硬。

"我们击溃马彪后，跟红军失去了联系。"王仲甲痛心地说。

"你们和红军没有一块打吗？"

"我们的对手，除了马彪，还有当地民团武装，只能分散打。"

"打完仗，你们找红军了没呀？"陈国栋着急地问。

"找了，没找见。"

"他们去哪了？"

"说是走了，去了陕北。李和义也不知道陕北在哪里，我们追赶到武山新市镇，没见红军的一个影子，却遇到国民党拦截的军队，双方打了一仗，我们打败了。前面走不过去，李和义就带领我们到冶力关，发动当地老百姓，留在冶力关打游击。因为我们失去了红军，队伍就像没头的苍蝇，到处乱转，被国民党军队四面夹击，最终打散。李和义带着一帮人跑进了莲花山，占山为王。我看到队伍散了，不愿跟李和义当土匪，就跑回老家。"

"那李和义好好的一个人，当土匪干啥？"

"山里没吃的，没喝的，只能抢，也是逼得没法。叫吴景敖抓住，杀死在岷县了。"

"你回僒下，这里也不安全啊！"我外太爷马殿选说。

"马大哥说得是，鲁大昌在僒下布好了口袋，到处抓为红军办过事的人，我在僒下无法立足，连夜带着一帮人返回岷县。在岷县凉功乡，遭遇国民党军，我们人少，他们人多。我带的人全打死了，只跑出我一个。"王仲甲沉痛地说。

"他舅舅王忠祖，就死在凉功。"王十娃听到这里，悲痛地插了一句。

"离开凉功，你去了哪里？"我外太爷马殿选轻声问。

"我进了康多草原，可是在草原上也是一没吃的，二没喝的。我又饿又冻，加之受了伤，在康多草原上转了三天，实在待不下去，就冒险到临潭水磨川。我不敢去藏民的家，怕被人发现告官。就去了水磨川寺院，没想到，我在这里遇到了一个佛爷，他保护了我。"

"佛爷？你咋受他保护呢？"陈国栋好奇地问。

"说来也怪，我到水磨川寺的前天深夜，这个活佛正在经堂里坐禅诵经，有点困倦，闭目养神，忽见一只雄鹰，奇大无比，从临洮与康乐交界的白石山上盘旋而来，'呼'地一声落到他的怀中，他一惊，睁开眼睛，却是打坐入定，做了一个梦。佛爷当即对身边的寺僧说，你们明日早点起来打扫庭院，里里外外都要扫干净，焚香点灯。寺僧不解，问佛爷为啥？活佛说明日寺院要来一个重要客人。到了第二天日头冒花，我大步走进寺院，果然看见寺僧站着迎接。"

"真是奇怪，他怎么知道？"刘汉三惊奇道。

"一位老和尚领我去见活佛，那活佛见了我，拍着掌说：'果然长得魁梧英俊，一身英气勃勃，双目炯炯有神。'接着他说了昨天他打坐时做的梦。我鼓起勇气说，恐怕佛爷梦里的人不是我。佛爷问：为什么？我说，鄙人姓王，名仲甲。是官府四处追捕的要犯，我到宝地，只是要一碗水喝，要一口饭吃。"

"那佛爷咋说？"

"他哈哈大笑，笑问我：英雄可知草登草哇？我说，知道啊，草原上反抗官府老爷的秘密组织。佛爷问我：你可知它的头子？我摇头。佛爷说，远在天边，近在眼前。我惊骇了，指了指他。佛爷笑着点头，就这样，我跟佛爷成了知心朋友，在他的寺院住了两个多月，缓好了伤。"

"这个佛爷叫什么？"

"肋巴佛。"王仲甲回答。

"他到家时，穿着藏装、藏靴，戴着金花帽，肋巴佛还送了他一件红氆氇褐衫。"王十娃高兴地拉开炕柜门扇，从里面取出色彩鲜艳的氆氇褐衫，展在炕上，给大家看。

"临潭冶力关的汪鼎臣、黄点名成，八角的任效周，都是我们洪帮大哥，肋巴佛跟他们有没有联系过？"我外太爷马殿选拿起酒壶，给大家添了些酒问。

"来往密切得很。"王仲甲回答。

"这就好，将来起事，我们又多了一股力量。"

肋巴佛烈士英灵归乡留影

37　老虎进机场

我外太爷说，王仲甲拉起的人，死的死，伤的伤，跑的跑，最后只剩下十多人。他跟着红军的部队，前前后后只有四十多天。

这支军队像一道亮光划过天际，天空好像被割开了一个口子，一束束彩色的光芒从中投射过来。王仲甲的面前黄土地似水晶般透明，小草青香翠绿，繁花娇艳妩媚，到处弥漫着一股甜甜的气息。混浊的洮河变清了，缓缓地向远处延伸，河面上星光点点。河岸上的老树长出了新芽。无数枝繁叶茂的树木，组成一幢神秘的城堡。天空更是梦幻般绚丽，飘浮着大大小小薄如水膜的云花，它们缓缓地旋转，流动着各种色彩，慢慢地移动着飘过来又慢慢地飘向远方，延绵不绝。突然，美丽的幻境随着枪声，像一颗流星坠落了，只留下无限的回忆。

王仲甲痛苦地说，我好不容易找到了穷人的部队，找到了红军，可是只当了四十天的红军，就失去了联系。我不甘心呀，回到老家，人在地里干活，心却一天不想他们。一年后，我听说兰州有红军，就放下手中的活，偷偷去找。我找到了八路军办事处。

我外太爷马殿选第一次听八路军，他瞪大眼，疑惑地问道："你找红军怎么成八路军了？"

王仲甲微微笑道："八路军就是红军啊！"说到这里，只听王仲甲母亲叫他端饭。王仲甲下了炕，跑到灶房，端着两碗热腾腾的饭进来。他的身后，王仲甲母亲也端着饭。炕头上的刘汉三赶紧接过碗，递给炕上的人。几人边吃饭，边听王仲甲说抗日形势、国共合作、八路军设立办事处及谢觉哉等人的情况。

"王大哥，你是共产党吧？"这一切，洪帮兄弟第一次听，特别新鲜，有人就问。

"不是，我到兰州，跟王子元接上了关系。"

"王子元是谁？"我外太爷马殿选问。

"这个王子元当过洮岷保安司令部参谋长、河西专员、临潭税务局长。他和桑汤六、孙继武、安华雄等人组织了'甘肃在乡军人抗日联络委员会'。据人说,他通过一个叫伍修权的人,跟八路军办事处的谢觉哉偷偷见面,谢觉哉派窦志安来领导,具体由王子元负责。因为我毕业于洛阳军校,曾在冯玉祥西北军中参加过北伐,王子元让我参加了'甘肃在乡军人抗日联络委员会'。跟着他们,

王子元

我们一定能干出个名堂来。"又一串新鲜的名词和新鲜事从王仲甲嘴里冒了出来。

"这么说,这段时间你在兰州?"

"我在成县。"王仲甲的回答出人意料。

"成县?咋跑那么远?"

"成县县城东郊修建飞机场,行政督察区从徽县、康县、西和县、礼县等地征集上千名百姓做劳工,每联保编为一个中队,每个中队辖五至六个小队,每小队三十人。我在那里当上了机场民工队长。"联保是国统区保甲制度,十户为甲,十甲为保,若干保为联保。

"哎呀,你办法大。"祁世如笑道。

"啥办法嘛,靠老关系。成县县长魏永之,以前在冯玉祥部队中跟我一块干过。我俩交情很深,他这个人思想进步,倾向革命,他叫我去的。我虽说是队长,却只管人,不管钱。我手下有上百个民工,都是房无一间地无一垄的下苦人,其中好多人还是洪帮。机场活重,可是上头给每个民工每天只发二十枚铜币。说是管吃管住,可层层克扣伙食。大伙儿吃得不好,早饭煮疙瘩。不管饱,只盛上五六个。给多少,不是看你吃饱没吃饱,而是看今天干什么活儿。活儿重,多吃两,活儿轻,就少吃

两。不够没关系，照见人影的稀饭可以再招呼一碗的。刚开始，还能维持。可是三月一场冰雹，朱旗、武坝、庙湾、周家沟一带地里的苞谷、麦子全遭了殃，连柿子、核桃树的叶子都打烂了，民工请求支点铜币，可航空站的一毛不拨，他们憋着一肚子火。我暗中发动他们，只要时机成熟，我一声令下，这上百个人，立马拿枪上战场，个个都是不怕死的好汉。"王仲甲看着祁世如，说明了他到机场当民工总队长的用意。

"原来王大哥在下一盘高棋。"陈国栋竖起大拇指，称赞道。

"哈哈。我在那里，还结识了驻成县的第十二旅连长张子宏，他是山东章丘新王庄人，从国民党中央军校驻鲁干部训练班结业后调防成县，还有班长王希山、陆树德、杨瑞卿，他们三个月没发饷，我跟他们暗中已经拟好计划，我带一百民工，张子宏带他的连，攻打成县民团、保安队，闹出点动静来。"王仲甲越说越激动，将他的计划和盘托出。

"你们啥时候动手？"

"中秋节。"

"啊，那你怎么还在这里？"

"说实话，这次起义，我并没有十分把握。可能胜，也可能败。一旦举起大旗，国民党军就会抓捕我，会派兵到衙下抄我家。我这次到临洮，一是收拾马新民，营救我爹。一是偷偷搬家，让他们找不到我家里人。"

"你搬到哪里去？"刘汉三冒冒失失地问，我外太爷马殿选瞪他一眼，他浑然不觉。王仲甲看到了，大笑道："都是洪帮自家兄弟，我没有什么可保密的，我准备搬到西和去，已经通过洪帮兄弟董二，在西和城租下两间房子。到了那里，父亲可以操他的旧业，织麻布、锔锅锔碗，养活一家人。我安心干大事。"

我外太爷马殿选等四人在衙下大爷王十娃的炕上寒暄了半夜，到三更天才裹衣睡觉。天亮起来，洗了脸，给马喂了料，准备离开。王十娃热情挽留，我外太爷马殿选说有急事必须回去。王十娃说，再有急事，吃了早饭走，也不迟。我外太爷马殿选不肯，从马厩牵出马，上了鞍。

王十娃挽留不住，嗔睨道，你这么急着回去，要抢金元宝去呢吧！陈国栋突然半开玩笑地说，马大哥急着要当仁义公呢。

"啥仁义公？"

陈国栋话已出口，就将省主席贺耀祖派丁玉财和程海寰到临洮，在洪帮众头领中推举仁义公的事，细说了一番。

"马大哥，这是好事呀！"王仲甲高兴地说。

"别听国栋胡说，我也没想当仁义公！"我外太爷马殿选照实说。

"为什么不想当？"王仲甲奇怪地问道。

"我实话对你讲，自从景古城见过胡奇才，我心里向往红军。仁义公是国民党推荐的，名声大，往后我若跟红军走，他们嫌我，岂不因小失大，坏了我的大事！"王仲甲思忖半天，回答说："马大哥你若当了仁义公，可以借助帮会的势力，壮大兄弟们的力量，等到你拉起一帮人，帮会成了赤色，那就是革命队伍了。我还听说，贺耀祖和毛泽东是青年时的朋友，他虽然是蒋介石封的官，却不跟老蒋一条心，主张抗日。你当仁义公，带着兄弟干抗日救国的事，共产党咋不高兴呢？咋不要你呢？"

王仲甲这一席话，让我外太爷马殿选一下子透亮了，他高兴地点头："那好，我听你的。"我外太爷马殿选回到城里，便去找丁玉财。县府的告诉他丁玉财到天水组织仁义公去了，程海寰在县府，并指给他住处。我外太爷马殿选推开他的房间，大声说："程秘书，我来告诉你，我可以出任仁义公。"

程海寰的反应出乎我外太爷马殿选意料，他脸上没有一丝表情。

"你听见我说的了吗？"

"马大哥，你别大声嚷嚷，我听见了！"

"那你咋不吭声。"

程海寰叹了一口气："仁义公你当不成了。"

"咋？这才一天时间，你的话咋变了？"

"上面指定了别人。"

"谁？"

"屠安良！"

三年前屠天宝一场大病归天，掌柜的大权完全落到屠安良手里。他用父亲挣的钱搜罗地方无赖和恶人，组建了一支私人武装，看家护院。鲁大昌沦落时，他慷慨解囊，资助鲁大昌。两人臭味相投，结为至交。后来鲁大昌发达，保举他当了西固县县长。当时，省府将宕昌马土司所辖八楞、武坪二地划归西固县，藏汉百姓反对接管。屠安良派遣县保安队和城关、上河民团五百多人，分赴八楞、武坪，大开杀戒，屠戮无辜百姓十六人。马土司带着八楞和武坪的人告到省上，屠安良就被省上撤了职，回到老家临洮。

他到临洮，拉起一帮人，在城里开办一个秘密训练班，召集帮会各路舵把子、匪首、地主头儿百多人受训，重新组织游击大队，自任司令。

"他既不是洪帮大爷，也不是洪帮大哥，怎么指定他？"

"他势力大，上头有人啊。"程海寰无奈地说。

"屠安良当仁义公，有违贺主席凝聚帮会的本意啊，会坏事！"

"坏就坏吧！"程海寰叹气。

"你们是省上派来的，难道没点办法？"我外太爷马殿选粗声说。

程海寰站起来，走到我外太爷马殿选身边。拉他坐在条凳上，从制服里掏出一根纸烟，递给他，点上火，慢腾腾地说："马大哥，你别动气。屠安良啥人，他的能耐，你比我清楚！屠安良的游击大队，系土匪改编。当年邵力子当省主席，一年内换过四任县长，都被刁难而返。邵力子为了维护主席权威，从西安调他的老友郝兆先任县长。郝兆先是个能文能武、刚柔相济的人物。他一到任，屠安良故意让他的游击队员欺压百姓，酿成命案，给郝兆先难堪。郝县长下令逮捕。屠安良派卫兵持盒子枪，上门威胁郝兆先，叫嚣说：屠司令的人，谁敢动一根毫毛，就叫他白刀子进红刀子出。郝兆先斗不过，只好让他取保了事。后来邵力子调任陕西省主席，屠安良即对郝兆先进行报复，郝兆先在临洮寸步难行，遂即辞职。"程海寰吸口烟吞掉，继续说："邵力子多有本事的一个人，他拿屠安良没办法。说实话，贺耀祖更没有办法。"

我外太爷马殿选听后，默不作声地出了县府。

第十五章

肖焕章越狱

[民国二十七年(1938),打拉池,开日]

 蹲牢的朋友寻来了

转眼间我外太爷马殿选已经是四个孩子的父亲了。

他的山货铺子托了洪帮兄弟的福,运转得不错。为了进货方便,我外太爷购置了一辆胶轮大车,那在当时应该说是最豪华的了,就像如今拥有一辆宝马轿车似的。驾辕的是匹大黑骡子,浑身上下没有一根杂毛,远远看去,像缎子一样黑中透亮闪闪发光,绷头嚼子甩头缨,脖子上挂了一串铜铃铛,走起来昂首阔步威风凛凛。拉套的是两匹高头大马,领套马是匹红枣骝,外套是匹小黄马,马头上都戴着红布做的甩头缨,绷头嚼子把马头勒得高高的,马脖子下也都挂着一串铜铃铛,走起来铃声清脆,铁马叮当,五里地外都能听见,好不威风。牛娃的他爹乔家年就是这辆大车的车把式。

我舅爷马建霖三岁那年。我外太爷经不住我外太奶的再三唠叨,攒钱在城外买了五亩薄田,就在岳麓山脚下。虽然地不多,又是旱地,却是一家人的沃土。走出城门,一眼望去,洮河川平展展的万亩良田,偶有坡梁,并不碍眼,基本上是一望无垠的。尤其在夏季,一眼望不到头的麦子、苞谷、蔬菜，红一片，金一片，微风吹起，麦浪飘香，一派丰收在望的景象。

我外太奶郭玉兰永远是忙碌的，春种、夏锄、秋收、冬藏，一年四季，风里来，雨里去，为全家人的温饱而辛苦。春秋忙时，她领着三个女儿下地干活，操持家务。我外太爷马殿选一年四季在外面奔波，只在秋天庄稼熟了的时候，他才回来把庄稼割了，打了，装进板柜。

马殿选之女马云英、马云莲和儿子马仲霖合影

我外太奶郭玉兰除了忙地里的活，还照看山货铺子。即使在照看山货铺子的时候，两只手也没闲。她用刨花油把头发抹得乌黑油亮，穿着雪白的袜子，黑布鞋，盘腿端坐炕上，不是纺线织布，就是缝衣纳鞋。她总是面带微笑，从不发火，从不打骂孩子，更不允许别人在她面前打骂吵架。几十年来最爱帮助穷人，平时做点好饭总要我们送到邻居家尝尝，邻居无不称赞，家里总是客人不断。她的跟前，老是围满一群邻居家的孩子，看着她剪纸花，不用描画，几剪子就成了窗花、龙凤、蝴蝶、双喜字，用旧布头做成布老虎、胖娃娃等送给孩子们。

我外太奶郭玉兰做衣做鞋用不了多少时间，她还要用许多时间照顾隔壁的乔家年。

乔家年媳妇难产过世，留下四个光脑袋娃。乔家年给人打短工，大儿子牛娃为人牧牛，常常回不了家。留在家里的三个娃，吃是没得吃，穿是没得穿，一天到晚饿得头昏眼花，走路都打晃儿。我外太奶就常过去给他们做饭。乔家年家贫，家里女人死得早，没人做鞋，三个娃光着脚放牛，下地，干活，我外太奶郭玉兰看不过去，就自动承担了针线。而乔家的几个娃都很懂事，除非有事去亲戚家，他们总是舍不得穿鞋，只在天冷时穿。

乔家父子知恩图报，夏季田间锄草，顺便将马家田里的杂草也锄了。我外太爷马殿选家里的重活，乔家父子都包揽了。

我外太奶郭玉兰见到不平之事，也敢大胆出头，为人做主。比如说，酱菜园的东家虽然挣了不少钱，可是四十多岁还没有儿子，便从东山娶了一个女人做妾，想跟她生一个儿子。东山女人叫改兰，娘家穷，她的前夫叫佛宝，和我外太爷是姑舅亲。佛宝进山砍柴滚下崖摔死了，改兰就改嫁。酱菜园和我外太爷山货铺子只有一墙之隔，但不在一条街上。山货铺子那条街东西走向，酱菜园那条街南北走向，两条街在丁字路口交会，两家都在西北角上。那时我大姨奶马云梅十七岁，心灵手巧，在家做些针线活儿。因为和改兰前夫佛宝是亲戚关系，两家走动。我大姨奶和改兰年龄差不多，而且改兰也喜欢绣活儿，所以她们有共同话题，能说到一块儿，两人的关系就越发亲近。常常待在一起，边做活儿，边聊天，一待就是半天。

冬天酱菜园腌制各种酱菜，量大，要烧炉子。酱菜园炉子不烧木炭，烧煤。改兰从山里初来，没有见过煤炭，不会用，常把自己搞得一脸黑灰，却生不起煤炉，耽搁了生意。大老婆出于嫉妒心，从旁看笑话，讽刺挖苦。东家常常为此生气，打得改兰身上青一块紫一块。

我大姨奶看不过，就告诉我外太奶郭玉兰。我外太奶就过去劝东家说："她背井离乡来到这个地方，举目无亲。年纪又轻，山里的人，见得少，不懂川里习俗。你和她是夫妻，你还要盼望着她给你生个儿子，就不能嫌她笨，你得同情她、照顾她、关爱她。她不懂的地方，你要教，不能打。"每逢天阴下雨，山货铺子里没有顾客时，我外太奶郭玉兰便走过去，告诉山里女人用煤火的方法。她逐渐学会了，将我外太奶郭玉兰看成了自己的亲人。

没过多久，改兰生了儿子，家里的地位也提高了。酱菜园东家感激地对我外太奶郭玉兰说："你这个人心眼太好了，现在我也不生气了，她们母子好了，这全得感谢你。你以后有什么困难，尽管来找我，只要我能办得到的，一定会帮你忙。"后来国民党通缉地下党，我外太奶郭玉兰找到酱菜园东家，东家将地下党藏在空缸中，躲过了追捕，这是后话。

在这个家中，我外太爷马殿选似乎永远是匆匆过客，晚上进货回家，孩子们早已进入了梦乡，第二天天亮起床，他赶着骡子出了门。

民国二十七年春天，四处奔波做买卖的我外太爷马殿选忽然不走了。他的主要精力全部放在了山货铺上。然而细心的人们发现，他经营的货物仍然是过去的东西，数量也没有增加，可是进出山货铺子的人却突然多了起来。三教九流，什么样的人都有，还有不少军官。而这些变化的出现，缘于两个外地朋友。

这年腊月，一个安静的傍晚，这两个朋友敲响了我外太爷马殿选家的大门。

我外太爷马殿选一家人正在堂屋里围着火炉吃饭，听到敲门声，我外太爷放下碗筷，走出堂屋，走到大门口，取掉门闩，拉开门扇。他模模糊糊看到两个黑黝黝的人影蹲在墙角，像一座连体雕塑。在烟袋锅的一明一灭中，映出两张黝黑的、饱经沧桑的布满皱纹的脸。

在微薄的光亮下，他看到了门外的两头骡子。骡子上驮着货物。

这两个人都戴着棉帽，帽檐拉了下来，遮住了大半个脸。天冷，他们吐出的白汽在棉帽和眉毛上结了一层厚厚的白霜，我外太爷马殿选瞧了半天，没有认出来人是谁。

"老马，你还认得我吗？"站在门口的那人脱下棉帽。

"啊……禹……兆南大哥！是你啊！"

我外太爷马殿选兴奋地扑上去，紧紧地拉住他的手。

"哎呀，自从兰州一别，再也没见到你，你现在干什么？咋不来找我？"

"一连串的问题,我咋回答!你先让我们进去吧?"禹兆南笑。

"哈哈,快进来!"我外太爷马殿选敞开大门。

39 一根金条救了命

禹兆南牵着骡子先跨过门槛,进了院子,然后转身,指着后面的那人,对我外太爷马殿选说:"这是我的生死好友肖焕章!"我外太爷看到肖焕章头戴棉帽,腰扎黑腰带,挺精干利索的一个人。就对着他点点头,帮他俩卸下骡背上的货物。这时我外太奶、我大姨奶和我舅爷听见了响动,都跑出来,帮着将货物搬到屋子里。我外太爷问禹兆南:吃了没?禹兆南老老实实地说没有。我外太爷扭头对我外太奶和大姨奶云梅说,快做饭去,禹大哥他们还空着肚子呢。

我外太奶郭玉兰下了厨房,我外太爷马殿选擦洗碗,给两人倒茶。

"禹大哥,打了刘百万的围子后,你去了哪里?"

"我跑到武威上古城,躲到老母宫里。"禹兆南说。

"为啥跑到那个地方?"我外太爷马殿选问。

"老母宫是哥老会的窝子,躲在那里保险呀!"禹兆南说。

我外太爷十年前走武都贩货,在麻子崖被土匪打劫。禹兆南资助我外太爷,并劝他入了洪帮。禹兆南告诉我外太爷,他们分手后,他去了一趟上古城。碰上了凉州双城镇的齐振鹭,他以头戴金边帽、手拿长烟袋为暗号,联络了城里城外哥老会党。禹兆南扮成货郎,参加了齐振鹭的部队,结交了一些生死兄弟。他受命搞枪搞子弹。齐振鹭买通狱卒,放出囚犯,在南乡高兴寺集合四乡六渠乡民,率众杀官劫库。他们捣毁了四大街的巡警岗楼,抄了缙绅王佐才、蔡履中、李特生的宅院,打伤了捕厅张傅林,知县梅树楠吓得越墙而逃。

但是很快,衙署军警出动,手执快枪马刀,向哥老会猛扑。哥老会的兄弟缺乏训练,手中武器又多是长矛农具,无法抵御枪击刀砍,被冲得四零五散。齐振鹭在乡民掩护下，化装逃走。陆富基、李飞虎、于成林等人被捕。禹兆南又跑到老母宫，藏匿起来。

"你在老母宫躲了多长时间？"我外太爷马殿选问。

"我白天躲，黑夜藏，一天到晚提心吊胆，连睡觉都睁着一只眼，没有一天能踏踏实实地过个日子。在老母宫躲了两个月，一直到风平浪静，我才回兰州了。"

"啊，我常跑兰州，四处找不见你。"

禹兆南喝了一大口茶，长长地叹口气。

"我在牢里，你当然找不见！"

"咋，又出事了？"我外太爷马殿选惊愕地问。

"到兰州后，我跟洪帮的四个兄弟，夺了国民党军官金连副的枪。那家伙死硬，要枪不要命。被逼无奈，我们就杀了他。谁知事机不密，我们五个人全部被捕，判了死刑！"

"啊，有这回事！"我外太爷马殿选大惊。

"我们在行刑前夕，靖远洪帮大爷用一根金条买通了狱警。趁换防的机会，我们越狱逃跑，捡了一条命。"禹兆南说。

"你们关在哪里？"

"梁家庄监狱。"

"肖大哥是和你一块被捕的吗？"我外太爷马殿选问。

肖焕章眼睛盯着禹兆南，目光中透出对我外太爷马殿选的戒心，似乎嫌禹兆南说得太多了。禹兆南看出了肖焕章的心思，拍着他的肩头，笑着解释道："放心，老马是自己人。我们一块打土豪劣绅的围子，救过颜子亮的命。参加过护法运动，他虽是洪帮舵把子，却跟我们是一路人。"肖焕章不好意思地笑一笑，说："马大哥别见怪，生逢乱世，命别在裤腰带上，不能不小心点。"我外太爷马殿选说，害人之心不可有，防人之心不可无，你做得对啊！

"我关在榆中监狱，我在榆中时间长，根子深，他们怕不安全。将我转到梁家庄监狱的,和禹兆南关在一起,我们就成了生死难友。"肖焕章放心地说道。

"我以为你跟禹大哥一块杀了金连副,一块被捕的。"我外太爷马殿选说。

"哎,我干的那是毛毛事,怎么能跟肖大哥比呢。"禹兆南双手比画了一个大圈,笑呵呵地说道:"咱们是小故事,肖大哥弄的事,那才是大手笔。"

禹兆南咽下了后面的话,我外太爷也没有追问肖焕章干的大事。但是肖焕章干的是一桩有名的公案,这个案子曾经惊动了官府,传到了四邻八乡,也传到临洮城,一度成了人们茶余饭后谈论的主要话题,过了好多年,事件才慢慢地平息下来。这件事发生时,我奶奶七岁,禹兆南和肖焕章那天深夜到来,给她幼小的心灵留下了深刻的烙印。从我记事起,奶奶就一遍又一遍地给我讲这件事。我奶奶讲,肖焕章那时跟共产党有联系,有个叫王儒林的,是共产党的甘宁青特委,还有个地下党,名叫岳秀山,跟肖焕章走得近。

肖焕章在我外太爷家先后藏了一个多月,将我外太爷一家当成了自己人。肖焕章说,我是靖远县五合乡板尾村人。拉出的队伍有二百人,我以收羊毛为掩护,在靖远水堡泉、北塬,宁夏中卫、海原等地发动暴动。那年(1939)春季,我的同乡靖远县东湾乡的岳秀山,派人送来一封信,我拆开一看,信上写着:原靖远驻军李贵清一部分军队将经过打拉池,让我打伏击。打拉池在屈吴山山脚下,它的头顶是南沟大顶,山腰是大阴山,山脚下是开阔的大草滩。两面山坡长着密密麻麻的荆棘、柠条、枸杞、沙棘,周围全是桐条林、桦树林、麻斑刺林,林木茂密,人藏匿在林棵中,草滩里的人一点也察觉不到,是打埋伏的好地方。我从靖远水堡泉率领兄弟们连夜到打拉池,埋伏在林棵里,等李贵清一过来,突然袭击。

"那,你说的这个李贵清中埋伏了吗?"我外太爷马殿选急切地问。

"他龟儿的只要经过草滩,就飞不出我的手掌。当时我拉的队伍,只有四支手枪，十支长枪。我看到李贵清，第一个念头就是抢枪。我们抢了十八支枪，俘虏了他的人马。好些俘虏一听我们是反蒋抗日的武装，就参加了我的部队，我们的人数一下子由六七十人增加到二百多人，我带着他们前往靖远东部新堡子、朱毛沟一带活动。"肖焕章滔滔不绝地说。

我查过文献，肖焕章说的这件大事，文史称"靖远兵暴"。肖焕章拉起队伍，在打拉池堡门上高悬起"陕甘工农红军游击队第四支队"的猎猎红旗。给肖焕章写信的岳秀山，我也查到了介绍他的文字：

> 岳秀山，中共地下党员，靖远县委书记。原名钟灵，字秀山，靖远县东湾乡东湾村人。参加过谢子长领导的"陕甘工农红军游击队"、王儒林、李慕愚领导的"西北抗日义勇军"，抗日战争爆发，与武兆友、胡俊昌、黄鼎等组织抗战团，任靖远分团团长。被国民党白云洁部以"洪帮大哥""共产党员嫌疑"逮捕，在兰州沙沟监狱囚禁长达五年，身体严重摧残，但始终未自首叛变。

"那，你的队部呢？"

"打散了。"

"什么地方打散的？"

"雪山寺。"

"这个寺在哪里？"禹兆南问。

"在哈思山东麓的山脊上，我贩山货，在雪山寺住过一宿，在靖远东北石门乡黄河东岸，离靖远县城一百多里地。"我外太爷马殿选笑一笑，抢着说。

"对，就是这座山中的寺庙。"肖焕章叹惜道。

"官兵咋知道你在雪山寺？"禹兆南问。

"我们在打拉池打李贵清的军队，闹出了那么大的动静。我们一起义，国民党的特务马上就报告了上司。省上调动了海原、靖远、会宁三个县的驻军,还抽调了宁夏的骑兵,气势汹汹地杀向新堡子和朱毛沟。我们武器不如国民党军,不能硬拼,我就把部队拉到哈思山上的雪山寺。哈思山西面是黄河石峡,北面是昊天紫漠,东面是荒丘阶地,南面直通金锁雄关。马大哥去过雪山寺,你知道那座寺是个长方形的院落,中间砌了一道墙,建了一个月亮门,通前后院。雪山寺很好地利用了山势,建在陡峭的哈思山山梁上。周围松林环绕,北面山峰长着参天的乔木,南面是丛生的灌木。这种地形,打仗对我们有利,可我们没打。"

"为啥不打啊?"禹兆南问。

"都说雪山寺的香火很灵,老百姓每逢初一、十五,成群结队上山进香。如果说我们在这里硬碰硬,他们没便宜可占。可是国民党军为了剿灭我肖焕章,急红了眼,他们啥坏事都会干!他们放火烧山,雪山寺保不住,我也会落下千古骂名,我起义是为了百姓,就不能让他们烧百姓的寺。因此我跟大伙商量,兄弟们都说撤,不能连累雪山寺。"肖焕章一口气说道。

"肖大哥做得对!"我外太爷马殿选肯定道。

"你们突围出来了吗?"禹兆南的心还在雪山寺。

"我们激战了一小时,就向北面荒丘撤走。可是我的队伍缺乏训练,枪又少,一跑出寺门,遇到敌人猛烈进攻。我们苦战了两天,老天帮忙,降了一场大雨,我们乘机突围。敌军穷追不舍,尤其是宁夏骑兵,在北面和东面的开阔地纵横驰骋,我们率领十几个人逃出,钻山沟,钻林棵。其他没逃出的兄弟,全部被俘,被抓到靖远县城杀害了。这仗打下来,人跑了一大半。我只好带着剩下的人转入乡村,转入地下。"说到这里,肖焕章辛酸的眼泪无声地流了出来。

"你转到新堡子朱毛沟去了?"禹兆南心情沉重地问。

"我带人上了北塬、水堡泉,那里我的根子深,基础好。"肖焕章喝口茶说道,"我在水堡泉一带坚持了两个月。靖远的县长唐炯带着保安队三百多人，夜里突袭，我们四十多人被捕，我只带着三个人突围走脱。我的一个朋友是庆阳税务局局长，突围后我找他帮忙。他让我化名为李汉卿，潜伏在税务局中，包收县城牲畜屠宰税。"民国时代，除关税由省府办理外，其他各税均采取包税制。包税制是指一个地方无论一年税款收入多少，只要包税人缴足预定税额，剩余部分全归包税人私有。肖焕章干的正是这个事。

"庆阳和靖远隔那么远，你怎么落入了敌手？"

"我祖籍榆中北部山区，乔城聂家窑有我的堂兄弟。我到聂家窑走亲戚，被保长告了密。半夜三更，榆中县警察突然袭击，包围了亲戚家。四更多天，我堂兄起来喂牲口。可一开门，顺着一股冷风，巡警冲进了家门，我堂兄大喊大叫，要我跑，可是已经来不及了。也怪我不谨慎，睡得太死，没有防备。他们抓住我后，先押我到警察局，严刑拷打了一个多月，我死不改口，只称我是李汉卿，不是肖焕章。前面我已经说了，敌人在靖远抓了我们四十多个兄弟，其中有些软骨头，经不起酷刑，叛变了。榆中警察就从靖远押来叛徒指认，他们就判了我死刑，关在榆中监狱。"肖焕章咬着下唇说。

"你们受苦了，遭难了。"我外太爷看着他们两个，心里说不上来是什么滋味。三十多岁的一个汉子，以前一表人才，要个儿有个儿，要模样有模样。如今是形销骨立，缩在炕头那里，像一堆柴火棒，都没有人样了。禹兆南那张国字形的脸，如今是形容枯槁，肉皮紧紧地贴在骨头上，像经过了千年风霜雪雨的木乃伊，这都是坐牢坐的。

"这牢我也没白坐，认识了禹大哥。因为我是重犯，判死刑后，只在榆中监狱关押了五天，就押到兰州省保安司令部。他们审了我一段时间，又从省保安司令部转到梁家庄监狱，跟禹大哥关在一起。也是我命大，靖远洪帮大爷要救禹大哥，连我一块救了出来。"肖焕章说。

"肖大哥是洪帮？"

"以前不是，现在是了。"

"洪帮啥时候出手救你们的？"我外太爷马殿选问。

禹兆南掐着指头算了一下日期说："半个月吧！"

"半个月？那啥时到的临洮？"

"越狱当天。"

"啊？！"

"我们经王仲甲介绍，藏匿在县城一家照相馆里。"

"你跟王仲甲咋认识的？"我外太爷马殿选问。

肖焕章告诉我外太爷，民国二十八年，我走访兰州八路军办事处。在那里巧遇王仲甲，他是王子元组织的"甘肃在乡军人抗日联络委员会"的主要成员。我们一见如故，结为生死好友。外面天已经暗了下来，我外太爷马殿选点上油灯，屋子里顿时亮堂起来。肖焕章屁股挪了一下，继续说道："我祖祖辈辈是贫苦农民，一年四季下苦种地，除了缴纳粮款外，全家人吃不饱，穿不暖。走了一趟八办，听了谢觉哉、伍修权等人讲的道理，我的眼前亮晶晶的了。"

"岳秀山是你在八办认识的？"

"不，他是靖远县政府督导员，地下党，听到我搞暴动，他联络了我。我们两人一块，联络了国民党新十旅任职的万国柄。我们三人商量，万国柄策反新十旅。我以收羊毛为掩护，走街串巷，发动农民。"肖焕章说到这里，看见我外太奶端着饭碗进了屋。

40　窝子

我外太爷马殿选帮着搬炕桌，端菜肴。肖焕章和禹兆南饿了，也不客气，端起饭碗就吃。吃完饭，我外太奶郭玉兰收拾洗刷了碗筷。从西房抱来两床半新半旧的被子，放在炕头，笑着说，二位大哥，堂屋里的炕填好了，你们睡在这儿，我和老马睡到西房去。我外太爷下了炕，趿上鞋，准备离开。禹兆南赶紧说，老马别走，我们有要事跟你商量。我外太奶郭玉兰听禹兆南叫我外太爷马殿选，就先迈出了门槛。禹兆南又叫住我外太奶郭玉兰说，马大嫂你也别走，我们要说的事，你要扮演主角呢。我外太奶郭玉兰笑着回来。

"我一个妇道人家，能扮什么主角？"

"救国救民的角子。"

"你们吓我呢！"我外太奶郭玉兰笑道。

肖焕章脸上的表情突然严肃起来，他语言低沉地说："眼下山河破碎，民不聊生。日本占领了东北、华北，南京失守，中国大半领土沦陷。日本人正沿黄河西进，企图攻陕西，进兰州。日本人所到之处，实行'三光'政策，烧杀抢掠，无所不为。前些日子，日本人派飞机轰炸兰州，人们跑到山沟里东躲西藏，跑到乡下！而老蒋嘴上说抗日救亡，却不见行动。如果说我们自己再不拿起武器抗日救国，说不定有一天，别看临洮深居边陲，照样会落入日寇铁蹄之下。"

"我们堂堂七尺汉子，在国难当头的危难时刻，是待在家里当缩头乌龟，还是昂首挺胸，迎难而上保卫国家？"禹兆南涨红脸说。

听到肖焕章和禹兆南的话，我外太爷夫妇俩的血直往上涌，难以抑制。一提起日本野兽，他们恨得牙痒痒，恨不得攥拳打人。我外太爷马殿选走南闯北，日本侵略中国的野蛮暴行，他早已知道。走在大街小巷，人们议论的是日本人，官府的报纸也一直在报道。我外太爷马殿选夫妇心里，也一直盘算着，万一日本人过了黄河，打进西北，他们怎么办？难道说坐以待毙吗？

"我这把老骨头扛枪上前线，我去！"我外太爷马殿选情绪激动地说。

"家里面我撑着，不拖后腿！"我外太奶郭玉兰也很激动。

"可恨老蒋啊，他要真抗日救国，还需要我们操心吗？他假抗日真反共，逼得我们不得不自己动手。"肖焕章心中无限感慨地说。

"我堂堂洪帮大哥，有劲无处使啊！"我外太爷马殿选叹惜。

"不！你的劲，有处使！"

"咋使？"

"跟我们干！"

"好，我跟你们搞武装暴动。"我外太爷马殿选坚定地说。

"我支持他离家，家里的担子我担，娃们我照看！"我外太奶郭玉兰大义地说。

"不，马大哥不用离家。"肖焕章严肃地说。

"不离家，咋搞武装？"

肖焕章淡淡一笑，看着我外太奶郭玉兰清秀的脸蛋问道："马大嫂，你家不是开着山货铺子吗？"我外太奶郭玉兰疑惑地点了点头，不解地反问："是啊，这跟搞武装有什么关系？"肖焕章压低声音，一字一句地说："搞武装，我们得要人，要经费，要枪支，要子弹。这一切，我们得靠马大哥马大嫂你们两个人啊！"

"你越说，我咋越糊涂了？"我外太爷马殿选一脸困惑。

"甘肃在乡军人抗日联络委员会决定组织一支抗日志愿兵团，我们向马大哥要一批人。请你动员洪帮兄弟参加，你看行不？"

"这行！我洪帮兄弟想抗日的人不少。"

"好啊，这件事，过后史鼎新找你具体谈。"肖焕章高兴地说。

"是不是宗铭啊？"我外太爷马殿选问。

"对，那是史鼎新以前的化名。他是临洮人。"

"我认识他。"

"好了，人的问题解决了，现在我说第二件事，枪的事。"肖焕章笑容满面地接着说，"枪有两个途径，抢和买。抢的风险大，买要钱。钱从哪里来，老办法，打土豪劣绅的围子。打了围子，抢了东西和鸦片，得销售出去换成现钱，才能拿钱买武器装备。为了不被官府侦破，我们东头打围子抢来东西，必须到西头来销。武都、靖远、兰州等地，我们都有自己的窝子。我们想把马大哥这里，作为临洮的窝子，请马大哥帮我们销东西，贩枪支，你看行不？"

"行！"我外太爷马殿选想了片刻，爽快地说。

"马大嫂你说呢？"

"为了反蒋抗日，这个险我们冒。"我外太奶郭玉兰考虑了半天说。

尽管是黑夜，肖焕章觉得明媚的阳光照亮了常年烟熏火燎的老屋。清油灯从灯芯射出一束一束的光线，像瀑布一样照着四壁，他们激动的身影就映在墙壁上，映出了动人的图案。

肖焕章笑着向禹兆南使个眼色，两人跳下炕，趿鞋走到堂屋东头，那儿堆放从骡背上卸下的两只口袋。两人解开口袋绳子，提起口袋底，哗啦啦一阵响，将口袋里的一大堆东西倒在地上。我外太爷马殿选夫妇拿着灯盏，过来一看，全是值钱的东西，有金银器具、首饰、绫罗绸缎、古董、皮大衣、礼帽、狗皮狼皮褥子、名贵药材，还有一大包烟土。

"马大哥，你们以山货铺子为掩护，把这些东西销出去换成大洋，作为我们搞武装的经费。到时候，我们派人来取钱！这个任务可不轻啊！"

"你们在前线提着命干，我这算不了什么。"

"这也是提着命的活！"

从这天开始，我外太爷马殿选家里一下子热闹了。街坊邻居出出进进，甚至于前街后巷的许多大人物也来找我外太爷，我奶奶马云英当时只有六岁，她对我外太爷销货买枪的事，记忆犹新，她曾对我讲过，买枪是很危险的事，因为山货铺子来往的人多，引起了屠安良注意，屠安良到保安队密告，说我外太爷贩卖枪支，保安队突袭了我外太爷家。由于我外太爷早有防备，没有搜出任何东西，没有证据，但他们不甘心，将我外太爷抓去，关进监狱，勒索钱财。我外太奶被逼用赎金赎我外太爷。我外太奶怕保安队扯出肖焕章，便让我奶奶去交赎金，换回我外太爷。我奶奶聪敏伶俐，惹人怜爱，她真的顺利地交了赎金，牵着我外太爷的手回来了。

我奶奶说，大人们以为我不懂事，不知道我外太爷干的事，其实她和我两个姨奶啥都清楚，只是她们嘴紧，从来不说。我奶奶那时分不清哥老会和旮旯会。她曾问我大姨奶马云梅,我大姨奶耐心地告诉她:"大人们说,乡里人发音不准,把洪帮叫旮旯会。还有人误认为洪帮是阁老的公子参加的会,因此舵把子们在西街赵家大门开堂拜盟,结社会党。宣布不再称哥老会,而称洪帮。洪帮或是哥老会、旮旯会,都是一回事。"

我奶奶马云英捂住嘴,咯咯笑个不停。

"你笑什么?"

"我明白了。"

"你明白什么了?"

"爸爸、殿德叔叔、殿明叔叔、乔家年伯、云梅姐姐,还有妈,都是洪帮。我们家是洪帮窝子。"我奶奶马云英毫无顾虑地嬉笑道。

我大姨奶云梅和二姨奶云莲吓得脸色都变了,跑过来捂住我奶奶的嘴:"不准你胡说!"我奶奶马云英的嘴被姐姐捂住,气出不来,二人就争吵。一来二去,我奶奶马云英哇地一声大哭,挣脱姐姐的手,跑到我外太奶郭玉兰那儿去告状。

我外太奶郭玉兰一听二人争执的原因,也吓了一跳。她将我奶奶抱到自己的腿上,轻轻擦掉脸蛋上的泪水,又将二姨奶云莲揽进怀里,细声慢语地问:"你咋知道我家是洪帮窝子?"我奶奶马云英娇声说:"大前天晚上,家里不是来了一帮人吗?"我奶奶抬头看看我外太奶的脸,我外太奶郭玉兰装出一副全然不知的模样,静静地望着女儿。我奶奶云英着急地拍打着小手说:"殿德叔叔、殿明叔叔,乔家年伯。还有几个人,我叫不上名字,但他们扛着一捆枪呢。"

我奶奶马云英这话让我外太奶郭玉兰心惊肉跳。

"你咋知道他们拿枪来?"

"你让我和弟弟仲霖去睡,不叫我们到堂屋里去。我被尿憋醒了,披着衣服,跑到院子外上茅房,看见堂屋里大亮着灯,我很好奇。就爬上窗台,我看得见屋子里的人,屋子里的看不见我。你们里面说的话,我在外面全都听见了。"

"你看见了什么？听见了什么？"

"我见他们扛着几条席子进了屋，爸爸拿了一包烟土，交给一个人。他们高高兴兴地走了。爸爸踢着地下的席子对殿德叔和乔家年说，天麻亮叫他们赶着骡车到我家来，城门一开，让他们把东西送到倚下，交给一个叫王仲甲的人。还让姐姐云梅一块出城，去一趟临洮步校。我很好奇，等你们睡下，悄悄进了堂屋，搬了下席子，重得很，搬不动。伸手到席子里摸了一下，硬邦邦的，摸了一会儿，我摸到了枪柄。我数了数，有十多支呢。"我奶奶一口气说道。

"这些话，你给别人说过没有？"我外太奶郭玉兰擦拭着云英脸上的泪珠，轻声问。

我奶奶马云英摇摇头。

"你说实话。"

"我真的没给别人说过。"

我外太奶郭玉兰松了一口气，抚摸着她的头说："这就好，你们是妈妈的好孩子，都长大了，家里的事，一个字都不能给外人说。要是外人听了，爸爸要掉脑袋，官府的老爷们就会抓我们，我们全家人就活不成。听清楚了没有？"

几个孩子使劲点头。

"爸爸买枪支干啥？"

"打日本，你爸干的是大事。"

可是我奶奶脑子里的疑问仍然没有消除，她忍不住问："学校里老师讲，日本侵略中国，杀中国人，烧中国房，抢中国钱，是世上最恶的坏人！日本人是我们的敌人，人人都要抗日救亡。为什么国民党的军队不去打日本，要爸爸他们去打呢？要组织洪帮呢？还有，爸爸他们为啥黑灯瞎火地商量事？国民党为啥要抓爸爸呢？难道爸爸是坏人？干的坏事？"

孩子一连串的问题，看似简单，每个问题却涉及政治大事，我外太奶郭玉兰不能一一回答，但她有自己的方式，来解决孩子们的疑问。

"乔家年和牛娃是坏人吗？"

"不是！"

"他们干过坏事吗？"

"牛娃一天到黑放牛，乔家年打短工，他们都没有干坏事。"

"对，他们不是坏人，可官府为啥要抓他呢？"

我奶奶马云英使劲摇头。

我外太奶郭玉兰望着孩子的脸，深情地说道："你们还小，好多事现在还不明白，但有一点你们要记牢，爸爸妈妈干的都是堂堂正正的大事、好事。等你们长大了，就会明白爸爸妈妈所干的一切。你们都很懂事，家里来了人，听到了什么话，看到了什么事，都要保密，千万不能对外人说。你们还要帮爸爸妈妈干事，家里来了人，你们要在门外放哨，不能让外人进家门。"

从这天起，我奶奶马云英一下子好像长大了，明白了许多事，懂得了许多道理。

也是从这天开始，我奶奶马云英姐妹承担起了放哨的任务。当大人们在家里商量大事的时候，她和我姨奶在门口踢毽子、拾石子、玩跳绳，可疑的人或者巡警走近家门，她们立即拉动门槛上的细毛绳。这条细绳子一端有一只小铃铛，拴在东房屋檐下，绳子一动，铃铛一响，里面的人就从后门躲藏起来。

第十六章

不给你军饷

[民国二十七至二十八年（1938—1939），华林坪，四方耗]

 募兵

1938年秋天，飒飒的秋风吹起来，庄稼树木完全褪去了绿色，田野山峦一片金黄。重阳节的这天，从兰州传来消息，蒋介石撤销了北伐名将贺耀祖的兰州行辕主任、省政府主席、省防空司令部司令等职，调任他为军事委员会办公厅主任兼调查统计局局长，任命朱绍良为甘肃省政府主席兼第八战区司令长官。朱绍良一到任，枪口指向共产党，他查禁书刊，打击限制八路军驻兰办事处的活动。八路军办事处主任谢觉哉虽然进行了严正交涉，但是他的处境日益恶化。朱绍良下令解散了受八路军驻兰办事处支持的"甘肃在乡军人抗日联络委员会"等进步团体，逮捕了马青山等坚决要求抗日的青年，撤销了王子元的保安大队长职务。

我奶奶说，她十五岁时曾见过王子元，他留着八字胡，戴着一副眼镜，精瘦干练，中等身材，身着长袍马褂，温文尔雅。我奶奶说王子元命苦，五岁丧母，九岁丧父。他打小懂事，勤奋，文庙小学毕业就考取了平凉陇东讲武堂。常年在外奔波，当过青海马麒宁海军骑兵黑马队教官、杨土司挑峨路保安司令参谋长。七七事变后跟伍修权结识，组织"甘

肃在乡军人抗日联络委员会"，朱绍良解散"抗联委"。王子元密谋刺杀朱绍良，秘密泄露，朱绍良雷霆震怒，严令通缉。王子元连夜前往固原隐蔽两年，后在通渭白杨林村藏匿。

而"抗联委"成员也受到严密监视，凡是在军中任职的军人，朱绍良都采取了措施。民国二十年鲁大昌得到国民党军政部新编十四师番号时，任谦任新编十四师四九三旅团长、史鼎新任十四师参谋长、王德一任师警备团连长，王仲甲、桑汤六、孙继武、安华雄等也曾在十四师任职。他们都是"抗联委"成员，朱绍良解散"抗联委"，任谦等人全部失去了军职，或赋闲，或在军中担任闲职。任谦当时三十来岁，长阔脸，大眼睛，敦敦实实，个子不高。他是八十七军中将军长周祥初的舅舅，这些都是我奶奶后来才晓得的。

他们聚集在史鼎新的住处秘密聚会，紧急商议。

"手中没有部队，没有枪，我们怎么办？"

"到老长官鲁大昌那儿诉苦去！"

"你别装胡搅蛮缠，鲁大昌堵截北上红军被击溃，升任新编第二军军长。可是军长的位子没坐几天，又调任第八战区东路总指挥，失去实际军权。他泥菩萨过河，自身难保。现在十四师师长是王治岐，要找就找王治岐。"

"哼，找王治岐，那是自取其辱。"

大家沉默了半天，慢慢聚拢在一起。

"朱绍良解散了委员会，他不愿军人抗日，我们就搞自己的武装。"

"对，按原计划搞抗日志愿兵团！"

"可到哪儿去寻人呢？"

大家都被难住了。

史鼎新长长的身子，长长的脸，瞟了任谦一眼，两人目光不易觉察地交会一下。

"前段时间，我派肖焕章到临洮，找洪帮大哥马殿选，他说，洪帮全力支持。要人出力，要钱凑钱。"史鼎新站起来，轻轻咳嗽一声，沙哑着嗓子，满怀信心地说。

他这话一说，大家的眼睛顿时亮了。

"我们分头行动，王仲甲和肖焕章到峝下、王德一到武都、安华雄到榆中，你们串联贫苦农民。我和任大哥到临洮找马殿选，动员洪帮，争取拉起一个团。只要拉起了人马，朱绍良和谷正伦就没话说了。"史鼎新似乎有点激动，两根手指夹着纸烟，来回走了几步说。

史鼎新

第二天，史鼎新和任谦到临洮，晚上悄悄找到我外太爷马殿选。

院子里月光淡淡地照着，没有一个人影，任谦直截了当地说明了来意。

"老肖上一次已经给我说了此事，我在临洮洪帮中已经动员了上千人，可离三千这个数字，还有一大截。"我外太爷马殿选盘腿坐着，吧嗒吧嗒地抽着旱烟锅说。

"还有什么好办法？"

"办法有，还需走趟远路。"

"只要能募到兵，路远不怕！"

"岷阳有个漆世昌，你们知道不？"

"知道。鲁大昌拉起部队，他任副司令，后来嫌不自在，离开了。"

"他是西南帮会老大。手下有一批洪帮兄弟，让他动员这些人。二处合一，差不多能凑两千人。"我外太爷马殿选点亮玻璃罩油灯说。

"马大哥，不瞒你说，去年西兰公路被水冲毁，铁轮马车、胶皮骡马大车轧坏了路面，汽车不能通行。上头拨了金圆券，命我修筑。我招募了二百多劳工，都愿意跟随我干。我再到老家渭源募些兵，这几处加起来，我估计三千足够了。"任谦信心十足地说道。

"好极了，我们明天动身到岷县，找漆世昌大哥！"

我外太爷马殿选来到岷县，在草滩骡马店约漆世昌跟任谦见面。漆世昌大高个，大黑脸，留着短头发，披着黑羔子大衣，穿着黑贡呢面白布千层底的鞋，说话粗声大气。任谦也是个豪侠之士，甩了洪帮拐子礼，献上一大堆珍奇宝物，四人结拜为异姓兄弟。史鼎新年龄最大为大哥，漆世昌居二，我外太爷为三哥，任谦年龄最小，为小弟。他们焚香叩头，对天起誓"宁学桃园三结义，不学庞涓挂双靴"。接下来以骡马店为窝子，来往联络。经过几个月奔波，一支三千人的军队拉了起来，组编为"抗日志愿兵团"，任谦自任团长。

部队开赴兰州华林坪训练，准备抗战。

驻兰州的国民党八战区司令朱绍良和省政府主席谷正伦大为惊慌。他们未曾料到，刚刚解散"抗联委"，任谦却背地里来了这么大的动作，一下子拉起了三千人的部队。

面对此情，朱绍良和谷正伦陷入了被动，谁都明白，任谦的这一举动是爱国行动。他们既不能下令解散"抗日志愿兵团"，又不能公开地责怪什么。但他们心里害怕极了，如果任其"抗日志愿兵团"武装发展壮大，将危及他们的统治地位，甚至和他们抗衡。

"正伦兄，你有什么好办法？"朱绍良到谷正伦处，心急地问。

"自古以来当兵吃粮，领饷养家。我的办法是嘴上啥也不说，就是不给他编制，不发他军饷。士兵吃不上饭，拿不上饷，时间一长，当兵的就会开小差，他们所谓志愿兵团就会自动瓦解。"谷正伦眯缝着眼睛，悄声说。

两人心领神会，脸上露出了笑容。

他们这一招确实毒辣，果然三个月领不到饷，军心开始动摇。

"我一天好几趟找军需处，他们不说不给军饷，就是拖着不办，咋办？"

"老蒋说了，跟日本人'如果战端一开，那就是地无分南北，年无分老幼，无论何人，皆有守土抗战之责，皆应抱定牺牲一切之决心。以临此大事，全国国民必须严肃沉着，准备自卫'。我们募兵是为了抗日，为政府分忧，朱绍良他别人的话可以不听，老蒋的话总得听吧！"任谦满脸的怒火，手握拳头非常气愤地说。

"朱绍良拿软刀子来对付，我们到西安求助杜斌丞。"杨景周骂了几句，想了个主意。

任谦与王教五、杨景周商定，派杨景周、赵鹤天到西安，面见杜斌丞。

我在西安读本科时，我奶奶七十四岁，身子骨还很硬朗。她和叔叔朱晓军来看我，我带她到陕北米脂老街，专门陪她到东大街十九号，这是一座老图书馆，还可以看到由林伯渠亲笔题写的"斌丞图书馆"馆名石刻。我奶奶说，杜斌丞是杜聿明堂哥，民主同盟早期领导人。他是米脂人的骄傲，西安事变有功之臣。西安事变爆发时，杜斌丞担任国民党第十七路军杨虎城部总参议，他被任命为省府秘书长，改组省府。他迅速签发并宣布了张学良、杨虎城八项训令，为挽救危局，为国共再次合作，出了力，做了好事。1947年杜斌丞被国民党特务逮捕杀害。毛泽东亲自写下"为人民而死，虽死犹生"的挽词。我外太爷他们在最困难的时候，得到了杜斌丞的帮助。

杨景周和赵鹤天到杜公馆。杨景周从黄色军上衣兜里掏出一封信，交给杜斌丞。

杜斌丞仔细看完信，抬起头来。

"你们都是抗联络委的成员？"

"是的。"杨景周恭恭敬敬地点头。

"九一八事变后，日本强占东三省。我就提出了西北大联合的主张：回汉一家，陕甘一体，打通新疆，结好苏联，抗日救国。杨虎城将军对我的建议深表赞同，以潼关行营高级参议的身份派我到甘肃考察。我在鲁大昌的第一路警备司令部跟任谦见了第一面，他当时任直属第一团副团长。我说服了陈珪璋、鲁大昌，他们接受杨虎城将军的改编，随十七师孙蔚如部进军兰州。鲁大昌被改编为陆军十四师，下辖一旅二团，任谦担任团长。十四师改编为陆军第一六五师四九三旅九八六团，任谦担任了团长和副旅长。"杜斌丞五十岁出头的样子，头顶光光，相貌堂堂，蓄一副鲁迅式的八字胡，一双眼睛，炯炯有神，他轻轻将信放到桌上说。

"朱绍良到兰州，凡是参加了抗联委的，撤职的撤职，查办的查办。任谦也撤了。"赵鹤天那瘦高的身子微微有些颤抖，凸出的喉头明显地上下滚了几滚。

"哟，他是个能打仗的人，可惜啊！"杜斌丞叹口气。

"朱绍良跟中央大唱反调，一改贺耀祖联合抗日的做法，解散了抗联委，只讲剿匪，不准抗日。"赵鹤天忍不住了挥了挥胳臂，激动地说。

"告朱绍良的状，我无能为力啊。"杜斌丞沉默一会儿，轻轻地站起来。

"杜先生，我们不是来诉苦的，我们有求于你。"杨景周赶紧站起来说。

"什么事？"

"任谦撤职后，我们联合洪帮，组织了一个三千多人的抗日志愿兵团。我这次到西安是想打探一下，中央联合抗日救亡的政策有没有变？我们的抗日志愿兵团能不能得到中央的支持？"杨景周张了张干裂的嘴唇，以十分不安的声音说。

杜斌丞听了杨景周的叙述，拍着桌子说："西安事变发生，国共两党联合抗日救国，枪口一致对外。这是大政方针，可是老蒋高唱'攘外必先安内'，西安事变前严令中央军加紧剿共，西安事变后又明一套暗一套，举着抗日的旗，端的却是剿共的枪，明眼人都能得出来，他是无心抗日嘛。朱绍良和谷正伦把老蒋信奉成了佛爷，你们不要跟着他跑。"

"我们不知道怎么办，想跟您讨主意。"杨景周说。

"我说过，只有西北大联合，促进南北大联合，才能对付蒋介石。你回去告诉任谦，在民族危亡的关键时刻，我们要保持清醒的头脑。凡是抗日救亡的人，都是朋友，凡是想当汉奸或者破坏抗日的，都是我们的敌人。"杜斌丞慷慨陈词。

"朱绍良拿着蒋介石的尚方宝剑，我们拿他没办法。"杨景周低着头，小声说。

"五年前我就说过，一个杨虎城，一支十七路军，斗不过蒋介石，迟早要被吃掉。一个任谦，一个十四师，也斗不过朱绍良，迟早也会被朱绍良吃掉。最好的办法是联合起来，只有这样，抗日救国战线才能形成。"杜斌丞激动起来，双腿在椅子上一蹲，蹲成了一只狮子。

"我们的组织中有不少人被朱绍良咬住不放。"

"怕什么！共产党是抗日的。那年南京政府任命孙蔚如为甘肃宣慰使，我是宣慰使署秘书长，掌管政务。我资助共产党员谢子长和杜润滋许多武器，他们发动了靖远兵变。要不是蒋介石迫使孙蔚如退出兰州，我们西北大联合的局面就形成了。我仍旧是那句老话：要走共产党的路，联络各方面人士。"杜斌丞目生亮光，大声道。

杜斌丞回忆起他跟共产党来往的历史，心情便不那么平心静气，他显得很激动："那一年蒋介石控制了甘肃，让我和孙蔚如到汉中，上剿共前线。孙蔚如是十七路军杨虎城的猛将，不是蒋介石的嫡系，我们跟红军打仗，蒋介石的用意很清楚，我们败了，削弱的是杨虎城。红军败了，削弱的是共产党，他玩的就是两败俱伤的游戏，压根没心思打日本。我早就看破了他的阴谋，我分别找杨虎城和孙蔚如，谈了自己的看法，他们二人问我有什么好法子，我说联共反蒋抗日。杨虎城认为我的主张对，很赞同。我们想了好多办法，有明的，有暗的，经过一段时间的努力，沟通了红四方面军和十七路军的联系，达成了互不侵犯、共同反蒋的协定。将近两年的时间，红四方面军和我们孙蔚如部基本上没有发生大的冲突，从而挫败了蒋介石的阴谋。"

"可是朱绍良和谷正伦总说共产党坏话，说他们不抗日，净捣乱。"

杨景周说。

"根据我个人的经历,我认为中共方面对抗日是积极主动的。当年中共红一方面军长征到达陕北,毛泽东派汪锋到西安,汪锋带着毛泽东的两封亲笔信,一封给杨虎城,一封给我,说的是同一件事:十七路军和他们共同抗日。"

"毛泽东给你写信?"杨景周好奇地问。

"是啊,我还记得毛泽东信中的话,他说我为西北领袖人物,投袂而起,挺身而干,是在今日。毛泽东这话,我想起来就激动。我诚恳地向汪锋介绍了杨虎城、十七路军和东北军的情况,还就如何合作提出了建议。第二年年初,杨虎城派我和共产党联络。我将杨虎城的意愿传达给中共陕西地下组织,达成了十七路军与红军互不侵犯,暗中合作的默契。中共方面派张文彬到西安,他携带了毛泽东再次写给我的信函。毛泽东在信中说:'虎城先生同意联合战线,但望百尺竿头,更进一步。时机已熟,正抗日救国切实负责之时,先生一言兴邦,甚望加速推动之力,西北各部亦望大力斡旋。'从这封信中,我感到毛泽东的诚意,也确信中共是真正抗日。当时我出面帮助张文彬,在十七路军中开展联络工作。杨军长也很支持嘛。"

杨景周叹口气,眼睛盯着杜斌丞,皱眉低声说:"朱绍良可不像杨虎城将军,他不但不支持我们搞大联合,而且处处与我们为难,搞血腥镇压。抓了好些人,杀了好些人。给抗日志愿兵团穿小鞋,不给军饷,我们很难呀!"

杜斌丞深思片刻,爽快地说:"别发愁,我想办法给你们搞些武器和军饷。"

"杜先生,真是太感谢了。"杨景周愁眉舒展。

"哟,你回去告诉任谦,必要时找找许权中,两省联合嘛!"

杨景周、赵鹤天听了杜斌丞一席话,心里豁然开朗。

走出杜公馆,天空晴朗,万里无云。他们采办了一些军需,连夜骑马从西安返回兰州，二人来不及回家，直奔任谦的住处，详细向任谦汇报了情况。

"我们就按杜先生说的办，搞大联合。"任谦听了他们的话，兴奋地说。

"任团长，还有一个问题，除了杜先生提供的武器和军饷，抗日志愿兵团军需缺口还很大，我们要不要再找朱绍良？"杨景周问。

"找他，那是死人的屁股里掏药钱，掏不来的！日军进攻华北，肆意烧杀抢掠，在中国犯下了滔天罪行，激起全国人民强烈的民族仇恨，抗日救亡呼声日益高涨。这对我们有利，我们向朱绍良张口，还不如向人民张口。"

"你是说募捐？"

"既然兵能募得到，捐还募不到吗？"

"对，我们不靠他，靠百姓！"

 42 募捐

随后的日子，任谦带领那些被撤职的军人，联络各族各界人士，开展了一系列抗日救亡宣传活动。各族群众献金献物，出人出力支持抗战，捐献飞机十多架。许多热血沸腾的年轻人，同仇敌忾，主动请缨，参加抗日志愿兵团。一些地下共产党员，潜入兰州各大学校，发动学生，宣传抗日，组织募捐义演。

朱绍良顽固地执行反共政策，但募捐是为了抗日救国，他不敢公开反对。任谦用募捐的钱财，为抗日志愿兵团的士兵缝纫了新军装，购买枪支弹药。眼看着抗日志愿兵团一天比一天壮大，朱绍良坐不住了，他焦急不安地找谷正伦商量对策。

"任谦到西安找杜斌丞，说白了，那是向杨虎城告我们黑状啊！"朱绍良不满道。

"他抬出抗日大旗，当面我们不好说话。"谷正伦也叹气。

"他有什么把柄没有？"朱绍良皱着眉头问。

"让我想一想。"谷正伦肉厚身沉，坐进椅子里，拍拍大脑袋瓜子。

"有了！"

"什么把柄？"

"朱兄，任谦这次募兵，主要靠了谁？"

"据说靠了洪帮。"

"洪帮是什么，不就是个乌七八糟的黑社会组织嘛！我们就以'内存不良分子，已被共党利用'为理由，解散这个所谓的抗日志愿兵团！"谷正伦伸长身子说。

朱绍良轻轻摇摇头，依然一脸茫然。

"老兄，你认为不妥？"谷正伦问。

"三千人的兵团，可不是一个小团体，不是说解散就可以解散的。闹不好，部队哗变或者发生内讧，局面不好收拾。何况他们打的是抗日志愿兵团这个大旗，在全民抗战的节骨眼上，舆论的压力就受不了。"朱绍良慢腾腾地说了自己的想法。

谷正伦坐回椅子中，深思熟虑了半天，眼睛突然发光。

"我有办法了。"谷正伦说。

"快说！"

"干脆，我们主动给它编制，给任谦升官。"

"老兄是什么意思？"朱绍良不明白。

谷正伦站起来，走近朱绍良，小声说："我们将这三千人缩编成一个团，将那些共党分子分流出去。既多了一支部队，又解决了难题。"

"任谦能答应吗？"朱绍良疑惑不解。

"他仍然穿着军装，如果不服从命令，正好给了我们口实，军法从事！"谷正伦坐到朱绍良身边，继续说道，"我们先给任谦升官，然后从他们的人中提拔一个团长，这个人最好是洪帮中人，多给好处，他要是听我们的话，就让他当团长，要是不听，再换成我们的人！"

"妙！老兄这是釜底抽薪之计！"朱绍良高兴地拍掌道。

第二天，朱绍良主动召集抗日志愿兵团连以上的负责人开会。他心情似乎格外开朗，嘴角挂着难以捉摸的微笑，大声说，经过我们积极协调和努力，已经争取到抗日志愿兵团的编制和军饷。枪我们很快会发下去，拿到手后，大家要练好枪法，还有站队啊，跑步啊，射击躲避，追踪，对峙，都要弄得像那么回事。任谦团长为党国分忧，应该嘉奖提拔。

任谦

因为困扰多日的编制和军饷得到解决，大家很高兴，也没有多想朱绍良的态度为啥转变得这么快。过了一星期，朱绍良下令：提拔任谦为第八战区督练员、省政府府员。任谦吃了个哑巴亏，明升暗降，失去了团长一职。朱绍良和谷正伦将他调离部队，他再度赋闲。

不久，日本侵略军大举进逼中原，日军攻势凶猛，兵锋直指潼关。

抗日志愿兵团在洪帮团长的带领下，开赴前线潼关。

镇守潼关的仅有三万将士，他们是杨虎城十七路军改编而成的三十一军团。虽然他们能打硬仗，但是日本人已经攻占太原，日军有飞机坦克，三十一军却三个人一条枪，一个人一把大刀片子，凭借这样的装备，能否将日本人挡在黄河对岸，大家心中无底，全国人都捏着一把汗。

任谦更是寝食难安，他不知道自己辛辛苦苦招募的抗日志愿兵团是不是上得了前线，更担心它被打散。因为他清楚它的战斗力。虽然抗日志愿兵团的兄弟们个个都怀有一腔热血，但他们武器装备极差。三十一军三人一支枪,一人一把大刀,可抗日志愿兵团的兄弟十人没有一支枪,一人只有一根木棍。他曾答应过父老乡亲,要把他们活着带回来,可偏偏不能带队。

揪心的消息在一个月后传了过来:抗日志愿兵团进攻运城,遭到日军炮火袭击,溃不成军。两千人被傅作义三十五军收编,前往周口至界首一带的黄泛区。一千人下落不明。

整个兰州城人心惶惶,人们三五成群地凑在一堆,交换着各自的情报。

任谦心如刀绞。他知道,运城在晋、陕、豫三省交界,日本打到运城,潼关就很危险。潼关是陕西东边的唯一一道天然屏障,如果日军拿下潼关,潼关以西全是开阔的渭河河谷,无险可守。陕西不保,甘肃危矣!他站在黄河边,望着汹涌澎湃的河水,心沉到了谷底。

他摸了一下鬓间的白发,痴痴地盯着黄河,眼里渐渐涌出泪水来,无奈地自言自语道:"我们的抗日志愿兵团完了,眼看日本离兰州越来越近,怎么办啊?"

起雾了,天灰蒙蒙的,浓雾笼罩着大地。河对岸的房屋、树木、小河都看不清了,河面上像有一层烟。所有的景物都像被披上了一层白纱。在氤氲的雾气中,任谦看到一个人匆忙地走过来,到了近处,才看清是史鼎新。史鼎新显然听到了任谦的叹惜,他说:"不要怕!我知道陕西临潼县出了个许旅长,1933年就打日本,1937年后打得更凶,人称抗日名将,真名叫许权中。他参加了冯玉祥在张家口建立的民众抗日同盟军,被冯玉祥总司令任命为师长。一个月内就收复了察哈尔全省,他在战斗中攻坚最猛,受到称赞。可是蒋介石认为这是反对他的不抵抗主义,派军队和日军夹击同盟军,使同盟军瓦解。他只好回到老家交口镇,一边种庄稼,一边搞武装。我们去找许旅长,跟他讨个主意,万一潼关失守,日本打进陕西,打到兰州,我们不能束手待毙,要有应对之策。"

"朱绍良公开讲中国有两个敌人,一个是日本,一个是共产党。我听说许权中是老共党，咱们去找他，朱绍良会寻我们的麻烦。"任谦思绪飘到一年前，他找杜斌丞的事。

"别管他，我们偷偷去。"史鼎新打断任谦，果断地说。

"好吧，刀子架在脖子上，顾不了那么多！"任谦跺脚，下了狠心。

立秋一过，天气逐渐转凉。莜麦、豌豆、扁豆、绿豆、豇豆等夏季作物开始收割。兰州后山里的麦子，也进入收割期。可是小日本就是不让老百姓安心地收割，前线的战火，烧得更旺了，已经到了国难当头的危急时刻，任谦和史鼎新作为军人，不能不感到忧虑。在八路军办事处的帮助下，他们马不停蹄到陕西，在临潼县城与许权中见了面。

"欢迎二位，进屋谈。"看完伍修权的信，许权中握住了任谦的手。

"许旅长，我们是来你这儿取经的。日本鬼子大举进攻潼关，守军面临着怎样的命运，我们难以想象。如果守不住，怎么办呢？"任谦颔首道。

关于任谦到陕西找许权中这件事，我奶奶一辈的老人讲着上一辈人流传下来的故事。在我奶奶的印象中，我外太爷他们对许权中看得很重。我奶奶说，西安事变前夕，杨虎城请许权中到西安，商讨反蒋事宜，任命他为独立旅长。西安事变后，国共合作出现了一片大好的抗日形势。但是许权中从最坏处着想，考虑到国共可能合作失败的形势，就到交口镇，找地下共产党员谈国帆、王志温，暗中搞地下武装。他们采用外白内红的策略，取得了镇长、几个保长、学校校长、商会会长等职务，形成了受共产党指挥的保甲武装。

"大家要有最坏的打算，如果说真有那么一天，陕甘两省要联合打游击，这是最好的办法，也是唯一可行的办法。打日本，光靠国军不行，光靠正面战场不行，要靠共产党，要靠广大的老百姓。"许权中胸有成竹地说。

"许旅长说得对，国军在华北一溃千里，西北不能重复华北的噩梦。"

"二位老兄是国军，我的共产党身份我也不想瞒。大战当前，我们应该精诚团结，共赴国难。老蒋不想抗日，咱们老百姓起来抗，不能让他拉后腿。"

"我们想听听许旅长是如何组织百姓的。"

"二位老兄真心抗日救国，我就说一说。我在交口镇搞保甲武装的目的，一旦潼关失守，日本打来，我们好武装抵抗，保卫家乡。我通过老关系，搞到了一些枪支，最近搞了五挺轻机枪，十支冲锋枪，二十箱手榴弹，几个防毒面具和望远镜，我要他们按正规化的要求搞训练，将来要补充我的队伍。"许权中观察了任谦一会儿，深思片刻，说出了真心话。

"许旅长在交口镇有多少人、多少枪？"

"交口镇的这支武装，有四千多人，五百多支枪，一保编为一个连，按时训练。我还想扩充保甲武装，联系栎阳、武屯等地的保甲。把他们都武装起来，正规军上前线，保甲武装就是我们的后盾。"说到这里，许权中从腰间掏出一杆汉白玉烟嘴的旱烟袋来，捏出一撮烟末，装入锅内，递给任谦。后来潼关吃紧的时候，真如许权中所料，交口的保甲武装上前线，挖战壕，送粮草。交口成了一块地下红色根据地，像插在敌人心窝中的一把刀子，令敌人寝食不安。

任谦和史鼎新听到许权中的话，十分激动。

"我们搞了个抗日志愿兵团，在运城被打散了。我们想重新搞武装斗争，可是甘肃保甲长，都是些顽固不化的人。搞保甲武装，这条路很难走，怕不行。"

"各地情况不同，你们可以找当地的共产党，在脚户、矿工、水工、手工艺人等社会底层百姓，下苦人群体中建立武装力量。"

"许旅长有所不知，甘肃共产党力量弱得很。"

许权中一言不发，场面有些冷静。

"我们那儿，洪帮的影响大，我们能不能联合他们？"

许权中一拍大腿，说："能啊，怎么不能！洪帮也是中国人嘛，当初孙中山先生就很依靠洪帮，共产党的一些著名人物，如贺龙等人，就是洪帮成员。他们讲义气，敢担当，是一群血性男人。我们说联合统一战线，加强抗日救亡力量，包括各方面的人，当然也包括洪帮。"

"那好，我们回甘肃立山头！"听了许权中的话，任谦一下子振奋起来，他清楚，在甘肃在乡军人联合会中有许多人是洪帮。

返回兰州，任谦和史鼎新找到八路军驻兰州办事处，见到谢觉哉、伍修权等人，报告了面见许权中的事情，谈了他们想在洪帮中发展抗日力量的想法。

"好啊，我们八办全力支持你们，你们想怎么干？"

"朱招良虽然解散了'抗联委'，可是人心没散，大部分成员都在甘肃，我们想成立西北民主政团，以这个组织为基础，联合各方力量，形成统一战线。"得到谢觉哉等人支持，任谦连夜找一些民主人士和中共党员秘密聚会，敞开心扉，谈了自己的想法。

"非常好，就这么干。"谢觉哉说。

月亮出来了，高高地挂在天空，洒下一片清辉，百花凋零、万马齐喑的兰州城，笼罩在明月的银光下。不愿做亡国奴的人们，听了任谦的一番话，仿佛在寒冷的冬季里看到了一抹春意，沉闷的气氛为之一扫。

第十七章

政帮大串联

［民国二十八年（1939），横巷子，天兵］

 走进横巷子

太阳刚刚落山，任谦拖着困倦的身子，绕开一排排店铺，走进一条迷宫一般的小巷。古旧的巷子里车来骤往，人们忙忙碌碌，各自为营生奔波。任谦像一个闲人走走停停，曲里拐弯朝巷子深处一座老祠堂走去。祠堂无人修缮，日渐破败。他绕着老祠堂转了几圈，不经意地四处看看，这儿拥挤狭小，静谧深幽，周围没有一个人。他忽然一低头，紧走两步，推开老祠堂左边的一扇破门，一闪身，走了进去。

任谦进去的是兰州市横巷子二号，刘志道就租住在这里。

我奶奶年轻时跟刘志道在同一座城市工作，那时刘志道改名为刘余生，在民政厅任副厅长，他们常有来往。刘余生曾请我奶奶吃饭，聊了很多，聊的当然是过去的事。刘余生告诉我奶奶，红军离开衙下后，他为了躲避鲁大昌的走狗马殿明岗的抓捕，进了紫松山，在林子里躲藏了一阵子。到了冬天，林子里搞不到吃的，便偷偷离开紫松山，逃到兰州找朋友任谦。

任谦马上对刘志道说，我的外甥周祥初是四十三师师长，你若愿意，

我介绍你到他那儿谋个差事。危难之中任谦伸出援手,刘志道自然感激不尽。他想到弟弟刘志明在四十三师当少校侦察科长,也驻扎在平凉,就赶紧托人买了两匹马,拿着任谦的介绍信去了平凉。周祥初看了舅舅的信,介绍他到平凉保安大队。大队长名叫张国权,是周祥初在保定军校时的同学。张国权让刘志道干了一段时间,觉得他很有本事,也很信任,便推荐刘志道担任了副队长。

刘志道,后改名为刘余生

　　刘志道在保安大队,给弟兄们讲红军故事,传播新思想。引起上司警觉,认为保安大队被赤化了。便将保安大队从平凉调至兰州,以"共产党嫌疑"为名缴了械,改编为筑路大队,刘志道仍任队副。甘新公路永登段修筑完成,筑路大队解散。保安大队长张国权调任省府保安科长,因兰州师管局筹备处处长蔡呈祥是张国权在平凉讲武堂的学生,张国权便向蔡呈祥举荐刘志道,将其调至兰州师管局筹备处做雇员。兰州师管局筹备处改为兰州师管区司令部后,任命他为军法助理员、军法官。刘志道便租住在横巷子二号。

　　任谦反手关上破门,走进小院,走进对面安静的老屋,坐在茶几旁的小凳子上。刘志道坐在窗口,膝上摊着一本书。看见任谦,赶紧放下书,走上前来,倒了一杯茶。任谦抬头看他一眼,也不说话,慢慢端起茶杯,喝了一口。

　　"他们都来了吗?"任谦轻声问。

　　"在楼上,来了一部分。"

　　"那我们到楼上,边说边等。"

　　刘志道前头带路,任谦端着茶杯跟着。两人扶着屋内灰黑斑驳的两排楼梯上了二楼。今天晚上，他们要在这里秘密开会。他们通知了史鼎新、杨子恒、王教五、许青琪、杨可显、杨景周、张乾一、刘志明等人，还通知了王新潮、吴鸿宾、杜汉三、聂青田。

任谦出现在楼梯口的瞬间，一眼看见了熟悉的面孔。刘志明穿着一身淡青色的军服，他的身后，站着王新潮、吴鸿宾、许青琪等人。他们高兴地围拢过来，跟任谦握手打招呼。室主刘志道笑着提起暖壶，给大家添了一圈茶水。任谦咳嗽了两声，示意大家安静。

"我在县府和军队都干过，国民党腐败透顶，我算是看透它了。卢沟桥事变后，国共第二次合作，国民党表面上说要全民抗日，骨子里却仍旧反共打内战。前方战场节节败退，后方官员酒肉征逐，发国难财，百姓活在水深火热之中。我实在看不下去了！"任谦开口道。

"不说别的，就说我在兰州师管局筹备处期间，因看不惯他们发国难财的行为，检举揭发了团长段故、钟昆、王治，案件惊动了胡宗南，他派人来查，查出临洮县长周至成、永登县长陈邦启、民勤县长张东野、定西县长彭楚臣等军政相互勾结，就撤了他们的职。胡宗南在主席台上，大讲'撤得对、办得对'，可内心深处却视我为异端，蔡呈祥没有任何理由就解除了我的职务。靠腐败无能的国民党不行，得靠共产党，靠我们自己！"刘志道接口道。

"我哥说得对，共产党搞联合战线，这个办法适合目前的形势。"刘志道的弟弟刘志明，化名刘远峰、刘鸣、刘犁平，意思是不平则鸣，犁平天下不公之事。刘志明长相俊朗，他拍了一下桌子，站起来激动地说。

"你接触过共产党吗？"刘鸣一提到共产党，王新潮眼睛放了光。

"接触过，而且是共产党的大人物！"

"啊，这你可要给大家好好讲一讲，行吗？"

"来这里的都是一条心，我没必要瞒着！我哥任保安队副不久，我由周祥初四十三师少校侦察科长调任第七师团副，离开平凉，驻陕西兴平，常跟地下党岳秀山秘密来往，还去过西安七贤庄八路军办事处。"刘鸣举起手中的茶杯，一口喝光。

"你说共产党的大人物，指的是岳秀山吗？"任谦插话道。

"不是，这个人叫罗瑞卿！"刘鸣摇着头说。

"我听过这个人，他是延安军政保卫局局长，听说是毛泽东身边大将，你怎么跟他见了面？在哪儿见的面？"见多识广的吴鸿宾问道。

"我驻兴平时，将夫人张梅冬送到泾阳青训班学习。西安事变后，罗瑞卿以中国人民抗日红军大学教育长的身份，随周恩来到西安、咸阳等地，进行统一战线工作。罗瑞卿在泾阳县安吴堡周寡妇大院里碰到我夫人张梅冬，她说了我的情况，罗瑞卿约我到咸阳长谈了一次。"刘鸣独自坐在安静的角落，想起陕西的往事，回忆道。

"他跟你谈什么？"

"联合抗日，就是共产党讲的统一战线！"

 44　不平则鸣

我奶奶对刘鸣一直很钦佩，小时候她见过刘鸣。但他的故事，许多源于刘志道的讲述。刘志道说，刘鸣所在的部队预一师驻扎在商洛龙驹寨时，这个地方有刘松林、白清云两股土匪，预一师师长谢辅山下令攻打，刘松林钻进洞里不出来，洞内有粮有水，围攻无效。谢辅山命刘鸣想办法，刘鸣孤身一人深入虎穴，跟刘松林谈判，跟他讲统一战线，讲抗日大义。刘松林问刘鸣，我不抗日，你咋办？刘鸣说山洞后面我的部队正在挖洞装炸药，导火索一拉，整个山洞塌下来，想逃也逃不掉。刘松林又问刘鸣，我若抗日，你咋办？刘鸣说那好办，你投降，我收编。刘鸣最终用统一战线的办法将两股土匪收编为一个团。

那天西北民主政团的秘密会议上，还有一个黑瘦男子。这人名叫张贵有，曾是兰州师管局文书，离职后与妻子离婚，独自一人租住在横巷子。他笑着从角落里站起来走向刘鸣。就在那一瞬间，刘鸣分明感觉到有一道冷厉的目光,突然看向了自己,锁定了自己!张贵有走到前面,操着一口兰州土话问刘鸣:"你在商洛当过什么官?"

"我的官不大,担任过豫陕鄂边区预一师营长、军官教导大队大队长、紫荆公路警备团长等职。"刘鸣看一眼张贵有,谦虚地回答。

"你收编刘松林,他真心抗日,还是匪性不改?"张贵有似是漫不经心地问。

"那几股土匪,多数是当局逼上梁山的。他们内心恨日本,恨国军。刘松林抗日救国的热情很高。我暗中活动,准备将刘松林这个团拉到韩城县芝川镇,参加八路军。不料白清云表面上答应,却暗中告密,师长谢辅山以'通匪罪'报告胡宗南,胡宗南大怒,下令将我押送西安军法惩处。"刘鸣叹口气,似乎往昔的岁月又再次蜂拥倒卷而回。

"哎呀,你咋脱了险?"张贵有闻言竟自愣住了。

刘鸣心潮澎湃,眼睛幽幽地望着空洞的窗外。觉得夜色的幽暗让他透不过气来,心被一块东西堵塞着。在国破家亡的时刻,他觉得自己像是一头绝望的兽。他说:"幸好预一师团长张哲生听到消息,他一向跟我交好,偷偷通知我。我化装出逃到华山,躲过了胡宗南的抓捕。"

屋子里所有的人都沉默不语,若有所思地望着刘鸣。

刘志道回过身,目光落在略显憔悴的弟弟身上。他经历的那些惊险的事,从来没有对刘志道说过,他明白,弟弟怕哥哥担心。可是今天无意中听到弟弟说起过去的事,刘志道不由得心酸,心疼。弟弟熬了多少难熬的岁月,吃了多少难吃的苦啊。疼痛的滋味,袭击了刘志道,一时间眼眶有些湿润。

"我看过你写的诗,还记得这么几句:天把英雄当墨磨,英雄磨墨当探戈。半生事业空诗翰,赤心肝胆纸上多。"王新潮沉淀了一下波动的心情,打破沉闷的气氛,大声诵读。

"军营里私下传抄一本《风尘泪史》的书,这首诗收在这本书上。"许青琪喜欢读书,自己也常写点文章,来后一直默不作声,这时突然开口。

"许兄不知，作者就在眼前，这是刘兄写的书啊。"

"是吗？那我讨要一本呢。"许青琪欣喜道。

"各位兄长见笑了，敝人胡乱涂鸦，不登大雅之堂。"刘鸣哂笑。

"刘兄这本书，写了多长时间？"

"我在华山上无所事事，半年内写了这本书。"刘鸣回答。

"我听人说，你在宁夏任过职？"史鼎新上楼，插问道。

面对四周一片扫视过来的各异目光，刘鸣静静地站着，目光冷锐，注视着众人。虽然除了少数几个，多数人他是第一次谋面，但，不管怎样，他都能够清晰感受到心有灵犀，心心相印的情感。刘鸣深情地回忆道，去年春天，张哲生给我捎信，说他调任三十四师参谋长，驻防宁夏。我就离开华山，到银川找他。经他推荐，担任了三十四师参谋处科长。当时四川给三十四师调来一个补充团，师长马志超只要兵，不要官，主张给每个军官发数元路费，遣返回家。好多军官不想走，悲伤流泪。我就给师长和参谋长建议："将军官全部留下，编为军官教导队，加以训练考察，好的留下，不好的再遣返回家。"我的建议被师长采纳，他任命我担任军官教导大队副大队长，张哲生兼大队长。张哲生不管教导大队的事，要我全权负责。我将军官训练后，三十四师的送回本部，补充团的经我介绍，密送到延安，只有个别人回了家。

这批训练的军官临动身时，将宁夏中卫马鸿逵公馆几个门岗的枪给全下了，马鸿逵大怒，向三十四师部状告刘鸣。师长派胡宗南的心腹、副师长周西龙到教导队调查。周西龙一眼认出刘鸣就是通缉在案的刘远峰，便下令将刘鸣关押起来，准备以私通共党的罪名逮捕到西安受审。幸好张哲生保护，刘鸣逃离银川，到了兰州。

门外的楼梯上响起一阵阵沉笃的脚步声，刘鸣不由自主地将杯子端离唇面，怔怔地看着楼梯。只见杨景周带着几个人上了楼，他们走到任谦和刘志道跟前，悄声说："除了王教五之外，人都到齐了。"任谦点点头，眼睛看着刘志道,轻声说不要等他,我们可以开始了。

任谦咳嗽一声,屋子里顿时安静下来。

"请大家到这里来的目的,众位都清楚。万恶残暴野蛮的日寇,正在蹂躏、摧残、污辱、压迫着我们,到处是流离逃亡的惨状。我们这些爱国有志的人士,都有难申的苦闷,都想上战场,英勇战斗,壮烈牺牲。现政府迫于抗战形势和各方压力,召开了国民参政会,邀请各党派、各界人士参加。中共毛泽东、陈绍禹、秦邦宪、林祖涵、吴玉章、董必武、邓颖超七名参政员提出,要实现战时民主,严惩对民众和青年的非法压迫行为,切实保障人民武装抗战权利的主张。张澜、沈钧儒、黄炎培等人发起成立宪政促进会,重庆、成都、桂林等地兴起民主宪政运动,抗战的迫切任务,已经放到我们双肩,在这样紧急的关头,我们兰州也应该行动起来。我们在座的每一位的责任,庄严而重大。顽固派嘴里一套、手里一套的局面到了该结束的时候了!我们私下商量多次,应该成立西北民主政团,我们请史鼎新讲讲具体情况。"

史鼎新详细介绍了他和任谦在临潼县城面见许权中的情况。史鼎新说,现在全省各地民不聊生、民怨沸腾,各地民变蜂起,而日军有可能自内蒙古入侵甘肃,我们应尽快在临洮、岷县、武都等南部地区举行反蒋武装起义。史鼎新拿出事前起草的西北民主政团政治纲领,分发给与会者,大家一致通过了纲领。公推史鼎新为主任委员。

大家都觉得楼上暖烘烘的,每个人的脸都红红的,似乎烧得发烫。

"正如刚才大家讨论时说的,我们决定:拥护共产党的抗日统一战线,进行抗日救亡和民主运动。我们与八路军驻兰州办事处保持密切联系,为抗日游击战做准备。西北民主政团应以临洮为活动基地,以洮河为主要区域,进行一次武装暴动。"大事敲定,史鼎新兴奋地说到最核心的事情。

"谁带头搞暴动呢?"任谦问。

"匋下人王仲甲穷苦出身,好打抱不平,三教九流都有结交,在洪帮中也有影响，还带过兵，阅历颇深，他可带头暴动。"史鼎新说。

"王仲甲是在乡军人联合会成员，不知道他现在何处？"

"我得到情报，他在成县飞机场发动民工起义，被特务发现，逮捕了。"榆中人杨可显是国民党省党部宣传员，曾当过通渭县长，消息灵通，他插嘴道。

"谁跟你说的？"刘志道问。

"师管区科长王固亭。"杨可显回答。

"王固亭是中统特务，专会制造散布谣言。我任师法官时，他向上级告密，说我的住处人员来往复杂，形迹可疑，常派人盯我的梢，监视我。他的话怎么能信呢？"刘志道愤然道。

"你知道王仲甲的确切消息吗？"史鼎新问。

"知道。事情的真相是这样的：在王仲甲的策动下，成县国民党军第十二旅班长王希山，带领王子力、王俊德等一部分士兵起义，打垮了地方民团、保安队，由于未能及时转移，队伍被新一军傅子贲团打败，余部由王仲甲遣散。"

"这么说，王仲甲没来得及发动起义？"

"对！但王希山一起义，引起了特务注意，天水专员公署派便衣特务包围了成县县城，搜捕王仲甲。成县县长魏永之和王仲甲交情深厚，深夜派陈佐才报信，在王希山掩护下，王仲甲脱险，逃往西和，在康县途中还惩治了成家河一个欺压百姓的恶霸。"刘志道说。

"你怎么知道得这样详细？"任谦疑惑道。

"我在师管区时，蔡呈祥派我到榆中、定西、靖远、会宁四县调查役政，碰到在乡下串联的西和人赵仲斌，他是王仲甲的朋友，他告诉我的。"

"王仲甲是临洮人，家眷咋在西和？"

"他搬到西和城，已经好几年了。那时候谷正伦还未到甘肃，王仲甲在县城租了两间房子，全家搬到西和了。"

"赵仲斌说，王仲甲在返回西和途中，走到张家川，碰上了苏焕祥拉的一支人马。苏焕祥早就听说王仲甲大名，就邀请他当头领，王仲甲婉言谢绝。苏焕祥很无奈，要求他对部队点拨几句，王仲甲就说：'眼下的形势是敌强我弱，像你们小股武装，不能跟敌硬拼，打软仗不能打硬仗；行军要迅速隐蔽，走山路不能走川路；宿营住单庄，不让行人往来，封锁消息，才能防止敌人突然袭击，保存力量。像你们这样大摇大摆、散散漫漫，哪有不受损伤、不挨打的呢？！'苏焕祥听罢，道谢而去。"刘志道把王仲甲逃亡的过程讲述得十分详尽。

"赵仲斌是谁？他怎么知道得这么详细？"

"王仲甲租住的屋小，人多。王仲甲从康县返回西和，没地方住，就住在赵仲斌家。这些事，都是王仲甲亲口告诉赵仲斌的。"刘志道解释。

"他管不住自己的嘴，会害了王仲甲。"史鼎新说。

"我也担心，就向赵仲斌问了王仲甲的地址，找见他。把他带到兰州，藏身在贡元巷。又通过管印信的胡申新和档案员吴景乾，给王仲甲发了护照，介绍他到康县保安旅曹远峰处当排长，一是策反曹远峰，二是联络苏焕祥。"

"这么说，王仲甲在康县保安旅？"任谦问。

"不，他把曹远峰和苏焕祥的人拉到临洮，在苟家滩、景古城活动呢！"

"好！我们就让王仲甲带着这支部队暴动！"史鼎新高兴道。

"可是光王仲甲这一支部队，人太少了。"刘鸣说。

"那怎么办？"

"我到临洮紫松乡，也拉一支队伍。"刘鸣豪情满怀地说。他三十出头，着一身军装，目光炯炯有神。正是血气方刚的年纪。

大家商量一阵，决定分头行动。因为刘志道救过青海省府机要秘书丑进义和骑五军马呈祥的命，让他到青海游说马家军，暴动后让他们保持中立。王新潮和史鼎新到临洮，找王仲甲、我外太爷马殿选。

我奶奶说，我外太爷只见过王新潮一面，印象不深。1958年我外太爷病重在兰州住院，我奶奶在医院偶遇王新潮的女儿王立芳，两人聊起过去的事。王立芳说，父亲王新潮是秦安县王窑乡王窑村人。家境贫寒，生活清苦，由爷爷悉心抚育，渐渐长大。父亲天资聪颖，不过他的脾气，大大地与人不同。沉默寡言，不爱玩耍。六岁上私塾读书，好似有夙慧的一般，一教就朗朗上口，且过目不忘。十一岁考入秦安县立孔庙街小学堂学习，吟诗作文，高人一筹。十五岁时，因看不惯乡村绅士仗势欺人，奋笔疾书写了"劣绅威猛如虎狼，吸食民脂充他肠；民无衣食田地荒，骨肉分散各逃亡"的诗句，遭到迫害。十九岁时，秦安遭灾，父亲王新潮瞒着家人，独自一人逃荒到民勤县，经人举荐在县政府当译电员。后从武威徒步到兰州，转回到秦安老家，始知父亲忧郁而死，村里的绅士照样搜刮民财，横行乡里。

据王立芳回忆，她小时候，她的父亲王新潮经常变换着穿衣服，时而长袍马褂，时而国民党军服，时而衣衫褴褛醉卧街头。有一次，父亲从外面回来，手和脸多处擦伤，走路一瘸一拐。父亲说是喝醉摔伤了。其实他是为了甩开暗探，从飞驰的汽车上跳下摔伤的。王立芳回忆，王新潮有好几个名字，经常变更着使用，他不让孩子们称他为父亲，而叫王家爸。父亲王新潮在葛霁云介绍下加入共产党。当时葛霁云在甘肃行署，王新潮在邓宝珊新一军驻兰办事处。王新潮入党后以上尉副官为掩护身份，从事地下工作，任中共地下党组织甘肃省工委联共情报组组长。

第十八章

开山设香堂

［民国三十年（1941），官堡川，触水龙］

 **开羊肉馆**

辛巳年（1941）春节，史鼎新来到了临洮城。

他在北大街有一座四合院，后面有一个花园。1937年春天，他担任国民党西安行营主任顾祝同的少将参议。在七贤庄八路军驻西安办事处，跟共产党中央代表林伯渠和八路军参谋长叶剑英接触，跟著名共产党员宣侠父、许权中结为知己，秘密加入反蒋团体"大众生产合作互助社"，走上民主革命的道路。这年秋天，他调任国民党第八战区少将高参，按照许权中的秘密指示，进行抗日宣传及民主运动的组织活动。为方便起见，在北大街购置了这座四合院。

初三早上，史鼎新提着两包礼，走到灰盐市后街，敲开了我外太爷马殿选家的大门。

"啊呀呀，这不是宗铭嘛！什么风把你给吹来了？"我外太爷马殿选笑着迎进门。

"给你拜个年！"史鼎新握住我外太爷马殿选的手。

"哼，不会那么简单吧！你堂堂一个少将，没有事，不会给一个平头

史鼎新故居

老百姓拜年。说吧，宗铭，有什么事？"史鼎新在甘肃省军事训练处供职时曾到平凉授训，与我外太爷马殿选结识。后来担任陇南边防军工兵营营长，两人常来常往，关系很好。自北伐战争以来，两人断了联系，此次相逢，我外太爷马殿选显得很激动。

"虎臣啊，你的性格一点没变，还是那么心直口快。叫你说对了，我真的无事不登三宝殿。我们在兰州，秘密成立了西北民主政团。我们需要你的帮助。"我外太爷杀鸡煮肉，摆下酒宴盛情款待。酒至半酣，史鼎新直截了当说明来意。

"我能帮你什么忙？"我外太爷马殿选问。

"找一下王仲甲、王子元，让他们到临洮来见我。"史鼎新说。

"王仲甲行迹我知道，王子元不知道。"我外太爷马殿选说。

"那你找王仲甲，王子元我另想办法。"

"他俩都是国民党通缉的要犯，在哪儿见面？"

"你说个地方。"

"史家花园如何？"

"不行！这里眼多，太危险，"

"那就河滩磨坊吧？那儿偏僻，人少。"

"行，就在磨坊见面。"

这个磨坊的磨主是洪帮兄弟，史鼎新和王新潮扮成磨客子，赶着一头毛驴，驮着磨物，在我外太爷马殿选的陪伴下，提前到磨坊等候。

这是个阴冷的下雨天，王仲甲打着一把油伞，带着肖焕章，迈着匆匆的脚步，按约定时间钻进了磨坊。寒暄过后，史鼎新分析了国内抗战形势，王新潮说了成立西北民主政团的情况和许权中等人联合打游击的指示。

"联合起来打游击，这办法好呀。"王仲甲高兴地说。

"问题是人少。"史鼎新忧虑道。

"王大哥，你手下有多少人？"王新潮问。

"百十号人。"

"还不够，我看洮河上的筏子客，这些人号称是浪尖上的硬汉子，常年在洮河上放木头。我们要多多发动民众，发动这些人参加。"王新潮说。

"我在城西木厂有几间铺子，闲置了好几年。可在那儿开个羊肉馆，早上卖羊杂割，中午卖羊肉。以羊肉馆为掩护，一个串一个，一个拉一个，借机首先在筏子客中发展力量，酝酿起事。"我外太爷马殿选提议。

"开羊肉馆要本钱呢。"王新潮小声说。

"本钱洪帮出。"我外太爷马殿选说。

"谁经营呢？"

"我们的目的是拉人，让王大哥当掌柜？"

"鼎武（王仲甲字）出头，目标太大。"史鼎新摇头。

"那马大哥呢？"

"更不行，马大哥就好像是象棋里的将，不能挪窝，将帅不能出九宫！他一动，万一暴露，这局棋就没法下了。"史鼎新坚决反对。

"我看让老肖、王星垣来搞比较合适。"我外太爷马殿选说。

王仲甲点头。王星垣是他堂兄弟、刘志道姑夫，在临洮保安团任副司令，暗中支持武装斗争，早已成了自己人。他的身份光亮，能起掩护作用，而肖焕章一口外地话，散乱的黑发，清瘦的外表，给人一种极为舒服的感觉。他们二人出面，不引人注目，非常合适。

城东我外太爷马殿选开的杂货铺子，城南禹兆南开的毛笔店，城西李如棠开的照相馆，这三处是起义的秘密联络点。他们除了相互配合、搜集情报、联络义士外，还承担着销售烟土、筹集款项的重任。李如棠在靖远流动照相时，与肖焕章相识，结为知己。肖焕章和禹兆南临刑越狱，逃到临洮，就藏匿在李如棠家。随着打土豪围子缴获的财物增多，我外太爷马殿选手中变现的大洋也多了起来，他便资助李如棠开了照相馆，资助禹兆南开了毛笔店。由于联络点都在城内，而洪帮兄弟大都生活在洮河、白龙江、渭河、大自河流域的贫困地区，他们的生活和职业决定了他们很少进城，这不免使串联有难度，而开设羊肉馆联络点，无疑补了短板。

雨停了，他们走出磨坊，一前一后绕到城西木厂。

我外太爷马殿选所说的那几间铺面，说是铺子，其实不过是在洮河岸边搭建的几间临时用房。两年前，朱绍良解散甘肃在乡军人抗日联络委员会，王仲甲等人因秘密串联组织武装，遭到国民党通缉或遣散，家产被查封。我外太爷马殿选就在离木厂不远的洮河边，搭建了这几间烂泥房，王仲甲等人，在这里住过好一阵子。

当初我外太爷马殿选之所以在这里建泥房，主是考虑到这里是河边，筏子客常来常往，万一遇到紧急状态，东可走岸，西可下河。因为这几间泥房长久不住人，一打开门，迎面就是一股浓烈的霉味。屋子里空空如也，地下倒是干净，有许多小水坑，显然是屋顶漏雨冲出来的。

屋子虽然破烂，可是位置却非常理想，在木厂与河岸之间。天一亮，筏子客装载上木头或货物，便可到这里来吃羊肉，喝羊汤。大家看看周围的环境，觉得很满意。

第二天，我外太爷马殿选从洪帮兄弟李德旺、周大贯、何建基、刘志文等处筹资一千元，交给肖焕章，让肖焕章进城采购东西，他和史鼎新动手修房。

事情进行得很顺利，他们很快在筏子客中发展了一批人。但是问题也随之而来，因为筏子客流动性大，人数也不是太多，离目标还很远。

王新潮忧心忡忡地说："人不多啊。"

王仲甲说："通缉我的时候，我在卓尼县水磨川寺隐藏数月，我在那里结识了肋巴佛的活佛。这个人自幼饱经磨难，对官府欺压穷苦百姓，横征暴敛的社会现状深恶痛绝。他虽然是活佛，却很同情贫苦农牧民，组织'措登措哇'，带领群众抗粮抗捐，抗暴斗争。我去找他。"

"你说的'措登措哇'是啥组织？"

"这是藏话，意思是草原七部落济民性质的组织。"

"好，那你去联络。"

王仲甲动身进藏，史鼎新回兰州见任谦。

"怎么样？"

"差距大啊，人不到一千！"

"眼看鬼子要打过来了，这点人咋行？"

"那咋办？"

"再到临洮见马殿选！"

"干什么？"

"设香堂、立山头，动员洪帮打鬼子！"

"靠得住吗？"

"除了靠洪帮，我们没有更好的办法。"

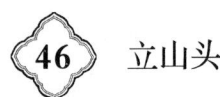

46　立山头

史鼎新和任谦第二天又到临洮，跟我外太爷马殿选彻夜长谈。

任谦的诚恳，感动了我外太爷马殿选，他详细介绍洪帮头目的内幕：

皋兰杨寨人安华雄，北伐时担任过马鸿逵部参谋。他念过书，在兰州土门墩当过学兵，在大队、杨寨、马坡一带洪帮兄弟中，拉了一支秘密部队；临洮北乡牛头沟人杨华如，担任中铺自卫队长，在洮沙阿干镇煤矿矿工中拉了一帮洪帮兄弟；洮沙县洪帮大爷毛克让、潘彩兰在临洮北乡也偷偷摸摸地组织了一帮人；武山县郭家庄人郭化如，读过私塾，当过兵，当过排长，他和杨友柏、毛德功、祁耀贤、谢益三、贾永寿、常谈娃、贾重虎八个洪帮兄弟，在陇渭之间的居义乡，搞了个反蒋抗日组织。还有渭源的洪帮大爷漆世昌、北寨子的司锡铂等，如果说把这些洪帮秘密组织通过洪帮山头联合动员起来，不愁组织不上一支上万人的军队。

"马大哥，按照洪帮规矩，谁的辈分最高？"

"洪帮大爷漆世昌。"

"他说话管用吗？"

"管用！"

"他在哪里？"

"官堡川。"

"你带我们找漆世昌，我们一块立山头，行吗？"

"行！他还是我的媒人呢。"

天亮之后，任谦三人骑马前往渭源官堡。

我外太爷马殿选久历江湖，熟悉帮会规矩，下马后即向漆世昌行拐子礼："久闻大爷仁义宽，好比刘备坐西川，今日一见我大爷，犹如拨云见了天。"漆世昌即以手势手礼对节相认后，带领一行人穿过门口小店，迎进自家大院，引到上房。我外太爷马殿选按照江湖规矩，给大当家的送上见面礼，有长枪十支，短枪二十支，子弹三百发。

"这大礼，兄弟担当不起。"漆世昌看着手枪，喜上眉梢。

我外太爷马殿选哈哈一笑，先向漆世昌一一介绍任谦等人，然后说明来意："我们几个，今日登大爷的门，不求大爷帮忙，只求替人消气。"

"替谁人消气？"

"替中国人!"

"此话怎讲?"

"我们借大爷的宝地,组织武装,打鬼子!"

漆世昌一听大喜,他等这一天已经好久了。便拱手兴奋地说道:"小日本欺负中国人,我恨得牙痒痒,你们尽管说,要我做什么?"

任谦和史鼎新在鲁大昌旧军队中,曾跟漆世昌打过交道。在他们的印象中,漆世昌就是个绿林好汉、草莽英雄、占山为王的匪王。不料今日一提抗日,他竟然这么开通,一点口舌都不用费,事情出乎意料的顺利。

"漆大爷果然痛快,我问句话,行不?"

"你尽管问。"

"你手下的洪帮兄弟,有多少?"

"千百来号人。"

"他们都是些什么人?"

"高人低人,都有。大部分都是下苦人,他们恨小日本,拿上武器就能上战场,杀鬼子,抓汉奸,啥苦都能吃。"

"好,我们要的就是这样的人。"

"你们是什么山头?"

"五龙山!"

"堂主是谁?"

"吴慕堂。"

任谦问完这些,突然皱起了眉头。

"你为何皱眉?"漆世昌不解地问。

"好是好,可惜人太少了些。还有,要干大事,我们不能受制于吴慕堂,为了打鬼子,我们要立个大山头。"任谦毫无顾虑地说。

"想要立足,就必须拥有自己的山头。就像现在的临洮洪帮,自从入了五龙山,发展极为迅速。原来只有十几个人,不过几年工夫,这临洮帮绝不是一县一城那小帮会所能比的。现在的帮会,比原来的规模也整整大了好几倍,而要打日本,几千人就是个小数字,没有几万人,怕打不过日本。任团长,你说立大山头,我完全支持,你尽管吩咐,该咋弄,我们就咋弄。"我外太爷马殿选回应道。

"我听你们的。"漆世昌痛快地说。

"马大哥,你们原来的那个叫五龙山,龙是中国的象征,我们现在开山头,就开个后续中华山民主堂,就是大中华后继有人的意思。"任谦说。

"好,这个名堂叫得响。龙头宝座,我推任大哥。"我外太爷马殿选一拍大腿。

"强龙不压地头蛇,这山主还是由漆大爷来当。"任谦笑道。

"我们立的是抗日的山头,我一个大老粗,怎敢当山主!任大哥,你不要推了,还是由你来开山吧。"漆世昌就说话了。

香堂是山头机关,均由洪帮头面人物担任。

洪帮仿效梁山泊,以山命名,山下设堂。帮内均以兄弟相称,没有辈分之分。洪帮兄弟间有专门的"言谈""手势"。即使第一次见面的弟兄,一见手势动止,一闻"春典隐语",一说"花亭结义",则为兄弟,即是生死之交,若原有仇恨也化为玉帛。

洪帮执事分内八堂、外八堂。内八堂,排第一的是龙头,也称山主,有正副之分。龙头下设坐堂、陪堂,相当于山主的左膀右臂。排在后面的便是掌管礼仪的礼堂、掌管总务的执堂、掌管刑法的刑堂,以及盟证、香友等。外八堂设心腹、军师、当家、红旗、守山等,他们掌管粮饷、帮助弟兄们的家室、掌管号令及执法、巡营查哨、充当山口守将等职责。

洪帮入帮上山,须交纳钱粮,通常以三、三十六、一百零八为准数,不能多,也不能少。三表示桃园三结义,三十六表示瓦岗三十六友,一百零八表示梁山泊一百单八将。入帮钱粮,价值可大可小,一视同仁。可以三头牛,也可以三粒麦子,可以三分钱,也可三块大洋。

大家协商一致,任谦改名任栗泽,推为山主。漆世昌改名祁三,推为副山主。我外太爷马殿选改名马一，推为坐堂。官堡镇镇长赵鹤天改名赵天一，推为陪堂。其余头目，或任礼堂，或任执堂，或为刑堂。

八堂头领确定，大功告成一半。内外头目，按次序分列，坐在大堂上，热血沸腾。他们满脸憧憬，这些年，他们和那些生活在社会底层的哥兄哥弟，干的牛马活，受的窝囊气。而日本人入侵中国，国军靠不住，这口气，他们咽不下，他们多么希望像英雄一样，奔赴战场。

"八堂定了，现在商量什么时候开山。"

"我看干脆这个月就开。"史鼎新说道。

"不行，太急了。"任谦想了想，摇了摇头。

"日本人已经到黄河边上了，马上要进攻陕西，我们等不及呀。任大哥，开山的时间你来定吧。"我外太爷马殿选说。

任谦没有推辞，想了想，望着我外太爷马殿选，郑重其事地说道："我们开山的目的就是要打鬼子，可是国民党耍花招，面上一套，底下又一套。我们要动员许多人参加帮会，这就要时间，还要避开朱绍良的耳目，急了不行，要稳抓稳拿。"

"娘的，一想起朱绍良，我就有一肚子气。"漆世昌用力在炕桌上重重地敲了一下，心情显得有点激动。

"漆大爷有什么想法？"

"我想先设香堂，再开山，各舵把子把人拉进来再说。"

史鼎新第一次接触帮会，不明就里，傻愣着不说话。任谦就附在他的耳边，低声告诉他：开山头可不是那么简单的事情。建帮会，先要设香堂，歃血结盟，对天盟誓，然后再确立门规，广收弟子。

"马大哥，你看在什么地方开山、歃血结盟呢？"

"地点我已经想好了，设在官堡。"

"什么时候合适？"

"关羽的诞日。"

开"后续中华山民主堂"的事就这样确定了下来，时间定在马年阴历九月十三日。具体由任谦、我外太爷、漆世昌三人负责，他们日夜谋划，积极准备，乔装四处活动，官堡镇赵鹤天出小麦三十石，银洋五百圆，作为开山费用。确定由吴建威以开饭馆做掩护，搞联络，由王占海搞武装，与临洮的史鼎新、肖焕章、刘鸣建立联系，同时组织了"安华生产合作社"。

1942年10月4日，官堡古城迎来了一年一度的节日——关羽圣诞。

官堡古城虽然不是一座大城，却有着一千四百多年沧桑悠久的历史，它像一位饱经沧桑的巨人，屹立在露骨山雪峰霜刃之下，显得雄伟而神秘。城堡位于会川镇中心，堡高八米，顶宽三米，状若圆盘，平地突起。它的东南有一条大河，叫大南川河。北面是一条大坡，坡下便是关帝庙，紧挨关帝庙的是虎家花园。

这天清晨，官堡城里突然从四乡八邻来了几万香客，他们中有庄稼汉、水手、脚户、工匠，还有不少读书的学生、教书的先生。他们扶老携幼，倾家出动，拥向北大坡关帝庙。从天麻麻亮，这些香客络绎不绝地进入庙内，朝着大殿三拜九叩，焚香祷告，虔诚地向佛祖祈祷保佑。

清冷而荒芜的关帝庙，一下子变得人声鼎沸、热闹非凡。

院子中央的木杆上，挂着红色的旗幡，院中的香坛里，香烟不绝，四周的殿堂，挤满了上香祈福的民众。一些小买卖人也趁机纷纷聚集到庙堂附近，在婉转悠扬的唢呐声中，吆喝着招揽生意。还有一些戏子，也各占地盘，前来献艺，吸引了一群又一群的香客。

众多的香客，除了看热闹的人，他们其实心里非常清楚今天来这里的目的。几个月前，他们接到了设香堂开后续中华山民主堂的传帖，现在，他们的怀里，暗暗地揣着一张大红帖子，上面写着：

    天灵灵，地皇皇；请来炎黄老祖宗。
    三十六路上仙全请到，再请帝君关武圣。
    忠勇仁义千秋在，再请先师把道明。

今日开山把香火续,贤明弟子听分明。

五湖四海八方义,哥兄哥弟天下行。

无量天尊,无量先师,各洞神灵,急急如律令。

在热热闹闹的庙会背后,一场歃血为盟的仪式正在悄悄进行。

设香堂有极大的讲究,一个香堂的重要性,往往会决定一个帮会以后的发展。今天他们设的是革命香堂,但是既然用了青帮洪门的形式,自然少不了必要的程序,必须在香堂上让各位香主表态盟誓。

香堂就设在关帝爷的大殿里。

漆世昌头戴礼帽,身穿长衫,大步从虎家花园走出来,径直向大殿走去。和他一起的还有任谦、我外太爷马殿选、赵燕青、赵鹤天等人。而吴建威、王占海等洪帮头面人物,带着四方舵把子。舵把子的后面,实压压地跟着形形色色新近发展的洪帮会员。他们挤满了大殿里外。而王新潮等人,并没有出现在现场。当然,这都是早先已经商定好的。

漆世昌抬脚迈步,跨入大殿。手下小兄弟早已备好高香,麻利地递到大爷手中。漆世昌态度诚恳地将三炷高香插在香炉上面,看着这三支粗大的香,长长地吸了一口气,朗声说道:

一炷香敬天地,

二炷香敬关公,

三炷香敬兄弟。

今日兄弟上对天,下对地,

立下誓言,至死不变。

凡我哥兄哥弟,

誓与小日本不两立,

上刀山下火海,

在所不辞。

漆世昌说完，扭头对兄弟们道："各位堂主，请上香吧。"

随着漆世昌的话语落下，众人恭敬地插上三支香，发下了誓言。

接着端上大碗血酒，歃血为盟。

香堂仪式结束，洪帮头目们悄悄来到虎家花园，召开秘密会议。

按照洪帮的规矩，山主划分舵把子。拜张德山为北乡水泉舵把子；张世成为幸店舵把子；师占海、师习常为新添舵把子；孙琳、梁作舜为孙家梁舵把子；毛克让为上营舵把子；吕百元、吕百林为边家湾舵把子；王仲甲为峁下舵把子；杨华如为中城舵把子；白九如为东乡舵把子；我外太爷马殿选兼营城中舵把子。同时决定，活动经费由赵鹤天负责筹措。对内口号为"团结御侮"，对外口号为"共同对敌"。

第十九章

靳副官殉难

[民国三十至三十一年（1941—1942），洮河流域，八日专]

 靳尚志

抗日同盟武装暴动的巨浪，在洮河、渭河、大夏河流域发出了振聋发聩的涛声，令人魄荡魂摇，巨浪涌到远在黄河岸边的兰州时，几乎只剩下了几朵小小的浪花。但是嗅觉敏感的第八战区司令长官兼陕甘宁边区总司令朱绍良和省府主席谷正伦，仍然察觉到了一丝不同寻常的气氛，感觉到平静的表象下涌动的一股股湍急的暗流。

"哎呀，这些天临洮热闹得很，不知在搞什么名堂？"

"报告总司令，洪帮设香堂，大家去赶庙会。"

"胡说，那么多军人朝临洮跑，就是为了看庙会？给我查！"

特务侦查的结果是临洮城风平浪静，并未发现洪帮有异动。倒是保安队和国民党临洮步兵学校内部，出现了一些反常情况。有人在军营散布反蒋言论，煽动不满，策反部队。队员和学员中间情绪波动大，好多军官公开提出要上前线，打日本。

"谁这么大胆？步校的还是保安队的？"

"步校受训的张志鸿，形迹可疑。"

"张志鸿是哪个部队的？"

"湘西陈渠珍新编三十四师第一百营长，受命在步校接受短期培训。"

"严密监视，看他跟谁来往。"

一个星期后，谷正伦接到特务电话报告，说他们成功破获了一名西北民主政团的成员，此人名叫张贵有。据他交代，他跟一个叫靳尚志的人接头。经过教育说服，张贵有被策反。

"好，你们用张贵有做诱饵，抓捕靳尚志！"

这一天是清明节，天阴沉着，小雨淅沥，似乎是天公在哭泣，又似乎渲染迷蒙黯然的气氛，给人带来忧愁和悲伤。远山如黛，路两旁柳丝如烟，杨树露出几丝鹅黄。不知道张贵有已经叛变的靳尚志和族兄靳尚文一道，按计划来到临洮县城。他们此行的目的，先由张贵有的带领，到保安队找中队长周尚勇接头，出城时再取存放在城里的枪支和钱物。张贵有出发前暗中派人向宪兵队长、中统特务康永光报告了接头地点。

靳尚志在十字路口刚碰面，就看见一个黑面皮朝十字靠过来。那个穿着一双尖头皮鞋，湖蓝色的缎子衬衫，短发，黑裤。靳尚志一看这个人的打扮，心想不对劲，这八成就是特务，便给靳尚文使个眼色，迈开大步拐进一条小巷子。张贵有已接近靳尚志，他抬头看见靳尚志的眼色，冲他笑了笑，也跟着朝小巷子走。可是走到巷尾，突然窜出两个宪兵，怪叫着说不许动！他们掉头拔腿就跑！跑了几步，只见尖头皮鞋挡住去路，哈哈哈，随着笑声，几个宪兵，一拥而上，前后夹击，将三人抓了起来。到了宪兵队，他们才知道这尖头皮鞋是队长康永光。

康永光为了不暴露张贵有身份，将靳尚志羁押在保安大队，张贵有和靳尚文押在宪兵队。

当然张贵有一到宪兵队就被放了。

靳尚志穿着长筒靴，身着美式呢料军服，戴硬壳大檐帽，肩膀扛三角星军衔，仪表堂堂，显得很威武。他被两个彪形大汉羁押到保安大队审讯屋，保安大队负责审讯的军官从他身上搜出一书手札，署名刘羽。

就单独审讯。

问:"说,刘羽何人?"

答:"刘羽是退役军人。"

问:"跟你啥关系?"

答:"同乡。他受伤在家养病,跟保安中队的周尚勇曾是战友,听说我到临洮县城,就写了一封手札,托我看望一下。"靳尚志耸了耸肩,镇定自若。

问:"你认识张志鸿吗?"

答:"张志鸿是谁,我不知道。"

问:"你找周尚勇干啥?"

答:"送手札。"

问:"周尚勇是不是你们的人?"

答:"他是保安队长,你们怀疑他,把他抓了,问他!"靳尚志回答。

问:"城里的枪支是怎么回事?"

答:"啥枪支?我听不懂!"

问:"张贵有说你是来取枪的?"

答:"不知道!"

审讯官说:"别扛了,张贵有交代了。他啥都知道,你好好交代,我就放你。"

答:"张贵有知道,你问他去!"

除了身上搜出的手札,靳尚志别无他话。而他的军官身份,又使审讯的不摸底细,一时不敢上刑。审讯官将手札和笔录送到宪兵队,将他捆绑,关在屋里。

靳尚志二十出头,正是年轻气盛、血气方刚的年纪。练得一身好武艺,能手握檐头攀上房顶,能搭手翻上飞奔的骏马,枪法更是百发百中。

到了晚上,他乘看管不严,身体努力前倾,借力松脱捆绑的绳索,卸掉桌椅做武器,冲出三道岗卡逃跑,到第四道岗卡,夺取了哨兵枪支,逃出大门。

哨兵开枪射击,枪声惊动了保安大队。

队员全体出动,紧追不舍。

靳尚志边跑边射击,不料逃进了一个死胡同,无路可走,无处可逃,再次被捕。他被交到宪兵队审讯。这次,特务对靳尚志施以重刑,吊打拷问,在十指上钉竹签,在双脚上钉铁钉,企图让他招供密谋计划,可是未能得到任何情况。

靳尚志

第二天,宪兵队突然接到兰州航空总站站长王振武的电报,请求宪兵队立即放人。宪兵队长康永光看完电报,向谷正伦打电话请示。

"什么?靳尚志?穿军装!他是军人吗?"谷正伦在电话中问。

"报告谷主席,他是扛三角星军衔的军官!"

"你们细查了没有?"

"细查了,此人毕业于临洮师范。在冯玉祥国民军中任过文书,还参加过冯阎中原大战。后被刘镇华收留,选送到黄埔军校洛阳分校。曾担任过国民党军队文书,兰州航空站副官,现任岷县机场副官。"康永光如实汇报。

"哼,来头不少啊,他是哪里人?"

"临洮苟家滩乡靳家泉人。"

"他不在岷县机场待着,跑到临洮干什么?"谷正伦问。

"据他族兄靳尚文交代,他是回家探亲的。"康永光回答。

"哼,探亲探到军营里了!你们搞到什么证据没有?"谷正伦又问。

"从他身上搜出了刘羽手札,他是刘羽派进来搞策反的。罪当问斩!"

"刘羽是谁，你们查出来了吗？"谷正伦大声问。

"还没有。"康永光小声回答。

"查，仔细查！还有那个张志鸿，盯紧他。"谷正伦命令。

"是！"康永光在电话那头打了个立正。

"还有什么？"

"兰州航空总站站长王振武向宪兵队打来电报，请求刀下留人，不要杀靳尚志。他要求将人交给航空总站，由他们处理。谷主席，你看怎么办？"康永光请示。

"王振武怎么知道这事？"

"王振武是靳尚志的表兄，据电报局的人说，事发当天，靳尚志的家人向王振武发了一封求救电报。"康永光小心回答。

"哼，搬来大官了啊！"

"他的族兄靳尚文说，靳尚志在西安，经王振武举荐，结识了东北军总司令张学良。张学良将军很欣赏靳尚志，认他为义子。张学良还给他做媒，跟大家闺秀刘玉珍成亲，生有二男。"康永光讨好地在电话中说。

航空是一个国家的核心力量，若航空部队中钻进像靳尚志这样对党国不忠的人，那很危险啊！必须清除！但从官职上来说，兰州航空总站转送苏联援华物资，站长虽比战区司令低，但因位置重要，不可小觑。现在王振武给宪兵队打电报，因为没有隶属关系，康永光可以不理睬。可万一他向朱绍良或者自己求情，甚至于搬出更大的官来，第八战区只能让宪兵队把靳尚志交给航空总站。这是谷正伦最不想看到的结果。他在电话那头不说话，考虑了半天。

"喂，谷主席，您吭声呀！"康永光小心催促。

"枪毙！越快越好！"谷正伦压低声音，下了密令。

康永光放下电话，立即执行命令，杀了靳尚志。

果然不出谷正伦所料，王振武给临洮宪兵队打电报后，对方毫无反应，马上给谷正伦打来电话求情。谷正伦在电话中说，王兄，此事我不知道呀！王振武叫一声谷主席，说这么大的事，宪兵队应该向你报告。谷正伦一本正经地说，振武兄啊，我是省主席不是县长，每个县的宪兵队都向我报告，我还不累死啊！王振武说，你可是直接指挥中统，他们应该向你报告。谷正伦抓到王振武话中的漏洞，反问王振武，你刚说的是宪兵队，又没说中统。

因为事出紧急，靳尚志家人只知道靳尚志被抓走了，可到底抓到宪兵队、保安大队，还是抓到步校，或者落到中统手里，家人并不十分清楚。这给王振武的解救增加了难度。

"我驾机到临洮救靳尚志！"王振武在电话中着急地说。

"好，王兄找到你表弟，我马上下令释放！"谷正伦假惺惺地说。

王振武气呼呼地哼了一声，心里明白谷正伦不肯帮忙。如果他肯帮助，打个电话问一下并不难。但牵涉军机，这话王振武说不出口。

性命攸关，王振武不愿耽误时间。放下电话，就往机场跑，想驾机飞到临洮营救表弟，不料机场大雾弥漫，机场的能见度太低，飞机无法起飞。等雾散去，飞到临洮机场，已经是下午四点多了。靳尚志已被杀害。他走了，没有走在抗日的炮火中，却走在了自己人的刀下。带着杀敌的渴望走了。王振武大哭：兄弟啊，我来迟了！

刘羽手札，其实是刘鸣写的，刘羽不过是化名。

年前刘鸣从兰州返乡，原想打入临洮步兵学校进行策反，因步校受白崇禧直接控制，打进去难度很大。便想方设法结交了临洮县长张德熙，给他送了红氆氇褥子、栽绒毯子、黑羔子皮衣，张德熙看到刘鸣走南闯北，颇有见识，便推举他担任了临洮最大的一个乡——紫松乡乡长。

刘鸣抓了乡政权，面上为国民党服务，暗中发动民众，组织秘密武装。

1942年腊月，靳尚志回家探亲。刘鸣到靳家泉看他。两人既是小学同班又是邻居，打小亲密无间，黄埔军校又一同受训，关系很好。如今见面，分外亲切。刘鸣在靳尚志家吃了晚饭，同睡一炕，谈心到天亮。

刘鸣谈抱负，讲时局，听得靳尚志热血沸腾，感觉全身充满了力量、斗志和激情。

"真想跟着你大干一场！"靳尚志望着屋顶，激动地说。

"尚志，国难当头，匹夫有责！日寇铁蹄踏破我们美丽的河山，可是国民党腐败无能，不战而败，实难容忍。我看你不要去航空站当那个窝囊的副官了，留下来，咱们一起组织武装，组织一支部队打日本！"刘鸣不失时机地说。

"好，不去了，打日本！"靳尚志斩钉截铁地回答。

刘鸣的一句话，靳尚志就留了下来，并且自告奋勇到步校进行策反。他们计划联系保安团副司令梁星武、步校受训营长张志鸿，准备里应外合攻打县城，夺取步校枪支弹药，武装起义军。靳尚志被杀，张志鸿暴露，带着三人三支步枪和一支手枪，逃往紫松。武装起义搁浅。

靳尚志对自己做出的决定无怨无悔。他第二次被抓进宪兵队，特务对他严刑拷打，施以坐板凳、拔断筋、砸骨拐、倒吊葱等残酷毒辣的刑罚。在他的十个指头上，凶恶地打进竹签。在他的两只脚面上，凶狠地钉进长铁钉。

"谁指使你谋反？"

"是我自己！"靳尚志手脚鲜血泉涌，却怒目而视。

"你们计划要干什么？"

"不知道！"靳尚志咬紧牙关。

"你的后台是谁？"

"人民！"靳尚志大声道。

宪兵队加重了对靳尚志严刑拷打，可丝毫没有动摇他的反抗意志，他不仅毫无低头认罪之意，而且破口大骂宪兵队长康永光："日本人都打到潼关了，眼看就要过黄河，打到兰州，打到咱家门口了。日本人的飞机轮番轰炸兰州城，百姓的房屋被毁，城外的寺院庙宇被炸，大批的民众遇了难。老百姓有钱的出钱，有力的出力，有人的出人。可你们缩在这里，只知道残害爱国的军民。你们有本事过黄河去打日本鬼子，有种去杀那些日本人啊，为死去的乡亲们报仇啊！你他妈抓自己人干什么？杀自己人，算什么本事？"

康永光被骂，恼羞成怒，迫不及待地杀掉了靳尚志。

# 48 不听调命

虽然谷正伦将起义封杀了在萌芽状态，县城的风貌表面上花团锦簇，香风习习，可是谷正伦心里清楚，这次侦破的案件，挖出的人物，有不少人是军人，比起山沟沟里老百姓的暴动，军人和军队出事，问题严重。他采取了严厉的处置办法，可是城里仍然暗流涌动，弥漫着一股浓烈的火药味，一股强烈的杀气。

"军营肃清了没有？"谷正伦问特务头子康永光。

"肃清了！"

"那，怎么还有人往临洮跑？"谷正伦问。

"帮会头子是临洮人，他们就往这儿跑。"康永光回答。

"都是些什么人？"

"木匠、铁匠、裱匠、皮匠、毡匠、瓦匠、石匠、席匠、剃头匠、裁缝匠、箍炉匠、庄稼汉、江湖艺人，走南闯北的贩子，三教九流，反正都是些下苦人。"

"难道你们特工中，就没有钉匠吗？"

"谷主席的意思是我们打进去？"

"对。要像钉子一样打进核心层去，有人跟我讲，最近有不少军人也朝临洮跑，临洮是个小县城，那么多军人跑去干什么，里面肯定有名堂。"

就这样，几个军统特务化装成工匠混进了帮会，虽然未进入核心层，却也掌握了一些有用的情报：洪帮出手大方，肯定得到西北民主政团的经费支持，还有许多军界人物，如任谦、史鼎新、王新潮、杨景周、刘

志道等人，跟洪帮成员王仲甲来往密切。还有一些兄弟部队，私下向洪帮出售枪械、弹药。另外，在县城一家铁匠房里，发现了三十多支自制猎枪、百余发自制弹药、数袋枪支弹药零件、火药，五台制枪工具。

"任谦到临洮，跟谁来往？"谷正伦问。

"帮会头子马殿选。"

"临洮城中有什么动向？"

"城里平静得很，官堡古城有动作。"军统特务说。

"逮捕任谦！"谷正伦下令。

"慢！"战区司令朱绍良低头沉思片刻，长叹一声。

"朱司令有什么高见？"谷正伦阴阳怪气地问。

"任谦是个粗人，只顾拉车，不看路。对他，我还是了解一些的，他是打仗的料，好军人，党国人才。在冯玉祥部任职期间，积极北伐，从河南一直打到山东。那年共党红军沿洮岷地区向卓尼撤退，我命令鲁大昌屯军腊子口堵击。任谦率部激战二郎山，双方浴血厮杀，阵亡千余人，很卖力。他不像别人，打仗不耍滑头，一直是党国的得力将领。"朱绍良说。

"洪帮一群土包子，不足虑的！"军统侦探从朱绍良的语言中，听懂他对任谦有点偏向，想救他，便口气弱弱地回应道。

"洪帮弄枪弄炮的，不能等闲视之。"谷正伦不满道。

"任谦搞了什么动作？"朱绍良问。

"证据我们还没有抓到，但他肯定有动作！"

"他是老实人，别上共产党的当，跟共产党跑，毁了前程。"

"总司令的意思是？"

"你们想个办法，让他离开这个是非之地，这也是对他的保护。"

过了些日子，任谦突然接到胡宗南的电话，胡宗南在电话中要他到西安。任谦问，我在兰州好好的，到西安干什么？胡宗南支吾其词地说，叫你到西安，有重要任务。任谦追问，什么任务？胡宗南说，命你去成都受训。任谦不由得生出一股无名火来,在电话里的声音也增大了许多。他说,胡长官,日本的飞机已经炸了兰州,我作为一名军人,当敌人的炮火打到家门的时候,不坚守阵地,跑去成都躲清闲,我不去!胡宗南口气强硬地说,受训怎么是躲清闲!是为了更好地战斗。任谦说,那你派别人去,我坚决不去。

胡宗南放下电话,就拨通了朱绍良的电话,说了他和任谦通话的情况。朱绍良叹口气说,我的好意他不领,上山走坡,还是过独木桥,由他去吧。随后,朱绍良秘密下达了侦查命令。

"加强盘查,严密监视任谦!"

"是!长官!"

"发现向临洮运武器的,不管什么人,统统抓起来。"

"是!一定照办!"

虽然西北民主政团、洪帮受到了特务的严密监视,但是武装发动的步伐却并未放缓,反而紧锣密鼓地进行起来。王仲甲和肖焕章在临洮衙下集贫苦农民中串联了一百多人,都发下了誓言,要选择一个适当时机举行暴动。

我外太爷马殿选分别给卓尼的舵把子汪鼎臣、冶力关的舵把子黄建伟、八角的舵把子任效周写信,告诉他们暗中协助肋巴佛。黄建伟人称"黄点名成",任效周人称"任大",他们组织了一百零八人的硬头敢死队,给每人都发了一张黄纸仙符,点燃成灰后撒在了酒碗里。一人一碗,一口喝干。人人头绑红头巾,右臂探出,光着膀子。人手各持一把大刀高举齐喊:神功护体,刀枪不入。那场面,多少人看着都心酸,都落泪。

藏区舵把子以卓尼水磨川寺为秘密联络点,发展了藏族、土族青壮年韩东主、韩加措、金尼直、尼尕、他斗塔勤、罗赛、鲁打拉、年旦增,以及"辣椒"营长等许多骨干成员,在临潭冶力关、八角、甘沟、羊沙、足古川等地,吸收当地农牧民和逃荒的难民参加武装,使肋巴佛在康多、杓哇一带的"措登措哇"组织日益壮大。

为了得到武器，我外太爷马殿选派人到武都找王德一。要他弄枪支弹药并在军中秘密发展洪帮会员，待时机成熟，共同发动起义，响应临洮。

程海寰走武都

我外太爷清楚，当时王德一在武都街头以经营小生意为名，和小舅子张有德、长子王效贤、次子王效忠一道，暗中串联了上百名洪帮兄弟。虽然他辞去了武都警备团连长职务，离开了军队，但对武都驻军十分了解，上至军官，下至士兵，他认识很多人。

王德一的目光瞄准了国民党驻武都骑兵独立营营长张英杰。

河州人张英杰，号燕南，人称尕张。家境贫寒，出生于东乡县百合乡张家坪一个农民兼做木水桶的家庭，其父人称"尕桶匠"，后举家迁往和政县城关居住。张英杰只读过一年私塾。1927年国民军赵席聘部在河州扩充部队，张英杰和弟弟张英奎被抓当了兵。张英杰原系中央新一军军长邓宝珊下属独立骑兵营营长，后又调任第八战区长官朱绍良骑兵独立营营长，曾先后驻防榆中、陇西、定西等地。民国二十年张英杰部被调到武都驻防。

武都地处川甘要道，治安很乱，劫匪猖獗。土匪不仅劫人越货，而且经常大白天公然大规模团体作案，害得商旅裹足，不敢往来川甘，百姓人人自危。张英杰一到武都，便对行凶抢劫者一律派兵严惩，使地方治安迅速好转，一时张英杰声威大震。而他的弟弟张英奎，则上了

张英杰与其父

国民党中央军校七分校，毕业后分配到临洮师管区计划处任新兵连长。

别看张英杰官不大，因为他是第八战区司令长官朱绍良的干儿子，名气很大，影响也大。张英杰在武都广交帮会头目，很快和王德一交了朋友。

一个有意，一个有心，二人一拍即合。王德一设香案、摆神龛，与张英杰结为兄弟。王德一曾向我外太爷夸耀，当时他左手拿了一面旗，右手端了一碗酒，站在张英杰的骑兵大营中。旁边摆了一张方桌，桌上堆了几坛上好的宁和酒和几摞酒碗。张英杰提着一个坛子，给桌上的每只碗中倒满了酒，滴上了公鸡血。每个骑兵营的士兵，一人一大口，喝了鸡血酒。他当时热血沸腾，挥舞着旗说："上有天、下有地，我王德一与张营长结为兄弟，歃血为盟，如若不守此誓，我等同此鸡一样死于非命。我们一定要给中国人争口气，日本人就是野兽，对付野兽就要用刀枪。来！把酒喝了！"啪！啪啪啪……酒碗一个个被摔碎在地。张英杰喝了鸡血酒，国民党驻武都骑兵独立营的骑兵几乎每个人都喝了鸡血酒，他们全成了洪帮的人。

天气温暖，草木飘香，时间的指针滑到了农历七月初一。从这天前夜至七月初七深夜，正是武都姑娘们盼望的乞巧节。这七天，每到晚上，穿着新衣的少女三五成群地聚在庭院中，摆上香案，陈列各种瓜果，一起祭拜天上的织女姐姐。

这时候，大部分人家里亮着灯，到处是姑娘们"天皇皇，地皇皇，俺请七姐姐下天堂。不图你的针，不图你的线，光学你的七十二分好手段"的拜唱声。王德一借着乞巧节人们晚上走动的时机，在城中舵把子家的堂屋秘密相聚。

屋里有十多个人，除了武都洪帮大哥王德一，彼此之间都不认识。

"各位兄弟，这位大哥就是程海寰，他可是个读书人，出生书香门第。好多人可能不知道程大哥，但我一说他的父亲，大家都知道，就是文县城关的进士程天锡。程大哥是'西北社会前进同盟'的领导人之一。"程海寰的父亲程天锡曾任碾伯县（今青海省乐都县）知事、高台县征收局长、山丹盐务总局长等职。曾在法政专门学校、来复育英社等校任国文教员，平生清白自守，恬淡闲适，不以稻粱扰其神明。国学造诣甚深，所为诗词、古文，清新渊雅，迥绝尘俗，丽而不编，简而有则，其书法，遒丽纯熟，闻名省内外，冠绝侪辈。声名远扬。

王德一坐在炕沿上，指出炕中间一个戴眼镜的人说。

"啊，程大哥是程天锡公子，久仰！"炕底下的人站起身问好，行拐子礼。

"王大哥，你介绍一下兄弟们，让大家相互认识。"程海寰说。

"我来介绍，从左面起，这位是李仲文、刘万协、张秋瀑、耶雨民、杨怀仁、刘绍龄、周世俊、谭祖德。他们几个是程大哥在文县白衣坝关帝楼结拜的弟兄，同盟会员，也是我们帮会成员。程大哥在岷县、武都一带也发展了好些人，还带来了临洮大哥马殿选的口信。"王德一一张青白的脸上，两眼放光。他从炕头跳下，仿佛完成了一件大事，长出一口气说。

程海寰自从在临洮推举仁义公后，就跟我外太爷马殿选保持联系。他要因势利导，促成武都帮会大哥王德一和驻武骑兵营长张英杰联手起义，不能不搬出我外太爷马殿选。在洪帮这个帮圈内，人们只认大哥的名号。

"各位兄弟，我亮一下舵把子，兄弟我在民国二十七年设香堂，成立昆仑山会。我是洪帮的人。兄弟我奉临洮马殿选大哥之命前来宝地，商量举义旗，反老蒋，打日本的大事。"程海寰在炕上跪直身子，抱拳作揖道。

"哎呀，程大哥走在文县、武都、成县、康县的街头，名号叫得响！我一直想结识大哥，可一直没有机会，今日王大哥牵线结识程大哥，好得很。我听别人说，程大哥是省立师范学校的毕业生。我一个手下文官，爱写诗，天天拿着程大哥的诗念，连我都背下来了。"骑兵营长张英杰拱手一笑，笑容很亲切。

"别夸海口了，张营长你一个武将，还能背诗！"

"你们不信？"

"就不信！"有人故意逗他。

"那好，我就背一下。"张英杰站起来，咳嗽一声，背着手，摇头晃脑地吟诵道："虏帜遍东南，胡马饮江水。北望长城窟，伏尸三千里。"

程海寰哈哈一笑："多谢张兄抬举，背我的诗，真是太难为兄弟了。说起这首诗，还有段故事呢。那年日本一百多架敌机，分成三拨，沿着黄河，从西固那边飞来。轰炸了兰州城，袭击了省政府，炸毁民房，炸死上百人。飞机飞走后我们到街上救人，看到那个惨状，我义愤填膺，就写下了这首诗。"

程海寰注意到大家听得很认真，心想这正是策动洪帮反蒋的好时机，便话锋一转，说起了抗日救国的事："日本把炸弹扔到我们头上，可蒋介石他干啥呢，他一味地消极抗日，积极反共打内战。我从民国十六年到现在，先后在导河、康乐、皋兰的县府、专署和甘肃、青海省政府工作，于公于私，应该说点蒋公的好话，可是他没有一件事让我满意，我气不过，又写了一首诗：'莫问新都与旧京，弥天怨恨竟能平。厌闻强敌摧坚壁，且拥妖姬戏竹城。喜有一灯迎白昼，从无余念到苍生。笑侬少此清闲福，偏向风雷多处行。'谁想这首诗一发表，我就被国民党特务列入了暗杀名单，险遭谷正伦枪杀。我想此处不留爷，自有留爷处。我上抗日前线，打日本去，可是遭到国民党特务阻拦。"

"程大哥，那你现在公干？"舵把子李荣生收拾了萝卜丝、炝木耳，端上炕桌说。

"从兰州出来，前线没去成，给胡公冕当秘书。"

当时的平凉专员是共产党员胡公冕，他曾参加过辛亥革命，并代表共产党出席共产国际在莫斯科召开的远东各国民族革命团体第一次代表大会。大革命失败后，胡公冕参与创建中国工农红军第十三军，并担任军长。程海寰从兰州出来后,招聘到平凉专署。由于他的政治态度和出众才华,很快就得到了胡公冕赏识,成为胡公冕的随身秘书。

胡公冕在平凉打击土豪劣绅,废除苛捐杂税,扣押了商会会长,查禁赌博与鸦片,处理了烟棍赌棍,打击豪绅地痞。这些人和国民党上层人物有着千丝万缕的联系。他们联名写信,告状信多到一大摞。当局怕事态扩大,胡宗南调胡公冕到第一区临洮任专员,一年后专署迁到岷县。胡公冕在岷县,解散了武都、文县保安队。

"程大哥,你在省府干过,见多识广。你告诉我们,为啥国军跟日本人打仗,总是屡战屡败,节节败退呢?按理说国军的装备和共军比,何止强百倍呀!"

"这没啥稀罕的。我在西安常碰见撤退的国军。我问士兵,为啥撤退,他们说当官的比他们跑得还快,部队没人指挥,只能爹死娘嫁人,个人顾个人啦。我又问那些士兵,见着鬼子没有,鬼子长啥样啊?你猜他们怎么说。我们一听到炮响,都吓得尿裤子啦,我们扭头就跑,光看见自家人的屁股蛋子了,连小鬼子一根汗毛都没见着。从卢沟桥事变到现在,老蒋的国军打过一场漂亮仗吗?白糟蹋了手里的美式装备。"

"大哥说得是,也不知蒋介石咋想的,整天担心共产党抢他的江山。怎么他就不怕日本人占了整个中国,让咱们变成亡国奴呢?"

"兄弟问得好呀,这说明靠国军靠不住,胡公冕曾几次责问胡宗南为什么大军封锁延安而不去前线抗日?胡宗南搪塞说,延安要打出来。话很明白,他们要打内战,无心打日本。我们要靠自己,自己给自己找一条活路。我们要发动老百姓,要武装起来打日本,反老蒋,建立陇南抗日根据地。去年秋天,我以记者身份到新四军防区考察,受到了陈毅的热情接待。共产党在新四军防区搞得热火朝天,我很敬慕啊。我回来后想了好多,最重要的一条是,要取得抗战胜利,要救中国,只有跟共产党走。"

大家凝神静气听程海寰把话讲完,就像焦躁干渴的人饮了一碗甘甜的清泉一般透亮。堂屋里，响起了一阵热烈的掌声。每一个兄弟，受到他的感染，觉得身上热腾腾的。他的话，像一缕阳光，照进了他们黑暗的生活，他们的眼前，仿佛出现了一条闪光的大道。

"大哥，你领着我们干吧！"

"程大哥，我听你的！"

程海寰高兴地说："好，我要的就是兄弟们这句话。我去年到西安，跟杜斌丞、王菊仁、杨干丞见面。杜斌丞是十七路军总参议、王菊仁是杨

程海寰

虎城的秘书长，也是西北民盟领导人，他们见多识广，知道很多高层内幕。我们研究来分析去，觉得陇南战略地位重要，在这里开辟抗日根据地，有得天独厚的条件。我们商量了反蒋起义方案，准备在文县、武都、康县等地建立川陕甘抗日根据地。我将这个计划带到兰州，给任谦看了。他很高兴，要我跟大家见面，细细商量一下。不瞒大家说，我这是第三次到武都，前二次，我也是受洪帮大哥马殿选和任谦的委派，跟王德一、张英杰二位大哥研究了发动起义、建立川陕甘游击区的计划。前天我按照王大哥和张大哥的意思，起草了《西北各民族义勇军宣言》和口号。今天请各位舵把子到这里来，想跟大家商量一下这个宣言和口号。"

天空闭上了眼睛，因为光芒都被合在眼皮内。天空便黑得有些阴惨，在令人窒息的寂静的空气中，传来兴奋的叫嚷声，空气也似乎燥热了许多。

王德一从炕头下来，站在地上，又扭转身子，朝着炕桌的方向挪一挪，凑油灯近些。他慢慢从怀里取出一张纸，在空中扬一扬说："我手里拿的这个东西，是程大哥亲自起草的《西北各民族义勇军誓言》，我给大

家念一念，有意见大家提出来，我们修改。"接着他轻轻咳嗽了一下，一字一句地念道：

值此日寇侵凌，国难方殷之际，本应地无分南北，人无论老幼，群策群力。奈因蒋贼独裁，豺狼当道，借抗日之名，资中饱之欲。竟至无官不贪，无吏不污。上下交征，欲壑难满。况当兵纳税者，尽贫寒孤苦之家，免设免粮者，率皆富户豪华之门。是以乡保贪官污吏之徒，轻肥甘酯，孤苦老弱，贫寒之民，啼饥号寒，濒于死亡之境，以此抗日，寇必日深，以此救国，国必速亡。言念及此，不禁五内如焚。是以德一、英杰等，秉救国救民之宏愿，抱抗日反蒋之矢志，团结我汉、回、藏之民，高举义旗，共赴时艰。今日我等率贫寒农民十万之众，形成起义大军，严布军令，指日南发，日寇暴政，誓在歼灭。蒋贼独夫，定当根除。劫豪绅缙门之财，救济贫苦无告之民。杀贪官污吏之头，快各族人民之心。希我汉、回、藏父老昆季，洞察我等之肮腑，当无一介之私念。诗吾十万志士回乡之日，即为大业告成之时。天日共昭，敢布此心。

当王德一念到"团结我汉、回、藏之民，高举义旗"时，下面的人开始脸膛发红，情绪激动起来，及至他念到"十万志士回乡之日"时，兄弟们再也按捺不住兴奋的心情，他们好像灌了一肚子美酒，大声叫起好来。

"大哥，原来我们不是一个地方闹？"

"对，我们不孤单，我们有几万人马！"

"大哥，你咋不早说。"

程海寰笑一笑："时候不到啊，现在，我来告诉弟兄们，在临洮，我们有箇下舵把子王仲甲组织的一批人。甘南一个活佛，河州一个回民，一个东乡人，也组织了一批人马。我们办大事的时候快到了。"程海寰说到这里，从怀中掏出一包东西，哗啦啦倒在炕上。大伙抬头一瞧，满炕都是白花花的大洋："这是西安杜斌丞等人筹集的大洋，作为我们起义经费，各个舵把子，按照你们发动的人数，分派下去。"

除了去年程海寰利用担任过岷县专署秘书的条件，营救被捕的地下党员张敏、胡必昌等人时花掉了一些银圆外，筹集的两千大洋基本没有动，这些钱，程海寰都分到新加入帮会的舵把子手中，让他们下去买枪支弹药。

分完经费，他们又商讨行动计划，一直到半夜，村庄里姑娘们的拜唱声完全听不见了，他们才纷纷站起来，准备离开。

程海寰突然一拍大腿说："忘了一件大事，口号还没有说呢。"

"那程大哥你说一下吧。"

"我们提出了两条口号，一条是：抗日反蒋，反对国民党，接洽共产党！一条是：天灾人祸，饥民遍地，官逼民反，不得不反，若要不反，免粮免款！大家看，这两条口号怎么样？"

"我们都是大老粗，觉得程大哥写得合大家的味。"

"那好，宣言和口号就这么定下来。明天一早，我就去临洮，找马殿选和任谦大哥，再跟他们联络。我们的口号，要写成帖子，由各舵把子传给各兄弟，这也是我们起事的暗号，等时机一到，我们共同举旗造反。"

屋外天色暗暗的，可是有星星的光芒。屋里油灯闪烁，他们摆下香案，发下了誓言，然后吹灭灯盏，悄无声息地出门，分头到各村串联去了。

我奶奶说，这次程海寰与王德一、张英杰在武都举行的秘密会议，虽然史书鲜有详细的描述，但是这次会议，确实是一次里程碑式的会议。不仅商议了甘肃农民起义的方针，而且奠定了联合举义的基本方略。正是这次会议，将驻武骑兵营长张英杰拉进了洪帮，拉进了起义军。也正因为张英杰这位国民党正规军的参加，起义军的战斗力才骤然增强。

我从后来的兰州晚报《一个没有荣誉称号的英雄》一文中了解到，

这次会议，也是王德一父子三人生死离别的一次团聚。他们父子在此次秘密会议后，留下了一张珍贵的合影，这是他们父子唯一的一张合影。那张珍贵的照片至今还在，被王德一的孙子王耀荣保存着。

这次会后，王德一派他的大儿子王效贤前往四川，在黑河地区动员洪帮头领发动起义，支持甘肃民变。程海寰派专人分别到临洮、卓尼，给刘鸣、王仲甲、肋巴佛送去经费、《西北各民族义勇军宣言》等。

冬季冰封的大地，酝酿着新的生命。

白雪覆盖下的陇原，一场农民起义正悄无声息地进行。

张英杰以筹办军饷为名，派下属柳佳林副连长到冶力关开办"军风号木行"，与肋巴佛的"措登措哇"取得了联系。肋巴佛的"措登措哇"在藏区越来越广。他们借着官府指钉门牌查人口这件事，率先喊出了"官逼哩，民反哩，家家门上钉板哩"的口号。肋巴佛秘密联络卓尼北山土官杨麻周，以为后援。并派冶力关的汪鼎臣、任效周经常与临洮地区的王仲甲、肖焕章、毛克让和河州地区的马福善相往来，结为同盟。

我查阅了金其贵、丁孝智、张霞光编著的《甘肃近现代史话》，书中记载了1942年8月在兰州召开的西北民主政团第二次会议。他们在文中写道：

> 会议决定尽快在临洮、岷县、武都等甘肃南部地区举行反蒋武装起义，派史鼎新到临洮对起义事宜进行全盘策划；指定曾列席这次会议的王仲甲负责临洮一带民众组织工作；安华雄负责兰州市阿干镇煤矿及羊寨、马坡、榆中一带的民众组织工作；西北民主政团委员王教五负责全面的组织及秘书工作。

事情正按照程海寰的设想朝前推进，正当他准备前往兰州、临洮，面见任谦、我外太爷马殿选时，岷县专署专员胡公冕突然带着他去了延安，从此离开了陇南。

我爷爷朱杰提起那段岁月总是长吁短叹。他说那年他十六岁，从梨花乡小学毕业考入平凉附校，校址在平凉城郊柳湖，现在那儿是一座公园。当时他和农村学生马文彩、范文成住在一间房子的大床上。冬季十分寒冷，无钱买煤取暖，晚上睡觉铺一条羊毛条毡，盖着一床小薄棉被，只能护着下半身，上半身盖着脱下的小棉袄。我爷爷说校园里有四个湖，潮湿，他患了疥疮，皮肤和手足间溃烂流脓，身上生了疥虫。那天程海寰进校宣传抗日救国，看到我爷爷光身子穿着破旧的棉衣棉裤，没有衫衣，棉衣到处开口，棉花外流，爬满虱子，就给了他一件黄色棉制服。还在他的笔记本上抄写了"何堪更弄横磨剑，斗箕相煎事阋墙"的诗句，我爷爷说，程海寰是大海中的巨浪，他是起义的灵魂，要是他不走，起义一定是另一个样子。

第二十章

衙下拉扎节

[民国三十一年（1942），紫松山，大地争雄]

 干儿子进城

我奶奶听我外太爷说，张英杰是朱绍良的干儿子。

起义前夕，张英杰带了二十个骑兵，大摇大摆地来到兰州，直奔保安四团第二营营部。找到了营长朱亮和时任国民党临洮师管区连长的弟弟张英奎。

朱亮字季规，宁和龙泉人，国民党中央军校重庆分校第十期毕业后分配至陕西第七黄埔军校分校任少尉教官。朱绍良到甘肃后，朱亮调到兰州西北训练团任少尉教官，不久当上了保四团的少校营长。张英杰和朱亮是宁河同乡，又是结拜兄弟。当年朱亮从西安调到兰州时，最先得知消息的张英杰，派骑兵到陇西接朱亮，到兰州又盛情接待，经济上给予资助，朱亮很是感动，二人很快成为结拜兄弟。因了这层关系，张英杰将自己的堂弟张英骏推荐给朱亮。

张英骏当时在临夏师范上学。连日来，日本人的飞机穿梭往来，嗡嗡声日夜不绝，日本鬼子轰炸兰州，逼近潼关，很快就要打过黄河。可是蒋介石的国民党军毫无办法，只能眼睁睁地看着。他和同学们再也坐

不住了。纷纷投笔从戎，穿上了军装。张英骏在张英杰的介绍下来到保四团，因他是文化人，朱亮便将张英骏留在团部，任机要秘书。

张英杰有了这几层关系，行动方便多了。他向朱亮等人透露起义消息，此时的朱亮已在会长孙寿名的介绍下加入"西北青年抗日民主促进会"，成为一名盟员，一听大喜。表示全力支持，就在这天晚上，张英杰将他们召集在一起，给他们交代任务：策反军队，搞枪支。

不料，特务的目光暗中盯上了张英杰在冶力关开办的"军风号木行"。

"报告司令，张英杰私贩木材，从中谋利。"

"张英杰从外面购得大量枪支！"

"骑兵独立营在武都跟洪帮打得火热，有异动！"

朱绍良得到特务报告，暗自思忖：张英杰开办"军风号木行"，他提前给我报告过，我也得了一笔钱，可是贩卖枪支，事关重大，不能不问。朱绍良命令张英杰立即前来，说明情况。

"有人报告你购置枪支，可有此事？"朱绍良黑着脸问。

张英杰满脸堆笑，先将一把精致的小手枪递给朱绍良，才开口道："长官司令，这是我孝敬您的，还有一捆长枪，我也抬到了司令部。"

"这么说，你私贩枪支，是真的啊！"

张英杰一脸憨相："当然是真的啦，但我不是贩，是买。您不是说骑兵是第八战区的命根子嘛，我在武都，换了马匹，招了新人。但是新兵没有枪，地方又穷，征不到军饷。不得已才开了木行，自己弄钱武装自己。国民党哪个部队不是这样。我自己买枪，一不给百姓增加负担，二不给长官添麻烦。这是两全其美的好事，哪个爱嚼舌根的，给长官告我的黑状！"

这番话一说，朱绍良的脸舒展了许多，他口气软软地说："也不是有人告黑状，这些日子，征粮征款，抽丁抓兵，老百姓意见很大。共党分子抓住我们的话柄，趁机散布谣言，鼓动老百姓闹事。我怕武器落到不良分子手中啊！"

朱绍良自己虽标榜清高，不额外需索，但他和他的老婆孩子，生活十分考究。朱绍良烟非加力克不吸，酒非白兰地不饮。他老婆华德芬鸦片嗜好极深，且非云南土不过瘾。至于他的五个女儿更因过度放纵，淫逸骄奢，声名狼藉。朱绍良通过华德芬聚敛，收受贿赂，放高利贷和公开走私，这是公开的秘密。张英杰的"军风号木行"孝敬了朱绍良很多钱。

"长官怎么怀疑到我头上了，我是啥人，长官最清楚。"张英杰装着愤怒的样子说。

"共党分子无孔不入，我们无事也得有事防。你要保持清醒的头脑，要时刻警惕共产党捣乱，他们到处煽风点火，不能不防啊。"张英杰用言语稍微一刺，朱绍良的脸不经意间涨起一团红晕，但很快就消失了。他轻轻拍着张英杰的肩，道貌岸然地说。

"长官，你一百个放心。"张英杰立正，敬了一个礼。

朱绍良满意地点点头，他想起了初识张英杰的情景。

那一年，蒋介石为了削弱地方武装力量，解除了甘肃鲁大昌的师长职务，张英杰系鲁大昌警卫连长，鲁大昌深知张英杰年轻、勇敢，会带兵打仗，在士兵中有一定的威信，鲁大昌叫来他，指示说："我的职务解除了，部队要改编，你的连长也当不成了，你带上骑兵连闯去。"

张英杰听了鲁大昌的话，没有缴武器也没有缴马匹。

朱绍良看到一个小小连长竟不服改编，立即派重兵将张英杰连部包围起来，找他谈判。张英杰昂首挺胸走进朱绍良营帐。

"你为何哗变？"朱绍良厉声喊问。

"我没有哗变！"张英杰毫不胆怯，不卑不亢地回答道。

"没哗变。那你为何不缴马，不缴枪械？"朱绍良大声质问。

"这些马是我们回家的马，我们的队伍散了，带着回家种地去。枪也不是你发给我们的，我们带回家打猎去！"张英杰平静地抗辩道。

朱绍良带兵这么多年，头一回碰到这样的事，既新奇又好笑。再看眼前的这个连长，长得虎头虎脑，却稚气未脱。而他自若的神态，好像一头漫步在羊群前的雄狮。朱绍良从心底对这个年轻人产生了一丝好感。

"你不缴械，不怕杀头吗？"朱绍良大声问。

"当兵不怕死，怕死不当兵！我从当兵那天起，就把命交给阎王爷了！我们穷人家的命不值钱。"张英杰不紧不慢地回答。

朱绍良围着张英杰结实的身子转了一圈，觉得这个二十出头的娃娃有胆识，有出息，是块打仗的料。就收编准备给个团长，编入第一军军长邓宝珊部队。当与邓宝珊面谈时，邓宝珊认为年纪小，越级任团长早了点，任独立营副团级营长比较合适，之后就编入新编第一军独立骑兵营任营长，驻防兰州东教场，张英杰的家属，也接到黄家园居住。

而张英杰真正得到朱绍良的信任，和苏联空军有关。

在淞沪会战打响的第二天，国民政府便向苏联求援，要求提供飞机、坦克与大炮，并要求苏联向中国派遣飞行员、航空技师、炮手与坦克手以训练中国人。立法院长孙科又三次赴苏联求援。苏联为了能够让中国战场拖住日本，对援助中国表现出了极大的热情。斯大林承诺与中国联合抗日，援助军用物资和培训军事人才，支援一千多架飞机、近百辆坦克，一千五百辆汽车、一千门大炮，上万挺机关枪，步枪及一大批军用物资。

苏军的军用物资运抵兰州，可是有一天，驻兴隆山空军司令部的俄罗斯空军军车遭到一群不明土匪抢劫。俄方拍下了照片，其中一个土匪长着全脸大胡子，事后向河州方向逃去。案发后蒋介石立即向朱绍良发电令，严令限期破案。朱绍良接到电文，觉得非常棘手，不知道派谁去办案。这时战区参谋长推荐张英杰去办。

当时张英杰爷爷去世，他在东乡县白合乡张家坪尕阴洼给他爷爷办丧事，按理张英杰重孝在身，不该叫他，但是俄方说罪犯逃往河州，张英杰是河州人，熟悉地形。朱绍良电令他立即侦破缉拿归案。

因为朱绍良对张英杰了解不深，心中无底，电文中又强调几句：此案重大，惊动了俄方外交部，蒋委员长下令限期破案，否则，军法处置。

当时，国民中央军第八战区空军司令部设在兴隆山，成吉思汗灵也寄存在兴隆山。张英杰独立骑兵营一个连队驻守榆中，营部驻扎在兰州市东教场，即现在的兰州饭店那片地方。张英杰接到朱绍良的电令，他爷爷葬礼刚结束，便连夜带一个班的骑兵追捕。

当跟踪到巴下时，天色已晚。他们进村打探，村民说，有四五个人在一家店里吃了晚饭，慌里慌张地走了，临走嘀咕着，要从东乡唐汪的渡口过河。张英杰马不停蹄，直扑东乡。在汪集将那伙窃匪抓捕归案。

张英杰这件案子办得漂亮，赢得了朱绍良好感。

朱绍良想到白龙江沿线，社会治安混乱，有意重用张英杰，让他去陇南。

陇南是甘川陕三省商业要道，经常发生混抢商队的事件，严重威胁着三省的商业往来，省府多次派员治理，治安状况未见好转。省上十分头疼，这时战区参谋长又一次推荐张英杰，理由是张英杰有地方工作经验，英勇善战。而骑兵部队机动灵活，适合在山区驻防。

朱绍良采纳了战区参谋长建议，调张英杰前往武都。

张英杰手持尚方宝剑，对罪大恶极者先斩后奏，主要通道设防严查严管，短期内社会治安有了很大改善，社会稳定。张英杰一时威信大震。

由于上述原因，张英杰深得朱绍良的赏识。

朱绍良正是基于对张英杰的赏识和信任，加之张英杰对他在冶力关开办的"军风号木行"的解释合情合理，便没有深究张英杰私贩枪支的事，但是对军中尤其是与曾经跟甘肃在乡军人抗日联络委员会有来往的军人，监视得更紧了。

51　药王洞弄枪

我奶奶马云英说，张英杰因为有朱绍良当靠山，特务不敢动，他们悄悄地盯住了刘志道。

我问奶奶，论刘志道做事风格，他一定很谨慎。再说他在师管区军当法官，甚至于许多特务他都认识，为啥他们盯上了他？我奶奶说，原因很简单，胡宗南通缉的刘远峰（刘鸣）潜入甘肃。刘鸣作为黄埔军校洛阳分校毕业生，担任驻宁夏三十四师参谋科长、军官教导大队副大队长。一个军官从军队中潜逃，不能不引起当局警觉。刘志道是刘鸣哥哥，自然受到监视。

"查，一定要查清楚！"朱绍良道。

"我怀疑刘鸣就是刘羽。"特务汇报。

"有证据吗？"

"没有。"

"刘志道最近有什么活动？"

"他租住在兰州横巷子二号，表面上看很老实，背后却不消停。据张贵有交代，刘志道和史鼎新、王新潮、杨可显、许青琪、杨景周、张乾一、刘鸣等人秘密聚会，成立了西北民主政团，他们有政治纲领，内部分工明确，计划发动暴动。刘志道和刘鸣是亲兄弟。"

"刘鸣人在哪里？"

"他真名叫刘志明，化名刘鸣，在临洮紫松乡当了乡长。"

"奇怪！他一跑到临洮，就当了乡长，他本事咋那么大？"

"他是经乡民举荐当乡长的，据说私下里疏通了县长张德熙。"

"你们注意了没有，他都跟谁来往？"

"除了正常的公务人员，还跟王仲甲、马福善、马继祖、肋巴佛，还有他的黄埔军校同学、临洮步兵学校的张志鸿等人来往密切。"

"刘志道、王新潮、杨可显是头子，先抓起来！其他人严密监视，放长线钓大鱼，瞅准时机要一网打尽！军内军外一起动手。"

"是！"

刘志道浑然不觉。他动身到青海，游说马家军。

西宁郊区乐家湾，驻扎着马步芳四十集团军马呈祥骑五军。刘志道先找了一个客栈住下来,然后找到老朋友王儒林,告诉暴动计划。

王儒林是骑五军秘书处长,听了刘志道的话,高兴地说:"我在马呈祥营中发展了一些人,还动员了民团头目、一些有影响的帮会大爷在骑五军任职,如王建三、刘松林、曹路亭等,我向他们宣传抗日政策。你们在甘肃扯旗,他们肯定愿意跟我们干。"

"我此行的目的,不光是动员他们。"刘志道低头说。

"那你想干什么?"王儒林问。

"帮我引见一下马呈祥,我想跟他谈。"

"他是军长,怕不好见。"王儒林为难地说。

"我救过丑进义的命,见到丑进义,我们再想办法。"刘志道说。

"丑进义是省府机要秘书,你在客栈等着,我找他去。"

王儒林当即到省府。丑进义一听救命恩人有事相求,丢下手中的活,赶到客栈。刘志道开门见山,说了来意。丑进义想了半天,答应约骑五军马呈祥面谈。丑进义虽然官职不高,因是机要秘书,马步芳视为身边最贴心的人。而马呈祥是马步芳外甥、马步青女婿,对丑进义颇有好感,视为自己人。丑进义到马呈祥公馆,扼要说了大概,马呈祥爽快地答应见面。

丑进义从公馆出来,预定了"万盛马"清真餐厅水波厅,晚上马呈祥带着军法处长曹路亭,军事处长王建三、副处长刘松林等人,如约而至。

"啊,我看你咋这么面熟?"刘松林进了餐厅,望着刘志道问。

"我可是第一次见你。"刘志道笑着说。

"哎呀,你和一个人长得特别像。"

"像谁?"

"刘志明,豫陕鄂边区预一师营长。"

"那是我弟弟,我叫刘志道!"

"怪不得像。"刘松林欣喜地说。

"我听六弟说起过你,你在陕西,咋到西宁了?"刘志道问。

"刘志明想把我们团拉到韩城县芝川镇,参加八路军。不料白清云告密,刘志明出逃到华山,我被胡宗南发配到西安。"刘松林说。

由于有共同的话题,席面上气氛好,很热闹。酒过三巡,刘志道切入正题。

"马军长,兄弟说话直来直去,老蒋抗日无能,欺民有术。甘肃百姓生活在水深火热之中,我们决心发动暴动,解救万民。请求马军长保持中立。"

"丑进义已经给我说了,我答应!"马呈祥态度明确。

"多谢马军长大义,我敬军长一杯!"刘志道痛快地饮下一杯酒。

"不谢,我是河州人,不能眼看着家乡人受欺负。我们骑五军,不是老蒋嫡系部队,到处受老蒋欺负,从河西挤到这里,窝了一肚子气。你们打你们的,我坐视不理。如果你们需要,让曹路亭、刘松林暗中支持一下!"马呈祥说。

"我们缺武器。"刘志道提出了要求。

"行,丑进义想些办法。"马呈祥眼看着丑进义。

"谢谢马军长!"丑进义站起来,高兴地端酒杯来敬马呈祥。

"你的救命恩人,这点礼不算啥!"马呈祥痛快地饮下了丑进义敬的酒。

刘志道完成任务,在青海住了几个月,发展了上百人。便将手头的工作交给王儒林,自己孤身回来临洮,和刘鸣一块来见我外太爷马殿选。

"好啊,你这趟到西宁,收获很大啊。这样一来,陇南有王德一,西宁有王建三。加上上营舵把子毛克让,边家湾舵把子吕百元、吕百林,衙下舵把子王仲甲,卓尼的肋巴佛,康乐的马福善,动员的人已经不少了,可是我们现在面临的问题是枪支极度缺乏,大家手中只有斧头、大刀、棍棒、要是想办法搞到一批枪支就好办了。"我外太爷马殿选说。

刘志道想了半天说:"我想起来了,兰州水磨沟有个药王洞,国民党东路交通司令马锡武把它改成了弹药库,马锡武兼着甘肃保安副司令,整天忙着西兰公路抗战物资的运输，弹药库很少过问，守库的人经常私下出售枪械。我想这是个好机会，到水磨沟搞一批枪械。"

我外太爷马殿选连声叫好，从里屋取出一个布袋子，里面是帮会筹集的钱款，一股脑儿塞进刘志道的怀里："马上去，能搞多少就搞多少。"

水磨沟在远离兰州城三十多里的八里镇，这里有一条河叫雷坛河，有一条沟叫水磨沟，沟里出产上好的磨盘石，沟边遍布着大大小小的水磨。雷坛河的溪水冲着水磨沟的磨。长年累月，除了磨面的农民，很少有人到这里来。药王洞在水磨沟最深处。马锡武选择这里做弹药库，是因为这里偏僻，没有人烟，无须重兵把守。而马锡武未曾料想到的是，也正因为偏僻，守库的这些士兵寂寞难耐，加之疏于管理，他们常私售枪械，换钱耍闹。

这天，刘志道身着国民党高级军官服装，戴着墨镜，特地在胸前挂了一枚托人借来的黄埔军校纪念章。雇了一辆骡驮轿，来到水磨沟的药王洞。

白花花的重金递上去，守库员眼放绿光，不问来路，也不问购枪何用，按值论价，将二十多支枪和数千发子弹搬到骡子轿车上。刘志道用一条被子盖住枪支子弹，外面又罩了一条苏联军用毛毯。轿车的两个实心胶轮、两根长木柄光滑漂亮。厢房是遮阳防雨篷布，里面装着圆形椅，车踏板的两侧还装有灯。刘志道押着枪械，颠颠簸簸地前往临洮。

距兰州城南一百多里便是洮沙县。

洮沙东至马衔山与榆中接壤，西至洮河与河州相望，北经摩云岭，南经辛甸，要到古城临洮，洮沙是必经之地。洮沙县城筑在太石铺，城内驻扎着一个团的保安队。轿车到了县城门口，刘志道从轿车里探头一看，门口两边岗哨，士兵身背钢枪，站得笔挺。

刘志道灵机一动，向右边哨兵招手，那个哨兵向前几步，走到轿车跟前。

刘志道笑着问："你们的团长在家吗？"那哨兵看到刘志道一身戎装，

胸前还挂着黄埔军校纪念章，威风凛凛，他又认识团长。知道来头不小一听，赶紧立正敬礼说："团长在家。"刘志道朝他点点头，哨兵微笑着让轿车驶离洮沙地界。

到了临洮城郊，刘志道不敢进城，托熟人给我外太爷马殿选捎口信。

我外太爷马殿选立即出城，二人见了面。

"我车上是二十多支枪和数千发子弹，马大哥，你到步校，设法通知张志鸿营长，让他将枪械护送到衙下，交给刘鸣。"刘志道镇定地吩咐。

"靳尚志被杀，张志鸿暴露，已逃往紫松。"我外太爷马殿选说。

"啊，啥时候？"

"前天。"

"那咋办？"刘志道急问。

"不要急，枪械交给我。我手下有个跑腿的尕娃叫何其敏，人很机灵，在乡公所工作，我安排他去送，你写个手札。"我外太爷马殿选胸有成竹地说。

"何其敏不是军人，护送怕出问题。"刘志道担忧道。

"刘兄有所不知，这段时间，特务专查穿军装的人。穿制服的人，哨卡反而不查。"我外太爷马殿选小声说了特务整肃军营的事。

"那好，就按你说的办。"刘志道说。

我外太爷马殿选将车赶到郊外一户洪帮兄弟家，留下刘志道在这里吃饭，自己独自进城。刘志道刚吃完饭，就见我外太爷马殿选领着一个高高大大的年轻人，推开院门，径直进屋。我外太爷马殿选指着年轻人对刘志道介绍说，这就是何其敏。刘志道一看，年轻人很精干，就放心把手札和枪械交给他。

院落外面停着一辆驴车，农村常见的拉粪土的那种，何其敏将枪械搬上驴车，打声招呼，离开了。刘志道目送何其敏走远，转过身来。

"好了，我跟你进城。"刘志道长口气说。

"不行，你回兰州，这辆轿车，也赶回去。"我外太爷马殿选出乎意料地说。

"怎么,你不叫我到你家喝口茶?"刘志道半开玩笑地问。

"临洮城盘查得紧,你这身军装,进城怕有意外。"我外太爷马殿选说明原因。

"好,我回!"

刘鸣得到何其敏送来的武器,非常兴奋,先给保甲长发了枪。

 52　庙里碰头

这段故事从小我就听奶奶马云英讲,但都比较零碎。我特意问了奶奶许多细节,很多她也记不清楚了。但刘鸣到她家的情况,她记得清清楚楚。她说一个月后,刘鸣接到洪帮捎来的口信,让他进城见我外太爷马殿选,有事相商。

1942年惊蛰这一天,刘鸣以给父亲做寿买东西为名,偷偷进了临洮城,直奔我外太爷马殿选家的山货铺子。到了门口,却被我外姨奶马云莲、马云梅、我奶奶三姐妹堵在门口。

"你买什么?"

"我不买东西,我要见马殿选。"

"我爹不在家。"

"小女子,我找你爹有急事。"

"我爹是小商贩,一天不出门,我们一家就要挨饿。他出门了。"

刘鸣会意地笑笑。心想私下里都说马殿选的三个女儿警惕性很高,观察放哨,比大人机灵,果然如此。刘鸣说我到你家来过好几次,你不认得我吗?我姨奶马云莲只是笑,不说话。我奶奶马云英歪着脑袋瓜子说,你是刘乡长,我认得。刘鸣说认得我,就放我进去嘛。我奶奶马云英站在门口犹豫了一下,说你等等,一溜烟跑了。不一会儿,不知道她从哪里领着我外太奶郭玉兰来了。我外太奶郭玉兰见了刘鸣,问声好,领他朝城外走。

路上刘鸣忍不住说:"马大嫂,你这三个女儿,保卫工作做得真好。"

我外太奶郭玉兰兀自笑了:"虎臣(我外太爷马殿选字)不得已做了洪帮大哥,嫉恨他的人多,衙门也常找麻烦,娃娃自小跟着担惊受怕,学会了识人,学会了保护。"刘鸣听了,眼里闪过了一丝怨艾的眼神:"我们应该向她们学习。我们有的人,做事张狂,不知道保密,不知道掩蔽,就知道嚷嚷,还不如一个孩子。"说话间,我外太奶郭玉兰领他进了一座破庙,迎面走上大殿,穿过昏暗的侧廊,到了大殿背后,一扇小门挡在他们眼前。

我外太奶郭玉兰用手指一指说,你们进去,他们在里面,我在外面放风。

刘鸣推开小门,才发现里面很宽敞。可是光线不太好,四周好像有不少佛像,候了片刻,看到那些所谓佛像其实都是人。他们靠墙或站或蹲,等眼睛适应了里面光线,才看清史鼎新、任谦、我外太爷马殿选、王仲甲、肖焕章这些熟悉的面孔。

"哎呀,都在这里。马大哥真细心,找的这个地方碰头安全!"

"大家都到了,就等你兄弟。"

"让各位大哥久等,抱歉。"

任谦看到各路头领到齐,轻松地击一击掌心说道:"好,我们商量事。自从昆仑山洪帮大哥程海寰派人送来《西北各民族义勇军宣言》、口号,大家劲头特别足。我们各山头势力发展很快,人数大增。马大哥先说说临洮的情况。"

我外太爷马殿选清清嗓门说:"临洮东乡夏文禄,漫洼何汉卿,北乡毛克让、康海山,南乡官堡祁世如,西乡王仲甲,还有陇西、岷县、榆中的洪帮大爷,动员的人不下上千人。他们组织下苦人抗丁、抗粮、抗款,影响大,参加的人越来越多。武都张英杰、王德一,派人跟我联系,张英杰骑兵营和王德一的兄弟,也有上千人,这里一举旗,那里就放枪!"

"漆世昌那边情况如何？"

"有两千多人。"漆世昌因事未到，坐镇临洮的史鼎新替他回答。

"刘乡长，你那里情况如何？"

众人的目光齐刷刷地投射在刘鸣身上。

刘鸣抓到的紫松乡，地盘很大，南北长五十多里，东西宽二十多里，人口有三万多，下辖十五保。由于刘鸣以乡长的合法身份发动群众，开展武装，紫松已经成了武装斗争的核心区和可靠的根据地，也是各路武装中实力最大的一支。

"紫松乡的十五个保，我全部抓到手上了。委任进步青年或革命人士担任了保长或乡丁，王秉英为三甲保长；乔秉忠为吴冯乔家保长；刘殿奎为三保保长；吴生荣为四、五两个保的保长；王孝贤为卧龙保长；王殿元为潘家集保长，还有赵冠英、靳贯一、张希鸣、马占川、张占奎、杨风石、曾广华、姚舜、杨树等，都担任乡保核心职务，只要号令一下，我的人马就可以马上拉出来。"刘鸣的语气，带着自豪。

"武器怎么样？"史鼎新问。

"我四兄从兰州搞来二十支长枪，我从渭源搞了点，还以'打土匪'的名义从县府骗来一批弹药，但总体上枪支少。"刘鸣回答。

"刘乡长支持了我一批枪支，多谢了。"王仲甲插了一句。

"好，王大哥，你来说说康乐马福善、马继祖。"

王仲甲从东北角的一堆木柴垛上跳下来，走到人前面，站着说："马福善、马继祖父子在宁定八羊沟一带秘密串联了上百人。在东乡那勒寺联系了眼窝司令马木哥。马木哥在那勒寺一带东乡族中串联了一些人。据他们父子说，他们已组织了五百人马，四十多支枪。"

这次秘密碰头会，因为我奶奶出了力，成了她一生中最铭记的事件。她说，自西北民主政团成立以来各路头领碰头，这是第一次，尽管参加的人不多，但是会上大家互通情报，摸清了底子。大家觉得动员的人还不够，枪也不多，发动的时机不成熟，还得积蓄力量。

我奶奶说，刘鸣回到紫松，立即通知各保长在沟刘家楼上开会，秘密布置任务。各保组织铁匠和青壮年架火炉炼铁，制作大刀、长矛。一走进紫松的村庄，就能听见铁锤的轰击声，看见英武的武装队员，他们肩上背着大刀，抗着钢枪，长矛头顶的缨子，闪耀着红色的光芒。短短几个月，刘鸣迅速组织起一支三四千人的农民队伍，成为洮河流域最大的武装。

这段时间，边家湾吕伯元、白眉毛联络了马福善父子，马福善带着马艾的、马玉良等二十多人，于1942年5月到临洮苟家滩，与王仲甲、肖焕章等人会晤，秘密商议了共举义旗的大事。马福善父子离开苟家滩，又到马衔山，见了毛克让、潘彩兰。隔了一个月，王仲甲、肖焕章、苟登弟、毛克让的代表潘彩兰又在临洮县米家嘴村跟马福善父子见面。七月和九月，分别在边家湾、苟家滩聚会，互通情报，商议打击土豪劣绅，夺取枪支，武装人马的计划。

此时的国民党军队在抗日前线节节败退，民怨沸腾，斗争烽火大有一触即发之势。刘鸣觉得起义的条件已经具备，可是除了王仲甲这支武装，其余各路武装头领，他尚未谋面。而史鼎新、任谦、我外太爷马殿选等人，虽说是策划组织者，但他们手中并没有一兵一卒，难以统领各路人马。从目前各路的实力看，紫松这支队伍人数最多，应该统领各路武装。刘鸣考虑再三，打发王殿元找王仲甲。

王殿元直奔临洮城西木厂羊肉馆。

他看见王仲甲、肖焕章、吴建威三人正拾掇一只羊。因为王仲甲和王殿元同乡，他俩和刘鸣同在史国华混成旅当兵，刘鸣是骑兵营长，王仲甲

王殿元

是排长，王殿元是传令兵，因此相互十分熟悉。当年鲁大昌部整编，史国华免除了刘鸣营长职务，刘鸣大骂史国华，史国华恼羞成怒，派王殿元和张志鸿抓捕刘鸣，王殿元密报刘鸣救了他。因了这段经历，刘鸣一任乡长，便让王殿元当工友、当保长，视为贴心人，凡有秘事，派他联络。

王殿元一见面就说，老王，你跟我到那边，我有话对你说。王仲甲擦掉手上的羊血，跟着王殿元离开羊肉馆，走到旷野，在一堆石头旁停住了。

"远峰叫你呢。"王殿元直言。

王仲甲和刘志道是同学，二人幼时十分要好。刘鸣小他八岁，常跟着四兄刘志道到学校或他家玩耍，那时刘鸣叫刘志明，字远峰。

"真的吗？"王仲甲问。

"真的！"

"什么事？"

"你去就知道了。"

王仲甲返回羊肉馆，跟肖焕章打声招呼，跟着王殿元一块到衙下集，先到王殿元家住了一天。次日天黑，到沟刘家刘鸣家。

"你联络得怎么样？"刘鸣问。

"我们组织了上千人，按照程海寰派人送来的《西北各民族义勇军宣言》，成立了'西北农民抗日义勇军'，刻制了大印，制作了臂章。"王仲甲说。

"王大哥，你说详细些，你们刻制的大印，名号是什么？"

"我部为'章'字号，马福善部为'忠'字号，毛克让部为'克'字号。到举义的那一天，我们的旗帜，都要印上章、忠、克这几个大字。"王仲甲有些兴奋，满脸发着红光。

"王大哥，所有起义部队的旗帜，我们都要打西北农民抗日义勇军。你们商量的章、忠、克字，将来部队可以作为印章，在传达命令、通信中使用。这样好不好？"刘鸣思忖片刻，提出了不同意见。

"听你的。"王仲甲说。

"马殿选到渭源面见漆世昌，说洪帮已准备就绪，我跟参谋长（史鼎新）也碰了头，我们研究认为，乘'拉扎节'我给老父刘殿西祝寿之机，发动起义，时机最好。你尽快联系马福善父子、肋巴佛，让他们提前做好准备，到时候带领各头领到沟刘家聚集，你看如何？"刘鸣说。

"好，这个时机好。"王仲甲赞成道。

拉扎节是衙下集、南屏及渭源、康乐、临潭等地与春节相媲美的节日，不同于春节而又胜于春节。拉扎是藏语"山神"的音译，拉扎节是汉藏杂居区群众祭祀山神的重大民俗活动。各村不在统一的时间过，每个村庄都有自己约定俗成的时间。从每年庄稼上场或新麦入仓后的农历七月十五日开始，每村一天，轮流过节，直至十月初一最后一个"送寒衣"，拉扎结束，历时两个半月。时间很长，规模很盛，人数很多。此时各路头领相聚，不会引起注意。

九月的一天，史鼎新、王星元、靳贯一、任谦、赵冠英、我外太爷马殿选、王仲甲、马福善、梁星武、肖焕章、王子元、漆世昌、李友三、刘明臣、周大贯、张建成、蒲子玉、肋巴佛的代表年旦增等陆续以贺寿的名义到沟刘家密会。会议确定我外太爷马殿选为总联络，陈国栋联络临洮城，吕伯元联络边家湾，潘彩兰联络马衔山。

"现在商量最重要的两件事，推举总司令，确定具体时间。"

"刘鸣是黄埔军校生，懂军事，我推举他为总司令。"毛克让说。

大家都没有意见，刘鸣就被推举为总司令。

"起义时候，啥时候合适？"

各路头领很快达成一致：约定1943农历二月二日宣布起义。

"昆仑山程海寰拟定的'官逼民反，不得不反；若要不反，免粮免款'口号简单了一点，我觉得要增加。"

"你说说，我们都听听。"

"我们提了八条战斗口号：一、西北各民族团结起来，一致抗战到底！二、纳不起粮，交不起款、雇不起壮丁的人，一致团结起来，打倒谷正伦、朱绍良！三、被虐待死亡壮丁的家属，一致团结起来，打到兰州，报仇雪恨！四、西北人民誓死不做亡国奴、不受贪官污吏的压迫！五、打倒贪污无能的政府，建立廉洁清明的政府！铲除虐待壮丁的兵役、机关、抗粮抗丁！七、打倒贪官污吏、土豪劣绅，打倒汉奸卖国贼！八、西北各民族人民，加强团结，永远不上贪官污吏军阀地方挑拨离间的当，不能互相残杀！"

"好，这八条口号好，农民听得懂。"

在这次会议上，王仲甲、肖焕章、刘鸣等达成一致，起事后南下武都，借岷山险要地势建立根据地。同时商量划分了活动区域：马福善、马继祖父子在康乐、宁定一带活动；马木哥在东乡活动；王仲甲和肖焕章在佝下集一带活动；毛克让在马衔山一带活动。此时，四部人数已达两千三百多人，九百多支枪。

我外太爷马殿选则派洪帮兄弟到卓尼县水磨川寺院、武都县城，向肋巴佛、王德一、张英杰报告会议情况。

义军第一次聚义的南屏山

第二十一章

刘志道被捕

［民国三十一年（1942），兰州，大尤］

 酷刑伺候

刘志道听到起义文告已在临洮发布，按捺不住激动的心情，收拾行装，准备从兰州赶到临洮峢下集，准备和他同时出发的还有王新潮。到了约定时间，他换好布鞋，背起行李，却见王新潮穿着一身褴褛的长袍马褂，匆匆忙忙跑过来。

"你怎么这身打扮，军服呢？"

"我去不成了。"王新潮答非所问。

"咋啦？"

"上司要我去秦州。"

"那边布告都发了，上千号兄弟眼巴巴地等着我们呢，有什么事比这还重要呢？"

王新潮急得脸膛发红，不知道怎么跟刘志道解释，他语无伦次地说："我去办的也是件大事，牵涉的不仅是人命，还有组织。"

"到底是啥事，你还用得着瞒我吗？"

"哎呀，我一两句说不清楚。"

"说不清,就跟我走!"

王新潮左右看看,拉刘志道到墙根,小声说:"特务头子戴笠年前来了一趟,说兰州有大批汉奸。其实是为了逮捕共产党员和进步人士。兰州工委副书记罗云鹏、西北局李铁轮等一群人已经被捕。党组织要我到秦州,赶快转告没有被捕的地下党联络员,赶快疏散。"

此时的刘志道还不是共产党员,但是他天天跟共产党员王新潮在一起,跟一些地下党来往,知道共产党的规矩。见王新潮连这么机密的事都讲了,一方面激动,觉得王新潮真拿他当自己人看。另一方面心里很着急,两方面的事,都是天大的事,都离不开王新潮。

"那你什么时候能回来?"

"估计用不了几天,骑马走,来回最多三天。"

刘志道掐指算一算,说:"两三天不打紧,你快去快回,我在兰州等你。你是秦安人,到临洮,路不熟,人也不熟,我还是等你,咱俩一块走。"

"好,那你等我两天。"

刘志道望着王新潮离去,直到消失在视野中,才无奈地返回住处。谁知他的脚刚跨过门槛儿,突然从身后窜出一胖一瘦的两个大汉,其中一人飞起一脚,就把他踢倒在地。二人扑上来,一下子将他压倒在地。刘志道来不及反抗,一条麻绳已经上身,将他捆扎起来。

他明白,他被捕了。

但是他并不知道,内部出了叛徒。

叛徒两天前将一份包括任谦在内的黑名单供述给了国民党特务,他的真实身份已经暴露。特务按照名单在兰州城内大肆搜捕。

特务连夜将他押到小沟头据点。半夜又转押到保安司令部特别监狱。

这是一座黑牢,靠在北城墙的望河楼下,牢内漆黑一片,只有门上方有个通风的小窗口。第二天,他就被拉去过堂了。

"知道为什么抓你吗?"

"不知道!"

"你是土匪头子。"

"笑话，我一直是师管区的军法官，大点的苍蝇都知道。"

"你从师管区退职当了土匪。"

"我做生意，未出兰州，到哪里当土匪？"刘志道反问。

"不要狡辩，你是匪首，我们早知道！"

"我不知道，你说匪首我抢了谁？"刘志道气愤地质问。

"你嘴硬！我问你，你到辕门广场搞了什么鬼？"

"宣传抗日救国，动员群众打鬼子。"

"抗日是军队的事，你搅和什么？"

刘志道用蒋介石的话反驳道："人不分男女老少，地不分南北东西，都有守土抗日之责。这是谁说的，你一定知晓。你想想，你不觉得你的话说错了吗？若不许我宣传抗日，就给我出个证明。"

"不说这个。洪帮有人告你，说你给帮会搞武器。"

"我不是洪帮。也不认识洪帮。"

"胡说，他说你跟洪帮头子过往甚密。"

"你让他来对质。"

对方不肯让叛徒出来对质，因为刘志道还不是他们的重点。他们要留着叛徒这颗炸弹，精准地炸毁最大的堡垒。

"你别嘴硬，我们查了，你是土匪头子！"

"口说无凭，拿出证据来。"

"你从水磨沟弄来的枪，到哪里去了？"

"我不知道水磨沟在什么地方，也没有弄过枪。谷正伦主席大会小会都在讲，有刀的拿刀，有猎枪的寻猎枪，要武装民众，如果我有弄枪的本事，第一个要按谷主席讲的，拿枪上战场！"

刘志道义正词严，坚决不承认跟土匪有联系，更不承认是"土匪头子"。狱警和特务没有证据，拿不到口供，便来了个"精神战"，他们将刀、锤、杠子、手铐、腿镣、钢丝等刑具搬进审讯屋，叮叮当当撂满一地，七八个行刑的彪形大汉立在一旁,企图吓倒刘志道。

"你再嘴硬,也硬不过这些。"

"我是吃饭长大的,不是吓大的。"

刘志道昂然不理,坚决不承认自己是"土匪头子",不承认跟帮会来往,特务便一拥而上,将他浑身衣服剥光,只剩下一条裤衩。一个家伙气势汹汹上来,朝刘志道嘴上猛击一拳,鲜血顺着他的嘴角流了下来。

"老实交代!"那家伙狮子吼般地大声吼叫。

"不知道!"刘志道挺起胸膛,怒目而视。

"这个人太傲慢,给我站端!"旁边一个特务边说边气哼哼拿起刺刀,在刘志道的小腿上狠刺一刀,鲜血顺着小腿淌到地上,地皮浸湿了一大片。

可是狱警百般折磨,仍得不到任何东西。他们恼羞成怒,七八个人将刘志道拉倒在地,压杠子。杠子一面四个人,压在膝盖上,皮都压烂了。不一会儿,刘志道浑身冒着汗,胳膊上、腿上流着血。他只觉得天在不停地旋转,地在不停地旋转,身子轻得像一片羽毛在地上飘着、晃着、晃着、飘着,耳朵里嗡嗡地响,脑子里一片空白。他昏迷过去了。

一盆冷水迎头泼下,刘志道渐渐苏醒。

"快说,你们的计划!"

"不知道!"

又一轮严刑拷打,还是没有得到一丝东西,他们就用钢丝将刘志道的双手扎住,再给他戴上手铐,脚上戴上四十斤的重镣,在昏迷中拉过去,掷到黑牢。清醒后拉出去再审。得到的仍是不知道三个字,狱警又一次用刑,然后掷入牢房。这时候正是严冬时节,黑牢没铺没盖,连一根草都没有。刘志道光着身子,他的嘴上、手腕上、腿上流着血,血水淌在地上,凝结成冰。

刘志道躺在冰冷的湿地上,翻来覆去睡不着。有那么一会儿,他感觉自己迷迷糊糊睡着了,似乎还飘了几缕梦影,但很快又意识身上疼得很，似乎一根筋被谁拽着。他暗暗地在心里对自己说，快些把我押到大监狱，哪怕刀砍枪杀也好，在这黑牢里特务弄死我，外面的刘鸣他们一点都不知道。他们在临洮等我呢，我的死讯传出，他们也好发动起义，为我报仇。

可是他们并不想让他死，他们敏锐地感觉到，陇原暗流涌动，冲突或战争随时会爆发。他们可怕地感到局势正发生重大变化，大规模风暴正暗中酝酿。走在兰州城的大街上，山雨欲来风满楼，会随时感到暴动前的紧张气氛。他们虽然没有掌握证据，可是他们固执地认为，刘志道这位昔日的造反校长，应该是密谋暴动的头子。他们必须撬开他的嘴。

狱警看到刘志道手脚腕上的肉被磨光了，仅仅剩下了皮和骨头，就在黑牢地下铺了一些干草。看他光着身子，就拿来他的棉衣棉裤，允许穿上。黑牢中长时间看不到光线，刘志道双目已近失明。就转押到一间窗上镶着铁条的监牢里，使他见到了一线阳光。经过一段时间，刘志道身体渐渐缓了过来，眼睛渐渐亮了。

他们改变了策略，将特务化装成"犯人"，打进了牢房。

这个"犯人"一身军装，进牢后装得很像，但刘志道还是一眼识破了他的诡计，因为他发现了"犯人"屁股上藏着的手枪，便来了个不睬不理。

一计不成，又施一计。这次可是苦肉计，"犯人"一身血迹，进来后骂不绝口，骂国民党当局腐败，想套出刘志道的话。可是他以不变应万变，始终不多说话，更不说真话。这样连续五次，始终没有得到有价值的东西。

但特务并未放过刘志道，依然判他死刑："着予枪毙，以除后患"。

死刑令经省保安部司令吉章简上报省政府主席谷正伦批准，等待执行。

就在九死一生的关键时刻，保安司令易人，换成了王治岐。

王治岐是天水人，黄埔军校第一期、陆军大学将官班乙级第二期毕业生，跟同是黄埔生的刘鸣熟悉，和刘志道也认识。刘志道被捕后，西北民主政团的同人四处活动，营救。他们通过朋友关系，向王治岐说情。当时省府要员大多是南方人，北方人极少，南北相互排挤。王治岐出于同乡之谊，兼而与刘志道兄弟相识，暗中答应朋友帮忙。抽时间到牢房看刘志道。

"为啥押你？"王治岐看着遍体鳞伤的刘志道问。

"人家说我是土匪！"刘志道答。

"那你是土匪吗？"王治岐又问。

"我是土匪在兰州抢了谁？"刘志道目光盯着王治岐，反问。

"我知道了。"王治岐点点头，轻声说。

王治岐回到办公室，将谷正伦签字批准的执行书压下，拖了一年。

我见过刘志道年轻时的照片，黑白光影中，是一张四方四正的俊脸。我曾问我奶奶，她说解放后她多次跟刘志道谈起这段往事。刘志道说，在这一年中，谷正伦忙于应付陇右各路起义大军，直至1943年4月，民变被镇压下去，谷正伦又想起刘志道，追问结果。其实刘志道六弟刘鸣被杀，人头挂在临洮城门上示众。堂兄弟刘志仁、刘志林、刘志义、刘志斌被杀。王治岐据理力争，对谷正伦说："你们说他是土匪，却没有任何证据，把人家五个弟弟都杀完了，不能把人家一家人全杀光。太不人道。"王治岐的这几句话，救了刘志道一命。

我无意中看到刘志道外甥吴刚写的文章，证实了我奶奶说的话。吴刚在《怀念余生舅父》中说："1980年，我到牟家庄王的住处访问过王治岐先生。我说，王伯，听说我舅父当时被判了死刑，是你救的，是吗？王说，没错。我接任保安处长后有人说把你舅父押了，判了死刑，要我设法营救一下。最后改判取保释放。"刘志道1943年年底，终因没有确凿证据被释放。出狱后，他改名为刘余牛，意思是劫后余牛。过了一年，在地下共产党员、陆军兽医学校西北分校办公室主任甄载明的帮助下，以去榆林找晋陕绥总司令邓宝珊做事为名，逃离兰州，去了延安，向毛泽东、周恩来汇报了甘肃农民起义的情况。

 王新潮救人

而跟刘志道约定一同去临洮的王新潮，与他分手后直奔秦州。

他到联络站——城东头的一家药行。老板和伙计都是地下党，通过他们，王新潮告知没有被捕的地下党联络员尽快转移。乌云漫过，悬在空中的太阳出来了。他的任务完成了。

但是，一件事绊住了王新潮的脚步。

王新潮深一脚浅一脚，从城东药行出来，走上街头，向车站走去。走到路口，随着一阵哭哭咧咧的叫骂声，他的本家大伯挡住了他的去路："哎呀我的大侄子啊，我四处寻你，不知道你躲哪里去了！咱庄上出了大事了，一个叫尹世雄的连长，到秦安老家抢劫，以'土匪'名义抓了的村上的八个人。你的兄弟也抓走了，天哪，老天爷呀，让我……我可怎么活呀，让村里人怎么活呀！你快想想办法，你救，救……救他们呀！"大伯拉着王新潮的手，哭着说。

"尹世雄抓的人呢？"王新潮大惊道。

"八个人，已上解天水专员公署。"

秦州人都知道，天水行政督察专员兼保安司令胡受谦以歹毒残暴著称，对土匪案件，向来不审讯就枪决。胡受谦曾在武汉的门户安陆县城攻防战中，残忍地下令不准用枪杀，全部用绳子勒死牢房里的所有犯人，无辜的村民若落到他的手中，必死无疑。

"天哪，老天爷呀……可怜……可怜我吧！……天塌了啊，让我怎么办啊，我只有这一个儿子啊……天哪，胡专员会杀了他，我心疼死了！"王新潮跟大伯说话的时候，有个女人哭哭啼啼地跑了过来。王新潮认得那是大虎的娘。大虎娘急得颤了声音，一把拽住王新潮，就像抓住了一根救命稻草："大侄子啊，求你救救我儿子！不能再耽搁了，晚了要坏

事的。"

"别哭，大虎他娘，我想办法！"王新潮一边安慰悲伤的大虎娘，一边低着头想，他现在的身份是新一军驻兰办事处上尉副官，他想起在西安中央军校第七分校受训时，一些鲁大昌手下的军官跟自己交好，现在他们就驻扎在专员公署，归胡受谦指挥。他决定去找他们。

"这不是鲁连长嘛！久仰久仰。"王新潮走进了专员公署，迎面看见了鲁纪毓。

"哎呀，王副官，你怎么来了？"鲁纪毓热情地跟王新潮握手。

"我奉邓军长之命，到天水处理雷鸣乾事件，临回时代表邓军长去看望他的家人，谁知到他老家，邓军长家里遇到了一件棘手的事。"新一军军长是天水人邓宝珊，鲁大昌部改编后划归朱绍良，鲁纪毓从新一军调任天水。王新潮见了鲁纪毓这个新一军的旧友，随口编了一个故事："邓军长村里有八个村民被抓，我来解救。"

"尹世雄说抓的是土匪。"鲁纪毓说。

"什么呀，他们都是无辜百姓，其中有邓军长的远房侄子！"王新潮语气坚定地说。

"是吗？"鲁纪毓犹疑地问。

"人命关天，我不哄你！人在哪里？"王新潮问。

"在我手上，我正准备押到胡专员那里去。"鲁纪毓疑惑道。

"那你赶紧放了他们，押到胡专员那儿，他不问青红皂白就枪毙！"王新潮说。

鲁纪毓迟疑不决。

"救人一命，胜造七级浮屠。你快去救人！"王新潮催促道。

"那尹世雄那边咋交代？"鲁纪毓问。

"你就推在我身上。"王新潮大包大揽道。

就这样，王新潮在胡受谦还不知道的情况下，将被抓者发回秦安，全部释放。当那个尹世雄连长得知内情，不依不饶，派兵挡住王新潮，他无法回到兰州，免遭被捕。

我奶奶生前任兰州市委信访办主任，小时候父母出差，我奶奶就抱我到信访室，那时市委里面都是平房，我趁奶奶不注意，跑到隔壁的党史办去玩。也许因为我外太爷是地下党，小时候我特别喜欢听地下斗争的故事。我那时长得特心疼，特萌，好多叔叔阿姨喜欢逗我，我记得党史办有个叫袁志学的叔叔，常给我讲故事。他神乎其神地说，民国年间兰州情报战线出了一个叱咤风云的人物，名叫王新潮。此人国字脸，阔嘴巴，目光犀利，仪表堂堂，胆识过人。他曾从国民党军队师部带出绝密文件自由翻拍，为甩开特务从飞驰的汽车纵身跳下。上演了一段令人惊叹的"情报战"。

袁叔叔中等个头，身躯清瘦，沟壑纵横的脸上笑容灿烂。说话干脆利落，见到我就像见到了他的孩子，特别爱讲故事。他摸着我的头笑着说，王新潮的潜伏经历要从抗战说起。抗日战争爆发后，党中央专门把精通俄语的伍修权派到了兰州，主持八路军办事处的工作。伍修权一眼就看中了具有军事专业知识且胆大心细的王新潮。将他作为一个"钉子"潜伏在邓宝珊身边，任新一军留守处参谋、副官。他以"烈士"为代号，秘密潜伏十年，直到1942年，兰州特务机关接到北平特务组织的案情通报，西北军政长官公署下达了"漏匪王新潮，务缉究办"的通缉令，对王新潮进行了第二次缉捕。因王新潮机智转移，未遭被捕。地下党指示王新潮离开兰州返回延安。王新潮昼伏夜行，翻山越岭，沿路乞讨回到了延安。

马殿选传奇

王维胜 / 著

（下）

人民日报出版社

第二十二章

急患肠梗阻

［民国三十二年（1943），重庆，土公忌］

 速泻速泻

这天一大早，我外太奶郭玉兰打开灰盐市的杂货铺子，清扫完毕，打发走店里最早的一批买主，准备去叫醒我姨奶云莲、我奶奶云英姐妹俩时，却见一个穿短衣的半大孩子堵在门口不肯离去。我外太奶郭玉兰仔细一瞧，认出是洮河放筏的小水手牛娃。

我外太奶郭玉兰走过去，摸摸他的头："牛娃，你有什么事？"

这时店里没有人，牛娃朝门外看看，街上空无一人，就急迫地说："马大婶，我爹叫我来看看大伯在不在？他有急事。"

牛娃他爹是洪帮城中舵把子的骨干，我外太奶郭玉兰也是熟悉的。

"在，叫你爹快来，过一会儿，他就跑生意去了。"

牛娃顺着墙根走到门口，扭头看看街道，还是没人。顺手推开门一溜烟跑了。

不一会儿，牛娃爹领着一个穿制服的人走进了杂货铺子。我外太奶郭玉兰拿眼不停地打量那个人，牛娃爹说："马大嫂，这是洪帮自家兄弟。"我外太奶郭玉兰说："眼生得很，没见过啊。"牛娃爹说："他从兰州

来，不是本地的。"我外太奶郭玉兰说："有什么事，你们跟我说，我转告老马。"那人说："马大嫂警惕性很高，但这事必须由我亲自见马大哥才成。"说完，从口袋里掏出一块红枣木牌，不经意地在我外太奶郭玉兰眼前一亮，这是洪帮大爷联络的特殊暗号。我外太爷马殿选的手里也有一块，在紧急情况下，洪帮大爷将红枣木牌交给最信任的兄弟去办，洪帮内部，认牌不认人。不到万不得已，红枣木牌不会轻易交给别人。我外太奶郭玉兰跟随我外太爷马殿选这么多年，她知道内幕。

我外太奶郭玉兰说声稍等，便转身关了店门，领他们去见我外太爷马殿选。

我外太爷马殿选经得多了，始终保持警觉。每次进、出也都走不同的门。经常频繁更换住处，睡觉时枕头底下压着枪，只有我外太奶郭玉兰一个人知道他的住址，她将牛娃爹和那个穿制服的人引到城外一户人家，转身出门，也不远走，站在门口放哨。

那人按照洪帮的礼节，见过我外太爷马殿选，亮出红枣木牌，掏出一大包中药。

"有一封密信，必须马上给任谦和官堡镇镇长赵鹤天。"

"任谦不在临洮。"

"那怎么办？"

我外太爷马殿选说："交给我，我去转送。"

"要连夜送到。"

"我知道。"

"这是一大包中药，马大哥也带上。"

那人常跟我外太爷马殿选来往，知道底细，便将密信和大包中药交给我外太爷马殿选。

密信好说，带大包中药干什么？我外太爷马殿选心中有疑惑，但帮内有规矩，我外太爷马殿选不好问，便进屋拿件皮袄，径直走到后院，从里面牵出一头骡子，牵到大门外。见我外太奶郭玉兰站着，吩咐几句，翻身上马，直奔渭源。

此时任谦在渭源城隍庙里。他的住址，也只有我外太爷马殿选等几个人知道。我外太爷马殿选马不停蹄，晌午时刻，骑着骡子进了庙，到了大殿背后的一间小屋，跳下骡子，推门进去，看见任谦伏在桌上，埋头写东西。

任谦看见我外太爷马殿选，连忙起身。

"马大哥，你咋来了？"

"有一封兰州洪帮兄弟送来的急信，给你和赵鹤天的。"说着，我外太爷马殿选将信交到任谦手中。任谦准备拆信，却响起了敲门声。任谦赶紧藏起信件，说声请进。门推开之后，进来的却是赵鹤天。我外太爷马殿选轻松地说，哎哟，你来得正好，联络点接到一封兰州洪帮兄弟的信。任谦拿出信，当着两人的面拆开。

"什么内容？"

"你看看。"任谦细读了一遍，将信递给我外太爷马殿选。

我外太爷马殿选接过信件，轻轻念道："任团兄长，遥闻兄长急患肠梗阻，特送来中药一服，灯笼芯、竹竿叫引子，吃了速泻速泻。刘仕成敬上。"

"看不懂。"我外太爷马殿选转手将信递给赵鹤天。

"肠梗阻，就是咱们大事受阻，兰州出了大事。灯笼芯，说内部出了叛徒。竹竿叫引子，说朱绍良叫特务出动，四处抓人了。速泻速泻，就是快走快走。"赵鹤天看完信，分析道。

"准吗？"

"应该准。"

"刘仕成是谁？"

"兰州城东洪帮舵把子。"

刘仕成是周永乐的化名，任省政府谷正伦的机要秘书。几天前保安处传来谷正伦安插在临洮的特务余仲篪的情报，报告匪情及洪帮中华五龙山活动情况。谷正伦看完,叫周永乐起草给临洮县府的密电,下令逮捕山主任栗泽(任谦),副山主祁三(漆世昌)。周永乐和赵鹤天私交很深,得知内情,心中大吃一惊,面上却镇定自若。待拟好电文,未及时发出,却写了密信,连夜打发人送到临洮洪帮我外太爷马殿选联络点,估计时间,才向县府发出电令。

三人看了周永乐的信,正拿不定主意。却见有人脸色慌张地推开门,变脸变色地说:"不好了,外面来了两个长官。"

"在哪里?"

"院里正跟庙里的住持说话。"

任谦起身,要往外走。我外太爷马殿选一步挡在前面,小声说:"你待着别动,我去看看。"说着一把将任谦推到椅子上,拉着那个报信的人一同出了门。

我外太爷马殿选绕过大殿背面,走到大殿前面,香坛右侧,有一棵紫丁香树。西面五间的大庭房,四扇门,门两边各站着一个荷枪实弹的哨兵。他瞅一眼,见两个声色俱厉的官军,正在紫丁香树下盘问住持。我外太爷马殿选装作若无其事的样子,看热闹似的走上去。

"师父,咋啦?"

"他们问五龙山主在哪里?"

我外太爷马殿选给住持使个眼色,大声说:"是不是组织抗日志愿兵团的任团长?"

"就是嘛,名叫任栗泽。"

我外太爷马殿选指着院子里的骡子说:"他在大教场,我刚从那里来。"

"这两个长官硬说山主住在这里。我是住持,难道我不知道吗?"

那两个长官将信将疑地问:"你说的是真的?"

"你们看我的骡子,身上的汗都没干呢。"

那两个长官冷若冰霜地说:"那好,我们去大教场找他。如果你们见了任栗泽,告诉他,我们来传达上司的指示,叫他立刻到县署谈话,不得有误。"

住持点头哈腰:"好,我见了他,一定转告。"

我外太爷眼看着那二人出了城隍庙,擦一把脸上的汗珠,急匆匆地返回大殿背后的小屋。

"快走,他们是来抓你的。"我外太爷马殿选说。

"可是组织的部队怎么办?"任谦心有不甘。

"周永乐是我密友,不到万不得已,他不会冒险来信。部队你就交给副山主漆世昌,还有我们呢。"赵鹤天劝道。

"正在关键处,我转移个地方,不想离开渭源城。"

"你别犯糊涂,信说得很明白,快走快走。你的活动已经暴露,一刻也不能待。你干脆到重庆去,一来避免黑手,二来给兄弟筹集经费、枪弹。"我外太爷马殿选着急道。他们心里清楚,民主政团同盟总部在重庆,作为西北民主政团同盟的负责人,任谦去重庆,再合适不过。任谦来不及多想,随手装上手枪,站起来朝门口走。我外太爷马殿选说声等等,从身上掏出五十块大洋,塞进任谦衣口袋中。

任谦一脚迈出门槛,又抽回来,握着我外太爷马殿选和赵鹤天的手,嘱咐道:"我走了。'后续中华山'工作要坚持做下去,但要保密。还有,你们两个人千万不能走到前台去,前面有王仲甲等出头,你俩是大脑,一定要隐蔽。"

"你放心走,我都记着呢。"

任谦松开手,匆匆穿过大殿后二院,朝东北角的厕所跑去。那是个二层厕所,一层粪池,二层蹲坑。墙壁有个土窗,没安木框和窗扇,常年敞着。任谦就从土窗上翻下墙头,跳到院落外的大地里,乘机逃走,去了重庆。

任谦前脚刚走,后脚漆世昌被捕。

56 看管内外八堂

漆世昌担任岷县东扎乡自卫队队长。被捕后，岷县专员将他监禁在渭源城内。而"后续中华山"内外八堂，全部被渭源、临洮、康乐三县保安看管起来。

到了这时候，我外太爷马殿选等人才得知消息，省府认为近期民间怨声载道，似有匪情，都是洪帮鼓动起来的，可能共产党在这方面有活动。省府严令县府缉拿山主和副山主，彻查内外八堂、洪帮骨干，搜捕共产分子。

当时临洮县县长张德熙接到电令，看到悬赏缉拿名单中，第一个就是任谦，颇为不解。因为他很久之前听人说任谦是洪帮，因此在视察乡镇期间，在官堡镇镇长赵鹤天的陪同下，专程到任谦家查看。张县长进了堂屋，只见正堂中间摆放着一张八仙桌，两边各放一把太师椅。左右两边各有一座大炕，炕上铺着毡，顺墙叠放着几床锦缎被子。左边炕上，放着一张炕桌，炕头有一个生着火的火盆，火盆里煨着茶罐，旁边摆着一套抽大烟的烟具。任谦盘腿坐在炕上，左手端着金黄的水烟袋，右手点着火正在慢条斯理地抽着水烟，鼻孔里冒出两股白烟。他那腾云驾雾的贪婪样子，完完全全是个丧失斗志的瘾君子。

"他住在官堡，平时你们有没有来往？"一个威名赫赫的团长，在乡下人眼里，那可是大官。如今落到这个地步，令人痛心疾首。县长张德熙从任谦家出来，问镇长。

"没有。任谦解职回家，安分守己，不过问地方上的事。"赵鹤天回答。

"除了这，他平时有什么嗜好？跟洪帮有无来往？"张德熙问。

"他就好抽几口烟。没有鸦片吸时，跟洪帮换烟土。"赵鹤天恭敬地回答道。

"那我怎么听说他是洪帮山主呢？"张德熙扭转身子，盯着赵鹤天问。

"人怕出名猪怕壮，树大招风啊。别人不要说跟洪帮来往，就是和共产党称兄道弟,也没有人说闲话,他这种人,官大、名气大,跟洪帮换包烟土,风声都刮到县长耳朵里去了。"赵鹤天站在县长面前,看着色彩斑斓的南山,笑一笑说。

张德熙听后哈哈大笑,赵鹤天也跟着笑。

正由于这次拜访,张德熙改变了他对任谦的看法。当接到省府缉拿任谦的电令,觉得省府冤枉好人,就跟县府秘书罗一萍商量,没有抓捕任谦,只派人将内外八堂看管起来。

谁知任谦溜之大吉,而内外八堂处理起来极为棘手。因为这些人中,不仅有地方有名的绅士,而且有赵鹤天这样的现任官员。

我外太爷说,本来由于历史的原因,古老的"哥老会"早已遍布全国,甘肃也不例外。后起的"青洪帮",因符合排满兴汉的传统观念,也遍及洮河、渭水、大夏河和白龙江流域。特别是洪帮,在临洮势力雄厚。城乡劳苦群众、失业游民、部分失意官吏、流浪士兵,为了谋生存、争自由,拉帮抱团,聚集人马,上山为"匪",劫富济贫,已相当普遍。众多洪帮成员眼中,内外八堂,不仅不是"匪",而且是穷人心目中的"活菩萨"和救命"神仙"。

内外八堂在县府看管了两天,城乡各处,谣言四起。

张德熙怕出意外,赶紧上书省府,说明如果按电令关押内外八堂,会造成地方人人自危,更不相信政府,弄不好激起民变。

谷正伦接到县府上书,考虑再三,放了内外八堂。

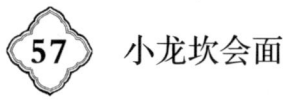

57　小龙坎会面

任谦到了重庆,怕警察搜查,没住旅馆,住进一个朋友家。

第二天,他打听到杨子恒此时在重庆,便决定去找他商议。

我爷爷朱杰在平凉见过杨子恒,他告诉我说,杨子恒是灵台的风云人物,是西北民主政团发起人之一。早年就读于甘肃省平凉第二中学。

十八岁加入冯玉祥国民军,当过兰州巡警、参加过陕西靖国军,投奔过冯玉祥,追随过杨虎城,参与过倒曹锟、驱吴佩孚、逐清室、北伐等战争。在上海、香港的灯红酒绿中同国民党特务周旋过。随杨虎城进驻西安时,常跟杜斌丞、韩兆鹗、王菊人等爱国民主人士来往。任谦到杜斌丞那儿取经,跟他结识,走动频繁、联系紧密。

杨子恒经郭则沉、章伯钧介绍加入了中国民主政团同盟。在重庆联络沙千里、严信民等创办了《人民时代》月刊,他现在担任发行人。任谦敲开了月刊杂志社发行部的门。

"你找谁?"有人站起来问。

"找杨子恒。"任谦回答。

听见乡音,杨子恒从一座山似的杂志堆中抬起头,认出任谦。

"哎呀,老乡,是你!咋跑到重庆来了?"杨子恒跑过来拉住他的手说。

"跟你诉苦来了。"任谦笑笑。

"现在拿枪的吃香。你还有什么苦,想要跟我这个笔杆子诉吗?"杨子恒堆着一脸兴奋,手挥着一本杂志说。

"一言难尽啊。"

杨子恒放下杂志,给他倒了一杯茶,放在眼前说:"那好,你先喝口水,我处理完手头的活,领你去吃重庆火锅,咱们边吃边听你诉苦。"

任谦埋头喝完那杯茶,杨子恒手头的活也干完了。二人一同走出杂志社,到一处背巷子,走进一家火锅店,看见吃的人多。任谦嫌闹,说话不方便,又找了家冷僻的饭馆钻进去,要了两碟凉菜、两碗饭、一壶酒。

酒足饭饱,任谦的话题就扯到武装斗争上去了。

"我走后,西北政团的情况如何?"杨子恒问。

"说来话长,曲折呀。"

这时候天渐渐暗了下来,小饭馆本来人就少,天一暗,人都走了,空空荡荡的饭厅只有他们两个人。任谦谈到了他亲自组编的抗日志愿兵团——通过洪帮动员的甘肃各地反蒋抗日武装。杨子恒越听越高兴，喝了酒，脸红，加之这些兴奋的事情，脸红得甚至就像熟透的苹果，连吐出的气息，都有一股热辣辣的味道。

"你们有多少人？"

"各路加起来，已经上万了。"

"太好了，有一个师了。"

但任谦的脸上，看不出任何高兴的样，反而是一副忧心如焚的模样。

"你怎么不高兴？"

"我高兴不起来呀，洪帮动员的兄弟们，个个都是不怕死的硬汉子。他们的处境艰难，朱绍良阻挠，军统特务四处搜捕。而他们手里没有武器，拿着斧头棍棒打鬼子、反老蒋，人数再多，也只能当炮灰。"

杨子恒深思片刻，说："明天我领你到民主政团同盟总部见章伯钧，他是个政治活动家、爱国民主人士、中国民主政团同盟创始人和领导者之一，在同盟中担任中央常委兼组织委员会主任。为人慷慨大度、交游甚广，往来的都是张澜、沈钧儒这样的名望之士，受聘为第一届、四届国民参政会参政员。这个人很热情、肯帮忙，我们请求他想点办法。"

天黑了，小饭馆到了打烊的时间。

杨子恒结了饭钱，二人一同出门，任谦没回朋友家，在外找了家小旅馆住下。杨子恒返回杂志社。第二天，任谦刚起床，杨子恒已经来敲门了。任谦简单洗漱一下，就跟杨子恒到总部去找章伯钧。

章伯钧大背头、西装革履，风度翩翩，浑身透出一股知识分子的优雅高贵。他的办公室很大，地板是木头的，上了一层漆，涂了蜡，光泽发亮。他坐在办公桌前，身后是大书架，镶了玻璃的隔扇门相对较小，透过玻璃，看到书架上满是书籍，一些字画古玩，摆放在隔扇门边。

任谦详细报告了甘肃的形势、组织武装的情况。章伯钧听得仔细，不时地插话询问，他们谈了整整一个上午。末了，章伯钧问："你在重庆要逗留多久？"任谦到这时候，才说出自己被特务追捕的事来。他想反正我甘肃一时半会儿也回不去，等到风声过去，起码也得一段时间，便照实回答。章伯钧说："那我们的时间更宽裕一些，我来想办法筹款。"

这些日子，任谦仍住在那个小旅馆。白天出去拜访熟人或各界人士，晚上写信或者看报纸。这晚他在翻阅报纸时，在一个角落，不经意地看到一行标题式的报道，说甘肃南部动荡不安，各地土匪急剧增多，洪帮趁机煽动农民，反对田赋和役政，引发民变，波及十多个县。也就在这张报纸上，他看到了一长串通缉的名单，任谦的名字赫然在目。

任谦放下报纸，暗自思忖：既然民变已经发生，我不在甘肃，可以撇清自己，回到战斗的地方。于是提笔给甘肃省参议长张维写信，说明自己在重庆，"甘南事变与己无关"，责问省府为什么要明令通缉他？张维接到信件，无法回答，将信送给谷正伦。

这里面的曲曲折折，谷正伦也搞不清楚。但任谦人在重庆，人证物证俱在。而他在官堡、渭源等地发动民变的情况，又没拿到证据。贸然在党报明令通缉一个有身份的军人，显然不妥，谷正伦感到很被动，左思右想，发了一个电报给任谦："当局有事，请即飞兰。"

任谦没有接到张维回信，却接到谷正伦的电报，不明用意，百思不得其解，不知怎么应对，便拿着电文，去找章伯钧、杨子恒、郭则沉商量。

"任先生来得正好，我们有事找你。"

"我也有事请教。"

"那你先说。"

任谦拿出谷正伦的电报给他们看，又说了给张维写信的事。大家说，张维肯定把信交给谷正伦了，才有了这封电报。

"那我到底去还是不去？"

"你去，万一这是圈套，那可怎么办？"

大家踌躇不定，你看我，我看你，拿不定主意。

杨子恒说："这事先放一放，都考虑一下。我给任先生说的事，要马上办，刚才民盟总部接到中共方面的通知，有位中共负责人听说任先生来到重庆，要同他谈话。地点定在重庆沙坪坝小龙坎正街一家饭店，说好十点见面。"

"好，那我们马上去。"

章伯钧、杨子恒陪着任谦去了小龙坎，找他谈话的竟是周恩来！

任谦第一次见到周恩来，一下子被他和蔼可亲的气质吸引了。周恩来紧紧握住任谦的手说："你不简单啊，听说你在甘肃搞了个三千人的抗日志愿兵团，不少青年人在你的引导和感召下投笔从戎，奔赴革命前线。好嘛。"任谦低着头叹了一口气说："可惜还没到潼关就散了。"周恩来笑笑说："别灰心！伯钧兄说，你们在陇右烧了一把火，怎么样，你说说。"

任谦从民变酝酿、发动到目前形势，详细地向周恩来汇报："今天是1943年4月19日。据我掌握的情报，起义在1月16日爆发，时间已经过去三个月了，起义军的活动范围包括甘肃南部的二十多个县，人数达到四五万之多，按照这个走势，很快会达到十万人！"

周恩来仔细听完，却沉默不语。

"周副主席您怎么看这次民变？"

几个人同时望着周恩来。

他叹了口气，出乎意料但语气明确地指示道："'甘南民变'动手早了，有可能失败。但绝不能投降，应分散隐蔽，积蓄力量，以待时机。口号只能是'改善役政''改善粮政''打倒贪官污吏''打倒发国难财的''拥护抗战到底'等，而不是别的。"

对于周恩来的这段指示，我在新疆社会科学院院长、研究员，兰州大学历史系教授谷苞主编的《西北通史》第五卷中查到了上述的文字。第五卷还说：我们的理解，周恩来说的"动手早了"，是指民变的时机应选择在抗战胜利以后。

对于甘南民变，我也看到了毛泽东给予的高度评价，毛泽东主席称颂说，"这是甘肃人民的伟大革命运动"。但这次起义，共产党方面并未施加过任何直接的影响，这是因为共产党的基本政策是，"依据团结抗战的方针,对任何反政府民变都不干涉"。八办领导人谢觉哉在日记中写道:"昨晚有洪帮孙者,省府保安队警长来谈,似欲我们帮助他组织部队。当晓以抗战的大道理,应该服从政府,叫兄弟都去应征。"

言归正传,当任谦听完周恩来的指示,看他如此和蔼,便将困扰自己的那个问题提出来,请周恩来判断一下,他回兰州,是不是谷正伦的圈套。

"你有什么把柄在他手里?"

"没有。"

"那你应该去嘛。他也得讲道理,你人在重庆,没有三头六臂,跟民变撇得清。你借此机会,可以回甘肃去暗中指导民变。"

任谦心中一下子豁亮了。他站起身,向周恩来告辞。周恩来说:"听章伯钧讲,你们缺少经费,我这里有几千块,就拿去做活动经费。"任谦坚辞不收,杨子恒推辞不掉,替他代收了一千元。

任谦从重庆返回兰州,即向西北民主政团负责人王教五等传达了周恩来的指示,并由王教五分派专人向起义军领导人王德一、马福善等做了传达。这时候起义军在武都,处于撤退之中。

第二十三章

收柴五百斤

[民国三十一年（1942），洮河流域，帝酷杀]

 保安队长给的收条

我奶奶说，起义爆发前夕，甘肃各地，民怨沸腾。她分析主要原因是国民党消极抗战、积极反共。蒋介石先后三次掀起反共高潮，追捕共产党人和进步人士，大搞白色恐怖。而国民党政府在甘肃这样一个穷省，横征暴敛，疯狂搜刮老百姓的粮食，加重了经济生活原本低下的民众的负担，陷他们于水深火热的境地，生活状况极为悲惨。

这一年，康乐县虎关乡三十里铺村的冬天来得比任何时候都早。马福善的堂叔马有奴老汉一大早起了床，借了马福善家的架子车，将昨天劈的柴架上了车子，独自拉到县保安队交柴。

过了秤，共计五百斤。马有奴撂到屋檐下，走进保安队长的屋里。

"马队长，柴撂好了，你去看看。"

"好。"保安队长从窗口伸长脖子朝外看看说。

"马队长，你给我打个条子。"马有奴恳求。

"你识字不识字？"队长拿起笔问。

"不识字！"马有奴照实回答。

"好，我给你写。"

保安队长提起笔，撕下一张稿纸，写下"今收柴无百斤"交给马有奴。

马有奴老汉拿上条子，仔细瞧一瞧，白纸黑字，一点不错。

"老汉，瞧好了，无百斤！"马队长看到马有奴瞧得认真，大大咧咧地说。

"长官说得对，五百斤！今年的柴事，我销了。"马有奴连忙点头。

马有奴老汉收好条子，拉上架子车回家，将条子放到炕柜里小心保存起来。

过了半个月，保长带着催柴草的一伙人，推开了马有奴家的破大门。

"马有奴，快交柴。"保长喊。

"保长啊，今年的柴，我第一个交了。"马有奴从屋里跑出来。

"啥时候？"保长问。

马有奴说半个月前。乡上催柴草的官吏问，凭证呢？马有奴跑进屋，从炕柜里拿出保安队长写的条子，郑重地交给柴草官。

"大胆马有奴，你是格子核桃，砸呢！"

"长官啊，我怎么了？"

"你看看这条子，明明写着你没交柴，你却说交了。"

"哎呀我的长官，我交了五百斤！"马有奴分辩道。

"今收柴无百斤，白纸黑字，想抵赖，没门！"柴草官气势汹汹地说。

"马有奴，你这是欺骗政府！"保长吼叫。

"大老爷！冤枉啊！"

柴草官大发淫威，下令将马有奴捆扎起来，一阵乱棒。

马有奴的哭喊声惊动了隔壁马福善，他和儿子马继祖赶紧跑过来，见叔父被绑，打得满身是血，怒火中烧。但是柴草官一行人多势众，只好强压怒火，脸上堆起笑容，替马有奴赔礼道歉，请客吃饭。又拿出了五元"解绳钱"、三元"掌子钱"才算了事。

 眼前黑了路断了

当时老百姓的苦状,我查阅了相关资料,《甘肃近现代史话》一书这样描述:

> 20世纪40年代初的甘肃,农村经济凋敝,乡村社会秩序动荡加剧,变乱四起。涌动于社会底层的"民变"连绵不绝,"几乎无地无之,无时无之"。占人口总数70%的贫农仅占耕地总数的10%。农民不仅无地或少地,而且负担沉重。从1941年起,国民党政府实行了田赋征实借征政策,仅仅三年,榨取粮食395万市石。1942年甘南临洮、岷县等地灾荒严重,民不聊生,谷正伦又不顾人民死活,大施其残酷压榨的政策,尤以田赋征实的任务最为严重。地方官吏乘机勒索,无路可走的农民只好借债度日,接受高利贷者的"黑驴打滚"、"翻三番"。所以,当地有"农民头上三把刀,租子重,利钱高,苛捐杂税多如毛"的农谚。

民众无以为食,被逼到了绝路上。

走在乡村,这个山头在唱:

> 天塌了,地陷了,
> 官府榨干血汗了,
> 眼前黑了路断了,
> 百姓的难心谁见了。

哭天抹泪的花儿,随风飘浮,从这个山头荡到了那个山头,从这个村庄飘落到那个村庄,带着心酸、带着苦难、带着怨恨,带着一阵阵哽咽、

一阵阵长声惋叹。这个山头的饥民哭一阵、听一阵，就对着对面的山头，应声对歌：

官兵就像狼一样，
要把百姓活吃上，
逼上梁山干一场，
生死路上走一趟。

走在临洮古城里，随处都可以听到苦难的歌声。我外太爷马殿选也听到了，洪帮的兄弟们都听到了。这样的歌声最能打动人心。无须倡导，这样的花儿迅速在民间传开。歌声走动，新歌又起："柏木要解柏板呢，百姓死活谁管呢，天天抓兵要款呢，逼着大家造反呢。""百姓短，百姓长，百姓活得实冤枉。官兵土匪活阎王，不如反了当闯王，杀尽贪官不缴粮。""官逼呢着民反呢，豁上命了造反呢，把穷人的能耐施展呢！"

各个县衙、乡镇、村庄的头头脑脑，都听见了这明显鼓动人们起来造反的花儿声，他们慌里慌张把自己掌握的情况报告上去。

"反了，反了，他们拿花儿传信呢。"

"共产党抓的抓了，跑陕的跑陕了，查，谁还在幕后挑事？"

"据可靠情报，大批的穷人进了洪帮，打着抗日救国的旗号，秘密串联，发展武装。而他们的靠山是西北民主政团，提供了大量经费。"

"向洪帮开刀！"

"可是洪帮成员，多为底层百姓，人数众多。这个组织遍布全国各地，头脑人物多为上层人士，影响很大，我们一个省，不好向他们开刀。"

"那建议中央，取缔帮会。"

"问题是眼下，我们怎么办？"

"你们问我，我问谁？"

"我有一个办法。"

"快说！"

"洪帮搞武装，靠的是青壮年，打的是抗日的旗。抗战以来，我们部队在大战中兵员损失惨重，亟须补充。如果我们也以抗日为名，将青壮年抓去当兵，再加大征粮征款，我们部队兵源有了保证，军饷也解决了。而洪帮没有青壮年做依靠，就成了无源之水。剩下一帮老弱病残，成不了气候。这是一举数得的好办法。"国民党高层有人出了这么个馊主意。

"说得有理，可靠谁去执行呢？"

"保甲长。"

于是，谷正伦先后推行了一个叫"在稳定中求进步"和"在进步中求安定"的所谓强化保甲制度，吸收部分县长、区长、联保主任、保长、校长及教育局局长为复兴社特务，用特务分子强行在各地"抓壮丁"。

自古以来，"竖起招兵旗，自有吃粮人"，当兵讲究自愿，这样才能保证部队的战斗力。抗战时期，国民党军队同日寇作战，确需补充兵员。然而在甘肃以抗日为名大肆抓兵，甚至连小贩及过路人亦难以幸免，这真是国民党甘肃党部制造出的一个怪现象。

而解送新兵，更是绳索捆绑，如押重囚；"壮丁"们被绑成了一串，一起走，一起住，甚至连大小便都是一块行动的；一个个瘦骨如柴如同乞丐。押送壮丁的队伍经过乡镇，人们害怕被抓，望风而逃，镇子瞬间变成了"死镇"。接收新兵的官员，趁机敲诈勒索。老百姓只要和"壮丁"有了关系，就会陷入倾家荡产的境地。

押送壮丁的军官们一到宿营地，首要是惩罚逃兵。命令壮丁列队站成空心四方阵，将逃跑捉回的壮丁拉到阵中，用木棒拷打，打晕后，用冷水喷醒，接着打。其情其景，惨不忍睹。而逃跑的壮丁，按照壮丁的地址追查，有兄弟的拉兄弟顶替，没有兄弟的拉父亲顶替。

我查史料，当年甘肃全省共征壮丁20余万，"其中效命疆场者，百不及一，而因冻饿病死者，几乎占30%，逃跑者约占10%"。1941年10月，第8战区26补充处第4团自秦安、天水征得壮丁2000余人，开到定西。

短短几天的行军过程中,冻饿病死的达 1300 余人。

等着死不如反着死

1942 年年初,抓壮丁的事落到了马福善、马继祖父子头上。

这天保甲长给马福善家派了一个兵。

"保长啊,我的娃腿脚不灵便,当不成兵。"

"那你刮掉胡子,你当去。"

"哎呀我的好保长,我一个老汉,咋能扛钢枪呀!"

"不愿当兵,成,拿钱来!"

"多少?"

"雇佣费九百大洋。"

"这么贵,我一个庄稼汉,哪里弄这么多钱去?"

"我不管,明天见不到钱,你们父子俩,非去一个不可。"

保甲长撂下一句强硬的话离开了马福善家。愁得一家人吃不下饭,睡不成觉,在油灯底下长吁短叹。毕竟马继祖年轻气盛,拍案而起。

"当兵死路一条,我们逃!"

"你阿娜(娘)怎么办?"马福善问。

"你们别管我,赶快逃命去!我就不信,我一个上了年纪的妇道人,难道他们也会绑着上战场。"马继祖的母亲抹着泪说。

"我怕他们难为你。"马福善说。

"难为啥?板柜里面无一把,粮无半升。前后院没有一个活物,家里只有两间漏雨透风的草房。最值钱的还是你们父子的命,快逃!"马继祖的母亲看了看一贫如洗的家说。

马福善父子咬牙、一跺脚,连夜从自己的家乡康乐虎关三十里铺逃到宁定县八羊沟,也就是现今广河县水泉及排子坪一带。他们东躲西藏了一阵子,便到集上打探消息。在集上,他们碰到了虎关乡吴家坪村的吴建威、景古萨巴寺村的常守泰、临洮边家湾的吕占元。

吴建威和常守泰跟马福善父子同乡，熟悉，知道他们是洪帮。边家湾的吕占元，经介绍，就算认识了。马福善没想到碰到乡亲，意外中多了一份亲切。

"你们也躲壮丁？"

"我们三人在秘密串联，拉起一帮人反老蒋，他不给我们活路，我们也不让他好受。"吴建威笑笑，看看左右，拉他们父子到避背处说。

一瞬间，马福善父子身上腾地升起一团火苗，血管里的血似乎流得更快了。他们父子在这段日子里，每时每刻都想造反的事。但是国民党有枪有炮，势力强大，他们犹豫不决。

"国民党的苛捐杂税多如牛毛，抓兵充军，百姓走投无路，只有反抗。"

"能成吗？"

"我跟你们说，现在不仅百姓反对它，连军人也反对。通渭毛家湾有个名叫毛得功的，民国十八年逃荒到渭源居义乡双轮磨，他被抓了兵，在国民党部队里当排长。因受不了部队的气，和好友郭化如、杨友柏一起逃了。现在双轮磨办砖瓦厂，他们和陇西、临洮、漳县一带有义气、有胆识的人结交朋友，准备起事。还有渭源庆坪人任谦。他在国民党部队当团长，后来当了副旅长，那么大的官，也弃职回乡。跟临洮洪帮大哥马殿选一块开香堂，建立'后续中华民主堂'，以帮会组织吸收贫苦农民入会，准备起事。"

"你等等，你说啥？马殿选？"

"是啊，马殿选，咋啦？"

"这人是咋个长相？"

"他四十岁左右，大个子，面色白净，身体匀称，圆脸，刀子眉，长得眉清目秀。眼上架着一副铜腿的石头眼镜，嘴上角有一颗小小的黑痣。平时戴着顶高礼帽。他在临洮城开两间山货铺，办事公道，讲义气重信用，济贫扶弱，为人宽厚。"吴建威说。

"这个人的父亲是不是叫马有实？"马福善张大嘴巴问。

"是啊，过世好几年了！"

"哎呀，巧得很，我认识这人。二十年前他受到通缉，在我家睡过。我们找他去。"

"对，我们不孤单。我们的联手有国民党少将参议史鼎新、洛阳军校毕业的王仲甲、当过师直警备团连长的王德一、骑兵营长张英杰，除了这些军人，连松鸣岩寺肋巴佛，都准备起事呢。国民党有这么多人反对，你说，我们能不成功？"

听了吴建威这番话，马福善父子的愁眉舒展了。

"等着死不如反着死，我们也反了。"马继祖说。

"好，但是一两个人不成。"

"你说，我们怎么办？"

吴建威并不回答，反问道："你们躲在哪里？"

"八羊沟。"

"那里像你这样有反心的人多不多？"

"多啊。"

"把他们都组织起来。"

"好，我们就按你说的干。"

马福善父子有了目标，立刻行动。他们走乡串户，秘密串联。

这片枯焦的大地，到处是走投无路的苦难百姓。就像一座蓄积了很久的火山，只要找到一丝喷发的出口，岩浆就会喷涌而出。马福善父子无须多言，只要他们父子挑头，那些受够了苦难的农民，都愿意跟他干。

马继祖偷偷去了一趟虎关，将母亲接到宁定，迁居在高家村。

仅仅五个月时间，他们动员了四百人。大伙都改口称马福善为马司令。

"马司令，东乡凤山乡查拉松有个马木哥，外号眼窝司令。被国民党抓了兵,逃到那勒寺一带,串联发动了一部分东乡族人。"

"我到那勒寺去联络。"

61 眼窝司令

马福善亲自出马,到东乡找马木哥。

马木哥说:"姑舅哥,我愿跟你干,我们拧成一股绳,反抗国民党。"马木哥还将他的铁杆兄弟马撒尔东、马生文叫来,跟马福善见面。当晚,几人睡在一铺炕上,商讨了半夜,决定去临洮联络王仲甲等人。

1942年5月,吴建威带着马福善父子、马木哥到临洮见我外太爷马殿选。

"毡匠大哥,还能认得出我吗?"马木哥笑着问。

"哎呀,马木哥,长这么高了。哎呀福善大哥,你变了。"我外太爷马殿选激动地说。

"你变成舵把子了,我能不变?"马福善笑。

"都变了,我该叫你马司令。"

"哈哈!"

"马司令的人马如何?"

"我发展了四百人,马木哥发展了一百人,我们已经有五百人了。可是我们的人,都是手握铁锹把的大老粗、庄稼汉!不会用枪,不懂军事。你给我派个副司令。"马福善说。

"我有一个好朋友叫陈国栋,是后绪中华山香堂的坐堂,拿过枪,精明强干,他到你那儿当副司令,如何?"我外太爷马殿选说。

"好得很!"

"有了人马,有了枪,下一步咋办?"吴建威问。

"你跟王仲甲联系,你们见个面。"我外太爷马殿选说。

"我没见过王仲甲,怕他疑心。"吴建威说。

"吕占元呢？"

"他是洪帮，两面都认他。"

"好，就让吕占元去办。"

这样，经临洮县边家湾吕占元介绍，马福善带着二十个人，骑马到临洮县苟家滩，跟王仲甲、肖焕章见了面，沟通了情况。过了一个月，他们父子又在临洮米家嘴村与王仲甲、肖焕章、苟登弟、毛克让、潘彩兰密会，商议大事。

 羊肉馆里的年轻人

密会结束，各路头领陆续走出米家嘴村。肖焕章叫住马福善父子："老马，你们还没吃饭吧？我在临洮城西木厂开了个羊肉馆，请你们吃去。"

"我们随便吃点就行了。"

"不要客气，骑马一会儿就到。"

三人一同上马，一袋烟的工夫，到了城西羊肉馆门前。

马福善说："老肖，我忘了问，你的羊肉馆可是清真的？"

肖焕章笑嘻嘻地说："这还用问？宰羊的、煮肉的，都是康乐回民。"

这时从里间走出一个眉清目秀的年轻人，马福善一把拉住。

"你是哪里人？"

"马司令，你放心吃，你不认得我，我跟着肖司令见过你。我是排子坪乡周家山张家窑的回民。"年轻人两眼在马福善脸上慢慢扫了一遍，笑着说。

"你是宁定人，咋跑到这里来了？"马福善亮开大嗓门问。

年轻人停下脚步，将手中的木盆放在地上，红着眼圈说："逃兵避债。我家里穷，娘老子是庄稼人。全家人一年四季在地里苦，吃了上顿没下顿，还要向财主老爷纳粮。民国二十七年，我家交不起地租，还不起债务。避债到宁河县大南岔拉尕山顶上，过了三年与世隔绝的野人生活。我长

这么大，没见过城，民国三十年的一天，我偷偷去看宁定城。正碰上马家军抓壮丁，把我抓到西宁乐家湾当新兵。新兵吃不饱、穿不上，常受打骂，我就逃了。可刚进家门，没见娘老子一面，又被抓了，毒打一顿，三个月没起床。"

年轻人说着说着，就哭了起来。

"那你怎么跟了老肖？"

"我不甘心，一年后又逃跑。这一次我没敢回家，一路沿街乞讨，在平凉、靖远、固原、同心一带流浪。在靖远，我碰到一伙人打家劫舍，杀富济贫。他们看到我很可怜，就问我愿不愿意跟他们一块干。我说我一个穷叫花子，有家都不能回，有什么不愿意的。就跟他们干了。跟了他们，我才知道这个叫李汉卿的头领，就是大名鼎鼎的肖焕章肖大哥。"

马福善指着肖焕章："你叫李汉卿？"

肖焕章哈哈大笑："当时我在那一带打土豪，用的是化名。"

肖焕章笑了一阵，拉过一个长条凳，让马福善坐在那头，自己坐在这头，用手指着年轻人说："老马，他叫冯世云，别看他长得瘦，可他当过兵，人麻利，枪法准，是块打仗的料。"

那个叫冯世云的年轻人看到马福善和肖焕章已经坐到凳子上，便不再说话，拿起木盆走了。过了一会儿，他端来两碗热气腾腾的羊肉，放在两人面前。他们密谈了半天，已是饿了的，也不说话，埋头风卷残云般地吃完，又喝了两碗汤。马福善这才擦着嘴开口了。

"老肖，这个尕娃还是我带去吧！"

肖焕章笑了笑："好，你尽看上好的了，我答应。"

马福善也是哈哈一笑，让马继祖和冯世云骑一匹马，飞奔而去。

这时候的马福善，已经组织了五百人马，四十支枪。王仲甲也有七百人马，九十支枪；毛克让实力最为雄厚，有一千余人马，八十多支枪。这年7月和11月，马福善又两次与王仲甲、毛克让等在苟家滩秘密商议起义之事，他们初步计划在民国三十二年正月十五日（1943年2月19日）揭竿起义。

第二十四章

放了第一枪

[民国三十一年（1942），虎关、宁定，倒家杀日]

 蓝衣社盘海底

我奶奶说，当时除了推行强化保甲制外，国民党军统特务头子戴笠指示甘肃复兴社（百姓俗称"蓝衣社"）和保安处要把洪帮及各类会道控制在手，指派特务分子要跟洪帮头子换帖、拜把子，还要他们"相扶相助"，援引进洪帮"扎根"。

我奶奶记得很清楚，那年早春二月的一天，我外太奶郭玉兰拉着架子车，和我奶奶、外姨奶正往城外自家田里送肥，忽然来了一个骑高头大马的人。那人带有许多礼物，向她打听我外太爷马殿选。那人身着青色绸子长衫，戴副墨镜，脚上穿着黑色皮鞋，头戴礼帽，腰上跨着一把手枪，挺着肚子。我奶奶一看他的架势，就知道是个有身份、有地位的人。

"我到灰盐市马殿选家的店铺，门关着，邻居说马殿选不在家，马大嫂在城外地里锄草，我就找到这里来了。"那人眼观四面，跨过田间小渠来到她们跟前。

"你是谁，找他干什么？"

"我是蓝衣社的，'盘道'马大哥。"

我奶奶曾跟我讲解，盘道也称盘海底，洪帮内部隐语。这盘海底是帮内规则，非常奥妙。初入帮时，大哥将海底详细讲解，小弟牢记。将来与他处同帮相遇，互相盘道，也就是盘海底，如此处兄弟到彼处做生意，开饭馆，可挂起招牌，彼处兄弟前来盘海底，招待一切。我外太奶郭玉兰当时暗自寻思：看这人的衣着打扮，完全不像洪帮，却为什么偏找我外太爷马殿选盘海底。这个人究竟挂什么牌，是哪一字辈？

"啊……我、我、我是马殿选妻子，他……他出门好多天了。"我外太奶郭玉兰见过盘海底的外地兄弟，那都是到本地寻求帮助的，可这个人骑着高头大马，穿着绫罗绸缎，腰间跨枪，耀武扬威，一点没有寻求帮助的味道，倒像是要诘难我外太爷，谴责他、追问他，向他发难。我外太奶越想越惊讶，越想越起疑，越想越觉得不对劲，便说谎我外太爷出门了。

"找到马大嫂，就能找到马大哥，我等等。"那人却不信，赖着不走。

"这位大哥，你白费时间，我不知道他什么时候回来。"

"他总要回家的。"

那人边说边将马拴到大榆树上，躺在树下不走了。

我奶奶马云英就在我外太奶身旁，外太奶向我奶奶使了个眼色，我奶奶马云英心领神会，装作解手的样子，钻进了旁边的苞谷地。我外太爷马殿选就在岳麓山下。她直奔岳麓山。

内八堂正在岳麓山椒山祠商量事情，我外太爷马殿选和大家听了我奶奶说蓝衣社有人来盘海底，大吃一惊。后绩中华山与外地的山头不同，外地的洪帮山头，三教九流，十分复杂，有些还带有黑社会性质。而他们的山头，除了一些军人，绝大多数是下层人物。从来还没有蓝衣社的人，我外太爷马殿选一时陷入了深思。

"蓝衣社的人盘海底，目的不善，别理他。"吴建威说。

"他们来盘海底，如果不理睬，他们就会怀疑我们，甚至会说我们在鼓动百姓造反，拿山头开刀。这样一来，我们的计划就会失败。"

"蓝衣社要扎根,让他来,不给他水,不给他肥,看他根扎到何处!"

"老子不吃那一套,给他来一个高接低放。"

"少说废话,马大哥赶快去,蓝衣社是翻脸不认人的。"

我外太爷马殿选不得不中止正在商量的大事,领着我奶奶马云英去了他家的那块地。这件事并不是说洪帮要跟蓝衣社建立什么联系,而是说洪帮大爷们已经想好了,他们要把根扎在蓝衣社。既然他们打着洪帮的旗,他们也要受帮规的约束。

我外太爷马殿选走到自家田头,只见田边的土堆上,坐着一个白面汉子,旁边的大榆树上拴着一匹枣红马。马背上挂着洪帮的招牌。

"问一声老大,你可在门槛?"我外太爷马殿选甩个拐子礼,跨前一步盘海底。

"不敢,沾祖爷的灵光。"那汉子起身离座,用隐语答。

"前人哪一位?"我外太爷马殿选问。

"在家不敢言父,在外不敢言师,敝家师姓吴,名上慕堂。"

"贵帮哪一山?"

"敝帮五龙山。"

"贵人姓甚名谁?"

"敝人何世英。"

盘问到这里,我外太爷马殿选一下子愣住了。

"哎呀,贵人不会是何专员吧?"

"专员是我的职,何世英是兄弟名!"

何世英是临洮县县长,我外太爷马殿选听说过,却没见过。后来又听说,何世英是朱绍良的人,被谷正伦撤了县长职,换成张德熙了。时隔仅仅三个月,朱绍良和谷正伦关系缓和,他被任命为专员、第八战区高参。他是军统特务,领导着蓝衣社。

"何专员跟我盘海底,贵身子落贱了。"我外太爷马殿选说。

"铁打的衙门,流水的官。官是假的,兄弟是真的!"何世英对道。

何世英跟我外太爷马殿选盘海底，无非想通过我外太爷控制洪帮。我外太爷将计就计，就跟他盘了海底，认了同帮，拜了兄弟。好像是一种交换，自从我外太爷马殿选认了他，一顶顶崭新的帽子也戴在他的头上，什么县议员、府议员、绅士、乡老等。

我外太爷之后常以总参议的身份出现在各种场合。

 **64　设埋夺枪**

我外太爷马殿选开始心里有些慌乱，怕蓝衣社搞鬼或者染蓝了兄弟们，但是他很快发现，他们融不进洪帮，因为蓝衣社都不是贫民，他们戴着官帽，就不愿和这些下三烂的贫苦人，甚至在他们眼中是地痞流氓的人称兄道弟、排班辈、讲义气。这样一来，戴笠让蓝衣社成员入帮会扎根的希望化成了泡影，而我外太爷马殿选却因为公选议员，被视为上层人员，跟国民党达官贵人来往，掌握了许多机密。

比如，这一天县府开会，有个议员无意间说到他的兄弟在国民党八师当排长，民国三十一年农历腊月十一日，护送武器装备到兰州。说者无心，听者有意。我外太爷马殿选打探清楚详细情况，派人到城西羊肉馆找肖焕章。因他不在，连夜派陈国栋给马继祖送信，马继祖拆开一看，信中说："国民党从甘南购马四五十匹，由十多人带八支枪护送，途经临洮，赶往兰州，因事今夜住临洮尧甸。"

马继祖即派数十人，连夜奔驰尧甸，截获了国民党军赶往兰州的全部马匹和枪支，飞骑疾走边家湾，装备了起义军。

第二天晚上，也就是腊月十二日，我外太爷马殿选又派陈国栋来报："师管区补二团（国民党接兵部队）派两个团二十四人，带捷克式步枪二十四支，去渭源接新兵，明天途经临洮东乡二十里铺，两个班长已谈妥，你们去收枪。"

马福善父子立即挑选了蓝布衫、华家老四、绿眼睛、唐舌头等二十多个精干的年轻人，命令眼窝司令马木哥和冯世云带队，前去临洮夺枪。

他们提前到了临洮地界,在必经之地东二十里铺设下埋伏。

马木哥带着十个人埋伏在饭馆,冯世云带九个人躲藏在农民家里。

国民党军的人到了这里,正是吃饭时间。

这里只有一家饭馆,错过了这里,饭就吃不上了。他们纷纷下马,将马拴在树上,钻进饭馆。可是他们还没有坐稳,不知马木哥等人从哪里出来了,一人盯住一个,慢慢贴了过去,突然之间,腰里一把刀硬硬地顶了上来。

马木哥等人都是当地老百姓的装束,他们根本就没有怀疑。

吃饭的国民党军官兵乖乖投降。

第一步得手,马木哥打了一个响亮的口哨,这是行动的信号。藏在农民家的冯世云等人一拥而出,拔出腰刀逼住饭馆外面的人。

国民党兵都吓蒙了,未等明白过来,几个人的枪已经落到起义军兄弟的手中。还有几个想顽抗,但一见明晃晃的腰刀,手脚都软了,吓得跪在地上直喊饶命。马木哥大获全胜,顺利收缴了两个班的全部枪支,并带回两个班长。

部分民变幸存者在边家湾旧址合影留念

起义军战士背着战利品高兴地回到了边家湾。

"我们俘虏了接兵的队伍，我也缴获了一支捷克式步枪。我对新兵喊话：'我们是救命军，不打你们，赶快回家去。'新兵们也孽障（可怜），一听此话，一哄而散。"见到司令马福善，冯世云兴奋地说。

"干散！"马福善竖起大拇指。

像这样小规模的事件，此起彼落，不断出现。

马福善等人多次出动，杀敌劫枪，让国民党特务机关隐隐约约地感到，一股暗火，正在临洮附近地区悄悄蔓延、燃烧。国民党官员突然想到存放在临洮的一大批枪支弹药。万一这批弹药落入"土匪"手中，后果不堪设想。

省府决定将这批弹药转移押送到兰州。

但是这样重大的机密，还是被军内的洪帮军官探听到了，报告给我外太爷马殿选。

他立即派人，通知毛克让，决定在新添皇后沟行劫。因皇后沟在北二十里铺和新添铺之间，东面临山，西面为洮河，南北高中间低，正是打伏击的好地方。

毛克让是北乡洪帮老大。他出生于洮沙县上营乡一个贫苦农家，为人忠厚、豪爽侠义，遇事敢打抱不平、主持公道，在群众中很有威望。因不满时政，组织群众抗丁、抗粮、抗捐、抗税，被洮沙县警察逮捕，关押于洮沙监狱。在狱中不堪虐待，与狱警发生冲突。农历正月中旬，当狱警企图加害他时，他组织在押的三百多名壮丁集体暴狱，反出了洮沙县，在峡口的崖头举义，当天晚上由牟殿安带领起义军冲进叶家坪机场，杀死连长一人，夺得手枪、步枪、轻机枪若干。第二日，又去马场，截获军马一百多匹。他现在马衔山、榆中东西部、临洮漫讧一带活动。

毛克让接到我外太爷马殿选送来的情报，率部到皇后沟埋伏，严阵以待。

约中午时分，敌军如期到达，起义军立即发起进攻，敌人抛下武器，狼狈逃窜，战斗结束。毛克让获得了大批枪支弹药，实力得到大大增强，队伍迅速扩大。

 打进县城

武器连续被劫，朱绍良十分震怒，命令临洮保安团清剿。

保安团这边一动，消息立马被保安团中的洪帮兄弟告知我外太爷马殿选，他派人将消息送到马福善那里。

"我们和王大哥、老肖约定19号动手。刚才洪帮大哥马殿选送来消息说，保安团已经整装待发，明天要来打我们。怎么办？"

"这帮黑皮来得真快。"

"离约定的时间还有一个月，我们不用等了，提前动手吧！"

"好呀，告诉马大哥。让他通知王大哥和老肖我们提前起义的时间。"

事不宜迟。马福善当场发布军令，任命马继祖为司令，陈国栋为副司令，马福善的女婿、马继祖的妹夫艾吉（又名六蔡王）为团总指挥。红白哥为一团团长，冯世云为二团团长，艾吉兼三团团长，眼窝司令马木哥为四团团长。

马继祖率领人马，浩浩荡荡前去抵抗保安团。

初春的风从洮河对岸席卷而来，摇醒了整个被冬天凝住了的山川大地。依然冰封雪冻的大地，弥漫在一片黄沙中。在内地，这正是百花吐艳、春回人间的日子，但在西北，冰雪尚未完全融化，风头打在身上，如鞭梢抽一样。

也许被起义军磅礴的气势吓到了，一路上保安团竟然没有出现。

这是一支衣着褴褛的农民队伍，他们穿着破衣烂衫，甚至许多人衣不蔽体、光着脚。他们有的戴着烂草帽，有的戴着油渍斑斑的破礼帽，有的戴着已经看不清颜色的号帽，而大多数蓬着头、趿着鞋，无论是从远处还是从近处看，这就是一群饥民。他们虽然人数众多，每个人身上

透着一股矫健粗豪的剽悍劲儿，但看上去绝不像一支军队。因此，也就没有引起官吏重视。

"这帮贪官污吏，吓得不敢出来了。"

"保安团呢？"

"吓尿了，一个影子都没有。"

"干脆打到临洮城去！"

他们一窝蜂似的朝临洮县城开拔。到了南城门，却见城门大开，无人把守，便大摇大摆地进了城，没有受到任何阻拦。

我外太爷趁天黑走上街头，暗中打量这支队伍：都是些脸带菜色的饥民，衣衫褴褛，他们手中，没有几杆钢枪，腰里全是尕斧头，也有拿着尖刀、刺刀、大刀，有些干脆砍一根粗壮的柳棍，或者将缝衣用的剪刀卸成两半，绑在柳棍的末端，当成他们的武器。刀和矛磨得锋利无比，用各种各样的布条或绳索挂在腰间。他们的眼睛，一致地透着好奇兴奋的亮光，透着春天刚刚消融的湖水碧玉般纯粹的颜色。他们奔走呼喊，惊动了县府的人。但里面的人从窗口一看，这些所谓的饥民手中都拿着刀，骇得眼睛发直了，纷纷躲藏起来。

经过四个多月串联，起义军虽然人数众多，相互之间却是认识的。但是有人发现，部队中出现了三个陌生的面孔。他们尽管穿着破烂，但因为长得细皮嫩肉，人们一下子就认出来了。而他们的问话，更引起了人们的警惕。

"兄弟，哪一个是马福善？"

"怎么，你连马司令都不认得？"

"我认得，可是寻不见了。"

这三个神色可疑的人立刻被起义军扭送到马继祖眼前。

"马团长，你认得他吗？"

"不认识。"

"你们谁认识他？"

"都不认识。"

"看他的胳臂腿子,这么白,肯定不是好人。"

"打,往死里打。"

棍棒一上,皮开肉绽。那三个白脸很快招认他们是探子。

"说实话,不然打死你。"

"好好好,你们别打,我说。"

"谁派你来的?"

"保安团。"

"他们人呢?"

"他们接到通知,明天到皇后沟剿匪。"

"有多少人?"

"共有一个中队,谎称百人,其实六十多人。"

马继祖心里咯噔一下,大叫一声不好。

"团长,怎么啦?"

"你想啊,城门大门,城里不见一个警察,不见一个官兵,肯定有鬼。"

"这些坏尿,是不是在玩调虎离山之计,去端我大本营?"

"对对对,不是调虎离山计,就是空城计。咱不上当。我们分兵两路,我带两个团去宁定防守。舅子哥马继祖骑马到边家湾,通知司令,叫他撤离边家湾。过洮河,与宁定的兄弟们会合,在宁定打他个人仰马翻。"艾吉说。

"剩余的人谁带?到哪里去?"

"陈国栋副司令留下,你们去问他。"

艾吉部署完毕,翻身上马,带领两个团的起义军出临洮城,飞奔而去。马继祖更是担心父亲马福善的安危,一刻也不敢逗留,打马奔向边家湾父亲驻地。

就在这天晚上,陈国栋命令手下在临洮县府门口、街道铺面、洮河桥头等处张贴布告标语。他规定了几条纪律,不准抢劫,不准进入居民家中，更不能杀人放火，违反者，军法惩处。因此他们闹了一夜，却没有任何过激的行为。

这天夜里，陈国栋没有出现在街头，他去找我外太爷马殿选。

"马大哥，我们这边动手了。"

"我知道，你们人都到临洮城了，来得快呀。"

"我们接到你信就来了。"

"可是乡里的鼓，不能在城里打。"

"马大哥，啥意思？"

"城里目标集中。城门一关，军队一出动，你们只有几杆枪，他们要枪有枪，要炮有炮，一声命令，全都成了一堆死尸、一堆炮灰。"

"哎呀，我们咋没想到这一层。"

"今天你们突然袭击，进了城，警察和保安团没有料到，更没有准备。等他们反应过来，肯定要吃大亏。"

"那咋办？"

"天一亮就出城。"

"往哪里去？"

"去樊家岭，跟毛克让会合打土豪。"

陈国栋问："马大哥，县府里好像空空的，不见官兵的影子，咋回事？"

我外太爷马殿选轻轻叹口气，回答道："也是你们运气好，兄弟们做事虽然机密，但人多嘴杂，专员何世英已经听到了风声。他以'落实冬季治安联防'为名，派兵进驻临洮各个乡镇，他们都到下面开展清乡查户活动。城里当然空了。"

"那乡下危险啊，快叫各乡舵把子们举旗呀！"

"我连夜派人通知你们提前起事的消息，峝下王仲甲和肖焕章、上营毛克让、边家湾吕伯元、中铺舵把子杨华团、王家坝舵把子王德一、宕昌舵把子王尚元、龙一飞二位大爷、冶力关舵把子汪鼎臣、黄建伟、康乐舵把子成义杰、常喇嘛、城外头目李德旺、周大贯等，他们举旗响应你们。卓尼和西宁那边，我也派了人，我们要四处放火，让他顾东顾不了西。"

昨晚陈国栋率部离开临洮县城，县府的电话响了一夜，县长和手下的人一夜未眠。他们商量了一夜，请示了一夜，安排部署了一夜，忙碌了一夜，决定天亮从附近地区调一支快速部队过来，关上城门，将进城的起义军一网打尽。

然而待到天明，走到街上，好像晚上刮了一场强风，把那些饥民全都刮跑了。大街小巷，干净得如水洗刷过一般，街头别说饥民，连一点草屑都没有。县府派出探子一侦察，才知那些饥民在陈国栋的率领下提前到樊家岭，跟毛克让的部队会合了。

66　樊家岭打围

大军像一阵风，策马浩浩荡荡来到马衔山脚下的峡口乡。从马衔山王家沟和漆家沟流下来的两股河水，汇集到大碧河。河水翻涌澎湃，水头卷起巨浪，轰鸣如雷，激浪如雪。

"前面就是樊家岭村，这里有个申世录，娶了几房妻妾，买了好多田地，盖了好多偏房。他是个独霸一方、欺压百姓的坏人。他家的长工说，申世录仓里的粮食都发霉生虫了，别说他不肯拿出来周济一下快要饿死的穷乡亲，就是庄上人荒月里借两碗，他也哭穷不肯借。可他花了两万大洋请人护院，钱就有呢！他家里养着保卫团，手里有枪，还有重机枪。"毛克让纵身一跃，跳到村口的麦垛上，英姿勃发地手握大砍刀，怒指苍穹，看着众人，放开嗓门说。

"抢他的粮去！"众人气愤地喊。

"走，打他的围子！"

黑夜中，几百起义军直奔樊家岭，分兵从四面向申家大院逼近。

起义军的行动被保家护院的家丁发现，双方展开枪战。激战半夜，起义军终于攻上庄墙，攀上屋顶，打开了庄门。家丁无奈地缴械投降。

申世录看到家丁投降，顺梯子爬上房顶。他是个要钱不要命的地主，他破口大骂，举起了枪："你们抢我田产粮食，连我的命一块抢去吧！"

申世录瞄准带头跑进院落的副司令陈国栋，扣动了枪机。

一声枪响，陈国栋瞪大了双眼倒在了血泊中。

跟在陈国栋身后的马良义没有枪，抛石掷瓦。申世录转过枪口，打伤了马良义。马良义的弟弟马良北见状，从房后邻家上了房顶，一脚将申世录踢下去，结结实实捆扎起来，拉到村外枪毙，然后屠牛宰羊，开仓济贫，犒赏起义军。

这次战斗，共缴获步枪八支、手枪一支，放粮二十余石。毛克让经过发动，村里的穷苦百姓，纷纷参加了起义军。但这次战斗，我外太爷马殿选失去了他最亲密的朋友陈国栋。他如同失去了"双臂"，悲伤不已，久久怀念。

67　跟上马司令反走

却说马继祖骑马出了临洮城，直奔卧龙边家湾。

东方发白，马福善还在被窝里睡觉。

"阿大，起来！"马继祖跳下马，跑到马福善门口，一脚踢开大门。

"你不去打保安团，咋跑来了？"马福善一下子被惊醒了，一骨碌翻起身。

"阿大，快起来。撤！"马继祖上气不接下气地说。

"别慌，慢慢说。"马福善一边穿衣，一边不慌不忙地下了炕。

"……我……我们一路上没有碰到保安……我们进了临洮城，抓住了三个探子，探子交代，保安团来端我们的大本营。"

"哎呀，快集合！"

大家还在睡觉，马福善父子叫醒了所有人，点了点人数，只有冯世云、吕百元、吕百林、边永祥等十几个人。此时保安第四团一中队六十多人，在大队长吉猛之的带领下，出现在边家湾。擒贼先擒王，保安团的目标很明确，就是要一举抓获马福善、马继祖这两个造反头子。

打响第一枪的边家湾

边家湾村是临洮卧龙乡的一个小村庄。东面台塬，塬上是一大片田地。塬下是村庄。村子西头紧挨洮河。吉猛之为了全歼马福善部，带着中队从塬头高处，悄悄向塬底的村庄逼近。由于时值初春，塬上茂密的林木，还没有穿上绿装，只有光秃秃的树枝。庄稼地里是一片翻过的白花花的土块。湿土经过阳光暴晒，成了干土一片。大队人马踩在上面，扬起一团浮土，马福善和他的兄弟们，远远就看见了。

"快，撤到洮河边！"

马福善刚刚撤离村庄，吉猛之中队就进了村。

"好险啊，要是马继祖迟来一步，我们就被袭了睡窝。"

吉猛之进了村，村里人跑得空无一人。

"搜，我就不信他们长了翅膀！"

"吉队长，各处都搜了，确实没有一个人。"

吉猛之钻进马福善睡过的屋子，炕上的被窝堆在炕中间，他伸手进去："被窝是热的，说明他们刚走，快追！"

出了村，天已大亮。吉猛之骑上马，奔上塬头。他从高处远远看到马福善正带人向洮河边跑。吉猛之立刻下令："兄弟们，给我追，土匪没有枪，人数比我们少，活捉造反头子。"

吉猛之紧追不舍，追到河边，马福善等人已从浮桥过河。

保安团的人紧跟着上了浮桥。

吕百林端起捷克式步枪，瞄准了浮桥上跑在最前面的保安团。未等吕百林扣动枪机，马继祖拿手挡住了他的枪。

"别打，叫他们过河，艾吉在河那边等我们呢。"

"不能硬拼，这里不是我们的地盘，退到安定，那里都是我们的人。"

马福善的退却，刺激了吉猛之的神经。马福善跑得越快，吉猛之越发坚守了起义军没枪的判断。他们没枪，人又少，这可是天上掉下的好事。抓住马福善，就可以实现升官发财的梦想。

马福善退到了排子坪，远远看见了山坡上的艾吉。

艾吉用东乡土话大声喊道："马司令，别怕，我们埋伏在坡头。附近的老百姓，也来助战。"

马福善放慢了脚步，可是保安队一点也不松口，越追越近。这时追在最前面的两人突然发现，马继祖在前面不远处的一棵树跟前站住了，他不知从哪里掏出一杆枪来，架在树梢上，还没等他们反应过来，马继祖就沉着冷静地扣动了枪机，只听"啪""啪"两声枪响，冲在最前面的两个人，身子一歪，倒在了血泊之中。

"我的妈呀，土匪有枪。"

后面的人吓坏了，掉头慌忙逃跑，马福善下令起义军返身追赶。

"杀啊！"

"冲啊！"

这时埋伏在坡头的起义军，举着旗，拿着刀枪，大喊着从坡后面冲出，像洪水一样冲向敌阵。附近的群众，手持棍棒、斧头、铁锹，浩浩荡荡，满山遍野追杀官兵，一些妇女儿童，也手持榔头铁锹，前来呐喊助威，震耳欲聋的杀声响彻整个山谷。那些保安团的官兵，没想到突然从坡顶上冲下来这么多拿着武器的人马，不知道他们有多少人，有多少武器，顿时吓傻了。保安队阵容大乱，有的急忙高高地举起了双手，老老实实地蹲在地上，等候发落。

吉猛之赶紧转身，带着大部向洮河沿奔跑。

跑到浮桥跟前，猛一抬头，发现一个大汉手提钢枪，带着六十多人迎面而来。他们追的追、堵的堵、抓的抓，保安队大部被俘。

"我是肖焕章，你朝哪里跑！"大汉一声吼，大队长吉猛之慌作一团。

吉猛之见无路可逃，心一狠，牙一咬，闭着眼，扑通跳到洮河之中，顺流而下。幸好他水性好，才得以逃脱。

"肖大哥，想不到是你们啊。"马福善、马继祖、吕百元、吕百林、边永祥等人，从排子坪追到洮河边，见了肖焕章等人，惊喜交集。

"我们接到马殿选大哥的信，在紫松乡门楼寺提前起义，提出了'抗粮、保民、反贪污政府'的口号。昨天晚上，马殿选又派人来说，保安团来打你。王仲甲怕你吃亏，派我带着六十多人连夜驰援。想不到我们经过五小时的急行军到边家湾，你们已经结束了战斗，还抓了这么多俘虏。"肖焕章两手抱拳，朝着四下里一拱，笑着说。

"多亏了乡亲们，没有他们，我们不会这么快消灭保安队。"马福善笑着解释。

"马司令，俘虏怎么办？"打扫完战场，边永祥来请示。

"杀了呗，这还用问。"吕百林在一旁说。

"慢！"边永祥转身要去执行，马福善挡住说，"杀容易，可杀了他们，排子坪的乡亲们会受连累。保安队干不过我们，会拿老百姓出气呢。"

"那怎么办？"

"我们杀，让乡亲们求。"

起义军气势汹汹地将俘虏押到马福善跟前。马福善黑着脸下命令：全部枪毙。起义军战士哗地冲上前，刀子架到了俘虏们的脖子上。这时得到示意的排子坪老百姓，一齐求情。马福善故作生气，骂了一阵，看着排子坪的乡亲，恐吓道："我看在百姓的面上，饶你们不死！如果说你们胆敢为难百姓，下次定斩不饶！"俘虏们千恩万谢而去。

释放了俘虏，马福善统计战果。

这次战役共击溃保安四队的六十余人，俘虏中队长、分队长各一人，击毙七人，缴获战马五十匹、步枪十支、手枪一支。这一仗是起义军第一次真枪实弹地和敌人面对面地干，首战告捷，打响了第一枪，拉开了"甘南起义"的帷幕。

"哎呀，继祖你真勇敢，越是关键时刻，越能沉住气，很有计谋，枪法也好。一枪一个，打死两个，开了个好头。"肖焕章高兴地表扬马继祖。

"肖大哥，你别夸他了。你先看一看，洮河边又来了这么多人，这么多人怎么办？"听到马福善这么说，肖焕章扭头看看，他的四周站满了人，黑压压的一片，就悄声问马福善："这些人都是你的人吗？"马福善说："不是，他们都是附近的百姓，来帮我们打保安队的。"

肖焕章心中有了数，左右看看。桥头有古树，树旁有桥墩。他站到桥墩上，大声喊道："官逼民反，民不得不反，若要不反，免粮免款！在场的老爸爸、老哥哥、小兄弟们，我们要抗粮、保命、反贪污！跟我们反走，宁肯杀死，别叫饿死！"

"如今这世道，根本就不是穷人过的日子！大伙儿看看现如今，民国政府不管百姓的死活，抓兵呢、派款呢、催粮呢，我们这帮穷哥儿们还能撑下去吗？日本人杀人像切萝卜，国民党不去打日本，却天天思谋着跟百姓过不去，我们不死在日本人手中，就死在国民党手中，迟早都是个死！"马继祖虽然面带风尘，却是肤色红润。

"跟马司令反走！跟肖司令反走！"

肖焕章的一句话，就是一把火，将人们压抑了多少年的怒火点燃了。

上百人脱下上身衣服,露出了健壮的肌肉。他们怒骂着,喊着口号,收拾刀枪棍棒,加入起义军。

"我们打了第一枪,第二枪到哪里放?"

"我的大部队在王家坪,我们两军到那里会师。"

"好啊,到王家坪去!"

初战的胜利,鼓舞着人们。人们在马福善、马继祖、肖焕章等的率领下,潮水般过了洮河,前往王家坪。太阳升起时,他们到了寺洼山村。

进了村,安静得一点声音也没有。村头碰见一个老大爷,扛着半袋粮食正往家里走,见了起义军,高兴地咧着大嘴,笑着说:"大部队在杨家店开仓分粮呢。"马福善带领的宁定、康乐的饥民听了,越加兴奋,加快了步伐。

沿着沟沿是一片寂寞的山坡,野草在寒风中摇曳,路两边是光秃秃的白杨树和没有树叶的老榆树,不少粗壮的茎干,被人们齐生生折断,握在手中,当成了武器。他们从村旁走过,妇女们怀抱着憨态可掬的婴儿,笑盈盈地站在山岗上。男人们站在树下,急切地盼望着起义军的到来。起义军终于来了,人马到处,人们你叫我拉,又有不少青壮年加入

部分民变幸存者在边家湾旧址追忆

起义军队伍。

进了杨家店村，成堆的粮食和物资堆在场院中。

首领看见肖焕章带着马福善、马继祖等人来到场边，兴奋地上来汇报。

"肖大哥，你看，我们抢了阎吴、河口、红窑、祁家滩、李范家、阳洼、车刘家等十几个村的大户。"从家门口到村口的路上，满满的都是兴高采烈的老百姓。

"干得好，粮食分给穷人。衣服和枪支，武装我们的军队。"

肖焕章

衣衫褴褛的起义军，都分到了衣服和物资，高兴得像过年似的。

就在大家分东西的时候，山路掀起一层尘土。

不一会儿，一匹白马向场院飞奔而来。马到肖焕章跟前，从马上跳下一个年轻人，肖焕章一眼认出是洪帮的人。他甩了拐子礼，拉肖焕章到避背处。

"肖大哥，马殿选让我告诉你，你们在排子坪和王家坪动静太大，省府派兵前来清剿。马大哥让你和马司令赶紧到衙下，王仲甲已在衙下集结完毕。三军合一，共同对敌。"

第二十五章

设计打围子

[民国三十一年(1942),南屏山,鬼哭]

 **68　向衙下靠拢**

肖焕章跟马福善商量,决定从王家坪撤离,到衙下集会合。

命令刚刚下达,马继祖想起了马木哥和陈国栋。

"眼窝司令马木哥在买家巷。副司令陈国栋在樊家岭跟毛克让打围子,他们怎么办?"马继祖皱着眉头问肖焕章。

"马上派人通知,让他们向衙下集移动。"肖焕章说。

衙下集离临洮城八十里,背靠南屏山,两面夹山,中间是一道宽阔的川地。洮河纵贯南北,浇灌着千顷良田,滋润着一方百姓。

这里汉藏交汇,百姓骁勇强悍、粗犷豪放。

马福善、肖焕章带领队伍进入了镇子,走上街头,王仲甲的部队立即迎上去。虽然他们彼此之间不熟悉,可是共同的目标将他们紧紧连在一起,他们像亲人似的拥抱着、拍打着。

昔日清冷的衙下集,好像赶大集一样,路的两边站满了人,把街道围了个水泄不通,到处是吆喝声、欢呼声,衙下集沸腾了。

响午过后,眼窝司令马木哥骑马从格致坪率队前来。毛克让也携带着战利品，率队从樊家岭回来，却唯独不见副司令陈国栋。

"陈国栋副司令呢？"马福善着急地问。

"牺牲了！"毛克让沉痛地说。

"可惜啊，我折了一员大将。"马福善惋惜不已。

"你们牺牲了陈副司令，我把肖焕章团调拨你们统一指挥。"王仲甲说。

"肖大哥是你的主力，你舍得？"马福善笑着问。

"马司令见外了，怎么说这种话！"王仲甲故作生气地说。

"我们是老百姓，没有后靠，我怕你兵单呀。"马福善笑着解释。

"别看现在我们人少，可我们一点不单，我们的背后站着四乡的百姓。后靠大得很，除了洪帮的穷苦兄弟，省上我们有民主政团支持，有史鼎新、任谦等活动，武都王德一联络了张英杰，这里的紫松乡乡长刘鸣及三甲乡的李友三，也秘密准备起义，我们的范围广、摊子大。"王仲甲雄心勃勃，对未来信心十足。

就在这天晚上，刘鸣趁着夜色来见王仲甲和马福善。

"我们的计划不变，仍按五月十三日苟家滩开会商量的来行动。你们在外县武装干扰，造声势，扩队部。我以乡长的公开身份为掩护，周大贯、刘志文以洪帮为掩护，继续串联，一旦时机成熟，我们就倒戈起义。有什么情况，我随时派刘志远跟你们联系。"刘鸣说。

刘鸣问了卧龙寺、排子坪、门楼寺等地的战斗情况，交代了暗号，联络地点，便匆匆离去。

刘鸣走后，洮河对岸三甲乡乡长李友三带着数十人来见马福善，告诉马福善说，他跟任谦有约，暗送一些人参加起义军，还送来一支枪。

马福善大喜，按照回汉人数，现场整编了两个团，自任司令，马继祖任作战司令，艾吉（六蔡王）为回民团团长，肖焕章为汉民团团长。另外组编了一个三十余骑的直属骑兵排，由马福善二子马继儒任排长。

部队准备出发，却见远处尘沙飞起，一骑白马疾驰而来。马背上伏着个高瘦的汉子。那汉子到了跟前，王仲甲一眼认出是乔家年。乔家年跳下马，从怀里掏出一封信，交给王仲甲。

"马殿选来信说，禹兆南已到榆中新营，跟马殿选的朋友黄作宾联络了四五百人。马大哥要求毛克让连夜返回马衔山，组织人马在三角城集结，与黄作宾联合，在榆中一带发动起义。"王仲甲看完信后说。

"什么，黄作宾？他也反了？"马福善笑道。

"你认识黄作宾？"

"毡匠的朋友，就是我的朋友！"马福善哈哈大笑，滔滔不绝地说起二十年前陈国栋、禹兆南、黄作宾、我外太爷马殿选打抢屠掌柜药行，逃到大东乡的事。

众人听了，议论一阵。话题又转到黄作宾的身上。

"妙，他到兴隆山上放火，叫朱绍良两头难顾。"

"我们按马大哥的主意分头行动，毛克让去榆中，我们去打土豪！"

临出发时，王仲甲看到，初起的队伍，鱼龙混杂，也没有什么军纪，有的人不听指挥，趁火打劫。站在眼前的许多弟兄，因为抢了大户的东西，舍不得分给穷人，挂满了前胸后背，还有些人，就在司令眼皮底下买卖枪支弹药。

王仲甲沉思片刻，对马福善、马继祖、肖焕章说："从现在开始，咱们二军会师，打日本、反老蒋，要规定纪律，不能乱来。"

于是几个头领，按照米家嘴村会议精神，规定了五条军纪：

一、奸淫妇女者枪毙！

二、抢劫民财者枪毙！

三、践踏庄稼者枪毙！

四、自私自利者枪毙！

五、临阵脱逃者枪毙！

为了严肃这五条军纪，当场组织了由陈振纲为队长的执法队。

起义军悚然动容，那些抢了民财的兄弟，纷纷从身上取下抢来的东西,交给各路司令,当场分给穷人。王仲甲接着说:"去年6月,我、老肖、马大哥父子、苟登弟、毛克让、潘彩兰,在米家嘴制作了大印和臂章,大家都戴上。"

在排子坪,因为保安团来得突然,大家忙着打仗,好多人匆忙中没有戴臂章,也没有打旗帜。听到王仲甲的话,大家笑着掏出臂章,拿出大旗。一时间,"忠""章"大旗,迎风飘扬,两字臂章,格外醒目。

69　端碉堡

会师部队出了衙下集,又有许多人参加了起义军,人数增多。

"王大哥,我们到哪里去打土豪?"

"土坝王家村有个王杰仁,他凭借权势,勾结官府,私设公堂、牢狱,组建了看家护院的民团武装,豢养了打手,在乡里横行霸道,敲诈勒索,欺压百姓,看谁不顺眼,随便扣上'反叛'的大帽子。还指使亲信爪牙,刺探我们的情报,不断向国民党政府报告。王杰仁是个杀人不眨眼、吃人不吐骨头的恶霸,对我们的威胁很大,今日到土坝王家村,跟他算账。"

马福善气愤地说:"他坏事做得多了,我们去治治他!"

王仲甲看到时机成熟,脸色突然一沉:"我命令,兵分两路,马司令到土坝王家村,我的部队去庙家山,拿下两处,就在那里吃晚饭。明日凌晨,全军在洮河沿集结。现在开拔!"

起义军翻山越岭,直奔土坝王家村和庙家山。

土坝王家村的王杰仁,住在自己修建的碉堡里。马福善挑选了二十个精干的青年,化装成国民党的保安队,大大方方地进了村,来到王杰仁的堡子前敲门。

"谁?"家丁站在堡垒上问。

"保安队的。"

"干什么?"

"催要粮草！"

"好，你们等着，我下来开门。"家丁说着跑下了堡顶。

"慢着！"王杰仁非常狡猾，他挡住家丁，朝下面瞧了一会儿。

"快开门，兄弟们等不及了。"化装成保安队的起义军战士大声喊话。

王杰仁似乎看出了破绽，他看到下面的人都是生面孔，起了疑心。

"我们是保安队催要粮草的，开门呀！"堡门外的人诱惑道。

"不开！我纳了粮草不怕官，孝顺父母不怕天，我的粮草一清二楚，我就是不放你们进门！"王杰仁气势汹汹地回答。

王杰仁坚决不开门，在堡垒上架起了枪。

马福善诱计未能奏效，便率大队人马团团包围了碉堡。

看家护院的家丁，平时吆五喝六地欺负贫苦百姓，却很少真刀真枪地打仗。此时看到堡子下面黑压压的"土匪"，个个拿着明晃晃的刀枪，腿脚发软了。

"你们放下武器，我们保证不杀！"

有几个胆小的家丁，从堡垒上扔下枪支。

"养条狗，还听个叫声呢。你们这群白眼狼，谁不抵抗，我就打死谁！"王杰仁气急败坏地在堡子里处治了扔枪的家丁。

劝降不成，马福善下令强攻。毕竟人多势众，只用半小时的激烈战斗，碉堡被攻开，活捉了王杰仁。缴获步枪八支、大烟一千二百多两、粮食二十余石。马福善当即开仓济贫，将粮食全部分给贫苦百姓，博得群众拥护。接着马继祖、肖焕章历数王杰仁的罪行，将其处决。

马福善解决了王杰仁后，按约定到洮河沿。王仲甲部这时也从庙家山赶到洮河沿，双方首领互通了战果，坐下来商量下一步行动。

根据目前的兵力和国民党军的力量。大家反复讨论，做出了新的布置。一是不攻占城市。二是开展迂回游击，继续壮大力量，不和敌人正面作战，不打消耗战。三是消灭小股敌人，夺取枪支马匹，补充农民起义军的装备。四是扩大活动地区，王仲甲向岷县、临潭发展；马福善、马继祖父子向康乐、渭源、会川、榆中等地发展；毛克让在临洮、洮沙一带发展。

商量妥当，两部各自分开，马福善父子带队潜入康乐山区，王仲甲深入洮岷山区。昼伏夜出，开展游击战。

胡毓英清剿

我奶奶说，当时各乡风声四起。尤其是马继祖处决王杰仁的消息，就像风一样城乡四处传开，平日里飞扬跋扈的恶霸，胆战心惊。而那些有钱人家或者绅士官吏，也是惶惶不可终日，不敢在乡下居住，纷纷搬进城里。随着这些人进城，临洮县城各种传言纷纷扬扬。一时间城内风声鹤唳、人心惶惶，各级官吏和地方绅士惊恐万状。

"哇！不得了啊！你们知道不，宁定的土匪马福善过了洮河，攻陷了青天镇，捣毁了镇公所，省保五团驻青天镇的大队长和十数名士兵被打死了。"

"听说土匪厉害得很，尧甸仓库被抢劫，乡公所的枪支被洗劫一空。"

"哎呀，我听我外甥说，两个保安分队出去剿匪，不仅没有捉到一个土匪，两个保安分队长和两三名士兵反叫土匪捉去，真是丢人啊！"

我奶奶说，当时临洮县城内驻扎的部队应该说很多，兵力充足。有国民党的中央军，有在白崇禧支持下马步芳设立的步兵学校，还有补充团、保五团、县自卫队和警察局，但因归属不同，负有地方治安责任的只有保安团。然而保安团大败而归，受到各界人士指责。那些头面人士，纷纷拥进县府问讯，县长张德熙无言以对，保安队长更是哑巴吃黄连有苦难言。但是心中苦水只有自己知道，张德熙和保安团长最终商量的结果，是请求临洮专署专员何世英出面，夸大"匪情"，向省府和第八战区派兵增援。

"朱司令，衙下的百姓反了！"何专员亲赴兰州，向朱绍良汇报。

"保安团是干什么的？派他们去清剿。"

"我们派了保四团，被他们打散了，死了七个人，一个中队长和一个小队长送了命，大队长吉猛之要不是跳河，恐怕命也不保。"

"那让保五团去清剿。"

"朱司令呀，保安团不顶事，他们是民团改编的。抓小贼，送壮丁，还能应付一阵，这么多的土匪，保五团打不过。"

"土匪有多少人？"

"据侦察，王仲甲手下有一千多人，康乐的马福善有五百人，东乡的马木哥有一百人，靖远的肖焕章也带了几百人，加起来快两千人了。"

朱绍良在屋里踱步，突然停下脚步："你说的那个王仲甲，是不是原来在甘肃师管区当军法官的王仲甲？"何世英连忙点头说："是的是的，他跟通渭王子元搅在一起，发起甘肃在乡军人抗日联络委员会，被您勒令解散，清除军界，他怀恨在心，到衙下老家，煽动百姓造反。"

"你说的马福善、马木哥是什么人？"

"这两个都是地地道道的农民，容易对付。"

"难对付的是谁？"

"肖焕章！他是个危险分子。1938年就变卖家产，参加了洪帮。在兴堡川以收羊毛为掩护，在靖远、中卫、海原三县交界处组织武装力量，串联策动，伺机暴动。发展了上百人，弄了十多支枪。1939年5月新十旅李贵清部换防，他半路趁黑抢了李贵清部十支枪。在水泉、打拉池煽动三百人暴动。"何世英当过兰州市警察局督察长，对肖焕章的情况了解得很清楚。

"我想起来了，我1933年到兰州，一来就有人告诉我靖远兵暴，是他搞的吗？"朱绍良敲着脑袋说。

"对，就是此人！省府清剿，将他围困在雪山寺。眼看就要抓住了，这家伙趁滂沱大雨，突出包围逃脱了。第二年化名李汉卿潜回兰州，找岳秀山联络时被捕。判处死刑，可他买通狱卒，跟一个叫禹兆南的犯人越狱跑了。"

从一开始，朱绍良对农民起义就没放在心上，他认为闹哄哄的饥民，无非是嚷嚷一阵，成不了气候。现在听了何世英的汇报，觉得事情并没有他想象的那般简单，里面混进了军人、洪帮，这就不是一般的饥民闹事了，必须给予重视。

"何专员，你先说说怎么办？"

"派正规军去，两个团。"

"杀鸡焉用牛刀，派两个保安团，分头夹攻。"朱绍良哈哈一笑。

"不行啊朱司令，您知道，我在灵台、临洮两县当过县长。我了解下面的情况，别看保安团平时吆五喝六的很威风，那都是吓唬百姓的。真刀真枪地干，还得军队，保安团不顶用。"

"那好，派一个营，由你来指挥。"朱绍良坐到椅子上，考虑半天后说。

"朱司令，我怎么能指挥得动？不行啊。"何世英吓了一跳。

"怎么不行，我看过你的履历，你是北京陆军将校研究所特别班的毕业生，也是我第八战区少将参议，怎么就不能带军队？"朱绍良冷脸问。

"我好几年没摸枪了。"何世英苦笑了一声，老老实实地说。

"那好吧，就派第八战区司令长官部少将高参胡毓英带一个营去清剿，他是黄埔三期毕业生。但这次去，不能打正规军的旗，以省保安司令部名义，免得掉进别人嘴里，说中国人打中国人。"朱绍良瞅了他一眼，好半天才开口。

胡毓英临危受命，宣布担任国民党甘肃省保安司令部保安处副处长，率第十二师步兵二营前去清剿。何世英觉得人少了些，但不敢吭声。

何世英匆匆忙忙从兰州返回临洮，调保安五团两个中队配合胡毓英。

1月27日，胡毓英到达临洮。

1月28日，胡毓英率第十二师步兵三十六团的两个营、保五团一大队从临洮出发，而保安团另一个大队从会川出发，前往衙下集。

胡毓英兵分三路，包围了衙下集。

奇怪的是衙下集到处静悄悄的，没有一个人。

胡毓英打发几个人摸进镇子侦察。他们四处张望，阳光下的衙下集，一切和以往没有什么不同，只是里面死一般的安宁，让人有些害怕、恐惧。他们心中生疑，走着走着才发现，竟然没有一家店铺开门。有的人家破败的门板上，甚至挂着蜘蛛丝，他们发现，衙下集空了。

侦察兵报告了情况，胡毓英挥挥手，步兵营和保安大队进入集镇搜查。在集镇的深处，发现了几个走不动的老人，胡毓英向他们打听。老人们有的摇头，有的说人去抢大户了，有的说王仲甲带着人去攻城，不知内情。

衙下集未发现匪帮，胡毓英率第十二师步兵二营返回临洮县城。命令康乐保安队和便衣进驻潘家集对面的松树庄，寻找起义军，伺机报复。

刘鸣探知保安队行迹，立即派刘志远奔驰山头王家联络点，找到王仲甲。

"王司令，刘乡长交代，保安队和便衣队的人不多。刘乡长叫今日你从李家山、杨家山向松树庄进军，他亲自出马，带紫松乡乡丁，由孙家湾向松树庄进军，两军以夹击之势，主动出击，吃掉康乐保安队和便衣，扫除障碍。"刘志远密告道。

"好，你回去告诉刘乡长，我马上出发，晌午咱们在松树庄会合。"王仲甲说。

王仲甲立即召集分散隐蔽在山头王家、上康家、下康家、杜巴王家等村的起义军，他们操起家伙，悄无声息地向松树庄进发。

衙下集和潘家集只有一条山路连通，松树庄就在这条山路旁。村庄不大，却是这条山路上的必经之地。松树庄四面环山，松树茂密，起义军经常出没林间。

王仲甲率领的起义军和刘鸣率领的乡丁到达松树庄，埋伏在山路两旁的密林中。吃罢晌午饭，驻扎在松树庄的保安队走出村庄。王仲甲瞄准便衣，扣动了枪机，随着一声清脆的枪声，走在最前面的一个人应声倒地。

康乐县保安大队长高龙舟做梦也没有想到，自己这些天到处寻找土匪，毫无迹象，想不到土匪兵从天降，突然包围了松树庄，吓得魂飞魄散。

"大队长，跑吧！"

"啊，跑！"

可是高龙舟体肥腿短，吓得骨头都软了，嘴里喊跑，两腿却挪不动一步。幸好他平时对待苏家集分队长罗干很不错，此人颇讲忠义，见势不妙，背起高龙舟就跑。保安队员拼命抵抗一阵，终究溃败，大多被俘。

高龙舟和罗干逃到县城，气喘吁吁地报告匪情。

胡毓英既惊又怒，惊的是土匪来无影、去无踪。怒的是他带着正规军到地方这么多天，可是县府和乡镇，竟然连一条准确的情报都没有，让他无法剿匪。胡毓英铁青着脸，训斥了张德熙县长、自卫大队长苏乐天好一阵，要求他们立即查明匪情，给他一个准确的情报。

 诱进格致坪

面对神出鬼没的土匪，张德熙和苏乐天两个人，能有什么好法子呢？他们哭丧着脸忍受胡毓英的斥责。虽然他们知道靠自卫大队靠不住，但这话他们不敢说，只好一级压一级，皮鞋压麻鞋。腊月二十下发紧急公事，命令各乡镇公所，尽快查询境内有多少土匪，头目是谁，在什么地方出没，如何剿灭，等等。

紫松乡乡长刘鸣接到公文，喜上眉梢。

他认为，这是一个歼敌的机会，派人到靳家坪，将保长王殿元叫到沟刘家。

"你把那几个人找一下，二十一晚上在苟怀发家开会。"刘鸣悄声命令。

王殿元立即到苟家滩麻五爷家，先找到了肖焕章。然后他和肖焕章

两人分头出发，一个传一个。很快，王仲甲、肖焕章、马福善、艾吉、苟登第、靳尚志、支世荣、张自忠、肋巴佛的特使年旦增等，陆续到苟家滩大殿——苟怀发家。

王殿元看到人差不多到齐了，就安排乡上十几个工友在村里村外做保卫，自己回头去叫刘鸣乡长。刘鸣进了苟家滩大殿，马上开会。

"我们将计就计，给胡毓英来点狠的！我腊月二十二给县上送公事，设法二十三把临洮城的胡毓英部队引出来，集中兵力，歼灭他们，夺取他们的武器装备。"刘鸣拿出张德熙下发的公文，说了大概意思，然后谈了自己的想法。

"胡毓英狡猾得很，就怕不上钩。"

"我有个主意，保证牵着胡毓英的鼻子走。"

"快讲。"

"我琢磨了一阵，弄明白了，胡毓英是正规军，他嫌我们是小股'土匪'，不肯出动。只要我们大张旗鼓地打出义旗，贴出布告，必然引起胡毓英的惊慌，他们自然会重视，一定会派大部队进剿，到那时我们设伏消灭他们。"肖焕章说。

"老肖的主意不错！"许多人附和。

"那打什么旗呢？"

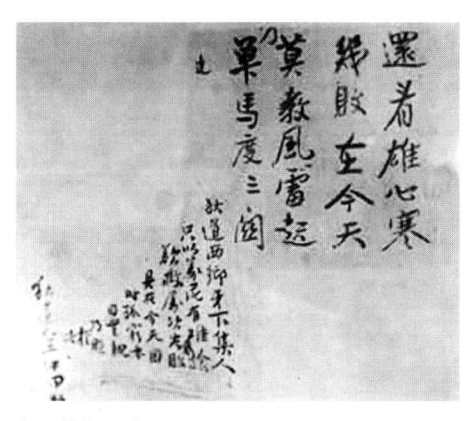

起义旗帜图案

"这好办，民主政团多次开会商讨，总体战略已经确定，我们的宣言和口号是程海寰起草的《西北各民族义勇军宣言》和口号。我们起义军的名称是'国民革命军西北民族联合抗日救国军'，就打这个旗。"刘鸣说。

大旗一定，接着推选刘鸣

为总司令，王仲甲、马福善、肋巴佛为副总司令。由刘鸣的堂弟，年仅二十四岁的刘志斌起草《国民革命军西北民族联合抗日救国军总司令部告各族各界同胞书》，列举了国民党及蒋介石的八大罪状。一是盗窃国柄，党同伐异；二是无故撤兵，放弃国土；三是拥兵自卫，敷衍抗战；四是制造派系，搅离兵心；五是虐待新兵，草菅人命；六是横征暴敛，民不聊生；七是盗窃国库，滥发纸币；八是贪污腐化，政纪废弛。

"布告总司令署什么名呢？"刘鸣有、刘志明、刘远峰、刘犁平等几个名字，刘志斌不知道用哪个署名好，就停下笔问。

"写个化名，写刘羽。"刘鸣低头考虑半天后说。

"哪个字？"

"羽毛的羽！"

"写啊！"刘志斌半天不动，刘鸣催道。

"我认为这个羽字不好，跟项羽的字重了。历史上项羽兵败乌江，关羽夜走麦城，都没有好的结果，我的意思不用刘羽这个化名。"刘志斌年纪虽轻，可读书不少。他觉得刘鸣的性格，跟项羽、关羽有许多相似之处，担心用"羽"字不吉利，就鼓足勇气说出了心里话。

"关羽是武圣，项羽是大英雄！能跟他们一样闯出伟业，有什么不好，我看好。就用刘羽这个化名！"刘鸣语气坚定地说。

"你给靳尚志写的手札，用的是刘羽，最后出了事！"刘志斌嘀咕。

"快写，我们是革命者，讲什么迷信话！"

第二天，化名刘羽总司令的布告到处贴了出来。

县城里发现布告，上下轰动不安，胡毓英更是吃惊不小。正在这时，张德熙拿着刘鸣送来的公文，匆匆忙忙来见胡毓英。

"胡处长，紫松乡刘鸣送来的公文说，土匪公开反了。"

"土匪在哪里？"

"刘鸣报告，王仲甲、马福善、肖焕章等土匪在苟家滩、黎家大山一带流窜，他建议我们兵分两路合围聚歼，他带紫松乡乡丁在靳家坪堵截。"

张德熙说。

"情报准不准？别让部队又空跑一趟。"胡毓英不悦地问。

"绝对准！"

近一段时间，临洮、康乐两县"匪情"不断。两县一河之隔，二者相比，洮河东岸的临洮匪情较重，青天镇、边家湾、松树庄等地接连失利，而洮河西岸的康乐只有零星土匪出没。因为胡毓英和康乐县长赵文清是同窗好友，胡毓英夹带私货，主张将洮河西岸康乐境内的土匪由保安队赶往洮河东岸临洮境内，在洮河东设伏聚歼。

张德熙认为这样一来，东岸匪多如毛，会加重临洮匪情，心中不满。加之张德熙十分信任刘鸣，对刘鸣的报告毫不起疑，因此极力主张按刘鸣的建议围剿土匪。

胡毓英考虑再三，终于采纳了刘鸣的建议。决定兵分两路，东路由保安大队长王兰波率领林岳五保五团的两个保安中队，配合十二师一个步兵营，在会川保安队的引导下，沿洮河东岸逆流而上，向三甲乡格致坪进发，合围苟家滩土匪。西路由十二师三十六团团长张正书率两个营，配合马步芳八十二军的一个骑兵营，在康乐县保安队长张义芝的引导下，从洮河西岸逆流而上，向黎家大山进发。两路大军在格致坪会合。

腊月二十三，两路进剿部队，沿洮河两岸分头进发。

因东路近，西路远，两路军队出发时还能隔河相见，走了一阵，部队就淹没在河边的树丛中，彼此望不见踪影。而刘鸣为了达到各个歼灭的目的，清晨即派亲信乡丁到红道峪沟口迎候西路军，将张正书团有意引向康乐南部的杨家河一带，然后转向黎家大山，迫使西路军张正书团多绕行五十华里。

太阳爬上了山顶，王兰波率领的东路军按计划进入合围地点格致坪。

三甲乡格致坪在临洮南部南屏山中，距离县城七十多里，是典型的山区。南屏山山势险峻，山顶终年积雪覆盖，山苍松翠柏遍地，郁郁葱葱。春夏山花烂漫，秋冬云雾缭绕，景色确实奇绝秀美。三甲格致坪是角麻山中的一个四面环沟的偏僻的穷山村，它地处角麻山半山腰，脚下洮河，头顶大山，道路难行。

要是换了平常的日子，保安大队长王兰波也许会放慢脚步，听鸟鸣，赏风景，甚至会打打猎，放松一下心情。然而现在土匪进了山，这大山在他眼里就变成了一个狰狞的魔鬼，会把他的部队都吞噬掉，他们都有些害怕。

但军令如山，王兰波只好命令部队硬着头皮前进。

天刚蒙蒙亮，刘鸣率领乡丁，从洮河东岸坐筏到西岸，沿着蜿蜒曲折的土路迤逦而行，爬上靳家坪。南乡靳家坪是洮河西岸的一块开阔的台塬地，站在靳家坪上，湍急的洮河和对岸的浪家川、上安川、安下川、格致坪等尽收眼底。当王兰波率领的东路军沿洮河东岸进入三甲大沟庄，出现在小沟时，刘鸣在靳家坪居高临下看得一清二楚。

刘鸣朝天鸣枪，向起义军发出了信号。

马福善的起义军此时此刻在洮河西岸的靳家山、红水沟待命，听到枪声，马福善父子带领肖焕章、艾吉两个团，迅速从冰桥窝过洮河，埋伏在格致坪。

王兰波左顾右盼地从小沟进入安下川村，他也听到了枪声。但是王兰波以为，枪声是刘鸣给他的信号。他认为，枪一响，说明刘鸣已经进入堵截地点。他暗自思忖，张正书的西路军是正规军，行军速度快，按照行程，西路军应该到达格致坪。于是他下令部队加快速度，向预定的合击地进发，准备与西路军聚歼土匪。

到达格致坪，王兰波看到树丛中有人员走动，他以为那是西路张正书团，便下令扎营。可是王兰波万万没想到，此时西路张正书团被刘鸣的乡丁带领着，还在康乐境内。山上走动的那些人，正是他日思夜想歼灭的土匪马福善部。他们占领了有利地形，藏匿在山上树丛中。

马福善毫不迟疑，下达了战斗命令。

肖焕章和艾吉以迅雷不及掩耳之势从右侧率队插入敌阵，一阵猛扫，东路军阵脚大乱，四散败退。战斗中附近汉、回农民手持刀矛、镢头、锄头、棍棒等原始武器前来助战。

这次战斗，起义军大获全胜，除王兰波等少数人逃脱外，击毙机枪射手、副射手及士兵数十人，俘虏六百余人，夺得轻机枪一挺、步枪一百三十余支。而起义军只死亡一人，重伤两人。伤者是马福善的二儿子马继儒（人称"二司令"）和战士马良义。马福善将受伤的马继儒和马良义交给从洮西靳家坪赶来增援的刘鸣。

"我的儿子伤得重，不能跟部队走，你给照顾一下。"

"请马司令放心，只要我刘鸣在，就有两个结拜的安全。你赶快渡河，向西到苟家滩、黎家山合围张正书团。"刘鸣说。

"好，我们这就过河。"

马福善、马继祖、肖焕章等遂率领起义队伍前往苟家滩，准备与王仲甲部会合，可是等来等去，到了后晌，还不见王仲甲，也不见西路张正书团。直到太阳下山，仍不见张正书团。马福善认为情况有变，下令开往陕城。

原来刘鸣派去通知王仲甲部的联络员是个粗心大意的人，错将黎家山听成了满家山，害得王仲甲在满家山苦等。而刘鸣派到红道峪沟口迎候西路张正书团的家丁，却没有走从角麻墩山到杨家河这条路，而是翻越朱家山，走景古城，多走了九十里，比原计划多了四十里。而后面的四十里，道路蜿蜒曲折，张正书团的官兵体力消耗很大，走得更慢，到黎家山时，夜幕降临。

尽管张正书团经过长途跋涉，个个疲惫不堪，正是聚歼的绝佳时机，但是因为起义军大部贻误了敌机，仅靠刘鸣率领的乡丁，无论是从数量还是武器，力量不足，都无法跟张正书的正规军对抗，毫无取胜的可能。而此时刘鸣还没有公开起义军总司令，他的身份仍旧是紫松乡乡长。

既然是乡长，刘鸣不得不带领乡丁，拿着慰问品到黎家山慰问张正书团。

第二十六章

土匪案频发

［民国三十一年（1942），洮河、渭河流域，瘟出］

 就是避而不见

保安大队长王兰波从格致坪逃脱，气喘吁吁地跑到县城，跑进县长的房间，报告格致坪战役失败的详细经过。张德熙县长穿一件灰布棉袍，脖子里围着一条大围巾。满脸疲惫，正坐在火炉前，用火钳拨炉中的炭火。一听王兰波大败回来，吓坏了，也不听王兰波细说，拉起他的手说声到胡处长那儿去，两人一块儿到胡毓英房间汇报。胡毓英不时插话讯问，王兰波回答得小心、仔细，唯恐触怒了胡毓英。他看到胡毓英的脸色阴沉得吓人，连张德熙县长都没有个好声气。但他没有过分责骂王兰波，却把怒气撒到县长头上，他怀疑洪帮并责怪县府的政治工作不能配合军事，特别是对刘鸣越来越怀疑。

"谁泄露了机密？"胡毓英眼睛直视着张德熙，怒气冲冲地问。

张德熙和王兰波吓得不敢出声，默默地低着头。

"我看是刘鸣！"胡毓英怒吼。

"刘鸣对党国很忠诚，他不会自打自脸。"张德熙小心地替刘鸣开脱。

"提出建议的是刘鸣，知道围剿计划的只有你、我、刘鸣、王兰波和张正书。这五个人中，只有刘鸣疑点最大。我告诉你们，我收到好几份刘鸣通匪的情报！我问你，张县长，布告上的土匪总司令刘羽，你们查出了没有？"

"没有！"

"一群饭桶！哼，我看刘鸣就是刘羽！"胡毓英拍桌子吼道。

"胡处长你息怒，你别乱猜疑。"张德熙涨红了脸，小声顶撞。

"好啊我的张县长，刘羽你们查不出，那么小小的洪帮牛娃案，你们该查出了吧！"胡毓英怨气冲天，咄咄逼人地问。

乔家年的儿子牛娃已经长大成人，加入了洪帮，充当了我外太爷马殿选的左右手。夏季利用在洮河上放筏的机会，传递信息，联络人员。进入腊月，河面封冻。我外太爷马殿选打发他和王耀三到榆中给黄作宾、毛克让送枪支。因为特务盯梢我外太爷马殿选时间很久了，看见牛娃和王耀三从我外太爷马殿选家出来，就一直尾随去了榆中。想通过牛娃抓到黄作宾等人，进而抓到洪帮头目我外太爷马殿选的铁证，将洪帮一网打尽。

可是黄作宾那边人多，特务没敢下手，又跟踪回到临洮。看见牛娃和王耀三进了我外太爷马殿选家的山货铺子，掏出一封信，正要交给我外太奶郭玉兰，特务就将三人同时捕获，押到宪兵队。信是写给我外太爷马殿选的，内容是"马大哥：腊月上营没炮仗，二两大烟换一捆，货断速来"。特务还从牛娃身上搜出了三百两大烟。

特务如获至宝，三百两大烟对牛娃一个水手来说，绝对是个天文数字。他们认为，信是写给我外太爷马殿选的，大烟也一定是我外太爷的。他们想抓住我外太爷，可是蹲守多日，没抓住我外太爷。搜了好多地方，也没有我外太爷马殿选的影子。他们想撬开牛娃的嘴，可他一口咬定，大烟是他的木头钱，信是烟火商捎带给我外太爷的，别的一句话也不说。特务审问我外太奶郭玉兰，她说："我们是个小贩子，腊月里贩个炮仗，挣几个小钱，没犯王法。"

土匪案报到张德熙县长那儿,他想没有人证、物证,仅凭大烟和一封信,定人死罪有失公允。可是特务认定炮仗就是子弹,咬住不放。最后王耀三和牛娃两人定了死刑,上报省府。借口我外太奶郭玉兰是四个孩子的母亲,儿子尚小,由酱菜园东家作保释放。从内心深处来说,张德熙不想动我外太爷马殿选,洪帮水深,这湾浑水蹚不得。

"胡处长,洪帮牛娃以土匪定了罪。"张德熙低声下气地回答。

"洪帮头目马殿选呢?"胡毓英怒气未消。

"我们正在搜捕。"

"一个是刘鸣,另一个是洪帮头目马殿选。要么通匪,要么和共产党发生了关系,不然,土匪气焰不会这么嚣张。"过了一会儿,胡毓英口气渐渐缓和了。

"刘鸣绝不致通匪,也不会与共产党发生关系。"张德熙坚持己见。

"那好,明早我亲自到紫松乡视察,你也去!"

第二天,胡毓英带着两个连的兵力,命令临洮县县长张德熙,渭源县县长原佐仁,自卫队大队长苏乐天,县府勤务陈永福,一同前往紫松乡调查格致坪失败的原因。

早上出发,下午到达紫松乡所在地峝下集嘴刘家村。走进乡公所,里面空无一人。胡毓英的脸孔就拉了下来,他很不满意地对张德熙说:"乡公所的人都走了,你还说刘鸣不通匪,现在你把他找来,我当面问他。"

张德熙带着苏乐天等人,分头到街头村尾甚至附近保长家里都寻找了一遍,别说是乡长,连个乡丁都没有碰到。

天空渐渐暗下来。

张德熙心烦意乱地进了乡公所,看到胡毓英迎面站在屋檐下。

"刘鸣心中有鬼,不敢见我!"胡毓英冷笑。

"不会,我了解他。"

"哼,你还替他说话。"

"我到他家里去找，我不信找不到他。"张德熙转身就走，走了两步，又转过来叫渭源县县长原佐仁，"原县长你陪我去，胡处长不信我，将来你给我做个见证。"按官职，张德熙官比胡毓英大，可胡毓英多次在众人面前斥责挖苦他，张德熙心里不快。他一心想证明刘鸣不通匪，硬着头皮叫原佐仁陪他去。原佐仁同为县长，理解张德熙的苦处，就陪他去。

刘鸣家在沟刘家村，距嘴刘家村有六七里地。

张德熙和原佐仁带着七个人到嘴刘家村时，天已经黑了。

进了村，拐进一条深巷道，第五个大门便是刘鸣的家。

张德熙推门进去，喊了几声刘鸣，好半天才有一个工友从屋里出来。回答说刘鸣不在。张德熙说："我是县长，你快去叫他。"工友答应着出了门，不一会儿，刘鸣夫人张梅冬随几个乡公所的人员回家。张梅冬浅笑着问："县长大老远来，还没吃晚饭吧？"张德熙轻轻点点头。张梅冬一边围围裙一边说："我给你们做饭去。"张德熙问："刘鸣呢？"张梅冬说："在后面走着呢，随后就到。"

张梅冬手快，很快端来晚饭。

吃完饭等了很久，刘鸣才愁眉不展地回来了。

"来了就好。胡处长在乡公所，我带你去见他。"张德熙高兴道。

"不，我不能去！"刘鸣语气坚定地回绝了。

"格致坪之战他对你稍有误会，你一去，解释一下，误会解除了，有什么不好？"张德熙没想到刘鸣不愿见胡毓英，他感到很奇怪。

"他认定我通匪，解释有什么用！"刘鸣说。

"我保证你绝无危险，不扣留你，你听我话。"张德熙劝道。

"张县长，不是我不听你的，这是军事时期，权在胡处长手里，他不讲理，要枪毙我，县长你也没办法。"刘鸣耐心地说。

原佐仁清楚，如果刘鸣执意不去，就辜负了张德熙的信任，张德熙在胡毓英面前无法交代，于是插嘴劝道："刘乡长，事情没有你想的那么严重，你还是跟我们去一趟吧。"陪同县长的苏乐天等人，也随声附和，劝解刘鸣。刘鸣一张嘴说不过七张嘴,就松口道:"夜深了,县长你们先休息,明天早上再议,如有必要,我就随县长明早去见胡处长。"

天亮起床,洗漱后张德熙叫刘鸣。

"张县长,刘鸣早走了,给你留了一封信。"

"拿来我看。"

信写得很长,核心内容是他不愿见胡毓英,要求替他解释。

张德熙长叹一声,拿着信到乡公所,面见胡毓英,给他看了信,又替刘鸣反复解释,说好话。可是张德熙越解释,胡毓英的疑心越重。他忍不住又大声斥责起来:"我看刘鸣就是刘羽!你是县长,到了这个时候,你还看不清他的真面目,还替他说话,还这么相信他。哼,你这个县长,简直就是个糊涂虫!"

张德熙的脸唰地红了半边,这么多天来,他受的气太多了。

眼看两人要起争执,却听到门外一阵脚步声响,跑进一个军官:"报告张县长,十二师师长吕继周进剿土匪,抵达三甲,请你速到格致坪面见吕师长,有要事相商。"

 护卫韩家大院

张德熙咽下嘴边的话,戴上帽子,率县府工作人员赶往格致坪。

胡毓英此行的目的是调查格致坪战役失败的原因,他命令两个连分散深入堡子山、侯家山、任家山、何家山等地布防,自己带着部分军官离开嘴刘家前往格致坪实地查勘。

嘴刘家在洮河西岸,格致坪在东岸,两地相距十多里地。胡毓英骑马过了河,到达格致坪时,日头已经偏西了。在韩家大院,他和张德熙又相遇了。

"吕师长呢?"胡毓英主动问。

"因为军情紧急,他已率第十二师向冶力关开拔了。"张德熙平静地回答。

"那我们回吧？"胡毓英口气缓和了许多。

"太迟了，怕回不去。"张德熙抬头看看天。

"难道今晚住在这里？"胡毓英问。

"返回走山路，两边树林茂密，土匪出没无常，很危险。"张德熙回答。

胡毓英抬头看看天，天空一片灰暗。又走出大院看看周围的大山，四周黛青色的大山云雾缭绕，弥漫着一股阴霾。他真的担心了。胡毓英心里很清楚，他们每个人身上都带着枪，紫松山区民风强悍，土匪众多，如果他们冲着枪支来袭击打劫，他们未必能打得过。

"你害怕了？"

"格致坪附近是危险地带，我们武力不够，恐遭土匪袭击。"

"我通知刘鸣派队来加强防卫，也可证明他不通匪。"张德熙说。

"好吧，只能这样了。"

张德熙转身进屋，叫一声陈勤务。

陈永福正在烧水，放下手中的木柴，跑过来问："张县长什么事？"张德熙说："天黑了，我们走不了，要住在这里。你去通知刘鸣，让他派人来护卫。"

陈永福暗自吃惊。这个月土匪袭击水家坡、新营、边家湾等地，张贴了以总司令刘羽为名的布告，上下全力查找刘羽其人。县府接到好几份密报，都是通过他的手交给了县长。他也觉得告密者说得对，刘羽就是紫松乡乡长刘鸣。

今日调查格致坪战役，走到哪，哪没人，村庄里的人都躲了。王兰波讲："围攻他时，有几千人，难道说都是土匪？种种迹象表明，格致坪战役败得奇巧，刘鸣可疑，脱不了干系。张德熙固执己见，不但信任刘鸣，而且要他今晚派人来护卫，这是拿鲜肉喂狼啊。"陈永福想："你们一个是县长，一个是处长。你们是大官，我只是一个小勤务，我的命没有你们香。你们不怕我怕什么呢。"他这样想着来到了乡公所。

刘鸣听了陈永福下达的通知，心里也是一惊。他给陈永福倒了一杯茶水，笑着说："陈勤务你稍等片刻，我去叫人。"

刘鸣走出乡公所，到张希鸣家。让张希鸣赶紧去叫王殿元、吴生荣、支世荣、刘志昌、王秉英等人。他们很快就到了，大家上了张希鸣家的楼，紧急商量对策。

"乡长你硬到底，不要理睬。"王殿元耿耿于怀地说。

"昨天没见胡毓英，今天也不见。"刘志昌四方脸怒容凸显，看着刘鸣。

"我们趁机杀掉他们！"

大家的意见，一是不见，二是干掉。刘鸣沉默不语，伸手要了吴生荣的一根烟，点着，吸了半根，考虑了半天，突然将手中燃烧的半根纸烟摔在地下，狠狠地踩一脚，站起身，目光坚定地说："我们去见他！都把枪拿上，子弹上膛。我们做两手准备，看我眼色，见机行事。跟胡毓英谈得好，就谈。万一谈崩了，动起手来，把他们全堵在屋里，一个也别让他跑掉。"

刘鸣带着几十个全副武装的乡丁，和陈永福一块到格致坪村。

到韩家大院门口，刘鸣指挥乡丁从大门口、院门一直到屋门都站了岗。布防完毕，刘鸣和陈永福一块走进北面堂屋，面见张德熙和胡毓英。

"我们此行的目的是调查格致坪战役失败的原因，这次战役按你提的建议行动，你说说吧！为啥吃了败仗？"寒暄过后，胡毓英开门见山地问。

"如果按我的建议，不会吃败仗。"刘鸣不卑不亢地回答。

"两路合围，我们是按你的建议行动的啊！"

"我建议分兵两路沿洮河两岸同时到达，他们没有做到。尤其是东路张正书怕死，到预定时间迟迟不过洮河，贻误了战机。"

这个时候的张正书团正在大山中。他的部队离开黎家大山，被姚登甲、姚登弟的起义军牵着牛鼻子，进入宗丹沟、麻家集一带。张正书疲于奔命，在深山密林中兜圈子，不敢孤军深入林区，无暇顾及其他。他尚未见到胡毓英，自然也没有机会解释东路军迟到的原因，因此胡毓英不了解西路军实情，对刘鸣的话无法反驳。

"王兰波不是按期到达预伏地点了吗？"胡毓英反问。

"对，王兰波到了。可是林岳五刚跟土匪交火，就带头率保五团逃跑，渡河不及，逃往会川。只有王兰波率领的一个营在那里拼命，土匪人那么多，王大队长势单力薄，他能打得过土匪吗？"格致坪战役失败后，王兰波多次向胡毓英报怨林岳五的保五团，刘鸣在洮西靳家坪上看得清清楚楚，就用林岳五的逃避来顶撞胡毓英。

"哼，你说黎家大山土匪多，张正书咋找不见？今天我带着两个连，四处巡察，也没见土匪一个影子！"胡毓英涨红着脸道。

"我的处长，土匪有腿子，不可能一个地方站着不动！"刘鸣说。

"这说明你的情报有问题！"胡毓英仍然揪住不放。

"我们在靳家坪放枪通知了他们，土匪又不是从我们靳家坪放跑的，你的部队打不过，怪我的情报，怪我何来！"胡毓英再三质问，责怪刘鸣，刘鸣就发了火。

跟胡毓英同行的张德熙等人，非常清楚他们目前的处境。他们带的人少，土匪在大山中神出鬼没，叫刘鸣来的目的，是护卫他们的安全而不是打嘴仗。陈永福拉了一下刘鸣衣袖，软声说："你别生气，你是乡长，应该尽这个责嘛！"渭源县县长原佐仁也劝："还是以大局为重，好好商量剿匪的事吧！"胡毓英也清楚今晚的处境，不敢过分激怒刘鸣，就闭口不言。

"我是信任你的，昨天到你家门上亲自叫你！今晚你来，我把这十几个人的生命安全交给你，说明什么？信任！你跟胡处长说开了，啥就没有了。胡处长也相信你，不然在大山之中，土匪说来就来，若你通匪，还敢叫你来护卫吗？"张德熙微笑着走到刘鸣身旁，轻轻地拍着他的肩膀，敞开心扉，推心置腹地说道。

"张县长，你……你，你放心睡觉吧，有我护卫，不会有事！"刘鸣来格致坪前就有消灭胡毓英，公开举旗的念头。可是当他看到张德熙对自己如此重情重义，被他的情义打动，也动了真情，放弃了来前的念头，诚心诚意地保证道。

"土匪缺枪，会不会来抢枪？"原佐仁警惕性高，故意问。

"如说抢枪，知道你们有戒备，犯不着拼命。"刘鸣肯定道。

"刘乡长，我们这里有县长、处长、大队长，土匪对我们这些人恨之入骨，今天来要我们的命，真是好机会。"原佐仁进一步逼问。

"原县长，我相信土匪不会图谋你们，如说害县长，省府有的是人，杀了可以另派，你们有命，他们也有命，何必多此一举！"刘鸣拍着胸脯打包票。

果然不出刘鸣所料，格致坪的夜晚风平浪静，洮河水静静流淌，别说土匪的影子，就连猎枪声都没有听见。翌日，他们平安地离开了格致坪，前往冶力关追赶十二师师长吕继周去了。可是胡毓英对刘鸣的怀疑，不仅没有减弱，反而越来越大。他更加确信刘鸣就是刘羽。

 74　牛娃案

我奶奶说，胡毓英回到县城，目光盯上了我外太爷。因为他又得到密报：刘鸣跟洪帮头目马殿选、被解职的西北行营中将高参史鼎新两人密谋策划，武装暴动。

胡毓英果断带人抓捕我外太爷马殿选、史鼎新。

我外太爷马殿选此时不在临洮。我外太奶、牛娃等人被抓后，我二外太爷马殿德通过洪帮向我外太爷捎话：嫂子已由酱菜园担保回家，让他千万不要回临洮。我外太爷就跟禹兆南一直在靖远、武威一带以做生意为掩护，躲藏在乡下，胡毓英多次扑空。

而史鼎新在临洮城内坐镇指挥，当军警扑进灰盐市时，我三外太爷

马殿明正好在巷子口，他立即打发我姨奶马云梅骑自行车到史鼎新家报信。史鼎新刚从后门逃出，军警就从前门冲了进来。特务没有抓住史鼎新，气急败坏地将我姨奶马云梅抓去审问。我姨奶马云梅一口咬定她是来还自行车的。当时临洮县城有自行车的人家很少，史鼎新长期在鲁大昌手下当参谋长，家庭较富裕，这个理由是站得住脚的。

史鼎新从后门逃脱，出了城门，发现各个路口布满岗哨，盘查很严。他突然想到自己曾经救过步兵学校校长刘仁的命，俗话说最危险的地方最安全，他信步走进步兵学校。这所步兵学校是马步芳在白崇禧的支持下开办的，在军界影响很大。史鼎新走进校长办公室时，正好看到刘仁校长打电话，听话音，是跟朱绍良通话。

"刘校长啊，胡毓英在临洮，他抓洪帮头子马殿选和史鼎新没抓到，我要求你协助胡毓英处长，拘捕这两个人。"朱绍良在电话中说。

"朱司令，我一定照办！"刘仁望着史鼎新，回答朱绍良。

刘仁放下电话，朝史鼎新走过来。史鼎新心中打鼓，两手并拢，伸出两臂到刘仁眼前："我都听到了，想捆想铐，悉听尊便！"刘仁拉下史鼎新的两臂，浅笑道："看你说的，刘某知恩图报，不会拿先生的命换取功名，你放心吧，我会保护你和马殿选的。"刘仁当下给史鼎新找来一套军装，将他藏身在卧室。又打听到我大姨奶马云梅因史鼎新被抓，就想法疏通关系。

我大姨奶马云梅虽然为我外太爷多次送过情报，可是她对内幕知之甚少，特务审讯了多次也问不出什么。就给刘仁了一个面子，没有逼问，更没有动刑，关了几天，放她回家了。

胡毓英一无所获，很不甘心，决定要把牛娃和王耀三押到衙下处决，杀一儆百。

"牛娃和王耀三跟刘鸣无关，何必到衙下？"张德熙不解道。

"紫松乡是靠不住的，明天你跟我随军前往，在衙下召开民众大会，在众人面前对两名土匪执行枪决，以警告他们！"胡毓英黑着脸下令。

"这两个人只跟洪帮头子马殿选有关,并非都出自紫松,我看不必在衙下执行,在县城执行更妥当,对洪帮也是个威慑。你看如何?"张德熙内心认为,如果说在衙下处决两名土匪,明显是向刘鸣示威,他担心胡毓英步步进逼,反而逼出事来。刘鸣是个血性汉子,逼急了,会上梁山。他小心翼翼地劝胡毓英。

"张县长啊,你是文人,不懂军事。这两个土匪虽然不出自紫松,但他们跟洪帮通着呢。正因为这样,在衙下镇压,才可防止那些无知洪帮随匪。"胡毓英一向自视高明,傲慢地说。

第二天,胡毓英带领军队,押着牛娃和王耀三到紫松乡,在衙下集召开民众大会,宣布了牛娃和王耀三的死刑。到处决时,胡毓英突然想到我外太爷尚未捕获,临时决定只杀牛娃一人,带王耀三到县城执行,给洪帮施压。就以王耀三身体有病为名,陪杀场后带回了县城。

面对胡毓英的示威和警告,刘鸣处变不惊,从容应对。

紫松乡风平浪静、波澜不起。

 75 埋下的地雷炸了

胡毓英认为,他杀牛娃这一招没有探出刘鸣底细,便绞尽脑汁,使出了撒手锏,派已经叛变的西北民主政团的成员张贵有到紫松乡,企图将刘鸣诱到县城,实施抓捕。

张贵有是临洮南乡人,参加了西北民主政团三次会议。在第一次会上,刘鸣就跟张贵有结识,以后又多次见面。张贵有骑马大摇大摆地到嘴刘家乡公所。

"哎哟!是张兄,快坐快坐!"刘鸣喜欢道。

"你在这里很不错嘛!"张贵有在办公室里环顾一周说。

"托张兄的福。大老远来,张兄有何贵干?"

"想讨刘兄《风尘泪史》一读。"张贵有调侃道。

"你啊，形势逼人，你还有心读书啊。"刘鸣笑着从抽屉中取出一本《风尘泪史》，签上名，送给张贵有。然后坐回椅子上，叹口气说，"我这几天烦得很，兰州方面信息不通。临洮城传来的也尽是烦心事。"

"什么烦心事？"

"临洮城闲居军官李希发和步校军官查港九，这两个人我都不认识，他们常在一块打牌，发生口角，结了仇。查港九向步校校长刘仁诬告，说：'李希发是危险分子，应加防范。'巧好李希发因事出城，跟南门哨兵发生口角，闹到城防司令吉猛那儿，吉猛将李希发下狱。李希发乱咬人，说跟我认识，而偏偏这时候我派靳尚泉、靳尚志、靳尚文给吉猛送马、送礼物，他就将这三人扣留。"刘鸣边说边看张贵有的脸色，发现他不自在地将脸扭了过去。

"你没问一下吉猛司令吗？"张贵有故作镇定地问。

"靳尚泉等人被扣后，我很生气，打发人去问吉司令，我好心好意给你送马，你为何扣留我的人？吉猛支吾其词，说不上来。"刘鸣瞅着张贵有说。

"李希发谋反，他扣留你的人干什么？"张贵有心里一清二楚，他出卖了靳尚志。靳尚志被捕，靳家泉也受到牵连被抓。这是真实情况。现在听到刘鸣说起此事，他自然心惊肉跳，生怕刘鸣知道内情，有点紧张。

"我也搞不清。宪兵队的人说，吉猛为了查清李希发说的话，派了三个人到紫松乡找我，结果在半途上，这三个人被土匪杀了，吉猛怀疑是我干的，就严刑拷打靳尚泉和靳尚志。他两个受刑不起，供出了马殿选和史鼎新。"刘鸣看似满不经心地说，眼睛却留心瞅着张贵有。

"原来是这么回事啊，怪不得我到临洮找史鼎新，找不见，找马殿选，也找不见。原来是靳尚志供了他们啊。"张贵有擦着满头大汗说。

当时靳尚志接头时被抓，宪兵队为了保护张贵有，将他跟靳尚文、靳尚泉、靳尚志一同抓走。事发当天，张贵有就被护送到兰州。他的行踪一直被严格保密，外界无人知晓。尽管如此，刘鸣还是从靳尚志家人那里得知，王振武没有救出靳尚志，他估计靳尚志已经被害。刚才刘鸣的一番话，其实在试探张贵有，他从张贵有眼睛里看出了一丝端倪。

"兰州那边情况如何？"

"哎呀，我正是为此事而来，我这里有一封你兄长捎带的信，你看了，兰州那边的情况就一清二楚了。"张贵有轻松地掏出信交给刘鸣。

刘鸣接过信，一看称呼，心里就咚咚直跳。

这一段日子，四兄长刘志道杳无音信，他日夜担心，生怕四兄遭到不测。他跟刘志道暗中有约，布告贴出，刘志道立即回衙下。可是署名刘羽布告贴出这么多天，刘志道仍不见踪影。他就怀疑四兄长被捕。如今看到张贵有给他的信，这种怀疑被验证，因为刘志道给他写信，总称远峰。这封信却写六弟。虽然字迹模仿很像，可口吻都不是刘志道。

刘鸣不露声色，留张贵有吃了午饭。

吃饭的时候，张贵有提出，他到临洮城，策反宪兵队长康永光。一若策反成功，立即返身到紫松来。刘鸣带着部队跟张贵有一同进城，跟康永光里应外合，攻打县城，来他个中心开花。张贵有按照中统特务康永光和城防司令吉猛的诡计，设计了圈套，设下诱饵，企图引刘鸣上钩。刘鸣将计就计，答应了张贵有，还装模作样地商量了细节。

张贵有刚动身，刘鸣马上叫来王殿元，命令他带两人，跟踪张贵有。

这天半夜三更，王殿元从临洮城返回来报告："刘乡长，我们尾随到临洮城，那个人进了保安团城防司令吉猛的驻地。他肯定是个坏人！"刘鸣胸有成竹地说："知道了。三天后就有好戏上演了，你们都做好准备。"

张贵有觉得自己做得神不知鬼不觉，十分得意，根本没有注意身后。吉猛拍着他的肩膀夸奖一番，连夜报告胡毓英。胡毓英也觉得这个计划天衣无缝，催促吉猛早日实施，诱杀刘鸣。

第三天，张贵有得意扬扬地来到嘴刘家。

刘鸣早已派吴生荣、陈希贞、支世荣、张有德、刘志昌等人在张家寺滩上专门等候，张贵有一到，他们活捉了他。从张贵有身上搜出匕首两把、手枪一支。他们将张贵有拉到张希鸣家的楼上，张贵有交代了靳尚志被捕杀害的过程：他掌握了靳尚志在步校和保五团的线索，密告敌人，通过保五团中队长周尚勇施展阴谋诡计，周尚勇假装拉着靳尚志的手送行，行至西门，被事先安排好的岗哨逮捕。靳尚志逃出后二次被捕，他们将他双脚用铁钉钉在地板的横梁上，双手指缝钉了竹签。靳尚志武威不屈，最终被告折磨而死。

"刘志道呢？"

"也是我出卖的，现押在兰州。"张贵有老实交代。

"史鼎新呢？"

"我提供的情报，可他们没抓住他，不知道去了哪里。"

"那马殿选呢？"

"我不知道，他不是西北民主政团的，不跟我来往，只跟史鼎新联系。我听说他们抓住了牛娃和王耀三，没抓住马殿选。"张贵有交代。

真相大白，刘鸣等人痛哭流泪。

"怎么处置叛徒？"

"拉到苟家滩沙窝里处死！"

几个乡丁押着张贵有前往苟家滩，当行进到靳家泉和冰桥窝时，道路窄小难走。张贵有看到小路边的滚滚洮河，奋力朝水中一跃，企图趁势逃脱。可是陈希贞握紧捆绑着的绳子头，张贵有没有挣脱。支世荣顺手一枪，将其毙命于冰凌之中。他们将张贵有的尸体拖出水面，割下头颅，尸体塞进土窑圈，然后提着头颅返回嘴刘家，用张贵有的头颅做了祭军旗的三牲祭品。

第二十七章

苟家滩誓师

[民国三十二年（1943），洮河、渭河流域，天转杀]

 刘鸣举义

我奶奶说，刘鸣原计划趁正月十五闹灶火、观花灯的时机，化装入城，跟城内前任保安副司令梁星武里应外合，一举攻占县城。可是由于叛徒出卖，城内蹲点指挥的史鼎新和我外太爷马殿选联系中断，梁星武爽约不出。而起义军主力王仲甲、马福善父子东进渭河流域，未按苟家滩会议商定的日期返回临洮。情势不容刘鸣迟疑，他立即改变计划，于正月十三公开宣布起义。

这一天，风和日丽、天高气爽、野花飘香。紫松乡十四个保长带着本保人马，聚集到苟家滩举行誓师大会。从卧龙张家坪到紫松苟家滩，从三甲到潘家集，在高耸入云的南屏山下，在广阔的田野上，到处人欢马叫，红旗飘扬，刀枪闪亮。刘鸣站在苟家滩庙北高高的土墩上，身后飘荡着绣有一颗五星的红旗，前面是三牲祭坛。

刘鸣身着军服，站在祭坛前，慷慨激昂地宣读了抗日反蒋檄文："刘羽我一介书生，虽乏韬略，唯富血性，既不忍大好河山沦于日寇，又不忍元恶（蒋介石）弄权，误国殃民，固纠合志士，编为'国民革命军西

北民族联合抗日救国军'，誓将攘外安内，救亡图存，还我河山，光复祖国。西北古多慷慨悲歌之士，今则尤甚，愿各族各界同胞，共体国家存亡，匹夫有责之义，同仇敌忾，折木揭竿，相继而起，富疏财，贫拼命，智尽谋，勇出力，男女老少，共赴义举，今日寇虽强，不难一举歼灭，元凶虽恶，实独夫尔，亦可计日成擒。尤愿军界武装同胞，当国家人民生死存亡危急关头，熟思明辨，认清大义，幡然悔悟，持械归来，勠力同心，为国效命，尔官尔职，优于升擢，功在国家，利在己身，其乐为之。临书恨塞，略布肝胆。同胞，亦不愿当奴隶之同胞，一体见谅是幸！"

随着轰鸣的枪声，起义军隆重地祭了军旗。

将士们热血沸腾，在刘鸣的带领下，发出了振聋发聩的吼声。

"抗战到底，光复中华！"

"还我河山，为国效命！"

"驱除日寇，拯救国难！"

"恢复中华民族元气！"

"杀开一条血路，打到延安去！"

"会师八路军，抗日救国家！"

苟家滩誓师大会结束后，刘鸣率领大军渡过洮河，进军峡城。

刘鸣之所以向峡城开拨，是因为不久前，武都洪帮大哥王德一派次子王效忠到临洮，邀请王仲甲等起义军南下武都，与武都洪帮会合。王效忠到达临洮城，先到史家花园，找不到史鼎新，又到洪帮联络点，虽然没有见到我外太爷，却跟我外太奶郭玉兰接上了头，对上了洪帮暗语。

"马大嫂，马大哥呢？"王效忠问。

"胡毓英说洪帮通匪，到处抓他，他躲难去了。"我外太奶郭玉兰说了实话。

"那土仲甲、马福善、肖焕章、毛克让，这些人呢？"

"自格致坪战役后，官兵追捕得紧，他们未露面。听说拉着队伍进了大山深处，在山里打游击呢。"我外太奶郭玉兰小声说。

"哎呀，这可怎么办？"

"你有急事？"

王效忠瞅瞅山货铺子里外，凑近我外太奶郭玉兰身边，悄悄告诉她，武都洪帮准备近期暴动，邀请王仲甲等起义军南下。如果找不到首领，他完不成任务。

"哎，这不难。你写信，我让洪帮兄弟去送。"我外太奶郭玉兰大包大揽道。

"能找到吗？"

"派筏子客进山，以伐木为掩护，保证能找到。"木筏子常在河中走，运输的都是渭河和洮河上游山林里的木头，我外太奶郭玉兰对此一清二楚。而过往的洪帮水手，常到我外太爷家，跟我外太奶也很熟悉。虽说她是个女人，不是洪帮兄弟，可洪帮内部早视她为洪帮一员。

王效忠伏案分别给刘鸣、王仲甲、马福善、毛克让写了信，交给我外太奶郭玉兰。

刘鸣接到王效忠的信件，一直留心观察南下路线，暗中派人联络白占杰、陆富成拉起的两团人马。正式起义后，刘鸣率部迅速沿洮河南下，在峡城与白、陆两部会合。峡城绅士张南石、张志翻及农民赵华堂等也先后参加起义军。

刘鸣发动武装暴动的准备工作做得充分。公开举旗前，他从我外太爷马殿选那里购买了一大批枪支，又从民间回收了一些枪械，还以"剿匪""维持地方治安"等为借口，从县府骗来不少子弹和枪支，加起来已经有三百多支枪。

紫松共有十五个保，其中十四个保长带头参加，人数达到五六千人，加上白、陆两部和沿途参加的农民，人数近万。无论是武器装备还是人数，在初起的几支起义军中，应该说是实力雄厚的一支。刘鸣在峡城对所部进行了整编，自任总司令，下设副官处、参谋处、政治处，支世荣任副官长，杨凤石、马占川、杨树荣等任副官。杨星武任参谋处处长、张南石任政治处主任。司令部直属警卫旅和骑兵旅，刘志仁、蒲子玉分任旅长。其余人马编为一军，下辖三师。

起义军穿着五花八门，衣衫褴褛。为了统一标识，刘鸣下令全体将士佩戴写有"西北"二字的白色臂章。同时制定了不损坏群众一草一木、不准奸淫掳掠等军事纪律。至此，整编完成，刘鸣率部溯洮河夹山而上。

起义军途经岷县中寨集时，事先联络的洪帮大爷侯占元率二百洪帮兄弟参加起义军。刘鸣任命侯占元为营长，编入赵华堂团。在中寨集，刘鸣召开军民大会，揭露国民党的黑暗统治，开展抗日救国宣传，动员贫苦百姓起义。随后起义军乘着冬末的北风，沿着野猫梁上蜿蜒的小道，越过老爷店，沿漳县的板桥、蔡子河、岷县的石川、岸寺到达蒲麻镇。

蒲麻镇盛产大麻，每到秋天，到处晾晒着大麻，蒲麻镇由此得名。蒲麻深处陇中黄土高原腹地，山脉纵横，梁高沟深，距岷县有一百多里地。起义军从广阔的草山和茂密林山以排山倒海之势压向蒲麻镇，驻防在这里的保安队闻风而逃。

刘鸣占领蒲麻，在这里住了一宿，又发动五百多人参加起义军。

第二天刘鸣率部经红崖、申都，到达岷县闾井村休整。

这是一个不大的村庄，筑成一个土围子，周围有一两丈高的土墙，墙外挖了一丈多深的沟，只有通过一座木桥，才能进村子。林口河与张寨河两条小河，从村北流过。闾井村是岷县东部山区闾井镇公所驻地，只有前街和背街两条老街，前街有当铺、子孙殿、三宵殿、牌坊，后街有戏楼、牛王殿。

刘鸣部队到林口河，向两条老街放枪，镇公所的乡丁和保安队抱头鼠窜，逃得无影无踪。部队过了木桥，进入村镇。刘鸣命令部队住进子孙殿、三宵殿、牛王殿等处，一连住了五天。由于这里地处陇南山地与西秦岭接壤地带，老百姓非常贫困，刘鸣开仓放粮一百多担。闾井百姓奔走相告，纷纷加入起义军。起义军空前壮大，达到万人。

77 梅川之战

我奶奶说，王效忠也有一封信要送给马福善。可是这时候，马福善已经带领马继祖、肖焕章回、汉两个团南下渭河流域。因为我外太爷的缘故，我对于这场陇右大暴动十分关注，从小听奶奶说了许多暴动的逸事，长大后一直就有个心愿，搜集素材，写一部有关这次大暴动的小说。我注意到陈卫东先生发表的采访冯世云的报道。冯世云回忆说，我们一路打打走走，人数扩充至三千余人。也不知打了多少仗，到了一个叫中梢的地方，没有粮吃了。马继祖派人给当地乡公所、地主保长家里发去通知："所有的粮食不能交到县上，全部交给我们。"

冯世云说，我们在马继祖的带领下到中梢，驻扎了两天半，又向南走，顺洮河而上，到了一个叫肖家河的村子，这是肖焕章曾经住过的地方。在这里他们没有停留，继续往前走，到黎家大山住了几日。这时，何世英专员派胡毓英的队伍追了上来，这里道路崎岖艰险，时有野兽出没。加之天黑林密，我们跟追击的胡毓英打了一仗，结果国民军吃了败仗，丢下了许多武器弹药，我们得到补充，经康乐莲麓，穿越海甸峡，黄昏时到达渭源峡城。

他们在峡城落脚歇息一夜，喂饱骡马，养足精神。天亮后逆河经过十里长峡，再过九甸峡谷，经包含口到达岷县卓坪、塔沟、小寨一带。休息半天，向岷县、漳县交界的梅川进发。

沿着山路一路向前行走，天空蔚蓝。温暖的阳光普照大地，田野里白色的雪花，不知悲伤地融化成水，流进欢快的小溪。这里因为有渭河、洮河两大水系，造就了奇山秀水、云海峡谷、原始森林，正是打游击的理想之地。

马福善带领部队愉快地行走着，可是刚刚走到一座山坡时，突然听到一阵枪声。

随着激烈的枪声，漆新年、祁秉谦等起义军战士摇晃着倒在血泊中。

马继祖环顾四周，看见山顶上站满了国民党军队，起义军处在包围之中。

马继祖立刻下马，用手在空中挥了挥，示意兄弟们伏下身子。

他看到不远处的草地上，有一个刨开的大坑，便钻了进去。估计着山头敌军的位置，刨开挡在眼前的刺枝，瞄准山坡上的敌军点射击。

他的部队中，有许多山里人，农忙种庄稼，农闲打野物，练就了百步穿杨的枪法，打得保安队不敢冲锋。马继祖边打边走，离开山头，撤往梅川。国民党岷县专员胡守谦带领一个保安支队在白杨坡堵截起义军，双方展开了激烈的战斗。

由于起义军连续作战，长途跋涉，部队十分疲惫，胡守谦保安支队轮番进攻，战斗达到白热化程度，双方伤亡都很大。冯世云对这场战斗记忆深刻，他回忆说，这时有一股敌人端着枪冲了上来，我蹲在一堵墙后面射击，红白哥冲我大喊："当官的藏在人背后，往前不冲者！"说完他端枪就向前冲去，就在此时，一颗子弹打中了他的头部，当场牺牲了。

红白哥是马福善部一团团长，一向作战勇敢，总是在前面冲锋陷阵。

他一倒下，起义军的士气受挫。胡守谦保安支队在山顶排兵布阵，重机枪压到阵前。农民军中虽有不少猎手，可是大部分人手里，只有刀矛，没有枪支，重武器更少。那些没有武器的起义军，掏出随身带的擩鞭子，夹上石块，熟练地将两头毛绳合拢起来，一头捏紧，甩几圈，丢开一头，石块便画出一道抛物线，落在了对方的头上。这是羊倌的手艺，虽然能打伤敌人，但是要消灭对方，根本不可能。

马继祖一看兄弟们被对方的火力压制在洼地，而南坡有一片小树林，火力较弱，便命令部队集中火力攻打南坡。从南坡撕开一个口子，向岭罗山方向撤走。

他们边打边退，一直打到木寨岭。

木寨岭是岭罗山脉的西延部分。岷县与漳县，以岭罗山交界，一边渭河，一边洮河。这里是临洮通往甘南、陇南的咽喉之地。国民党军队早有所料，岷县保安大队早已占领了山头，架起了几挺机关枪，等候起义军自投罗网。

马福善到了山脚下，突然从隐蔽的土坎底下，跑出几个穿破皮袄、戴白号帽的农民，挡在大军眼前，嘴里嘟嘟囔囔地说，要见马司令。

"几位大哥，为何挡我大军？"马继祖赶紧骑马过来，软声问道。

"司令啊，我们是岷县的回民，住在山里，昨天从县城来了国民党保安大队，压在山头，你们硬过，怕要吃大亏，折人呢。"其中一个上了年纪的说。

"多谢乡亲，可我们不走山岭，走哪条路呢？"马继祖赶紧问。

"我们领你们从沟里走。"那几个人齐声说。

于是他们在前头带路，沿山脚走进一条大沟，向纵深进发。

沟中间是一条清浅的小溪，两侧是浑圆而又低矮的山体。山体上覆盖着一层枯荣的干草。天阴，有点冷，木寨岭的沟沟岔岔里，笼罩着一层薄雾，仰望空谷，空气中居然能看出水汽的白色来。两侧的山坡上，偶尔有些零星的灌丛，颜色已经枯黄了，阴坡上的松林，应该是葱郁的，却有些发暗。起义军在这几个贫困回民的带领下，悄无声息地过了木寨岭。

直到马福善的起义军出现在另一侧，山头堵击起义军的保安团才恍然大悟，急忙追赶，一直追到老爷店，双方发生激战，起义军打败了敌军，缴获步枪二十余支。

打了胜仗的马福善部队，斗志昂扬地沿着洮河，经中寨、洮砚、藏巴洼、羊沙进入了冶力关，一个回马枪，杀回临洮，直抵临洮高庙山。

78　艾吉阵亡

我去过高庙山，夏天的高庙山黄昏很美。夕阳依恋着群山，迟迟不肯离去。满山松涛摇曳着晚霞，唱着绿色的歌。这座山不大，却因为山上有一座娘娘庙而被称为高庙山，每逢农历初一、十五，远乡近邻的人们到山上进香拜佛，娘娘庙香火旺盛，信徒如云。山上鸟多，还有很多斑鸠、山鸡、野兔，我到这里，它们蹦蹦跳跳地追着车跑，我还抓拍了几张照片。我上了山，碰到一位上了年纪的大爷，询问了七十年前的那场战斗。大爷说，原先山顶有一座大殿，就在那场战斗中被毁坏了。现在只有一个破损的香炉和烛台，堆在杂草丛中，依稀能想到昔日的辉煌。

高庙山的山洼里，有一个小村子。

村子不大，背倚山坡，一座座坐北朝南、烟熏得发黑的土房，没有规矩地分布在阳面的山坡上。山坡的对面，是一畦一畦的田地。站在高庙山上鸟瞰，田地都荒芜着。

当年马福善的起义军走进村子时，这里一片寂静，已经没有了人们生活的影子。

村庄静谧得吓人，听不见家禽的鸣叫，看不见袅袅的炊烟，村子就像死去了一样。踏进农户的院落，里面长满了草，屋子的门窗因为风吹雨打，早已破败不堪。走进屋子，炕头上连一块席片都没有，家徒四壁，更没有什么家什。马福善、马继祖看到高庙村的人们因为避抓壮丁或者生活所迫，都去逃难了，村子里没人。

这里地处偏僻，而起义军经过长途跋涉，大家已经疲惫不堪。马福善想到国民军一时半会儿也追不到，想借空屋休息，缓和劳累，便下达了歇息命令。

这些日子，起义军风餐露宿，体力消耗极大，人一躺下，便呼呼大睡。

但是国民党军并没有歇气，他们密切地注意着起义军的行迹。

敌军十二师一个营和保安第四团，趁起义军熟睡之机，突然包围了村子。

哨兵爬上了村口一棵两个人搂不住的大榆树，抱着枪，蹲在树杈上放哨。可是因为过于劳累，哨兵睡着了，被偷偷进村的官兵发现，一刀戳死在树上。幸好起义军团长冯世云不知心里有何事，这一夜没瞌睡，整夜挽战马的笼头。他发现官兵进村突袭,立即鸣枪。

枪一响,大家从睡梦中惊醒,拿枪寻棍,纷纷投入战斗。

回民团长艾吉(六蔡王),手提捷克式步枪,第一个冲出院落,组织起义军突围。他一边大喊,一边迎着敌军冲上前,一枪撂倒了把守巷头的士兵。带头跑出巷子,眼看就要脱身,一挺花机关枪突然在身后响起。六蔡王、秦佐周等几个弟兄,倒在血泊之中。

因为起义军人数众多,加之天黑,高庙山四周到处是沟壑,官兵难以封锁,马福善、马继祖边打边撤,在即将冲出包围圈时,马继祖的帽子被子弹打掉,身后掩护的冯世云大吃一惊。

"快摸一下头,伤着了没有?"马继祖是起义军的首领,如果被打死了,无法向弟兄们交代。冯世云在黑暗中紧张地问。

"没血,头皮好好的,帽子穿了个洞。"马继祖摸着头说。

"运气好,胡大保佑!你先走,我在后面开枪阻击。"冯世云知道子弹横飞,只打中了帽子,没有伤着人,放心地用力推了马继祖一把。

马继祖率军冲出重重包围。

这一仗,起义军伤亡八十余人,最让马福善难过的是艾吉阵亡了。

79 牡丹劝降

马福善、马继祖、肖焕章从高庙山突围,率部撤到卧龙边家湾。

边家湾是马福善打响了起义第一枪的地方。他想从东岸渡过洮河,进入他的根据地。傍晚的天气有些沉闷,他站在边家湾渡口瞭望对岸,对面山上的土坎背后和树丛中,隐隐约约地有军队在走动。胡毓英国民党第十二师一个团和朱守天部,布下了重兵。

胡毓英从卧龙寺向边家湾发起猛攻,枪炮轰鸣。

卧龙寺横卧在洮河西岸小洼山腰,一面背山,三面东峪沟河、三岔河,洮河三河环绕。小洼山是太极山的支脉。太极山因阴影酷似太极而得名。小洼山清秀葱翠，山石重叠峻险，山峦巍峨蜿蜒。卧龙寺兴修于盛唐，已有千年汗青，号称陇上名刹。这里是清幽安静的地方，听到的应该是晨钟暮鼓、悠远的木鱼和唱诵经声，却被迫卷入嘈杂的尘世和战火之中。

胡毓英在寺院门口架起了高炮和机关枪，对准东岸的起义军，企图全歼。

可是胡毓英没有想到，马福善、马继祖、肖焕章看到对岸的重武器，一声令下，化整为零，就地解散，商定两日后到康乐与宁定县交界处的红山集中。

起义军全是当地的农民，他们哗啦啦散开，各找出路。

胡毓英在西岸等着起义军发起进攻，却见他们跑得没了影子，气得大骂。

两天后起义军在红山聚集，劫富济贫，杀官员，救穷人，闹个不停。

胡毓英采取了剿抚两用的办法。他命令康乐县县长赵文清去招抚马福善。赵文清接到任务后，心想马福善父子是虎关三十里铺人，问题是他们造反后举家搬往宁定县八羊沟，自己鞭长莫及。可是他们的亲戚应该在虎关，他想从他们身上入手，便将虎关的乡长、保甲长叫来，问虎关造反了哪些人。乡长说，虎关反的人不多，景古、莲麓、胭脂、五户的人多。

赵文清意识到，乡长这么说是怕追责，便微微一笑说："你们不要怕，人家的手长在人家的身上，他们反你们也没办法，上司要我们想个办法，招安马福善，我们要寻个说客。"乡长和保甲长都松了一口气，极力回想了半天。保长说："反的人多，都是穷光蛋，叫不上名字，也拉不到台面上。有影响的是吴建威、马尕人，两个人都当了土匪团长。"

"这两人是哪村的？"

"一个是吴家坪的，另一个是淌平川的。"

赵文清摇摇头："吴建威是煽动者，马尕人跟马福善非亲非故。这两个人都是铁了心要反的骨干,又是马福善的部下,没用。马福善老家里有什么亲戚?"

"父母双亡,没有哥嫂。"

"艾吉是马福善的女婿娃。艾吉打死了,他父亲活着。"

"他叫什么?"

"名字说不上,外号叫牡丹。"

"好,备上厚礼,让牡丹当说客,招安马福善。"

县长赵文清亲自上门,艾吉的父亲牡丹感动不已,立刻出发,上红山招降马福善。马福善好吃好喝,招待亲家,说到招安,一脸冰冷。马福善说:"亲家,你的儿子艾吉是被国民党的军队打死的,他们是你的仇人!你不想给儿子报仇也就罢了,怎么还替仇人说话?你看看这个世道,放下枪,有穷人走的路没有!其他话你说,如果说招安的话,我就不认你这个亲家。"

牡丹劳而无功,原话回复了赵文清。

赵文清向胡毓英汇报。胡毓英变换手法,以武力征剿变为欺骗诱降。他令第八十二军驻宁定的团长马寿天派人劝降。八十二军是马步芳的部队,好多人跟马福善部队中的人同教同族、沾亲带故。马寿天接令后带人上了红山,找到马福善说:"马司令,你跟我合作。我得到上司保证,只要你跟我们合作,临洮、康乐、宁定三县拨给你驻防,原官原职不变。"

"马团长,你想分化瓦解我的部队,别说了。"马福善一口说了绝话。

"哎,我是回民,你也是回民。回民没有文化,没有政治目的。你和王仲甲不一样,他是汉族,有政治目的,有野心。你跟他跑什么啊!"挑拨离间回汉关系,这是一切统治者惯用的伎俩,马寿天是个回族,他以同族同教劝解马福善。马福善一言不发,冷眼相看。

"马副司令,继祖贤侄,你是年轻人,有前途,只要你投诚,我们一定妥善安置,给你官当;若你投诚,人马枪支不上交,划给地盘单独驻防。"马寿天又找到马继祖,想拉拢他。

"你别费口舌了。我们不是为了当官,我们和王仲甲有一个共同目的,就是反对国民党的抓壮丁、征粮款、压榨老百姓的保甲制度;我们和王仲甲一样,都没有野心,我们只是为了解除下苦人的痛苦!"马福善父子识破了马寿天的阴谋诡计,义正词严地进行了驳斥。

"那我们退一步说,万一你们不投降,我们约定,以后如果相遇,我们互不打仗;王仲甲、毛克让是汉民,我们要消灭……"马寿天极力套近乎。

"王仲甲、毛克让和我们都是好兄弟,都是为了反蒋抗日救国的。我们始终是一致的,我跟你啥都不能约定,遇到啥情况就按啥情况办!"马福善父子针锋相对地表明态度。

马寿天碰了一鼻子灰,返回去报告胡毓英。胡毓英恼羞成怒地说:"高堂大屋你不去,偏往驴圈里跑呢。我命令赵文清县长,你派县保安大队剿灭马福善。"赵文清得令,立即派分队长马世五、苏效二人带领保安队三十多人前往红山。走到上湾乡和尚沟梁,双方激烈交火。保安分队二人殒命,队长马世五受伤,保安队溃败。

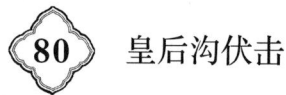

80　皇后沟伏击

我奶奶说,当时我外太爷马殿选通过鸡毛传红帖的方式,让各乡洪帮舵把子、洪帮大哥秘密动员洪帮兄弟,让他们自备家什参加起义。我对这种民间串联集众杀贼之法感到很好奇,就追问我奶奶。她说,红帖就是写在红纸上的传单,装在插着三根白公鸡毛的信封里,鸡寓意急。传帖一般单独传递,送信人到指定一家,门敲响后,将传帖塞入门缝,说声"货到了",转身就走,一般不跟人照面。收到红帖的人家按照收到传单的内容,抄写两封,依照前法,迅速向下一家传递。凡是不抄写为两封或行动迟缓的,按照迷信的说法,即遭天诛地灭或口吐黑血而亡,因此接到信的人家丝毫不敢怠慢。

我外太爷发出的鸡毛传帖在乡村中秘密传递，各村的男人按照约定的时间，秘密聚拢到起义首领的身旁，等到时机成熟。我外太爷跟史鼎新商量决定：让马福善拉出扩充的部队，于2月19日到临洮漫㕨跟王仲甲会合，前往新营，跟黄作宾一块打榆中县城。

马福善串联中规定，组织十人参加起义的即为班长，组织三十人以上的任排长，组织百人左右的任连长，组织三百人的任营长。他用这种办法，组建了一支六百多人的骑兵团。

到了约定的这一天，红山脚下战鼓雷鸣，空中锦旗飘摆，遮天盖地。马继祖率领大军离开康乐高家集、马家集，浩浩荡荡东渡洮河，与毛克让、潘彩兰、杨华如先期会合。

正当起义军兄弟相拥欢呼，只见一匹白马飞驰而来，未等马停稳，便跳下一个彪形大汉。马继祖抬头一看，来人是我外太爷马殿选派来的洪帮兄弟乔家年。他喘着气对马继祖说："马大哥让我告诉马司令：兰州师管区徐舜威团押往兰州的壮丁四百多人路经临洮北乡。"

"好啊，肥肉又送到嘴边了，劫！"

"哪个地方动手呢？"

"老地方，皇后沟！"

新添皇后沟据老百姓传说，埋葬着秦始皇长子扶苏和他的母亲。这里一边河，一边山。从北乡走兰州，皇后沟是必经咽喉。马继祖在皇后沟多次设伏打劫过官兵，对地形了如指掌。

刚过中午，果然看到兰州师管区接兵队押着壮丁向这边走来，马继祖起义军据山阻路，从四面包围。马继祖看到接兵队人少，只带着两支枪，就飞身上马，舞动大刀冲上前来。接兵队长一见马继祖威风凛凛的样子，吃了一惊，未及开口，就被马继祖挥刀砍成两截。官兵看到队长被杀，一下子就乱了套，一个个转身就逃。那些逃得快的早就不见了踪影，而那些逃不掉的知道对方人多势众，全部缴械投降。被解救的四百壮丁，除少数外，大多数人参加了起义军。

"青天镇驻扎着保安二团,他们个个有枪。"有个壮丁报告。

"他们有多少人?"

"一百多人。"

"敢不敢打?"

"打!我们来个二打青天,夺他们的枪!"

马继祖按照壮丁提供的情报,观察一阵,命令马得才、马良臣和被解救的壮丁从四面同时向青天镇发起主攻,毛克让、潘彩兰、杨华如率部助攻。一时间喊声雷动,杀声震天。那些被解救的壮丁,受够了保安团的折磨,都想出出胸中的闷气,个个蜂拥上前,很快攻进了青天镇,占领了保安二团驻地"关帝庙"。

这次突袭,马继祖大获全胜,歼敌三十多人,缴获步枪百余支。等到十二师一部闻讯来援,起义军已结束战斗,撤出了青天镇,东向站滩,按约定时间到达漫岘,与王仲甲会合。各路大军在尧甸乡大湾进行了继齐下会师后的第二次会师,公推毛克让为总司令,王仲甲、马继祖为副司令,发布了布告和安民告示。此时王仲甲部有八百人,毛克让部有一千二百多人,马福善部有八百多人,合计兵力约三千人,从临洮五藏沟开往榆中新营镇。

81 打榆中

民国三十二年农历正月二十五日,沉浸在春节余庆氛围中的榆中新营突然间像炸开了锅一样,一时人声鼎沸。一支由王仲甲、毛克让、马福善等率领的三千人的队伍,衣衫褴褛,手握钢刀、长矛,肩扛土枪浩浩荡荡从五藏沟开进了新营,四处张贴布告,发动农民。

榆中县长王佐听见新营鼓声响起,叫喊声震耳欲聋,犹如天塌地陷、山呼海啸一般,不由得大惊失色。王佐手下有一个一百人的自卫中队,守卫县城尚且不足,现在以毛克让为总司令的三千大军前来,哪里能抵挡？他慌忙骑马到国民党驻军陆军十二师某团，请求驻军前去镇压。

大敌当前，国民党驻军不敢怠慢，连夜派了一个连，抢占了新营刘家湾，并在五台山、火石山和上庄的毛湾各设一卡，每卡三十人，企图凭借有利地形袭击起义军。毛克让、王仲甲、马继祖商量一阵，决定兵分四路。一路由毛克让率领，翻越刘家山，从右侧包围五台山。另一路由王仲甲率领，经叶家川，从左侧包围毛湾。其余两路由马福善指挥，沿清水路坡、九仙洞，正面向火石山进攻。起义军战士个个赤裸着上身，手执大刀、木棍，蜂拥而来。

五台山国民党驻军见起义军势大，唯恐被包围，便连忙率兵撤出，暂避其锋。

不到两个时辰，五台山、火石山、毛湾三个卡子全部击溃，国民党驻军向打虎岔方向败退。四路起义军合成两路，一路穿刘家湾沿大路从右面堵截，另一路从后面追击。追赶至打虎岔庙梁一带，驻军凭借有利地形企图反击。经过激战，驻军再次败退。起义军紧追不舍。当起义军追到刘家湾东山堡时，遇到驻军援兵，起义军怕中敌军埋伏，从东山堡撤退。

这次战斗，起义军缴获步枪几十支、机枪一挺、马十匹。

第二日，起义军越过马衔山又转战到临洮。

虽然起义联军离开了榆中，可是他们在新营的胜利，就像一把火，点燃了榆中贫困百姓的希望，他们看到了自己的力量。只要敢于反抗，强大的国民党军是能够战胜的。接下来的两天，我外太爷马殿选少年时结交的好友黄作宾、新营张家园子人李风华、杨家营人罗万虎、清水沟人王作宾等人，率众起义。

他们在新营夏家洼聚会，成立了新营农民起义军司令部。推举黄作宾为司令，罗万虎、王作宾、李风华为副司令，茜生彩为秘书，常自成、罗四虎、罗大位、高举义为参谋。司令部直属烈虎队、特务团、宣传队三个团队，四个骨干旅，九个骨干团，共三千多人。

他们的武器，除了从驻军手里夺取的几支钢枪外，大多是大刀、长矛、斧头、土枪。起义部队每个团都制作了一面红旗，上书"大义参天"四个大字。每个队员臂膊上都佩戴上了红色袖章，上面印着白色的"北义"二字。他们兴高采烈地在街头奔走呼号，声嘶力竭地喊着"劫富济贫"的口号。一时间，杀声震天、吼声如雷。吓得富户中有人主动开仓放粮，有人弃家逃走，而更多的人，在造反者的强迫下，拿粮食，供钱财，以求保命。

新营农民起义的消息传到马坡羊寨，有个叫安华雄的大汉，兴奋不已。他联络了几个志同道合的兄弟，高声鼓动："张家园子的黄作宾、李凤华，打下了新营，难道我们马坡羊寨人没个狠人吗！"他振臂一呼，羊寨马坡的穷困户都拿起了刀枪，小康营翟家湾的水振东，庙儿沟的司祖荣也率领一帮人起义。两股力量合成一股，浩浩荡荡地与新营黄作宾起义队伍会合。

王仲甲一把火烧出了一支起义军，他非常振奋。农历二月上旬，他亲自到马坡和杨华如、李凤华、安华雄等秘密碰头，商议攻打榆中县城，给榆中再加把火。

他们约定两天后在新营城隍庙集结，王仲甲清清嗓门部署道："上次我们打了新营，老百姓都起来，国民党军首尾难以相顾。这次打榆中，我们要出奇制胜，副司令罗万虎率驻扎在董家磨、南北关的新营起义军，经小康营，过马门沟，进攻县城南门；马若素力率临洮起义军，经上庄马莲滩、尖山子，出兴隆峡，攻西门；杨华如率沙坡子起义军，攻东门，留开北门。"

自从新营的枪声响起之后，驻榆中的国民党军队就像坐在火山口上，恐慌不安。他们不知火山何时爆发，火山灰和炙热的岩浆何时吞噬掉生命。他们昼夜不宁，终于按捺不住焦躁的情绪，下定决心主动出击。二月中旬的一天夜里，驻军兵分三路，突然向起义军发起袭击。一路抢占小康营深沟子的东山堡子，一路抢占西山堡子，一路直奔浪街新营。

夜深人静，劳累了一天的起义军大都进入了梦乡，只有警觉的哨兵独自站岗。

淡淡的月光下寒风吹荡，寂静的夜空，时不时地传来一两声咳嗽。

哨兵耸起耳朵，听到杂乱的脚步声清晰地从远处传来，哨兵凭着直觉判断出，这是敌人来了。他立刻朝天鸣枪，发出警报。

枪声惊醒了酣睡的起义军，他们边打边撤，退到吊坡梁。

这时天已大亮。吊坡梁对面是西山堡子，堡垒里埋伏着一支国民党军队，他们突然向起义军开火，使起义军腹背受敌。在这千钧一发之际，罗万虎率军增援。起义军奋勇冲杀，杀死驻军一名连长，国民党军队顿时阵脚大乱，撤退到小康营乡浪街村外羊胡子嘴山丘死守。

打退驻军，起义军士气大振，他们乘胜追击，分别沿武家河沟和浪街向羊胡子嘴挺进。而马福善父子率军出唐家峡、徐家峡，拦截国民党部队退路。

一时间枪声大作、炮声连天、人喊马叫。双方激战数小时，枪声渐稀，国民党部队不敢恋战，撤退到东山堡子，固守待援。

东山堡子距榆中县城五里，城高墙厚，地势险要高耸。它一面临沟，一面临坡，确是一座易守难攻的城堡。可是堡子四周，满山遍野，聚集了近万人的起义军，兵刃碰击声、喊杀声、惨啼声此起彼伏，给东山堡子负隅顽抗的守军造成了极大的心理压力。他们虽然凭借着有利地形，顶住了起义军一次次冲锋，可是堡子外的进攻势头丝毫不减，冲锋一次比一次猛烈。而这时驻扎在马莲滩的马继祖部，突然冲出兴隆峡口，进攻县城。国民党部队见此情形，生怕县城失守，便仓皇撤出堡子，退守县城，起义军趁机占领堡子。

马继祖部由马若素力率领，一窝蜂似的拥向县城，发起猛攻。

国民党守城司令慌作一团，赶紧拨通了上司的电话。

"土匪人多得很，再不支援，城就破了。"

"坚持一小时，援军马上到。"

国民党从阿干镇抽调保安团增援,在城外与马继祖部交战。马继祖部虽然人多势众,却没有重武器,而起义军部队未经训练,又缺乏排兵布阵经验,双方一交火,就处于被动。

马若素力一时火起,翻身上马,带头冲锋陷阵,试图从正面撕开一个口子,不料一颗流弹飞来,射中头颅,当场毙命。

马继祖部群龙无首,伤亡惨重,被迫撤退。

当他们退到兴隆峡时,又遇到了国民党增援县城的正规部队。起义军被重重包围,这时安华雄率部增援,马继祖部拼死突围,南退洮沙,与杨华如部会合。

安华雄清理人数后说:"兄弟们死得太多了。"

马继祖走到安华雄身边,义愤填膺地说:"大哥,马殿选又派人送来了消息,说国民党在榆中强抓了许多壮丁,准备这个月头儿要押送到兰州,补充兵源。这是我们报仇雪恨的好机会!"

"对,打埋伏,解救壮丁,给死去的穷哥们儿报仇。"

82 七道梁解丁

这一天对国民党甘肃省补充二团来说是漫长而黑暗的一天,当他们押着数百名壮丁走到榆中与临洮交界处的七道梁时,被埋伏的安华雄起义军分割包围。

七道梁山大沟深,地势险要,自古为兰州南下陇南、临夏、甘南乃至入川的咽喉。七道梁山壁陡峭,盘山路曲折蜿蜒。晴好天气,翻越山脊尚需一个多小时,若遇阴雨或者飘雪,则险象环生,常常山洪滑塌,道路阻断,幸则受困山中,霉则遭遇不测。

这一天恰逢小雨,路滑难行,押解壮丁的国民党甘肃省补充二团被安华雄起义军居高临下一阵猛射,打得国民党军晕头转向,也顾不得壮丁,四散逃命。安华雄大获全胜,共打死国民党士兵数十人,解救壮丁数百名，缴获步枪百余支。安华雄又趁胜与洮沙杨华如联合，摸黑从阿干镇进入兰州，共同袭击了皋兰县管辖的西果园汽车站，缴获了一批枪支和手榴弹等武器。

两战大捷，陆续又有许多穷困百姓加入。

短短三个月时间，在茫茫的甘南草原上，在绵延不绝的陇南崇山峻岭中，在汹涌澎湃的大峡河谷中，不堪忍受的农民纷纷拿起武器，响应者如雨后春笋，相继破土而出。除了王仲甲、马继祖、刘鸣、肖焕章等核心首领以临洮为中心发动起义外，农民起义的战火在黄河以南，陇山以西，秦岭以北，岷山、西倾山以东的广阔区域内熊熊燃烧。

陇原大地，到处是袭击的枪声，到处是燃起的烽火。

在临洮叶家坪，毛克让、潘彩兰带领峡口农民袭击了叶家坪飞机场，击溃守卫机场的保安中队，打死中队长。接着在新添镇袭击敌军火运输队，缴获军火两车，进攻青天镇保安大队，击毙大队长，缴获轻重机枪各一挺、步枪百余支。

我奶奶说，这年春暖花开的时节，我的姨爷何其敏走进了他们的生活中。我姨爷身材高大，头发浓密，肤色有点红，说话慢悠悠的，声音也很轻，不像一般的大男人粗声大嗓。我姨爷走路脚抬得高，几乎没有声音，悄无声息地就出现在你身边，若不留心，会被他吓一跳的。我姨爷是新添铺上街村人，小时候奶奶带我去过他家，我对他谈不上有多少感情，反正就是姨爷，按大人教的喊他姨爷就是了。我奶奶说，我姨爷是通过临洮北乡孙梁家一个名叫孙新民的人走进了他们的生活。孙新民是地下党员。他由武汉返乡，暗中组织了"新添铺青年读书会"，我姨爷是成员之一。他得到中共兰州工委的同意，加入洪帮。

孙新民为了得到我外太爷的信任，将读书会年轻俊朗的我姨爷何其敏介绍给我姨奶马云莲，两人一见倾心，很快坠入爱河，结为夫妻。我外太爷马殿选因此推举孙新民充任新添洪帮大哥。孙新民有了洪帮的支持，在洮沙扎稳了脚跟，打入国民党基层政权，担任了孙梁家、新添铺一带的冬防队队长，我姨爷也成了一名队员。孙新民利用冬防队的有利条件，秘密联络武装贫困农民，趁乱夺得临洮步兵学校部分枪支。武装了起义队伍，并派人向中共兰州工委报告请示。因兰州工委被敌人破坏，未能取得联系。便派进步青年巩发俊南下四川，直接去找周恩来。遗憾的是巩发俊途中病倒，滞留文县，未能入川见到周恩来。

安华雄袭击西果园汽车站的时候，孙新民带领我姨爷等人，配合毛克让的起义部队，袭击叶家坪机场，攻克青天镇保安团驻守的堡子，歼敌三十多人。

当时在渭河流域，毛得功、郭化如、杨友柏、夏尚忠、蒲芬、马吉昌、司国珍、苟占奎、白海山、白占杰等率领渭源、陇西、漳县、武山、甘谷两千多名不畏强暴的青年，响应起义。他们解除了当地民团和自卫队的部分武装，用缴获来的武器，武装自己。他们在陇西、渭源举行起义，将起义部队编为抗日救国义勇军十五团，毛得功任团长，郭化如任副团长，转战定西、榆中、洮沙、临洮、岷县、武山、通渭、陇西等县。

起义军所到之处，开仓放粮，平分浮财，赈济穷人。

与此同时，在定西沙坡水岔口，回族青年闵福元率领三百多人，运动于暖泉河畔的内官营一带，攻取内官未克，一部分去榆中小康营，在狼儿子山与国民党军交锋。另一部分南下到陇西何家沟，联合人称韩胡子的韩维清部，围攻民团王安泰堡子。

我奶奶记得很清楚，当时全省各地揭竿而起的人实在太多了，她掐指算了一下，规模比较大的有：临洮东乡窑店镇的刘化一，南乡宗丹沟的辛有录，大户李家的李德旺，张家坪的张建成，姚家嘴的姚登甲，洮沙中铺的杨华如，榆中甘草店的陈君佐，新营的李风华，皋兰马莲滩的毛世英，渭源南部的杨如春、辛水吉，等等。

他们纷纷揭竿而起，在各自区域内发动了声势浩大、波澜壮阔的起义。一时间，农民起义席卷临洮、康乐、陇西、宕昌、会川、渭源、临潭、卓尼、武都、岷县、礼县、和政、洮沙、西固（今舟曲县）和定西、榆中、皋兰、武山、漳县、通渭等二十三个县，波及兰州近郊的西果园、夏官营、阿干镇等地。轰轰烈烈的起义军人数达到八万，号称十万。全省为之震动。谷正伦惊惧不安，查办了胡毓英，急调大军进剿。

第二十七章 苟家滩誓师

第二十八章

活佛举义旗

[民国三十一至三十二年（1942—1943），洮州，冶力关，荒芜]

十八世怀来仓活佛

起义的消息像风一样吹进了茫茫大草原，吹进了牧民的帐篷，吹开了他们苦难的心田，也吹进了一个年轻活佛的耳中。这个人是松鸣岩寺十八世怀来仓活佛，乳名康三哥，经名金巴嘉木措贡却单增，供养地为卓尼水磨川寺。俗称肋巴佛。

之所以叫肋巴佛，源于一段神奇的传说。

据民间传说，明洪武年间，第一世肋巴佛母亲怀胎十月，一日忽觉腹内绞痛难忍，胎儿在腔内唤"肋巴割开，肋巴割开"，母亲强撑着身子，拿刀指向自己的肋骨问："从这里割开吗？"刀指处，母亲尚未动手，却听"啪"的一声，肋骨自行开裂，从里面跳出一个男婴。男婴翻身坐起，开口叫道："阿妈你赶快缝住。"

奇怪的是母亲并未感到疼痛，甚至连一点轻微的眩晕都没有。她自己拿起针线，对着伤口缝了起来。这个男婴便是松鸣岩寺的活佛，因从母亲肋巴下出生，被人们称为"肋巴佛"。

第二世肋巴佛降生于四川，刚降生就说话，被家人当作妖怪，用黑猫血活活灌死。第三世出生在临夏县北源大徐家，也是因为说话太早，被家人所害。这样的悲剧延伸了好几世，到了民国年间，肋巴佛共转世了十八世。

第十八世肋巴佛金巴嘉木措贡却单增，于1916年10月17日晨降生在青海马营红花寺外的一间茅草棚里。与前几世一样，他刚出世，就能开口说话。据说他翻身而坐，冲着炕头的父亲喊阿爸，当时全家人惊慌失措，他的父亲也认为他是妖孽，拿起藏刀要杀他。金巴嘉木措贡却单增连忙躺下装死，躲过一劫。他回想起自己的前世，都是因为说话太早遭到杀戮，便闭口不再和凡人说话。

十八世肋巴佛降生的这户人家很穷，他的父亲罗布藏（汉名康西山）是个孤儿。因躲债跑到青海乐都麻地沟拉长工，与宁河梁家寺姑娘李存良相爱，遭父母反对，双双逃往青海普化寺成婚，生下三男两女，肋巴佛是家中最小的孩子，因在男孩中排名老三，取名康三哥。肋巴佛四岁那年，一家人离开青海马营红花寺，辗转流落到吹麻滩关家川的张谢家。肋巴佛的父亲康西山打短工时，结识了不少逃难的穷朋友，成为贫苦雇工的头领，因此遭到当地恶霸祁三保、祁依布拉、马尕西木等人的嫉恨。他们不仅联手残忍地杀害了康西山，而且诬蔑说他借钱不还，抢走尕三哥的两个姐姐还债。

肋巴佛一家连续遭到飞来横祸，家破人亡。被逼上绝路的母亲李良存流着泪水埋葬了康西山，领着年幼的尕三哥一路乞讨，到导河申冤屈、讨公道。但是天下衙门口朝南开，有理无钱莫进来，导河县县长李向前偏袒祁三保，李良存数次告状，无济于事。艰难的申冤之路让幼小的尕三哥目睹了人世间的黑暗，尝尽了人生的艰辛，心里埋下了仇恨的种子。次年农历四月，李良存得到好心的脚僧索南的帮助，诉状递到了河州镇守使裴建准手中。

"跪下！"裴建准坐在大堂上，衙役两班站立，大声喝令。

母亲李良存和哥哥殿清，扑通跪倒在地，磕头喊冤。可是性格倔强的尕三哥立而不跪，双目圆睁，怒视着高坐大堂的镇守使和衙役。

"尕娃，你跪下！"衙役扑过来硬按尕三的头，他挣扎着就是不跪。

"大老爷不要见怪，我娃是个哑巴。"李良存怕孩子吃亏，急忙解释。

"你们给我跪下！"突然，哑巴尕三开口说话。

"哼，你是什么人？"裴建准为官多年，在大堂上，他还从未见过喊冤的人说这种话，不由得怒从心起，斥责道。

"我是活佛！我要申冤。"

一语惊起千层浪，大堂上的人顿时面面相觑。因为这几天，甘南卓尼康多寺僧人到州府衙门接洽，他们要在导河境内寻找十七世肋巴佛的"转世灵童"。这事传遍了河州城，闹得人人皆知。人们传说，护法神降神谕示，灵童转生在西方草原，龇鬠男童，成佛之前，哑口无言。这些物相，似乎跟眼前这孩子相吻合。裴建准沉思片刻，走下大堂，围着尕三转了一圈儿。

"你今天多大？"

"八岁！"

"出生何地！"

"西面青海乐都！"

"说过话没有？"

"没有！"

"你大堂来干啥？"

"我要为阿爸、阿妈申冤！"

裴建准暗中称奇，心想，这孩子相貌不凡，八岁正是始龇，出生地也符合物相。在此之前哑口，大堂上却突然开口说话，且不卑不亢，确有异相。裴建准不敢怠慢，立刻打发衙役叫康多寺的高僧来认定。德高望重的大僧和堪布赶紧到州府大堂，拿出十七世活佛生前遗物让尕三哥辨认，他准确无误地认出。高僧大喜，立即按藏传佛教宗教仪规，确认尕三哥就是卓尼康多寺、和政松鸣岩寺第十八世怀来仓肋巴佛。随之实施转世灵童礼仪，接到松鸣岩。

松鸣岩在宁河境内的吊滩峡谷中，与太子山逶迤相连，又叫须弥崖，系太子山脉西南延伸部分，却又独行其道，自成一体。每当山风劲吹，松鸣如涛，就像浩荡江水从宽广的河床突然进入峡谷险滩一样，奔腾湍急。又似战鼓轰鸣，马蹄阵阵，因而得其名。松鸣岩三峰并峙，峰形俊美。松鸣岩寺耸立三峰之中，历代修建的殿宇楼阁，洞窟塑佛，就镶嵌在悬崖绝壁之上。松鸣岩寺隶属夏河拉卜楞寺黄教派，已有五百年的历史。

浴佛节这天，康三哥离开导河城，抵达和政松鸣岩，在松鸣岩北侧独岗寺举行了隆重的坐床大典仪式，正式成为第十八世肋巴佛。成为活佛后，改姓陈。一段时间后，化名范德民。

和所有的活佛一样，年轻的活佛要拜师学经。

肋巴佛身着一套崭新的袈裟，迈出了受戒内室的门栏，走出了大殿，离开了松鸣岩，前往甘南藏区卓尼县康多寺，也叫水磨川寺。寺院就像一座迷宫，里面有许多大小不等的院落，院落之间，隔着一条幽深狭窄的小巷。在这些铺着麻石路道的小巷间穿行，在红色或者白色的宫墙内，抬头就能看到佛殿的金顶突兀高耸，直上天空；一些大小佛殿的宫门，就掩藏在纵横阡陌、南北交错的小巷中。肋巴佛在这里开始了一个活佛漫长而又神圣的修习生涯。

水磨川寺讲经诵经的师父给他取了贡却单增的法名。经过多年苦学，肋巴佛一举夺得康多寺"怀洽瓦"，藏语意思是读书最好的人。十三岁时随经师云游西藏、夏河各大寺院。十五岁时自己带着僧众远出，遍求名师指点。

随着年龄的增长，肋巴佛的造诣

肋巴佛

日益提高,他在水磨川寺,受到了四方百姓的拥护和爱戴。虽然童年的往事已经远去,但童年所经历的苦难,却是记忆深处永远的存在,每当遇到饥饿和病痛的百姓,肋巴佛就会心生悲悯,广泛施舍。每当看到国民党向百姓抓兵派款,逼得许多人家破人亡、流离失所时,他总是痛及心扉,尽力救世济贫。但残酷无情的现实逼迫他认清了一个道理,仅仅靠寺庙的施舍救不了苦难的百姓,百姓要活下去,必须消除暴政。

活佛连亲人都保佑不了

二十岁那年,肋巴佛结束云游,回到松鸣岩。

第二天,肋巴佛到斯达沟村,看望母亲李良存、两个哥哥康殿清、康殿祥。自从他成了肋巴佛后,寺里对他们家特别关照,给了三石麦子、二百白元、十几亩地,修了六间瓦房。他的大哥康殿清成了亲,得了男孩,取名康克选。一家人生活有了保障,过上了安定的生活。

可是肋巴佛走进斯达沟村,家没了,六间瓦房没了,一家人也没了。

"阿、阿……阿娘!……阿哥!"肋巴佛坐在大石头上惊叫。

"佛爷啊,你不要叫,他们听不见。"邻居伤心地说。

"他们……他们哪去了?"肋巴佛紧张得全身发抖。肋巴佛在松鸣岩坐床一个月后离开松鸣岩。那时他才八岁。他已经十二年没见亲人了。

"你不要难过,你听我说。民国十八年发生河湟事变,斯达沟村老老小小都逃难去了,你的阿娘带着一家人逃难到兰州去了。"

"难民都上庄了,他们咋没有上庄?"肋巴佛问。

"佛爷……你、你听了不要伤心,他们流落他乡,逃到兰州,一家人乞讨度日。你阿娘身体不好,白天黑夜地想……你,想疯了,跳了黄河啊……"邻居流泪。

"啊……我、我、我……可怜的阿娘啊!"肋巴佛捶胸顿足地大哭。

"那、那……那阿哥呢?"肋巴佛眼泪汪汪地问。

"他们在兰州活不下去，你大哥带着一家人到凉州去了。"

"……他们住在哪里，你知道吗？"

"下庄的狗娃去过凉州，佛爷你去问他，他也许知道！"邻居说。

"佛爷啊，他们真孽障，真可怜啊！居无定处，四处流浪，张义堡大佛寺的一个和尚发了善心，留他们一家人在寺院居住。"狗娃擦着眼泪对肋巴佛说。

"他们靠什么生活？"

"打短工呗！"

"我找他去！"肋巴佛含着泪水说。

"佛爷啊，你不能去，寺院派人去找！"僧众极力劝阻。

寺院派了一个脚僧到凉州，寻找肋巴佛家人。脚僧在客栈住下，就到张义堡大佛寺，和尚告诉脚僧，说肋巴佛家人曾在寺院住过一段，后来在凉州城开饭馆。脚僧兴冲冲地去找，却见饭馆人去楼空。隔壁有几家小吃店铺，还有一家布行，脚僧上前打问，不是摇头，就是避而不理，态度冷漠。脚僧失望地回到客栈，刚进门，客栈伙计交给他一封信说："一个姓姚的陕西行商，等了你大半天，没等住。给你留了一封信。"脚僧深感意外，因为在凉州，他没有半个熟人。疑心伙计送错了信，问了几次，伙计肯定信是送给他的。脚僧关上房门，小心翼翼地打开信。

这位陕西行商在信中说，肋巴佛二哥康殿祥在他家店铺旁边开了个饭馆，一家人都在饭馆忙活。有一天黑夜，饭馆里来了两个小红军，请求庇护。康殿祥将红军藏在灶间，帮他们脱险，临走给了他们几个馒头。这事被当地坏人告发，马步芳的官兵砸了饭馆，抓走了大哥康殿清和二哥康殿祥。抓走的当天，康殿祥被吊打致死。现在康殿清还关在牢里，康殿清妻子每天到官府告状。行商信上解释，因为马步芳巡查得紧，脚僧到饭馆找人，他不敢搭理，写信告诉真相。

脚僧收起信。第二天径直到县衙门口，果然看到一个衣衫褴褛的妇女。他上前悄悄询问，得知她就是肋巴佛大嫂，当即带回客栈。脚僧打听到城内有个参议员，系开明绅士，跟马步芳往来密切，便备了厚礼，前去拜见，请求援手。参议员写了一张字条，这才救出康殿清。脚僧带着肋巴佛大哥康殿清、大嫂、侄子康克选、侄媳兰英，连夜赶回。

肋巴佛见到了失散多年的亲人，一家人抱头痛哭一场。他想起死去的母亲李良存和被马家军残害的二哥康殿祥，悲愤交加。肋巴佛跪在殿堂上，燃起香烛，深深拜了几拜，默默发下誓言：要除恶扬善，为死去的亲人报仇雪恨！

肋巴佛在康多给哥嫂安了家，给了他们二十多只羊。将侄子夫妇带到水磨川寺，帮他料理事务，康克选取藏名贡布加，侄媳兰英取名拉毛吉。提出二哥康殿祥的死，侄儿夫妇说："叔父为了两个外乡红军，搭上一条命，不划算！"

"红军是好人，二哥为救红军而死，死得值。"肋巴佛说。

"佛叔，你咋知道红军是好人？"

"红军过藏地，我跟他们打过交道，我给你们讲一讲。"

85　年单增送枪

那一年，中国工农红军途经腊子口，攻克天险。红四方面军在朱德、刘伯承、徐向前的领导下进入甘南藏区。攻陷临潭旧城，红军以临潭为中心组织苏维埃政府，在王家坟、冶力关成立了乡人民委员会。肋巴佛第一次看到了一支穷人的军队，它犹如迷雾黑暗中的一束光芒，引领着受难的人们前行，肋巴佛看到了希望。

那些日子，每天看着红军战士帮助群众砍柴、打水、扫庭院、收割庄稼，肋巴佛心里无比温暖。他虽然是身份高贵的活佛，但在他心中，他始终认为自己是个穷孩子。看到红军，看到那些衣不蔽体的战士，他从心里感到亲切，好像那些人就是他的亲兄弟。红军打仗时，他冒着生命危险营救伤员，把伤员接到寺院，养好伤后又送回部队。

他的一举一动被辣子营长年单增注意到了。此人本姓年，名单增。因为当喇嘛时穿一身红衣裳，活像一根红辣椒，人们给他起了个辣子营长年单增的外号。他小时在寺院当喇嘛，还俗后在第十九代卓尼土司杨积庆手下当营长，因此被称为辣子营长年单增。杨土司是甘青自明清以来最显赫的世袭土司家族。红军到藏区，杨积庆给红军每人一斗粮，获得肋巴佛的好感。两人结拜为兄弟。肋巴佛每次到杨土司那儿，都由年单增接送。年单增表面上对人侮谩、不恭、粗言粗语，甚至脏字不离口，实则心细如发，内心里对待穷人一腔热情，像一盆火似的。

年单增是洪帮成员，暗中联络了上百个穷人。他们手中没有武器，就打劫了马步芳的一个团长的私财，偷偷摸摸到临洮城找我外太爷购买枪支。这一年，我外太爷为了联络方便，在离杂货铺子不远的地方，开了一家客栈。年单增晚上就住在我外太爷马殿选开的客栈里。

"辣子营长年单增，你在卓尼，听过肋巴佛吗？"我外太爷马殿选问。

"你怎么知道？"年单增反问。

"王仲甲告诉我的。你探一下肋巴佛，让他跟我们一块干。"我外太爷马殿选笑着说。

"他是佛爷，吃穿不愁，我咋知道他的心呢？"

"我教你一个办法。"我外太爷马殿选走到年单增跟前，小声说了半天。

年单增笑了，回到卓尼，他私下了解到，肋巴佛自幼饱经磨难，非常同情贫苦农牧民，对地方劣绅及官府欺压穷苦百姓、横征暴敛的社会现状深恶痛绝。

有一天，年单增专门到肋巴佛的住处。

"佛爷，我给你两样东西，一个经，一个枪，你要哪一个？"年单增按照我外太爷马殿选教的办法，从怀里掏出用红绸包的两样东西，放在肋巴佛面前。

"我都要。"

"为什么不能二者取其一？"

"经可以修后世，却解决不了现实的灾难。枪，能解决。"

年单增听后大喜，取掉红绸，露出一支手枪，送给肋巴佛。

"佛爷，你拿枪打谁呢？"

"我的二哥康殿祥因为掩护红军，被马步芳的部队枪杀了，这仇还没报呢。"

"佛爷，我的全家都叫他们杀了，仇也没报。"

"官家对百姓太歹毒！百姓统共二两油，榨了三四两还要榨，榨不出就砸骨头。狼吃羊，羊不散群，它下不了口。百姓拧成一股绳，他能怎的？"年单增激动地说。

"这个我也想到了，可官家来硬的呢？"

"哼，官家硬在哪里呢，还不是手里有几杆快枪。我们的角权长硬一些，也就不怕狼的牙齿利了。"年单增一边说，一边看肋巴佛的脸色。

"你能弄到枪吗？"肋巴佛明白辣子营长年单增的话，喝口酥油茶，思谋半天后问。

"佛爷啊，你、你……想买枪？"年单增激动得手发抖。

"我们叫穷人的角权长硬一些！"肋巴佛盯着辣子营长年单增的眼睛，一字一句地说。他的声音不高，可是每一个字，就像石杵子砸在湿地上，一字一个坑。

"临洮有个马殿选，他能弄到枪！"年单增说。

"你抽空去一趟！"肋巴佛说。

"草原上的牧民，遭遇惨得很。有了枪，咱反了吧？"年单增涨红着脸问。

"咱们也像红军那样为百姓办事，推翻这吃人的世道。"肋巴佛点头说。

86 措登措洼

两人都很激动，一夜未睡，商定了一个超出常人的计划。成立一个由七个穷苦部落牧民组成的旨在推翻国民党政府的藏、汉族群众联合组织，俗称"措登措洼"。肋巴佛说干就干，第二天在自己的住室，秘密召集七部落首领开会。

"草原上瘟疫重，官府的粮捐比瘟疫还重，我们的牧民活不过了！"

"佛爷啊，官府的人头税、牲口税，壮丁捐、户口捐、修路捐、水利捐、卫生捐、抗战捐、剿匪捐、门牌捐……这个款，那个捐，比牛身上的毛还要多，逼得大家寻死觅活，我们听佛爷的，你给我们做主。"

"催粮逼款的差人，比草原上的老鼠还稠，送走了这个，又进来那个。缴不出，他们就绳捆索绑，抓去不是砸光光，就是揭背花。叫人咋活呢！"

"我们结成'措登措洼'，穷百姓捏成耙，叫官家随便欺负不成！"

"参加的人，不管藏、汉，只有穷人就成。"

"佛爷你领我们反吧！叫他们逼到这一步，不反活不下去！那年从这里路过的红军，听说就是反了的穷人，人家现今在陕西，过的是有衣大家穿，有饭大家吃的日子！"说这话的人穿一身汉服，名叫邢生贵，是个洪帮兄弟。

"我们的'措登措洼'要带领大家抗粮、抗捐、抗丁、搞杂役。要拿起枪、握着刀，跟国民党的老爷们枪对枪、刀对刀地干，要救万众于水火之中。"肋巴佛握紧拳头说。

七部落首领会后不久，辣椒营长年单增起程到临洮，面见我外太爷马殿选。

"你说动佛爷了？"我外太爷马殿选问。

"佛爷有反心。他说官家不抗日，反而打自己人，不顾百姓死活。兔子急了也会咬人。人急了什么事都能干得出来！他要领我们干！"年单增高兴地说。

"佛爷一举旗，跟的人就多了。"我外太爷马殿选兴奋地说。

"马大哥，我这次受佛爷指派来找你，有两件大事。我们有一批烟土，想换枪支。还有我们想结交山里的舵把子，请马大哥穿针引线。"年单增说。

"好说，佛爷交代的事，我尽力办好。"

我外太爷马殿选叫来外八堂的掌旗商量后，派人进山，秘密通知卓尼舵把子汪鼎臣、卓尼北山土司杨麻周、冶力关舵把子黄建伟、八角舵把子任效周、衙下舵把子王仲甲，在立秋这天，到莲花山聚会。我外太爷马殿选介绍他们相互认识，商量起义大事。

"措登措洼人多，枪少呀。"

"最好的是什么枪？"

"叉叉枪。"

"马大哥给我们搞了一批枪，缺口大，王大哥能不能想点办法？"

王仲甲说："我那儿枪也不多，我只能送给佛爷两三支枪。找枪，还得找军人，我给佛爷说个人，佛爷可以找他。"

"谁？"

"张英杰，他是宁河龙泉人，佛爷的娘家人。"

"听说他是国民党驻武都骑兵营营长，最好有人引见。"年丹增说。

"那好，我的朋友王德一跟张英杰相好，又是同堂，我给王德一写信，让他把那边的事弄妥当，你们带佛爷去细谈。"我外太爷马殿选说。

秋后，肋巴佛带着管家、僧人、年单增等，一行八人，骑着八头大走骡，穿越一座座狰狞凄厉的山峰，沿着白龙江峡谷进入岷县，最后到武都，找到了国民党甘陕绥靖边区总司令部驻武都骑兵营营长张英杰。二人相见恨晚，密谈了很久，谈得很投机。肋巴佛开门见山，提出要张英杰给"措登措洼"弄些武器。

张英杰说："为了筹办军饷，我在冶力关开办了军风号木行，我让人把武器送到军风号木行。你的人把木头送过来，趁机拉走枪支弹药。"

"我们找谁?"

"我的军风号木行由柳佳林副连长负责。"

"他,可靠吗?"

"他是我的洪帮兄弟,可靠得很。我们按照洪帮规矩约定暗号,只要你的人给木行报上暗号,柳佳林副连长就知道是你的人,按约供枪支弹药。"

"我们卓尼有的是木头,我给你木头,你给我枪。"

肋巴佛和年单增就在武都大营住下。张英杰天天陪着,谈洪帮说举义,一个多星期下来,要离开时,竟难舍难分了。

"张营长,我有一个请求。"

"佛爷请讲?"

"我怕你见怪,不敢讲。"

"你是宁河老家的人,又与我同道,有什么话,只管说!"

"我想跟你结拜。"

"哎呀佛爷,我早有此意。可是佛爷不同于凡人,我一直没有开口。我在心里偷偷地说,佛爷如果不披袈裟,就是我的亲兄弟。"

"我披了袈裟,也是好兄弟。"

二人哈哈一笑,当即命人设香案、摆神龛,结为兄弟。此后张英杰通过军风号木行,把大量枪支弹药秘密运往康多寺,装备"措登措洼"。

甘南民变的枪声传到草原上,"措登措洼"的穷人们坐不住了。他们手握钢枪,激动地拥进寺院,来找肋巴佛。

"佛爷,起身的时候到了,你领我们反了吧?"

"过些日子就是常爷的诞辰,通知善男信女,到时候朝拜阿玛周措。带上香蜡纸表,到常山庙朝拜煨桑,记住,山上有野兽,别忘了拿刀拿枪!"

常爷池坐落在冶力关,青山夹碧水,像一柄青峰,躺在白石山与庙花山的峡谷中。这是天然形成的高山湖泊,也称冶海。藏民称之为阿玛周措，藏语的意思是"玛合索玛神的魂海"。四面山顶上，常年经幡飘荡。从山顶向山谷望去，一汪深绿色的湖水展现在眼前。湖水碧波荡漾、烟波浩渺、水光潋滟，四面山青草绿、野花遍地。这里是藏民的圣湖，湖畔有一座飞檐斗拱的寺庙，人称常爷庙，庙里供奉着明朝开国大将军常遇春的塑像，当地民众视若保护神，信奉有加，尊称常爷。每逢常遇春的诞辰或忌日，附近百姓心怀敬畏，前来朝拜煨桑，向湖中投铜钱银币，以此测试心诚与否。钱币沉入水中则意味着心诚，钱币漂浮于水面，意味着神灵拒绝接受，这个人亦有不可饶恕的罪孽。

"佛爷，王仲甲拜了山神，放了大火，打了猎物。"

"枪响了吗？"

"洪帮大哥马殿选派人说，洮河川到处是枪声。"

"野兽跑到山里来了，快去通知'措登措洼'的人，备上干粮，拿上供物，带上刀子猎枪土炮，我们骑马上常爷池，打野兽去。"

"佛爷，哪一天去？"

"酥油花灯节那天。"

佛爷的指令连夜传遍草原，传到每个帐篷、每户农家。

87　酥油花灯节

寺院里弥漫着一股奶油的香气，像往常一样，喇嘛们沐浴发愿，虔诚地盘腿坐在地上，面前摆放着各色酥油、水盆。他们在神秘的宗教氛围中低头聚精会神地创作着，不时将手放在冷水里浸泡一下。他们灵巧的手，三捏两捏，便捏出了一朵美丽的花，一座佛像，一个人物，他们捏出了山水、亭台楼阁、飞禽走兽、花卉树木等。整个寺院笼罩在浓郁的节日气氛中。

"姜乡长，草原上有火药味，不对劲！"乡丁向康多乡乡长姜贵章报告。

"哪儿不对劲？"

"帐篷里头，女人炒青稞，帐篷外头，男人擦枪磨刀，有一股杀气！"

"走，我们问一问土登喇嘛，看他咋说？"

土登喇嘛针锋相对地拉起"草周草哇"，这是六个部落的富人组织，专门对付"措登措哇"，跟康多乡公所的姜贵章乡长一条心，穿一条裤子。

"我的卦算出来了，他们酥油花灯节要反！"土登喇嘛眯缝着眼说。

"咋办呢？"姜贵章惊恐地问。

"上次我们抓住辣子营长年单增，就不该放他，当时就该杀了他，他是祸根。"土登喇嘛咬牙切齿地瞪起眼，两道寒冰似的目光，盯住姜贵章。

"大喇嘛啊，当时我们没有搜出枪支！没有确凿的证据。肋巴佛又请出了杨土司和庆的儿子杨复兴。一个是活佛，一个是土司，我只是一个乡长，两头都不敢得罪啊。"姜贵章哭丧着脸。一个月前，辣子营长年单增带着两个喇嘛，赶着四匹马，腰里别着斧头，马鞍上搭着牛皮绳子，装成去给寺院砍柴的样子，到卡加沟驮我外太爷马殿选送来的枪，引起土登和姜贵章的怀疑。土登在勺洼寺背后的岔沟派了十个人拦劫。辣子营长年单增料到土登这一手，让两个喇嘛驮着枪绕道而行，自己砍了两捆胳膊肘儿粗的柴，装在毛口袋中，驮在两匹马上走大路。果然到勺洼寺这儿，土登截住辣子营长年单增，从袋子外面一摸，分明是长枪，拉到乡公所一查，都是柴。可是土登仍不甘心，来了个"鸭子浮水"，将辣子营长年单增吊打。辣子营长年单增说："既然喇嘛算卦算出来了，你把枪拿来，把我的头割下，我没话说。"气得土登将辣子营长年单增上交乡公所，要姜贵章将他杀掉。此事被放羊娃尼尕发现，告诉肋巴佛的侄媳拉毛吉。拉毛吉跑去告诉肋巴佛，肋巴佛赶紧让侄子贡布加将枪藏匿在夹墙中，然后写了一封信，派华尔丹送给杨复兴土司。杨土司立刻打发管家营救辣子营长年单增，姜贵章不敢惹杨土司，就放了辣子营长年单增。如今姜贵章嗅到火药味，向土登喇嘛求救，土登仍然对此事耿耿于怀。

"大喇嘛，您不要计较那么多了，你想个办法呀！"姜贵章低声下气地说。

"你去找杨土司！"土登喇嘛说。

"您不要生气，杨土司跟我们不是一条心。"姜贵章小声说。

"我没生气，我说的是真话！"土登一本正经地说道。

"找他，那能解决什么问题？"

"杨土司虽然跟我们不是一条心，但他不愿看到牧民造反！"

"你的意思……"姜贵章走近土登。

"今晚上让杨土司到寺院去，若肋巴佛造反，他能阻止！"土登出主意。

姜贵章骑马到土司衙门。杨土司虽然看不惯政府，但他不想跟官府刀枪相对，也不希望活佛造反。因此一听姜贵章的话，他便立刻上马，到了康多寺。

"佛爷，杨土司带着厚礼来看你。"肋巴佛正在收拾行装，准备趁今晚酥油花节人多的时机，溜出寺院。可管家华尔丹忽然推门进来，气喘吁吁地报告。肋巴佛赶紧脱去氆氇褐衫，整了整袈裟，到寺院门口迎接。

杨土司踏进寺院大门，映入眼帘的是上千盏酥油灯。耀眼的灯光将寺院内外照得亮如白昼。摇曳的灯光下，银镶玉镂似的酥油花千姿百态、栩栩如生。捏造的塑像，有的高傲地昂首远望，有的谦虚地低头沉思。上千朵五颜六色的花，竞相盛开，争奇斗艳，根本看不出是用酥油捏造的。它们把香烟缭绕的寺院，变成了一座灿如朝霞的大花园。四面八方的老百姓，扶老携幼，拥进寺院来观灯。寺院里人声鼎沸，一点也闻不到火药味。

杨土司长长地出了一口气。

"佛爷，走不走？"管家华尔丹悄悄地问。

"看来今晚走不成了。你派人到冶力关，通知辣子营长年单增，举旗的时间推迟到二月，让他们趁这段时间再发展些人。"肋巴佛悄悄吩咐。

"今晚怎么办？"

"摩顶！让杨土司看看！"肋巴佛果断地说。

 避开杨喇嘛打猎

风平浪静的背后暗流汹涌。到了农历二月二十,一场惊心动魄的起义拉开了帷幕。肋巴佛骑着银鬃马,率领四十八名藏、土族青壮年,背着钢枪,走出寺院大门,冷峻的寒风吹得他的袈裟像旗帜一样摆动,他那满月似的脸上,挂着一丝微笑,有一种刚强的神色。

"佛爷要去哪里?"被官府派来监视肋巴佛的杨喇嘛挡住了去路。

"到冶力关朝拜常爷池。"

"为啥背着枪?"

"山上有野物,怕伤人。"

肋巴佛的一言一行,从红军过境的那时候起,就被官府盯上了。他从武都回来,官府收买了勺哇寺压床——杨喇嘛,加强了对他的监视。杨喇嘛不想让佛爷出寺院,但一年一度朝拜常爷池,佛爷都须参加。杨喇嘛没有理由挡住佛爷,只好弓着腰让开了路,放佛爷去冶力关。

冶力关是临潭县北部的一个安静神秘的小镇,坐落在一条谷地里,山谷间流淌着冶木河。镇子背山临水,西面是卓尼县的康多、杓哇两乡,其余三面是八角和羊沙。镇子不大,仅有一条沿着山谷的街道。两旁零零星星开着几家面馆、几个简易的铺面和木行。冷寂的街头只有二十几户人家,家家都是木栅栏的庭院,房倒屋塌,一片破败的迹象。

二月里的冶力关,还是寒末时节,天空飘下来零零星星的小雪花,刮起了凛冽的寒风。这一天,卓尼的汪鼎臣、冶力关的黄建伟、八角的任效周、康乐杨家河的王万一等首领,顶着寒风,骑着大马,提前来到冶力关,等候佛爷。

二月二十一,肋巴佛带着"措登措洼"的头领来到冶力关。黄建伟立刻将佛爷迎进辛家庄唐连福家的木楼上。肋巴佛在木楼上召开了四十多名骨干参加的秘密会议。年单增传达了苟家滩会议精神。肋巴佛密令各位头领,以佛爷的名义分赴冶力关、哈家滩、足古川、甘沟、杨家河、

斜角滩、地寺坪、景古城，向百姓传话。大家对着佛爷吃咒：

"刀子架在脖子上，我们绝不拉稀！"

"从今个起，我们要生死同心，哪个半截路上变心，天诛地灭！"

"官逼民反，不得不反！一家去一个人，跟上反走！"

牙扎村的富户阎鼎三站出来阻拦："不能去啊！"

"佛爷的话你敢不听？"

"好话听呢，坏话我不听！"

"啥是好话啥是坏话？"

"顺从是好话，造反是坏话！"阎鼎三说得理直气壮。

"水磨川大喇嘛叫我们顺从，这是好话还是坏话？"

"好话！"

"既然是好话，我们上百人咋被打死了？"

"这……这……"

这是三个月前的事，格致坪战役失败的第二天，十二师师长吕继周奉命到徇下剿匪，没见土匪的一个影子，却得到临潭县县长徐文英报告，说康多地区匪情严重，就急忙从徇下赶到藏区。水磨川百姓吓得钻进大山，吕继周和徐文英诱骗水磨川大喇嘛说："你如能将山上聚集的饥民动员下山，可以保送你到西藏朝拜。否则，我们烧毁寺院，杀尽匪民！"大喇嘛信以为真，进山劝说，要大家顺从，跟他下山。百姓听从大喇嘛的话，刚下了山口，便遭到第十二师及保安团一阵猛烈扫射，打死打伤老百姓一百多人，其余人员重又钻入山林，四处逃命。

"你既然知道这事，就不要阻拦。"

"不！我不能眼睁睁看着你们造反！"阎鼎三仍然挡住去路。

"他是有钱汉，怕穷人造反抢他的钱，你跟他多什么嘴！"

"谁拦杀谁！"

随着一声不耐烦的叫骂声，农民祁帮提刀冲过来，一刀砍死了阎鼎三。围观的穷人轰地散开，各自寻枪找棍，你叫我，我拉你，跟着祁帮拥向冶力关。走出牙扎村，拐上大路，见一个穿制服的人骑着一匹白马。祁帮带头冲上去，缴了那人的坐骑。莽撞的祁帮并不知道，他劫的这个人，正是冶海乡乡长赵虎臣。

赵虎臣吓得丧魂落魄，连滚带爬，逃奔到县城报信。

二十二日这天清晨，冶力关小镇笼罩在一片蒙蒙雪雾之中，连炊烟都带着氤氲的湿气。贫困的农牧民和"揹登揹洼"的兄弟们，手执大刀、长矛、镰刀、斧头、棍棒，从斜角滩、足古川、甘沟以及草原深处聚集到冶力关镇上，他们共有三千多人，将冶力关挤得水泄不通。

太阳出来了，暖洋洋地照着起伏的山峦，空气中散发着泥土的清香。

如果是在平常的日子，冶力关真是个抬头见山、低头看水的好地方。大山是宁静的、美丽的。山下是碧绿的树木，树旁是安静吃草的毛驴。天空湛蓝、白云飘荡，人们沿着冶木河两岸随意走动，冶木河水波粼粼，远处的山峦云雾缭绕。山峰似千年横卧的睡佛，安详地躺在大地上。满山葱郁荫翳的树木，湛蓝的天空、缥缈的云朵，真是一幅美不胜收的山水画。

可是现在，一场血腥大战正在酝酿。

肋巴佛亲率三千大军上了山。

常爷庙前，一头重四五百斤的黑牦牛被捆绑在木桩上。四肢被几个彪形大汉牢牢擒住，牦牛呼哧呼哧地喘着粗气。黑牦牛的旁边，汪鼎臣表情肃穆地撑着一杆大旗。英姿飒爽的肋巴佛，身着戎装，在各位头领的陪伴下，来到常爷庙大殿，煨桑诵经，举行了告庙典礼。

"杀牲祭旗！"

随着肋巴佛一声大喊，年单增亲自操刀，奋力将刀锋戳进了牛脖子。黑牦牛身子猛烈一抖，身躯重重地倒在了巨大的木架上。一个头领拿着一只乌黑的铁钩，钩住了黑牦牛的咽喉，牛的身躯在不断地抽搐，鲜血汹涌迸出，洒落在地上的盆子里。牛瞪大恐惧的眼珠，嘴里犹自未曾断气，直到流尽最后一滴血。

将黑牦牛刺喉放血以后,他们将牲血洒到旗帜上,又围着大军遍洒数次。

接着按照预前设定的路线,鸣炮起程,前往泉水滩誓师。

89 南门庙杀县长

这支号称万人的联军,浩浩荡荡地向泉水滩进发了。一路上旌旗蔽天,刀枪耀目,吆喝不断,马在地上踏起一圈圈的尘土。镇里乡下,国民党的保安队早已吓得四散而逃。这时的起义军首领们,坐在高头大马上,在战鼓和马箫声中越过了滚滚东流的冶木河,来到了开阔的泉水滩。

起义军在泉水滩召开了誓师大会。

会党首领、卓尼舵把子汪鼎臣慷慨陈词,在会上号召人们起来反蒋抗日,宣读了檄文。推举肋巴佛为起义军司令,汪鼎臣、任效周、黄建伟、王万一为副司令。全军编为两个师:第一师师长任效周,副师长王三(八角人);第二师师长汪鼎臣,副师长王万一(康乐县线家湾人)。姜希廉、丁易昕、马子良、赵秉德分别为团长;吴吉昌、杨茂清、邢生贵等为营长。

贫困的老百姓不停地高喊口号,呐喊声震彻山谷。

在众人的欢呼声中,任效周风度翩翩地走到大军面前,代表司令部宣布起义的宗旨:"反对国民党,抗日反蒋。"并宣布了"先打临潭新城,后入武都接张英杰"的计划。

泉水滩誓师大会临近尾声,一支上百人的部队出现在草原上。

这支部队是从莲花山方向过来的。他们刚一出现在人们视野中,大家有点惊慌,以为是民国党派来镇压的军队。可是当他们走近泉水滩,眼尖的人马上认出这是一支农民武装。走在最前面的面目清俊,高鼻梁、深眼窝。

"哎呀,宁定巴羊沟的眼窝司令来了!"

走在前面的高个子,正是东乡人马木哥。

马木哥出生于东乡风山乡查拉松庄一户贫苦农民家里，经名穆特菲勒。因眼窝深，号称"眼窝司令"。马木哥平时桀骜不驯，性格强悍暴烈。被国民党抓壮丁后逃回宁定，不堪忍受保长榨取家产，与马福善父子暗结盟约，率领一百多东乡人，带着二十多支枪，赶到临洮王家坪，与马福善父子会合，整编为游击营，马木哥任营长。随马福善、马继祖父子辗转岷县梅川镇、木寨岭、老父店及临洮县高庙山一带。不久马福善会师漫山，跟王仲甲会合打榆中，而马木哥在康乐八松一带，与宁定人号称华团长的组成一支东乡族农民起义军打游击。在朱家山，马木哥率领起义军与康乐保安队对阵。马木哥一举击溃保安队，击毙保安队长朱兰亭、分队长高登云、辛兆吉，打死保安队成员四十二名。

几天前肋巴佛得知情况，派人前去联络，马木哥便率军前来冶力关会合。

肋巴佛看见马木哥，十分高兴，将马木哥部队重新整编，任命马木哥、绿志录为副司令。这样，一支由汉、藏、回、东乡等民族组成的共同团结反蒋抗日的起义军成立了。肋巴佛取消了原来的洮岷路饥民团，正式挂出了"西北各民族抗日义勇军"的大旗。

二月二十四日，起义军由肋巴佛率领，沿着新冶路进发，翻越重重山岗，黄昏到羊沙，进驻甘沟、羊沙两村。这里山大沟深，牧民居住分散，生活极其贫困，听到肋巴佛带领造反，要去攻打县城，牧民们个个眼放光芒，从新庄、下河、秋峪赶过来，一起参加了起义军。

肋巴佛率领大队人马到大草滩准备宿营。不料打发前去探路的人在矮树林碰上了县城城防民团昝振华的两名侦探。他们大声喊问，两名侦探惊慌失措，弃马从林中逃往西沟，探路人将马拉到司令部。肋巴佛担心侦探报信后民团和警察加强城防，给攻打县城造成困难，当即决定，不在大草滩宿营。他从起义军中选拔三百精悍青壮年，组成先锋队，由康志贤和黄建伟率领，连夜出发，在侦探到达之前赶到临潭县城，趁民团和警察不备，发起进攻，打他个措手不及。

先锋队一人一马，行军速度很快，在西沟出口堵截活捉了两名侦探。康志贤和黄建伟商量，为使攻城大获全胜，先锋队在西庄子村掩蔽起来，等肋巴佛大部队一到，全力攻城。

其实，康志贤和黄建伟并不知道，虽然侦探没有进城，可是肋巴佛起义的消息，早已由冶海乡乡长赵虎臣报告给了临潭县县长徐文英。

可惜啊，就像说谎话狼来了的那个孩子一样，赵虎臣在徐文英眼中，也成了说谎的孩子。因为年初他向县府禀报说，肋巴佛反了。徐文英慌慌张张修书向岷县专员胡守谦报告，说冶力关匪情严重。因为徐文英曾经在省府给朱绍良当过秘书，后台硬，胡守谦不敢怠慢，急忙率保安团到冶力关、水磨川一带明察暗访，只见洪帮有活动，未见土匪动刀枪，便到临潭县城，却不见徐文英迎接，一问下属，才知他害怕土匪，跑到卓尼避难去了。

这个徐文英县长，善于阿谀奉承，舞文弄墨，能说会道，嘴皮子、笔杆子都很厉害，可是胆小如鼠，他到临潭当上县长后，绞尽脑汁搜刮民脂民膏，作威作福，骑在百姓头上拉屎。打官司上访的百姓，到县府办事都要跪倒乞求徐文英。这些做法，早已惹怒了百姓。他怕百姓造反，剐了自己，便不顾县城安危，带着妻子儿女逃避去了。

胡守谦得知内情，颇为生气，当面训斥徐文英不察内情，擅离职守！声称要报告省府，追究责任。可是因朱绍良庇护，徐文英虽未处分，但在官场丢尽了脸面。因为这个，徐文英对冶海乡乡长赵虎臣的话不再相信。

"你净说狼来了，狼在哪里？"徐文英严厉斥责道。

"这回狼真的来了！"

"土匪是不是在冶力关？"

"是！"

"是不是又是肋巴佛？"

"是！"

"是！是！是个屁！这回我不听你的了！"

"……县长啊，土匪我碰见了，他们要打县城。"赵虎臣哭丧着脸。

"你哭哈，我也不信！"徐文英连讽带刺地说。

就这样，由于徐文英不信任赵虎臣，民团和警察就没有做防备。

临潭新城是一个具有悠久历史的地方。

新城修建于明洪武十二年。当年征西将军沐英、大都督金朝兴攻占洮州，在洮河之北、东陇山之南川，修筑了长达九里的洮州卫城，即新城。城池有四座城门，均设有瓮城和敌楼，城外山上设有烽火台，城内外墩台相望。

当一个政府与它的大多数民众为敌，压榨得他们无路可走时，再厚的城池，再多的烽火台，再高的墩台，虽然完整，却等同于无。

三十日黑夜，肋巴佛率领的后续起义军陆续聚集到党家沟。

"我们的人穿的都是老百姓的衣服，现在正是赶早集的时候，城里面都是挎着竹篮、赶着牲口的农牧民，仗一打起来，就难以区别，斧头大刀就会砍到我们自己人头上，你尽快想个好办法。"进攻前夕，先锋队康志贤向黄建伟提醒道。

"这好办，我们的人，都把左胳臂衣袖脱下来！"黄建伟提出以赤膊为记号。

天色还是漆黑一团，先锋队冒着刺骨的寒风到达城根。

"城门紧闭，硬打要吃亏，辣子营长年单增你有什么办法？"带队的邢生贵问。

"这容易，找几捆柴草，装成卖柴卖草的人，叫开城门。"

邢生贵立刻按照辣子营长年单增的主意，派出几个人。他们原本就是农民，不需要装扮，只需寻几捆柴草，装在车上来敲城门。可是守城门的官兵，哪里把老百姓放在眼里，他们叫死都不开门。

"他们不开门！"

"穿上制服，装成送紧急公文的，看他开不开！"辣子营长年单增说。

邢生贵找出几个穿制服的,让他们假装手拿公文,前去敲门。

"这么早敲门干什么?"守城门的不耐烦地吼。

"送公文!"

"等一等,天亮开城门!"守城士兵睡眼惺忪地说。

"紧急公文。耽搁了大事,你要负责!"

"你等着,我就来!"守城门的揉着眼睛下了城楼。

骗开城门,邢生贵率领化装成赶集农民的起义军进入城中,打开四门。康志贤带领先锋队首先冲进城内,后续起义军兵分三路,发起了进攻。

第一路由肋巴佛亲率三百名先锋队,穿过褚家堡川,绕过东城门,上了东门沟沙石坡。肋巴佛站在坡上细瞧,不见一名城防兵,便立即下令进攻东门。第二路由眼窝司令马木哥率领东乡族起义军,越过东门,顺南门河西上,进攻南门,直捣县府。第三路由汪鼎臣带领,冲击北门,占领了凤凰山、北门湾、文昌宫等山头。

凌晨,宁静的临潭城,冲杀声、枪炮声响成一片。

街道上,进城赶早集的农民,摆摊子的小贩,开铺子的商人,驾牛的,背籽准备去种田的,还有到城里拉坑粪的,早起逛集的,乱成一团。

起义军毫不费力地攻进了城,马木哥迅速包围了县政府。

这时,临潭县县长徐文英刚刚起床,觉得外面有些异常。他走出房间,去了一趟厕所,刚提上裤子,就听到县府外院内枪声大作。他连奔带跑出了厕所,慌乱中摔了一跤。他来不及多想也顾不得县长的体面,跑进屋子,一把从床上拉起还没有穿戴齐整的夫人黄芝仁,叫醒两个孩子。他们夫妇各持手枪,上了房顶。

这时驻守县城的保安队和警察,也听到了枪声。

事情来得突然,昝振华的城防民团早已逃得无影无踪。而保安队和警察不知道袭击县府的人是谁,他们从哪里来,来了多少人。只听院外喧嚷、人喊叫、马嘶鸣,街上已是杀声震耳欲聋。惊慌的保安队吓得胡乱打了几枪,一溜烟地朝着城外逃之夭夭。

县长徐文英夫妇在房顶看得真切,吓得魂飞魄散。徐县长指望保安队和警察抵挡一阵,谁知他们纷纷丢枪逃命。徐文英双腿颤抖,夫人黄芝仁吓得不停地哆嗦、打摆子。徐文英心想土匪一旦冲进二院,他们夫妇单枪匹马,难以抵抗,便从房顶溜下。

这时勤务员单生贵跑过来,领着他们从二院后门冲出县府,绕过民房巷道,穿过南城墙豁垭,向城南红花山逃跑。也是他们运气不好,当跑到南门庙时,被邢生贵、李自清等人发现认出。邢生贵举起枪,大喝一声"去死吧!"便扣动枪机,子弹呼啸着从徐文英县长鼻梁中间钻进去,掀开了整个后脑勺,他当场死亡。

国民党临潭县党部书记赵廷栋、粮警雍映斗也被杀死在城隍庙石台阶上。邮政局局长苟克俭则被刀砍倒在邱家巷,双腿不断地痉挛,当晚死在城背后的大树下。

起义军占领县城,放火烧了县府,打开监牢,放出囚犯。

初战告捷,肋巴佛下令开仓放粮。

临潭东南乡一带的饥民,纷纷拥入新城,年老体弱者,背着分到的粮食和浮财,兴高采烈地回家,而年轻人则参加了起义队伍。肋巴佛按原定计划撤离县城,经晏家堡、党家沟,翻越兔石山,开往石拉路、李家河、萝卜构、大桥关、马旗沟、张家沟一带,进行短时间的休整。

 宋堪布·洛藏丹贝坚赞

肋巴佛率军到达石门乡,突然想起大名鼎鼎的宋堪布·洛藏丹贝坚赞。

高僧宋堪布藏名擦多扎爱堪布·洛藏丹贝坚赞,家就在临潭石门乡占旗河村安家坡。他是卓尼禅定寺第十八任僧纲(又称"堪布")罗桑丹增陈勒加措(又名"杨丹珠")呼图克图的经师。宋堪布幼年被选为临潭候家寺僧正，为卓尼五僧纲之一。曾游学西藏，获得"格西"学位，曾担任西藏三大寺之一的色拉寺堪布。回原籍后，任卓尼禅定寺、候家寺、阎家寺总压床，兼理岷县花当寺、董家寺、将家寺、东寺及会川纳路寺、牛营寺、上下扎什寺、九乮寺等十余寺的佛事活动，在洮岷一带僧众中享有盛誉。

"我们在草原上闹，如果得到他的支持，参加的人就会很多。我想去联络他，不知道成不成？"晚上肋巴佛在大帐篷里召集重要将领开会，开门见山地谈了自己的想法。

"成呢。"黄建伟肯定道。

"你怎么认为成呢？"肋巴佛问。

"宋堪布也有反心，腊月里，郑汉臣受宋堪布之命，秘密通知窦巨川、何凤绍、达娃子、王子寿、侯黄毛娃等在安家坡宋堪布家开会，密谋春耕后发动起义，还设了司令部。佛爷你去联络，他肯定举双手支持。"黄建伟说。

"你怎么知道得这么详细？"肋巴佛面露喜色。

"佛爷您记不记得洪帮在官堡开山设香堂的事？"

"记得，我派你和辣子营长年单增代表我去参加的呀。"肋巴佛说。

黄建伟咳嗽一声，说："开山期间，洪帮大哥马殿选让我们在冶力关、石门、陈旗一带秘密串联洪帮兄弟。我结识了谢家坪赵子甲，跟他结拜成生死兄弟。"话到这里，汪鼎臣疑惑不解，看了半天，打断他的话："洪帮里没有个叫赵子甲的人，这人到底是谁呀？"

"哎呀，那个四处流浪，外号叫四路游的！"

"噢，是他呀！"汪鼎臣恍然道。

"四路游领我到谢家坪，结识了郑汉臣。郑汉臣是阴阳生，到处念经行医。我就拉他进了洪帮，结拜成兄弟。郑汉臣利用阴阳生身份，四处走动，联络了窦巨川、何凤绍、王子寿、侯黄毛娃等，所以我很清楚。"黄建伟说了来龙去脉。

肋巴佛听后大喜，合掌道："好，我们分头行动。我到占旗村安家坡，面见宋堪布。黄建伟到石门口窦孔云家找郑汉臣，你二人带领十二个骑兵，到中寨、王旗、谢家坪、马旗沟、石门沟，通知窦巨川、王子寿，让他们组织人马，打出义旗。我们六天后在牌路会聚。"

"佛爷！我马上去！"黄建伟和汪鼎臣高兴地领了命。

肋巴佛见了宋堪布，二人促膝长谈。

"举大旗，抗日反蒋，我衷心支持！我也动员了五百农牧民，我有两支枪，都给你。我的侄儿、侄孙、义孙，我都交给你。但我本人参加不了。"宋堪布说。

"您德高望重，号召力强，我希望您亲自出马！"肋巴佛说。

"我年纪大了，体弱多病，我推荐一个人担任副司令。"宋堪布说。

"谁？"

"宋海林。他是我义孙，蒙古人。十多年前，我到蒙古草原讲学，走到阿拉善白旗十二支箭，在一个蒙古族牧民家庭见到他。因幼年丧父，母子相依为命，我就收他为义孙，带回卓尼。他人精干，有胆识，精通汉、蒙、藏三种语言，在群众中威望很高，人称达娃子。领兵打仗，他比我这老头子强十倍！名义上我可以当司令，宋海林当副司令，代行司令之职。"

"好，既然堪布如此看重，就让他当副司令！"肋巴佛当即应诺。

六天之后，也就是四月六日，王旗的王子寿率领三百多人，石门沟的窦巨川率领两百多人，达娃子率领五百多人，到牌路会聚。

他们杀羊祭旗，人人戴上了红底白字的袖章，在枯黄上的草原上召开大会。

黄建伟受肋巴佛委托，宣布成立以宋堪布为司令的东路起义军，下辖两个师。达娃子代行宋堪布司令之职，兼第一师师长，王子寿为东路军副司令兼第二师师长。任命窦巨川、何凤绍为团长，上磨沟人邓汉隆、王旗阳坡人李志民、马旗沟人李受天、陈旗人陈士祥、哈尔路人黄毛娃、韩旗人杜维林、谢家坪人何得荣为营长。东西两路，共四个师，人数已达五千多人。

黄建伟大声宣布进军目标：去武都接尕张，然后去延安找共产党。

会后起义军从石拉路、大桥关一带出发，经阎家寺、马旗沟，逼向岷县重镇阎家村，在这里，跟岷县保安队遭遇，激战数小时，大败保安队。起义军冲进财主家，打开粮仓，救济乡民后撤到了梨园、磨沟一带。而起义军主力突破石门口封锁，翻越尕拉城山、蔓莆山到达甘沟一带。

到达甘沟，肋巴佛派汪鼎臣到临洮寻找王仲甲、马福善大部。王、马踪迹不定，汪鼎臣没有找到，便潜入莲花山神仙洞。

莲花山山形奇特，四面危崖千仞。山峰酷似绽放的九瓣莲花而得名，它的东北段与卓尼、临洮、康乐、渭源四县交界，处于三不管地带，看似道路不便，却与三地四县紧密相连，遇到保安团搜山，沟壑纵横交错，极易隐藏。这里到处攀生着苍松翠柏，到处是藤条芝草，隐蔽在青屏之中的神仙洞，四周峰峦如聚，不易发觉。因此洪帮将神仙洞作为秘密联络点，除了洪帮中指定联络的樵夫和各地洪帮舵把子大哥，别人一概不知。

我奶奶说，特务之所以多次抓不住我外太爷马殿选，是因为他在莲花山有好几处这样藏身的洞穴。汪鼎臣在神仙洞见到了我外太爷马殿选。我外太爷马殿选告诉他，王仲甲打算几天内到门楼寺，让他们快到门楼寺会师，集结南下。

汪鼎臣得信，立即返回甘沟。

肋巴佛接到消息，率军翻越大岭山回到冶力关，经王子沟、斜角滩，渡过洮河到门楼寺，与王仲甲、肖焕章、毛克让会师。会师后起义军正式起名为"甘肃农民抗日救国军"。起义军声威大振，附近百姓自备马匹、武器，前来投军，队伍很快发展到五万多人。

第二十九章

解救漆大哥

[民国三十二年(1943)。临洮、渭源,受死]

 91　原佐仁守渭源

我外太爷去了一趟榆中新营张家园子,仅仅一个月的时间,他的好兄弟黄作宾就发动了八百多人。我外太爷兴奋地回到临洮,向史鼎新通报。王仲甲、毛克让、马继祖为支援黄作宾,率两千人打了榆中新营镇,得胜后撤回临洮。行军到狼儿山时,遇到国民党四个团围剿。

狼儿山猎人多、狼更多。

一进入林子,国民党第十二师四个团就像一群饥饿的母狼,团团将起义军包围了。当手握锄头的饥民变成猎人的时候,母狼的命运可想而知了。起义军逼近狼群,疯狂地进攻。国民党官兵武器装备虽然精良,可是他们没见过如此不要命的饥民,渐渐不支,撤出战斗。

我奶奶说,狼儿山之战,王仲甲不畏强敌,出其不意,打死打伤国民党军二百多人、俘虏四十多人,缴获步枪一百余支、轻机枪两挺,取得胜利。可自身损失也很惨重。王仲甲从狼儿山回来,又去康乐景古城一带串联、发动和扩充人马,数天内队伍发展到五千余人。而马福善、马继祖则在康乐马家集、草滩、普巴一带活动,将队伍发展到两千余人。

这一天，一个戴礼帽的大汉骑马过了缓缓东流的杨家河，来到角麻墩山下的景古城。在下城门时，被王仲甲的起义军拦在城门口。戴礼帽的做了好几个手势，几个守城士兵毫不理会，押着他进了景古城军营大帐。这人就是我外太爷。

"王司令，我们抓到一个探子。"

"哎呀，马大哥！"

那几个士兵一脸迷惑地望着王仲甲。

"快去，这是我的老朋友，不是什么探子。"

我外太爷马殿选笑着脱下礼帽，放在桌子上，端起茶碗，喝了口水说："你手下人，咋不懂洪帮的规矩，我打手势，一个也认不得。"

"马大哥，你别见怪，最近仗打得凶、死得多、来得多，除了老人手，好多没有人帮，自然不知道帮内规矩。"

"我一进景古城，就看到了，你的部队发展得真快。"

"马大哥，你怎么亲自出马？"

我外太爷马殿选放下手中的茶碗，表情凝重地说："你们在前头打仗，国民党特务也没闲着，到处抓共党、抓洪帮。我的得力干将牛娃被抓，内外八堂，要么跟你们反了，要么被抓下了牢。我都快成光杆儿司令了，我真恨不得拉一支人马，痛痛快快杀一场。"

"你不要胡思乱想，马大哥，你的身份绝对不能暴露。"

"我也是随口说说，不要当真。"

"那就好，你今天有什么急事？"

"祁三押在渭源大牢，你快去救。"

"哪个祁三？"

"就是洮岷洪帮大哥，岷县大草滩的漆世昌呗。"

"哎呀，你看我这记性。忙起来就把五龙山副山主给忘了。"

"他在漳县东扎乡自卫队当队长，拉到很多人，准备率部起义。可他一向张扬，不注意隐蔽，被岷县专区专员胡守谦怀疑，将其逮捕，押送到渭源监禁。"

"我把漆大哥救出来。"

"你听我说,我看你们近几个月的打法,有点瞎头打苍蝇,东一棒子、西一榔头。我这次专门来,主要有三件事。一是我和史鼎新商量,你们应该南下,跟王德一、张英杰会合。二是各县到处在造反,势头看上去猛,但国民党军队不是很容易就打败的,因此要联合起来,按照我们以前商量的,成立西北人民起义军。三是设法营救祁三,他是我的兄弟,救他,洪帮的兄弟们才会铁心跟我们,意义重大。"我外太爷马殿选沉思片刻说。

"好,打渭源!"

我外太爷马殿选摇摇头。

"那你说怎么办?"

"渭源要打,但先打官堡,引开胡守谦的视线。"

"马大哥这是围魏救赵之计,好,我们照办。"

王仲甲、马福善父子连夜整编军队,第二天浩浩荡荡向渭源西南部进发。

行走了将近一小时,攀越过一条山,山道忽然变得狭窄,就看见深邃的沟底有一条流水潺潺的小河。沿沟走了不长时间,树林逐渐增多,遮天蔽日,下面是松软的腐殖土,而且坡度明显变陡。到了正午,终于到了一个垭口。

这个垭口依然树林茂密,有一条蜿蜒的小路从垭口向前延伸,路陡而狭窄,不知道通向哪里。王仲甲骑马朝垭口深处看看,见一个衣衫褴褛的羊倌,执着羊鞭站在峭壁处,便招手让他过来,给他敬了一支烟,又送给他一件皮袄。

"老哥你别怕,我问你,这条路通向哪里?"

"宗丹沟。"

"多谢老哥,我们就此出山。"

"你们不能再往前走了。"

"为什么？"

羊倌没有回答王仲甲，却反问道："你们是造反的穷人吧？"王仲甲点点头，扬着手大声说是。羊倌得到明确的答复，这才开口。

"前面有国民党军队。"

"在哪个地方？"

"胡麻岭住着一个排。"

"这么点人，我们不怕。"

王仲甲、马福善父子率部沿着小路出了大山，安安全全蹚过宗丹沟。抵达符川镇胡麻岭，果然碰到国民党一个排拦截。国民党军没想到起义军会有这么多人，来不及逃跑，就被王仲甲全歼。之后起义军开往会川，攻打磐石堡。

会川磐石堡俗称老堡子，它是任谦、我外太爷马殿选和赵鹤天建立"后续中华山民主堂"的地方。任谦曾任甘肃保安团团长，常驻官堡。他在这里发动群众，联络会党，筹措经费、枪支，被特务组织盯梢，这里也成了国民党重点防备的地方。除了国民党的正规军，会川县自卫大队一、三中队也驻扎磐石堡。末代土司、会川县第一届参议会议长赵天乙，也组织了一个保安队，自任队长，他和一些地方官绅迁驻磐石堡，建造营房，修筑工事，负隅自保。

为了迷惑敌人，王仲甲、毛克让、马福善等起义军向官堡镇集结，形成攻打会川的态势。他们团团围住磐石堡，命令起义军昼夜呐喊，不断向里面放枪，杀声响彻云霄，拿出一股强攻的势头。唬得堡子中的官兵，紧急向渭源求援。

会川吃紧，国民党军注意力放到了磐石堡。王仲甲突然掉头，率军向渭源城进发，途经牦牛沟时，遇到了增援会川的国民党一个骑兵连，双方发生激烈战斗，国民党军退入渭源城。

渭源县县长原佐仁是个颇有头脑的人。他随胡毓英到临洮卥下等地视察，从表面上看，局势似乎很平静，可他凭着敏锐的嗅觉，感到暗流涌动。正月初九，省保安处在临洮召开善后会议，他独自化装出行，到乡下窥探，他发现，匪情并非如上司估计的那般乐观。民众的积怨像火山岩浆，聚集成堆，正在酝酿。一场大规模的暴动随时随地会暴发。尤其令他不安的是，自岷县专区专员胡守谦将漆世昌关押在渭源监狱，洪帮已经盯上了渭源。走在街头，他隐隐地感到，暗中仇恨的目光像一束火焰，简直要烧毁他的脊梁。

原佐仁动员绅士组织民团，命令保安团、自卫队互相联动，协调配合，建立"冬防委员会"，加强城防力量。同时向省保安处发出急电，报告匪情："自二月二十五日至三月十六日以前，匪在临、沙（洮沙）、康、渭、定、陇、漳、岷各县交界处流窜，号召贫民及洪帮分子参加，渭源情势危急，请求支援。"省保安处接电，派飞机在渭源北乡侦察轰炸。

王仲甲率军南下的消息传来，原佐仁坐卧不安，他又化装出城，亲自侦察匪情。在城南灞陵桥墙壁上，他接连发现了粉笔涂写的标语。

"救漆大哥！"

"青、洪帮同志赶紧团结起来！"

"拿下渭源城，杀尽国民党！"

原佐仁看得心惊肉跳，他立即返回城中，指挥自卫队、保安团防守城池，进行顽抗，向附近的岷县、陇西、漳县发送情报，互为声援。

飞机出动，在牦牛沟一带，向行进的王仲甲大军，投掷炸弹，企图阻止大军。

可是王仲甲不为所动，迅速挺进。而杨华如、吕伯元等，闻讯率三千余人赶来驰援。渭源蒲芬、北寨子司锡铂等人，分别在三河口、毛家坡、七圣等地配合行动。

三月十七日晚，各路大军共三万多人，团团包围了县城，发起进攻。

起义军虽然人多势众，可是没有火炮等重武器，加之原佐仁准备充分，守军构筑了工事，配备了炮兵，攻城并不顺利。原佐仁指挥守城官兵，不断向城外阵地开炮。炽烈的炮弹落在起义军人群中，炸死了很多人。激战了七天三夜，双方尸横遍野，但渭源城却始终没有攻下。

"城外的兄弟们，你们都是好百姓，不要受人煽动！"休战期间，原佐仁在城头架起大喇叭，每天向攻城的起义军喊话，展开舆论宣传。

"只要答应我们的条件，我们就不再攻城！"起义军也架起喇叭喊话。

"什么条件？"

"放了漆大哥！"

"只要你们撤走，我们保证不杀他。"原佐仁在城头上讨价还价。

"不行，不放漆大哥，我们不撤走！"

"他是土匪，洪帮头子，不杀他就不错了。"

洪帮兄弟愤恨不已。王仲甲下令开枪，发动新一轮攻城。双方激战了一天一夜。县城内，恐慌的情绪像瘟疫一样在守兵和居民中迅速传播，保安团里有人悄悄地打起了投降的主意。细心的原佐仁也察觉到这种变化，他又上城头喊话。

"你们停止攻城，条件可以谈。"

"还是那句话，放了漆大哥！"

漆世昌本是胡守谦塞给原佐仁的一个烫手山芋，他眉头一皱，想了半天，决定趁此危机时候交出漆世昌，解除城围。于是拨通了省保安处电话，请示说城外有三万土匪，城内缺衣少粮，城里的百姓纷纷逃出城外，投向王仲甲。如果不放漆世昌，城池不保，将使生灵涂炭。省上考虑到增援军队难以及时到达，便同意交出漆世昌，以赢得救援时间。

"城里的听着，再不放漆大哥，我们攻城了。"城外喊话。

"不要放枪，你们看城头。"

磨蹭了足够的时间，原佐仁终于下令将五花大绑的漆世昌押到城墙上。

洪帮兄弟们都停止射击，眼巴巴地望着他们的大哥。

保安团慢腾腾地解掉漆世昌身上的绳索，也不知从哪里弄了一个大大的竹篮子，将漆世昌装进去，晃晃悠悠地从城头上缒到城外。这招果然奏效，洪帮兄弟看到他们的大哥安然无恙，便没有了硬攻的劲头。

这番攻打渭源县城，由于起义军装备低劣，缺乏枪支弹药，大多数使用的是大刀、长矛之类的简单武器，又缺乏训练，没有作战经验，因此造成了七千多人的伤亡。王仲甲思忖半天，决定放弃强攻，少部分继续围城，掩护大部分转战乡下。

过了七天，国民党东路交通司令部骑兵团团长袁福昌，率两连骑兵，姗姗前来增援，保安队亦出城配合。双方在上关坪，展开了一场激战，由于起义军连日苦战，将士筋疲力尽，交战中起义军受挫，只好陆续撤往陇西汪家衙一带。

 八大兄弟

这天晚上，起义军到达漳县，司令部驻扎在三岔还林寺。

大军正埋锅造饭，却见一骑白马从陇西方向飞驰而来，哨兵立即拦下。

"来者何人？"

"我是八大弟兄派来的，要见你们司令王仲甲。"

来人被引到司令部，王仲甲起身迎接。

"兄弟你说的八大兄弟是谁？"

"双轮磨毛得功、杨友柏，双泉谢益三、常玉山、祁耀贤，尹家庄夏尚忠、蒋廷珍、李镇德，我们八人歃血结盟，拜兄结弟，结成了秘密团体，号称八大兄弟。"来人介绍道。

"你们领头的是谁？"王仲甲问。

"毛得功！"

"啊，老毛，是他！"王仲甲大喜。

毛得功是通渭榜罗乡毛家湾人，自幼家境贫寒。十五岁时跟随母亲和二兄逃荒寄居陇西县居义乡双轮磨村，扛长工、打短工，吃尽了苦头。

二十三岁跑到陇东镇补名当兵。民国二十年夏,毛得功又到鲁大昌部当兵,担任过班长、副官、通信排长。当时王仲甲在鲁大昌部任连长,二人由此结识。民国二十七年年初,他所在部队调赴庆阳一带,围剿陕甘宁边区。毛得功深为不满,串通好友郭化如、杨友柏等,逃离部队,返回渭源。三年前的一个秋天,国民党官兵团路过路园,开枪打伤乡民李建堂,抢走他的一头骡子。毛得功闻讯赶去,持刀砍伤开枪的军官,夺回骡子,夺得步枪一支。毛得功却因以"私通惯匪"的罪名被诬陷逮捕,先后被关押于武山、天水监狱,严刑折磨。经乡友多方营救出狱。此事激发了他对当局的仇恨,与郭化如、杨友柏在上双轮磨村北,以合办"聚义"砖瓦厂为名,暗购枪支,伺机暴动。

"兄弟你是谁?"

"我是双泉谢益三,特来拜会司令,商量抗日反蒋大事。"

"你们现在有多少人马?"

"我们八兄弟走村串户,以渭河畔居义乡砖瓦窑为联络点,以'百年古树赵家店,陇右秘密交通站'为标志。组织了两千贫苦弟兄,已经打下了首阳。"

首阳镇在渭源和陇西两城中间,距陇西城五十里。毛得功得知王仲甲起义消息,在除夕晚上,八兄弟秘密率军在渭河南北两山集结。大年初一早上,太阳尚未出山,毛得功率部进入渭河川道,歼灭了驻守在首阳的保安分队,占领了首阳镇。陇西县城的保安团多次反扑,企图夺回首阳,毛得功大张旗鼓地发动穷人,组织老百姓昼夜坚守,打退了保安团。

王仲甲听后大喜,紧紧握住谢益三的手说:"好啊,郭化如、韩大胡子、张子英已经跟我们会合,你马上回去报告八大兄弟,我们在首阳会师。"

谢益三吃了晚饭,骑马返回陇西首阳古城。

第二天,王仲甲大军进入首阳,与八大兄弟会合。

王仲甲将八大兄弟整编为第十五团，毛得功任团长。所有起义军整编为两个旅。公推王仲甲为总司令，马继祖为回民司令，王星垣为参谋长。肖焕章为第一旅旅长，姚登甲、蒋廷珍、康马代、毛得功、夏尚忠等为团长；梁孝成为第二旅旅长，吴建威、毛克让为团长。

古城内外，人在呼喊、马在嘶鸣。

渭河两岸，到处是随风招展的红旗。大街小巷，到处是奔走相告的穷困百姓。村头巷尾的墙壁上，写着"铲除土豪劣绅！""打倒贪官污吏！""穷人要翻身！"的标语。起义军不失时机地惩办土豪劣绅、贪官污吏，开仓放粮，贫困百姓纷纷加入起义军，声势日益浩大。

93　马坡军事会议

首阳会师后，起义军开往西南部沙坡，即现在的定西安定区香泉镇。

香泉镇有句民谣说，杨奎定胜了，战不过潘家渠的狗粪子。杨奎定是军人，却打不过潘家渠的无赖狗粪子。由此可以看出，偏僻的沙坡并不是什么好地方，常有匪盗出没。国民政府为了震慑匪盗，在沙坡子和杜家铺常驻军队。

王仲甲前往沙坡子途中，在水家坡，遭遇了国民党军周显荣团。

这位粗暴而黑高的周显荣团长，人称周驴客。原系鲁大昌属下，曾率众哗变，越铁门关，到杜家铺、渭北镇、锹峪、五竹、汪家硇及官堡一带，强行搜走老百姓的毛驴，被当地百姓称为周驴客。此人心狠手辣，部下多是兵痞无赖，打起仗来有一股泼皮劲儿。王仲甲的先驱队被他包围，等到后续部队赶到，先驱队吃了大亏。

马继祖部却在沙坡子得了便宜。

沙坡子是定西唯一的回族乡。沙坡子乡泉村湾有个闵福文，他组织了两千余人的部队，等待起义军。因为闵福文及手下均为回族或东乡族，他们选择投奔马继祖。两军合一，马继祖将闵福文部编为两旅，闵福文为一旅旅长，马得才为二旅旅长。整编后起义军向榆中新营进发，阻击国民党军的进攻。

马继祖部进军到定西内官营，与国民党十二师三十六团一个营遭遇，经过战斗，将敌军赶进了内官营，缴获枪支十余支。又经八里窑、花寨子、岘口子辗转至榆中县杨寨、马坡，人马增加到三千五百人。马福善又编了两个旅，任命马亥比为三旅旅长，杨华如为四旅旅长。随后新营黄作宾、罗万虎率部与他们会合。皋兰的安化雄也率一千人赶到榆中马坡，起义军节节壮大，遂成立了司令部。司令部编制了一个特务团，马由素为团长，下有一个执法队和一个传令队。

省国民党保安处发现多路起义军在榆中县城西南马坡乡聚集，立即从兰州派出两个正规团"合剿"。马福善、黄作宾、罗万虎、安化雄等首领紧急商量对策，决定由马福善、水振东和四个旅长组织联合指挥部，阻击国民党军。

军事"合剿"计划刚出笼，兰州洪帮便从内部掌握了情报，连夜秘密通知我外太爷，我外太爷马殿选派人通知王仲甲部，向榆中杨寨、皋兰马坡方向靠拢。

战斗在马坡打响，国民党两个正规团被各路起义军团团包围，不仅没有实现军事"合剿"的目标，反被起义军吃掉，只有少数从安化雄攻占防线突围，逃返兰州。此番战役，起义军缴获步枪一百多支，打死打伤四百多人，俘虏百人。战斗结束后，为了统一番号、统一指挥、严明军纪，达到团结一致、共同对敌的目的，根据西北民主政团第二次会议精神和要求，王仲甲、肖焕章、马福善、年应泰、毛得功、毛克让、杨华团、黄作宾、苟登第、姚登甲、罗万虎、安化雄等百名起义军首领齐聚皋兰县马坡村（现榆中），召开了联席会议，共同决定了四件大事。

第一，统一起义军番号为"甘肃农民义勇抗战集团联军"。

第二，统一军事编制，全军设集团军总司令部，下设路、团、营、连，起义人员一律佩戴红色臂章。

第三，建立了统一的领导核心。公推王仲甲为总司令，肖焕章、马福善、肋巴佛、赵友安为副总司令。王仲甲的堂兄王星垣，曾在国民党军中当过营长，足智多谋，被任命为参谋长。董策三为秘书长，苟登科为副官。起义军统编为十路大军，各军委任了司令、副司令：第一路肖焕章、吴建威；第二路苟登弟、常守泰；第三路吕伯元、毛得功；第四路马福善、马继祖；第五路姚登甲、张明信；第六路毛克让、梁孝成；第七路肋巴佛、年永泰；第八路杨华如；第九路黄作宾、王作宾；第十路张子英、耒子俊。肋巴佛同时被任命为洮岷路藏军司令。各级政工人员，拟外来人员担任，暂时不做决定。

第四，制定军事部署。决定起义军分别向东、西、南三个方向出击。东面以安华雄、杨华如、黄作宾、毛克让等为主，在榆中、定西、临洮、洮沙、皋兰、兰州东南活动，截断西兰公路及其他交通线路，迟滞国民党军的行动和进攻，造成兰州孤立无援，被动挨揍之势。西面以马福善、马继祖部为主，以定西沙坡为根据地向陇东推进，打开通往陕甘宁边区的道路，开展"抗兵抗粮""分粮食打富济贫""打倒土豪劣绅"等活动。南面以王仲甲为主，率领一、二、三、五、七路军向陇南挺进，进驻武都、松潘、茂州等地区，打通川陕与四川取得联系，建立陇南根据地。

这些年，为弄清楚那段血雨腥风的历史，我沿着我外太爷的足迹，走过许多地方。曾经访问了许多知情者，查阅了许多史料。据我奶奶说，王仲甲主持起义军南下的军事决策会议，在皋兰南乡的马坡（今属榆中）一户农家召开，史称"马坡会议"。这是陇右农民大起义历史上一次不可忽视的重要军事会议。我查阅了《甘肃通史》，上面记载道：

> 1943年3月中旬，起义军在皋兰南乡的马坡（今属榆中）召开军事会议。这次会议统一了番号，将起义军定名为"甘肃（农民）抗日救国义勇军"，公推王仲甲为总司令，马福善、肋巴佛为副司令。此次会议对今后的作战方向也做了规划，王仲

甲率领主力南下武都、文县，杨如华、毛克让等部在榆中、定西、皋兰南乡等地活动，马继祖部向会宁、西海固、陇东活动。安华雄部在马莲滩、牛心山一带活动。

94　土城拦马头

临洮南部山区是王仲甲的根据地，他在这里打游击联络了许多群众，这些人还在山区。同时第七路肋巴佛、年永泰部，尚未离开草原。王仲甲为了尽快实现马坡会议确定的南下武都计划，带领大军从皋兰南乡马坡回到衙下集、苟家滩和格致坪一带召集兵马。

那些密林中的好汉，听到王仲甲的召唤，一个个从深深的沟壑里，从茫茫的大山中，从黑黑的洞穴中，从密密的树林中钻了出来，哗啦啦聚集到他的身边。

王仲甲召集了上万部众和群众，在格致坪举行誓师大会。

他站在高处，慷慨激昂地发表了讲话：

"本人王仲甲。今天是本军建军的一天。我们西北的广大农民，遭受了国民党政府层出不穷的兵役粮款、苛捐杂税的黑暗压榨已有几年了，在这几年当中，只有我们贫弱孤苦的好农民，遭罪最厉害。这是什么原因呢？由于地方上的财主、地富豪绅，为了不出兵役、不出粮款，都把乡保抓在自己手里，包庇他们的七大姑八大姨，从而避免兵役粮款。这些人翻手为云、覆手为雨，操纵一切。因此就形成了贫担富款、科派浮出、顶替兵役的黑暗压迫现象。现在我们一般贫苦的好农民已经到了呼天天高、叫地地深、九死一生的关头了。我们现在找到了一条光明的道路。大家不谋而合地组织起这样轰轰烈烈、惊天动地的农民革命军，是有很大意义的，很有宏伟目标的，所以今天到场的各位英雄和各位朋友，都是具有很壮烈的气概、很英雄的姿态和革命精神。同时，在我们的建军荣典大会上,各位同志要热烈地、要欢快地拥护本人任大军总司令,也是本人义不容辞的,不需客套地担当起来,就是为了救国救民的革命事业而共同奋斗。从今往后,第一,决心在最短期间,先打倒甘肃主席谷正伦。第二,要彻底推翻蒋介石,革命到底。第三,要抗日救国,恢复我锦绣河山。第四,要完成救国救民的伟大任务,如有所负,指诸山河为誓!"

王仲甲以甘肃农民义勇抗战集团联军总司令的名义颁发印鉴,重申了马坡会议的军事决策,宣布《西北各民族义勇军誓言》。联军为号召民众反蒋抗日,还出示了如下布告:

我起义大军,志在抗日反蒋,救国救民。爰以蒋贼弄权,祸国殃民。致使日寇侵凌,半壁河山沦陷,亿万生灵涂炭。更令人发指者,数年来,假抗日之名,资自肥之愿。乡镇保甲,实虐民之器,豪绅缙门,乃残民之贼。大商富户,免役免粮;贫苦百姓,无所不征。抓兵则鸡犬不宁,征款则鞭索横飞。言念及此,能不寒心。是以仲甲等振臂一呼,我汉、回、藏人民,响应云从。现以十万之众,编五军之师,严修军纪,吊民伐罪,凡贪官污吏之财产,必将没收。救济贫民;我贫苦人家之家屋,定当秋毫无犯。令出法从,有敢于违法之徒,严惩不贷。今当我起义大军整装南进之日,恳切布示,仰我军民一体周知。

起义军同时发布了抗日反蒋檄文:

吾甘不幸,朱谷当权;专员县长,狼狈为奸;假借抗日,横征暴敛;民不聊生,铤而走险;无耻之徒,反说共产;嗟我黎民,情何以堪。本总司令,为民所选,为民请命,解民倒悬。举义讨逆，誓师革命；好农民视若父兄，同舟共济；过往地面，秋毫而无犯；视敌人不共戴天，根本歼灭，寸草不留……

起义军还按照米家嘴和西坪会议精神，申明起义军宗旨、军纪，并宣布了对奸淫妇女、抢劫民财、践踏庄稼、自私自利、临阵脱逃者一律枪毙的五条纪律。任命回民马尕人为军法处处长，组织执法队巡回纠察。

当然了，王仲甲一到衙下就知道刘鸣已经南下，誓师大会一结束，他马上准备南下。这时我外太爷马殿选从莲花山下山，突然出现在格致坪大军中。

"哎呀马大哥，你咋来了？"王仲甲问。

"卓尼舵把子汪鼎臣到莲花山找我，说肋巴佛他们打下了洮州，杀了县长，准备南下武都找尕张，你想办法速与肋巴佛会合。"我外太爷马殿选说。

"他们走到哪里了？"

"据汪鼎臣讲，他们正向岷县开进。"

"哎呀，渭源一个小县城，原佐仁县长手下兵不是太多，我们三万人围攻不下，折了不少兄弟。岷县是个大县，又是胡守谦专员的老窝子，城内兵强马壮，武器精良，佛爷去打岷县，肯定要吃亏。"王仲甲分析道。

"那咋办？"我外太爷马殿选着急地问。

"我们找马福善商量一下，赶紧拦住佛爷马头。"

说罢，王仲甲叫来王星恒，三人离开格致坪，骑马直奔康乐马福善营地。马福善按照马坡会议精神，在康乐又发展了许多人，刚刚组建完成。

"不能让佛爷吃亏，快叫他放弃打岷县，我去迎接他！"马福善说。

"佛爷救过我命，还是我去！"王仲甲站起来大声说。

"你别冲动，刘鸣孤军南下，你率大军前去会合。我去接迎佛爷。再说马木哥跟佛爷在一起,我去比较合适!"马福善有理有据地说。

"我让王星恒率大部队南下,我带领小部,你带上你的全部人马,我们共同在峡城门楼寺等他!"王仲甲想了想说。

"那好,你赶紧写信,我亲自去送。"我外太爷马殿选说。

我外太爷马殿选拿着王仲甲的信,驰离康乐。一袋烟工夫,我外太爷马殿选到了糜川镇,看见许多饥民喜形于色地背着粮食,就勒住马头问:"老乡,背的粮食是哪儿的?"饥民说:"肋巴佛拔了土城,开粮仓分的。"土城是一座堡子,离糜川不远,驻扎着国民党重兵。我外太爷马殿选听了饥民的话,直奔土城。

到了土城,却见城已焚毁,仅残留着城的一角。对面的城台上,横七竖八的都是尸体,鲜血染红了城墙。城内到处都是断壁残垣,土城以前的模样几乎荡然无存。四处散落着废砖烂瓦,倒在地上的木头还在冒烟……

"肋巴佛的部队在哪里?"我外太爷马殿选跳下马,拦住一个从城堡跑出来的人。

"朝西边方向去了。"

我外太爷马殿选跃上马,过元里,追赶到白土嘴,才看见肋巴佛的部队。我外太爷马殿选一身货郎打扮,声称要见肋巴佛。哨兵上下打量一番,带他去司令部。肋巴佛身旁的几个头领,都是洪帮兄弟,高兴地向肋巴佛介绍了我外太爷马殿选。

我外太爷马殿选行过拐子礼,撕开夹袄领子,取出一封信,递给肋巴佛。肋巴佛当场撕开念道:"肋巴活佛您好,欣悉佛爷率领僧俗揭竿起义,并取得攻克洮州大捷,官府震惊,百姓称快!我们也在临洮、康乐起事,已和敌人多次交手。我们想和佛爷合兵,一起南下。我在峡城门楼寺等候佛爷到来。"署名王仲甲、马福善。

"这个王仲甲,可是在磨川寺待过两个月的那个人?"肋巴佛激动地问。

"对，佛爷救过他的命，还送过他红氆氇褐衫！"我外太爷马殿选高兴地回答。

"好！就听他们的，大军不去攻打岷县，向门楼寺出发。我曾算过卦，他定成大事，果然如此！"肋巴佛击掌叫好，下达命令。

第三十章

南下找尕张

[民国三十二年（1943），渭源、榆中、武都，大败]

 95　马木哥留守打游击

门楼寺是峡城的一个小村庄，傍山依水，北临临洮，西接康乐，与莲花山隔河相望。村子原有百户人家，人欢马叫，热闹过一阵。可现在却是一片凄冷景象。村里人死的死、跑的跑、反的反。仅有的几户人家，大门孤零零地戳在那儿，顶上长满茅草，两头翘起的脊角上，落满了鸽子粪，白得有些刺眼。走进院内，满眼都是蒿草，里面的房子不是倒塌就是被人拆光了。

肋巴佛得到我外太爷马殿选送来的信，赶到门楼寺，与马福善大部队、王仲甲小部队会合，他们重新整编部队。第一路肖焕章，第二路马继祖，第三路肋巴佛，第四路苟登弟、常守泰，第五路姚登甲、张明信。起义军决定按原计划南下。

"渭源有个无影山，山中有个马藏寺，佛爷在那里联络了不少人。"

"好，就向渭源喇嘛地区进发。"

无影山四山合围，三溪环绕，无影山居中，成为第五岳。四山为东洼老君山，西连鸿雁山，南眺拦凤山，北邻七圣山。众山之间夹有三条溪流，分别是龙望沟、马河湾、胡儿寨沟溪水。三溪斗折蛇行，到了官桥沟汇作一河，称为禹河，向东流去，成为纵贯陇秦、横纳百川的黄河最大支流源头渭河。

起义军到了无影山，吸纳了穷人，又像一股洪流，向前推进。

这时候问题出来了，由于武都是汉族地区，起义军中的回、东乡族起义军的食宿不便。他们中一部分说："我们南下不吃饭不行，吃了饭坏口也不行。"

"那你们留下来还是走？"肋巴佛问。

"想走的走，想留下的留下！"

"我们要南下，马继祖能南下，我们为啥不南下？"持不同意见的说。

"回民要走的，走。要留下的，就留下。"

王仲甲和肋巴佛最终商量决定，由马木哥司令、绵志录副司令带领起义军中部分回族、东乡族兄弟，返回康乐景古、临洮一带，利用山区地形牵制敌人。马福善父子率起义军在榆中、皋兰、定西等东线和黄作宾、罗万虎部联合，择机南下。

"你们一走，他们来清剿，我们人少，打不过。"绵志录说。

"大军南下，国民党军主力一定会被我们吸引，你们不用担心。"

肋巴佛说完，各道珍重，分头出发。

起义军在王仲甲的统领下，沿着九甸峡，经新堡、柏林、中寨、梅川镇，绕道申都，来到闾井。在闾井消灭守军国民党军周体仁部一个连，缴获步枪数十支，在铁厂缴获机枪两挺、步枪百余支，子弹一万五千余发。由王星恒率领的王仲甲大部队此时也到达岷县闾井，与肋巴佛率领的起义队伍两千余人会合。

大军浩浩荡荡南下。到达岷县时，刘鸣已经率部离开闾井，前往宕昌。

96　龙一飞

刘鸣大部队到达洮坪魏子坝。这是礼县西部的穷山寨，四月的魏子坝，抬头天蓝，低头草绿，云飘风轻。绿绿的青草覆盖了蜿蜒起伏的山坡，路边开满了五颜六色的花。按照事前约定，刘鸣立刻派前卫师长张志鸿前往白龙江边的龙江镇，联络镇长龙一飞。

龙一飞出生于武都龙坝。五岁父亲就去世了。民国初年，地方土匪蜂起，疯狂抢掠，杀人放火，弄得鸡飞狗跳。母亲王氏和胞兄龙凤文，带着九岁的龙一飞和全家十四口人，离开龙坝到武都城，靠给人做针线活维持生计。民国十六年，龙一飞在武都城关贡院小学读书，课余贩卖水果、蔬菜，弥补生计。民国二十一年，在国民党驻岷县新编十四师当兵。二十一岁那年，龙一飞在黄埔军校洛阳分校时，跟刘鸣、张志鸿、靳尚志同在军官第四期训练班学习。结业后在军中任过排长、上尉附员、连长等职。

龙一飞为人正直，因看不惯十四师师长王咸一的心腹雷振声吸大烟、赌博、嫖娼、克扣士兵粮饷等行为，跟雷振声论理，被王咸一"清洗"。离开部队后，他与陶子杰、宋步光、刘希孔等在武都两水以做西药生意为掩护，开办了兄弟医院，秘密联络，策划民众暴动。

龙一飞来往于临洮、武都之间，跟刘鸣书信往来不断。1941年加入了地下共产党，后来创建了武都游击大队。按照上级指示，龙一飞打入国民党内部，先后担任国民党武都县教训队上尉中队长、洛塘区署指导员、自

龙一飞

卫队上尉中队长兼龙江镇镇长、洛塘区区长,以龙江镇镇长兼自卫队中队长的公开身份做掩护,开展地下工作。他把柏林乡的地下党员李忠诚、韩志学等安排在安化、蒲池等乡担任乡队副,掌握枪杆子,发展了上百人的武装力量。

"一飞兄,好久不见,你当上镇长了,挎枪骑马好威武。"张志鸿是岷县闾井镇新庄村人,跟龙江相邻。一见面就开起了玩笑。

"前任的镇长吓跑了,我占山为王了。"龙一飞逗笑道。

"刘鸣率大军到了魏子坝,他派我来见你。"

"我备好礼物,盼着这一天呢!"

"什么礼物?"

"当地洪帮大爷王巨元的八百兄弟,我动员的两百人马。"

"哎哟,太好了,咱又增加一千多人了。"张志鸿高兴道。

"刘司令有什么打算?"龙一飞问。

"打宕昌城。"张志鸿回答。

"好极了,宕昌城兵力薄弱,打它正是时候!"龙一飞说。

"城中有多少人马?"

"只有一个保安大队。"

"城外兵力如何?"

"只有一个学员队流动防守,好打得很。"龙一飞回答。

张志鸿兴奋地站起身,抓起桌上的帽子戴在头上。

"你干啥?"

"走!"

"吃了饭再走?"

"不,你的情报很重要,我得马上报告刘鸣司令。"

"吃饭用不了多长时间。"龙一飞坚持道。

"给我一块馍,我边走边吃,等打下宕昌,再好好吃一顿。"

"好吧,你们先去打宕昌,我和王巨元明天率洪帮兄弟来投奔。"

刘鸣得知宕昌城兵力薄弱，当机立断，迅速出兵，连夜奔袭宕昌。魏子坝离县城只有百里路，刘鸣经过一夜急行军，天亮突然出现在宕昌城下。保安大队都是没上过战场的地方武装人员，只能对付小股土匪。他们猛然看到城外铺天盖地的起义军，一个个吓傻了，丢盔弃甲而逃。

刘鸣不费吹灰之力，占领了县城。发布了《告西北各族各界同胞书》。

第二天，龙一飞和王巨元果然率千人来投。

龙一飞带来的人，除了洪帮兄弟，大多为饥肠辘辘的饥民。他们中人员成分复杂，鱼龙混杂，泥沙俱下。有扛着大刀的"神汉"，有怀揣罗盘的"阴阳生"，有拿着神器的"算命仙"，有手握长管水烟袋的"装烟人"，而最奇葩的是一个叫杨新武的富家子弟，因受不了家庭的约束，前来投军，追求自由生活。他身着长袍马褂，头戴礼帽，骑着走骡，带着鸦片烟具，领着一个佃户，行为滑稽可笑，简直就是东方的桑丘和堂吉诃德。不到一周的时间，追求自由的杨新武不知去向。还有一些低劣的饥民或者兵痞、地痞、流氓、二流子，为了抢夺粮食和钱财，也混到起义军来找生活，浑水摸鱼，干些见不得人的事。

第三天拂晓，城外国民党十五师的骑兵团学员队突然占领城郊石垒山，居高临下，袭击起义军。刘鸣即派曹虎诚率一个团攻打。

因地形不利，曹虎诚连续进攻数次，不但未能攻占石垒山，而且战斗中佛爷代、张四和董四三名士兵阵亡，团长曹虎诚臂膊受伤。

刘鸣一看进攻受挫，改变策略。正面佯攻，命令警卫团团长王殿元，独立营营长刘学武，特务营营长吴生祥，带领一百名战士，抄小路上山，背后偷袭。

国民党骑兵团学员队全神贯注地盯着正面山坡，突然腹背受敌，一名连长和机枪手当场被打死。学员队全线溃败，携枪而逃。王殿元偷袭起义军大获全胜，杀死敌人十三人，缴获一挺机枪、百余支步枪和两千多发子弹。

97　邓邓桥碰面

王殿元在石垒山打了胜仗，打扫完战场已是正午，刘鸣杀猪宰牛犒赏大家。却见一支穿着国民党军服的骑兵从衙门地疾驰而来，起义军下令吹响了集合号，准备战斗。当这支军队到了下坝子时，刘鸣看到最前面的骑兵打着一面红旗，最前头的骑兵挥着红旗，开口大喊。

"别开枪，你们是肋巴佛的人吗？"

"不是，你们别过来！"

"你们总司令是谁？"

"刘鸣！"

"你们是谁的部队？"王殿元喊。

"张英杰。"骑兵回答。

"快过来，都是自己人。"

这支骑兵共有四十多人，每人一马一枪。原来张英杰在武都听说"土匪"攻占了宕昌，以为这支"土匪"就是肋巴佛，便暗中指示排长胡万成，班长郑如林、李得荣，副班长刘鸿彪、士兵王六六、祁发录等人，杀了王克英连长，以哗变名义，带领四十多人前来接应。

胡万成走进司令部，跟刘鸣见面，互通情报。刘鸣部队除张志鸿等几个为正规军人外，都是泥腿子农民，部队缺少训练有素的军人。如今看到这四十多个英勇威风的军人来接应，喜上眉梢，便未加考虑他们是张英杰的属下，当即任命骑兵排排长胡万成为警卫师师长，班长郑如林、副班长刘鸿彪为骑兵团正、副

张英杰骑兵营部分官兵，二排居中为张英杰

团长，班长李得荣为三团团长，士兵编进了蒲子玉的骑兵旅。

整编完成，刘鸣率部向武都进发。

离开宕昌六十多里，进入官亭乡岷江滑石峡口。两岸的山势突然收起，群山从争相竞秀而变得有几分狰狞。但见两山峙立，高耸入云，阴沉深暗，中间只有一道天然石峡。滔滔的岷江急流，涛声如雷。两岸听不见鸡鸣犬吠，看不到猿蹦鸟飞，更无人马足迹，就在这个无路可通的悬崖峭壁上，刘鸣发现了一段沿悬崖峭壁修建的古代栈道，栈孔或上下成排，或左右列队，远远望去如星辰错落，似棋子参差。栈道连接着一座伸臂木梁桥，岷江桥墩一侧的岩石，赫然写着"邓邓桥"三个大字。据说此桥为曹魏大将军邓艾父子入蜀时修建，故名邓邓桥。

三国时邓艾父子率部从临洮南下入蜀至此，被岷江所阻，命令士兵缘山崖修造栈道，修造此桥，出滑石峡，过武都，入阴平道，攻灭蜀汉政权。刘鸣望着这段栈道，想起如今自己沿着邓艾走过的路南下武都，心潮澎湃，横刀勒马伫立一侧，诗兴大发，吟诵道："观此风景好，音留甘川早。阁名千古秀，寂寞方孽了。"

"好诗啊！刘司令好文才！"随着叫好声响起掌声，因在峡谷，声音很大。

"哎，这是王仲甲的诗。不知他走到哪里了？"刘鸣叹口气。

"报告司令，王仲甲已到岷县，在蒲麻镇打了胜仗。"

"他咋走得这么慢？"

"他们人多、人杂，走得就慢些。"

"比我们多？"刘鸣问。

"他在闾井，跟肋巴佛、马福善会合，人就多了。"

"你的情报准吗？"刘鸣问。

"绝对准！肋巴佛手下的黄建伟是洪帮兄弟，不知什么原因，他跟王仲甲结了仇，不愿跟王仲甲会合，偷偷派人到我部联络。"属下报告。

"好，你们盯紧些！"

说话间，刘鸣目光从对面栈道上收回，看见在邓邓桥中间站着一列骑兵。

"你是谁？"刘鸣望着桥面上英姿飒爽的军官问。

"他是张营长，张英杰！"警卫师师长胡万成小声告诉刘鸣。

"久仰大名，张营长！"刘鸣跳下马，小步跑过去。

张英杰暗中指示胡万成哗变后，佯装追赶"哗变"部队，亲自率领两连骑兵来到邓邓桥，迎接结拜兄弟肋巴佛。未曾料想，南下的不是肋巴佛，竟是刘鸣。他心中顿时凉了半截。

"张营长，你不在武都城，咋到这里来了？"刘鸣热情地问。

"说来话长。"张英杰跳下马，握住刘鸣的手，两人坐在桥墩上。

原来张英杰在武都出了意外。

张英杰所部非蒋帮嫡系，军饷没有保障。而武都山大沟深，土地贫瘠，百姓穷困，张英杰向专员孙振邦要钱要粮，他找理由推托不给。张英杰便贩卖鸦片，却遭到孙振邦多次查禁没收，两人由此结下大仇。孙振邦为防意外，在营中拉拢了一个叫王克英的连长做卧底。王克英暗中掌握了张英杰的三件事。一是三年前张英杰回乡探亲，正逢"四月八"松鸣岩山场，他去浪山，正好肋巴佛来此做佛事活动，二人一见如故，建立了密切的关系。二是肋巴佛在张英杰的营房住了月余，张英杰以换马的名义给肋巴佛资助枪支。三是张英杰的弟弟张英奎，按"青救会"负责人李毅弘指示，于1943年年初将临洮解往兰州的新兵数百人在七道梁解散，发给路费，命令他们去武都投靠张英杰。这种做法引起了军统怀疑，张英奎被特工人员抓到督察局候审。李毅弘设法将张英奎救出，让他离开兰州，参加了武都张英杰的骑兵营。

做卧底的王克英将这三件事如实报告了专员孙振邦。

孙振邦大惊，三次设了鸿门宴，想除掉张英杰。张英杰第一次装病，第二次避到梁家园子推说因公外出，第三次派孙专员的卧底王克英连长去。

起义风声越来越紧，孙振邦听说王仲甲已经率军南下，马上就要打到家门口了，而张英杰又里通土匪。他三次鸿门宴没有除掉张英杰，情急之下，又想出一计，借口城内草料短缺，马吃稻草不好，要张英杰把马送到乡下去喂。

张英杰认为这是孙振邦有意削弱部队战斗力，担心起义的事已被察觉，遂令王克英连长立即通知班排长来营部开会。

王克英认为自己是孙专员的卧底，有恃无恐，加之这天在孙振邦专员那里喝了酒，酒气冲天地来到二连驻地，厉声大叫班排长姓名，嘴里粗言脏语。

"刘鸿彪！刘鸿彪！刘鸿彪！你这个驴日的，给我出来。"

"王连长，你怎么骂人呢？"

"我叫了你好几声，你聋了吗，你个驴日的！"

"你是连长，不要骂人。"

"我就骂了，你这个驴日的，我不信你真的就反了。"

刘鸿彪心里咯噔一下，他以为这个浑蛋提着枪直呼其名，又破口大骂，肯定是谁走漏了消息，让他察觉到起义之事，因为刘鸿彪正是张英杰依赖的起事骨干，他心一横，一咬牙，举起手枪，对准王克英扣动了扳机。

随着一声清脆的枪声，王克英连长倒在血泊之中。

枪声宣告了骑兵营正式起义，也惊动了孙振邦专员。他打电话询问张英杰："张营长，营中有枪声，究竟是怎么回事？"张英杰镇静地回答说："跑了几个人，没事！"

胡万成率领四十人离开武都城，张英杰放心不下，便一不做二不休，以士兵哗变为掩饰，自缚于马上，放弃武都城防，撤出武都城。他亲自带领两个连到邓邓桥迎接肋巴佛。

"哎呀张营长，你为啥要撤出武都城呀？"刘鸣焦急地问。

"甘泉乡洪帮大爷王德一在王家坝起义，他得到洪帮的指示，说肋巴佛的部队里藏民多，人多枪少，缺乏带兵的军官。佛爷的部队一踏进武都，就让我派一批军官。我的骑兵营，一个士兵可以当一个连长用，我撤出武都城，就是想给佛爷送一批军官。我想也只有这样，起义军才有战斗力，才像个军队，不然光拿锄头难以取胜啊！"张英杰说。

"可是你想过没有，武都联结川、陕两省，在通往四川的咽喉要道上。它可是兵家必争之地啊，不管是肋巴佛、王仲甲，还是我，我们南下，都是冲着武都来的，你在城里，我们里应外合，好打武都。你撤出武都，我们怎么办？"刘鸣和张英杰初次相见，本该心平气和，可一想到张英杰撤出武都的后果，刘鸣难以控制情绪，声音不由得大了起来，话语中有了责怪的味道。

"有你说的那么严重吗？"张英杰不以为然。

"当然严重，你一撤，正好暴露了自己，而孙振邦是个老贼，他会乘虚调集国民党其他部队进驻武都，我们再打武都就难了！"刘鸣忧心忡忡地说。

"哎呀，当时孙振邦起了疑心，我撤时没想那么多。"张英杰经刘鸣这么一说，意识到大事不妙，似乎很后悔，"刘司令，事已至此，我们该怎么办？"

"你立即联络汉林乡吕建烈、甘泉乡王德一，去打柏林驻军，阻击东路康县敌军。西固是通往武都的要塞，我率兵去攻打，解除后顾之忧。待你打下柏林，我拿下西固。你我在两水会合，共同攻打武都。"刘鸣提出了作战方案。

"好，就按刘司令说的办。"

张英杰就此跟刘鸣分手，率部向广坪沟方向而去。

98　智取西固

刘鸣则兵分两路，一路由蒲子玉率骑兵旅，沿公路奔袭，经秦峪、化马、两河口、大川、南峪，向西固城挺进。另一路由刘鸣亲率步兵，翻山越岭抄小道而行，直达西固城北面的翠峰山脚下。当太阳露出山头，清风吹开迷雾时，两路大军相会在城下。

西固县县长王慨儒下令关闭城门，不准通行，紧急组织西固杨得亮的接兵队、保安队和警察共上百人防守。然而县城四周，已聚集了近万人的起义军，声势浩大，喊声震荡。王慨儒惶恐不安，为尽守土之责，他强撑精神，强征城关百姓和学生，自带檑木滚石，协助官兵守城。

"刘司令，可以攻城了吧？"起义军准备停当，蒲子玉旅长前来请示。

"就地休息！"刘鸣下达了奇怪的命令。

"刚才侦察兵来报，国民党军唐怀源师正从岷县出发，已过了宕昌镇，向这边扑来。我们现在攻城，他们兵少，可一举攻占城池，若错过战机，唐怀源增援部队一到，攻城就难了。刘司令，下令攻城吧？"蒲子玉劝解道。

"王慨儒和我是同学，我在平凉周祥初第四十三师任骑兵营营长时，他是县党部的负责人。此人怀揣教育救国之志，思想比较开明。我写信劝降，可达到不战而屈人之兵。"刘鸣耐心地解释了原因，钻进营帐，写了两封信。一封写给西固乡绅，一封写给王慨儒县长。

刘鸣

慨儒仁兄大鉴：

平凉一别，瞬经五年，不想吾兄已高升县长矣！

弟以菲才，承万千工农群众之爱戴，实行平生人民革命之主义，今率十万武装民众，风驰南下。西固为我人民军军事上必据之要点，阁下其许我驻马耀武乎？相距咫尺，或战或守或降或走，请速表示。回忆阁下与吾有一日之雅，不忍以待临潭民贼县长徐文英之手段待阁下也。祸福之机，决于俄顷，识时务者为俊杰，特达尺纸，唯希照鉴。倘蒙不弃鄙贱，指示革命方略，旧友重逢，共励大业，不特免玉石俱焚之机！遵意如何？伫候示遵。

顺祝近安！

小弟刘羽拜上

王慨儒接到刘鸣亲笔信件，看到城外人声鼎沸，心中发虚。而守城官兵，自知难以抵敌，趁王慨儒到南城督战的空隙，在城头虚放几枪，慌慌张张撤离霸桥，夺路向南逃窜。王慨儒长叹一声，跺跺脚，硬着头皮，带着一个警卫，亲自打开城门迎接起义军。

刘鸣进城后，布告安民，秋毫无犯。他命令打开监狱，释放了被关押的八十多个百姓，烧毁了犯人档案，打开仓库，发放粮食二百多担，救济了贫民。王慨儒交出手枪一支、步枪二十多支、子弹上千发、电台一部。当日下午，刘鸣在城中心召开军民大会，镇压土豪恶霸，宣传抗日救国的主张，四乡百姓奔走相告，踊跃参加起义军，部队迅速壮大，猛增到三万人。

接着刘鸣整编部队，任命王殿元为城防司令，龙一飞为西固县县长，留三百多人防备西固。然后按照和张英杰的约定，率部向两水、唐坪进发。

99　反攻武都

　　柏林在北峪河畔，这里山高坡陡，沟壑交错，柏树成荫，古时建有柏林寺。柏林袁坝驻有一个保安队，张英杰骑兵营从梨树湾、袁家塄两边夹击，一阵激战后，保安队败阵而逃。张英杰正在得意，传来刘鸣一纸书信智取西固城的消息。这对张英杰震动极大，他万万没有想到，刘鸣带领一帮泥腿子，连续攻占了两座城池。而他的骑兵营，武器装备精良，只打跑了一个保安队，还死伤了好几个人。这让他觉得有失脸面。张英杰暗自思忖，武都是陇南大镇，若能一举占领武都，胜似攻占十座县城。在各路大军中，可算头功，于是私自改变在两水与刘鸣会合，共同攻打武都计划。他不等刘鸣大军，动起独自攻打武都的念头来。

　　张英杰驻防武都多年，清楚城内自卫队不多，战斗力也不强，对地形更是了如指掌。但是他没有想到，孙振邦专员对他早有预防，在他出走后，一面向天水驻军求援，一面急调所属各县自卫队来武都防守，加强了城防力量。现在武都城内有孙振邦的四个保安大队，孙守谦的一个保安团，人数超过他一个营的数倍，他的力量远远不够。

　　然而若等刘鸣到两水，合兵攻打，这头功便不能算在他头上。

　　思来想去，张英杰想出了一条诈取武都的计谋。

　　张英杰跟城内洪帮头目私交很深。他偷偷派人联系，让他们做内应。同时，故弄玄虚，四处放出风声说："刘羽三万大军，已兵至城下！"弄得武都满城风雨、风声鹤唳。

　　孙振邦深知张英杰的心思，怕他反攻，调来了各县自卫队。但孙振邦仍不放心，请求国民党军十五师增援。上司接报后，速派十五师康庄部两个营由康县赶往武都。

　　面对城外蠢蠢欲动的骑兵，孙振邦寝食难安，亲自带领保安大队出城巡防。

　　"张营长，孙振邦出城巡防去了。"城中洪帮兄弟送出密信。

"谁守城？"

"孙守谦的保安团。"

"哼，胆小如鼠的孙大胖子守城，机会来了！"

张英杰翻身上马，决定攻打城池。这是一个冷风劲吹的夜晚，张英杰率领三百铁骑，沿着莽莽苍苍的白龙江河谷飞驰而下，穿过桥头村，突然袭击武都城。掩映在夜色中的洪帮内应，听见枪声，在城内四处放火，大喊大叫，打开城门。张英杰乘势杀进武都城。

保安团团长孙守谦不明真相，听到大街小巷喊三万大军进城，吓得魂飞魄散，急率保安团退出城外。到桑家湾一带，发现并无追兵，稍作喘息。天亮之后，孙振邦带着保安大队从杨家坝巡防路过，看见孙守谦，大吃一惊："你不死守城池，跑到这里干什么？"孙守谦哭丧着脸说："……我的专员啊……张英杰带着三万土匪……攻进了城……"孙振邦越发奇怪："哪来的三万土匪？"孙守谦上气不接下气地说："……刘羽……的三万人……"

"胡说！我刚从两水巡防回来，你睁大眼看看！"孙振邦勃然大怒。

"……难道我们上当了？"孙守谦猛然惊醒。

"两水沿途，没有一个土匪！"侦察兵说。

"打回去。"

孙守谦保安团重整旗鼓，与孙振邦带的保安大队返身杀向武都。这时十五师康庄部两个营，已经赶到武都，他们合兵一处，攻打武都。张英杰势单力孤，无力抵抗，只好撤出城池，退到柳巴沟，转到两水，等待刘鸣。

三天后刘鸣大军赶到两水镇。

"说好在两水会合，你为什么不等我？"得知张英杰私自攻打武都失利，刘鸣十分恼火。

"孙振邦出城巡防，我怕错失战机。"张英杰给自己找理由。

"现在不是争论的时候，考虑下一步咋办？"蒲子玉旅长过来打圆场。

"打武都！"刘鸣话里有一股气。

"我们合兵去打？"张英杰问。

"不，你刚打了一场，我去打！"刘鸣气呼呼地回答。

张英杰在武都城打了一天一夜，部队确需休整，就驻扎到两水前村。

刘鸣冷静分析了敌我力量，认为起义军装备虽不及敌，但人数众多，士气旺盛，仍按原计划攻打武都。当即决定，司令部设在汉林乡唐坪村，前卫师张志鸿驻防两水镇，掐断敌人西逃之路。军长张建成率精锐主力，迅速占领县城有利地形，完成对武都的包围。

这天晚上，天上淅淅沥沥地下起了雨。

驻防两水的张志鸿前卫师，因为白天不费吹灰之力击溃了孙守谦的一个保安中队，官兵欢庆胜利到深夜才入睡。而孙守谦因两次失利，遭到孙振邦呵斥，他想将功赎罪、争回脸面。看到今日天阴下雨，便亲率保安团，在十五师一个营的配合下，以白龙江河堤为掩护，偷袭两水。

半夜里，李呼呼班长到各个岗哨查哨。漆黑的夜，他只能靠感觉走路，高一脚矮一脚地走。李呼呼来到罗六月喜的岗哨前，发现有人影在晃动。李呼呼问："口令？"那人影说："你连我的声音都听不出来了吗？"李呼呼和罗六月喜是徛下罗下村人，罗六月喜的声音，他闭着眼都能听出来。这声音不是罗六月喜。李呼呼下意识地看了一下，发现罗六月喜已死在岗哨前。

李呼呼发现不妙，举枪对准黑夜里那个影子扣动扳机，同时大叫。

听见枪声，张志鸿前卫师的战士从梦中惊醒，不辨东西，黑夜中仓促应战，手忙脚乱，许多人被孙守谦的保安团打死。山顶的哨兵听到枪声，急忙报告司令部。刘鸣连夜驰援，赶到两水时，战斗已经结束。团长周建斌，参谋长张志繁阵亡，起义军伤亡溃败七百多人。刘鸣攻打武都受挫，移兵杨家庙，与张英杰形成掎角之势。

我带着寻踪往昔的寄盼，多次到武都，登上五凤山，远眺群山怀抱的县城。蜿蜒起伏的白龙江水色湛蓝，穿城而过。北峪河汇入白龙江，两条河流，一清一浊，像两条巨龙围拢着美丽的城池。站在半山腰，看不见战旗飘飘，听不到炮声隆隆。南山桃花盛开，北山樱花烂漫，山下大片金黄的油菜花覆盖原野。望着这一派如画的风光，聆听着江水幽鸣，我思绪万千。

第三十一章

蒋介石调兵

［民国三十一年至三十二年（1942—1943），武都，大煞］

 100 军政不合

就在两个月前，老实憨厚的庄稼汉们，还在贫瘠干渴的田地里日出而作日入而息，在光秃的山梁上抡锄开荒。他们像古老的枣树一样顽强而固执地听任于上苍的摆布，像祖辈那样过着面朝黄土背朝天的日子，可是一夜之间，他们放下了锄头，拿起了刀棍，参加了起义。大军很快发展壮大成十万多人，汇聚成汹涌澎湃的洪流，迅速漫过了陇原大地。

省长谷正伦慌了，司令长官朱绍良也慌了。

谷正伦和朱绍良是日本振武陆军士官学校同学，民国初年同在黔军总司令王文华手下共事。朱绍良任参谋长，谷正伦任旅长，两人经常闹别扭。朱绍良在甘肃两次担任省主席，时间长达六年。由于甘肃贫穷落后，冯玉祥国民军撤退后政局混乱，因此朱绍良提出了"安定中求进步"的口号。他依仗着胡宗南的军队，对甘肃地方武装采用利诱势迫的手段，使其先后就范。省局大体安定，暂时呈现和平统一的局面，朱绍良自认为手段高明，自鸣得意。民国二十八年谷正伦接任省主席，朱绍良改任第八战区司令长官，谷正伦大唱反调。就在他们职务交接时，因私人利

益矛盾，朱绍良的秘书长翁燕翼又在中间传话不实，引起双方极大不快。谷正伦不仅全盘否定朱绍良的政令，而且提出了截然相反的口号："进步中求安定。"

谷正伦曾任南京卫戍司令、国民政府宪兵司令，他一到甘肃，故意标新立异，大张旗鼓地改弦更张。谷正伦认为朱绍良因循敷衍，没有魄力，将朱绍良任期内所派县长，凡是朱绍良的亲信，一律撤换，还枪毙了陇西县县长黄忻，有意给朱绍良难堪。双方矛盾愈来愈深，甚至形成第八战区司令部、省政府各行其是，军政分治的局面。他们两人从此很少往来。

这次甘肃激起民变的消息传到重庆，蒋介石异常震怒，频打电报斥责两人，分别给记大过一次。两人不得不摈弃前嫌，共同联手对付起义军。

谷正伦放下身段，低着头到邸家庄朱绍良私宅跟他商量对策。

谷正伦向朱绍良说："老兄，乱民势力很大，有进攻兰州之势，为确保兰州城安全，应该尽快加固兰州外城城垣。"朱绍良对谷正伦一向独断专行极为不满，而且认为谷正伦没有政治头脑，简直是胡闹，现在闹出事来了，才来找他，为了显示他比谷镇静而有办法，他说："第八战区司令部驻在城外，如果战区驻地保不住，城还能守吗？修城垣的事，太用不着了。"

"不修城垣，那么你赶紧出兵清剿。"谷正伦愁眉苦脸地催促道。

"谷兄啊，你弄清楚了，闹事的是灾民，而不是土匪！饥民需要的是安抚而不是刀子，我正在设法劝告他们回家，各安生业，我不忍心使用大军进剿。"朱绍良冷笑着说。

"朱司令啊，事情都到这个地步了，你还摆什么爱民的姿态？"

"到了哪个地步，我怎么不明白？"

"你到城里去看看，到处贴着布告、标语。"

"没什么，还不是共党的那一套宣传把戏。"

"老兄，你坐得住。这次来势凶猛，不一样。"

朱绍良一声不吭，一口接一口地抽烟。

谷正伦可坐不住，他从口袋里掏出一张叠起来的红标语，放在朱绍良的眼前。标语刚刚从墙上撕下来，背面的糨糊还没有干，透着一股泥土的味道。

"老兄，你好好看看这个。"

朱绍良瞥了一眼，上面清清楚楚地写着：打进兰州城，杀尽南方人！朱绍良祖籍江苏武进，生于福建福州。曾在福建陆军小学堂，南京陆军第四中学堂上学。他是地地道道的南方人，不可能无动于衷。他不由得朝前探了探身子。谷正伦观察着他的表情，又掏出一张标语。

"还有这一张，看仔细些。"谷正伦又掏出一张标语。

朱绍良一看，这张写的是：打倒朱绍良，拥护谷正伦！

朱绍良心里一惊，心想这次民变是谷正伦不顾老百姓死活，强推田赋征实引起的，我并没有对百姓下手，老百姓怎么会打倒我而拥护他呢。其实，朱绍良的怀疑是正确的，街头出现的标语原本是打倒谷正伦，拥护朱绍良。可是谷正伦为了激怒朱绍良，达到出兵的目的，做了点小小的手脚，让手下写了一张颠倒姓名的标语，摆在桌上。

"我是爱民的呀，他们怎么要打倒我？"朱绍良自言自语。

"哼，朱兄，你别把自己想得太好了。还有不少标语，写着打倒汉奸朱绍良！打倒打内战的军阀朱绍良！打倒发国难财的贪官污吏！分粮食，劫富济贫！打倒土豪劣绅！"

"我执行中央政策，他们怎么跟我过不去？"

"朱司令，你别忘了，你我都是日本振武士官学校毕业生，现在的老百姓，恨不得剥了日本人的皮，吃日本人的肉，凡是沾上"日本"二字，百姓都恨之入骨，何况大西北的老百姓，大字不识一个，知道你在日本念过书，就恨上你了。"

谷正伦这一番话说出去，朱绍良坐不住了。他面上仍然是一副从容自若的样子，可是说出的话跟谷正伦刚进邸家庄时不一样了，没有那么装腔作势，那么虚伪仁慈。他说："万一劝告不听，那时再派大军进剿，很快就可以解决，你不要怕。"

朱绍良站起来，披上风衣，叫上司机，直驰战区司令部。

谷正伦心中窃喜，以为自己的一番话已经说动了朱绍良，可是这种喜悦稍纵即逝，因为朱绍良并没有立即出动军队，而是大量散发了劝告灾民书，还张贴了这类布告。事到如今，这些东西其实根本起不了什么作用。谷正伦考虑再三，如实报告蒋介石。

101　总裁震怒

蹲在重庆消极抗日的蒋介石，听到谷正伦的报告，对朱绍良迟迟不出正规军，只派保安团进剿的做法十分不满，立即电令朱绍良限期剿灭土匪。

朱绍良抓紧进剿，但是起义军声势浩大，一时难以平息。

蒋介石发怒了，拨通了司令部的电话。

"朱绍良吗？"

"哎呀，委员长是您啊，您有什么吩咐？"

"前线在打仗，将士们在流血，你是怎么弄的，乱糟糟的！"

"委员长，我已组织了以第八战区政治部主任赵锡光、原河州镇守使裴建准、兰州豪绅郭维屏等为首的宣抚团，进驻事发地点，开展分化劝降。"

"要用两手，一只手软，另一只手硬！"

"是！卑职遵命！"

"一民（朱绍良字）啊，甘肃民变打乱了我进攻延安的计划，必须尽快剿灭乱民，恢复秩序。不能让共党钻了空子。"蒋介石高声说。

民变发生的这一年春天，共产国际执委会主席团发表关于解散第三国际的决定。国民党认为反共的时机到来了，蒋介石指示西安劳动营训导处处长，复兴社特务头子张涤非召开座谈会，以群众团体名义电告毛泽东，叫他"解散"中国共产党，"取消边区割据"。胡宗南从对付日军的河防主力撤出六个师，向西调动，加上原来封锁陕甘宁边区的数十万军队，沿宜川、洛川、淳化、固原线，准备分九路闪击延安，悍然掀起了第三次反共高潮。

甘南民变发生，打乱了国民党的反共计划，迫使胡宗南分兵对付起义军，从而有力地支持、声援了陕甘宁边区军民，粉碎了蒋介石第三次反共高潮的斗争，减轻了陕甘宁边区军民的压力，客观上起到了制止民国党向延安发动军事进攻的作用。

"一民，你看到毛泽东《质问国民党》的文章了吗？"蒋介石问。

"报告委员长，我没看到。"朱绍良如实回答。

"周恩来从重庆到西安，在胡宗南举行的招待会上，当面质问胡宗南，将河防大军向西调动，内战危机有一触即发之势，弄得胡宗南不好回答，很狼狈。我在这里告诉你实话，我们制订了进攻延安的'第二期计划'，看来这个计划不得不搁浅，都是你们捅的娄子啊。"蒋介石慢条斯理地说。

由于甘南民变的牵制，蒋介石被迫命令胡宗南停止围攻陕甘宁边区，抽出兵力全力对付起义军。蒋介石和胡宗南分别致电朱德，表示无意进攻陕甘宁边区，第三次反共高潮被制止，抗日战线得以继续坚持和巩固。

"委员长，都是卑职的错。"电话这头的朱绍良，满面冒汗。

"我不想再说啥了，剿匪有什么困难？"蒋介石问。

"兵力不够啊！"朱绍良诉苦。

"我知道，对付十万土匪，你手上兵力不足。我已命令三十八集团军司令范汉杰直接受令于胡宗南。从包围陕甘宁边区的前线，抽调第三军、第三十六军、第三十八军所属的七个正规师、两个骑兵旅、青海马步芳三个团，驻兰空军八大队二十三中队，由你和范汉杰指挥。你给我记住，局部的火不灭，会烧到全部。对待土匪，要出手快、出手狠、出手准，必须以强大的兵力，从四面八方将它围剿下去。迅速扑火。"蒋介石说完，朱绍良在电话中连连称是。

"限你六月底全部肃清匪患，你听清了吗？"蒋介石话中带硬。

"委员长，卑职听清了！"朱绍良在电话这头站正回答。

"听清了就好！每一项措施要落到实处。过一段时间，我要到甘肃视察军务，督促围剿计划的实施，希望你们给我卖点力。"蒋介石放缓口气又说道，"一民，党国危难之机，你和谷正伦不能自乱阵脚，大战当前，你们要精诚团结，要有大局意识。"

"是！卑职遵照执行！"

放下电话，朱绍良大汗淋漓。

朱绍良点着一根烟，连吸了几口，琢磨着蒋介石的话，隐隐约约觉得，谷正伦一定背着他向蒋介石打了小报告。但是大敌当前，他不敢计较。

谷正伦呢，因为朱绍良手握重兵，还得仰仗他，加之背后向蒋介石告了黑状，心中发虚，表面上对朱绍良表现得更加敬服，时时奉承，说朱绍良做事稳健，有办法。谷正伦鉴于自己推行过激政策以及那一套生硬的手法，激起了民变，引起了各方反感，便有意加以收敛，有事先找朱绍良商量，有意迎合朱绍良。谷正伦因为临洮县县长何世英是朱绍良的红人，以剿匪不力的罪名撤了他的职，这时为了讨好朱绍良，又把他找来，委以重任，提升为第九区行政督察专员。

二人虽然貌合神离、同床异梦，但对蒋介石的命令都不敢怠慢，不得不共同抛弃过去的嫌怨，暂时团结一致，共同对付起义军。

为了贯彻实施蒋介石迅速扑火的指示，镇压起义，朱绍良和谷正伦采取了"剿抚兼施"的手段，朱绍良迅速行动，分路向起义军发起进剿。这期间，实行新闻管制，严密封锁消息。

国民党军正规军五万多人从四面八方开进甘肃。

——第三军罗历戎所属第七师李世龙部，由陕西经定西、临洮漫讪进攻；

——张占奎骑兵第九师由陕西凤翔出发，经陇南，向岷县进军；

——第十师裴昌慧部由陇东向武都进剿；

——第十二师吕继周部由兰州向榆中、洮沙、临洮进军；

——第三十六军所属第五十一师林英部，由陇南向临洮进发；

——第五十二师卢兴荣部封锁西兰公路，担负截击任务；

——第五十九师盛文部，由陇东向天水进攻；

——第三十八军第十五师康庄部，由天水经甘谷，向武都、岷县、临洮发起进攻；

——第四十集团军总司令马步芳派骑兵一个团、步兵两个团在宁定、和政、康乐堵截；

——交通司令马锡武骑兵团和省保安司令部第二、四、五、六团配合堵截；

——驻兰空军八大队第二十三中队配合陆军作战，出动飞机轰炸。

血腥的阴风掠过天际，掠过树梢，带走花的芬芳。

绿色的大地上，突然骤风乍起，阴云密布，一道道闪电划破漆黑的夜幕，一阵阵沉闷的雷声如同战鼓轰鸣，瓢泼大雨从天而降，天地万物都笼罩在雨幕之中。鲜花凋谢了，绿草枯萎了。这里，那里，都是憔悴的伤痛。武器精良的正规军像一阵狂风掠过陇原大地，层层设卡，前堵后截，分割包围，对手持戈、矛、刀、枪的起义军展开了疯狂而残酷的血腥围剿。

第三十二章

单马度三关

［民国三十一至三十二年（1942—1943），武都，伏尸］

 草川崖

一踏上武都的土地，王仲甲就开始犯愁了。

"张英杰和王德一那边不会有啥问题吧？"

"应该不会，他们派人来说已经准备就绪。"

王仲甲担忧道："王德一是洪帮，我不担心。张英杰有身份、有地位，还是朱绍良的干儿子，我担心他。"肋巴佛接口说："他母亲和我同乡，他又跟我是结拜兄弟。我去过武都，常跟他联系，我了解他。我们南下前他还给我写过密信呢。"王仲甲笑一笑说："信我也接到了，他在信中表示愿意率部起义反蒋抗日，希望我们南下接应。但愿我的担心是多余的。"

经过姚寨沟，到了武都东南的千坝草原。这里离武都城六十多里，王仲甲派人到滴水崖、沙柳梁、千沟坝、前梁四乡侦察，又专门派探子进了城。

第二天，武都城的探子回来了。

"放枪了吗？"

"我们听到了枪响，但不是城里的，在城外。"

确如王仲甲担忧的那样，枪声是刘鸣在两水失利的枪声。

晌午时候，派到四乡的侦察员也回来了。

"王德一动手了吗？"

"动了。除了王德一，还有三河乡乡长罗生贵的三百人、警卫营一百人。王德一大儿子王效贤到四川黑河串联了唐龙、文县洋塘乡李乡长、甘泉乡乡长马麒麟、漫坪的周富银、黄家坪的黄营长、康县的魏成第、礼县西高山的马尚智等，在洛塘、安化、甘泉一带先后率部起义。"

地下党时期的王效忠

"张英杰呢？他放枪了吗？"

"他打下了武都，又失掉了。"

"咋回事？"

"张英杰从北山二台子、牧羊坪、东岳庙、药王殿等处向武都城进攻，孙振邦见张英杰孤军攻城，刘鸣大军尚未赶到，亲自指挥守御，发动反攻，双方争夺激烈，白刃相交，处于胶着状态，突然由康县驰援武都的暂编十五师康庄部，到达安化柳林，张英杰腹背受敌，被杀被俘者多人，急向西路撤退到两水镇。"

侦察员刚说完，哨兵喘着气跑进了营帐。

"张营长派人来联络。"

"马上带他来见我。"

来人对了暗号，亮了身份，然后说："张营长得知王司令已经南下，派人到两河口、两水等地接应。要你们向两河口移动，跟刘司令、张营长共同攻打武都城。"

王仲甲和肋巴佛下令全军向两河口方向进发。

走到半途，碰到张英杰的接应部队。

"王司令，两水失守，张营长命我们到草川崖。"

"不打武都了？"

"国民党暂编十五师已占领武都，城内防守力量很强。张营长和刘司令商量，暂时放弃进攻计划。据我方情报，国民党闻讯十万起义军云集武都，已经调陕西第七师、第十二师、第五十九师进入武都境内。张营长让我们告诉王司令，起义各路人马尽快齐集草川崖，共商对策。"

"刘鸣呢？"

"他已从杨家庙、甘泉镇撤出，正在村坝后山与追敌激战。"

暂编十五师康庄部到达武都，立即投入战斗，赶到在离城三十里的两水、前村，与刘鸣起义军展开激战。起义军以刀、长矛、斧头等武器，勇往直前，冒死冲锋，夺去康庄俄式转盘机枪多挺，旋被康军敢死队夺回。起义军反复冲杀，虽使康军重创，但起义军由于伤亡惨重，不得不从杨家庙、甘泉镇分路撤退。

战斗结束后，康庄率部进了武都城。因在两水遭到重创，他在吕祖庙举行的阵亡军士追悼会上，气急败坏地竟然将监狱中之未决犯两人杀死，以刺刀挑人头置于桌上作为祭品，谓之"活祭灵"，又将与事件有联系的乡长尹执信、张占海等，枪杀于县城。

王仲甲等到草川崖不久，张英杰风尘仆仆地到了。

"啊，尕张！我的好兄弟！"肋巴佛惊喜地从草丛那边径直飞奔过来，喘着粗气，兴奋地望着张英杰。因为激动，两团红晕飞上了他的双颊。

"佛爷！"张英杰跳下马，跑过去抱住肋巴佛。

"我一听到大军南下，就跑到邓邓桥接你，谁知是刘鸣。"张英杰喘息着说。

"刘鸣在我们前头走了。"

肋巴佛的眼睛，放射着兴奋的光芒，久别重逢的喜悦，冲淡了张英杰作战失利带来的沮丧，他们欢呼着，张开双臂拥抱在一起。他们笑了一阵，张英杰回头一看，忽然发现一个大个子站在旁边，笑容满面地望着他。

"我来介绍，这是王司令，王仲甲！"肋巴佛忍不住笑出声来。

"啊，王司令，久闻大名。"张英杰握着王仲甲的手说："兄弟我本想夺下武都城，给大哥当作见面礼，谁知他们人多，我夺而复失。惭愧，惭愧！"

"胜败乃兵家常事，没事。我们欢迎张营长。"王仲甲像久别重逢的朋友。

"大礼没有了，我准备了一点小礼。三喜，过来。"张英杰说着将随从张三喜的手枪要来赠给肋巴佛，又将排副蒋世全的手枪要来赠给了王仲甲。

肋巴佛兵多将少，要求张英杰将骑兵营训练有素的士兵分派到他的队伍中担任军官，提高战斗力。肋巴佛拨出一部分人马，交由张英杰指挥。各路人马，由张英杰亲自带领，在草地上训练。这样一来，这支农民军一下子正规起来，无论是武器装备还是人员结构，都有了一个提升，增强了起义军的战斗力。

张英杰在草川崖训练起义军的时候，马福善父子率部正奔东向南。

在刘鸣、王仲甲、肋巴佛南下期间，马福善父子率起义军活动在榆中、皋兰、定西等东线一带，他们和黄作宾、罗万虎部联合，节节胜利，直逼兰州，威胁省城安全。可是东线少数起义军首领，轻举妄动，接连出事，加之省城驻扎的国民党军精锐部队全力进攻，使东线打通陕甘宁边区的计划沦为泡影，马福善父子被迫放弃东进计划，转而南下，向主力靠拢。

他们撤出榆中新营，边战边走，经定西高峰、渭源北寨，穿越陇渭漳三县交界的蒲川，到漳县殪虎桥、大草滩，再经岷县的蒲麻、闾井、南阳、武都草坪，冲破敌人层层堵截，到达草川崖，实现了大会师。起义军在草川崖，并没有意识到国民党军正在集结，危险正一步步向起义军逼来。他们仍然兴致勃勃地走乡串户，联络贫困的老百姓。

游击副司令李久相

我奶奶十八岁跟随牙含章到河州，担任民族地区第一任妇联主任，五六年到武都开会，专程到礼县游击副司令李久相坟头祭拜，了却我外太爷的心愿。

我奶奶回忆，那年国民党大军包围草川崖，张英杰把他怀有身孕的妻子罗秀珍交给李久相，受到他的保护。罗秀珍在我外太爷躲藏时，多次提到李久相的恩情。张英杰被杀，一年后我外太爷到兰州罗秀珍娘家看望她，那时她已经做了妈妈，小孩六个月。罗秀珍已知道张英杰和李久相的死讯，她说等孩子会走路时，要带孩子到张英杰坟前烧纸。但是礼县太远了，她可能去不了，若我外太爷有机会到礼县，替她到草坪李久相坟前烧张纸。我外太爷至死都没有这样的机会，直到解放后我奶奶替他们还了心愿。

我奶奶说，李久相是个贫困农民，他协助王仲甲动员礼县、武都、宕昌三县交界地区的农民参加起义军，除恶济贫，被张英杰、王仲甲任命为游击副司令。起义军败退，他被国民党清乡队杀害。我在查阅史料时，从网上看到了他的儿子李舜远写的《李久相跟随王仲甲起义始末》的文章。李舜远生动地记述了起义军在草川崖的活动：

起义军是民国三十二年的六月间转战到礼县西南边境地区草坪一带的。他们佩戴着"西北"二字的白布蓝字袖章，驻扎在草坪乡草川崖一带，总部设在农民许宝珍家里。然后分兵四处，做宣传动员，给当地群众讲革命的道理和政治主张，人们逐渐对起义军有了初步的认识。六月十二日晚上，在起义军总部，张英杰、王仲甲、马福善、刘远峰等首领热情接见了李久相、王培民和赵登魁三人，当晚他们畅谈了很久。王仲甲兴奋地说："由于蒋介石的黑暗统治，激起天下大乱，现在群雄四起，真是天赐良机，我们要大干一场……"

这一次李久相等人正式加入了王仲甲、张英杰、肋巴佛的革命队伍。王仲甲等委派李久相为礼县游击副司令，王培民、赵登魁为游击队长，并交代了发展武装的任务。李久相接受任务后，当即和赵登魁、王培民两人商量组织队伍，发展武装的办法，仅五天时间就发展了三十五人，名单由赵登魁、王培民报送起义军总部批示。王仲甲等首领看了报告和名单后，在报告的空白处给李久相批了两句话："发展革命力量，大力支援起义军。"李久相遵照批示，召开了由全体游击队员参加的会议，正式宣布建立了"礼县游击队"，规定了纪律；按照总部的要求，提出了守好白河关卡的战斗任务。

七月间，赵登魁、王培民等带领游击队员三十多人去岳坪乡（桥头村）袭击了伪乡公所，收缴了"七九"步枪八支、子弹一千多发，初战告捷。王仲甲、肋巴佛等首领听到打了胜仗又夺取了武器的消息，非常高兴，肋巴佛亲自给李、王、赵斟酒表示祝贺。王仲甲当场给李挥笔写了"水深能养鱼，沃田可植桑"的条幅表示嘉奖。李久相不断扩大武装力量，在草坪、芍药沟、李家沟等村发动群众，给起义军捐粮送草。从各村抽选了一百多名青壮年男子，戴上"西北军"的袖章给起义军站岗，帮起义军做事，还书写标语，大造革命声势。李久相当年亲笔书写的"打倒日本"的标语，至今在岩房坝石壁上残存。

李久相等人在草坪一带发动人民参加西北军的消息很快传到了礼县伪政府，官吏豪绅对李恨之入骨。面对如火如荼的农民武装斗争，敌人慌了手脚，频频向省府告急，上面立即调兵遣将，令康壮、盛中岳各率领一个师，令甘肃保安处的四个团对义军进行镇压。敌军对白河、草坪的义军进行了大包围，义军在草川崖分水岭一带与敌人展开了激烈的搏斗；敌人用大炮和轻重机枪轰扫义军阵地，起义军虽处劣势，但仍反复冲杀，无一退却。战斗进行到第六天，义军弹尽粮绝，牺牲惨重，于是组织余众杀出重围向武都的官亭方向撤走。在撤退时，义军首领张英杰将妻子托付给李久相保护，李随即派队员三人，化装后将张之妻护送到官亭的邓家堡，然后让义军接走。李久相还委派李春江、李春亭等数名游击战士，将牺牲的义军战士遗体掩埋在分水岭的酸刺湾、王家石墙一带。为了保存力量，李久相及其领导的游击队转入地下活动。

104 选举总司令

像所有时代的农民起义一样，起义军内部也有分歧，有矛盾，有争权夺利的斗争。暗礁下的急流，终于在酝酿总司令的这件事上冲出了堤岸。

"我推荐你当总司令，你意下如何？"王仲甲私下对刘鸣说。

"这个总司令，我不当！"刘鸣出人意料，生硬地拒绝了王仲甲。

"你这是什么话？当初你发动大家起来，现在人多了，力量也强了。你若不当总司令，我们就散伙，你去当你的乡长，我钻我的山沟。"在王仲甲看来，刘鸣是黄埔军校毕业生，在军队里干过马场场长、营长、团长，在紫松乡当过乡长。如今他的人多，由刘鸣出任总司令最合适，想不到他一口回绝。王仲甲未免有些生气，说出的话有些逼其就范的味道。

"你为什么不当总司令？说出个理由。"王仲甲气呼呼地问。

"我当总参谋长，除搞作战计划、搞联络外，一旦有空，就可以去延安联系起义军的进退，不致贻误军务大事。若当了总司令，就脱不开身了。"刘鸣解释。

"那谁当总司令？"

"我看让张英杰当！"

"他有什么功劳，凭什么张英杰当总司令？我不同意。"王仲甲生气道。

刘鸣心平气和地劝道："张英杰当过骑兵营营长，懂军事，又是兰州筹划起义的成员。我们枪少，让他当总司令，有利于瓦解敌军。"王仲甲皱着眉头，说出了自己的想法："我并非不服张英杰，我担心他有二心，当了总司令会影响起义军前途。"刘鸣笑一声，拍着王仲甲的肩膀说："他当总司令，我们各自的部队各自带上，就是生变也不会有啥大问题。"

因为王仲甲和刘鸣私下沟通了意见，在团以上会议上，大家共推张英杰为总司令，王仲甲、肋巴佛、马福善为副司令，王德一为总指挥，刘鸣为参谋长。将各部番号统一为"西北各民族抗日义勇军"，编为五路军。第一路司令王仲甲，副司令肖焕章；第二路司令刘鸣，副司令张建成、何文远；第三路司令马福善，副司令马继祖；第四路司令肋巴佛，副司令吴建威；第五路司令王德一，副司令唐龙。特命肋巴佛为藏军司令，靳兴宝为直属骑兵师师长。

如此安排，大家没有意见，鼓掌通过。

"祝贺张总司令，你发表意见，看如何干好？"刘鸣鼓掌后询问。

"我没有啥，参谋长看怎么办？"张英杰谦逊道。

"武都枪弹多，又是咽喉。武都不克，我们缺少武器弹药，没有立足点，漫坪周富银、黄家坪黄营长、康县魏成第、西高山马尚智等下不了决心，不会动。武都一克，我们有了武器和立足点，他们也就动了。这样就好办了，所以我们要反攻武都。"刘鸣的分析，条理分明。

大家都同意刘鸣的主张，会上又讨论了具体作战方案。王仲甲占领沙坡，马福善占领马家街子，肋巴佛、王德一把守后山，刘鸣攻占安化寺，四面包围。因为张英杰部全是骑兵，就作为机动增援部队。会议决定攻占武都，占领成县，在成县和文县一带建立根据地。

会议程序进行完毕，各路首领离开，准备明天的宣誓就职大会。

105　天上大鸟下铁蛋呢

第二天，草川崖白河村外的空地上，搭建了一个主席台，上面摆了一溜课桌，各部首领就坐在台上，下面站着排列整齐的各部士兵。

大会还没有开始，却发现空中响起一阵嗡嗡声。

台下的士兵和贫苦的饥民，好多人从来没见过飞机，当敌机飞临头顶时，都不知道隐蔽，反而抬头观看。一些人甚至兴奋地喊："看！天上过大鸟呢。"飞行员向人群扔下炸弹，他们没意识到那是炸弹，反而惊喜地喊叫："大鸟下蛋呢。"不料这些大蛋，落到地上，轰轰爆炸，地上血肉横飞，农民军才知道飞机的厉害，纷纷逃避，宣誓大会没有开成。

炮弹划过天空，呼啸着落在起义军的阵地上。草川崖笼罩在密集炮火声中，西北第八战区剿共前敌总指挥，西安警备司令盛文率三十四集团军一个师，康庄率国民党军十五师，在飞机的掩护，甘肃保安处的四个团的配合下，迅速包围了草川崖白河、草坪两个村。

张英杰下达了就任总司令后的第一道命令。

"不要慌张，各部紧急疏散，准备战斗！"

各部首领按照张英杰的命令疏散开来，占领有利地形，子弹上膛，拉开了战斗架势。

关键时候，隐藏的矛盾显露出来了，各路不能协同作战，出现了各自为政的倾向。

张英杰觉得自己虽是总司令，可兵少，难以调遣，刘鸣兵多将广，由他来指挥，能达到协调一致的目的。可是他发现，刚才还在主席台上的刘鸣，却不知去向，急忙询问，才知刘鸣正准备率部撤往安化镇。

张英杰急了，冒着炮火，骑马来挡。

"刘参谋长，你朝哪里走？"

"我向安化寺撤退。"

"不行，我们共同打退敌人，一起走。"

"敌军朝草川崖集中，说明武都空虚。我们按昨天的计划行动，你马上组织撤退，不要恋战。我到安化寺，你们抽兵过来。一起打武都。"刘鸣毫不理会张英杰的劝阻，说完打马而去。

张英杰未能阻止刘鸣，沮丧地回到战场，继续指挥战斗。

这时敌军大炮已经轰炸多时，到处是一片焦土。盛文觉得时机已到，下达了进攻命令。射击手端着轻重机枪，横扫起义军阵地，步兵发起冲锋。

起义军虽处劣势，但在各部首领的指挥下，反复冲杀，无一退却。

战斗进行到第六天，起义军弹尽粮绝，牺牲惨重。张英杰下达了第二道命令，也是最后一道命令："杀出重围，向武都撤退。"

张英杰想起了住在司令部（许宝珍家）的夫人罗秀珍。

张英杰家中妻子叫杨静雅，虽品格贤惠，却因婚后一次流产，失去生育能力。张英杰便娶了罗秀珍。罗秀珍天生丽质，长得漂亮，活泼好动，又是兰州女子师范学校毕业生，具有时代进步青年的气质，性格豪爽又喜武，颇受张英杰宠爱。常到野外练枪法，练就了一手左右开弓的本领，号称军中"双枪美夫人"。

马上要撤出战斗，生死未卜，张英杰最放心不下的还是美夫人。

张英杰急匆匆地赶到许宝珍家，

张英杰妻杨静雅

正好碰到礼县游击副司令李久相。张英杰拉起夫人，郑重地走到李久相跟前："李兄，部队要撤退，我的妻子托付给你了。"说完这句话，他翻身上马。罗秀珍急得边跺脚边大叫："你去哪里？"张英杰回头说声武都，便打马离去。

起义军撤退后，罗秀珍执意要去找夫君。李久相随即派队员三人，化装后将罗秀珍护送到武都官亭的邓家堡，让起义军接走。李久相跟李春江、李春亭等数名游击战士，将牺牲的起义军战士遗体掩埋在分水岭的酸刺湾、王家石墙等处。当他们忙完这一切回到家，却看到自家墙壁上写着"匪首必杀，胁从不问"的标语，邻居告诉他："这是岳坪乡乡长王肃堂带的清乡团写的，你赶紧跑。"可是李久相最终被密探发现，清乡团将他残忍杀害，年仅三十四岁。

106 以马换枪弹

我外太爷和史鼎新坐镇临洮新添，他们围坐在土炕灯下。

"唉，这都多少天了，那边也没个音信，这可怎么是好？"史鼎新说。

话音刚落，远处传来了狗吠声，一阵马蹄声由远及近。只听院门一响，乔家年满身血迹进了屋。众人忙从炕上起身，迎了出去。

"怎么样？草川岸没吃亏吧？"

"唉！亏吃大了！"乔家年喘着粗气坐下，我姨爷何其敏赶紧倒一杯水，乔家年一边喝一边说，"我们的人过去遇到的最厉害的武器，不过是机枪。好多人没见过飞机大炮，想不到老蒋派了盛文、康庄这样的正规师，我们虽则勇敢，但经过六天六夜血战，出现溃逃。"

"血战六天六夜，咋搞的，不能硬拼啊！"史鼎新跺脚。

"唉！天不助我啊，头天开会，刘鸣提出打武都，可第二天宣誓大会刚进行，飞机就来了。这时候武都空虚，刘鸣抽兵到预定地点，可其他各部，不能协调统一，拖在草坪打了六天。各路首领收拾兵马，重整旗鼓，时间已经过去十多天了,他们没有按计划到达预定地点,只有刘鸣如期到达安化镇,错失良机。"乔家年想起惨状,不由得低头啜泣起来。

我外太爷鞭长莫及,不住地叹息。

刘鸣到达安化镇,等待了两天,仍不见张英杰、王仲甲过来。

"我跟他说了不要恋战,他怎么还不来!"刘鸣焦急道。

"盛文、康庄进攻草川崖,武都空虚,他们不来,我们独自去打吧?"

"只凭我们的力量,势单力薄,太冒险。"

第三天,哨兵抓到一个化装成"装烟人"的特务,从他身上搜出一封写给孙振邦专员的信,刘鸣看后说:"事情不好,敌五十九师开进了武都,战机已经失去,我们离开这里。"刘鸣当即给王仲甲写信,派人通知,说明情况有变。

"我们往哪里走?"

"王德一在杨家庙接应,我们到那里跟他会合。"

刘鸣率部离开安化镇,到达离杨家庙五六里的寺楞干。

这时天色已晚。刘鸣下令安营扎寨,司令部设在半山腰一座古庙里。

第二天拂晓,国民党军康庄第十五师一个营、保安团、自卫队偷袭寺楞干,他们用机枪封锁了刘鸣司令驻地的寺庙大门,企图歼灭刘部。

刘鸣下令掘开寺庙后壁,推倒后墙,钻进西南松树林,爬向山头。

敌军围攻扫射,王德一闻讯驰援,打退敌军。

刘鸣与王德一会合后分头撤退。刘鸣部经甘泉、佛崖,到达武都和康县交界处的石庙河。在这里,刘鸣召开团以上的军官开会,研究出路。

"现在敌大军压境,北有堵截,南有追兵。我们只有一条路,抄小路轻装前进,奔赴延安。必要时钻山打游击。不管多险、多难,我们都要找到八路军。这条路不好走,苦些,也会伤亡一些人,但除此之外没有别的路可走。看大家有什么意见?"刘鸣开门见山地说。

"我们的干粮完了,没吃的,咋办?"

"抢!"有人摇晃着手中的刀具,挤眉弄眼地说道。

"不行！我告诉大家，我们都是穷人，吃不上饭才造反。你们绝对不能动抢的念头！我们打了土豪劣绅，给大家发了钱，你们就到附近老乡家，每人自掏腰包买十五天干粮。"刘鸣听到有人说抢劫，瞪大眼，厉声制止道。

"我们这些老的咋办？"

"留下老弱！"

"我们没有子弹，咋去延安？"沉默半天，有人站起来问。

"我马上派人到周富银处，用马匹换些枪弹！"刘鸣回答。

"周富银是王家坝'二龙水忠义堂'的洪帮大哥，与康县阳坝的魏成第，陕西宁羌县青木川的魏辅堂，文县中庙的赵光裕，四川青川县姚渡的杜礼堂，广元的魏含英都有往来，得到武都团营区司令汤位东和青帮头子孙宝卿二人的支持。我老吴是苦出身，在洪帮内混了几年，知道周富银的底细，他是木马周家梁人，粗识字。他自从被武都城防司令王佑邦派为'团防营长'后，即以营长自居，大家呼他为周营长。他在原有洪帮兄弟伙的基础上，按营、连编制，乱七八糟地把刘云中编为第一连队，袁映双编为第二连队，石文正编为第三连队。林科生、蹇存义、石文富、孟一奎、袁占奎等都是什么队长？人数多寡无定，更无军纪可言。周富银虽然生性温良，不欺善，不济恶，拥枪种烟，受人爱戴，但他处事优柔寡断，姑息养奸。他的胞弟周富贵，阴险狡诈、挑拨离间、滋生事端。现在我们处在难处，周富贵两面三刀，啥事都会干，若用马匹换枪弹，我怕他使鬼，两头落空。"一个叫黑老吴的沉默了一会儿，抱拳朝着刘鸣道。

"你说的这事，我早想过了。八大兄弟之一的蒋廷珍跟洪帮联络多。他受王仲甲之命在王家坝洪帮头目王大爷处，我已派人找他，让他跟周富银联系。"刘鸣胸有成竹。

"我们听刘司令的，你说咋办就咋办。"

"好，每个团留马三匹，营部两匹，连部一匹，其余马匹全部集中起来，让蒋廷珍带着我们的人，到周富银那里，以马换枪弹。"刘鸣下令。

107　小字报

第二天一早，起义军内部出现内讧，局势突然逆转。

一些洪帮骨干和别有用心者，趁天黑贴出小字报，不去延安，要回临洮老家。

小字报赫然写道："当兵不发饷，当土匪不让抢，连马也不让骑，谁跟你们去延安！"更有甚者，煽动士兵说："延安在哪呢？在东头呢还是在西头呢？啥时候走到呢？非亲非故，人家要不要都难说。走不到，死在外头，家里人谁知道呢？"

起义军面临生死存亡的关键路口，刘鸣选择了一条光明大道，他明明白白看见一条铺满鲜花的道路，可是这些目光短浅的人，正在那儿大吵大闹。他感到痛心疾首。

"不去延安再无别的路。我的好兄弟们、好乡亲们，我们只能朝前，绝对不能回去，回去凶多吉少！"刘鸣召集全体将士讲话，披肝沥胆，晓以大义。

"我们不去延安，死也要死到家里！"有人哭泣道。

"兄弟们啊，大家想一想，我们的双足在黑暗的群山中举步维艰，我们跌跌撞撞走近了希望之门，我们不能后退，只能前进啊。"刘鸣声泪俱下。

"回家，我们要回家！"有人声嘶力竭地喊。

"多会儿才能到家呢！"衙下集中川村的一个中年男子带着口音问支世荣。

"兄弟们啊，延安是我们的目标，就是我们的家啊！"刘鸣动情地说。

"要去延安，你一个人去，我们不去！"

"不行。我们只能前进！"刘鸣流着泪水坚持。

"不行了我们跟王仲甲去！"个别人挑动分裂。

"如果你不改变主张，我们抢夺马匹哗变！"有人心怀叵测地叫嚣。

正闹得不可开交的时候,派去找蒋廷珍的人回来了。

"蒋廷珍人呢?"刘鸣着急地问。

"没找到!"

"怎么没找到,你们到王家坝了没?见他了没?"刘鸣发出一连串疑问。

"我们没见到蒋廷珍。在王家坝我们见到了王大爷。王大爷态度生硬,说蒋廷珍领着他的人走了,什么时候走的,他都不知道。"

"天不助我啊!"刘鸣流着泪,长叹一口气,只好屈服。

他流着泪水把收回的马匹再发还给大家。他很清楚,从他踏上回家路的那一刻,他就知道这是一条不归路。但是他也清楚,那些拿着利剑威胁他的士兵,都是他一手带出来的。他明知往前走是悬崖峭壁,布满了刀山火海,但他只能跟着兄弟们往前走。

108　打死蒋廷珍

起义军的身后,国民党四个师紧追不舍。

张英杰和王仲甲率部撤退到官亭,发现国民党军前堵后追,已经封锁了白龙江铁索桥,阻塞了南下的唯一通道。

"我们腹背受敌,向哪里走?"

"只能拐向西走。"

可是王仲甲站着一动不动,陷入沉思。

"你想什么?"张英杰问。

"朝西拐,蒋廷珍离我们越来越远。"王仲甲忧郁地说。

"这都一个多月了,按理蒋廷珍该回来了,怎么一点音信都没有啊!"

八大兄弟之一的蒋廷珍是王仲甲部二团团长。一个月前,王仲甲得知武都东乡王家坝洪帮头目王大爷动员了一批洪帮兄弟,就命他带着四五十名精壮骑兵前往接应。临行前王仲甲交代,完成任务后撤向武山,与部队会合。

洪帮头目王大爷在东乡势力很大,善于投机。他先前看到起义军南下声势浩大,也想参加起义,可是当蒋廷珍到达武都东乡时,他听到国民党正规军三个师正从天水方向武都开进,观望风向,心思发生了变化,表面上款待蒋廷珍,却不肯起义。王大爷拖延月余,情势更加危机,蒋廷珍决定暗中离开。

当他们撤离王家坝时,已处在敌人包围之中。

为了缩小目标,不致暴露,他将所率十余骑编为三个小分队,弃马分散步行,以便通过偏僻山区,潜往武山,寻找部队。不料邓德元起了叛变投敌之意。狡猾的邓德元利用两名队员与蒋廷珍有仇的情况,收买了这两名意志薄弱的队员。

小分队离开王家坝的第二天夜里,他们来到成、康两县交界的平洛山区,邓德元趁蒋廷珍、黄海清喝水的机会,串通两名帮凶,开枪打死了蒋廷珍和两个警卫,投降了驻平洛的成县自卫队,成了可耻的叛徒。另外两支小分队辗转追上王仲甲部主力,告诉变故,王仲甲大哭一场。

 109　马坞再会

黑沉沉的天空,像遮着一块硕大的黑布,散发着诡异的气息。空气中弥漫着压抑的感觉,那感觉让人窒息。不知道从什么时候开始,雨开始淅淅沥沥地下了起来,马嘶鸣的叫声以及急促疯狂敲打地面的马蹄声回响在山谷。

王仲甲率部行走了一天,到达三河镇。

这里因福津河、石家河、郭家河三条河流交汇而得名,常有打劫为生的"棒客"或三或五,或十或八啸聚岭上。起义军穿过茂密的森林,沿着一条细长而弯曲的小道走出山谷,却见眼前一座寺庙立在悬崖的石窟里,脚下是陡峭的石壁,头顶是碧蓝的天空。悬在崖上的寺庙共有三

层建筑，雕梁画栋，廊腰缦回，檐牙高啄，紧抱地势，钩心斗角，形成了奇妙的景观。

王仲甲向来才思敏捷，才华出众，看到这座崖寺，他觉得自己就像悬在崖壁上似的，危机四伏，前途如缕。触景生情，感慨万端，即兴吟诵道：

> 远看雄心寒，
> 几败在今天。
> 莫教风雪起，
> 单马度三关。

在国民党军队的围追堵截下，起义军经礼县桃坪、石桥，越包集河、西和县石堡，经罗坝、湫山，辗转到达武山县马坞。

偏居一隅的马坞是一座千年古堡。马坞古堡靠山而建，俯瞰着山川，分为上下两堡，上为官堡城，筑有南北二门，四周建有角楼。下堡是一座正方形城堡，只有一道寨门，寨墙高八米，厚两米，雄伟的城堡被辟为军营，存放马匹。这里自古以养马而闻名，东靠武山阳河，北接沿安，南连礼县湫山，西临锁乡，从古至今是岷县、武山、礼县茶马交易的集市，故而取名为马坞。

最先到达马坞的是刘鸣部。

刘鸣主力到达马坞时已是晌午，天空灰蒙蒙一片。道路泥泞不堪，路两旁的树上，沾染尘土的叶子无精打采地卷曲着。田野中不见一个人，成熟的油菜来不及收割，和灌浆的小麦交错生长着。刘鸣主力停在马坞郊外，刘鸣派警卫旅副旅长张有德带小股人马进去侦察，查看马坞是否有国民党驻军或保安团。

张有德走近上堡，看到北城墙挖出了一个豁口，就从这个豁口进去，翻过几处残垣断壁。走进这座茶马小镇，穿行在小街巷内，街道狭窄，店铺破旧，却不见一个行人，只有曲曲折折的石头墙散发着古拙之气。他们在巷口拦住一个中年妇女打听情况，她说，官兵听到炮声，早就跑了。张有德马上派人报告刘鸣。刘鸣下令主力进马坞，埋锅造饭。

"王殿元呢？"司令部直属副官处、参谋处、政治处三个处，警卫旅、骑兵旅两个旅。警卫团团长王殿元是刘鸣亲信，一直跟在左右。吃饭的时候，刘鸣环顾四周，没有看见王殿元的警卫团，就大声问。

"他还没有跟上来！"骑兵旅旅长蒲子玉回答。

"我让他当前方司令，他咋落到后面去了？"刘鸣问。

八天前刘鸣离开安化寺，经甘泉到达下伊家，却发现王仲甲已撤退到下伊家驻扎。王仲甲听到刘鸣到了下伊家，带着赵应安、杜大柱来见刘鸣，碰到警卫团团长王殿元。王殿元是个烈性子，一见面就气冲冲地质问王仲甲："说好反攻武都，我们在安化镇等了两天，你们为啥不来打武都？"王仲甲看到王殿元一脸怒容，也没有好声音，大声说："我让刘鸣当总司令，他偏让张英杰当。既然张英杰是总司令，我就要听从总司令，总司令说咋就是咋嘛！"王殿元怒气未消，说："反攻武都是会议定下的，再说刘司令在安化镇给你写了信，不要恋战，快跟上来反攻，你咋不听？"提到信，王仲甲火气直冒，连训带骂地说："刘鸣写信骂我，毛贼王仲甲你只知道钻山钻林，做事的目的是啥？为啥不反攻武都，我回信也骂了他刘鸣，高才刘远峰（刘鸣原名），你做事也没有目的，有，为什么不当总司令，让张英杰当？"王殿元看到王仲甲有些激动，口气软下来说："那好，我去通报刘司令，你和刘司令见面谈一下。"外面的争吵，刘鸣听得一清二楚，为了避免矛盾激化，刘鸣避而未见王仲甲。因为王殿元替刘鸣说出了心底的话，刘鸣对王殿元更加信任，当天任命他为前方司令。从下伊家到佛崖、石庙河，王殿元一直在前头冲锋陷阵，到了马坞，却不见王殿元踪影，刘鸣不免心焦。

"刘司令，我们走吧！"蒲子玉请示。

"等一等，王殿元跟上了，我们再走。"

从晌午一直等到晚上，王殿元还没有跟上来。

"刘司令，我们抓住了敌人送信的，敌军要在这里打我们呢，再不走，敌军追上来咋办？"蒲子玉拿着一封缴获的信，交给刘鸣说。

"再等等！我要在这里干个大事！"刘鸣看完信，嘴角露出了一丝微笑。

等到第二天，等得大家心急如焚，还不见王殿元的影子。刘鸣亲自到马坞路口去看，日薄西山，终于看到王殿元带着警卫团风尘仆仆地出现在马坞河边。

"啥情况？咋落后头了？"刘鸣看到王殿元一身血迹，握紧他的手问。

"在桃坪，碰到马福善被敌军围困，我从侧翼冲击，帮他解围，耽搁了一天时间，与总部失去了联系，转到焦山。问了老交识杜映华，才知道大部人马已到马坞，我快马加鞭追了上来！"王殿元喘着气说明原因。

"我在兰水磨，听到王德一跟敌人交手，也返身支援了一下，费了一天时间，又在这儿等你等了两天。"刘鸣高兴地说。

"让大家久等了！"王殿元抱拳作揖道。

"你不来，我等得真心急，我们抓了交通司令部三个人、三杆枪、三匹马。这三个人是给蒲团的敌十五师和五十九师送信的。信中说匪首刘鸣、王仲甲有向洮河流窜迹象，要求十五师和五十九师包围消灭。"刘鸣说着从怀里掏出一封信晃了晃，指着四周说，"你们看，马坞周围是高山，地形呈山坞状，我想在这里跟敌人打一仗，消灭敌十五师和五十九师。"

"敌强我弱，光靠我们怕打不赢。"王殿元担忧道。

"对啊！前番我跟王仲甲、张英杰因反攻武都，意见不合，出现了一些小别扭。因此我想叫你代表我去找马福善，请他出面在马坞主持会议，研究安排，消灭敌十五师和五十九师。"刘鸣观察了地形，沉默良久，说出了他的想法。

王殿元翻身上马，返身直奔马福善部。

马福善觉得这是难得的战机，按刘鸣之意，通知张英杰、王仲甲、肖焕章、王星垣、姚登甲、杨华如、王德一、张建成、肋巴佛、年永泰等首领，大家聚在一起，召开马坞会议。

会议决定了三项事宜。一是画地图，分兵埋伏，在马坞决战。打退尾追之敌，重点消灭敌五十九师，重回武都建立根据地。二是再次确定起义军番号为"西北各民族抗日义勇军"。三是重新确立张英杰为总司令，王仲甲、肋巴佛为副总司令，刘鸣为总参谋长，王德一为前敌总指挥，马继祖为前线总指挥。

可是起义军设埋了三天，狡猾的战军没有上钩。起义军决定分兵三路，王仲甲、郭化如为右路，张英杰为左路，肋巴佛、肖焕章为中路。东下平凉，往陕西黄龙山投奔共产党。全军由刘鸣任前锋，马福善、马继祖断后。

马坞会议一结束，大军立即向滩歌镇开拔。

110　兵败滩歌

滩歌镇离武山县城四十多里，坐落在南河河畔。从渭河边的武山贺家店沿南河河谷顺河而上，走到峡谷尽头，豁然开朗，出现了小盆地滩歌镇。滩歌是藏语译音，意思是山下平川，古称威远寨，曾是对抗吐蕃入侵的屯兵要地，到处弥漫着金戈铁马的粗豪之气。这里不仅有茂密的森林、清脆的毛竹、绿茵的草地、清澈的山泉，而且有狂野的旋鼓舞、吐蕃的遗民、羊皮大袄、兽皮裹腿、别致长辫。滩歌镇后山地势险峻，山巅有个聚土围城的镇兴堡。

王仲甲、肋巴佛、张英杰、王德一等部驻扎在滩歌镇内，马福善驻扎在离镇数里的一个山沟内，刘鸣部驻扎在滩歌镇龙山山梁上，司令部设在盘踞于见龙山一座孤峰上的魁星阁内。

若要截击国民党第十五师和五十九师，起义军必须占领镇兴堡这座城堡，因为这里是滩歌镇制高点。王仲甲派陈子俊带一支骑兵小部队先去劝降。堡子里面的敌人佯装答应，可是当陈子俊率部接近镇兴堡时，堡内投诚的敌军突然开火。原来武山邹亚东县长带着四百保安队住在堡子里，敌第三军一团也提前埋伏在里面。

陈子俊火冒三丈，带头拼命往城堡里攻，可是攻打多时，难以攻克。

王仲甲一时火起，命起义军第一师增援，参谋长王子敬带头冲到西北角，用缴获的火炮炸开一个豁口。起义军呐喊着从豁口朝里面冲锋，不料敌军在里面架起了机枪，对着豁口一阵猛射，参谋长王子敬、团长蒋思敬、陈宪帮等当场牺牲。

午夜时分，马继祖派出的探马与敌十五师先头部队遭遇，枪声骤起，马继祖立刻派闵福元冲出山沟，抢占山头防御。自己率马德才等直奔滩歌镇，向张英杰报告敌情。

黑夜静悄悄的，山林有如被掐断了喉咙一般死寂。

马继祖的汗水从额头上不断地掉下，他紧紧地抓着缰绳冲进了镇子。因为连日来长途跋涉，起义军将士疲劳不堪，在这天黑夜静的时刻，他们大都沉睡在梦中。当马继祖冲进镇子时，敌五十九师、七师两个师快速逼近，已经完成了对滩歌镇的包围。

马继祖

驻扎在龙山山梁上的刘鸣部哨兵，发现了从岷县方向进攻的敌军。哨兵向王殿元报告，王殿元冲出大帐，向山下望去，敌军黑压压地正向滩歌逼进。他大吃一惊，立刻叫醒刘鸣。刘鸣站在山头，看到国民党军第七师、五十九师、十五师从武都、宕昌、武山三面，向滩歌镇包抄而来。刘鸣当即下令转入南面森林，为了提醒起义军其他各部，刘鸣放了几枪。敌人听见枪声，集中火力向龙山射击。一时枪声大作，火光四起，密集的子弹如烟囱中的火星一般，嗖嗖穿梭。

镇兴堡内的保安团和敌十五师一团，看到大军到来，趁黑打开堡门，主动向起义军发起冲锋，起义军前后受敌。

死寂的山林，被尖锐的枪声惊醒。

"不要慌，立即突围！"张英杰翻身上马，大声命令。

"冲出镇子，从林子冲出去，找一条生路！"

各部首领迅速组织起义军，凭借周围茂密的山林做掩护，迅速控制了滩歌镇两翼山头，封锁了国民党军必经之路。双方在这里激战了两天两夜，敌军在迫击炮、轻重机枪的掩护下发起强攻，山上竹林被踏成平地，草坡被踩成烫土。

"敌人有飞机大炮，阵地战我们打不过。"

"咱学红军打法，钻老林，打游击。"

"对，趁夜分路突围，撤向临洮，渡过洮河后分散潜伏。"

"留着青山在，不怕没柴烧。国民党正规军一走，我们再打开局面。"

形势极其严峻，各路首领紧急碰头，研究了分兵突围计划：肋巴佛、马福善、王德一、张英杰等为左路，率各自人马从西面突围，主要对付敌五十九师；王仲甲、肖焕章、毛得功、吕伯元等为右路，从东面突围，主要对付敌第七师。到了这时候，原定东进陕西投奔共产党的计划又沦为泡影。

突围战斗打响后，王仲甲、王德一、肖焕章、肋巴佛、杨华团与敌七师接火，经过残酷的拉锯战，敌七师防线终于被冲开，王仲甲撤退至洛门方向。渡过榜沙河，经龙泉进入山丹镇李家山、朱家山一带，遭到国民党军截击，转向鸳鸯镇、桦林镇到达陇西文峰一带，又沿着渭河退至岷县，在蒲麻梁与保安队展开了激烈战斗，缴获机枪两挺、步枪二十支，扫清了重返洮河流域道路上的障碍，继续向会川官堡镇罗家磨撤退，到这时，队伍已经减员到一万多人。

在罗家磨，王仲甲接受毛得功的意见，决定兵分两路。一路由王仲甲亲自率领本部人马转战洮河、渭河流域。另一路以吕伯元为司令，毛得功、郭化如为副司令，将刘化一、马吉昌部划归吕伯元，在岷县闾井、陇西、渭源一带活动。

王仲甲率军离开罗家磨的第二天，国民党第三军四个师，配合保安队包围了官堡镇罗家磨。此时吕伯元这一路起义军尚未撤离，他们被包围在罗家磨。

吕伯元部死伤过半，只有部分人玩命突围出去。

过了上磨村、高家堡，走到烟雾沟时，起义军弹尽粮绝，个个疲惫不堪。这时突然从沟壑冒出一支保安团，向起义军开火。吕伯元掉头向翟家庄突围，可是渭源首领蒲芬、司玺伯受了伤，被民团抓获，押送至渭源县城被害。

吕伯元率领余部从翟家庄撤向大坪山，刚到北大坪，又遭到国民党十二师加强团，渭源张兆锡、汪发源两个保安团的包围。经过一天激战，起义军损失惨重，吕伯元在激战中牺牲，马吉昌被捕，张兆锡、汪发源邀功领赏，将马吉昌押送渭源县后杀害。天黑后，毛得功、郭化如、杨友伯、夏尚忠等分头突围。

从北大坪突围后，这支原来万人的起义军，只剩下郭化如、杨友柏、夏尚忠等四十多人，他们悲怆地来到莲峰古迹坪，藏了枪支，分头隐蔽。

不久，毛得功从马衔山秘密回到渭源，与隐蔽的郭化如、杨友伯、夏尚忠等取得联系。经商讨，由毛得功到陕西、平凉靠近陕北的各县，寻找失散队员，发动群众。郭化如、杨友伯、夏尚忠联络隐蔽的起义坚定分子，建立秘密据点，在陇、渭之间坚持地下武装活动。

王仲甲这一路也是损兵折将，进入临洮时，只剩两百人。

马继祖、张英杰率部向敌五十九师发起猛攻，终于撕开一条口子突围。两部在渭源罗家磨、关山相继与五十九师、十二师追兵发生激战，多次被包围。张英杰突围到漳县殪虎桥与肋巴佛相遇，后辗转至武都北乡，与王德一联合。马继祖在罗家磨被打散，与张英杰分开，率领数百精兵来到临洮三甲，在眼窝司令马木哥、三甲乡乡长李友三的接应下，渡过洮河。

刘鸣率部从南面森林突围出来，因为是夜间走路，加之在林中，他们不知道到了什么地方，天麻麻亮时从山林中俯瞰四周，发现山脚下隐隐约约有一个倒塌成废墟似的堡子，里面有一座破败的庙宇，刘鸣打发王殿元去探察。

王殿元摸下山，看见一个早起拾粪便的老汉。

"老汉家，你看见这里过部队了吗？"王殿元打量了老汉一番，小心地问。

"昨晚上，山那面枪响了一晚上，人没见一个！"老汉说。

"那，那个庙里没人吗？"王殿元疑心里面埋着埋兵，指着废墟问。

"哎哟，里面是家神庙！住的是总兵爷，总兵爷戴着圆帽子，山羊胡子，穿着黄马褂，骑着黄马，左手牵着缰绳，右手端着烟瓶。这上面是演武城，下面是练兵场，总兵爷在这里带过兵将。"老汉唠叨道。

王殿元听到老汉的话，放心走进那个废城，眼前全是残破的城墙、炮台等遗迹，演武厅底下，就是教场。站在城墙高处。朝北能见洛门，朝西能见南河。

"老人家，这是什么地方？"

"这是焦山家！"老汉说。

"那我身后的这山叫什么？"

"云雾山。"

这时天已大亮，王殿元走到半山腰。

"刘司令，我们走了回头路，这是焦山了。上回我在这里迷路。"

"那就朝北，往洛门走。"

部队行进了半天，前面扬起一团尘土。刘鸣站到高处一瞧，看到一行人，穿着破破烂烂，背着枪，正朝这边走。刘鸣细瞧，认出最前面的是肖焕章，就大喊了一声。肖焕章看见刘鸣，跑步过来。到跟前，刘鸣看到黄建伟也在中间。

"老王呢？"刘鸣问。

"冲散了，朝东顺洛门方向去了！"

肖焕章、黄建伟带着手下不足百人，跟随刘鸣大部队走。走了不多时，碰到从郭槐那边溃散的士兵，说国民党大军向洛门移动。刘鸣问了一个当地人，率部沿汪家沟、常湾、湾儿里、唐家山、五家河进入漳县东南，第二天傍晚到达新寺镇，刘鸣将部队稍加休整，吃过晚饭，休息到天亮出发，进入贵清峡谷。他们穿行在绿树丛中，一边龙川河，一边漳河，两条溪流横穿环绕，走了五小时，峡谷渐渐地大了起来，溪流两边奇山险峰，怪石林立，松树挺拔，山势渐渐开阔，再往前就是峡口了。刘鸣下令探马出山，大部埋锅造饭，就地休息。

"刘司令，前面没有敌军！"刚吃完饭，探马来报。

"老王他们有消息吗？"

"听说他们与张英杰部会合，已到达四族川罗家背后，正往岷县大草滩、高家山、拉马里方向撤退。"探马报告。

"看来他们要往官堡、罗家磨去呢，那里有洪帮接应。"刘鸣看着地图说。

"那我们也往四族川罗家方向走吗？"蒲子玉问。

"我们不用跟在他们屁股后面，那样目标太大，容易被敌包围，我们上分水岭，越过渭源黄香沟，回临洮。"刘鸣说。

大家一听回临洮，都来了劲，争先恐后爬坡上分水岭。

 111　哭泣的洮河

刘鸣站在山顶，回望来路，高原苍茫，只觉得万念俱灰，心中悲苦万分，两行热泪，无声地流淌下来。他真想放声大哭。旁边的王殿元早已看出刘鸣情绪波动，故意拉住他的袖子，指着远处说："刘司令，你看

那个山,就是有名的露骨山。这儿有一句顺口溜:漳县有个露骨山,比天还高三尺三。"漳县人马得明团长接口道:"这山上有冬虫夏草、贝母、三七、野党参、黄芪,珍贵药材多得很。我以前常到这里,夏秋挖药材,冬春贩云杉、红桦、柏木,可惜啊,日本鬼子打进中国,老蒋却不抗日,逼得我们拿枪!"

两人的话,平复了刘鸣的情绪。他神情凝重地站在一棵树前,从树上折下一根木棍,拄在手上,步履蹒跚地下了山,朝黄香沟方向走去。

天开始下起了小雨,走了一小时,太阳出来了,阳光轻薄却异常灿烂。

黄香沟两侧山峦入云,行走其间,沟壑更似峡谷。因为越走离家越近,起义军将士没有了凄凉与苍白。走在弥漫着香气的草地上,那泼天的翠绿,像舒畅的心情无限铺张地延伸开来,没有边际。浓厚的绿主宰着黄香沟的色彩,淹没了那黄叶镶嵌的零散树木的颜色,只有近处的花骨朵,像一个个充满好奇的孩子,从草丛中挤出头来,眨巴着眼睛欢迎远征的将士。

出黄香沟,越漫坪,到达柏木滩。据说柏木滩因有一片柏树林而得名,柏木滩前面是麻家集、三甲,离柏木滩不到十里就是洮河。

"洮河边是背水阵,对我们极其不利,大家想个办法摆脱这个局面。"刘鸣在一户人家召集肖焕章、王殿元、刘鸿彪研究出路。他开门见山地说。

"刘司令,你兰州人熟,你是不是单人到兰州去要求抗日,我们把牲口、东西统统放进林里,所有的人编制成步兵,深入马衔山一带活动,一旦有情况,部队立即拉出来!"第一路副司令肖焕章突围时与王仲甲失去联系,半路遇到刘鸣。他想了半天,提出自己的观点。

"钻山钻林,这是下策啊!"

刘鸣刚要开口说话,一阵脚步声响,探马猛地推开门。

"……不好了!敌人大军从南岔追上来了!"探马气喘吁吁地报告。

"人多不多？"

"多得很，像蚂蚁一样！"

"刘司令，我们钻林子？"刘鸿彪着急地请示。

"不行！部队朝三甲开！"刘鸣下令。

天色阴暗下来，云雾越来越重。刘鸣率部离开柏木滩没多久，天上竟下起大雨来。云更浓了，天色更加阴暗，四周的大山笼罩在一片黑暗之中。部队到达洮河边，天空突然闪出一道电光，霹雳一声，传来隆隆的雷声，一瞬间，暴雨倾泻而下。

河水暴涨，洮河两岸笼罩在一片蒙蒙烟霭中。

远处枪声响起，久久在空中盘旋回荡。

听到枪声的刘鸣部后方司令吴生荣，急速组织羊皮筏子赶到洮河西岸的赵家渡口。他看到小坪子滩上，刘鸣部人马聚集，乱成一团。枪声、喊声、马嘶声、脚步声混杂在一起。国民党保安队正从小坪子向河边逼近，刘鸣二师曹虎诚团，张建基团正背水作战。

"刘司令！快上筏子！"筏子靠岸，吴生荣大声叫喊。

吴生荣一米七六的个头，笔直的身躯，相貌堂堂。他是刘鸣的妹夫。刘鸣委任其为紫松乡四、五两保"保长"。紫松山区是刘鸣发动起义的根据地。吴生荣协助刘鸣，发动群众，在百姓中威信极高。刘鸣率军南下时，吴生荣要求同去，刘鸣说："你不要去，大哥（吴生祥）、老四（吴生明）已走了，一家人走了以后，家里无人照顾。再说地方上的事也得有人管，你的任务是维护好地方秩序，保护家属，护送后期人马，往来接洽。"随之任命吴生荣为后方司令，副乡长张希鸣为副司令，负责后方工作。

刘鸣扭头看见妹夫吴生荣，牵着马，和机枪手一块上了筏子。

筏子划到河心，那匹马亲热地伸过头来摩挲吴生荣，好像他们认识似的。

"六哥回来了。马，马……啊马！"看见马，吴生荣泪水就下来了。

吴生荣祖父得了红汗病英年早逝，当时十七岁的他承担家庭重担。

到西山背橡盖房，去洮岷贩粮，马驮一斗，他背五升。从此爱马、养马。烈性马到他手上，不出一月，就被他驯成走马。他爱马胜过爱自己，人舍不得吃，马却要喂好。他养的牲口，膘肥体壮，用起来得心应手。刘鸣南下时骑一匹红马，虽然好看，因不是走马，紧要处冲不上去。吴生荣就将繁殖的这匹海骝色走马赠送给刘鸣。海骝马身高八尺，身长一丈，行走如飞。

"哎，三弟啊，这真是一匹好马，它在战场上立了大功啊！好几次，它驮我脱险，过了河，你，你……把它牵去吧，我可能……再也用不着它了！"刘鸣满脸都是雨水和泪水，他摸了一把脸，甩掉手上的水，悲苦地叹口气。

雨越下越大，雨点如断了线的珠子噼里啪啦地从空中落下，天地间好像挂着无比宽大的珠帘，迷蒙蒙的一片。刘鸣下令机枪和冲锋枪压在赵家渡口两岸，掩护过河。许多识水性的战士，抓住马尾泅渡。等到雨停，起义军大部队过了河。

"刘鸿彪呢？咋不见他？"刘鸣问。

"他知道你不同意钻林子，悄悄带领一团人去马衔山了！"有人报告。

刘鸣脸色铁青，忍着没有发火。

"肖焕章、王殿元呢？"刘鸣左右看看，问。

"肖焕章、王殿元、吴建威在三甲河湾抓了一副筏子，从王马家过河，因水太大，一直漂到吴家河涡轮磨，才上了岸。我们一部分人在洮河上游的冰桥窝、宗丹沟渡过了河，还有一部分在下游石晶岩、姬家河一带过了河。"

"看看我们还有多少人？"

"刚踏进临洮时，我们有一千人，这会儿只有五十多人了！"

"我们这些人咋办？"

"人少，不行了。分散隐蔽，过些日子我带你们去延安！"刘鸣说。

 **112　埋人沟尼尕放枪**

肋巴佛率领的藏兵突围后，经渭源，退到岷县闾井，追兵将他逼进了埋人沟。一听名字，就知道这是一条充满危险的死亡之路。据说脚户商队到这里，如果少于百头骡子是绝对不敢走的，他们常常在沟口聚合，结伴才敢同行。他们不仅要面对漫长的行程和自然风险、病灾，还要防范随时可能会出现的土匪，以及突然而来的大批狼群。每年掩埋在沟里的死人不计其数。这条沟曲曲弯弯，长约里许，阴湿幽深，两边山崖对峙，怪石嶙峋。

"佛爷，前面是埋人沟，我们进不进？"辣子营长年单增问。

"进！"肋巴佛说。

"万一敌人在沟里设下埋伏咋办？"辣子营长年单增担忧道。

"不怕，我们南下时在埋人沟与他们遭遇，我们缴获两挺机枪、一百支步枪、十枚手榴弹、十二万发子弹，俘敌七十人。埋人沟是埋他们的，不是埋我们的。上，就是叫老虎咬上，也要冲上去！"肋巴佛算了卦，坚定地说。

邢生贵带头冲进了沟壑。

冲到峡谷口，山坡上突然响起了激烈的机枪声。

起义军像麦捆子一样倒在血泊中。

"佛爷，敌……敌人在沟口堵截，我们的人死得太多了！"

"辣子营长年单增，你带尼尕、顿珠他们去！"肋巴佛急得眼里冒火，大声命令。

尼尕、顿珠是神枪手，也是肋巴佛的贴身护卫。藏民平时刀不离身、枪不离手，个个都有好枪法。而尼尕、顿珠等，可以闻声发枪，有百步穿杨绝技。他们在辣子营长年单增的带领下，迅速爬过枪子射不到的塄坎下，隐蔽身子，向东西两侧山坡上的机枪手连连点射，打哑了几挺机关枪。肋巴佛率军杀出峡谷，进入藏区。

马福善、马继祖父子从西山突围后,辗转渡过洮河,进入朱家山。

张英杰和王德一突围后率部在武都北乡跟国民党军周旋,可是给养困难,他们好几天没有好好吃一顿饭了,饿急了,钻进地里,吃生苞谷,吃生洋芋。康庄率官兵包围了北乡。尽管如此,张英杰这一支仍然是战斗力最强的一支。康庄清楚,硬攻必定造成伤亡,便派晋陕绥边区总司令部的官兵向包围圈内的人喊话。康庄这一招确实厉害,因为张英杰手下的人,和圈外喊话的人都是战友。张英杰手下的人很快被分化瓦解,大部分人逃离了战场。

"张营长,我奉师长之命跟你说句话,只要你放下武器,帮助师长剿匪,你官复原职!仍然当你的营长。"前来诱降的国民党大员跟张英杰熟悉,他拍着胸脯说。

"你给我一天时间,我考虑一下如何?"张英杰说。

"好吧,我答应!"诱降大员看看张英杰身边的几个人,心想,你已经快成孤家寡人,手下的官兵跑了,你除了投降,就是死路一条,便痛快地答应了。

就在月黑风高的这天夜晚,张英杰带着从邓家堡赶来的妻子罗秀珍、弟弟张英奎以及几个亲兵,与王德一等十几个铁杆洪帮,冲出包围,潜回临洮。

第三十三章

清乡搜群山

［民国三十二年至三十三年（1943—1944），洮河、渭河、白龙江流域，灭门］

 托付美夫人

　　我奶奶说，起义失败的那年她十一岁。她清楚地记得，七月初的一天，天热得发了狂，太阳刚一出来，地上就像着了火。似云非云、似雾非雾的灰气浮在空中，令人憋气。我奶奶背着书包到学校，看到操场上停着好多军车，许多士兵正朝教室里搬东西。校长和老师们站在院里，将到校的同学集中起来。校长说，因剿匪需要，军队驻进学校，暂时放假半个月。特殊时期同学们待在家里，不要外出。接着老师宣传注意事项，又布置了一些作业，匆匆散会。

　　我奶奶马云英走出校门，两个人悄悄尾随上来。

　　这两个人一个叫兰布衫，一个叫华家老四。他们是我外太爷马殿选派到马福善部队里的洪帮兄弟，平时常来他家，我奶奶马云英认识。这二人跟着她，一直到人背处，才叫住我奶奶，朝她手里塞了一张字条，轻轻说声："交给你爸。"然后左右看看，悄悄离去。

　　临洮城里国民党大军进驻，五步一岗、十步一哨。大街小巷，到处是特务警察。整个县城，阴云密布，笼罩着恐怖的死亡气息，大有山雨

欲来风满楼，乌云压城城欲摧之势。

我奶奶马云英跑进家门，直奔堂屋。

"爸爸，兰布衫给的字条。"

我外太爷马殿选展开一看，上面写着岳麓山椒山祠见面，署名一。

"什么事？"我外太奶郭玉兰紧跟着跑进来。

"王德一到临洮了，我去见他。"

我外太爷马殿选边说边披衣服，一只脚已经迈出门槛。

"你等等我，我也去。"

"你一个妇道人家，干什么去？"

"风声这么紧，谁能保证那张字条是真是假，万一不是王德一呢？"

站在一旁的我奶奶马云英开口了："妈，我跟爸爸去。"

"你一个女孩子，顶什么用？"

"正因为我是女孩子，特务才不会注意我。我先到岳麓山椒山祠看看，如果真的是老王叔叔，我回来告诉爸爸，让他再去。"我奶奶说。

"你记得他吗？"我外太奶问。

"他到我们家吃过饭，住了好多次，咋不认得。"我奶奶说。

我外太爷和我外太奶相互一看，默许了。

我奶奶马云英蹦蹦跳跳上了岳麓山，唱着歌，装出一副好奇的样子，进了椒山祠。她一眼看到了王德一，他的对面，坐着两个军人，一个漂亮的女人。我奶奶马云英"啊"的一声，转身要走。王德一早已看见我奶奶马云英，站起来，拉住她。

"云英，别走，是我。"

"我不认得你，你放开我。"

"别怕，这两个穿军服的也是洪帮兄弟，不是坏人。"

我奶奶马云英停下脚步，仔细打量那两个军人，他们一身血迹，满眼血丝，浑身写满了疲惫。王德一指着他们说："这是张英杰、张英奎叔叔，都是洪帮的人。"王德一了解我外太爷马殿选为人豪爽，可做事细心、

王德一父子三人

谨慎,知道我奶奶马云英是他派来探问虚实的,便又掏出一张纸,写了几行字,交给我奶奶马云英。

我奶奶马云英下山,在大榆树后找到我外太爷马殿选,说了山上见到王德一和张英杰的情况,掏出王德一的字条交给父亲。我外太爷马殿选反复看了几遍,确信无疑,便撕毁字条,打发我奶奶回家,自己独自上山,进了椒山祠。

我外太爷马殿选一进门,小声问候几句,从身后拉过一个褡裢,掏出几个锅盔,递到王德一等人手上。他们几个人好几天没吃饭,一声不吭地吃完锅盔。

"人呢?"

"都打散了。"

接着是死一般的沉默。

"鼎武(王仲甲字)呢?"

"过了洮河,回到了峁下。"

"刘鸣呢?"

"没听到消息,也打散了吧?"张英杰反问。

"官家封锁消息,不知道啊!"我外太爷马殿选说。

"马福善呢?"

"他从西山突围,已到康乐。"王德一说。

"你父亲王守山到城里来打探消息,说半个月前,峁下的猎户全部被抓,上年纪的男人和年轻妇女,全部押去运尸体。你父亲也去抬尸,除了认出卓尼汪鼎臣的尸体,他没看见其他首领的尸体。"我外太爷朝椒山祠外面看了一眼,继续分析说,"这说明王仲甲、马福善、肖焕章等人还活着。这几天国民党军队天天搜山,不知搞什么鬼,也听不到王仲甲等人的消息。"

"他们很可能进了白石山!"王德一是衙下人,对南部大山了如指掌。他想起撤退路上跟王仲甲的约定,看一眼张英杰,肯定地说。

"佛爷呢?"

"我们和佛爷分手后,他率部向岷县方向撤退了。"张英杰说。

我外太爷马殿选长舒一口气说:"昨天从藏区押运来了一批人,关在大牢里,狱警中有我们洪帮的弟兄,他来报告,说里面有肋巴佛的管家华尔丹。这个人和辣子营长年丹增到过临洮,从我手中买过枪支,我们熟悉。"

"藏民怎么押到临洮来了?"

"据说是为防劫营,异地关押。"祠外响起一两声狗的吠叫,我外太爷马殿选起身到外面瞅了瞅,除了微风轻吹,并无人影,他反身进来,继续说,"我到狱中给他送饭,他悄悄告诉我,他受命找到土登喇嘛'草登草哇'成员,打探侦察。当时国民党军正在卓尼,四处出动剿杀,把水磨川寺放火烧掉了。他走到大水磨川时,被杨喇嘛发觉,立即向国民党军队报告,妥建功团长的捉虎队将他逮捕,押送到临洮。"

"华尔丹应该知道肋巴佛在哪里!"张英杰说。

"华尔丹说,渡过河后部队打散了,他没见肋巴佛。大批警察和军队出动搜山,卓尼各沟各岔都搜了,也没见肋巴佛。"我外太爷马殿选说。

"佛爷有可能到冶力关。康乐和冶力关只隔一座山,只有去了那里,他可以找马福善、王仲甲,还可以东山再起。"张英杰分析道。

"你俩有什么打算?"我外太爷马殿选忧心忡忡地问。

"就在你来之前,马福善派兰布衫和华家老四来联络我们,说马福善辗转到了康乐的景古城。王仲甲进了紫松山,肖焕章也进了山,马继祖找到了没有南下的马木哥,他们已经会合在紫松山。马福善要我们尽快联络旧部,到朱家山。"王德一说。

"什么时候动身？"

"现在就走。"

"啊？……外面风声……紧得很呀！"我外太爷马殿选张大嘴说。

"马大哥，我让兰布衫和华家老四叫你来，有一件重要事要你帮忙。"王德一说到这里，停一停，看看罗秀珍说，"这位是张营长夫人罗秀珍，一直随我们从宗丹沟到苟家滩。我们要进山，敌人搜捕得紧，张营长是总司令，国民党通缉的第一人。他家属也上了名单，婆家娘家都不能回，只能请你来想办法。"

我外太爷马殿选这才有时间打量这位漂亮的张夫人。

罗秀珍一直在哭，眼泪像珠子一样掉在脚下，湿了一地。情况紧急，几个男人都顾不上劝慰这个美人。我外太爷马殿选点头说："人交给我，你们放心去吧。"张英杰深情地看了一眼夫人，罗秀珍虽然一脸不舍，但只能眼睁睁含泪望着张英杰远去。

 **114　朱家山突围**

我外太爷马殿选领着罗秀珍回家，晚上跟我姨奶马云莲、我奶奶马云英住在一铺炕上。

过了两天，从康乐传来消息，国民党军第五十九师围住了朱家山，好几架国民党军飞机对朱家山实施轮番轰炸。起义军经过两天浴血战斗，伤亡惨重，再次被冲散。报纸报道：

> 匪徒弹尽粮绝，难以统一行动，溃散到康乐阿古山、潘家集、何家山等地。匪首王仲甲窜往衙下集；马福善、马继祖窜逃药水峡；肖焕章、吴建威窜进白石山隐蔽。在陇西、渭源的刘化一、吕伯元、毛得功、郭化如、杨友柏、张阁雁等，均被第十五师击败；在岷县、宕昌、武都的毛克让，被骑兵旅击败；在定西、

榆中一带的黄作宾、王作宾、王永贞、左少堂等，被五十一师击败。历时七个多月，波及甘南二十余县的叛乱遂告平息。

我外太爷马殿选拿着报纸，反复看了几遍，却没有看到肋巴佛、刘鸣、张英杰、王德一的名字。他到县府打听，也打听不出一点消息。

我外太爷并不知道，其实张英杰、王德一和他分手，立即集合旧部到达峝下。第二天赶到朱家山时，发现山下四面都是国民党第五十九师的官兵。而王仲甲、肋巴佛等人被包围在朱家山上，山顶上枪声不断。许多被打散的起义军首领，相互联络，也陆续带着旧部赶到山下。张英杰和王德一看见马木哥也带着上百人到达山底下，三人碰头商量，趁敌人尚未摸清起义军情况的时机，实施反包围，从西面背部发起攻击，吸引敌军。

张英杰等准备妥当，突然集中火力向山腰发起进攻。

经过飞机轮番轰炸和连续打击，第五十九师师长盛文自满地认为，造反的饥民战斗力已经丧失。可是突然山下出现大股土匪，且火力凶猛，盛文始料不及。盛文判断，土匪有可能从西面撕开一个口子突围，急忙把其他三面的兵力调过来围歼，山顶的王仲甲、肋巴佛等，瞅准时机，率众从北面突围，连夜分散钻了几条沟，迅速进入临潭，上了白石山。

 **白石山挥泪诀别**

这里三山耸立，北面马衔山，西面莲花山，南面白石山。白石山横跨临洮、临潭、康乐三县交界，系秦岭余脉，呈"爪"字状延伸。层层叠叠的山峦尽头，白石山那露裸着犬牙似的银白色石头山峰，被周围的翠峰簇拥着，高出群峰而直插云天。白石山一座山崖连着一座山崖，一个山坳接着一个山坳，这里草深林密，沟壑纵横交错，非常适合打游击。

肋巴佛进了白石山，等了两天，王仲甲、张英杰、王德一、马木哥、肖焕章等人分头从各个沟岔进山，陆续到达约定的"洞天仙府"。这是一处掩蔽的秘密山洞，据说明代大将常遇春抵御番邦，曾在这里藏兵，外人极难发觉。

"马司令父子呢？从朱家山出来没？"王仲甲环顾四周，没见马福善。

"出来了，他们带上自己的人马去康乐了。"肖焕章肯定地说。

"张司令，我们怎么办呢？"肋巴佛问张英杰。

"哎，还是听王司令说。"张英杰疲惫不堪，一屁股坐在洞口。

"几次突围中，我们遭受重大损失，各路司令或亡或伤。刘鸣的先头部队被打散，他仅率少数人员突围，现在何处，还不清楚。为保存力量，我们埋掉大家伙，分头疏散、隐蔽。等过了这一阵，东山再起。但是临别我有一句话，要忠告大家，我们都是儿子娃、硬汉子，将来万一被俘，绝不投降！"王仲甲沉痛地说。

"哎哟，我们就这么完了吗？"辣子营长年单增年丹增背过脸去，揩起了眼泪。

"咋算完了？"肋巴佛不满地瞪一眼辣子营长年单增，想狠狠训斥几句，可一看他负伤的右肩赤裸着，鲜红的血还在流淌，心就软了下来，他拍拍辣子营长年单增说，"只要有一个人活着出去，还要干！就是我们这些人全死了，人们还会记着我们，穷困百姓会替我们报仇雪恨，会接着干！"

山外又响起了枪炮声。

山洞中挤满了人，缩在洞内一角的王星垣忍不住开始哭泣！哭声迅速扩散开来，感染了很多人。有人捂住脸放声大哭，有人默默流泪，肋巴佛不禁悲从心起，一股无法抑制的心酸和心痛袭来，也难过地失声痛哭。藏兵们看见肋巴佛哭，悲从心来，流着泪水哗啦啦跪倒在地，哽咽着大声说："佛爷啊……我们死也要死到一起。"

"……我、我、我……们不能就这么死了，还要等东山再起呢。"肋巴佛擦干眼泪，弯下身一一扶起跪在地下的人，鼓起勇气说。

"佛爷，你先走，我的人堵截敌人！"王仲甲说。

"王司令，你走吧！"肋巴佛湿润的眼睛望着王仲甲。

"要不，我先出去，外头有什么情况，我给你们报信。我走了，啊，但愿我们以后还能再见面。"肖焕章红着眼睛，站起来一步一步朝洞口走。

大家心里明白，山下枪声，危险逼近，应当趁早撤离。可是他们相互又舍不得离开。山下的枪炮声越来越密，不难判断，敌军正向白石山这边移动。过不了多久，大批的国民党军会拥进来搜山。天渐渐黑了下来，山下燃起了火把。

"快，快点！不要磨蹭了，都走吧。只要胡大不收，我们总能到一起！"马木哥站起身拍拍身上的土，掏出手枪，领着他的人率先出了洞。

肋巴佛、王仲甲、张英杰随后出洞，看见肖焕章和马木哥正在察看地形。暗黑的山上起了冷风，吹起了他们的衣衫，吹掉了挂在脸上的泪珠。他们手指着远处的山峰，简单交换了一下意见，选择林木最密的五条大沟，在阵阵松涛声迅速撤离白石山。肋巴佛向西走了几步，转过身去，望着渐渐没入山林的战友，两眼又挂满了泪花，他怎么也没有想到，战友们会这样分手。

当天深夜，肋巴佛沿着西沟下山，东方发白时他们迈步走向西面的莲花山。

116　尖不措

沉睡的莲花山展开宽敞的胸怀，群峰如锯齿状呈露在玫瑰色的晨曦中。远远望去，群峰互映，犹如一朵盛开的莲花，绽放在碧色的天际。如尖锥般耸起的主峰，横过一道道山脉，如黛似翠，分外秀美。肋巴佛在莲花山躲藏了七天，从山脚下足古川村传来消息说，国民党军封住了进山的路口，在岔口架起了机枪，大批军人开始搜山。

肋巴佛当机立断，决定离开莲花山。

"山上住没处住，吃没处吃，看来事情一时转不过来，敌人十天半月不会走，我们就此散开，各逃性命。但是路口敌人堵截，我们要分散走，可必须在山上留个人，一是迷惑敌人，二是看护我们埋下的枪、子弹，有朝一日，我还要回来，领着大伙一块干！"肋巴佛深情地说。

"佛爷，我、我……我留下！我在这里等你！"满脸黑紫的尖不措走到活佛身边，跪下身子，含泪请求道。尖不措是藏军最好的旗手，他的怀里，始终抱着一杆卷着的火龙旗。他骑术高超，每次打仗冲在最前头，那杆旗也飘扬在最前头。

"啊……尖不措，你等着……我！我、我……我还要回来，这杆旗还会再打起来！"肋巴佛久久地抚摸着尖不措的肩膀，动情地给尖不措摩顶，噙着眼泪从尖不措怀里要过旗杆，慢慢从杆上取下火龙旗，叠成方块，慢慢地揣进尖不措的怀里。

"佛爷……我、我、我……还要给你打旗呢！"尖不措热泪盈眶。

就在这天夜里，肋巴佛离开了莲花山，离开了尖不措。痴心的尖不措怀揣着火龙旗在山上等了肋巴佛十几年，饿了他吃野菜、吃生肉，渴了他喝泉水。漫长的等待，尖不措没有等来佛爷，却把自己等成了野人。直到解放，尖不措才下了山，当他得知肋巴佛已经牺牲，大哭一场回了家，妻子儿女已经认不出他了。

117 达木草

肋巴佛从莲花山顶下来，在夜色的掩护下，他们潜入草原。敌人设卡布防，四处搜捕，他们只好在茅刺林中躲藏。天亮时碰到一个络腮胡的喇嘛，他带着几位徒弟从加久寺出来，他告诉肋巴佛："寺院、村庄都驻满了国民党军，他们到处抓他，抓造反的牧民。"喇嘛说："佛爷啊，你不要往前走，你上卡加山去躲藏。"于是肋巴佛离开草原，插入斜坡上一条陡峭隐蔽的小径，钻进一片林荫蔽天的森林中。他穿越丛林，直抵卡加山。这时，他身边只剩下辣子营长年单增和顿珠。

"佛爷，你饿了吧？我下山找些吃的去。"卡加山脚不远处有条小河，叫拉芦河，顿珠的家就在河边，安顿好肋巴佛的住处，顿珠说。

"啊，顿珠。你快去快回，走在路上，你灯打亮些。"顿珠人机灵，办事很有头脑，但危险时期，肋巴佛仍不放心，叮咛道。

"喳！天黑前我返回！"

顿珠的母亲过世，父亲和哥哥也都参加了"措登措洼"造反，家中只有身怀六甲的嫂子达木草。因为顿珠是肋巴佛的贴身护卫，他们的家里人早已成了重点抓捕的对象。土登喇嘛派人日夜监视、蹲守，几天前，土登喇嘛亲自登门，打探动静。

"达木草，你去叫你家顿珠回来吧！回来好好过日子，官家说了：既往不咎！死跟着肋巴佛有什么好处呢？"土登喇嘛装出一副慈悲的模样劝说达木草。

"大喇嘛，顿珠他跟佛爷走了有几个月了，谁知道他在哪儿！我怀着个大肚子，到哪里去叫他呢！"达木草弯着腰，吃力地拾掇喂牲口的草料，瞅都不瞅一眼土登。

"他的阿达死了，他的阿哥也死了，尸首他没往家拉？"土登问。

"没有，秃鹫吃了呗。"达木草说。

"他们的人死净了，他没回来？"土登说着话，两只眼睛不停乱瞅。

"他们的人死净了，他也死了呗！"达木草没好气地回答。

土登喇嘛从屋里出来，听见房背后有马蹄刨地的声音，转到房屋后面，看见柱上拴着三匹马。牧民家里拴马，那再正常不过。可是土登却不这么想，他认为达木草一个大肚子女人，上不了马背。三匹马拴在这里，说明男人来过，说明顿珠来过，说不定肋巴佛也来过。

土登将怀有身孕的达木草抓走，交给捉虎队，在屋里留下几个暗探。

顿珠偷偷下山进村，悄悄摸进家里。

"嫂子，你在哪里？"顿珠小声呼唤。

"你是顿珠吧!"随着一声低沉的声音,从屋里蹿出几个大男人。

顿珠还没有反应过来,几个捉虎队员如狼似虎地扑上来,将他五花大绑押到乡公所。揭背花,拔断筋,砸光光(在孤拐上垫上石头,上面用木棍使劲砸)。

肋巴佛和辣子营长年单增等了三天两夜,总不见顿珠回来。

"年单增,你去找找!这么长时间不来,顿珠出事了吧?"肋巴佛心急道。

"佛爷,我走了,你跟前没有人,万一敌人搜山,咋办呢?"辣子营长年单增说。

"随便几个人我不怕,能对付,你去吧!路上小心!"肋巴佛说。

辣子营长年单增答应着,披上皮袄,一头钻进松树林,跑下山,推开了山脚下的一户柴门。辣子营长年单增知道这是搭豆的家。搭豆攻打洮州时生病,没有南下,在家养伤。

"哎呀……辣子营长,是你啊,村里来了捉虎队,你、你……你咋来了?"搭豆一把将辣子营长年单增拉进屋,压低声音说。

"我下山来打听顿珠的消息。"辣子营长年单增说。

"……顿珠,他、他……落在捉虎队手里了,拷打了两天两夜,打得他死去活来,他们追问佛爷藏身的地方。"搭豆喘着粗气说。

"你说的可是真的?"辣子营长年单增镇定地问。

"他们抓住了顿珠,就把达木草放了。她被捉虎队的吊起来,用木棍和皮鞭打晕了好几次,肚里的娃流了产。她躺在窝棚里哭呢。"搭豆哭了起来。

"我去看看达木草!"辣子营长年单增气冲脑门,愤怒地朝门口走。

"你站住,佛爷一个人,处境危险,你快上山保护,达木草有我们呢。"搭豆一边说一边给辣子营长年单增包了些酥油和炒面,送他走。

118 辣子营长年单增被抓

谁料辣子营长年单增刚走到山脚下，突然从松树背后蹿出几个彪形大汉，一拥而上，绑了他，押到乡公所，交给捉虎队的妥建功团长。

"哎呀，年营长你是一个有本事的人嘛，你怎么跟上坏人干那种事呢？妥某跟杨土司也是朋友，我早闻你的大名，非常敬重你。只要你从此弃暗投明，本团长愿保举你，一官半职绝对是少不了的！俗话说，识时务者为俊杰，我想你是聪明人，不会执迷不悟！"妥建功团长装出一副笑脸，命令部下解去辣子营长年单增身上的绳索。站起身，走到藏柜前，取出一个景泰蓝盖碗子，倒了一碗热茶，亲自端到他的眼前，笑眯眯地劝说道。

辣子营长年单增冷冷地看着妥建功团长。

"这是我送给老弟的见面礼，望老弟笑纳，无论是当官还是提头卖命，都是为了银子。"妥建功团长命人取来三摞子白圆，整整齐齐地摆在桌面上。

辣子营长年单增一言不发，背过身去。

"你说句话啊！只要你跟我精诚合作，我不会亏待你的。只要你说出肋巴佛藏身的地点，要白圆有白圆，要官有官！你跟着肋巴佛有什么呢！他是网中之鱼，你犯不着为他卖命！你要知道，脖子断了长不上！"妥建功团长软硬兼施道。

辣子营长年单增不吭气，像石头人一样。

"敬酒不吃吃罚酒，我知道，你是个格子核桃，要砸着吃呢！来人啊，给我吊起来，狠狠地打！"妥建功团长看软的不行，立刻变了脸，一拍桌子，大声怒吼。

用尽酷刑，辣子营长年单增不吐一个字。他流着泪在心里默默地念叨："佛爷啊，我再也不能给你牵马坠镫了，你自己要处处小心啊。"粗粗的牛鞭打得年单增皮开肉绽，鲜血在他身下流了一大摊，染红了土地。

妥建功团长希望从顿珠和辣子营长年单增的嘴里掏出肋巴佛的下落，却一无所获，最后妥建功将两人押解到师部，跟两百名汉族战士一同杀害于临洮东门外。

119　土登喇嘛

搭豆和搭力兄弟得知辣子营长年单增被捕，偷偷上山，护送肋巴佛到庙华山。他在庙华山躲藏了十天，陆陆续续有两百多名失散的战士又聚到他的身边。考虑到国民党第十二师周体仁部向庙华山围剿，肋巴佛果断率两百部属向俄旦寺山转移。

但是狐狸一样狡猾的土登喇嘛发现了肋巴佛的行踪。

"团总，我发现肋巴佛了，你去抓！"土登喇嘛向妥建功团长报告。

"他在哪里？"

"跑上了俄旦寺山。"

"大喇嘛，上回我们听你的话，搜卡加山，连根肋巴佛的毛都没搜到。这一回再扑空的话，我告诉你，我向上司无法交代！"妥建功团长将信将疑地说。

"你放一百个心，我派去侦察的尕喇嘛悄悄回来报告，他在俄旦寺山上看见了肋巴佛做饭的炊烟，有五六十人。"土登喇嘛信誓旦旦地说。

"好，报信者赏五百银圆，抓住肋巴佛者赏一千银圆！"

妥建功团长不再怀疑，立刻拨通了周体仁师长的电话。

"这回一定要抓住肋巴佛，活要见人，死要见尸！"周体仁下令。

"是！我马上派一营人马前去围剿！"

妥建功团一营迅速出动，扑向俄旦寺山。

当他们走到离俄旦寺山七八里的时候，被山顶肋巴佛的哨兵发现。自从渡过洮河以来，起义军战士死的死、伤的伤。大家满腔的仇恨堆积得太久了，肋巴佛决定在山口打一场伏击战，为死去的义军报仇。而国民党军连续得胜，产生了轻敌的思想，认为肋巴佛已到了穷途末路，根本没放在心上。他们大摇大摆地走进了埋伏圈。

打！随着起义军指挥官的一声令下，密集的枪声响彻俄旦寺山峰，子弹头燃烧着愤怒的火焰，呼啸着射倒了一大排国民党士兵。妥建功团一营的官兵做梦也没有想到，逃亡的肋巴佛居然还有这么多人，这么强的战斗力。

"耻辱，军人的耻辱！妥建功，你这个狗日的！你拿一个营的兵力，拿着那么精良的机关大炮，打不过土匪的叉叉枪！打不过一个穿袈裟的人，还死了那么多将士，我要枪毙你！"周体仁得知军队打了败仗，死伤惨重，在电话中将妥建功破骂了个狗血淋头。

"刘进发，丢脸！你、你、你……你他妈的给我丢脸！"妥建功挨了骂，气坏了，放下电话，气急败坏地大骂吃了败仗的刘进发营长。

"妥团长我冤枉，都怪大喇嘛情报不准，山上没有肋巴佛！"营长喊冤。

"那伏击你们的是谁？"

"藏兵，他们枪法准得很！"营长说。

"把那个叫土登的贼喇嘛给我找来！"妥建功怒吼。

捉虎队员去叫土登喇嘛时，他正在一个人家吃饭，听妥团长有请，以为抓住了肋巴佛，叫他去领赏呢，喜滋滋地跟着去了。一进门，一股浓烈的血腥味扑面而来，看看妥建功，怒容满脸。再转动脑袋看看地下，头上包着纱布的，胳膊肘儿挂着伤的，腿子打折了，一屋子都是伤员。

"贼喇嘛，你这个奸细！"妥建功一拍桌子，震得茶杯荡下地，摔得粉碎。

"团总，我、我……我一片真心啊！"土登喇嘛跪倒在地，磕头如捣蒜。

"你的心叫狗吃了！"妥建功说着掏出手枪，扣动了枪机。

随着一声清脆的枪声，土登喇嘛栽倒在地，腿脚一蹬，死了。

俄旦寺山上的战斗鼓舞了起义军,又有"措登措洼"的许多百姓聚拢到肋巴佛身边。肋巴佛决定夜袭驻扎在夏河县府的国民党军队,不料内部出了叛徒,消息走漏,行动失败。肋巴佛组织的百名起义军打得只剩下摩牙等四人,肋巴佛只好从拉卜楞逃走。走到唐尕昂时,被国民党军队发现包围,打了一仗,摩牙牺牲,头被国民党军队割下来,挂在土门关"示众"。肋巴佛等三人突围,钻进了王格尔塘附近的大山林中,翻山越岭,辗转到南龙山石佛寺藏匿。

不久,肋巴佛退到宁和老家乱沟村,藏在松鸣岩附近南无台的山洞中。没住两天,马步芳派兵到松鸣岩搜捕,肋巴佛便转移到大峡的石咀山住了几日。然后在信徒的掩护下,趁天黑悄悄离开了林区,又到拉卜楞俄旦寺山。

甘南民变留影

第三十四章

夜阑杜鹃鸣

［民国三十三年（1944），洮河、渭河、白龙江流域，死别］

 宣抚团

我奶奶说，那天城里突然开进大批军队。军警像赶羊一样，拿枪押着被抓的起义军从街上走过，吓得人们四处逃散。军警挨家挨户搜查，翻箱倒柜，到处抓人。在灰盐市酱菜园，我奶奶亲眼看见乔家年藏在酱缸中，被一个士兵发现。乔家年用斧头砍伤士兵，跑出酱菜园，刚翻上墙头，另一个士兵开枪打中了乔家年的腿，鲜血喷溅，染红了土墙。他们抓住乔家年，拉到巷口，那个受伤的士兵端枪对着乔家年的脑袋，从下向上开的枪，把天灵盖打到半空中又落下来，听说用的是开花子弹。我听了奶奶的话，非常惊愕。想不到我奶奶十一岁，竟然看到这种血腥的场面，如果换了现在的孩子，不吓疯才怪呢。

第二天城门关闭，全城大搜捕，抓了好多人。

晌午时刻，老天爷哭了，下大雨。我外太爷家的客栈，有个大房子，分成五间房。军警站在客栈屋檐下避雨，抓来的人五花大绑，站在雨中。军警从糖坊老板陈雨生家里搜出了一支猎枪，将他也抓了。有个连长用棒槌猛打陈雨生，打得他鬼哭狼嚎跪地求饶，我外太奶郭玉兰生怕把人给打死了，偷偷塞给连长一包烟土和水烟枪，连长才放过陈雨生。

我奶奶跟我说，当时进城的部队有好几支，她只记得第十二师番号，师长是盛文。因为盛文杀人最凶，杀人最多，我外太爷最恨他，骂得最多。她就记住了盛文的名字。盛文不仅大肆捕杀起义军，还指令全省警务处、省会警察厅、各县警察事务所（署）和保安警备队缉捕逃散的起义军战士，搜捕中共地下党。

监狱太小，盛文将步兵军校改建扩大为临时监狱，使用各种惨无人道的刑具，刑审逼供、残酷屠杀被捕起义军战士和地下共产党员。

我查阅资料，查到了陈卫东先生采访马福善部二团团长冯世云的文章，冯世云回忆：

> 后来又发生了朱家山激战，国民党军派飞机前来轰炸、扫射，部队伤亡惨重。到农历九月，起义全部失败了。王仲甲、肖焕章、马福善、马继祖等领导者都分散隐藏起来。我逃到了和政科妥乡（今吊滩、达浪——作者注）隐居起来。后来，敌人发现了我，就把我抓到和政县大牢中，用尽了酷刑，如"揭背花""压杠子"等，要我供出起义领导者们的下落，我咬紧牙关没有开口。他们把我折磨得只剩一口气，就扔到大街上——让我自己慢慢死去。后来，在一些好心人的救助下，我竟奇迹般活了下来。

国民党在兰州成立了由党政机关及地方绅士组成的东南两路"灾区宣慰委员会"，简称"宣抚团"。东路由第八战区政治部主任赵锡光，中统特务、国民党甘肃省党部执行委员兼组训处长处陆锡光任团长，赴定西、榆中、陇西、渭源一带。南路由豪绅、原河州镇守使、省政府军事处处长、兰州市参议会议长裴建准、省政府委员兼建设厅厅长张心一任团长，进驻临洮，赴康乐、会川、临潭、岷县一带宣抚。他们一面张贴文告，发放赈款，豁免兵役，豁免粮杂税，一面到各家各户，取保发放"良民证"。

这一天，几个宣抚团成员在保甲长的带领下进了我外太爷马殿选的家。

"家里有什么人，都报上来。"

"我家有五口人，旱地六亩二分五厘，土房三间，瓦房七间……"

"这个不用说，你们男丁多少，都在哪里？"

"就我和儿子，儿子叫马仲霖，才四岁。"

"你跟王仲甲是什么关系？"

"他是硔下洪帮舵把子，我是城内大哥。"

"你反没反？"

"我安分守己地搞小买卖，没时间反。"

宣抚团给我外太爷马殿选家扯了五个良民证，然后逐一搜查每个房间，有位宣抚队员发现了藏在后院的罗秀珍。

"她是谁？"

我外太奶郭玉兰说："我的妹子。"

宣抚队员朝二人的脸上瞧了半天，都是大脸盘，似像非像。

"叫什么？"

"郭玉菊。"

其中一个人突然变脸道："不对，这是匪首家属。"

"哎呀我的团长，你不要胡开玩笑。"

"我不开玩笑，郭玉菊，你念一下这个良民证！"

我外太爷马殿选家里提前做了准备，罗秀珍也是聪明的，她说："我不识字。"

"你们口音不对，她是兰州腔。"

"我娘家是兰州人。"

"可是你听，她，这个郭玉兰说的是临洮话。"有人指着我外太奶说，"我嫁鸡随鸡，到马家门上半辈子了，口音变了。"我外太奶郭玉兰说。

宣抚队员仍不肯放过,一点一滴地盘问。这时大门被人推开,走进来一个满脸长白胡子的高个子老汉。此人相貌高古,一对单凤大眼,八字眉,身着长袍马褂,头戴礼帽,一脸清瘦惆怅。他由县府的主任领着,左手执杖,右手脱帽,一直走到院中,微笑着望着我外太爷。那县府主任看到队员不依不饶地盘问,便朝前走了几步说:"你们不要盘问马殿选,他是县议

罗秀珍、张英杰、靳新保

员,城内洪帮大哥。是我县的上层人士,裴先生要请他参加宣抚工作,帮咱们工作。"

裴建准为官多年,担任过河州、肃州镇守使、甘凉卫戍司令、曾授镇武将军、民国主甘"八大委员"、甘肃督军署军务处处长、省政府委员、省参议会议员,声名显赫。他虽说是武将,却虎帐著丹青,晚年成了陇上著名的书画家。书画遒劲潇洒,意蕴丰富。尤其爱画骏马,有人愿以真马换取马画而不可得。我外太爷马殿选最早从王仲甲口中听到裴建准这个名字。王仲甲常说:"康三哥大堂上面对裴建准,哑巴成了佛,镇守使当了个院主。"今日一见,我外太爷马殿选觉得这个老爷子除气质高雅外,身上真有一股超凡脱俗、仙风道骨的味道。

那几个人看到裴建准,不再盘问,跟随保甲长到隔壁家去了。

裴建准这才走上前来,笑着说:"马先生的大名,我在兰州已经听说,这次变乱,洪帮的人被裹胁的不少。我们也清楚,洪帮都是下苦人,日子过不下去,听了匪首蛊惑,干了些不正当的事。我们的政策是匪首必杀,胁从不问。马先生作为洪帮大哥,有责任帮政府,维护秩序。"

我外太爷马殿选眉头紧锁,一言不发。

"……死了那么多人，尸横遍野，甚至是血流成河。你看看周围，有多少人家破人亡，女人没了丈夫，父母没了儿子。有多少人失去了家庭，失去了亲人，失去了生命。有多少人被稀里糊涂地卷进去厮杀，成了一堆白骨……好多洪帮兄弟根本就不知道为什么要打仗……难道你没有责任吗？"裴建准白胡子颤抖着，一脸悲伤抑郁。他老了，本来声音就低沉，说到伤心处，鼻酸流泪的感受涌上来，凝住了，噎在喉头。然后便哽咽了，最后哽咽变成了抽泣。

"裴先生，你、你……"我外太爷马殿选没想到宣抚大员会哭，不知如何劝慰。

"……我不愿看到更多的人受牵连被杀，马……马先生你出头，跟我们一起做宣抚工作，劝洪帮的兄弟们回头，让他们放下武器。……一味地抵抗，只会流更多的血，除了失去亲人和生命，又有什么好处呢？"裴建准流着泪说。

"先生，我、我……我愿意效劳……"也许是裴建准泪水染白发让我外太爷马殿选心碎，也许兄弟的血刺激了我外太爷马殿选，他长叹一声，点头答应了裴建准的要求。

121　夜阑常闻杜鹃鸣

裴建准的第一件事，是要我外太爷马殿选前往朱家山，给张英杰、王仲甲送劝降信。

"先生，这、这……我实在难以办到！"我外太爷马殿选一口回绝。

"为什么？"

"我跟王仲甲没有来往，再说我张不开口！"

"那好，我就不勉为其难了。"

裴建准另外物色了一个说客，到朱家山送去一封由何世英、裴建准、张心一三人署名的劝降信，信中写道："诸兄粮弹两缺，内部混乱，身临绝境。大军四面围剿，布下天罗地网。继续抵抗，则不过徒做无益牺牲。当此千钧一发之际，请诸兄悬崖勒马，立即命令部下停止抵抗，缴械投降。若能如此，我们当可保证汝等及全体饥民生命安全，既往不咎，首领可加官进禄，饥民可发给饷金回家务农。古语云：识时务者为俊杰，望三思之。时机危迫，早做抉择。"

但是劝降说客很快就回来了。

"回信呢？"

"他们没有回信！"

"什么？他们连只言片语都没有？"

"王仲甲看到劝降信上裴先生的名字，叹气说，裴先生跟肋巴佛有缘。他敬慕先生，在白布上用木灰抄录了一首他的诗，让我交给先生！"说客说着，从怀里掏出一个叠得四四方方的白布，交给裴建准。裴建准打开一看，白布上面一首诗赫然入目：

夕阳烟霞傍洞庭，
观音阁临少人行。
未能出师身已卒，
夜阑常闻杜鹃鸣。

裴建准拿着王仲甲的信，不禁黯然泪下。好半天，他自言自语道："杜甫曾作《蜀相》：'丞相祠堂何处寻，锦官城外柏森森。映阶碧草自春色，隔叶黄鹂空好音。三顾频烦天下计，两朝开济老臣心。出师未捷身先死，长使英雄泪满襟。'王仲甲这首诗，尤其是后两句，'未能出师身已卒，夜阑常闻杜鹃鸣'，英雄感时伤世，透露出忧国忧民之心。直追老杜'出师未捷身先死，长使英雄泪满襟'。可惜他迷途却不知返啊！"

传说蜀国国王失国身死，魂魄化为杜鹃，悲啼不已。这是王仲甲赴死的决心。

"除了这个,他还说了什么话?"裴建准问说客。

"我对他说,何专员有一句话,带给你。王仲甲问我,什么话?我说,何专员让我告诉你,至于危险的事情,有弟在,不怕什么!"

裴建准

"他怎么说?"

"他冷笑一声,讽刺何专员说,弟真有办法!"说客回答。

我不明白何专员为何要说"至于危险的事情,有弟在,不怕什么"这句话,问我奶奶,她解释说:"我外太爷介绍何世英加入了洪帮,王仲甲是徇下大哥,何世英以帮内规矩称兄道弟套近乎。但是屡次劝降,王仲甲等绝不投降。国民党军便集结兵力,全力围剿起义军。朱家山顿成焦土,王仲甲率军往徇下去了。其他各路首领,多不知去向。"

我外太爷马殿选这些日子天天跟宣抚团在一起,听到了各种各样的传言。

"知道不,刘鸣、张英杰接到劝降信,准备投降。张英杰说,与其死拼,不如来个权宜之计。肋巴佛听出话音劝他,我们造反是反叛,国民党不会饶过的。我宁可饿死在山洞,也与他们誓不两立。马福善坚决反对,厉声斥责,拒绝投降。马木哥还拔出手枪说,谁投降,他就要打死谁!吓得张英杰不敢吭声!"

"你听到刘鸣的消息了吗?"

"何世英派城关镇镇长李寿山、专署秘书张仁福到徇下说降,刘鸣看到大势已去,向盛文提出了两个条件:一是以少将军官录用;二是保送陆军大学受训。盛文满口答应。刘鸣投降当了清乡司令。司令部设在南乡寺洼山小学,他手下那些回家的人,又纷纷投奔到他旗下。听说黄建伟也投降了。刘鸣还找来王德一，劝他投降，王德一机智地逃脱了刘鸣的纠缠。"

"你说得这么活灵活现，可是前后矛盾，前头说何世英派李寿山去劝降，后头又说盛文。再说，王德一已被捕，他咋到衙下去了？"

"信不信由你，我的一个兄弟在十二师当团长，他说的还能有假？"

听了这些传言，我外太爷马殿选疑窦顿生，他想宣抚团给张英杰和王仲杰分别送了劝降信，为何没有给刘鸣？他趁屋里没人，悄悄问裴建准。裴先生微微一笑，从公文包中拿出一个信件，递给我外太爷马殿选。我外太爷马殿选满腹狐疑地抽出信，仔细阅读："善初阁下并盛文阁下大鉴：来函敬悉，意气殷殷勤勤，以余之才学志行为可惜，劝余合作救国，并对余之生命，重以息壤之誓等语，仰承隆情，感荷殊深。窃以西北革命军之兴，乃适应世界之潮流，政治压迫必然之结果也。不幸，预谋之一般民贼叛我人民，俯首投降，余以菲材承蒙我之广大群众之推戴，总领师干，胜则威无不加，败则一身不保，此自然之理势也！今我无数同志被阁下等拔草屠戮，不遗余力，余为个人革命人格计，为我死义同志计，纵阁下怜而宥我，余敢屈膝以落地下之羞哉！尝蒙天之佑，山巅水滩，苟全性命，三年之后当报君等之顾盼也。此志如铁，虽苏张巧说于前，韩白按剑于后，不能少移初心。宁进一寸死，毋退一尺生。"署名刘羽。

我外太爷看完信，将信交还裴建准。裴建准装起信，抚着白胡子说："你看周体仁军长亲自给刘鸣写劝降信，他回答：此志如铁……宁进一寸死，毋退一尺生。我们写劝降信，还有什么作用？昨天，公署下了一大堆通缉令，除了张英杰、王仲甲、刘鸣等外，还有一个女的，说是张英杰老婆，能使双枪。传言刘鸣投降，不过是混淆视听罢了，如果他投降，发通缉令干啥？"

说者无心，听者有意。我外太爷马殿选听到裴建准的话，坐不住了。他借口有事出去，赶紧到洮河沿找了两个洪帮水手，领着他们一起到他家。

"外面风声紧得很,这里不是久居之地,我送你走。"我外太爷对罗秀珍说。

"马大哥,你是宣抚团的,他们还怀疑?"罗秀珍问。

"宣抚团里复杂得很。再说宣抚团不是军队,也不是警察。临洮城里大批军队云集,天天杀人,很不安全,我送你到安全的地方!"我外太爷马殿选回答。

"我不走!"沉寂了好半天,罗秀珍突然说。

"为啥呀?"

"他、他……是死是活,我不知道……"罗秀珍捂住脸哭起来。

"我的大妹子,你、你……你别哭,都到这时候了,你还舍不得他!趁你大哥在宣抚团说话还有点用处,让他送你走,逃性命去吧!"我外太奶郭玉兰劝导。

"我不……"罗秀珍哭出了声。

"你咋不听话呀?"

"死,我……我要跟……他死在一起!"罗秀珍咬着手帕,极力压住哭声。

"不要说死的话,逃命要紧!"我外太爷马殿选劝解道。

"对,逃出去,日子还长着呢!"我外太奶郭玉兰抱住罗秀珍的肩头说。

"那、那……我走……"罗秀珍站起来。

"我就对了嘛!娃他大,你去喂骡子!"我外太奶郭玉兰高兴地说。

"……马大哥不用去,我一个人走,不连累大哥!"罗秀珍整整衣衫,赌气道。

"你一个人,到哪里去?"

"他跟肋巴佛是好结拜。他、他、他……不在朱家山,肯定在洮州,跟佛爷在一起,我找到佛爷,就会找到他!"罗秀珍擦干泪水。

"秀珍妹子啊,你多心了!我们不是怕你连累,是为你担忧啊!"我外太奶郭玉兰拉住罗秀珍的手,看了一眼我外太爷马殿选,耐性地劝解道,"外面兵荒马乱的,到处抓人杀人,你一个人出去,就是去送死,我和你大哥不让你走!"

"我到洮州,只看他、他……一眼,死了,我、我……埋了他的尸首。活着,我就要他的一句话,看他一眼,我……心甘了!"罗秀珍说着又哭了。

"别说了,我到洮州走一趟,看看再说!"我外太爷马殿选下了决心,大声说。

 邢生贵上杀场

我外太爷马殿选去了一趟县府,找到县长说:"山里正是秋收时间,军队进山剿匪,封山堵路,山货运不出来,烂在山上。翻过年农民要钱没钱,要粮没粮,还不是个反字?"县长说:"贩子们惜命,不敢进山收购山货,我也没办法。"我外太爷马殿选说:"县长,我进山购一趟山货,你看如何?"县长高兴地说:"马大哥,你若进山,我让军队给你开路条。"我外太爷马殿选拿上路条,回到家里,从马棚牵出大黑骡子,上了轭架,进了大山。

这时候山里满山的果子熟了,满山的木材、竹子,还有药材、山货,都要运出大山,可是因为剿匪,集市都停了,路上看见的,大多是拿枪的军人。每遇盘查,我外太爷马殿选拿出路条,士兵们倒也没有为难他。

他收了一车山货,第二天专门绕道洮州,走到县城南门外,却见不远处方印台那儿,吵吵嚷嚷,就像开了锅一样。我外太爷马殿选拉住骡子缰绳,朝前细瞧,看见一排士兵,推着一个浑身是血的汉子,朝方印台前面的草地上走。那汉子脸上大汗淋漓,头上直冒热气。他挣扎了一阵,突然放声唱歌:

骑上骡子走四川,

棉花挂在刺上了；

杀了吃人的狗县官，

给穷人把仇报上了；

众位乡亲再见了，

从今我不在阳世了。

……

歌声还没有唱完，方印台响起几声沉闷的枪声，那汉子一头倒在地上。围观的人吓得四处跑开，行刑的士兵也随之走开。很快草地上空无一人，只有一位白胡子老者，手里拿着三炷香，戴着礼帽、墨镜，身着长袍，跪倒在死尸旁边。

我外太爷马殿选想一睹究竟，便牵着骡子走过去。

"大爷，他是谁啊？"我外太爷马殿选蹲在老者身边。

"邢生贵！"老者一脸悲怆，却没有一丝泪水。

"硬汉子啊！"

"他们搞'优待'，给邢生贵团长上了八道'菜'，设了'大宴'啊，他没吭一声！"老者白胡子抖动，悲愤地说。"菜"是隐语，指的是酷刑。一道"菜"就是一种刑。而这"大宴"更是残酷无比，把粗粗的铁绳放进炭火中，烧得和火一样红，用铁钩子钩出来，缠在光脊背上。

"大爷，你是邢生贵的什么人？"

"什么人也不是！"

"那你咋给他收尸？"

"我是洪帮大爷，我收兄弟的尸！"

我外太爷马殿选站起来，甩了一个拐子礼，亮了身份。

"大爷，你帮我个忙？"

"自家兄弟，啥事？说！"

"我想打听一下张英杰的下落。"我外太爷马殿选说。

"哎，张英杰在白石山。"老者肯定地说。

"消息可靠吗？"

"可靠，肋巴佛在他身边放了一个兄弟。消息是他传出来的。"老者说。

"自己人，为啥这样？"我外太爷马殿选听到张英杰身边伏了洪帮，十分惊诧。

"死的人太多了，为了少死人。兄弟们同意张英杰跟宣抚大员谈判，但张英杰把官位看得重，佛爷怕他真投降，反弓自射，在他身边埋了人。万一他当软骨头，身边兄弟解决他。成就他一世英名。"老者的话听得我外太爷马殿选身上直起疙瘩。

"你能给张英杰带个话吗？"我外太爷马殿选问。

"什么话，你尽管说。"

"有一个姓罗的女子，讨口信。"

"这不难。"老者一口应承下来。

我外太爷帮着老者清洗掉邢生贵身上的血迹，替他穿上老者准备的新衣，用骡子车拉邢生贵的尸体到一个帐篷里。妥当之后，老者派个碎娃，骑马进了白石山。一晌午时间，碎娃带回了口信，同时带来了一把银锁。我外太爷心里惦记着罗秀珍，不敢久留，连夜返回临洮。

罗秀珍见了银锁，大哭了一场。哭够了，才说出银锁的真相。

原来罗秀珍双手使枪，堪称一员女将。四个月前有了身孕，她跟张英杰分手前约定：往后若有人送来银锁，说明他活着；送来枪，说明他死了，孩子出生后要替他报仇雪恨。如今看见我外太爷马殿选带来的是银锁，喜极而泣。

"他带的什么口信？"我外太奶郭玉兰着急地问。

"只有一句：人放在马大哥手心里。"我外太爷马殿选一字一板地说。

"那我听马大哥的，你把我送到何处？"罗秀珍问。

"康县暗门口我有一个兄弟，名叫周富银。现在武都洛塘镇，他手下有一帮人。"说到这里,我外太爷马殿选指着一同到家的几个水手说,"他们两个,一个叫尕富,另一个叫大嘴老五。都是洪帮兄弟,人可靠得很。我派他们两个,将你送到洛塘周富银处,保你安全。"

罗秀珍迟疑不决,想了半天后说:"我去兰州吧,我不知道周富银。"

我外太爷马殿选说:"我已经考虑过了,起义失败后,大军从武都北撤到临洮,国民党军队和特务,云集临洮。临洮到兰州的路,盘查得紧,武都那边反而松了。送你到武都洛塘,是因为特务的报告上说,张英杰带着你潜逃临洮,他们想不到你返回武都,这样反而安全。再说周富银,是我帮内人,你不知道他,可我和王德一,还有你家张英杰,都跟他相熟,按照我们帮内规矩,你放心,他会全力以赴保护你安全。你要回兰州,从洛塘走,也保险些。"

罗秀珍穿上水手找来的破衣烂衫,化装成一个村妇,骑在毛驴上,由尕三和大嘴老五,护送到武都洛塘,藏在周富银处。国民党军第十五师康庄清乡,前赴洛塘,见了周富银。周富银拿出巨款,行贿康庄。

康庄知道临洮是变乱的重灾区,事后武都追剿相对松懈,在这一地区自己说了算。拿了周富银白花花的银子,便睁一只眼,闭一只眼,不仅没有追究前面周富银率洪帮起义的事,还将罗秀珍放走回兰州。

我外太爷马殿选妥善安置了罗秀珍,仍旧到宣抚团去工作,打探消息。

这一天,他看到了一份内部战报。

战报上说:"匪首马福善、马继祖父子朱家山溃败,逃窜至临潭县境内的八角城。我军第十二师乘胜跟踪追打,乱军节节败退,目前只有两百多人。乱军进八角城时,城内居民早已逃避,城为空城。匪首马福善派人到甘加滩等地用战马换粮,各地防守部队要严密巡防,凡进入藏区的可疑人员,要严加盘查,切断乱军运粮渠道,力争将乱军剿灭在央曲河北岸。截至目前,各地乱军因我大军全力追剿,已成强弩之末,战马及弹药损失殆尽,乱军溃不成军。王仲甲、马福善、马木哥等,化整为零,在乡间隐避。各地要保持警惕，全力搜捕。"

我外太爷马殿选看了战报，忧心忡忡，回家途中，又听到街坊议论。

"眼窝司令马木哥叫人打死了！"

"军队打死的还是保安团打死的？"

"都不是，是他们自己的人打死的。"

"怪，你哄人。"

"我姑舅昨天从宁河回来，他亲口说的。"

"到底咋回事？"

"听说眼窝司令马木哥带着十多人离开了三角城，向北走，准备到他的老家东乡去。走到宁河境内，因为路上巡查得凶，在林子里隐蔽，打发一个宁和的亲戚娃到东乡打探。回来说马步芳的军队天天搜山，东乡风声紧得很。马木哥打消了去东乡的念头，决定去陇东寻找共产党。"

"听你的话音，马木哥是共党？"

"这个我不知道，但马木哥要去陇东寻找共产党一事，是真的。"

"你说谎呢吧，我怎么听说他们内部有不同意见，一部分人要南下，另一部分人要东进，还有一部分人要北撤？"

"我觉得马木哥找共产党不可信，找洪帮，可能性大些。"

"洪帮在起义军中没作用。警察审讯首领时，他们都说，在武都听到了共党周恩来的指示，根据边区经验，洪帮组织不能利用。因此警察把搜捕的重点放在地下共产党的身上，而不是洪帮。只要你跟共产党有牵连，非杀头不可，若你是洪帮，还有商量的余地。"

"你们不要打岔，听他说嘛，马木哥究竟咋死的？"

"我姑舅说，马木哥在宁定县陡石区桦林沟（今属和政县达浪乡）打了一户土豪，筹措了一些路费，但跟随马木哥的一个姓麻的人，见财忘义，加上他不愿去陇东，便趁马木哥不备，开枪将马木哥打死在桦林沟，携款逃跑。"

"可惜啊，马木哥没有死在战场上，却死在了同伙的枪下。"

第三十五章

智斗盛师长

［民国三十三年（1944），临洮，瓦解］

 李毅弘

临洮县城中军警四处搜捕，城中气氛日渐恐怖。

而真真假假的消息，更像是长了翅膀似的，天天在人们口中翻新着。

马木哥的死讯很快被人淡忘了。这段日子，人们议论的重点集中到张英杰的身上，说他和他的弟弟张英奎、刘鸣等投降了国民党。国民党委任张英杰为"剿匪总队指挥"，委任刘鸣为"剿匪总队司令"。张英杰等人接了委托状，穿了军队的制服，拿了军方的钱财。盛文派他们向王仲甲、肖焕章、吴建威等人进行招降工作，遭到王仲甲等的严词拒绝。

有的说，张英杰兄弟没有投降，带领千余人退到白石山、莲花山一带，跟国民党军打游击。还有的说，张英杰被国民党军重兵包围，上千人被杀，张英杰、张英奎兄弟被流弹打死。

但时隔几天，街上到处贴出了告示：

为悬赏缉拿事，照得前因匪首张英杰、王仲甲、肋巴佛、马福善、马继祖、刘鸣、肖焕章、王德一、毛克让等人，到处滋事生非，必欲除之。饬将张英杰等各匪首严行查拿惩办，并准将获匪出力人员从优奖励。自应钦遵，认真饬缉，除饬各州县整顿保甲，勒限严缉，分别咨行外，合将各要犯年貌籍贯、姓名，悬赏缉拿。为此仰军民诸色人等知悉。如能拿获张英杰、王仲甲、肋巴佛、马福善、马继祖、刘鸣、肖焕章、毛克让等送案者，赏金一千大洋；拿获张英奎、张志祥、张志录、张英太等从犯送案者，每名赏金一百大洋。如探知张英杰诸匪首潜匿处所，密报军政机关，因而拿获者，亦必每名减半给赏，认系真正本犯，即行照赏。人犯解到，随时即发。尔等各宜勉力从事，切勿观望，是为至要。

悬赏缉拿令的落款是国民党第八战区司令部、第九行政专员公署。告示旁边是张英杰等人年貌籍贯等特征的文字介绍及画像。

这张悬赏令，说明了张英杰和刘鸣投降、被俘、被杀的说法都是流言。

一个星期后，我外太爷马殿选心情沉重地走进宣抚团临时借用的一间办公室。

我外太爷没有注意，他的身后，一个人尾随着也进来了。我外太爷马殿选抬头瞧了瞧，觉得这个人很脸熟，仔细想一想，突然想起来了。

这个人，我外太爷曾在临洮中学见过。当时临洮县议会组织议员到学校参观，我外太爷看到几个年轻教员向学生们讲述抗战形势，讲述亡国之耻，教唱《义勇军进行曲》《大刀进行曲》《拿起刀枪干一场》等抗战歌曲。参观结束后，学校组织了一场演出，除了唱抗日歌曲，还有诗朗诵、话剧等。其中有个人上台朗诵岳飞的《满江红》、文天祥的《正气歌》等爱国诗词，全场情绪激烈，我外太爷马殿选印象较深，朗诵《满江红》的就是眼前这个人。

那人看到办公室里没有人，径直走到我外太爷马殿选跟前。

"你是谁?"

"我是青救会的,叫李毅弘。"

青救会全称是"青年抗日救国会"。李毅弘是青救会兰州负责人。他和临洮县进步知识青年杨建安、魏吉生、金守明、王君郎、巩发俊、牛超甫、陈寄沧、王赫煊、李满天、师崇彦、桑国文十二人,1937年10月在谢觉哉帮助下,奔赴延安,进入陕北公学、鲁迅艺术学院和中国人民抗日军政大学学习,加入共产党。三年前,李毅弘从抗大毕业,受中共西北工委秘书长李维汉派遣,回到临洮成立了"西北青年救国会",积极发展会员,开展抗日救亡。

"我听过你演讲,听过你的诗朗诵。我的两个姑娘,经常参加你们组织的演出活动——'雪耻兵役宣传周'活动,每次放学回家,她们都带着《陇铎》月刊、《七七》周刊,我经常翻看,很喜欢上面的文章,一家人都读呢。"我外太爷拉过一条板凳,让他坐下,笑着说。

"那是青救会指导下学生自办的刊物。"李毅弘随意道。

"今天你找我,有什么事?"我外太爷问。

李毅弘朝门口看了一眼,压低声音。

"张英杰等人被抓,马大哥知道吗?"

我外太爷马殿选一惊:"怎么回事,我看街上悬赏缉拿令贴出没有几天。"

"我也是刚刚得到消息。"

"确凿吗?"

"我们内部有人,消息确凿。"

"只他一个人吗?"

"除了张英杰、张英奎兄弟外,还有张英杰的堂祖父张志祥、张志录和一个本家兄弟。同时被捕的还有王德一。"

我外太爷马殿选又是一惊:"哎呀,王德一他也被抓了?"

"这次共抓了三百人。"

我外太爷马殿选默默地掏出一把纸烟，递给李毅弘一根，拿根火柴，划一下点着李毅弘的烟，再点着自己的。二人默默地吸完一根烟。

"怎么办？"

"我们青救会想救他们。"

"他们被关押在哪里？"

"康乐钱家滩，五十九师军营临时监牢。"

"你们想劫营？"

"想是想过，但是里外重兵把守，难度大。"

"还有什么好办法？"

"军统特务头子、'第九行政专员公署'专员何世英是洪帮成员，我想请你出面，找何世英。"

"那好，我去找他。"我外太爷马殿选一口答应。

我外太爷马殿选送走李毅弘，当即到第九行政专员公署找何世英。因为何世英入洪帮的目的就是想控制洪帮，因此对我外太爷马殿选这个大哥，表面上颇为恭敬。

"马大哥有什么事？"

"听说张英杰等人被抓，你们如何处置？"

"统统杀掉！"

"哎呀，何专员，现在正是抗日的时候。一将难求，张英杰是国民党军人，统统杀掉太可惜了，我想请你法外施仁。送他上前线，将功赎罪。"

何世英摇头说："你不知道盛文这个人，现在是一条疯狗。他是第三十八军第五十九师的师长，手里拿着蒋委员长'1943年6月底以前肃清，宁可错杀一千，不准漏网一人'的手谕，谁都不放在眼里。他杀人如麻，到临洮、康乐、洮州清乡，在景古城、杨家河、线家滩、方印台设杀场，搞了几次大屠杀。血流成河，尸堆如山，我到线家滩村，正赶上他要行刑，拿铁丝捆了好多人。我跟他说，我们的政策是匪首必杀，胁从不问，一般的饥民不要杀。可他不听，用机枪扫射，当场杀害了五十七人。在他的鼓励下，都杀红了眼。康乐县县长赵文清还别出心裁地把'尖地坝崖'改成'荡寇崖'，命令人将他写'五十九师师长盛文与余同乡，剿匪于此，擒获匪首张英杰、刘鸣等，匪患荡平，勒石铭庆'镌刻在石头上。不知道羞耻。"

"你是第九行政专员公署专员，处置张英杰，你有权力。"

"我有什么权力？他是军队，我是地方官。"

"他是党国的军队嘛！"

"哼，这个疯子手里有枪，胡来呢。他眼里根本没有我，我连他滥杀无辜都阻止不了，何况张英杰是造反总司令，他能放过吗？"

我外太爷马殿选无功而返。回到家，让我外太奶郭玉兰做了饭，提着食匣，骑马过了洮河，直奔康乐钱家滩去探监。

 探监

临时监牢紧靠着师部。我外太爷马殿选边走边观察，四周都是临时垒起的围墙，墙头上耸立着竹片似的钢管，一道道铁丝网从钢管中穿透而过，沿着墙头将整个监牢包围起来，仅在东头开了个门。哨所就设在门口，哨兵们荷枪实弹，不停地走动。探监的家属走到监牢门口，都要盘问一番，才放进去。我外太爷马殿选也不例外，哨兵问他去看谁，我外太爷马殿选早就想好了，说了王德一的名字。官兵给了他一个五号木牌，我外太爷马殿选就朝五号牢房走。牢房也是临时用石头、圆木等搭建起来的，看上去粗陋，却很牢固。一路上，我外太爷马殿选看到士兵们三步一个，五步一组，架着重机枪，端着轻机枪。我外太爷马殿选到了五号牢房门口，士兵开了门，放我外太爷马殿选进去。

我外太爷马殿选看到王德一浑身血污，一头乱发，用铁丝牢牢捆绑着。

"姑舅哥，我给你送饭来了。"

王德一转过身来，看见我外太爷马殿选，眼睛一亮。

门口士兵盯着，两个人没法说话。王德一双手被捆，没法吃饭。我外太爷马殿选就拿出筷子喂他。王德一含泪吃完饭，趁士兵转头的工夫，声音哽咽着，轻轻说："马大哥，死我不怕！我的小儿子……王效忠，他还小，我……托付你了。"

"我几天前托人帮忙，在临洮步兵学校留了一个空名字。原想送黄作宾的儿子到那儿上学。你一被捕，你儿子处境就更难了，就让他到步校。估计那里没人查，你放心。"我外太爷马殿选点点头，深情地望他一眼，悄声说道。

"太……感谢了！"王德一流着泪水悄声说。

"黄作宾有消息吗？"王德一抬头。

"我上个月得到消息，国民党军队在榆中清乡，黄作宾、王作宾、赵寿山、张守礼、董含珍等人被杀害于新营。"我外太爷马殿选说着，眼眶湿润了。

"他率部向固原，咋在新营被杀？"王德一问。

"呀，他到宁夏固原，你听谁说的？"我外太爷反问。

"我在武都听马福善说，大军南下时，黄作宾率领他的人从黄坪出发，过了清水沟，到达临洮高云谷村，想着跟王仲甲会合，可他行动慢了点，到高云谷，大军已经南下，就将他的人开到牛心山，下了胡麻岭，进入马莲滩，追上了马福善，在马莲滩召开会议。决定沿会宁一线，过宁夏固原，绕道赴陕北。"王德一小声说。

"哎，黄作宾被害后，我去看黄万有师傅，在他那儿睡了一晚上。他说马莲滩会议后，黄作宾率部北上，经甘草店、武家窑，过苦水河，上了铁木山。事情就坏在铁木山，他们在铁木山遇到了国民党军第十二师三十四团，加上常家的保安团，共两千人拦截。他们在铁木山打了一场恶仗，死了好多人，拼命想冲过铁木山，可是敌人装备精良，弹药充足。他们没有子弹，人疲马乏，又渴又饥，只好原路返回新营，化整为零隐

部分民变幸存者在王德一牺牲的地方合影留念

藏起来。"我外太爷难过地说。

"黄师傅夫妇上了年纪,遭受这么大的打击,他受得住吗?"王德一从小跟我外太爷马殿选交往,清楚他与黄作宾、陈国栋、禹兆南,师傅黄万有的情谊。

"黄师傅硬气得很!"

"那就好!"王德一深深地叹了一口气,沉默了一会儿,红着眼圈了问,"他们部队里有个庙儿沟人,叫司祖荣的,救过我一命,你可知他的情况?"

"据黄师傅说,他去延安的途中被叛徒出卖,被马鸿逵部杀害于银川。"

听了我外太爷马殿选的话,王德一含着眼泪点点头。

这时士兵走过来催:"时间到了,走,探监的快走!"我外太爷马殿选站起身,提着食匣朝外走。王德一意识到这是他们的诀别,悲从心起,动情地叫了一声,"殿选兄弟"。我外太爷马殿选停住脚步,扭过头去,看到王德一满脸泪水。王德一含泪说:"我的儿子就交给你了。"我外太爷马殿选一阵心酸,怕站久了会流泪,说声"你放心",就扭身出了牢房。

125 水晶石墨镜碎了

我外太爷回忆,那年王德一小儿子王效忠十六岁,作战十分机智勇敢。草川崖会师后,王德一被推举为总指挥兼第五路军司令。王效忠一直紧跟在父亲的左右,国民党军队大肆围剿,他随父亲王德一撤到礼县姚坪。正在做饭时,突然被尾随的国军分割包围。他们父子及警卫员被围困在一个独立的民房内,三个人沉着应战,王德一凭借门墙做掩护,持双枪奋力还击,他和警卫员则不断地向敌群投掷手榴弹,打退了敌人一次又一次的进攻。

王效忠想到他父亲是总指挥,如果敌人切断了王德一的指挥线,整个部队将处于各自为战的状态,极易被敌人分割剿灭,处境非常危险。王效忠一边投掷手榴弹,一边掩护警卫员从后窗逃出,前往主力部队驻地求援。张英杰、王仲甲和肋巴佛得知王德一身陷重围,立即率领先头部队回身营救,经过两小时的激战,终于打退了敌人,救出被围困的王德一父子。

刚到临夏工作时的王效忠

第二天凌晨,敌军三个师从三面包围,王德一指挥起义军手持长矛应敌,突出重围。

王德一率部随大军撤退,在会川镇罗家湾、宗丹沟等地又与敌军发生激战,渡过洮河并分别占据硇下集、帐房山等地。此时,大部分起义军已经失散,王德一率部进了帐房山。此山酷似帐房。山上古树参天,松涛起伏。山尖和莲花山玉皇阁遥相呼应,犹如亲密无间的姐妹山。王德一部在帐房山与国民党军拼死肉搏，打得血肉横飞。起义军伤亡惨重，大部分人被打死。最终因寡不敌众，王德一率仅存的人员突出重围，分散隐蔽，转入地下活动。

王德一父子回到临洮，他们隐姓埋名，藏身在西乡巴峪沟。

张英杰渡过洮河后，为了安置有身孕的罗秀珍，跟着王德一到巴峪沟。他们东躲西藏。带着罗秀珍实在不便，便潜入岳麓山，将她托付给我外太爷马殿选。张英杰从此跟王德一分手，上了朱家山，王德一重回巴峪沟，在龙门、窑店、康家集、玉井等地活动。

为躲避搜查，王德一父子经常变换地方。有一次父子身心俱疲，在地儿坡睡着，被搜山队抓住，押到县城下了大牢。幸好没有暴露身份，被我外太爷马殿选保了出来。

这次化险为夷后，王德一为了安全起见，决定父子两人分开隐藏。

不料他们父子俩分开一个星期后，王德一被"清乡"的便衣队逮捕。

一连几天，我外太爷马殿选不嫌路远，天天借口到康乐钱家滩观察，熟悉了地形，便偷偷去找李毅弘。一见面，说了地形和关押王德一等人的房间。

"马大哥，我们共同营救张英杰、王德一。"李毅弘早就有这个想法。

"我观察了好几天，他们白天出兵，黑夜回营。如果劫狱，最好选择在上午九点，这个时候，大部分官兵出了营。留在营房里正在换岗，人马走动，容易下手。"我外太爷低声说。

"我联络了几个起义军士兵，装成探监的家属，趁敌不备营救他们。"

"行，我也找几个洪帮兄弟！"

我外太爷马殿选和李毅弘密谋之后，分头联络。但大搜捕后，洪帮骨干不是被杀，就是被捕入狱，还有几个藏匿的，都受了伤。我外太爷马殿选寻来找去，只组织了二十多个人，射击和对打的功夫，都不太好。而李毅弘组织的几个，都是读书人，好多人别说杀人，连杀人的场面都没见过，这样的人力，明显不足于对付国民党军。

这边我外太爷马殿选尚未准备妥当，突然传来消息，盛文分批监押着张英杰、张英奎、刘鸣等人，离开康乐钱家滩临时监狱，向临洮县城而来。

我外太爷马殿选赶紧骑马去看，果然看到张英杰、刘鸣等起义军几个首领，被五花大绑着，押了过来。走在最前面是起义军总司令张英杰，他身穿草绿色毛呢军服，挺胸直腰，脸无惧色，戴着平常戴的水晶石墨镜。

过了洮河浮桥，走到洮河河堤至飞机场西南角时，盛文下令休息。

过了一会儿，从城外又押过来一批人，里面就有王德一。

王德一在狱中受尽了各种非人的折磨，但他宁死不屈，破口大骂盛文，震怒的军警给他戴上了重镣。他每走一步，脚下发出哗啦啦的响声。

军警一前一后，押着他们朝飞机场西南角缓缓走去。

临洮城里的百姓站在街道两旁，无奈地看着。

"那流泪的是谁？"

"张英杰的兄弟张英奎。"

"年轻轻的，孽障啊。"

张英杰听见了人群中的议论，扭转身子，深情地看了一眼张英奎。

张英奎也被五花大绑着，他军衣上的血已经干了，变成了黑色。一张娃娃脸，满是血迹和刀伤。张英奎一边走，一边默默地流泪。风吹过他的脸颊，在他稚嫩的脸上留下了两道干干的泪痕。张英杰扭头，见弟弟面容消瘦，浑身血迹，心中一酸。张英杰放慢脚步，等着弟弟跟上来，轻轻地用肩头碰碰弟弟，劝弟弟不要哭："硬气些，别哭！"

张英奎看到被打得遍体鳞伤的哥哥，越发伤心，虽未哭出声，但是泪水忍不住流得更多了。

"十八年后又是一个好后生，哭什么！"

张英杰的话被押解的国民党士兵听到了，他恶狠狠地在他肩头砸了一枪柄。

"住嘴，不要说话！"

张英杰没有住口，一路大骂"刮民党"。

刑场四周，全是荷枪实弹的国民党军警。

起义首领被押到了临洮飞机场东南角刑场上。

行刑的士兵手提钢枪，跑步出列，在东南角站成了一排。而张英杰等十多人被拉到刑场空地上，用铁丝拴成了一排。他们从容背对着十步开外全副武装的军警。

张英杰

"预备——"

行刑的军官发出了指令，士兵们举枪，瞄准了起义军首领。

张英杰突然用力将头一甩，贵重的水晶石眼镜被甩在地上，他抬起一脚，狠狠地踏碎眼镜，直立怒视着敌人……

起义军首领大义凛然、视死如归的英雄气概让行刑的刽子手感到了恐惧。

随着一阵清脆的枪声划破临洮机场上空，张英杰、王德一、张英奎，张英杰堂祖父张志祥、张志录、张英杰一个本家兄弟等二十个年轻的身躯倒在血泊之中。

张英杰中弹后，很久保持着直立的状态没有倒下，行刑者以为没有打中，又连射了几枪，他才像一座山，轰然倒地。王德一身躯高大，两眼怒目而视，负责执行的刽子手，慑于他凛然正气、视死如归的气概，第一枪竟然没有击中要害部位。王德一踉跄几步，转身怒骂，最后刽子手们一起开枪，王德一身中八枪，才缓缓倒在血泊中。

这一年张英杰年仅二十八岁，张英奎年仅二十四岁，王德一四十六岁。

盛文原计划将张英杰和刘鸣一同押到城内审问，逼他们投降，再令

张英奎

他们招降部属。可是他们在洮河河堤休息时，接到五十九师驻县城留守处密报："八战区司令长官朱绍良来函，要求赦免张英杰死罪。"这使盛文颇费脑筋，因为张英杰是朱绍良爱将，又是他的干儿子。一旦押进城，杀他不易。而盛文为了对蒋介石效忠，决意要杀匪首，起到杀一儆百的作用，便佯装不知朱绍良来函，先下手为强，在进城前迫不及待地将张英杰兄弟枪杀。

126 宁叫高杆人头挂，莫把纲常失于地

盛文杀了张英杰等一批人，押着刘鸣及堂兄弟刘志仁、刘志林、刘志义、刘志斌等人进了城，押解至县城西庙，严刑拷打，逼其投降。

刘鸣面无惧色，视死如归。

"你进城时看见了，不投降，张英杰就是你的下场！"军警道。

"宁叫高杆人头挂，莫把纲常失于地。别拿死来吓唬我！"刘鸣怒视着军警。

"你好好想一想，你连累了多少人？"

"此事与他人无关，是我一人所为，要杀要剐随便！"刘鸣铿锵有力地回答。

"人只有一条命，别拿自己的生命不当回事！"军警劝告。

"杀我一人，解救万民，我情愿。"刘鸣昂首挺胸道。

"打！我看你骨头到底有多硬！"

军警从梁上放下一根又长又粗的麻绳，把刘鸣掀倒在地，将他的手

脚如同捆猪一般捆住，再把大麻绳一头穿在他的手脚之中，穿好之后，打了一个死结，再将麻绳另一头用力拉，霎时间刘鸣双脚倒悬，高高吊起在庙梁上。一个粗壮的大汉拿起皮鞭，不由分说，对着刘鸣无上无下，足足打了几百下还不住手，打得刘鸣浑身一条一条的血迹。

刘鸣被打得遍体鳞伤，死去活来，连吊着的麻绳也被打断了。可是军警威逼利诱，用尽了各种酷刑，刘鸣始终坚贞不屈，始终不肯吐露任何信息。盛文一无所获，决定处决刘鸣。

"明日对你执行死刑，你有什么话可说？"临刑前军警问。

"我只有一个条件，向临洮人民讲一次话！"刘鸣提出了唯一的要求。

"你等着，我去请示上级。"军警从内心深处，对刘鸣肃然起敬。

可是军警请求的结果，盛文惧而不准："他做梦，想借机煽动民众，不准他讲话。"刘鸣听到要求被拒，气愤地说："我画虎不成，反被犬欺！"

张英杰被杀害的第二天，临洮城内戒备森严，四面城门都架起了机枪，街头巷尾重兵把守。西街通往西城台的道路，十步一岗，五步一哨，宪警手执钢枪刀，环围警戒。刑场附近的房顶上架着机枪，设立了好几道岗哨。

凶神恶煞的士兵押着五花大绑的起义军首领，慢慢走来。

军警分列两旁，执法的刽子手刀出鞘、弹上膛，如临大敌。

刘鸣只穿着一件白衬衫，张志鸿、靳贯一、赵冠英、吴克云、常俊峰、张建基、张占奎、刘明臣八人，都被剥光了衣服，仅着小衣。

在屠刀面前，他们个个毫不畏惧、昂首挺胸、大义凛然地走向刑场。

"坚决抗日到底！"

"推翻腐败的'刮民党'反动政府！"

随着刺耳的枪声，刘鸣倒在血泊之中。

刘鸣身上被打了七枪，他被处决后，盛文命人将刘鸣的头颅残忍地割下，跟张英杰、王德一、张英奎等人的头颅一起，挂在临洮城中心十字楼上示众七日。到刘鸣家人安葬时，只搬了身子，未找到人头，家人给他捏了个面头将他掩埋。

刘鸣渡过洮河到峝下,正是麦黄时节。

他家一棵三百年的大柳树,这天夜里被雷电击中,轰隆倒下。刘鸣八十岁的叔父刘越西颇有文墨,冥冥之中觉得一股阴风蚀骨,流着泪水说声"大事不好",便回家喝了一碗大烟水倒头死去。刘越西的丧事刚完,国民党大军从四面八方包围了峝下集,将男女老少押到场上枪杀。

"十二点之前抓不到刘鸣,我要血洗峝下,家家动哭声!"盛文下令。

盛文亲自监杀,一个个无辜百姓倒在枪口下。

当枪口对准刘鸣的族叔刘逛时,这个可怜的人吓尿了,两个黑裤筒全湿了,发出阵阵腥臊臭味。他扑通跪在盛文脚下,抱着他的大腿大哭求饶:"……苍天啊,你不睁眼吗!我、我……我是八辈人的商户,能……能买起一营人的枪?刘鸣是我侄儿,我知道刘鸣在哪里。"

"你能保证?"

"我、我……我保证三天内抓到他!"刘逛这个可怜虫说。

"好,给他松绑!"盛文下令。

大军压境,刘鸣安排所部化整为零,分散活动。自己和几个随从躲避在乔家窑。这时他收到了史鼎新托人偷送来的一张便条:"投降者死路,投番者亦死路,化装逃走!"刘鸣跟他的亲信、亲属秘密在洞中商谈如何躲避敌人抄抓,他们打算偷过洮河,下陕西,去延安,并由刘志远准备出逃的服装和路费。不料亲信旧部出入乔家窑,被敌人线眼发觉,刘鸣连忙藏身到古窑圈。这个洞又深又黑,里面空气稀薄,呼吸困难,时有生命危险,刘鸣又转移到刘家沟黑窑。

刘家黑窑在村外的黄土崖上。崖上有六个洞,崖头长满了树。为防泄露,只让族弟刘志仕一人送饭。因为刘逛是族叔,刘志仕并未防备他。而这疏漏,导致了严重的后果。在刘逛的引导下,第五十九师林馥团赵常泽营长带领一个连的兵力,迅速出动,从四面包围了刘家沟。

"我的大大(父亲),你……你闯下这乱子,十二点把峝下集人血洗呢，你还在窑内落心闲呢！你要把全村人都害死吗？"刘逛径直进窑，给刘鸣下跪，哭着说。

"好！汉子做事汉子当！不能连累乡亲们。"富有血性的刘鸣，面对家族中一些人的埋怨、责难和刘逛的威逼，很动气地说。

"你别管别人说啥，还是化装逃走，逃命要紧。"刘志仕瞪着刘逛劝刘鸣。

"现在兵临城下，我不能走。我要是走了，会给乡亲们带来灾难，街下的草也要干掉，不知要死多少人。"刘鸣义无反顾，愤然说道。

刘鸣从容走出窑洞，赵常泽营长一挥手，几个士兵一拥而上，将刘鸣五花大绑。同时被抓的有刘部前卫师师长张志鸿、旅长刘明臣、团长常峰俊、营长张占魁，副官杨凤石、马占川、陈建邦、吴克云及二十多名亲信随从。就在同一天，刘鸣叔伯兄弟刘志仁、刘志义、刘志林、刘志斌，副官支世荣等三十余人也被抓。

赵常泽将刘鸣关押在吴冯乔家，派一个连看守。他的妹夫吴生荣惊闻消息，跑去看他，刘鸣平静地说："你干啥来了？快跑！他们还不知你是后方司令，我是去死的人，不要管我！"没几天，赵常泽将刘鸣囚禁到五十九师林馥团临时集中营寺洼山大殿。

凑巧的是，肋巴佛的副司令任效周和黄建伟，由冶力关押往临洮途中，暂时寄押在寺洼山。他俩是洪帮成员，看守也是洪帮成员，语来言去，看守就趁黑夜放跑了两人。任效周逃往八角老家，不幸二次被抓，打死在冶力关泉滩。黄建伟逃到永靖一带，隐姓埋名，直到解放

刘志远

后才返回冶力关。

第二天晚上，副长官支世荣借上厕所之机，与看守的一个副官闲话，互认为"河南老乡"，并受其指点，当夜逃走。但他刚逃进陈家窑，还没来得及喝一口水，就被追赶的敌人捉回。刘鸣看到有机可乘，捎口信给肖家河的肖德喜，让他组织人马，里应外合，吃掉看守连队，暴狱逃脱。可惜肖德喜奔忙了一个晚上，因旧部人员疏散，一时难以召集，错失良机。

然而这一系列事情，引起了林馥极大的不安。他们认为"匪首"押在衙下不安全，急忙撤到临洮县城，将刘鸣杀害于西城台。后人为其挽联：

三十岁年华，率从起义，威震敌胆，折身熙城，洮水为之鸣咽；
五十载岁月，思情绵绵，一石高耸，功垂青史，紫松昂首含笑！

127 黑名单

盛文杀了刘鸣，又列了一张黑名单，主要是事件背后的策划者。

盛文在会上多次声嘶力竭地叫骂："那些密谋者还隐藏在背后，要通过张英杰等人的人头，挖出幕后的真正凶手，让他们无路可走，死无葬身之地。"

这个黑名单上，列第一位的就是我外太爷马殿选。

可是盛文绝对想不到，在司令部核心岗位上，就有洪帮的人。他的名单刚刚列出不久，洪帮兄弟以最快的速度来报告我外太爷马殿选。

"马大哥，你夫妇两个上了盛文的黑名单。"

"上了黑名单，他能怎么样？"

"一旦上了他开列的黑名单，他就行使暗捕暗杀。张尕毛、李正堂、马年成、张尔木、岳钟秀、郭本子、线马家保都被他杀了。线马家保死得最惨，先割去了耳朵、鼻子，后在腿上连砍数刀，枪杀后又开膛破肚，挖出心肝，砍首示众，惨啊！"

"黑名单还有谁？"

"除了你和马大嫂，还有洪帮的毛世英、王马客、水三、牟占奎等。"

"看来他盯上洪帮了。"

"盛文公开讲，马殿选是黑头目，是埋在地下的定时炸弹，他要借张英杰的头引蛇出洞，把你的头挂在城门上。"

"我一个老百姓，盛文堂堂一师之长，怎么知道？"我外太爷马殿选问。

"都是屠安良搞的鬼。"

游击司令屠安良自从当了仁义公，摇身一变成了自卫大队长。他常常借助帮会势力，没收他人财物，罚款自肥。围剿起义军，虽没有打头阵，却也干了不少坏事，引起了洪帮众怒，我外太爷马殿选决定先发制人，制服屠安良。他带上几个洪帮兄弟直奔自卫大队。

我外太爷马殿选戴着石头镜，身着布衫长袍，大摇大摆地来到自卫大队。自卫队的好些人都是洪帮，认识我外太爷马殿选，放他进去。

我外太爷马殿选一把推开队长办公室。

屠安良正在爱不释手地把玩着一只黑老虎。那是德国制造的一种小手枪，配两发子弹，因颜色乌黑锃亮而得名黑老虎。屠安良一抬头，一支黑洞洞的枪口对准了自己的鼻梁。我外太爷马殿选冷笑着说："屠大哥你要捉拿我马殿选，直接来嘛，何必要借别人的手！"

屠安良吓得目瞪口呆，不知如何是好。

"只要你说清楚，我不伤害你。"我外太爷马殿选用枪点着他的鼻子说。

"马大哥，我们是同门兄弟！有话好说，好说。"屠安良一听我外太爷马殿选的口气，自己还不至于丢命，连忙弯腰打躬，满脸媚态。

"你还知道是同门啊！给我背'三十六誓'中的第六条。"我外太爷马殿选冷冷地说。

"自家兄弟不得私做眼线，捉拿自己人，即便有旧仇宿恨，当传齐众兄弟，判断曲直，绝不记恨，万一误会捉拿，应立即放走，如有违背，五雷诛灭。"两个洪帮大汉，从屠安良左右两面上来，一个下了屠安良的手枪，另一个拿一把冰冷的刀子戳在屠安良左脸上。飞扬跋扈的屠安良心里怕了，声音颤抖地背诵道。

"第七条，背！"

"遇有兄弟困难，必要相助，钱银水脚，不拘多少，各尽其力，如有不加顾念，五雷诛灭。"

锋利的刀尖从屠安良圆墩的脖子上划到左脸，滑到耳朵根上，划出一条浅浅的血痕。屠安良感到针扎一般的痛，额头上渗出了密集的汗珠。

"第八条！"我外太爷马殿选枪口仍指着屠安良的鼻梁。

"如有捏造兄弟歪论，谋害堂主，行刺杀人者，死在万刀之下！"屠安良说。

"盛文的黑名单，是不是你提供的？"我外太爷马殿选问。

"我不知道！"屠安良辩解道。

"部队迟早要走，你走不了，你的儿孙走不了！你听清了吗？"我外太爷马殿选问。

"听清了！"屠安良一下子软了。

"你给我记住了，你是官封的仁义公，不是洪帮大哥！以后少在我和洪帮兄弟们身上打主意，你若敢动我们一根毫毛，无论你走到何处，你这个脑袋就要搬家！今天我专程上门，就是来警告你的！你听清了没有？"我外太爷马殿选厉声问。

"听清了！"满头的汗水将屠安良两鬓头发浸湿了，他脸色煞白地说。

"行家法，取物件！"我外太爷马殿选大声道。

我外太爷马殿选一声令下，洪帮兄弟手起刀落，屠安良的半只耳朵被割掉了。屠安良虽然手握枪杆子，但他既然是洪帮，就知道洪帮惹不起，大哥实施家法，他也只能逆来顺受。自从这件事后，老百姓拍手称快，屠安良则十分惧怕，私下给洪帮通风报信，放了许多人，还偷偷送钱粮，讨好我外太爷马殿选。

自卫队我外太爷马殿选可以用洪帮家法来对付，但盛文的军队，就难对付了。

"马大哥，你成了黑名单上的人，你干脆跑了吧？"有人出主意。

"跑得了和尚跑不了庙，我一大家子人，能跑到哪里去？我还要给兄弟们收尸呢，我绝不跑。"

我外太爷马殿选思忖了半天，突然急中生智。他决定以上层人士身份，去找第九行政专员公署专员、少将参议兼临洮县县长何世英。

"马大哥有什么事？"

"和上次差不多，还是和盛文师长有关。"

"盛文我狠不过，你最好别说。"何世英说。

"上一次是张英杰的头，这一次关系着你的头。"

何世英轻轻一笑："我是堂堂少将参议，他能把我怎么样？"

我外太爷马殿选哼了一声，冷笑道："张英杰还是朱绍良总司令的干儿子，手握实权的骑兵营营长。他比你那个徒有虚名的少将参议强多了，可是最终怎么样？连朱绍良司令长官都保不了他的命，还是被他杀了。还有地方上县长、专员，因为剿匪不力，或者与变乱有牵涉，不少人被盛文杀掉。可是那些阳奉阴违的人，因为送了钱，反而没事。"

何世英的眉头皱了起来，但口气仍然不软："他不敢动我。"

"盛文师长现在是一条疯狗，逮谁咬谁。"

"他总得有个理由。"

"理由是现成的。"

"什么理由？"

"你是洪帮会员，这一条，就能要你的命。"

提到洪帮二字，何世英的脸唰地变了色，浑身不自在。

我外太爷马殿选趁机说："盛师长把你以通匪罪列入黑名单内，要拿你开刀，你还蒙在鼓里。"我外太爷马殿选看到自己的话已经产生效果，激将道："你是个文墨人，平时看不起耍枪弄棍的粗鄙军人，不但不送钱、送礼，还没有好脸色。盛师长早就恨上你了。你不要把耍枪的看淡，蒋委员长是谁？国之领袖，军之总裁，张学良、杨虎城不是照样把枪口对准他？你和盛师长比，你心里嫌他没文化，看不起他，可他官比你大，权比你大。你以为你是朱绍良红人，在枪杆子面前都没用。他要杀你，你的结果比张英杰好不到哪儿去。何专员，你好好想想。"

何世英想起盛文那张凶神恶煞似的面孔，心里发怵。再回想起他跟盛文的多次冲突，不由得冷汗淋淋。他越想越怕，觉得有点口渴，倒了一杯茶。

"你的消息可靠不？"

"他开列的黑名单，我的洪帮兄弟亲眼看了。"

"你的洪帮兄弟是谁？"

"我实话告诉你，第五十九师的副官赏开复。"

何世英回想一下，几次开会，似乎听过赏开复这个名字。事关重大，关系到自己的性命，宁肯信其有，不能信其无。他马上拿起电话，向第八战区长官朱绍良打电话告急，让其调走盛部，以安地方。朱绍良在兰州，也得到盛文嗜杀的报告，他为张英杰写信求情，盛文理都不理。剿匪的目的是别让老百姓造反，如果滥捕滥杀，杀伐过重，不仅于事无补，还会激化矛盾，引起更大的反抗，朱绍良明白这个道理。

第二天上午，朱绍良派飞机到临洮机场，将盛文接走，我外太爷马殿选化险为夷，而临洮的老百姓也避免了一场血腥镇压。

盛文一走，我外太爷马殿选马上组织洪帮会员，处理起义军首领的后事。因为张英杰等人的头颅在城楼上已经被挂了多日，吓得妇女和孩子不敢出门，更不敢到大什字和城门跟前，首领们的尸体，在刑场上曝晒着。

　　我奶奶说，那时候虽然盛文走了，但我外太爷做这件事，仍然冒着生命危险。我外太爷马殿选和李毅弘密商，二人做了分工，洪帮负责掩埋王德一等洪帮会员的尸首，"青救会"负责将张家兄弟和刘家兄弟的头颅从楼顶取下暗埋。因为我外太爷马殿选是县议员，事先在军警和绅士中做了许多工作，掩埋尸体的过程中没有受到太大的阻拦。然而给这些烈士举行正式的葬礼，已经是三个月后的事了。那时围剿起义军的盛文第十二师，被调去围剿陕甘宁解放区，我外太爷马殿选和李毅弘这才买棺材将烈士头、身合葬。

第三十六章

余生赴延安

[民国三十四年(1945),陕甘宁边区,长星]

 哭泣的紫松山

盛文第五十九师因滥杀被调离,紧接着吕继周第十二师也"胜利"而归,暂编第七师接替两师,包围了紫松山地区和康乐杨家河一带,将这里划为"匪区"。因为王仲甲、刘鸣、王德一等为俉下人,俉下四、五两保被列为"土匪中心区",这里的每个人都戴上了一顶"刁民"的帽子。吕继周扬言这一地区个个都是"匪",抓住悉数枪决。

这一地区,国民党军政联手,成立了便衣队和猎虎队,便衣队由暂编第七师师部向根友科长充任队长,猎虎队由保安团团长常尕子充任队长。两队采取联保联坐、坦白自首等方式,进行马拉松式的清剿。缩在暗处的地头蛇这时纷纷出笼,帮助抓人、杀人、搜查。凡参加起义军的人,土地、房屋充公;帮助过起义军的一般人员,罚交一张羊皮。稍不顺心者,既交羊皮,又受棒捶。一时间,庄庄有人死,村村动哭声,一片白色恐怖。

刘鸣的后方司令吴生荣看望刘鸣,从吴冯乔家出来,走到巷口,一个花白头发的老奶奶看到左右没人,赶紧拉住他的袖子。

"大侄子,别回家!你快跑!"老奶奶悄悄地说。

"咋不能回家？"

"你家进了便衣队。"

"跑了，父母咋办？"吴生荣担忧道。

"两个老人，他们能咋的。你跑你的。"

吴生荣从村西头拐进一块苞谷地，穿过去，朝夹滩跑去。快到夹滩林棵，看见前面有一群羊、几匹马、几头牛。他一眼看到刘鸣骑过的那匹海骝色走马，便停下脚步细瞧，才发现赶牲口的是他儿子吴保刚。这孩子十岁，长得虎头虎脑，圆圆的脸蛋，大大的眼睛，十分机灵。

"保刚，你咋在这儿？"吴生荣跑过去问。

"爷爷叫我把羊赶到林子里藏起来。"孩子见了父亲，既紧张又高兴。

吴生荣和孩子将牲口赶进了夹滩森林。郁郁葱葱的森林里面生长着各种各样的植物，高高耸立的树冠上有几个鸟窝，雏鸟儿叽叽喳喳地绕着树叶儿打转。林子里透着静谧，惊魂未定的吴生荣父子，这才喘了口气。吴保刚毕竟是孩子，早已忘掉了危险，在林间跑来跑去采撷新鲜蘑菇。他跑到林中深处，突然看见里面还藏匿着好几个人，大声叫吴生荣过来。

吴生荣跑过去一看，藏在林子深处的是他的三舅子哥刘志安，起义军师长胡万诚，表侄刘学琨。三人见了他，悲喜交集，都围拢过来，打听村子里的情况。他们在林子里说着话，可是凶险正一步步逼近。洮河东岸搜捕的第七师一连官兵从望远镜中发现了他们，渡过河，包围了夹滩。刘志安身体健壮，趁敌不备，冲出密林逃奔，敌人连忙开枪射击，不料一枪都没有打中，刘志安成功逃走。其余四人被抓。

敌人将吴生荣四人赶出森林，押到滩尖子，架起四支枪瞄准。

"不要杀，拉过来！"士兵们正准备枪杀，洮河东岸一个军官喊话。

吴生荣四人被押到羊皮筏子上，运到对岸沙堆上。

"你们是土匪？"那军官问。

"我不是土匪，我是保长。"吴生荣说着从口袋里拿出随身带的保长委任状和马证交给那军官。他拿过来,仔细地瞧一瞧,点点头,将证还给吴生荣。

"这一位呢?"军官指着刘学琨问。

"他姓冯,是小学教师,学校放假,他在这里放牛!"吴生荣急中生智,回答道。很显然,保长证件让军官相信了他的话,刘学琨躲过了一劫。

"这个孩子呢?"

"是我的娃。冯老师的学生。"吴生荣回答。

"他呢?"军官用皮鞭指着起义军师长胡万诚。

"牛客,买牛的牛客!"吴生荣说。

"姓什么?从哪里来?"

"姓李,从河州来这里买牛。"

"马,你买吗?"军官围着胡万诚的身子转了一圈,突然问。

"贩牲口嘛,有钱赚就买。"胡万诚说。

"这一个是真土匪。那三人放了。"

军官一声令下,当场抓走了胡万诚师长,放了吴生荣三人,却将他家的牛马赶走充公,其中就有吴生荣最心疼的海骝色走马。

时隔不久,他们弄清了吴生荣的身份,他立刻被列为重点剿杀对象。

这是一个阴沉沉的下午,风很大。一股股寒风中夹杂着星星点点的冷雨,打湿了地面,似乎要洗刷渗在泥土中的血迹。一会儿,天色暗了下来,空中乌云密布,冷雨笼罩了世界。到处湿漉漉的,远处的山和近处的树,似乎被冷雨分割、扭曲,完全失去了昔日秀丽的模样。

谁也没有想到,向根友的一营人马突然包围了吴家河村。

全村人在枪声、夹杂着狗的狂叫声中四散逃命。

吴生荣在自家院中,听到巷道里的脚步声,情急之下爬上东房。庄稼人的土房,房顶是平的。秋天晒苞谷、晒粮食,平时放草摞柴。吴生荣家的东房顶上,也摞着一架柴垛,他把随身带的手枪藏进柴里。这把手枪是刘鸣南时赠送给他的,他十分喜欢。他刚藏好枪,看到向根友一脚踢开大门，带头冲进院里。

吴生荣急忙从屋顶跳下，朝洮河边跑去。

"追！"向根友下令追击。

子弹在吴生荣头顶、脚下乱飞，他没有停下脚步，一口气跑到岸边，一头扎进水中，不见了。他水性好，在水下游了一百多米。游到岸边的芦苇丛中，被藏身河岸洞子中的大哥吴生祥，三弟吴生学，四弟吴生明发现，拉进洞里。

洮河在这一段跌入谷底，河岸高耸，洞子就在岸边崖壁上。向根友率部追到这里，眼睁睁地看着吴生荣跳进河中，却不见踪影，就在沿岸巡查。这时看见河面上浮动着一个羊皮袋，上面趴着一个人，向根友下令射击，将那人打死。向根友自以为打死的就是后方司令吴生荣，其实不然，那浮在羊皮袋上的是吴克荣。

向根友还在夹滩，杀死了吴克荣的三哥吴克华。

天仍然阴沉着，下着小雨。

整个河滩一片灰暗，一片死寂。

洞外面刮起了风，和着雨斯打在一起。外面不知道什么东西被风吹倒，掉进河里去了，跌落的声音在空荡的河滩回荡了很久才肯散去。

"我出去，看看军队走了没有。"快到傍晚，吴生祥爬出洞，跳进河里。

吴生祥顺水游了一百米到夹滩，不料敌军守在磨滩，并未离去。敌军向他开枪追杀。他连忙钻入夹滩梢林，从梢林处跳进河中，游向东岸。快到东岸，却见岸边站着几个士兵，喊他上岸。他又奋力向河中游去，东西两岸的士兵同时射击，枪子在水上冒花，没有打中他。他一直游到杨家河，起大浪时，才疲惫不堪地上了岸。

天黑了，外面死一般安静。吴生荣爬出洞，跳进河，游到夹滩，发现岸上搜查的军队已经撤离。他不敢在夹滩久留，净身跑到蒲家庄下面的芸芥地里趴了一夜。第二天早上，小学教师蒲子东放羊，在地头见了吴生荣，连忙打发人到他家报信。

吴生荣一家，都在为他性命担忧。听到下落，吴生荣妻子刘春莲、三子吴保强赶紧跑到芸芥地，却见他一丝不挂，蹲在地头。原来吴生荣跳下河，为游得快，在水下脱掉了衣服。蒲子东见状，回家取来一卷白布，刘春莲就在芸芥地里为丈夫做了一身衣服，让他逃往西山林躲藏。

吴生荣家的财产被全部抄没，拿不走的全部砸坏。

向根友抓不到后方司令这个心腹大患，却抓住了吴生明和吴希连。他俩随刘鸣南下，在起义军中当过连长。向根友将两人五花大绑，吊在河岸的歪脖大树上，严刑拷打一阵。天黑了又拉到陈家坪，扒光衣服，吊起来用皮鞭抽打，逼其口供。他俩瞪着眼，一声不吭，敌人就在他俩的背上放上石板，吴希连的一只胳臂被吊折了。寺洼山小学校长张耀南动员多方，全力营救取保释放，才免一死。

国民党大部队撤走后，吴家河村的村民陆续回到家中。

可是围剿仍未结束。猎虎队、自卫队、便衣队进驻紫松山区，开始了一场大规模的"清乡"，企图彻底肃清农民武装。何世英顽固地执行蒋介石"宁可错杀一千，不能轻易放走一个"的政策，凡参加过起义的人，杀的杀、判的判。

大牢里一下子抓了好几千人，监狱容纳不了，城隍庙、文庙也被临时派上了用场。

"面糊糊供不上，判刑的饿死在牢里，咋办？"县府的人请示。

"每人缴一张羊皮或一对公鸡，就当是'脱贼皮'。拿羊皮赎人，交了羊皮的，填写悔罪书，在上面按手印，领取自新证。老弱释放，年轻的抓差当兵。没交的送往省城受审。"何世英考虑半天，想出这样一个办法。

可是一张羊皮值一块大洋，好多人砸锅卖铁，才能凑够一张羊皮钱。

"抓来的人脱掉左臂袖子，看有没有月牙大痣。"屠安良向自卫队下令。

因为有人告密，说后方司令吴生荣左臂上有一片黑色月牙痣，屠安良就下了这样的命令。可是抓来的人，都没有月牙大痣，这说明首犯仍然在逃。

入冬的一个晚上,屠安良又得到密报,说吴生荣因在洮河中被水淹,肚子中起了一个疙瘩。今晚偷偷回家治疗疾病。屠安良率领一连自卫队,趁天黑闯入吴生荣家,将熟睡的吴生荣在炕上抓获,一看左臂,有一片月牙痣。立刻将吴生荣五花大绑,吊在大梁上拷打,叫他交出枪支,承认后方司令。

吴生荣有六支枪,藏在别人家房屋的后墙中,他紧咬牙关,拒不承认有枪,也不承认是后方司令。屠安良在他家掘地三尺,翻腾了一个晚上,连一根枪毛都没有翻见,大失所望。而这六杆枪后来吴生荣交给了地下共产党游击队。

第二天,自卫队将有病在身的吴生荣捆绑,押进县城监狱,夜以继日地捆绑吊打,上酷刑。十指夹铁棍、揭背花、上脑箍锁、打踝子骨、上拔断筋、坐老虎凳,逼他承认后方司令,交出枪支子弹、白圆、鸦片,交代"反贼"。吴生荣都咬牙忍受,自卫队得不到任何东西,无法定罪。就在这关键时刻,吴生荣母亲吴泰氏找到刘志道姑夫——保安副司令梁星武,求他出面营救。梁星武是起义前夕刘鸣联系的内应,非常同情吴生荣,经多方营救,吴生荣出狱。而他的大哥、起义军总部特务营营长吴生祥,外逃中病死在靳家泉磨坊。

随着成千上万的起义军被杀,武力清乡的重点从乡村转入县城、机关。大批特务和军警进了城,开始了更严酷的清查、搜捕,如果没有良民证,警察就可以随便抓人、杀人,这种现象司空见惯,白色恐怖越来越严重。

 **129　掩护王效忠**

青年人是清查的重点,学校是清查的重中之重。

这天中午,我外太爷马殿选的表弟袁良珍神色紧张地来找他。

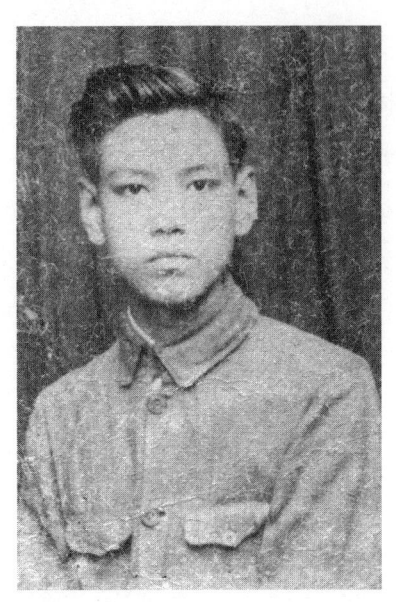

延安时期的王效忠

"临洮各学校搜查严密,尤其是临洮步校,警察一天三趟到学校,查每个人的家庭出身、父母亲的情况。凡是有疑点的,都另列名册,重点审查。我的同学说,那个王效忠虽然化了名,回答警察也是点滴不漏,可是因为长得跟王德一非常像,已经引起了他们的注意。"

"如果是这样,临洮步校就不能继续待下去了。"

"送到兰州怎么样?"

"兰州形势也很严峻,清查得很厉害。"我外太爷马殿选摇头。

"送到河州呢?"

"河州回民多,马步芳查得不严,问题是我在河州没有亲戚朋友。"

"我认识韩家集云亭中学的校长李荣培,他可以帮忙。"

"韩家集是三马的老家,到那里去,有没有危险?"袁良珍问。

"那里很安全。因为起义前刘志道曾到西安联络马呈祥。通过马呈祥,刘鸣暗中送给马步芳良马五十匹、两对高档瓷器、十串翡翠、十串玛瑙、一皮箱银圆、一大箱鸦片烟。因为这些东西贵重、值钱,刘鸣无力筹集,各舵把手都施以援手。马步芳拿了这些东西,保持中立,暗中睁一只眼,闭一只眼。"我外太爷马殿选说。

确如我外太爷所言,刘鸣给马步芳写了一封密信,送上大礼,信中劝马步芳道:

香公主席赐鉴:

全西北人民受浙系军阀之压迫剥削,生路已绝,爰举义旗,自求解放。兹次义兵举汉番回之同胞,结为一体,以未经训练之民众,而当久经战争之仇敌,尚能叠摧凶锋,屡报捷音,此自古所未有也……夫主席居青海一隅之地,至今日而存者,非浙系军阀爱之也,盖军务倥偬,鞭长莫及之故耳!今日吾辈青年革命,志在廓清民贼,拯救人民,亦间接为主席扫清卧榻之侧也!倘若青海出兵,迫我等于绝地,想主席不忍为也。狡兔死,走狗烹,昔韩信功盖天下,而不容于汉,卒遭未央之变。今浙蒋之毒甚于汉高,主席之功不及韩信,欲自全功名不亦难乎?为主席计,拥兵坐观,策之上也;佯为出兵,策之中也;直与西北民军为敌,不啻自削手足,斯为下矣!敬陈管见,以备卓裁。谨献良马五十匹,微物另单附呈,聊表敬意,恭祈哂纳为荷!肃颂敬请钧安。

西北人民革命军总司令刘羽率全体官兵敬上

马步芳收了刘鸣大礼,坐山观虎斗,没有过分为难起义军。

"学校安插了特务,一些校长由军统担任,李荣培底细如何?"我外太爷马殿选问。

"这个人是南开大学的毕业生,曾在宁夏担任联合中学校长。虽说是马鸿逵亲选的校长,可这人同情起义军,我找他去,兴许能帮上忙。"袁良珍说。

当时的韩家集堪称"学校林立"。马福祥父子在尕新集、牙背庄、邱家寺、段家湾、铜匠庄、石头洼、杨家坪、花寺街等村镇,先后成立了十所分校,有一千余名学生。云亭私立中学是其中最大的一所学校,是马鸿逵秉承其父马福祥的遗愿,捐款修建,用他父亲的字"云亭"命名的。校长由马鸿逵选派的亲信担任,教师多由北京成达师范高才生担任。

自国民党围剿以来,马鸿逵未派一兵一卒到韩家集。因为这里是西北五马故里，参加起义军的人较少，马步芳也没有派大批军警搜捕。加之这里的学生多为马家子弟，国民党搜查不严，我外太爷马殿选觉得将王效忠送到云亭中学，较为妥当。

主意一定，袁良珍带着王效忠到韩家集找李荣培，央求他接受王效忠。

李荣培并没有审查王效忠，只是当场拿出一张考卷让他做。王效忠聪明伶俐，半小时答完考卷，交给李荣培。李荣培当场阅卷，脸上露出了笑容，派人叫来教务长，办理了入学手续。

袁良珍从韩家集回到临洮，先到我外太爷马殿选家。

"怎么样，顺利不？"

"就学倒是顺利。尽管教师是北京成达师范高才生，可是那个学校采取旧式教学方式，新文化、新思想一概排斥，天长日久，学不到真本事。"袁良珍说。

"王德一只有两个儿子，大儿子是死是活，不知音信。现在他把小儿子托付给我，我们首先要保证王效忠不再受牵连，把他保护起来，等风头过去，再想办法送到兰州或者其他地方。"我外太爷马殿选说。

过了一年，机会来了。

事情要从黄万有师傅来临洮说起。这几年因为时局动荡不安，百姓吃不饱、穿不暖，黄师傅毛毡生意每况愈下。他想起我外太爷马殿选是洪帮大哥，专程到临洮找他帮忙，住在我外太爷马殿选家。晚上闲聊，说起刘鸣一家。黄万有无意中说到，刘志道从监狱里放出来了，改名刘余生，住在兰州城西任家庄。

130　刘余生走延安

我外太爷马殿选听到这个消息，驮了一袋白面，骑着骡子到任家庄看刘余生。

"马大哥，拿东西干啥？我这儿啥都有。"劫后余生的刘余生体质虚弱，伤势还没有完全恢复，但他并未失去斗志，精神很好。见了我外太爷马殿选，非常高兴。

"别嘴硬了，你从监狱出来，我知道你没吃的。"我外太爷马殿选直来直去地说。

"哎，我遇到的尽是好心人。甄载明为我在他的办公室补了一个'上尉译电员'的缺，我每月领两袋面粉，吃的有。"刘余生说着为我外太爷马殿选倒水。

"你身体还没恢复，咋能当译电员？"

"我那是挂名的，实际工作由甄载明的爱人原煊代劳。我心里清楚，这是甄载明在帮助我，为我解决吃饭问题。"刘余生感激地说。

我外太爷说，这个甄载明是民主同盟盟员，毕业于陆军兽医大学。曾任第一军邓宝珊将军秘书。甘南起义爆发后，他在省驿运处宿舍被军统调查行动队逮捕。甄载明确系中共地下党员，但逮捕他，并非军统识破了他，而是在兰州救亡运动进入高潮时，他响应谢觉哉、吴鸿宾、杜汉三、王教五等人号召，参加救亡活动，表现积极，被兰州市警察局局长、军统特务马志超，复兴社特务杨居敬注意，他们认为甄载明是起义幕后策划，经特务调查室张橡夫等人动刑审问，查无实据，最终由邓宝珊转托地方士绅张鸿汀说情，取保释放，担任了陆军兽医学校西北分校办公室主任。刘余生在任省师管区军法官期间，与杨可显、王新潮、许青琪、甄载明、李绍英等频繁来往。甄载明听到刘余生出狱，想方设法帮助他。

"出狱后，他们找你了吗？"我外太爷马殿选关心地问。

"咋不找呢，他们虽无证据，但心里认定我是土匪头子。硬的不成，就来软的。前天参议长张维派骑五军参谋长康冠儒找我，说我是他的同乡，是个有才人。劝我改过自新，当一个良民，不要再冒风险。康冠儒让我填个履历表，说他要举荐我去当县长或保安司令。"刘志道说。

"你填了吗？"

"我刘家一门，兄弟五人沦为刀下亡魂！我岂能跟他们同流合污！我对康冠儒说，我心已死，不想当官，回绝了他。"刘余生眼中噙满了泪水，动情地说。

"这些人心狠手辣，你要多加小心。"我外太爷马殿选提醒。

"我知道，我人虽出狱，可特务们并没有放手。前几个月派中统执刑队队长侯世杰、国民党党部秘书葛牡监视我，这些天又派女特务张霞、张子敬盯梢。他们把我当作监外犯人，我的行动处处受限。"刘余生眼睛望着门口，小声说。

"刘大哥你有什么打算？"我外太爷马殿选问。

"我咽不下这口气啊！就算不为自己出这口恶气，也要为死去的兄弟们争个脸。我从娘胎里出来没如此窝囊过。我十八岁拿枪，打跑县长，血气方刚地到部队当兵，又蹲大牢，总不能这么窝心地活着！"刘余生眼睛闪着泪花。

"可惜啊，我们的心血白花了，说败就败了。"我外太爷马殿选叹气。

"我一直在想，十几万人，仅仅十个月，就被打败了，原因在哪？主要是领导核心不成。虽有反蒋抗日目标，但大家心里不明确，战术被动。一会儿向东冲，一会儿向西闯，始终没有站稳脚跟。红军就不同，他们到甘肃，人没我们多，蒋介石围剿，没有被消灭，反而一天天壮大。"刘余生说出了深思熟虑的话。

"你有什么想法？"我外太爷马殿选听出了刘余生的话音。

"我、我、我……想到延安去。"刘余生说。

刘余生声音虽小，可话就像石头打在铁上，令人振奋。这次起义失败后，我外太爷马殿选一直忙着跟盛文、何世英等人周旋，忙着掩护、救助朋友，没有认真考虑过这个问题。我外太爷情绪一直很低落，悲观郁闷，甚至处在自责自罪的状态。

"刘大哥，延安封锁得紧，危险，你还是别去。"我外太爷马殿选劝道。

"我侄儿学武、学琨是六弟刘鸣的警卫，他们来看我时说，我六弟刘鸣带着毛泽东的《矛盾论》和《实践论》，叫学琨背着，随时翻阅。他对侄儿说：'娃娃，必要时，我带你两人拿一根打狗棒，也要到延安去。'我听了六弟的话就哭了。六弟活着没有实现这个心愿，我铁了心，也要实现他这个愿意，尽一点意。"

"到延安，对我们有什么帮助呢？"我外太爷马殿选问。

"马大哥，我们的人，他们杀不绝。起义军的首领老王、老马、肋巴佛等人还在。我要向共产党汇报农民起义的情况，请求共产党的领导。"

"啊，这就好。你准备何时动身？"我外太爷马殿选恍然大悟。

"我从狱中出来，他们对我多方监视，派了四个特务，经常在我家周围转悠，一时半会儿怕不能抽身，我只能瞅机会逃脱。"

刘余生说完这话，我外太爷马殿选突然想起王效忠来，随口说："王德一的小儿子，经我辗转托人，安排在河州的云亭中学读书。他打小跟着王德一出生入死，经得多，确实是个好苗子，如果说你去延安，把他带走，培养成长，以承父志。"刘余生低头想了半天说："过两个月就是春节了，到时候我借回家看望父母的机会，跟你联系，趁机把王效忠带走。"

兰州西郊有一处大户人家的墓园需人看护，刘余生便找了这一份工作。西郊离任家庄还有五里多地，女特务张霞请示复兴社。上司杨居敬说："不让去吧，他生活没着落，会饿死，就让他去吧。"张霞说："刘余生坐了一趟大牢，厌倦了政治，只求苟且偷安。"杨居敬警惕性很高，对女特务说："别大意，你们盯紧些。"

刘余生在墓园除了打扫院落，整天抱着线装书。张霞盯梢几天，见他一天抱着一本厚书动都不动一下，好奇地过来问："你读的是什么书呀？"刘余生说是佛经。

张霞要过去看了半天看不懂，再跟他谈些时局，刘余生完全心灰意懒。

这样过了一段时间，特务监视就过松了。

临近春节，刘余生打听到担任平凉保安副司令的任谦到兰州来办事，便假装采办年货，甩开特务监视，找到任谦的住地。二人心潮起伏，各自叙说了别后情况。因为时间紧迫，刘余生直奔主题，说了自己想奔赴延安的想法。

"你出狱不久，伤势没有全好，到延安路途遥远，一个人咋办？"

"两个月前马殿选来看我，叫我把王德一的儿子王效忠带到延安去。"

"好，你有伴，我就不担心了。"

"从兰州到延安，要经过国民党防区，我担忧……"

不等刘余生把话说完，任谦打断道："你专心准备，其他的事由我来办。"

刘余生见过任谦，心中有了底，安心回去，偷偷准备。

时间不知不觉进入腊月。刘余生辞掉了墓园的工作，从任家庄搬回到兰州市横巷子二号的小屋之中。这里好久没住人了，他用了一星期时间，彻底打扫了一遍。监视他的张霞和张子敬来到他家，看到里外窗明几净，屋子里摆着刘余生采办的年货。张霞主动说起了外面见闻，刘余生什么话也没说，甚至连眼皮都没抬一下。

"这段日子，刘先生你是怎么过的？"张霞笑着问。

"弹弹琴、读读书。天晴到外面采办些年货。"刘余生开口说。

"你一个人，买这么多吃得了吗？"张霞看着地下的东西，故意问。

"家里兄弟们都死了，父母年纪大了，没人管，过几天我想接到兰州，好好过个年。"刘余生说着，眼圈都红了。

张霞和张子敬听到这里，心里越加放心。

过了几天，刘余生把家人从临洮接到了兰州，给监视的人一个安心过年的感觉。

除夕夜，家家户户忙忙碌碌，或清扫庭舍迎祖宗回家，或贴对联贴门神准备佳肴，而监视刘余生的张霞和张子敬，也都回家去了。

这时，横巷子二号刘余生家来了三个人。

刘余生一眼看清，前面的是任谦和甄载明，后面跟着个他不认识的年轻人。

任谦和甄载明进了屋，见屋里站着一个高个子青年，不由得盯着看。

"这就是王效忠，昨天马殿选以拜年名义带来了。"刘余生介绍。

"哟，是王德一的儿子，好。"任谦上前握手。

刘余生忙走过来说，又转过头，对那年轻人说："这是任团长、甄主任。"王效忠多次听父亲讲过任谦，今天第一次见，显得有点紧张，激动地叫了声叔叔。任谦拍拍王效忠的肩头，意味深长地连声说好。甄载明转身指着身后跟他进来的年轻人说："来，你们认识一下。这就是谢成德，张英杰部下，兵败后在兽医分校上学，你们一块去。"

任谦说完，将手中的包袱提到炕头，打开说："这是特务营营长王子瑛给你们弄来的三套军装，符号、证章都已经填好，你们都穿上。"

刘余生三人，脱下旧衣，换上新装。

甄载明看他们穿戴齐整，从兜里掏出一摞信，交给刘余生："你要的信，全部办妥，四封信，相当于通行证，都给你。陕西榆林地区是邓宝珊的防区，路上若遇到人盘问，你们就说是投奔邓军长。"刘余生接过信，连声称谢。

信共有四封，一封是邓宝珊的参谋长俞方皋写的。俞方皋来兰办公事，刘余生通过任谦，央求他给晋陕绥边区总司令邓宝珊写了推荐信。另外三封，分别是第十三军团长康冠五、王子瑛、甄载明写的，他们三人都是邓宝珊的亲信、老部下。

这时王效忠和谢成德已经背起了行李，任谦对着他俩道："你们先走，到横巷子口等着，我这里还有几句话要问老刘。"

"你见过周恩来吗？"任谦问。

"民国二十七年，我在武汉见过一面，不知道他记不记得我。"刘余生如实说。

"我在重庆，跟他汇报过起义的情况，他很关心，还做了指示，他对事件很清楚。你们去找他，见了他，你代我问好。"任谦小声说。

"我记住了！我一定要向他要详细报告起义失败的过程，还要告诉他，王仲甲等首领还活着，请求共产党派人来。"刘余生紧握着任谦的手说。

任谦挽着刘余生的手，一道出了门。

人们都回家过年了，街上空无一人，只有清冷的风贴着地面吹着。

任谦目送他们走远，消失在视野中，才转身回去。

刘余生三人出了城，专抄小路而去。一路上他们不敢停留，生怕碰到军队盘查，好在除夕之夜，军警都懒得上街巡逻，他们没有遇到麻烦。

整整走了一天一夜，走了二百多里赶到靖远打拉池。到黄家成洼山时，大雪封盖，一片银白，雪深没膝。三人边走边爬，在地上拉了一道雪槽子，终于翻过了大山。他们朝发夜宿，一口气往前赶路，没几天就到了宁夏吴忠堡，顿感天高地阔，心里说不出的畅快。

"再有两天，我们就到榆林了。"

"不，还得走三天。"

"没那么远吧？"

"当然远了，我们要到延安去。"

"什么？延安？"

"对，延安！"

王效忠和谢成德又惊又奇，一下子高兴得跳了起来，当初出发时，刘余生怕出意外，有意没有告诉他俩要去延安，只说要去榆林找邓宝珊。现在听到要去向往已久的延安，喜笑颜开，脚步也轻快了，他们迈着大步，向着金沟口封锁线走。

他们打听到中午时分守军的巡逻最为松懈，于是利用这个空当，冲过了封锁线，抵达了盐池县，这里是陕甘宁解放区。他们撕掉国军的帽徽、袖标，到花马池县委，说明来意，县上立刻派人将他们送到三边专署，专署给他们配了一匹马，将他们送到延安。

风尘仆仆地走在延安的大街上，走在窄窄的有点老旧的人行道上，微风吹起刘余生军服的下摆，他昂起头，甩着臂膀，目光向前，感到真正获得了解放，像孩子回到了母亲身边，无比高兴，即兴吟诵了一首诗：

> 天英俄出洒琼莹，照得人间分外明。
> 放眼忽入银世界，举足犹似玉山行。
> 渔樵耕读皆知我，风雨雷电总有情。
> 莫谓苍天今已死，是非邪正暗中评。

几天后，刘余生见到了西北局书记习仲勋、组织部部长马文瑞、秘书长兼统战部部长张德生、西北局行政处处长史唯然，汇报了起义情况。二月的一天，习仲勋通知刘余生：“毛主席要见你，找你谈话。”刘余生激动不已，一大早就到王家坪。毛泽东主席亲切地和他握手，领他在露天的一张旧桌前坐下来，刘余生详细汇报了起义及失败经过。

我查阅了由麻琨、吴刚主编的《血花集》，这本书收录了刘余生、刘鸣生前文稿、书信、诗词，以及亲友和知情人的回忆文章。同样，《甘肃近现代史话》也记载了这件事：

> 1945年2月17日，中共中央领导人在听取了刘余生等人的汇报之后，首次就甘南民变做了专题讨论。毛泽东以肯定和赞扬的口气说：“西北各民族大联合，打倒卖国贼蒋介石，抗战到底的口号是正确的。”
>
> 刘少奇说：“你们干得对，方向、行动都是对的。”
>
> 周恩来说：“国民党对甘肃人民在政治上、经济上、军事上搞全面统治和压榨，经济上搞涸泽而渔，政治上搞一党独裁，军事上消灭异己，甘肃人民敢于拿起武器与国民党反动派进行斗争，这是伟大的革命行动。”

他们还谈了许多甘南民变失败的原因及善后工作。

毛泽东说:"你们主要是孤军作战,缺乏各方面的配合。"

朱德指出:"可惜事变发动早了一些,国民党大屠杀,对元气损伤太大。你们没有失败,你还活着,许多骨干还活着,留得青山在,不怕没柴烧。你们要积蓄力量,创造条件,等待时机,继续再干。"

周恩来说:"甘南民变虽然失败了,但是革命的火种是扑不灭的。压力越大,反抗力越强,甘肃的革命形势是好的。"

刘少奇说:"现在最主要的是干部,我们党的政治路线要靠干部去实现。要积极选送干部来延安学习。甘肃是多民族地区,尤其要重视民族干部的学习和培训,再不能让(他们)损失了。把参加过甘南民变武装斗争现在还存在的骨干尽先发展成党员。"

我奶奶是一个留着齐耳的短发,中等身材,看起来胖乎乎的和蔼可亲的老人,也是个既严厉又让人敬佩的人。我奶奶坐着跟我聊天,说起起义失败的境况,就不由自主地流泪,为了不惹她伤心,史料中明确记载的事情,我不去打扰她。我详细阅读了《血花集》,刘余生在文章中回忆:毛泽东党中央肯定甘南事变是革命行动,指示西北局利用起义的基础,在陇右地区开辟和恢复地下党的工作。党中央安排刘余生、王效忠、谢成德等人在延安抗大学习。刘余生和王效忠在八路军总部参谋杨松青和西北局民族解放委员会主任王世英介绍下入党。

深秋八月,树叶飘落,大地灰黄。西北局成立了中共陇南特委和陇南游击队,任命孙作宾为陇南特委书记兼政委、惠庆琪为副书记,刘余生为特委委员兼司令员,马福吉为副司令员、高建君为干部队长。配备了两百余人的武装队伍,开辟甘、陕、川交界区的敌后根据地。

这支队伍在六盘山、陇山等地多次与敌交战。在平凉、泾源交界的老龙潭战斗中刘余生腿部负伤，与部队失去联系。放眼四外，冬的空旷和寒意早晚已经有袭人的感觉，战士们送刘余生到临洮东乡冯家沟村他舅舅家养伤。

冯家沟村属于一个贫穷的山区，一面临沟一面临山，处在一个狭小的旱塬上。这里没有茂密的深林，绿色的植被，也没有名山大川，只有光秃秃的黄土塬地和纵横沟壑，土地贫瘠，山多地少，干旱贫瘠。刘余生躺在土炕上，没有任何冷清寂寥的感觉，他的脑海里，时时浮现着六弟刘鸣横刀立马的形象和声音。他在养伤期间，发展冯生祥、冯生旺、梁子伯加入了共产党。伤好返回边区，途经平凉，又介绍正在任谦家中隐蔽的起义骨干毛得功入党。

王效忠和夫人郭淑俨

第三十七章

重新点燃我

[民国三十五年（1946），白石山莲花山岷江，重日]

 从陇西到平凉

我外太爷对起义也进行了反思，他发现上过军校的首领打游击不如农民首领。刘鸣上过黄埔军校，张英杰、王德一等上过军校，可他们清乡初期就被杀。而农民首领则不同，第五十九师、第七师进剿朱家山，王仲甲经过两天两夜厮杀，撤往峝下集。马福善、马继祖带人进入药水峡。肖焕章、吴建威进入白石山，分散隐蔽，打游击。

我外太爷说，搜山一直没有停，先是国民党正规军，后是"清乡团"。肖焕章在白石山坚持了很长时间，打了数不清的仗。十一月，白石山飘起了鹅毛大雪，天气骤然变冷，雪还没化又冻起了冰，泉眼里流出的水，在悬崖上结成了冰柱。肖焕章撤出白石山，不料走到康乐鹁鸽崖上庄时，遇上了何世英的猎虎队，双方交火，猎虎队一排机枪扫过来，肖焕章右手中弹，身上多处受伤，流血不止。肖焕章不敢恋战，边打边退到洮河岸边，正好与马福善部相遇。马福善全力出击，打退猎虎队，将肖焕章送到临洮城救治。但是城中搜查甚严，肖焕章无法安身，王仲甲便派人护送他到宁定高家村马福善家隐藏养伤。

肖焕章到高家村不久，街上出现了侦探，马福善害怕肖焕章被侦探发现，连夜秘密将他转移到排子坪他的外甥家。他这个外甥，因为民国十八年在冯玉祥国民军中当过兵，落下个"国民军"的外号。"国民军"胆大心细，请乡里郎中为肖焕章医伤，被当地豪绅马宗林发现。

"你胆子大得很，窝藏土匪。早交出来，早脱干系。"马宗林威逼国民军。

"你胡说，大天白日，哪来的土匪？"国民军顶撞道。

虽说国民军嘴上硬，心里却担惊受怕。回家跟肖焕章商量，肖焕章在乡里走街串巷，知道马宗林是个吃硬不吃软的家伙。就对国民军说："你别管他，他头硬屁股软。你去告诉他，就说我肖焕章他敢要吗？若敢要，我就搬到他家里去！"

肖焕章幼年跟堂祖肖五爷学武。肖五爷是武术教官，训练军士。据说他传授功法，颇为严苛，无论是三伏天还是寒冬腊月，都在密室中燃起炭火，徒弟自持钢丝鞭子抽打自身，再用创伤药酒，通身擦洗。肖焕章跟着五爷，练就了十八般武艺，武功超群，枪法高超。

国民军将肖焕章的话原原本本地告诉了马宗林，并说："肖焕章是司令打发来的！"马宗林一听肖焕章三字，吓得心慌。再听到司令打发来的，明白这司令指的是马继祖，更加胆怯，就对国民军说："真的是他，就悄悄地，别声张。"

马宗林不敢找麻烦，但乡间没有医疗条件，肖焕章臂膊上的子弹始终没有取出，无法活动。等他外伤好了一些，马继祖派黑拜个和马良义，从排子坪将肖焕章护送，前往峾下集。

当他们走到临洮县五朝山黑刺林休息时，被山上砍柴人发现，报告给了猎虎队队长常尕子。常尕子立即带领二十名猎虎队搜山，肖焕章决定分头撤离，命令黑拜个和马良义先走，他独自走出黑刺林，不料被猎虎队拘捕。

富有戏剧性的是，猎虎队中有个人名叫懒娃的，跟肖焕章打过交道。

懒娃一见他，惊愕地得张大了嘴巴，大声喊道："啊，肖司令！"肖焕章在这一带威名在外，常尕子一听懒娃说，抓到的人是肖焕章，也吓了一大跳："天哪，把老虎抓了！"

肖焕章好像一只烫手的山芋，常尕子左右为难。抓到县里，怕起义军报复，自己没有好果子吃。万般无奈，就去问当地老人："抓了老虎，咋办好？"老人们说，你小心叫虎伤着，恐怕你没走出林子，先叫肖司令的人搬了自家脑瓜。最后常尕子慑于肖焕章的神威，不敢加害，决定秘密护送，并要求：对这一消息，任何人不得外传。常尕子除派人给王仲甲送信，通知王仲甲来接肖焕章外，还派人用担架将肖焕章送到了石家山，交给了前来接应的吴建威。

肖焕章安全到达苟家滩，与王仲甲相会。

为了取出肖焕章臂上的子弹，王仲甲派人将他深夜送进兰州。

肖焕章在兰州有个朋友叫张子丰。此人原名瑞祥，崇信九功乡冉李村人。在国民党军中干事，历任陆军第十三师五旅少校参谋、四团少校团副、东路总指挥部上校参谋主任、少将参谋处处长、拉卜楞保安司令部副司令等职。

张子丰住在兰州闵家桥三十号，肖焕章半夜三更敲开了他的家门。

张子丰偷偷将肖焕章藏匿家中养伤。待兰州风声稍松，张子丰从外面弄了一套军装，让肖焕章化装成军官，送到小西湖医院动手术治疗。

等到肖焕章臂伤痊愈，再到临洮一带寻找王仲甲时，已经听不到王仲甲的任何消息，不知他转移到什么地方去了。肖焕章只好离开临洮，去了陇西。

这一天陇西逢集，走在那空旷的街道上，肖焕章想起了昔日人声鼎沸、牛欢马叫的情景。他背着一个褡裢，从东头的活畜市场走到西头的菜市场，冷冷清清的，没有多少人。偶尔在街道上遇见一个人，不是叫花子，就是要馍的。连一个浮浅地打一个招呼的都没有。

今年麦价银涨到十三元，贫民个个仰屋兴嗟。肖焕章来到粮市，看见一乡民背来青稞三升，一群人围着争购，不意间来了一个丐妇，掬了一碗青稞就跑，周围人见状，这个两把，那个一捧，转眼将三升青稞抢尽。有人看不过，揪住丐妇，送到乡民眼前，让他惩罚。丐妇随即卧倒在篮边，且说："宁教打死莫教饿死！"乡民无奈，看她可怜，心下不忍，咬咬牙，索性将剩下的那点青稞，都倒进了那丐妇篮中，放她走了。

肖焕章心想，这乡民真是好心肠。自己三升青稞被人抢光，赔折了资本，抓住了抢劫的，不但不动手打她，反而送她粮食。他正在纳闷，却见那乡民支起身子，转过脸来。

二人目光正好对在一起。

"哎呀，这不是老肖吗！"

"郭——"

肖焕章刚说出一个字，那人使个眼色制止了他。

"老大哥，这里不是说话的地方，走，我带你去吃饭。"

这个乡民，正是从北大坪重围中逃生的郭化如。

起义前，他赶一头毛驴，奔波于洛门和马坞之间，贩运土特产品。现在他哼着山歌野调，又操起老本行了，一边走街串巷，一边寻找联络失散的战友。

郭化如牵着毛驴走在前面，肖焕章按捺住激动的心情，跟在后头。

二人心里有许多话要说，但街头有暗探，不能交谈。

出了菜市，拐过一条街，走了二里地，远远看见一个窝棚。

郭化如在前面停下脚步，转身拿眼示意了一下，便将毛驴拴在窝棚旁的木桩上，绕过窝棚，朝后走去。肖焕章随后跟了上去，原来窝棚后面掩藏着一个卖肉食的馆子。肖焕章一步跨进去，迎面看见一个面黄肌瘦的男子，蹲在地下，端着半碗碎肉，手上拿着一个蒸馍，吃得正香。两个鼻洞，呼哧呼哧地喷出一股气浪。他仔细一瞧，竟是杨友柏。

杨友柏眼前影子一闪，忙站起来。却见郭化如从后堂端来一碗热气腾腾的肉，手中拿着蒸馍，递到肖焕章手上："快吃，吃了再说。"肖焕

郭化如

章朝杨友柏笑笑:"好,我真是饿了。"

吃饱喝足,三人移步到馆子外面的空地上。

"老肖,我以为再也见不到你了。"

"子弹穿透了我的胳臂,离要命还远着呢。"

"都活着?"

郭化如拍拍胸脯说:"看,活得好好着呢。"

三人悲喜交加,泪水悄悄湿了眼角。

"你们怎么样?"

郭化如说:"我、杨友柏、夏尚忠几个人从北大坪突围,结伴从临洮东山潜回渭源。当时敌人清剿搜捕得很厉害,我们碰头商量,决定暂时隐蔽,在莲峰古迹坪埋藏了枪支,分头隐蔽。我去了武山郭家庄,杨友柏去了渭源县下双轮磨村。"

肖焕章掏出一根纸烟,点上火,吸了一口,递给郭化如。郭化如吸了两口,又递给杨友柏,长舒了一口气说:"我到武山的半路上,隔山兄弟截住了我,说我父母捎话,郭家庄进了兵,等着抓我呢。让我千万别回家,他们给我牵来了一头毛驴,吩咐我还干老本行去。我就隐姓埋名,走庄串户做生意到下双轮磨。渭源到处是便衣队、自卫队,特务密查暗访,坐地侦探。杨友柏无法立足,我们就一块出来,寻找失散队员,跟他们再干。"

"毛得功活着吗?"

"活着,他突围出来后,我们在格致坪碰了面。"

"他现在在哪里?"

"我打听清楚了。毛得功举家从陇西居义迁到宁夏隆德县蔡家湾。我还打听到吴建威，他在平凉避难，化名惠卓，开了一个杂货铺。"

肖焕章一听吴建威在平凉，顿时眼里闪光："我们到平凉找他去。"

吴建威是肖焕章的老搭档，关系密切。他是起义军第一路军司令，吴建威是副司令。五年前，他和吴建威在官堡街上开了家饭馆，以此为掩护，一起发动群众。吴建威识文断字，见多识广，在起义军中算得上少有的能人。

他幼年读私塾，少时念高小，写得一手好字。龙蛇之年，河州尕司令马仲英扯旗造反，他们一家逃难，流落临洮等地。在岷县被抓了壮丁，在新编十四师当了一年兵，提升到一六五师当排长、连长。民国二十八年，在庆阳西峰镇组织兵变，未遂，被扣押，次年在兰州任谦组编的抗日志愿兵团当营副。

三人当即起身到平凉，随着早市的人流，穿过飞拱垂檐的城楼，径直来到过店街，走进一家毫不起眼的杂货铺。

吴建威刚刚起床，见了三人，惊喜交集。

肖焕章给了吴建威一拳："你这家伙跑得快，躲到这里来了。"

"朱家山分手后，我随老王打到衙下。敌人搜捕得很厉害，不得不和王仲甲分开去了康乐，却待不住。听到任团长在平凉，就跑到这里来了。打不死，我们跟国民党干到底！"

"就是这个话，郭化如明日到隆德，把老毛叫来。"

"毛得功也在平凉，你们不知道？"

"啥时候？"

"两个月前。他在隆德蔡家湾听到任谦当了平凉保安警备副司令，就偷偷到他的住处，任谦在专署家属院给他寻了个打扫卫生的活，暂时隐蔽下来。"

"这就好，咱们又聚在一起了。"

"我这就去一趟专署，告诉任谦。"

吴建威从杂货铺里拿了点日用品，自己一个人往专署走去。门口的岗哨挡住去路，吴建威就说是任副司令要的东西。岗哨让开路，放他进去。吴建威熟门熟路，敲开了任谦的房门，小声告诉肖焕章等人的情况。任谦听了，露出了一脸笑容，说他晚上到杂货铺见大家。

太阳下山，任谦穿着一身长衫来到杂货铺。吴建威从里面闩上门，领着他穿过杂货铺，从一扇后门进去。原来门里面是一条狭长的夹道，光线很暗，阴森森的，似乎一眼望不到头。走出夹道，里面是一座小院，两人径直走向北房。肖焕章、毛得功、郭化如、杨友柏四人早已吃过了饭，等候他们。

任谦一脚门里，一脚门外，抬头看到肖焕章四人在屋中，笑着跟每个人握了手，一屁股坐在炕上说："各路司令都到了，就差总司令王仲甲啊！"

"老肖跟老王在一起，你知道他的情况吗？"

"黄建伟送我到兰州，我再也没有见老王的面。"肖焕章说。

"听说老王秋天到兰州见吴鸿宾，要去延安，是不是真的？"任谦问。

"他一直有这个想法，因没有安置好家属，一直没有动身。我今日到平凉的目的，就是想去延安。"话到句口，肖焕章道出了心声。

"你们还不知道吧，刘余生带着王德一的儿子，已经去了延安。"任谦说。

"刘余生是谁？"

"刘鸣的四哥刘志道，化名刘余生。"

"啊，那我们咋办？"

"刘余生临走时，我对他说，让他找中共的周恩来。这人看得远，我在重庆见他，他说发动早了些。我派胡申新到武都，传达他的指示，那时起义已经发动，我们折了不少人。我想，延安方面，等等刘余生的消息。现在我们要开展地下斗争，找甘肃工委来领导，只有这样，我们才有胜算的希望。"任谦笑着说。

"工委在哪里呀？"

"陇东的西峰城。"

"国民党打散了我们的人,但打不散我们的心,我们还要东山再起。我到陇东,去找共产党,寻出路。"肖焕章站出来。

"敌人封锁得很紧,一个人不行。"任谦低头想一想说。

"我家在宁夏,我对陕甘宁边区的情况熟悉,我去。"毛得功说。

"也好。"任谦当即拿出从平凉专署弄来的通行证,交给毛得功,又侧过身子,对肖焕章说,"你和毛得功设法通过封锁线去找党组织。郭化如、杨友柏、吴建威,还有我,以这个杂货铺为联络点,寻找失散人员。除了防备自卫队、便衣队外,大家要注意那些眼线,他们密查暗访,坐地侦探,阴险得很。"

第二天,肖焕章和毛得功扮作商人,前往陇东寻找甘肃工委。

 杀猪骨头

我奶奶满头银发,坐在摇椅上看夕阳西下,我坐在身旁问她:"啊,奶奶,你说我外太爷、我外太奶、两个姨奶都是地下党,那你们由谁领导呢?"我奶奶抚摸着我的头,眼望前方,坚定而自豪地说起了甘肃工委。为搞清这事,我查阅了党史,史料记载:

红四方面军进入甘南,红军消灭了驻守岷县的鲁大昌部,攻占岷县。在岷县成立了甘肃工委,下辖西路、北路工作委员会和洮州、漳县县委。红四方面军政治部主任傅钟任书记,开辟川康边新区。红军北上,甘肃工委停止工作。1937年,中央派孙作宾、刘杰、郑重远到兰州筹建甘肃工委。在谢觉哉主持下,工委在南滩街54号正式成立,时称兰州工委。1940年,国民党掀起反共高潮,实施白色恐怖。工委书记李铁轮、副书记罗云鹏、委员林亦青及工作人员赵子明、樊桂英被国民党兰州警察局逮捕关押。工委遭到破坏。

　　1945年，中央西北局书记习仲勋主持召开会议，决定重建甘肃工委（工委机关驻边区）。陇东地委副书记朱敏兼任书记，工委机关驻庆阳地区。三个月后，朱敏调任三边地委副书记，中共甘宁工委书记孙作宾接任甘肃工委书记。

　　1946年8月中旬，西北局决定立即组建"中共陇南特别委员会"和"陇南游击队"，孙作宾兼任特委书记和游击队政委，刘余生任游击队司令员。主要任务是往返于边区，联络当年参加起义的人员，发展党组织，继续开展革命斗争。

　　肖焕章穿着黑布鞋蓝大褂，肩挎一个白布小包袱，带着随身用品，一身买卖人的打扮。他和毛得功冲破国民党重重封锁，翻过六盘山，踏着长城古道进入镇原县的三岔。在沿街的一个小饭馆吃了中午饭，便徒步向马莲河川走去。边走边打听，当日黄昏走进西峰。按事先约定，找到北大街高台阶黑漆大门，伸手扣响门环，两声轻一声重，如此三番。一个女的开了门。

　　"你们找谁？"

　　"我找陈成义。"

　　"我是房东，你们进来，陈成义住在西房。"那女的说。

陇右游击部成立地

陈成义是榆中金崖镇人。在北平求学期间结识了张一悟，经张明达介绍加入共产党，曾任地下党兰州市委书记兼组织部部长。肖焕章在靖远县跟地下党工委书记岳秀山来往时，认识了陈成义。他现为西北局四局组织科科长,甘肃工委委员。陈成义见了肖焕章二人,非常高兴。第二天,陈成义带他们到庆阳城八大家庆胜积的大院,见到了省工委书记孙作宾。肖焕章向孙作宾汇报了甘南民变的过程及其失败后少数骨干的地下斗争情况。

"王仲甲有消息吗?"孙作宾问。

"早先王仲甲从临洮潜赴兰州,和民盟西北总支部特派员吴鸿宾见面,想和吴鸿宾一起到陕西面见杜斌冠,到延安学习。可是没有联系上杜斌冠,只好隐藏在岷县、西和、礼县、武都等山区打游击。"肖焕章回答。

"敌人也在千方百计打听王仲甲的下落,蒋介石派了一架专机,散发传单,悬赏五千大洋缉拿王仲甲。郭寄桥出任甘肃省主席,命令岷县专员孙扬升'务必找到王仲甲,不惜任何条件招抚'。听说孙扬升曾派绅士杨必达去打听王仲甲,始终没有找到。"毛得功插话。

"你们要尽快打听王仲甲的消息,设法跟他联系。今后我们要按中央'精于隐蔽,长期埋伏,积蓄力量,以待时机'的方针开展工作。"孙作宾说到这里,话锋一转,"周恩来副主席得知任谦被委任为平凉保安副司令,写信给中央社会部,将任谦同志的情况做了介绍。中央转告我们,要与任谦建立工作关系。我们正愁跟他无法联系,你们一来,就好了。"

告别孙作宾,肖焕章跟陈成义回到住处。

两天后,孙作宾一脸的喜气,带着两个人来到肖焕章和毛得功的住处。

"你们看看谁来了?"

"哎哟,这不是王司令的儿子效忠吗!"

"这位是——"

"他是刘鸣的四哥刘余生,现在是陇南武装大队的司令员。我们接到中央西北局指示,要求我们甘肃工委成立甘南民变工作委员会,你们都是民变的骨干人物,为了尽快发展甘肃党组织,工委决定让刘余生、王效忠两位同志,跟你俩一块去平凉见任谦,跟他建立联系。"

"太好了，我们盼着共产党的领导。"

"什么时候出发？"

"越早越好，今天准备，明天出发。"

第二天，刘余生等四人步行两天，到达平凉。刘余生和任谦两个好友久别重逢，都显得十分激动，话儿像渭河水滔滔不绝。晚上，走了两天远路的刘余生虽然身体疲惫，但二人还是抑制不住激动的心情，同床共卧，彻夜促膝长谈，从个人的患难之情说到了抗日救国的形势，从地下斗争谈到了成立甘南民变工作委员会的宏伟目标，直到天麻麻亮，二人才闭了一会儿眼睛。

毛得功自从寻见共产党，就像迷途的孩子找到了光明的路。他觉得黑暗即将过去，黎明必将到来，呈现在他眼前的是光明的前途。他激动地跑到任谦家里，向刘余生讲述了自己的经历和加入共产党的愿望。刘余生被他的满腔热情所感动，认为像他这样一位经过战斗考验、冲破敌人封锁寻求真理的人，完全可以成为一名坚强的共产党人。

刘余生说："我和王效忠愿意介绍你加入共产党，我们向党组织报告。"

毛得功激动地向刘余生敬礼："请组织考验我！"

刘余生和王效忠回边区不久，中共甘肃工委派高健君同志赴平凉，向任谦同志转达了中共西北局对任谦同志的三点要求：

一、尽可能地掩护中共在平凉的地下工作人员；

二、向地下党提供军事情报；

三、必要时可配合解放军和中共游击队的军事行动。

高健君返回边区时，任谦让高健君带他的儿子任释海去延安学习。随后甘肃工委又派陈超群到达平凉，以给任谦当秘书为掩护，进行联络工作。

高健君临走的那天，任谦打发秘书将毛得功叫到他房里。高健君握住毛得功的手说："你的情况刘余生都跟我说了。我们觉得，你现在离开平凉专署，不要再干清洁工，到陇渭去，发动地下斗争，联络积极分子。"

"我一切听从党组织安排。"

"刘余生前段时间回临洮见了马殿选，在他家设了联络点。他和孙作宾还在渭源盛家坪梁子伯家，介绍梁子伯入党，你到渭源，跟他接头，记住，梁子伯化名罗夫。他是渭源最早的地下党员。你们要创造条件，发展人员，甘肃工委很快就要派人来，开辟陇右武装工作。"

毛得功接到任务，兴奋地收拾行李，离开平凉到陇西、渭源。

这次到渭源，跟上一次他离开时气氛截然不同，那些密查暗访的便衣和气焰嚣张的恶霸收敛了不少。那些失散的起义军兄弟，不仅重新聚拢在一起，而且有的地方，如渭源莲峰古迹坪，队员们还在公开活动。

毛得功提醒当地队员："你们大张旗鼓地活动，可要小心侯背锅！"

侯背锅是莲峰的恶霸地主，真名侯和卿。他并非驼背，而是个高大挺拔的美男子，因为仗着官场中有点名气，和渭源、陇西县县长沆瀣一气，私设公堂，祸害乡民，老百姓恨之入骨。他见了当官的，脊柱马上弯曲变形成了一张弓，见了老百姓，这张前弓就变成了昂首挺胸的后弓。他自认为是美男人，老百姓却认为他是天下最丑陋的人，给他起了个侯背锅的绰号。

"不用担忧，侯背锅在阎王那里。"队长笑道。

"死了！怎么死的？"

"老郭的手段。"毛得功问。

一个年轻的队员抢过话头说："侯背锅占山扎寨，据险而守，以为深沟高垒、环形设防的寨墙能挡得住咱，他还纠结一批镖将、刀客、便衣。自认为我们不敢去打他，他万万没有想到，立冬那天，郭化如带领二十多名武装人员，化装成国民党军队，出其不意，冲进堡寨，处决了恶贯满盈的霸山大王侯和卿，缴获了十多支步枪、一支手枪、白洋几百个。"

有人忍不住说："你们给老毛说说打猪骨头的事，那个才解气。"

"你们把猪骨头杀了？"

"杀了！"

"干得好！"

猪骨头是陇西县便衣队长队朱占荣的外号。别看他只是个便衣队队长，却比警察局局长还厉害。这个人心狠手辣，杀人不眨眼。警察抓不住的"犯"，都出高价让他去抓，许多地下共产党员和起义骨干，都被他残忍地杀害了。他多次扬言要置郭化如等人于死地。

"杀猪骨头的是哪一天？"

"好像是腊月。"

"不对。"一直蹲在人背后的李牙才，这时涨红着脸站出来。李牙才是个哑嗓子，一天到晚说不了三句话。一说话就脸红，但是拔掉猪骨头这颗钉子的人是郭化如、谢益三和他。他最清楚，别人说错时间，他就急了，轻易不说话的他不得不站出来说："正月十五日的晚上。"

"我记起来了，那天县城演秧歌。"

"你别插嘴，叫李牙才说。"

李牙才有些激动，咳嗽一声，兴奋地说："十五那天，我们三人化装进城，仔细侦察了一天。晚上文峰镇迎春堡村送秧歌，县政府在大院内公演，我们随人群进入政府大院。院子里摆放着一溜桌椅，头头脑脑的都坐着，就是不见猪骨头露面。我们猜测，十五晚上，他不来看秧歌，一定在家，就赶到他家。"

"他在吗？"

"他大概刚跳罢火堆，拿一把笤帚，扫完身上的灰尘，推门进了北房。门一开，光从屋里射出来，我们看清楚了他的脸。我们三人从大门口冲向北房。"

"猪骨头枪法好，他没反抗吗？"

"估计这家伙没想到是我们，他从屋中伸头，刚要问话时，两把手枪已经抵到他的胸口，郭化如司令压低嗓门厉声说，朱队长可认得我！"

"他怎么说？"

"那家伙瞪了一眼问，你是谁？郭司令说，朱队长扬言要置郭某人于死地，我就是你说的那个郭化如，亲自到你门上了。"

"猪骨头咋说？"

"那家伙也怕死，叫声饶命。郭司令说，你坑害了多少良民，干了多少丧尽天良的事？今天，我代表受害的群众，特来向你讨还血债。话音一落，郭司令扣动枪机，一声枪响，那个恶贯满盈的家伙便一命呜呼了。"

李牙才绘声绘色的讲述，赢得了一阵热烈的掌声。

这些胜利的故事，也激励着毛得功。他按照高健君的指示，跟罗夫接了头，秘密开展陇右工委的准备工作。又跟杨友柏、郭化如等人密谈，策划成立了渭源人民游击队。

游击队在党的领导下，在周边邻县开展了不同规模的斗争和战役。这年秋天，毛得功、杨友柏、郭化如夜攀云梯，斩除了通渭县榜罗镇沙咀子的张卿，又在居义乡下堡子村，处死了为敌人坐探告密、泄露地下党机密的"老王婆"。夏尚忠带领十多人，在阳坡磨白海清家，铲除了渭源县两名便衣特务队。他们还以拜年为名，到渭源北寨小寨村，铲除了暗中监视任谦的国民党"三十八集团"军特务邹凤生，做到杀一儆百，打击了嚣张气焰。特务"便衣队"吓破了胆，再也不敢随便清乡抓人了。

除此之外，郭化如、杨友柏、夏尚忠组织地下武装队，铲除了剥削农民、搜刮民财、抢霸民妻娇女、草菅人命的土皇帝、土豪恶霸、地头蛇等。

这一切，使甘肃工委觉得在陇右建立党组织的条件已经成熟，1947年初春，甘肃工委派高健君、牙含章、万良才三人到陇渭。在陇西云田乡马家山秦清杰家中，高健君、牙含章、万良才与毛得功、郭化如、杨友柏等秘密会合，宣布毛得功为正式党员，由高健君、牙含章介绍，郭化如、杨友柏加入共产党。相隔一个月，陇右地区第一个党支部——中共陇渭支部成立。八月，中共陇渭（右）工委成立，郭化如当选为支

高健君

部书记,毛得功为工委委员兼组织部部长。

游击队在陇西东四十里铺、榆中水家坡和甘谷安远镇等进行武装斗争;在漳县盐井镇与盐警进行了夺枪斗争,郭化如还带武工队,袭击了国民党农林部驻峡城门楼寺的林警队。陇右工委组建了通渭县第一个中共支部,在文峰阴湾组建了陇西县第一个党支部,邸建邦任支部书记。

第三十八章

大佬的新生

[民国三十五年（1946），临洮，天翻]

 地下联络点

民国三十五年，抗日战争的休止符已经画了整整一年。但是战争的硝烟却没有淡去，经过对起义军的围剿和清洗，陇原到处满目疮痍，呈现着一片凄惨的景象。我奶奶回忆，这一年她虚岁十五，她记得五年前，灰盐市算不上热闹但并不萧条，街上住着一百多户人家，有上百栋房子，现在却只有一半人口，大多数房屋塌落，走在街上，到处是断壁残垣。

农历九月的天空，如同一块碧蓝的宝玉，清澈、透明。我外太爷推开家门时，已到了晚饭时间。他一脚踏进落满秋叶的庭院，里面空荡荡的，不免有几分凄凉。他钻进厨房，揭开锅盖，看到我外太奶做了一锅搅团煨在灶上，就拿了一个木碗，独自盛上，埋头蹲在地上吃起来。

随着中共陇右地下党组织的建立与发展，甘肃工委明确指示牙含章等陇右地下党领导：今后工作的重点是寻找甘南起义领导人王仲甲等，建立联系途径，在他们当中发展党员。陇右地下党按照甘肃工委的要求，多次派人找我外太爷马殿选，让他打探王仲甲及其他人的下落。

今天晌午，我外太爷打发我外太奶，带着我姨奶、我奶奶和刚满三岁的我舅舅，假装转娘家，去衙下集打探王仲甲的消息。我外太爷去了一趟康乐，寻找马福善父子下落。

"马大哥，你吃饭连灯都不点。"

循着声音，灶房门口出现一个人影，借着外面的亮光，我外太爷认出来人是刘余生。他这是第三次来，跟我外太爷马殿选商量寻找王仲甲的事。刘余生现在是中共陇南特委委员，对外声称回家探亲，实际带着寻找民变领导、发展党员的任务。前两次，他在临洮龙门镇冯家沟，秘密介绍冯生祥、冯生旺兄弟加入共产党，这也是当地人在本地最早加入的中共党员。

和刘余生相继到临洮开展地下工作的还有中共平东工委联络员吴有奎，他来熙宁镇，秘密发展镇公所户籍干事魏发科入党，并建立了定西地区第一个党组织——平东工委临洮城区直属支部，吴友奎任支部书记，魏发科任支部副书记。

当然了，这是党的秘密，刘余生对我外太爷马殿选保密。

虽然我外太爷已经提出了入党的请求，组织也视我外太爷马殿选为自己的同志，但他向工委汇报时，地下党的领导认为：我外太爷为起义幕后领导，从一开始就策划甘南起义，身份没有暴露。他现在仍然是参议、洪帮大哥，被国民党视为上层人士，地下党在临洮秘密发展党员，还需要他利用特殊身份为党工作。因此他入党的事，须经更高级别的党的领导来决定。

我外太爷马殿选笑着站起来，将碗筷放在灶台上。他朝院外一瞧，窗外天色昏暗，刮起了一阵风。我外太爷从蜡台上拿过油灯，放在灶台上，然后从草堆中抽出一根细柴棍，伸进灶洞点燃，移到灯芯上，点燃油灯，灶房里顿时亮如白昼。

天寒日短，两人坐在灶房的柴草上，你一句我一句地说着话，竟然没有察觉到天色已经全暗下来了。我外太爷马殿选看看门外，对刘余生说："忙着说事，忘了问你，你吃过了没有，我给你盛饭去。"刘余生拽住我外太爷的衣服说:"我已经吃过了,别忙。"我外太爷问声:"真的?"刘余生笑着说:"自己人,我不会跟你客气。"我外太爷马殿选便洗了碗筷,他提着暖瓶,刘余生拿着灯盏,两人一同到北房。

我外太爷马殿选搬了火盆,放在炕沿上。

我外太爷马殿选生起火盆,屋子里顿时暖融融的,他取了两只茶碗,放在盆沿上,又烧了一壶灌灌茶,倒进了茶碗里。火盆是洮河人家冬日取暖不可缺少的家什,贫困的人家,中秋节后挖泥打火盆。好一点的,就用生铁铸造的火盆。它有厚厚的腔体和宽大的盆檐。严冬一至,火盆既可盛火取暖,也可煨茶烧水。

我外太爷马殿选随和地招呼刘余生:"来,我们边喝茶边说。"

刘余生不习惯喝苦茶,笑着说:"我不渴。"我外太爷马殿选递过茶碗说:"茶不是渴了才喝。你端起灌灌茶,才像个农民,才能跟人家一条心!"刘余生忽然明白在这场史无前例的起义中,为什么策划者我外太爷身份没有暴露,他确实注意到了每个细节,这也是他要学习的。

"那好,我就喝一小碗。"

"别怕,灌灌茶提神。"我外太爷马殿选一边倒茶,一边问,"老肖情况如何?"

刘余生喝完了一小碗,疲劳果然一扫而去:"真是好味儿。"刘余生拿着空碗放在火盆沿上,咂着嘴,憨憨地说:"肖焕章、肋巴佛、毛得功、郭化如、杨友柏等人在陇西、渭源坚持地下斗争。甘肃工委派了两名干部去领导。"

我外太爷马殿选一只手紧紧握着茶碗,目光注视着碗中的茶叶,敞亮的碗底子里,水静静地沉着,似乎也和我外太爷马殿选一齐在思考。直到茶水冷却,他才开口。

"我也要求,给我们派干部。"

"快了,工委派方刚(高健君化名)、康明德(牙含章化名)和肖焕章到陇右地区,他们很快就会到临洮。"刘余生兴奋地说。

"我一直盼着这一天呢。"

我外太爷马殿选笑了,那笑浅浅地浮在脸上,就好像是从心底里溢出来似的。

刘余生从我外太爷马殿选这里了解到临洮县城以及四乡的真实情况后,陇右工委经过多次周密研究,决定以兰州为枢纽,在临洮建立联络站。可是联络站设在何处,颇费了一番心思。许多人不主张设在临洮,因为临洮是起义始发地和核心地,起义失败后国民党一直重兵驻防,特务密布,处在高度监视之下。

"最危险的地方最安全,我主张联络站设在临洮。大家想一想,兰州联络站设在兰州国民党军东路总指挥部少将参谋长张子丰冈家桥三十号家中。北房住着陇右师管区上校部员段泽民,给敌人造成了错觉,所以很安全。"

"对啊,钱平同志在段泽民家当勤务员,就在他们的眼皮底下。敌人万万想不到,钱平就是他们千方百计要抓的兰州支部书记。"

"我也同意设在临洮城,可设在哪里呢?"

"我建议设在临洮洪帮五龙山头子马殿选家。"

"说说理由。"

"因为,第一是马殿选是国民党甘肃省第九区(临洮)行政督察专员兼保安少将司令何世英的座上客,来往的均为头面人物。联络站设在他家,等于设在敌人眼皮底下。第二是马殿选是甘南民变策划者和领导人之一,人很可靠。第三是马殿选一直是革命追随者,思想起步,他已经提出了加入共产党的要求。"

"那么,谁负责联络站的工作?"

"我的意见是钱平主持联络站工作,马殿选为联络员。"

"好吧,就这么定了。"

裁缝是地下党书记

钱平人称钱裁缝。他出生在西宁市观门街的一间小土房里,因为家境贫寒,父母求一户魏姓有钱人家起名魏家存,意思是依存在有钱人魏家,以后会有好日子过。谁料孩子是依存下来了,可是一场伤寒却夺去了一家七口人的生命,依存下来的钱平成了孤儿。从三岁起,钱平在李银匠家里干杂活,在饭馆里端盘子,在裁缝铺里当小伙计。他是在恶毒的老板娘骂声、暴打中长大的。每天天不亮就得起来扫院子,除了挑水、烧火、端饭、洗碗、洗衣服,晚上还要给老板倒夜壶,给老板娘洗脚。但钱平是个有心人,他在裁缝铺偷着学会了裁缝活。

民国二十五年春天,长成二十岁的大小伙儿,钱裁缝送姨娘回陕西武功,在返回途中一病不起,被一名国民党军医从死神手里拉回人间。军医叫赖吉友,是个地下共产党。从此,他跟着赖吉友闹革命,秘密加入了共产党。

1947年3月的一天下午,杨友柏带着两个陌生人踏进了我外太爷马殿选的家门。

杨友柏是渭源下双轮磨村创办"聚义砖瓦窑"的主要成员。他曾在国民党陆军新编十四师骑兵团当过勤务兵,在一六五师三旅九八九团三营当过通信班班长。在部队与毛得功、郭化如、蒋廷珍、关正堂等结成好友。民国二十七年毛得功被革职还乡,他和郭化如先后脱离军队,回到渭源双轮磨,和毛得功等结成渭源八大兄弟。我外太爷马殿选设香堂开"后绩中华山",吸收八大兄弟入会,曾和他一块在渭源筹办活动经费,购买枪支弹药。一块走乡串户联络各路贫苦兄弟,结下了兄弟般的深厚友谊,成了患难兄弟。

"马大哥,又见到你了……"

"哎呀,是友柏兄弟,你还好吗?"

"没死,活着呢。"

"哎哟，活过来就是福呀。"

"我们的大仇未报，阎罗王不收咱，哈哈……"

"只要有一口气，咱们继续干。"

"马大哥，你看，我给你领来啥人了？"

"啥人？"

"同志！"

从他们踏进院子的那一刻，我外太爷就已经注意到了这两个人，他第一时间想到这两个人可能是洪帮兄弟，可是他们的举止却与洪帮截然不同。他也想到这两个人可能是共产党员，但在没确定之前，他不敢妄断。当杨友柏说出同志两个字时，我外太爷马殿选全身一热，心怦怦直跳。

"我介绍一下，他们是陇右工委的钱平和牙含章（化名康明德）同志。"

"啊，终于等到了这一天。"我外太爷马殿选激动地说。

"马大哥，你的情况刘余生已经向工委做了详细汇报。工委决定，吸收你入党，在你家设立联络站。钱平同志就住在你家，主要任务是寻找起义的骨干领导，以他们为核心，建立党的组织。你们要帮助钱平同志站稳脚跟，介绍起义人员，熟悉临洮情况，发展党员。"牙含章开门见山说明了来意。

我外太爷马殿选虽然第一次跟陇右工委的同志见面，可是共同的革命理想早已使他们心心相印，不分彼此。他激动得不知说什么好。

"我也要入党。"

牙含章他们忙着说话，谁也没有

牙含章

注意我外太奶郭玉兰带着我两个姨奶出现在身旁。虽然牙含章来之前已经听说我外太爷马殿选全家都很积极，虽不是地下党，可是思想进步，为党和革命事业干了不少工作。

"你就是马大嫂吧？"

"嗯，我就是。"我外太奶郭玉兰涨红着脸，兴奋地点头。

"马大嫂，你的请求，我们会考虑。"

"我呢？"我姨奶马英莲一甩大辫子，往前跨了一步。我奶奶马云英一看姐姐开了口，顾不得少女的羞涩，也挤上前："还有我呢。"

"日本投降了，老蒋发动了内战，我们更需要革命青年。我们不但要吸收你们，还要求你们在学校里发展进步青年，建立党的地下组织。"牙含章激动地抚摸了一下我奶奶马云英的头。

我奶奶马云英姐妹俩一时呼吸急促，兴奋不已。

"我们现在谈谈具体事情，钱平以什么身份住在你家？"牙含章说。

"这不难，就说是我的姑舅。"我外太奶郭玉兰笑道。

"嘿，细看，老钱跟马大嫂真有点像呢。都是大大的眼睛，方方正正的大脸盘，端端正正的大身材。说姑舅，再好不过了。"杨友柏瞅着钱平，逗笑道。钱平推了杨友柏一把，笑骂道："坏蛋老杨，你还有心思耍嘴皮子。"

"老钱同志，我始终保持革命的乐观主义。"杨友柏故意做了个鬼脸。

"哎呀，"牙含章叫一声，"不能叫老钱，起个化名。"

"我早起好了，叫李玉平。"

"我们叫李家爸，行吗？"我奶奶问。

"行。"

我奶奶说，钱平是个和蔼可亲的人，见了人总是笑嘻嘻的。在我外太爷马殿选家一住就是三个月，和他们一家人相处得亲密无间。除了党的地下工作外，他经常干一些家务活，帮着我外太奶郭玉兰喂猪、填圈、铲粪。左邻右舍的看着，更像一家人。

这时候，起义过去已经三年了，可是随着国共内战的推进，搜查不仅没有减弱，反而越来越频繁。查户口已经成了家常便饭。可是我外太爷对查户口并不感到惧怕。因为一则警察中有许多人都是洪帮成员，对我外太爷一家当然是高抬贵手，二则因为查的次数多，那些原来不认识他的人，渐渐都熟知起来。每次看到钱平，都被我外太爷或者我外太奶应付过去了。

不料有一天下午，国民党军的一个营长，气势汹汹地率几个武装士兵，闯进了我外太爷马殿选家，盘长问短，纠缠不休。

"把你们家藏匿的共产党员交出来！"

"长官，你别吓唬人，我们小百姓胆小，没见过共产党员。"

"你们家来来往往，都是些什么人？"

"过路的客人。"

"胡说！"

"长官你看，我们院子里三间南房，开了个小客马店。"

营长瞅一眼我外太奶郭玉兰，率领士兵冲进了南房，黑着脸说了一个字：搜！临洮城的警察，十有八九我外太奶郭玉兰认识。可是这个营长，不知是从哪里冒出来的，更不知道他的来头，而此时钱平就在西房待着，如果说他搜完南房，再搜西房，钱平就会暴露无遗，在这万分危险的时刻，我外太奶看见我外太爷马殿选牵着骡子走了进来，她紧张地跑过去，悄悄地向我外太爷马殿选说："快想办法，家里来了兵，正搜查呢。"我外太爷马殿选小声问："哪里的？"我外太奶郭玉兰说："都是河州口声，估计是马步芳的兵。"

我外太爷马殿选宽肩膀、粗胳膊，身材高大，十分威猛。他一跨进南房，就引起了官兵的注意。他摘下盔礼帽，拿在手上。那营长的目光，盯在我外太爷马殿选的帽子上。这顶礼帽，周围是一圈虎皮，圆形的硬壳，青缎罩面，明黄色缎面的顶子，额前的帽子边上，还镶有一块四方翠玉。从帽子上，那营长就猜出此人不是一般人。

"兄弟们是哪个部队的?"我外太爷马殿选双手作揖,朗声问道。

"说出来吓死你,马步芳!"

"哟,是西宁的兄弟。你们可知四十集团军骑五军马呈祥?"

"那是我们军长。"

"哎呀,骑五军可有个王儒林?"

"王儒林是我们团长。"

"那么兄弟们可知王建三、刘松林、曹路亭这几个人?"

"他们都是西宁有势力有影响的洪帮大爷。"屋子里被这伙人翻腾得一片狼藉。我外太爷马殿选话说到这里,那几个人疑惑地盯住他。

"你是谁?"

"我是五龙山堂主马殿选。"他说着伸手从胯下褡裢中摸出一包白圆,朝上一跌,哗啦啦又落到他的掌上,他朝前一步,不由分说,抓起那营长的手,啪的一下拍在营长的掌心中说,"兄弟们鞍马劳顿,很辛苦,这点白圆,拿去喝个茶。"那营长在我外太爷马殿选这一拉一拍中,就已经感到他手劲十分了得,见了钱,更是高兴。一张黑脸,也放出了灿烂的笑容。

"都是自家兄弟,好说好说。"营长挥挥手,带领几个士兵出了门。

搜查的马步芳士兵一走,钱平从西房出来了。

"好险啊,多亏了马大哥,险些叫他们搜捕。"

"不是夸海口,临洮城的警察,我基本上都认识。可是马步芳的兵,除了他在临洮兴办的步校中几个军官,其余的一个都不认识。"我外太爷马殿选擦着汗说。

"敌人越来越狡猾,花样也越来越多,临洮的查兰州,兰州的查河州,河州的查临洮。"我外太奶郭玉兰忧虑地说,"瓦罐不离井口破,只要来的次数多。他们这样互查,迟早会出麻烦。而虎臣有任务,不能保证天天在家,我一个妇道人家,恐怕掩护不了钱平,得想个好办法。"

"马大嫂说得有理,可有什么法子呢?"

大家一时沉默不语，一直在旁边安静地坐着的我奶奶，突然跳下凳子，红着脸走到大人们跟前，看看父亲，小声道："我有个主意。"我外太奶郭玉兰烦扰地望着我奶奶马云英说："姑娘家，你能有什么好主意？"我外太爷扭过身子，笑呵呵地说："好，大胆地说，别怕。"得到父亲的鼓励，我奶奶马云英有点激动，声音也大了："你们在家里开会，我和姐姐在门口站岗放哨，发现一个现象，他们查户口、巡逻，总是盯着开脚马店的人不放，对闹市上铁匠铺、皮匠铺、裁缝铺，查的次数少。如果说李家爸白天在铺子里，晚上到我们家，就安全得多了。"

我外太奶郭玉兰面露喜色，可是侧脸一看钱平穿着制服，上衣兜里插着水笔，满面的笑容变成了忧愁："主意不错，可你李家爸是识字人，干不了匠人的活。"

"马大嫂，你错了，我在西安是有名的裁缝。"钱平哈哈笑道。

"真的？"

"不哄人，我的大号就是钱裁缝。"

"那好，我有办法了。"

我外太奶郭玉兰笑嘻嘻地出了门，约一顿饭工夫，返回家中。

"北斗巷裁缝铺缺人手，你去试试。"

我外太奶领着钱平到北斗巷，裁缝铺老板打量了一下钱平，觉得钱平这人面目和善，心性温和，便高兴地对钱平说："马大嫂说你会裁剪衣服，我的铺子里缺个师傅，你来试试。"钱平拿起皮尺，给一个刚进门缝衣裳的顾客量了尺寸，写了长宽数据，拿起剪刀，唰唰唰只几下，熟练地裁剪成块。然后上了缝纫机台板，手摇机头，脚踏踏板，只听梭心一阵脆响，一件长衫就做好了。穿在客人身上，十分合身。裁缝铺老板喜不自禁，当即谈好工钱，留在铺子里。

这样一来，钱平以裁缝的身份为掩护，处境更为安全。组织派人到联络点我外太爷马殿选家交代任务，我外太奶郭玉兰以给女儿裁剪衣服为由，将钱平叫到家里，与党组织的人接头。而钱平需要外出工作时，我外太奶郭玉兰就到裁缝铺，找个借口，帮他请假或者替他干些活。

这样过了三个月，党组织觉得我外太奶郭玉兰不仅思想进步，而且对敌斗争机智灵活，入党条件成熟。就由牙含章、钱平介绍，加入了共产党。我外太爷马殿选夫妇入党后，在中上层人士中做了大量工作，介绍李仰珍等二十多人，参加了地下党组织。

我奶奶经常提起钱平，晚年我父亲朱小勤带着我奶奶到西宁看望他。我奶奶和我父亲陪钱叔叔坐在阴凉的院落内，他的孩子们都去上班了，偌大的庭院没有一点声音，阳光软软地洒下来，竟是一片斑斑驳驳的阴影。一排老房子，一样的屋檐儿和院落，干燥的风从北吹到南，拂动着那些老屋顶上的绿草。这是老魏家和一个叫魏家存的孩子成长的地方，那一排房屋，见证了一个苦孩子成长的历程。我奶奶和我父亲陪着寂寞的钱平回忆他们的过去。我父亲从西安回来给我带来了一张2009年6月29日的《青海日报》，上面有一篇曾在解放大西北时担任王震总司令员一兵团军司令部译电员的陈庆春先生，在耄耋之年发表的《西宁籍老红军钱平的传奇故事》文章，真实地记载了临洮联络站的设立和我外太爷马殿选一家人入党的情况：

> 钱平在陇东参加土改结束后，被组织上派往陇右工委做地下工作，负责组织和统战工作。甘南地下党十分活跃，地下党员很多，而且还有武装游击队，这就需要建立一个地下联络站，钱平竟把联络站设在临洮洪帮"五龙山"头子马殿选的家里。1943年，甘南农民起义，这次事变就是历史上有名的甘南民变，马殿选是策划者和领导人之一。起义失败后，大多数领导人被国民党杀害，马殿选的身份没有暴露。钱平到陇右后，经常与马殿选接触，利用马殿选的关系在甘南开展工作。马殿选当时五十岁左右，身材魁梧，性格开朗，疏财仗义。马殿选的妻子郭玉兰思想正直，心地善良，遇事机智沉着，是个阿庆嫂式的

人物，人称马大嫂。钱平住到马家后，马殿选夫妻俩加深了对共产党的了解，他们为地下党做了很多工作，给游击队购买枪支，掩护地下党同志的活动。后来经钱平介绍，两人入了党，后来他们的女儿也入了党。马殿选家成了我党地下工作的交通站，对我党的地下工作做出了贡献。

第三十九章

狼少爷问路

[民国三十六年(1947),临洮,地覆]

 135　狼少爷探路

我奶奶回忆说,陇右工委书记高健君、陈致中,委员牙含章、肖焕章、万良才等先后到临洮指导开展工作,以隐蔽下来的起义骨干和贫苦农民为主要对象,不断发展壮大临洮地下党组织。先后建立了三个区工委、两个党总支和十个直属党支部。发展白九如、李润泽等人入党,在瑞潭乡(今塔湾村)发展了六十名党员。

"汉族地区已经建立了党组织,发展了党员,可是民族地区薄弱呀。马福善在外流浪、隐藏了一年多。"牙含章叹着气对我外太爷马殿选说,"不知他现在哪里?马大哥,党组织让你去寻马福善父子,可有结果?"

"我没见到马继祖,见到了马福善。"

"他在哪里?"

"宁定县水泉乡的高家。"

"他没在康乐?"

"我打发洪帮兄弟,先到冶力关,有人看见他去了康乐景古。我的人到景古,正好碰见何世英的'猎虎队'四处搜查,大肆拘捕起义人员。

虎关三十里铺也有我们的兄弟，偷偷来报，说马福善父子为了躲避国民党的搜查，跑到宁定去了。我不放心别人，亲自出马，走乡串户边收皮张，边打听他们的下落，在八洋沟张家阿玛村，找见了马福善。"

牙含章打断我外太爷马殿选的话说："我们也得到马福善、马继祖等人在宁定、和政、临夏等地转入地下活动的消息。那里追捕得紧吗？"

"真是冰水两重天啊，那里是马步芳的势力范围，由于我们这次大暴动的矛头是反对蒋介石，而不是反对马步芳，因此马步芳对这次大暴动保持幸灾乐祸的态度。他认为，甘南农民暴动削弱了蒋介石在西北的统治实力，对他是有利的。所以暴动失败以后，参加暴动的农民回到家里，马步芳是睁一只眼，闭一只眼。规定凡回家后把枪支和弹药全部交出来，安分守己当良民的，他就不加追究。所以马福善宁定一带的起义军，很多人没有被杀，基本都保留了下来。"

"他们在当地的活动情况如何？"

"马福善在当地并未活动，因为他们回家以后，地方官吏不准他们在社会上公开露面，也不准与亲戚朋友往来，更不准在当地打土豪。"

"难道他们都被国民党转化了吗？"

"不是这么回事，如果他们过洮河去，在临洮县、洮沙县、皋兰县境内打土豪，马步芳默许，不反对，但是打土豪回来后，要给马步芳当地的驻军分一部分，或送一笔钱，他们也就不闻不问，装作若无其事的样子。"

"这就好，只要他们心不变，我们派人跟他联系。"

"明德同志，我去吧？"我外太爷马殿选请求。

"不，发展回族党员，我们要派一个回民去。"

不久，党组织派回民党员马永祥到回民地区。

马永祥是成县的回族。十五岁时在回族军阀三少君马廷贤部当兵，后被裁减，流落到兰州、宁定、东乡等地。民国二十五年在环县参加红军，加入共产党，并赴延安中央党校学习。民国三十五年，受甘肃工委派遣，任陇右工委委员，赴陇右地区开展党的地下工作。

天寒地冻，雪花飞舞，马永祥来到兰州闵家桥，轻轻敲响了三十号家的大门。

"你找谁？"门开了一条缝隙，一个女人在里面小声问。

"九功张咀人在家吗？"

"是骆驼吗？"

"不是，一匹马。"

暗号对上了，里面的女子将门一下子打开。

开门的是联络站张子丰的夫人常秋英。张子丰夫妇在老友肖焕章、支部书记钱平等人的影响下，已经加入共产党。民国三十六年地下党苦无活动经费，肖焕章密往西安军官纵队找张子丰商量筹集。张子丰夫妇将半生积蓄折合黄金十五两的法币资助地下组织活动，将左轮手枪和五十发子弹交给肖焕章自卫。我奶奶说起张自丰，竖着大拇指，说这个人对钱财看得淡，对党的事业看得重，解放后甘肃省委书记孙作宾亲自批示：用张子丰同志的钱如数归还。张子丰却推辞说："只要有了党的事业，我们夙愿已偿，要钱何用？"

常秋英放马永祥进来，顺手递给他一把笤帚。马永祥扫掉身上的雪，跟着常秋英进了北房。肖焕章和牙含章早到了，围着炉子烤火。马永祥刚从延安到庆阳时，经由孙作宾、陈成义批准加入共产党的肖焕章扮作商人，在庆阳以开小客栈为掩护，进行党的地下工作。马永祥在客栈当了一年伙计。牙含章是陇右工委的领导，也常见面，彼此很熟。

"坐这边，热火些。"

"有什么任务？"马永祥拉过一条凳子，坐下问。

"我们想在回族地区发展党员，但由于历史上遗留下来的回汉之间的民族隔阂，加上国民党的宣传，胡说共产党来了要消灭宗教，所以许多回族群众对党怀有恐惧心情，不敢和我们接近。发展回民党员比较困难，考虑到你是回民，组织想派你去。"

"行，我听组织安排。"

"你的任务是摸清底子,掌握清楚回民区的情况,暗访那些参加过甘南起义的贫苦农民,哪些人变节投降了,哪些人还在坚持战斗。"

于是马永祥就化装成羊贩子,走街串巷,深入回民乡村。跟农民一块睡土炕、钻羊圈、进寺院、做礼拜,他很快摸清情况,报告给牙含章。马永祥的情报中,陇右工委最关注的还是马福善父子,他和肖焕章商量后决定,让马永祥在当地找一个可靠的回族地下党员,试探一下马福善父子的态度。

几天后,马永祥到临洮联络站,交给我外太爷马殿选一封信,让他送给牙含章,第二天他来取回信。我外太爷马殿选立即将信送到牙含章处。牙含章拆开一看,信中写道:"康乐县地下党支部中有一个回族党员,叫马有才,外号狼少爷。此人参加过甘南起义,系马福善部下,现回家务农,和马福善仍旧秘密来往。"

"老肖,你知道马福善手下有个狼少爷吗?"

"狼少爷,知道知道,是个骨干。"

"人怎么样?"

"很可靠!"

牙含章笑着把信递给肖焕章,他细看一遍说:"派狼少爷去最合适。"

"怎么跟他交代呢?"

"好办。马大哥给马永祥传个口信,让马永祥告诉狼少爷,洮阳街上有个皮匠铺子,那是白眉毛开的,狼少爷知道。立春那天,我在皮匠铺里等他。"

第二天,马永祥住进了我外太爷马殿选家的客马店。

"马大哥,回信呢?"

"一句口信:肖焕章立春在白眉毛皮匠铺等狼少爷。"

"白眉毛是谁?皮匠铺在哪里?"

"你只管传话,知者自知。"

马永祥在我外太爷马殿选南房住了一晚,天明仍扮成羊贩子,去了康乐景古城，在萨巴寺碰到了狼少爷，传了口信。

白眉毛是狼少爷的结拜兄弟，在边家湾阵亡。他祖上就是皮匠，狼少爷一听肖焕章在白眉毛家等他，心知肚明，立春那天就来了。

狼少爷认识肖焕章，但他是王仲甲部的副司令，自己很少接触。

"肖司令约我，有什么事？"

"你的情况，陇右工委都清楚。今天请你来，想派你去试探一下马福善父子的态度，你敢不敢去办这件事？"肖焕章开门见山地问。

"有什么不敢的，我马上去办！"狼少爷毫不犹豫地说。

狼少爷在宁定县高家村找到了隐居的马继祖。经过多次的谈心试探，断定他们父子非贪生怕死之辈，革命意志依旧坚定。到了秋天，马继祖提出了加入共产党的要求，马福善则愿做一个"朋友"。狼少爷将试探的情况报告给肖焕章。

"他们要求见你一面。"

"行，我去宁定见他们。"肖焕章说。

"这不行，宁定县是马步芳军队的防区，他们特别叮嘱我，不便在宁定境内跟你见面，要你约定时间、地点，他们准时到来。"

"农历四月十八晚上在你家见面如何？"肖焕章想了半天说。

"好，我通知他们。"

狼少爷家傍山而建，是一所独门独户的农舍，掩映在翠绿的榆树林中，四面没有人家。到了约定时间，牙含章、肖焕章、马永祥三人来到院外，向房顶上扔了一块土块，就听见里面有人咳嗽。接着一阵脚步声响，大门拉开了，狼少爷伸出半个头来，低声说他们早就来了，就将他们任迎进去，又闩上了大门。

肖焕章和马福善这两个共过患难的朋友相逢了，他们亲热地握住了手。

"你的臂伤好了吗？"

"全好了。"

"能打枪吗？"

"能！就是阴雨天有点疼。马大哥，你怎么样？"

"他们到处抓我，我东躲西藏，跟他们玩捉迷藏。"

"哎呀，你们别忙着说话，快进屋。"狼少爷说。

进了屋，肖焕章将牙含章和马永祥介绍给马福善。牙含章仔细打量了马福善。清油灯下，马福善一脸白胡子。发动起义的时候，马福善已是快六十的人了，是起义军首领中年纪最大的人。马福善身旁站着儿子马继祖，三十左右，也留着小黑胡子。旁边是马福善的外甥马海明，二十出头，脸皮白净。

脱鞋上炕。马福善激动地向牙含章详细谈了起义失败后的境况。

说话间，狼少爷的妻子端来了热腾腾的揪面片。她还把家里的一只下蛋的母鸡宰了，招待大家。他们边吃边谈。

"现在国内形势非常好，解放战争的枪声打响后，战争推进很快。东北的辽沈战役刚刚结束，我们歼灭敌人四十七万，敌人损失四个兵团、十一个军部和三十多个师。解放军兵力上升至三百万。国共双方的正负位置，已经颠倒过来了。毛主席预计，只要从现在起，再有一年左右的时间，就可能将国民党从根本上打倒了。"牙含章吃完饭，放下碗筷，兴奋地说，"国民党垮台的日子不远了，国民党一垮台，马步芳非垮台不可，我们回汉人民都要获得解放。"

在座的连同马福善父子，都激动万分。

马福善说："啊，经了那么多事，我觉得还是共产党好，红军好，共产党领导我们，我非常拥护。但是我今年已经六十四了，老了，干不了多少事了，我不愿做一个挂空名的共产党员。我愿意和你们做个朋友，帮你们做些事情。"

马继祖说："我去年秋天，就向狼少爷提出加入共产党，他说创造条件，等待时机。今天我专门到狼少爷家里来，还是这个话，我要入党。"

马福善说："我的儿子还年轻，他愿意参加共产党，跟着你们干！我非常赞成，就看他够不够当一个共产党员的资格。"

牙含章和肖焕章互相看了一眼，会心一笑。

"入党的事，我们明天说。"

"老肖他们走了一天路，累了，时间也迟了，现在睡觉。"狼少爷说。

可是脱衣钻进被窝后，因为兴奋，几个人都竟然没有瞌睡。

"老马，你最近探听到肋巴佛的消息了吗？"肖焕章开口问。

"十二师吕继周进驻卓尼康朵、勺哇，到处散发传单，下达命令：饥民团匪首王（王仲甲）、肋（肋巴佛）、马（马福善）等无论逃往何处，一经发现，就地处决。当时我和佛爷还没有分开，有人把传单拿给我们看，佛爷气得大骂，派他手下得力干将塔义去联系卓尼北旗总管杨麻周、旗官曹达拉，还有聋子头人，佛爷亲自到寺儿坝子鼓动四方百姓，他站在台子上，大声讲：国民党杀我番民，毁我寺院田庄，硬性撤除卓尼土司制度，挟持尕司令——"

"谁，尕司令？"肖焕章打断了马福善的话。

马福善知道他误解了，笑一笑，解释道："这个尕司令，不是民国十八年河湟事变的马仲英。卓尼土司杨积庆在博峪事变中被杀，他的长子杨昆遇害，次子杨复兴承嗣父职，任洮岷路保安司令，由其母杨守贞暂行摄政。杨复兴司令年仅八岁，人们都称尕司令。"肖焕章哦了一声。马福善继续说："佛爷讲：国民党挟持尕司令，将我番民不当人看待，希望你们率部起来，和我们一起打击国民党！佛爷鼓动，番民群情振奋，不少人参加了肋巴佛的部队。"

"杨麻周、曹达拉、聋子头人，这些人有什么反应？"

"塔义到卓尼北山时，杨麻周已接到杨一俊的口谕——"

"杨一俊是谁？"

"他是临潭县县长兼保安司令聘请的少将参谋长，杨一俊的口谕是：关于饥民团首领，省上早有命令，无论在何处，如发现就地枪决。关于肋、王、马等，只要不扰乱我卓尼地方，可劝其他往，或暗送出界，切莫杀害。"

"杨麻周执行了这个口谕？"

"他才不听杨一俊的话呢，塔义一到，杨麻周就说，我跟佛爷走。肋巴佛大喜，亲到北山，与杨麻周、曹达拉、聋子头人插剑盟誓，誓与国民党周旋到底。杨麻周指示部下杨才尕，暗中组织四十名壮士，就在盟誓的这天夜里，潜入康朵寺十二师团部，趁他们熟睡，打死了一个营长、一个连长、一百名士兵。"

"打得好！"牙含章爬起身，激动得叫好。

"你们都没睡着？"

"你讲得这么得劲，瞌睡都跑了。"

"快说，后来呢？"马永祥追问。

"杨麻周亲自出马，带着二十名亲信，直奔禅定寺，接杨积庆夫人杨守贞和杨复兴司令，准备以他们为首领，号召卓尼四十八旗藏民同国民党抗衡。"

"好，干得好！"

"可惜杨守贞拒绝前往北山，将杨麻周扣留在禅定寺。"

"为什么呀？"

"杨守贞她是考虑到土司家族的统治地位，不愿意跟国民党翻脸。"

"阶级立场不同嘛，没必要大惊小怪。"牙含章说。

"那曹达拉呢？"肖焕章问。

"杨才尕袭击康朵寺十二师团部后，一名姓陶的团长率兵前往北山镇压。洪帮陡建平、李识因、汪鼎臣等得知消息，分头通知杨才尕等逃脱。那天晚上黑灯瞎火的，国民党也没搞清楚人是谁杀的，都以为是肋巴佛干的，陶团长就逼旗官曹达拉交出肋巴佛。曹达拉说，要人（肋巴佛）没有，要命到多麻山上见！陶团长离开北山，曹达拉吹起螺号，集合四百藏民，在多麻山设下埋伏，趁大雾弥漫，歼灭国民党军三百人，杀伤一百人。"

"杀得好！"马永祥激动地叫了一声。

"十二师师长吕继周暴跳如雷，扣押了到冶力关参加'剿灭残匪'军事会议的卓尼司令部参谋长杨一俊、头目杨俊、营长杨赛高、连长杨国华及警卫等三十名代表，枪毙了手枪队队长梁书拉，警卫连连长宗其秀。从禅定寺抓走了杨麻周，甚至把气撒到了给国民党通风报信的杨喇嘛头上，把他也给枪毙了。"

"杨喇嘛是内奸，跟肋巴佛作对，杀他不冤。"

"狗咬狗，一嘴毛。"肖焕章幸灾乐祸地说了一句。

"可是多麻山一战，吕继周对我们恨之入骨，到处通缉。我不得不从藏区冶力关一带撤回到康乐。"马福善翻个身，继续说，"肋巴佛也从卓尼离开，转到莲花山、白石山一带，过了半年多的洞穴生活。"

"后来呢？"

"我派兰布衫和华家老四去联络。兰布衫回来说，肋巴佛到夏河以俄旦寺为据点，组织了一支武装，联络拉卜楞的杨延虎，计划腊月里攻打夏河城，不料被敌发觉，保安队包围了俄旦寺。突围中肋巴佛受伤，由一个牧民背着，去了和政县松鸣岩，藏匿在山洞中。"

"他现在何处？"

"因为马步芳搜捕甚紧，他化装成商人去了宁夏，听说在马鸿逵部任营长的好友范新民处避难。前几天，洪帮传信说，他与范新民母亲同回了宁和。"

牙含章扭过头来，从炕那头对肖焕章说："老肖，老马这个消息很重要，咱们必须找到肋巴佛。"肖焕章在黑暗中点头应答道："好，派人去找。"

"时候不早了，都休息吧。"牙含章朝窗外一望，夜已深沉，提议道。

"困了，睡！"肖焕章打个哈欠，扯开了呼噜。

这一段日子，为了发展地下党组织，他们提心吊胆，吃不好，睡不着。在狼少爷家，他们放心大胆地睡了一个完整觉。直到太阳挂到东山顶上才起床。这才发现狼少爷夫妇把大门从外面锁了，从院子里隐约看见，他们夫妇在山梁上干活的身影。牙含章笑着推了推肖焕章，拿手指着山梁说："老肖你看，狼少爷真细心，他给我们放哨呢。"肖焕章不好意思地笑道："这一觉睡得真美，太阳照到屁股上了。"牙含章说："休息好了，咱们开会。"

洗过脸，牙含章、肖焕章、马永祥三人经过研究决定，吸收马继祖入党。肖焕章和马永祥做入党介绍人，编入狼少爷所在的党支部。

牙含章拿出一面旧旗，他在这个小院子里四处看看。秋冬的艳阳下，只有北面五间泥巴房，昨晚他们就睡在那里。此时太阳普照，泥巴房给人一种独特的暖意。牙含章站在那面泥墙下看了很久，它虽是一面土墙，在太阳底下却很亮，牙含章决定把红旗挂在这面墙上，就在狼少爷院中为马继祖举行简单的入党仪式。

马继祖站在这面旗下，向大家宣誓："我坚决反对蒋介石、国民党！反对马步芳、马步青、马鸿逵等以及回族中的地主老财！我坚决拥护共产党，拥护解放军，拥护毛主席；党要我干啥就干啥，我绝不含糊！我永远跟着共产党走！我希望共产党接纳我做一个共产党员。"

马继祖宣誓后，牙含章代表陇右地下党组织宣布接受马继祖为共产党员，免除候补期。介绍人肖焕章、马永祥给他讲了地下党注意的组织原则和纪律，要他仍回宁定县去，在参加过起义的回族和东乡族贫苦农民中发展党员，并约定了接头方式和处理新党员的批准手续等问题。近晌，他们辞别狼少爷，马福善等三人回宁定，牙含章等三人回临洮。

136　马寿天的宴席

马继祖入党后，在不到半年的时间里，在宁定县排子坪、张家湾、老庄、红山湾等地发展了马良义、马良臣、马永成、马良海、马福祥、马有祥、马富祥、马义良、马生文、马国礼、马仲元、马穆萨、马德才等几十个回族和东乡族党员，建立了十几个党支部。而马永祥仍旧以羊贩子的身份，在临洮、宁定、康乐三县的接合部地区——八羊沟、排子坪、张家湾、老庄、红山湾等地活动，领导宁定的马继祖、康乐的辛万年、马青仁等开展党的工作。中共洮衔区工委组织委员孙琳先后在三甲集一带发展了回族马有常、胡占奎、马永贵、马永起、马进昌、马占山、马春发和汉族裴殿斌等入党。中共洮衔区工委的师崇彦、孙西和、田济生等人单线发展了汉族裴俊义、魏春和，回族牟占林等入党。

那些特务和叛徒，时刻盯着马福善父子。

农历四月的一天，他们打探到马福善夫妇回到了康乐虎关乡三十里铺村，立即将消息密报猎虎队。队长常尕子带领十名猎虎队队员晚上摸进三十里铺村，翻进旧庄廓。

马福善听到响声，一骨碌从炕上爬起来，拔枪朝屋外就射。想不到子弹卡了壳，马福善情急之下对炕上的妻子喊道："快，取筷子。"马福善想拿筷子将卡壳的子弹取出来。屋外的猎虎队高度紧张，竟将筷子听成了快枪。吓得大叫："他有快枪！"猎虎队虽说个个有枪，但都是三八大盖，打一发填一发，而快枪有弹仓，能连发连射，近战而搏。猎虎队清楚快枪威力，吓得后退。马福善脱掉衣服，只穿裤衩，左右手各拿一支枪，口中咬一把刀子，趁机跳出窗外。常尕子扑上，手抓在马福善光身子上，滑脱了。马福善连放两枪，拔腿跑了。

何世英听了常尕子的报告，大为恼火，决定在马寿天儿子婚礼上抓捕马继祖。

马寿天是马步芳驻宁定的团长，跟马继祖是远亲。何世英跟马寿天密谋后，派他到安宁，给马继祖下请帖："我的儿子成婚，我们是康乐虎关的乡亲，我还是你们的半个外家呢。马司令能不能赏光，参加我儿子的婚礼？"

"亲戚走动，我来。"马继祖说。

"何专员那天要来贺喜，你敢不敢见面？"马寿天眯着眼睛，挑衅道。

马继祖没想到马寿天真实意图竟然在这里，他瞧着马寿天那得意的脸，心想如果回绝，危险也许没有，可是被马寿天看轻，会到处说他不敢见官，是个胆小鬼。我马继祖乃堂堂男儿，身经百战，国民党正规军都奈何不得，如今你何世英手中只有保安团和警察，我还怕你什么！想到这里，马继祖盯住马寿天的眼，轻视地哼了一声，然后仰天哈哈大笑。

"他不是老虎，吃不了我，有啥不敢！"马继祖大声说。

"你一定来？"

"一定来！"

马寿天暗喜，赶紧返回，到临洮如实报告何世英。何世英拍着马寿天的肩膀，高兴地叫嚣说："哼！好个胆大的马继祖，我叫你有来无回，插翅难飞。"到了那天，何世英带领保安团和几十名自卫队队员，又调来了康乐县保安大队长张宇之及十几名士兵。他们荷枪实弹，杀气腾腾地到马寿天家，坐在堂屋里，等待马继祖。

马继祖为防不测，也精心做了准备。他派马义良、马生文、穆萨、沙德才、尕奴海五个人，身藏手枪，混进马寿天门外的人群中，随时注意敌情，见机行动。另外又布置了十多个人，埋伏在虎关离马寿天家不远的百姓家中，一旦有事，立即奔向何世英，打死他。布置妥当，马继祖牵着两只羊，大摇大摆地进了马寿天家门。

马寿天院子大门与堂屋大门正对，何世英就坐在堂屋正中的太师椅上，眼睛瞅着大门，见马继祖进来，马上从太师椅上站起来，黑着脸跨出门槛。

"你民国三十二年为何要造反，扰害良民，你羞不羞呢？"何世英历声训斥。

"官逼民反，不得不反！当官的一手遮天，敲诈勒索，压榨百姓，不顾百姓死活，官不羞，民何羞？"马继祖义正词严地说。

经过血腥镇压，何世英认为像马继祖这样的人见了他，应该胆怯。可是出乎意料，马继祖不仅没有被他威慑的气势吓到，而且理直气壮地回敬了他。何世英一时语塞言穷，无法对答。马寿天看到何世英没占到便宜，赶快跑过来解围，拉他到席上："算了，算了，快赴宴。"

筵席开始，二人分坐在不同的席上。何世英手在搛菜，心却盘算抓捕，但苦于贺席的人多，怕坏了气氛，没有动手。直到筵席快结束时，何世英打发马寿天去对马继祖说："专员要和你单独谈个话，请你到那桌席上。"

马继祖毫不示弱，大步走过去，坐在何世英对面。

"说实话，我给马寿天团长贺喜是个样子，主要想利用这个机会跟你见个面。自从变乱平息后，你带的那些人，死的死，散的散，伤的伤。我知道你这个人的脾气，在家里闲不住，还是跟着我办点事。"何世英不冷不热地说。

"如果专员不嫌弃，可以为你效劳。"马继祖冷冷回答道。

"好啊，"何世英突然变脸，高声叫道，"高潘贵！张宇之！"

"到！""到！"

随着两声应答，临洮保安团团长高潘贵和康乐保安大队长张宇之跑步过来。

何世英看着马继祖，阴阳怪气地说："你们听着，老马从康乐出发，由张大队长亲自护送，到临洮由高潘贵团长负责安全。"

何世英想趁机抓捕马继祖，马寿天吓坏了。他眼尖，早已发现了人群中马义良、穆萨、沙德才等人，也发现马继祖设了埋伏。万一打起来，自己家成了战场事小，搞不好，新郎新娘还有自己的家人，会命丧黄泉。他举着双手，嘴里不停地叫着慢慢慢，跑到何世英身旁，附在他耳边悄声告诉他："对方已做了准备，千万不能动手，否则，你的安全很难保证。"何世英瞅一眼马继祖，

马福善纪念亭

看到他的手已经放在腰间,手枪隐隐约约地掩在长袍下。

"专员啊,老马要干事,不在乎一时半会儿,让他回去收拾一下东西,改日到衙署报到,那多好呀。"马寿天苦笑着,圆滑地说。

"好吧,那就听马寿天团长的,我们走。"

何世英一挥手,带着保安团和自卫队出了马寿天家。

虽然这一次何世英的抓捕阴谋失败,但他对马继祖盯梢盯得更紧了。随着全国解放步伐的加快,敌人更加疯狂地追捕马继祖。马步芳新编骑兵军中将军长韩起功,派康乐尕马阿訇马忠清到处探听消息,准备暗杀马继祖。

情况凶险,为确保马继祖生命安全,陇右工委决定,送马继祖去延安。

1949年2月,马继祖带领马义良、马生荣,渭源的高苇舟等三个汉族地下党员,在地下交通员张建国的护送下,前往延安。他们一行七人,历经艰难困苦,多次闯过敌人设置的关隘哨卡,进入甘肃工委所在地元城子,由庆阳地委秘书长陈成义派专人,送到延安西北党校少数民族班学习。直到解放后才随解放军返回临夏,担任宁定县县长,兼任回民游击队队长。

牙含章和肖焕章离开狼少爷家回到了兰州。

 行个道场

那天飘着零星的雪花,天气阴冷,冻得牙含章不住地跺脚。他到邮政局寄了一封信,出来站在街头,看见二男一女说着话朝这边走来。无意中听到熟悉的乡音,抬头一瞧,牙含章惊讶看到了两张亲切面孔——他的侄子牙克新和牙英华。

"克新、英华,你们咋在兰州?"牙含章兴奋地说。

"啊,二叔。我和英华为了逃避抓兵,跑到这里了。"牙克新转身看

到叔叔，高兴地回答。

"二叔你好！"牙克新身边的女的微笑着向牙含章问好。她衣着朴实无华，却天生丽质，水汪汪的大眼睛，白皙的皮肤，十分貌美。

"我结婚了，这是我的妻子王玉秀，王仲甲的女儿。"

"哎呀，你们结婚了，啥时候？"牙含章感到一股热流在全身涌动。眼前是王仲甲的女儿，陇右工委苦苦寻找王仲甲，想不到他的女儿却跟侄儿在一起。

"两年前起义失败，岳父带着全家避居牙家嘴我家，我托邻家搬媒。岳丈有意对我说：'我正是闯了大祸事的王仲甲，你怕不怕？'我说：'你走的路，正是我想走的路。'这样他就放心了。将玉秀嫁给了我。"牙克新说。

"你们知道王仲甲的下落吗？"到了住处，吃罢饭，牙含章问。

"在岷县，带着一百多人打游击呢。"王玉秀说。

"你们给我当帮手，好不好？"牙含章含笑问道。

"好得很。"

"牙克新你到岷县找王仲甲，牙英华你到松鸣岩，找肋巴佛。"牙含章向两个侄儿布置了任务。后来经牙含章介绍，牙克新和牙英华都加入了地下党。

牙英华去了一趟宁和，打探肋巴佛。牙英华自小在宁和长大，熟人多，朋友多，很快掌握了详情，给临洮联络站送来一封信。

我外太爷马殿选将信交给牙含章，他拆开一看，信上写着：

"大爷：八爷病情已好转，于甲申年阴历腊月离开宁和，先到塔尔寺进香，后到汪阁寺还愿，再赴宁夏银川治病。丙戌春回宁河梁家庄韩三喜家，由范奶奶、生生、韩三喜送回松鸣岩后壕沟。八爷思念亲人，想雪天在寺里行个道场。"

牙含章看完信，扭头看着我外太爷马殿选。

"要我去送口信吗？"我外太爷马殿选问。

牙含章默默地将信递给我外太爷马殿选说："你看看。"我外太爷马殿选看完信。牙含章说："马大哥你说说，这是啥意思？"我外太爷马殿选笑道："好事。我也打听到，肋巴佛在那里，秘密召集各方亲信，筹集粮草。信中说，他想行个道场，我估计他想入党。"牙含章露出了笑容，轻松地说："我也这么想，你给我准备个骡子，我去见他。"

入冬落了第一场雪，松鸣岩变成了一片银白色的世界，牙含章骑着骡子进了云雾弥漫的峡谷。山谷中空无一人，只有苍劲挺拔的松树，落满了皑皑白雪。骡子驮着他一直到南天台下，他从骡背上下来，蹚过小溪，攀上石梯，直达山腰处的庙宇，信步上了菩萨大殿。

肋巴佛在这里等候好久了，他历经艰险坎坷，终于迎来了盼望已久陇右地下党领导人。他们在大殿里整整畅谈了六小时，肋巴佛详细向牙含章汇报了开展武装斗争的情况，千辛万苦寻找党的经过，郑重地提出了入党的要求。牙含章全神贯注地看着这位肋巴佛，频频点头。

会面结束，牙含章在寺院里吃了饭，当天返回临洮。

农历腊月十一晚，按照和牙含章商定的计划，肋巴佛由赵尕地护送，离开宁河。经三十里铺、甸子街、渭源、张家川，到达陇西，经夏尚忠、李永发介绍，与肖焕章、毛得功、杨友柏等人会合，见到了陇右工委负责人。在陇西北山坡河洼村，肋巴佛、郭化如、杨友柏等人，由高健君、牙含章介绍，一同入党。1947年6月，陇右工委派牙含章和肋巴佛赴延安学习。

这一天早晨，天空有些许阴霾，灰蒙蒙的天空，伴着微微清冷的风，下着丝丝细雨。肋巴佛和牙含章怀揣着从陇西一个保安队搞来的两个身份证，带足干粮和盘缠，化装成农民，背着行李，离开陇西，踏上了赴延安的征途。他们步行两天，到了华家岭。肋巴佛在山顶上看到了两只喜鹊。在这落寞荒凉的地方，看到两只喜鹊，他俩心情非常愉快。翻过华家岭，天色已晚，就在山脚下找户人家借宿。这一带，终年很少下雨，每年需要的水，全靠冬天积雪融下来的雪水。在这儿问人家的财富，不问有多少钱,而问有几缸水。水是他们囤积居奇的东西,冬天囤着,夏天高价出卖。早晨起床,牙含章和肋巴佛听到屋外房主跟一个人讨价还价,牙含章跑出去一问,原来一辆国民党运货的军车水箱没水了,司机提着水桶从西兰公路过来买水。牙含章上前搭讪,问司机去哪里,司机说去西安,牙含章就给了几块大洋,搭上他的车。

我奶奶说,那年头在西兰公路(从兰州到西安)来往的汽车很多,地下党专搭军车。他们有个专门的称呼,叫"钓黄鱼"。牙含章和肋巴佛上了车,看到车上装载着许多军用品,不知是什么东西,但司机为了给自己多弄几个钱,车厢上坐了不少"鱼客"。

过了三关口,就上六盘山。极目远望,只见一片荒凉,沿路只能看到几间残破的屋子,差不多走一两里路,才能看到两三处有几户人家的地方。途经平凉安国镇三十里墩时,突然感觉车身剧烈晃了几下,紧接着车辆朝右侧翻倒在公路上。车厢被摔烂,成箱的军用品翻滚到公路上。车上人全部受了伤,有几个人当场死亡。

肋巴佛只听"轰"的一声巨响,大货车倒了下去。他觉得自己走进了一个村子,村里有一座寺,老人们在转经、念佛。寺院的墙上挂满了密密的牦牛头骨,转经筒一个挨着一个,吱吱呀呀地转动。梳着白色小辫的达木草,穿着藏袍的年旦增,还有他的母亲、哥哥,坐在秋天的阳光里,身体一前一后地摇摆,拉动转经筒。他们温暖地对着他笑着。

天上淅淅沥沥地下起了雨,不知过了多长时间,牙含章苏醒过来,慢慢从翻倒的车厢里爬出来,发现车下的路面被压塌,砸出了一个大坑。他的头部裂开了一个三寸长的口子,用手朝头一摸,手上全是血。他忍受着剧痛找到肋巴佛,发现他的头部被砸烂,已经没有了呼吸,这一年,肋巴佛年仅三十一岁。

第四十章

血泼了一炕

[民国三十七年（1948），临洮，游祸]

 **138　勇闯景家楼**

我外太爷马殿选一进家门，就对我奶奶马云英说："快去叫你李家爸，有要事。"我奶奶马云英马上到北斗巷裁缝铺，叫来钱平。

"好消息，我打听到王仲甲了。"我外太爷马殿选高兴地说。

我外太爷马殿选清楚地记得，那是1943年农历六月的一天晚上，史鼎新神色不安地偷偷找到他说："马大哥，你快和我一块出城。"我外太爷马殿选问："这时四城门都关了，有何事急着出城？"史鼎新忧心忡忡地说："我得到可靠消息，明天'宣抚团'就要离开临洮，军方要大规模清乡，我们必须找到王仲甲，商量对策。"我外太爷马殿选担忧地问："到处是国民党的兵，你怎么到衙下？史鼎新说，我是西北民主政团的主任委员，就以绅士身份、'劳军'名义出城。"我外太爷马殿选匆忙戴上皮帽，腰里别上一把手枪，带史鼎新到城门。连走了两个城门，守门的都是生面孔，到西门，却见保安小队长白占虎骑马从城门口经过，此人是洪帮成员。我外太爷马殿选大叫一声白老弟，白占虎听到有人叫他，勒住马头，扭头朝声音处一看，见是我外太爷马殿选，赶紧下马过来问道：

"马大哥有什么事？"我外太爷马殿选说："我们出城。"白占虎问："这么黑了，你们出城干啥？"我外太爷马殿选说："下午绅士劳军，我兄弟跟我喝多了，酒醒才知耽搁了正事，我要连夜出城，送兄弟到劳军团，否则，要招领队批评。"白占虎牵着马，领他们到城门口，命令手下，打开城门。他和史鼎新出了城，趁黑来到临洮南乡黎家山山神庙，找到王仲甲、肖焕章、王星恒等人，告诉险情。当时大家共同商量了两条应变措施：一是集中一些人撤向陇东，奔赴延安；二是埋藏枪支，单人离开险地，保存实力，以图再举。王仲甲连夜上了莲花山，收集苟登第部起义军失败后散落的枪支，下山后与肖焕章在柴松山下相见。此时形势日紧，各山口、各路口，国民党重兵层层把守，拉队伍去延安，已不可能。王仲甲便遣散了余部，潜伏下来。从此，除了街头巷尾何世英的"猎虎队"张贴的悬赏五千大洋缉拿王仲甲的榜文，我外太爷马殿选再也没有听到他的一丝消息，王仲甲似乎从人间蒸发了。

"他现在怎么样？在哪里？"钱平听到我外太爷马殿选的话，显得很兴奋。

肖焕章和吴建威等人在临洮鹁鸽崖突围后，肖焕章臂部受伤，辗转到兰州，伤好后多次到衙下，没有联系到王仲甲。只听他单独活动，常在古坟、山洞、荒村独户中栖身，神出鬼没地打击敌人，陇右工委多次派人找他，却音信全无。

"刚才我到县府开会，碰到自卫队分队长赵永发，他胳臂上绷着纱布，我问他，老兄你咋了？他说是王仲甲打的，差点丧命。"我外太爷马殿选说。

赵永发捕杀起义军将士和家属，在临洮城名声很大，钱平知道他的大名。

"在哪儿打的？"

"衙下集。他说八月的一天，他到衙下清乡，走村进户，没有搜捕到人，以为太平无事，到乡长赵益三家中，躺在大炕上吸大烟。刚吸了两口，窗口出现个人影子，他一眼瞅见是王仲甲，来不及拔枪。王仲甲就对着他，从窗外放了一枪，打在胳臂上，血溅了一炕。他滚下炕装死，这才捡了一条命。"

"王仲甲真该一枪打死他！"

"这家伙吓得丧魂落魄，跑到临洮城，不敢下乡。"

"这么说，老王仍在衙下？"

"他行迹不定，但我断定，他在莲花山一带。"

"有什么依据？"

"临洮上层，偷偷在传，说国民党为了对付甘南起义，专门设了第九行政公署，委派军统特务何世英当专员。可是何专员除了到处张贴通缉令外，连起义总首领王仲甲的一根毛都没有抓到，谷正伦多次当面讽刺朱绍良。气得朱绍良大骂何专员，命令何限期抓捕。何世英带着一个班的地方武装，驻到莲花山脚下的望莲乡（今莲麓乡）景家楼，长期蹲守，扬言抓不到王仲甲，誓不罢休。谁知有一天，景家楼来了三个人。为首的头戴毡礼帽，眼戴墨镜，身着长衫子，手拄文明棍。随从的二人，一个提皮箱，另一个牵马，大摇大摆地到景家楼，守卫的人挡住问：'你们是谁？'随从回答说是景古乡乡长，找何专员有公事，并问何专员住在哪个房间。守卫见他们来头不小，就指着楼上说：'靠右第三间。'谁知那为首的就是王仲甲，他们大踏步上了景家楼。王仲甲单手提枪，直奔何世英房间。何世英正在批阅文件，突然一支枪口对准他的脑袋：'不准动！'何世英问：'你是谁？'只听王仲甲痛斥道：'你天天派人抓我，扬言抓不到我誓不罢休。今天我亲自上门来了，你却认不得我，告诉你：我就是王仲甲！'何世英吓得魂不附体，他万万没有想到，外面重兵把守，王仲甲却神出鬼没，出现在景家楼。他一时间呆若木鸡，不知如何是好。这时只听耳边咔咔声响，这是子弹上膛的声音。何世英意识到自己性命不保，立刻跪地求饶：'别开枪，小人久闻王司令大名，今来有何指教？'王仲甲训斥道：'我走到哪里，你就跟踪到哪里，不仅不能安静地吃上一顿饭，而且连群众也被闹得鸡犬不宁！'何世英颤抖着说：'王司令有什么吩咐尽管说。'王仲甲说：'日本投降了，蒋介石在东北、华北连吃败仗，你的灯放亮些，西北迟早要解放，你与人民为敌，没有好下场。'何世英连连点头：'王司令刀下留人，何某照办。'王仲甲说：'你给我供些子弹。'何世英擦着满头的汗说：'王司令你要什么东西，尽量去拿吧！那个墙上挂的手枪也给你！'何世英拿出了两百块银圆、一箱子手枪子弹，还有两碗大烟，送给他。王仲甲下令何世英送他出境。何世英走在前面，王仲甲跟在后面，行了一里多路程，王仲甲才喝退何世英，撤了伏兵，向临潭、岷县方向去了。"

"那两个随从是谁？"

"都说是肖焕章、姚登弟。但是我们清楚，肖焕章前天还在兰州，他不可能和王仲甲在一起。姚登弟却极有可能。"我外太爷马殿选说。

"依你看，这事当真？"钱平思忖半天，问。

"应该是真的。"

"为什么？"

"我也想了，一是县府里的人，对这事讳莫如深，越是这样，说明这里面一定有事。二是何世英大张旗鼓地到莲花山，可是没出半月，却悄无声息地撤了兵。原来逢会必讲清乡，对抓捕盯得很紧，自从莲花山回来，却只字不提清乡，来了个大转弯，怪诞得很。昨天我到何世英办公室，他情绪低落，长吁短叹，发牢骚说什么当官一阵子，到头来性命难保。三是军统特务提供地下党的名单，交到他那里，他不似往日那般穷追不舍，而是睁一只眼闭一只眼。"

"这个情况很重要，马上报告工委领导。"

 **安积寺演电影**

晴朗的天空下，工委正组织地下党组织做解放前的准备。工委领导

得知此情，认为随着解放军在前线战场捷报频传，从专员到县长、保长，清乡势头减弱，各级官吏反共态度也出现了微妙变化。他们开始考虑后路，连何世英都不愿表现得太积极。

这个形势，对发展地下党组织、壮大党员部队，极其有利。工委认为要抓住时机，在比较进步的乡镇和保甲人员中发展地下党员，并派遣地下党员，通过竞选担任乡镇长和保甲长，把基层政权掌握在地下党员手中，使其成为明为"国"、暗为"共"的两面政权，争取合法斗争。

决定形成后，工委命钱平和我外太爷马殿选分头出发，通知工委委员和临洮地下党各支部书记，两天后的晚上到联络站开会。

这一天，我外太奶将脚马店打扫得干干净净，凡是来投宿的客人，都以客满为由，被挡在客栈之外。又腾出北房大炕，预备给远处的同志居住。她还烙了一篮大饼，煮了一锅洋芋。

我外太爷马殿选家仅有几亩薄田，全家主要靠小杂货铺维持生计，属于贫困家庭，可是我外太奶郭玉兰对革命同志，从不吝啬，出手大方。我奶奶马云英看到母亲烙大饼，面柜中只剩了一小撮面，满面不高兴，努着嘴嘀咕："面都挖完了，明天吃什么？"我外太奶郭玉兰拍着我奶奶马云英的小脑袋，开导说："云英，你别不高兴，嘴别翘那么高。只要人民得解放，过上好日子，现在我们再苦一些也不要紧。一定要让来的同志吃好、睡好。"我奶奶马云英依旧绷着脸说："郭连城有权有势，他的妻子在我们家又吃又住，一分钱也不出。"

郭连城是专署参谋，黄埔军校第十七期毕业生。曾在宁夏银川加入"贺兰山堂"，因了这层关系，到临洮后拿着"贺兰山主"的禀帖，来拜舵把子，与我外太爷马殿选结成兄弟，被他发展成为地下党员。郭连城外出执行秘密任务，将他的妻子安排到我外太爷马殿选家居住。郭妻胆子小，经常担忧丈夫安全，心情烦躁不安。夜晚失眠，睡不着觉，动不动就发火，训斥人，因此我奶奶马云英不喜欢她。

"我的好孩子啊，郭叔叔一家是辽宁人，家叫日本人占了，他们大老远到这里，人生地不熟，难啊！你年纪小，可是心胸要开阔，不能小气啊。"

"那他们吃饭，饭钱该给一点吧？"

"同志一家人，你怎么说这种话！"我外太奶郭玉兰变了脸，随手打了我奶奶一巴掌。

"……你节衣缩食，舍不得吃，舍不得穿。……凡是家里能卖钱的东西，你和爸爸都变卖了，全部支援了地下党。给他们吃，给他们住，还给钱……姐夫只有一件毛料制服，结婚那天只穿了一次，舍不得穿……存放在我家，你却给了李家爸，姐夫和姐姐，心里多难受……"

"他们没难受，我看你难受！"我姨奶马云莲结婚不久，女婿何其敏也是地下党，在共同的对敌斗争中，与我姨奶马云莲情投意合，结为连理。

"我才不难受呢……"我奶奶马云英擦着眼泪说，"我上学买不起书，抄写同学的课本读，十多岁了还没穿过一件衫衣……可你给李家爸订阅报纸，添置衣裳，爸爸还给李家爸活动经费，我……我、我没提过意见，可你不该把姐夫的毛料制服给李家爸，那是他唯一的结婚礼物……呜……我是心疼你们……"

我奶奶马云英难过得哭了起来。

女儿一哭，我外太奶郭玉兰眼圈也红了。她将女儿拉到怀中，替她擦掉泪水，抚摸着女儿的头说："你是个共产党员、支部书记，应该懂事。"

自我外太爷马殿选家被确定为联络站以来，三年中人员往来频繁，开过无数次秘密会议，传递过无数次封信件，可是从未发生过一次事故，得到工委领导多次表扬。钱平认为这是因为我奶奶马云英姐妹掩护工作做得好，经过考验，就介绍我奶奶马云英加入了共产党。给她交代任务，要她多接近联系进步同学，了解情况，在相好可靠的同学中发展党员。我奶奶马云英先后发展了曹永康、王世英、魏华和马云莲四人为党员。为了在学校中串联同学，宣传党的政策，揭露黑暗，经党组织批准，五人成立了党支部，我奶奶马云英任支部书记。但不管怎么说，她还是个十六岁的女孩儿，看到家里入不敷出，心疼父母，发点牢骚，也是情有可原。

但是我外太奶郭玉兰不这么想，她耐心地给女儿讲道理："不要说在穷乡僻壤，就在临洮城，看看老百姓，个个皱着眉头，叹气呻吟，穿没有穿，吃没有吃，过着不生不死的可怜生活。他们的粮食、金钱，都被军阀民贼以种种手段抢夺了。他们的儿子和兄弟，都做了替死鬼。你爸爸和李家爸，还有郭连城，都是地下党员，他们提着头干革命，为了啥？还不是为了不要款，不要粮，不征壮丁，不要杂税，替老百姓解除痛苦。他们随时都有危险，今天活着，明天碰到敌人，说不定就死了。我问你，一件衣服和一条命，谁重要？"

"命重要！"

"就说李家爸一身烂衣上街，像什么？"

"要馍的或者叫花子。"

"那他怎么为党工作？"

我奶奶马云英一时语塞，被问住了。

"衣服是人穿的，有钱了还可以买。革命工作一刻等不得，错过了时机，会人头落地，会血流成河。李家爸穿着你姐夫的毛料制服，那是为了革命工作，他到县府，到集镇，到人前头，穿得烂，被人以貌取人，干不成事。李家爸不是常跟你讲革命道理，还给你许多革命书籍吗？你学到哪里去了？"

"妈妈，你别说了，我懂了。"我奶奶马云英说。

"这就对了，今晚咱家许多人要来开会，你咋办？"我外太奶郭玉兰故意问。

"站岗放哨，我干了好几年了。"

我奶奶虽说是个孩子，有时也使点小性子。但是论资历，她应该是个老革命了。她从很小的时候，每次开地下会，她和姐姐马云莲、马云梅，不分寒冬酷暑，或雨或雪，从不懈怠。

"郭连城的妻子训你，你咋办？"

"劝慰她。"我奶奶马云英笑了。

"那好，过一会儿他们就到了，咱们快准备。"

太阳落山，牙含章第一个来到联络站。这段时间，他以木商掌柜的身份隐蔽在衙下镇赵家集村洮河沿木匠铺。

这个铺子是吴生荣开的。他在洮河上买了两副木筏，开了个木工铺子。牙含章将这个铺子作为联络点，自己当木商掌柜，刘余生的外甥冯生祥，已被他发展为地下党，就当了木工掌尺。

牙含章利用这个联络站，以卖家具为掩护，由吴生荣做联络员，在洮河以东王玉明家、三甲王宇山家、苟家滩王万涛家、衙下集贾天海家、卡子陈生德家，建立了联络点。吴生荣、刘志昌、支世荣、刘学琨、杨星武、靳学书等一批民变骨干，先后参加了地下党，建立了十六个党支部，发展了一百多名党员。这些支部中，由牙含章亲自建立的远锋支部和仲甲支部最为著名。今天晚上，这些支部的书记都按约定时间进了城，秘密聚集在我外太爷马殿选家的客栈中。

"现在形势大好，解放军开始大反攻了，敌人四面楚歌。上级要我们开展两面政权活动。"在座的党员，未听过两面政权，觉得新鲜，好奇地盯着牙含章，他呷口茶，解释道，"其实这并不是新鲜事，许多地方都在搞，在敌占区，敌强我弱的情况下，让我们的人担任他们的职务，搞他们。就像刘鸣，担任国民党的紫松乡乡长，却干我们的事情。"

"你是说，发展乡保长？"

"对！"

"我姑舅田裕民是临洮自卫队分队长，我去发展他。"刘余生姨表兄冯生旺是刘余生在临洮东乡冯家沟养伤期间发展的地下党员，他第一个站起来说。

"我去发展玉井乡乡长陈宝鼎。"

"何其敏跟瑞潭乡乡长张文熙是莫逆之交，让他发展张文熙。"

"专署参谋郭连城，我已经介绍他入党，他妻子就住在我家。我想让郭连城直接去做何世英的工作，你们看如何？"我外太爷马殿选说。

"马大哥，你太大胆了，何世英能发展吗！"有人提出不同意见。

"我看可以，让郭连城去试试看，他虽有血债，可只要放下屠刀为我们干事情，我们欢迎。"牙含章看了钱平一眼，几个人商量了一下。牙含章表态道。

我外太爷马殿选就让郭连城去试探，谁知这家伙虽然自被王仲甲教训后对清乡不太卖力，但思想顽固不化。不仅训斥郭连城，还说要深挖细究他思想动摇的根源。郭连城看到时机不成熟，考虑再三，暂时停了下来。

郭连城这边碰了钉子，我姨爷何其敏那边却收获很大。经过反复多次深入工作，他将瑞潭乡乡长张文熙发展为地下党员。张文熙发展了户籍干事陆兆才、经济干事师进德、农会干事周晓天、乡丁林应元、吴满学、全乡九个保长等。

"武工队缺枪，你能弄到吗？"我姨爷何其敏问。

"自卫队分班长杨培林跟我是好友，我去打探一下。"张文熙说。

张文熙私下找到杨培林，谈了想法。

"走着看。"杨培林答应道。

星期六晚上，杨培林值班，他盗出一支手枪，连夜送给张文熙。第二天自卫队内部追查，拷问值班的杨培林，他受刑不起，交代手枪卖给了张文熙。专署连夜逮捕张文熙，严刑拷打，逼问谁是共党。张文熙一口咬定买枪是为了加强乡公所自卫，死不承认自己是共党，更没有吐露组织的一丝消息。

事发当天，我姨爷何其敏第一时间告诉我外太爷马殿选，让他设法营救。

我外太爷马殿选一面在上层人士中奔走，一面请求参议长宋鹭宇出面向何世英求情，并动员绅士担保。此时的何世英，不知看到了或者感觉到国民党大势已去，表现与昔日截然不同，释放了张文熙。

随着春天的到来，洮河的流冰慢慢融化。地下党员们好像睡眠的冬麦，一点点复苏，生长起来。他们利用各自的合法身份向陇右工委领导提供情报和通行证件。包吉庆利用玉井邮政代办所的便利，随时向陇右工委提供已获得解放的城市名单；杨怀祖、王宜之在民教馆秘密收听陕北新华社广播，将全国解放战争进展情况及时汇报给陇右工委领导。

如同春天里的暴风雪，不甘心失败的国民政府，在黎明即将来临的时候，在临洮城也来了一次风搅雪。不过和过去抓壮丁不同的是，这一次，他们精心策划实施了一个骗局。

"正月十七的晚上，安积寺唱大戏呢。"

"怪了，十五的火堆跳过，年就完了，唱什么戏，不去！"

"唱完大戏，还演电影呢。"

"为啥？"

"县府贴出布告，说好些年没玩社火，这次政府慰问呢。"

虽然连续多年城里没唱过大戏，但，这戏，从小到大，人们总是听过那么几回，并不陌生。电影却是个新玩意儿，除了一些大人物在外地看过，绝大多数临洮人从未看过，也不知道是个啥。

"幕布上的人又跑又跳，活着呢。"

"还有声音呢，哭啊叫的。"

"一张布，人咋上去呢？"

"我也说不清，自己去看。"

"哎，这得看看。"

城里城外，尤其是年轻人，都被吸引到安积寺。来的人多，县府决定，先放电影，再演大戏。电影演完，人们正在兴头上，场上几盏大气灯突然打亮，县府的科长拿着喇叭喊：男女各站一边，娃娃站女边，站好后看大戏。人们没有反应过来，按照科长的吩咐，分列站好。大戏开始了，可是演员换了，上场的都是国民党党政军及保公所的工作人员。他们团团将男队围住，登记造册。

"哎哟，这是抓壮丁！"

人们这才反应过来，有人想跑，可是县城四门紧闭，全城戒严，武装军警荷枪实弹，倾巢出动，男丁们插翅难飞。他们折腾了大半夜，抓了三十多名壮丁。其中有公务员、教师、独子，有绅士的孩子，也有贫困居民。

"爸爸、姑舅爸（袁良珍）和何其敏，昨晚被抓了壮丁。"我姨奶马云莲第二天一大早哭丧着脸跑来告诉我外太爷马殿选昨晚发生的事。

"胡来，抓他们，学生咋办？"

"他们疯了，哪管学生。"

我姨奶马云莲话音刚落，地下党城区直属支部书记魏发科气喘吁吁地踏进门。

"马大哥，昨晚的事你听到了吗？"

"我知道点大概，云莲刚才还说呢。"

"全城恐慌不安，街头巷尾议论纷纷，我们该咋办？"魏发科问。

"跟他们斗！"我外太爷马殿选回答。

"咋斗？"

"你派人去找参议杨干丞，知名人士边仙洲，民政科科长何念伯。我到洪帮兄弟们家里去，让他们动员壮丁家属，他们不遵守《兵役法》，咱们就大闹县府。"我外太爷马殿选说。

第二天，魏发科、我外太爷马殿选、王奎等人带着壮丁家属，闯进县府说理。我外太爷马殿选以《兵役法》规定不征学生、独子"为由，质问张祥生县长，那些妇女则哭哭闹闹，要儿子要丈夫。这场以欺骗开始的"征兵"，经此一闹，县府弄巧成拙，上下灰头土脸，无法收场，迫使县府释放了被抓壮丁。民国官方报纸登载："县政府大抓壮丁，妇孺、孤寡成群大闹公堂。"

城中抓壮丁失败，县府的眼睛便盯住了乡下，可是有了这次经验教训，党组织通过我外太爷马殿选家的联络站，已向四乡的地下党员传递信息，让他们动员群众，抵制抓壮丁。这年夏天，省武装警备直属大队周传贵果然带一个连到瑞潭抓壮丁，九个保长及时通知青壮年外出躲避。周传贵带着人马，在各村庄搜查追捕，捆绑吊打百姓，闹得鸡犬不宁，但一无所获。玉井乡乡长陈宝鼎得知消息，先行躲藏，周传贵到乡上，见不到乡长的面，住上几天，只好回去。

周传贵没有抓到壮丁，气急败坏地向上级报告。

"必须以军法审判抗兵肇事者！"

"共产党在作怪，要抓人，要清查。"

"把马殿选抓起来，看他闹！"周传贵叫嚣。

"马殿选是洪帮头子，一动，那些下苦人跟着动，乱民刚压下去，这一块我们不能碰，不能动马殿选！倒是那些共产党，到处煽风点火，危险得很。让户政室根据侦查室提供的名单，对外声称查户口，暗中抓人。"

然而他们还沉浸于过去的那个年代，他们没有意识到，在短短的三年内，地下党组织如同雨后春笋般蓬勃发展。从最高机关到最基层的保公所，一些重要的岗位，一些重要的人员，已经顺应潮流，或者成了地下党员，或者站到共产党一边。因此当侦查室拟定的清查名单刚送到户政室，联络站就收到了情报，我外太爷马殿选第一时间通知师崇彦、孙琳、巩发俊等地下党员和民主人士杨干丞，他们提前藏匿或出走，使他们的阴谋破产。

多次扑空，敌人恼羞成怒。他们变换花样，采取突然戒严、突然袭击的办法盘查往来人员，企图抓到地下共党。那天张祖忍从兰州来找我外太爷马殿选和牙含章，传达万良才的指示。他们刚刚落座，一只狗汪汪叫着冲进了北房。

"快，你带明德（牙含章）同志从后门出去，到张维汉三奶奶家。明德你记住，你是张维汉弟弟张维子。"我外太爷马殿选急忙站起，推了张祖忍一把。

"怎么了？"

"没时间了，你快走，记住我的话！"

张祖忍是联络站交通员，也是洪帮成员。他来不及多想，半信半疑地带着牙含章到三合巷张维汉三奶奶家。张祖忍前脚走，自卫队后脚进了门。看到院里只有我外太爷马殿选一个人。我外太爷笑着向自卫队说："兄弟们这么匆匆忙忙的，有什么事吗？"分队长黑着脸不吭声，挥手让队员搜查了各房间，一无所获，装模作样地要来户口本看看，悻悻地走了。

张祖忍领着牙含章到三合巷，张祖忍从后院翻墙离开。牙含章环顾四周，见门口堆着一大堆猪粪，院子东面，有个猪圈，顺手拿起一把铁锨，跳进猪圈，背起粪来。背了不到十背筐，新肥刚压了旧粪，就见自卫队进了门。一帮人看看粪堆，瞅瞅猪圈，搜搜房间，就围了过来。

"查户口，你是谁？"

"张维子。"

"你在这里干什么？"

"我是张维汉兄弟，我给三奶奶除粪呢。"

自卫队正在盘问，张维汉在临洮步校当书记官的亲戚王敬芳和当文书的四叔张文郁走进来。二人一齐站住，训斥自卫队的人："这是我侄子，有啥查头，还不快去。"待自卫队离开，张文郁走上前来，拉住牙含章的手说："马殿选打发我来，现在全城戒严，搜捕共党。你快换上衣服，我护送你出城。"说着将一套军装拿来，牙含章赶紧脱下旧衣，穿上军装，在张文郁的掩护下出城脱险。

事后牙含章问我外太爷马殿选："难道你能神机妙算，怎么知道自卫队抓人？"我外太爷马殿选笑着说："我又不是诸葛亮，哪里能算！这要归功于我的小女马云英，她训练了一只狗，领着它在巷口玩耍，一有险情，打狗来报。"

牙含章听后笑道:"啊,真是个聪明的姑娘,将来全国解放,我带她出去干工作,你可放心?"我外太爷马殿选哈哈大笑:"我当然愿意。"牙含章抽着烟,又问道:"我有一事不明,我怎么成了张维子?"我外太爷马殿选笑一笑:"你跟张维子,个头长相,都很像。他是筏子手,常在水上漂,一年大半时间不在家,你扮他,连装都不用化。"

"你这个洪帮大哥真精明,怪不得甘南民变那么大的风浪,你的身份一直没有暴露。"牙含章听后大笑,手指着我外太爷马殿选说。

"我这都要是跟王仲甲学的,哟,我问你,老王有消息吗?"

"我派牙克新联系,到现在还没有回信,急死了。"牙含章说。

 **叠藏河滩的死尸**

焦灼的期待中,时间一天天过去。山上的枫树由绿变红,火红的枝叶在秋风中摇曳。叶落霜降,到秋天最后一个节气,联络站终于收到牙克新的来信,我外太爷马殿选立即将信送到牙含章那儿。牙含章扯开一看,信上说:"我已到兰州,父病已好,望于月末来兰一晤,如来及时,可一起去看他……"

这是牙含章事前跟牙克新约定的暗语,牙含章立即到兰州。

"我找到了岳父,他听到我带去的消息,高兴得一夜没有睡觉。岳父说,他早想和共产党挂钩,就是找不到门路。老肖找到了门路,把你带来,这是给陇右数百万受苦受难的百姓办了一件了不起的好事。他表示一定出来和我们一起干革命,继续斗争,他还要求参加共产党。"牙克新激动地说。

"游击队就缺像他这样的人,他什么时候来临洮?"牙含章问。

"这个问题不好解决。他是出了名的人,认识他的人很多,如果公开到临洮或陇西来,就有可能被敌人认出来,那就白送了性命。所以他觉得到临洮和陇西去的计划不好执行。他问岷县有没有地下党?如果有,离西固近,认识他的人少,他和岷县地下党发生关系。问这样行不行?"牙克新如实说道。

"王仲甲考虑周到,意见也有道理。"牙含章高兴地说。

但是陇右地下党目前在岷县的局面还没有打开,也没有建立起地下党支部。牙含章再三考虑,决定派地下党员华振邦、石应华、冯世仪到岷县,一则策反县长孙伯泉,二则与王仲甲接头,约定牙含章赴岷县与王仲甲会面,共商大计。

华振邦四十岁。早年曾和岷县县长孙伯泉在新编十三师陈圭璋部共事。两人关系不错。石应华三十多岁,地下党员,参加过甘南起义,奉党组织派遣,以卖壮丁名义打入保四团当兵。两人动身前,牙含章告诉华振邦我外太爷马殿选的客栈地址,叫他们按这个地址给牙含章写信。

华振邦一到岷县,找到孙伯泉县长。孙伯泉不忘旧情,安排他到县政府兵役科搞兵运。不久,华振邦给联络站老友我外太爷马殿选写来了一封信,我外太爷马殿选马上转给牙含章。来信说:"事情顺利。兵役科科长出缺,我被任命为科长,石应华为科员。我说服县长,他同意嫁女。司令高兴。"信中虽然用的是隐语,但牙含章心下明白,说明策反孙伯泉起义的事已有眉目,司令高兴,就是找到了王仲甲。

不到半个月,我外太爷马殿选又接到华振邦的来信,我外太爷马殿选立即送到南乡窝子。牙含章当着肖焕章的面,扯开信:"孙伯泉与省保安司令部联系,我被任命为岷县自卫大队长,委任状已经下达。接洽到一位很重要的朋友,要与明德见面,务必到岷县。"牙含章和肖焕章商量,决定由牙含章去岷县与王仲甲接头。

石应华

牙含章搭了一部军车，给了司机三块大洋，只身从临洮前往岷县。

军车开到岷县城东，过了叠藏河大桥，牙含章站在后车厢，看到原本荒凉空旷、不见人影的河滩里，人头攒动，人声嘈杂。有两三百人在河滩里围观，但军车在桥上没有停留，他看不清，更不知道这些人围观什么。

一进城，下了车，牙含章看到街道两边，国民党军队荷枪实弹，全副武装，气氛很紧张，县城里的人惶惶不安，一派紧张气氛。

牙含章预感到县城里出了大事，决定到张汉良杂货铺探个究竟。

三年前甘肃工委派他和高健君到陇渭，他俩按肖焕章提供的联络地址，辗转到岷县南关张汉良杂货铺接头，寻找化名"李耀南"的毛得功。张汉良外出，他留下等待，高健君到渭源汪家衙关正堂家找毛得功。他在杂货铺等了三天，等到了张汉良，但张汉良不知毛得功的下落，他只好在杂货铺等高健君的消息。后来杨友柏岳父找到毛得功，高健君赶回，杨友柏、高健君和他三人在张汉良家跟毛得功、郭化如等见了面。前后一个月，他都在杂货铺，跟张汉良很熟。

"你干什么来了？咋，这时候到岷县？"张汉良一见他，吃惊地问。

"出了啥事？"牙含章反问。

"有人告密，说王仲甲到了岷县，住在离城二十里的一个村子里。今早保二团三百人包围了那个村子，抓王仲甲。人逃走了，没抓住。抓住了和王仲甲住在一起的青年人，因受重伤，抬到河边就死了。死尸就放在河滩里，人们都去看是什么人。"张汉良对着牙含章的耳朵说。

牙含章这才明白，原来人们在叠藏河滩围观的是那个打死的青年。

"打死的究竟是什么人？"牙含章紧接着问。

"兵役科的一个科员，姓石，还没有查清楚呢。"张汉良说。

牙含章心里叫声不好，他断定石应华已经牺牲了。

走出杂货铺，牙含章想探知华振邦的安危，但不敢直接去找，就想起了岷县的一个地下党员。此人名叫孙甲丁，兰州师范学院学生。此时正值寒假,各大学校放假,孙甲丁肯定回家了。他边走边打听,来到孙甲丁家。

"牙大哥,你是稀客呀。"孙甲丁笑着把牙含章迎进家。

"我要你去打听一件事。"

"什么事?你说!"

"你到县政府,打听一下岷县自卫大队长华振邦的情况。"牙含章言简意赅地将张汉良告诉他的情况复述了一遍。

"这好办,我有个同学就在县府当秘书。"

孙甲丁去了不多时就回来了,告诉牙含章,华振邦的身份没有暴露。

牙含章长舒一口气,这才放下心来。

孙甲丁招待他吃了晚饭,睡在孙甲丁家。建议把师范学院的几个学生中的地下党员找来,和牙含章见面,开了座谈会。

第二天一大早,牙含章离开孙甲丁的家,到华振邦住所。

房门紧闭,华振邦还没有起床。

牙含章轻轻敲门,华振邦拉开门,慌忙让他进去。

"到底是怎么回事?"一进门,牙含章就悄声问。

"我给你发了一封信,你见到了吗?"华振邦反问。

"我是看了信才来的。"牙含章说。

"老王想和你见个面,派人来找我,打听情况。我和石应华、陈重魁以催壮丁为名,到小西乡驴叫河,在王仲甲部下李华云家接头。由于叛徒告密,第一行政督察区专员孙扬升派保二团团长郑兆期凌晨带领岷、礼两县保安团、自卫队包围李华云家。李华云腿被打断,石应华向野外跑去,不幸腹部中弹被捕,他们把受伤的石应华抬了回来,到叠藏河桥头时,石应华流血过多死了。他们剥光了他的衣服,陈尸河滩示众。我也被怀疑监视,好在孙伯泉百般庇护,我才未遭逮捕。你马上走,多留一会儿,多一份危险。"华振邦低声说。

"谁告的密?叛徒是谁?"牙含章问。

"不知道啊。丁宗南、杨贵卿、封三宝、严明、谭天禄这五人是称霸岷县的土豪,对我们恨之入骨,特务郭明武、郭跃非,也有可能,但他没有证据,搞不到一点线索。"华振邦沉痛地说完这些话,马上让牙含章离开县城。

甘南民变部分成员留影

"你确实看到王仲甲突围了?"

"真真切切,他趁草屋着火,逾墙突围朝良恭乡方向跑了。"

牙含章离开县城后,仍旧搭了一部军车到会川,然后从会川转到渭源。

为了查明实情,牙含章从临洮挑选了两个精干地下党员,派他们到岷县暗查叛徒,打探华振邦情况如何。

过了八天,两个地下党员回到临洮报告详情:

王仲甲突围时,一颗子弹从头皮飞过,划破了头皮,受了一点轻伤。他一口气跑了五十里,脱离险情。保二团追了十几里。时值深秋,田里庄稼高,树叶密,遮住了追兵视线,看不到王仲甲跑到那里去了。保二团在抓住石应华的同时,还抓到了一个叫"杨排长"的人,这个人究竟是不是告密者,搞不清楚。华振邦调到保四团,暂无大忧。

第四十一章

他们的后来

（1949年以后，陇原大地，开日）

 141 自卖壮丁

随着形势的变化，地下党组织的秘密活动越来越多，地下党员频繁出入联络站，房屋狭窄。我外太爷马殿选拿出所有积蓄，腾出来三间南房、五间北房，增加客房，扩大客栈规模。又在后院修了几间简易房子，西墙开扇大门，形成了单门独户的庭院。客栈和庭院，还有暗门与之相连，若有紧急情况，地下党员可从暗门逃脱。

1949年5月一个寂静的夜晚，我外太奶郭玉兰安顿好客栈的一切，从暗门回到后院自己的小屋时，孩子们已经进入了梦乡。

屋里有点热，她爬上炕，打开一扇窗，外面一片漆黑。

"马大嫂，开开门。"伴随着轻轻的敲门声，她清晰地听到了一个声音。

五月的夜晚并不是很冷，我外太奶拉开门出去。黑暗中一只野猫叫了一声，突然蹿上房顶。我外太奶是个大胆的人，她丝毫感觉不到恐惧。可是快走到门口时，一个念头忽然蹿出来，她想，可能是抓兵的吧？这么一想，她马上返回屋，将睡梦中的我舅爷拉起来，藏到猪圈。因为这

段时间，随着解放军的不断胜利，马步芳派韩启功抓兵，凶得很，连十多岁的童子都抓开了。

藏匿好儿子，我外太奶郭玉兰镇静自若地去开门。

"谁？半夜三更的。"

"马大嫂，我，我是钱平。"

我外太奶郭玉兰听出了声音，拉开门，三个身影闪了进来。

"我有急事，进屋说。"

我外太奶郭玉兰点着油灯，看见钱平和那个人穿着崭新的国民党军装。

"你们咋穿成这样？"

"马大嫂，我当了兵。"

"你被他们抓了壮丁？"我外太奶郭玉兰问。

"我们不是被抓，是自卖壮丁。"钱平笑道。

"咋回事？"

"陇右工委接到西北局和甘肃工委习仲勋、张德生、马文瑞、孙作宾、范明等领导同志的指示，要求陇右工委派出立场坚定的共产党员，打入敌营做兵运工作。我们根据上级指示，就自卖壮丁，要去搞兵运工作。"钱平小声说。

"你瞒得严实，你啥时从临洮走？"

"我已经离开临洮了。"

"啊，我咋不知道？"

"你是否记得，去年夏天你家来过一个胖胖的军人，身高马大，大眼睛，浓眉毛。右眼上一个大痣的？"钱平提醒道。

"是不是保四团的华振邦连长？他是老马的朋友。"

"对。华振邦要到河州接新兵，我把这一情况报告给上级。工委派王效忠和我，通过马大哥找华振邦，以卖壮丁的名义打入了新兵连。我们共卖得一千大洋，作为陇右工委的活动经费，由马大哥转交给肖焕章了。"

"哟，原来是这么回事。"我外太奶郭玉兰说。

说话声惊醒了熟睡的我奶奶马云英。我舅爷马仲霖听清不是抓壮丁的，也从猪圈里爬出来，跑到上房。我奶奶和舅爷好久不见钱平，拉着他的手，显得很亲热。

"李家爸，你不当裁缝了吗？"

"不当了。"钱平抚摸着我舅爷马仲霖的头。

"你要离开我们吗？"

钱平深情地点点头，我奶奶和我舅爷的眼里，不由得噙满了泪水。钱平将我舅爷马仲霖抱上炕，擦去他眼角的泪水，安慰道："不要难过，等打跑了老蒋，李家爸会来看你们的，给你买好东西。"钱平又转过脸，看着我奶奶马云英说："云英一直是个勇敢的姑娘，在学校要把支部的工作搞好，在同学中多串联些进步青年。离全国解放的日子不远了，你要帮助父母，做好迎接临洮的事。"他们听到这里，都有些激动，大眼睛里闪着光。

"李家爸，你留下来，我们一起迎解放！"

"不行，我还得去兰州。"钱平掀起被子，含笑对我奶奶姐弟俩说，"你们快睡，明天还有事，我和马大嫂到东房，我们有事。"说着离开炕头。

我外太奶郭玉兰扭转身子，跟着钱平进了东房。

"马大嫂，我们要去外地执行任务，你见到牙含章或工委的同志转告一声，可能时间不久就要解放了，在这种情况下，国民党会更加疯狂，我在外一直担心你们全家的安全，你们要特别谨慎从事，防止发生意外。"

我外太奶郭玉兰点头。

"还有一件紧急事，兰州全城戒严，有的地下组织被破坏，马大哥还在兰州，情况不明，你们要特别警惕，听说兰州已派大批特务到了临洮，我们明天一早就离开，眼下我最担心的是你们全家的安全，一定要严密注视。"

"兰州地下组织被破坏,他知道吗?"我外太奶郭玉兰担心道。

"不清楚。"

交代完毕,钱平、王效忠、石英华三人,睡在东房。

天尚未亮,我外太奶郭玉兰已经把饭做好了,饭后他们匆匆离去。

142 抓康明德

钱平走后,我外太奶郭玉兰表面上沉着冷静,心里却十分着急,考虑再三,出门到鞋铺找王云。他是解放军工厂的工人,化名王子龙。我外太奶郭玉兰介绍他当鞋匠,对外叫郭元宝,以娘家侄子相称。我外太奶郭玉兰将王云叫到无人处,告诉他兰州变故。

"我去兰州通知老马,联络站你照看。"

"太危险。"

"不能眼睁睁地等,我得去。"

回到家,我外太奶郭玉兰将我奶奶和我舅爷马仲霖叫到身边,一一交代了家中的事。

"妈妈,兰州戒严,万一你出不来咋办?"我奶奶担心道。

"万一情况紧急,你爸出了意外,或者我回不来,你们要看好家,要严守秘密,半句话都不许对外人说。"我外太奶郭玉兰嘱咐道。

"妈,我不让你去!"我舅爷马仲霖突然抱住我外太奶郭玉兰大腿,哭出了声。

"快松手!云英,你劝住弟弟,你是支部书记,一定要勇敢,看好家,管住弟弟。"我奶奶马云英含着泪点头,拉住我舅爷马仲霖,目送我外太奶奶出了门。

我外太奶郭玉兰到了兰州,直奔南山马家坡。

黄万有师傅家毡匠铺不景气,加之他上了年纪,他从辕门前街搬到马家坡,以卖灰豆子维持生计。我外太奶郭玉兰来过几次,熟门熟路,找到黄万有师傅家。

谁知黄师傅家里没有我外太爷马殿选,我外太奶郭玉兰又不敢吐露实情,只说来看老人。焦急地等了半天,到了晚上,有人敲门。黄万有打开门,意想不到来者竟然是我外太爷马殿选。

第二天,黄万有师傅一家人出门。我外太爷马殿选悄悄告诉我外太奶:河州人侯巨卿、杨松轩建立的两个地下党支部遭到破坏。当时马济华、牙含章、杨松轩等在兰州举院背后的马济华家。在兰州警备司令部工作的鲁子俊得知消息,紧急奔到马济华家报信,叫他们马上转移躲藏。临夏地下支部负责人曹福寿闻讯,立即通知另一个支部的地下党员隐蔽转移。曹福寿连夜逃到永靖叭咪山,马济华逃往外县,而杨松轩因那天喝了酒,虽然得到了消息,但行动迟缓,被捕入狱。侯巨卿、杨松轩、黎瑞亭、申志钧、牙克新、唐仲生六名地下党员,被捕后杀害于兰州大沙沟监狱。朱亮被押到大沙坪用刺刀刺杀。

"牙含章没事吧?"我外太奶郭玉兰问。

"没事。他的侄子牙克新被逮捕,被活埋在尕寺沟秘密监狱。他好多次给联络站送信,你见过,年轻,才二十九岁啊。"我外太爷马殿选回答。

黄万有师傅很迟才回来,后面跟着一个人,说去了一趟医院。我外太爷马殿选一眼认出他身后那个人是临洮城西杂货店老板,地下党员黄玉堂,他常售卖大烟,为游击队筹粮筹款,购买枪支。他一瘸一拐地进来,看见我外太爷马殿选夫妇,吃了一惊。

"马大哥,你们咋在这里?"黄玉堂上前抓住我外太爷马殿选的手问。

"我来看我师傅。"我外太爷马殿选说。

杨松轩

"你们是师徒啊？"黄玉堂看着黄万有问。

"对，早年的师傅。这是我堂弟黄玉堂。"黄万有看着我外太爷马殿选，介绍道。

"你咋受伤了？"我外太爷马殿选看到黄玉堂大腿包着纱布，关切地问。

"临夏旅兰支部遭到了破坏，你可知道？"我外太爷马殿选夫妇是地下党临洮情报联络站的联络员，三人都担负着党的秘密工作。黄玉堂不用瞒着他们。

"我们到兰州打探消息，到底实情如何？"我外太爷马殿选问。

"估计侯巨卿被捕后叛变了，供出了牙含章和我。"黄玉堂说。

"你怎么知道？"

"因为牙含章告诉我，今后侯巨卿每月到临洮找我一次。要我把联系临夏支部的任务担负起来，还将侯巨卿长相、年龄、接头暗号，都告诉了我。我的店里来往的人多，不便谈话，牙含章还把我家的地址也告诉了侯巨卿。这秘密只有我们三人知道。"这段时间，牙含章、肖焕章等率领武工队在临洮南乡活动，临夏支部工作由黄玉堂单线联系，因此他有理由怀疑。

七月中旬的一天夜里，从兰州来了两部美国十轮大卡车，拉来了一百多名马匪军，带着一部无线电台，半夜到了临洮城外，叫开了城门，包围了黄玉堂的家，一拥而进，把黄玉堂夫妇捆绑起来，彻夜进行详细搜查。但是除了黄家的妻子儿女，没有搜出任何人。

"他们把我吊起来，用皮鞭往死里毒打。说康明德是共产党的一个头头，就住在我家，逼我交出康明德（牙含章的化名）。我被打昏过去好几次，但我一口咬定不认识康明德。他们看我不招供，就在院子里生了一盆火，将铁锨烧红了，烙我的脊背、大腿、屁股。"黄玉堂流着泪水，撩起衣服，让我外太爷马殿选看伤。

"那你咋逃脱了？"

"我被打急了,突然想起城里有一个小商贩,名叫康明德,他挑一副担子,常到我的杂货铺进货,到四乡去卖,养家糊口。我就说,我知道康明德。他们就放下我,让我穿好衣服,带他们去抓。康明德这人我常见,但不知道他家在那里,我的朋友邱宝宝知道。我就带他们找邱宝宝,邱宝宝领他们去了康家。恰好康明德不在家,他妻子哭哭啼啼地说:'到兰州去了。'问:'什么时候去的?住在什么地方?'康明德的妻子就说是去一个亲戚家了,告诉了这个亲戚家的街道、门牌号码。他们立即向兰州发电报。过了不到两小时,兰州回电:'康明德在兰州抓住了。'他们就把我放了。我连夜逃出城,躲到我哥这儿来了。"黄玉堂一口气说了经过。

"他吃了苦头,带着伤,走了这么远的路。"黄万有师傅叹息道。

"幸亏临洮城真有个小买卖人叫康明德,特务错将他当成牙含章抓走了,不然我这次不被烧死,也要被活埋掉。"黄玉堂擦着眼泪说。

"你到我师傅家,你妻儿知道吗?"我外太爷马殿选问。

"我没敢回家,他们不知道。"

"我们今天回临洮,你有没有什么话要带?"

"我估计敌人一时上当,过后发现抓错了人,肯定还要到临洮,再来抓我和牙含章,你设法通知牙含章,不要进临洮城。再告诉我妻子儿女,锁了门,到娘家避难去。我的家,马大嫂给照顾一下。"黄玉堂流着泪说。

"家你放心,我去照看。临洮城紧张得很,钱平昨夜来报,大批特务到了临洮城。"我外太奶郭玉兰长舒口气,将钱平的话原原本本告诉我外太爷马殿选和黄玉堂。

"看来,他们是冲着牙含章去的。"他俩默默地听完后说。

"那我们要不要在这里躲藏几天?"

"不用,躲在这里,反而引起他们的怀疑。"

说话间,黄万有师傅端来了饭菜,大家吃了。我外太爷马殿选掏出一笔钱,给两人留下,让黄玉堂安心养伤。夫妇匆匆赶回临洮。

143　天亮了

特务在临洮大肆搜捕。可是不管多大的暴风骤雪，总挡不住春天的脚步。如同倒春寒，担惊受怕的日子很快就过去了。这一天，地下党秘密联络站来了一个名叫窦志安的陇右工委的同志，他带来了振奋人心的消息。

"临洮要解放了！"

"真的吗？"我外太奶郭玉兰惊喜交集地张大嘴。

"真的！解放军挺进甘肃，已过了黄河。"

"解放军万岁！好了，好了，这下好了，压在我心头上的石头总算落了地，同志们的安全再也不用操心了。"我外太奶郭玉兰含着热泪，激动万分，说话的声音不由得提高了。急得我外太爷马殿选连忙阻止："小声些，你叫老豆说。"

"工委要求我们做好迎接工作。把消息通知给情报员，让他们迅速传播到每个地下党。地下党员去宣传，让群众了解共产党，了解解放军，了解我们的政策，打消群众的顾虑。"

我外太爷马殿选按照窦志安的指示，秘密通知了交通员。

消息瞬时像长了翅膀，传遍全城。县府起初辟谣，没几天，知道掩蔽不住，也不去管它了。而国民党各级机关，人心惶惶，都在寻找后路。

临洮城里城外，坏人趁火打劫。

"国民党要完蛋了，马步芳坐镇兰州，企图阻击解放军。临洮城现在乱得很，我们组织了以马殿选、闫永祥、张治卿等三十多人临时城防委员会，维持地方秩序，城防委设在隍庙。在这种情况下，我不能住在联络站。马大哥，你给我安顿个住处。"窦志安蹙着眉头，低声对我外太爷马殿选说。

"住到屠安良家。"我外太爷马殿选思忖半天，口气坚定地说。

"这个自卫队队长是恶霸，我听说你受尽了他气。住到他家，安全吗？"

"我了解这人，正因为恶霸，干尽了坏事，他才怕共产党来了会收拾他。他才会竭尽全力保护你，以求保命。"我外太爷马殿选胸有成竹地说。

果如我外太爷马殿选预料，窦志安住进屠安良家，不但安全有保障，而且屠安良一反常态，对临时城防委员会很积极。

解放军第一野战军胜利结束宝鸡战役，临洮地下党组织活动便大胆起来。城区工委派人对专署、县府科级以上的头头，逐一秘密调查，造册登记，还将敌物资、弹药、枪支也做了调查统计，上报陇右工委，为接管打基础。

我外太爷马殿选一家人，从窦志安到来的那天起，就一直处在兴奋之中。窦志安和郭连城秘密出城，去跟解放军先头部队联系，临时城防委员会的工作落到我外太爷马殿选头上。这段时间，整个县城处于紧张的戒严状态，垂死挣扎的敌人，疯狂地反扑，趁机到处抢劫财物，杀人放火，为逃跑做准备。我外太爷马殿选发动绅士，组织自卫队，携带武器到学校、街头、医院，防止特务破坏，保护县城。我外太奶郭玉兰和地下党员们挨家挨户到邻居、相识家中，宣传共产党的政策和解放军的纪律。动员群众做军鞋，贡献食品、粮食。告诉他们听到枪声不要惊慌，不要出门，同时还动员群众张灯结彩，给解放军做饭，动员商人照常营业。

一向冷清的学校，出现了生机。

我姨爷何其敏和我奶奶姐妹俩，根据工委所拟定的口号，连续几天，在家中秘密书写了上百多张欢迎标语，由我奶奶马云英姐妹俩藏在衣服内，带进了学校，分给曹永康、王世英、魏华等同学保管，等待解放军攻城的前夕，黑夜上街散发、张贴。

1949年8月15日，为了取得兰州战役的胜利，彭德怀副总司令命令王震部队，突然从宝鸡天水渭源三路进发，十万大军兵临临洮城下，切断马继援第八十二军退路，肃清兰州外围。马步芳守军在临洮西桥头阻击，但此时的敌军已是强弩之末，哪里能抵挡。仓皇逃窜之机，放火点着了西门外洮河上的浮桥，顿时浓烟滚滚，火光冲天。

王震司令员从会川急调解放军一兵团二军工兵团，我外太爷马殿选当时是城区街道支部书记，他和工委的同志一道，动员全城木匠、铁匠、水手，配合一百二十名工兵抢修洮河浮桥。他们从洮河上游放下木排，钢绳串木，只用二十八小时搭了一座临时浮桥，大军浩浩荡荡过了洮河。

1949年8月16日，临洮城街道两边，人山人海。群众准备了茶水、鸡蛋、饭菜，迎接解放军。我外太爷马殿选带着一家人，挥舞着彩旗，站在欢迎队伍中。

临洮第一面五星红旗在城头挂出。

太阳从东方升起，红旗迎风飘扬。

临洮解放后，遵照陇右工委安排，临洮临时县委书记牙含章分别召集了地下党支部书记会议，动员知识青年参军。我外太爷跑前忙后，发动群众，短短的两天时间，报名参军者达三千六百多人，形成了父送子、妻送夫、兄弟姐妹相争、师生、同学、父子、夫妻同时参军的动人场面。我奶奶马云英支部的魏华和她的丈夫、妹妹一同参了军。

牙含章来到昔日的联络站，握着我外太爷马殿选的手说："现在解放了，马大哥马大嫂再不必为我们担心受累了，组织上还要给你们分配工作。你的女儿云英在地下工作中表现很好，我把你的女儿带走，在我身边工作，你们愿不愿意？"

"咋不愿意啊，你带走，她是党的人！"我外太爷马殿选哈哈大笑。

"我会照顾好她的，你们不必操心挂念。"

"交给你，就交给了党，我们放心！"

就这样，我奶奶马云英和曹永廉、王世英随牙含章去了河州。牙含章当了第一任专员，我奶奶马云英被分配到地委工作，曹、王二人到了军分区宣传队。由于工作出色，我奶奶马云英很快成为民族地区首任妇联主任。

144 青山依旧

王仲甲从岷县小西乡驴叫河突破重重包围，带着岷县南川巴仁村的高龙林，河州一个回民队员尕马，匆匆前往岷县梁恭乡斜崖村，找旧部队员杨龙祥。到了杨龙祥家门口，王仲甲命高龙林和尕马，隐藏在后山林中警戒。自己独自一个人走进了杨龙祥家。

王仲甲并不知道，此时的杨龙祥，早已叛变。他于王仲甲到来前，杀害了前来报信的王仲甲的亲信李巴子，夺取了李巴子带的长短枪各一支、白洋八十元。

"啊，我的王司令，我终于把你盼来了，快上炕。"杨龙祥假装殷勤地说。

"我派李巴子来，你没见他到吗？"王仲甲问。

"见了。我正等司令呢，你啥时召唤啥时走。"杨龙祥心虚地说。

"李巴子人呢？"王仲甲并没有怀疑杨龙祥。

"你快上炕喝茶，他在后院。我叫他去，再弄点吃的。"杨龙祥说。

杨龙祥走出北房，径直到外屋。李巴子确在后院，不过已成死尸。那两个杀害他的人，杨龙祥的同伙刘生贵和马成庆，就暗藏在隔壁外屋。这两人也叛变了，他们三人暗杀了李巴子，正等着王仲甲自投罗网。杨龙祥一进外屋，那两人就拥上前来悄声问："王仲甲来了吗？"杨龙祥点头说："来了。"刘生贵说："那我们就动手。"杨龙祥说："我到厨房端一碟馍，趁他不备先下手，你们听到我的喊声，冲进来杀他。"

王仲甲从小西乡驴叫河跑脱，走了五十里路，加之受了轻伤，又渴又饿。一手端茶一手拿馍，埋头吃喝。杨龙祥看到时机已到，从炕底下拾起一把利斧，大喊一声，猛扑上去，向王仲甲乱砍。因王仲甲松懈不备，头、臂、腿数处受伤。

刘生贵和马成庆听到喊声，立即端枪冲进堂屋。刘生贵开了一枪，没有打中王仲甲，子弹从他腹部擦过。马成庆见状，手持一把大斧，扑上去，朝王仲甲大腿上砍了一斧头，接着又连砍三斧头，王仲甲倒在血泊之中。

三人一拥而上，将王仲甲捆绑起来。

"去，到乡公所报告。"杨龙祥扭头对吓得目瞪口呆的侄子说。

杨龙祥侄子惊醒过来，撒腿就往岷县梁恭乡公所跑。隐藏在山林中的高龙林和尕马，听见枪响，又看见一人从杨龙祥飞奔而出。想去救王仲甲，却见一群人拿枪的拿枪，拿棍的拿棍，在杨龙祥家里跑来跑去，知道出事了，就撤走了。

梁恭乡乡长傅建廷得报，立即率乡干事唐世忠、四名自卫队和十几名民夫赶到斜崖村，用担架把王仲甲抬到梁恭乡。梁恭乡当时归宕昌区管辖，宕昌区区长刘震连夜从宕昌调来自卫队二十名，用卡车将王仲甲送到岷县专署。

"这只老虎终于抓住了。"岷县专员孙扬升听后大喜。

省长郭寄桥严令孙扬升："不惜任何条件，不惜任何方式，务必抓到匪首王仲甲，活要见人，死要见尸。"孙扬升压力很大，多次设埋，多次逃脱。最让孙扬升怀恨的1949年6月的一天，孙扬升得到联保人员密报，说王仲甲在大河东边活动，急派一名营长带五十人，乘车连夜前去抓捕，凌晨四点包围了王仲甲住宿的穆姓人家，却被穆姓一个妇女发现，立即狂声大喊，将王仲甲惊醒。他一手执长枪，一手执短枪，口咬一把大刀，冲破包围，扬长而去。

"煮熟的鸭子，不能再飞了。不能出一点纰漏，保二团要派得力干将秘密押送，连夜动身押往兰州。"孙扬升向保二团团长郑兆期下达命令。

当夜，郑兆期亲率几十名士兵，用一辆绷了篷布的卡车，将王仲甲秘密押送到了兰州，交给了兰州警备保安司令部司令王昆。王昆又把王仲甲交给了保安副司令、军统特务傅子赍，由他负责审讯。傅子赍调任兰州前任平凉专员兼保安司令，曾向陕甘宁边区派遣特务，进行破坏活动，这时调回兰州，主持兰州市军统工作，负责逮捕地下共产党员，破坏地下党组织。

得知王仲甲被逮捕的消息，省主席郭寄峤等人"殊堪欣慰"，严令傅子赍亲自拷打逼问王仲甲，打开缺口，要他承认是共产党员，供出与共产党的关系，获知地下党及民盟的秘密。

"可惜我和共产党未联系上，若有，局面不会如今日。"王仲甲慷慨陈词。

"小西乡驴叫河打死的石应华，是你的同伙吗？"傅子赍逼问。

"人都死了，问什么！"

王仲甲非常坚强。他自称是彭德怀的代表，赴岷县商议陇南地下工作事宜，彭德怀委派他为陇南游击司令。除此以外，不置一词。如遇讯问，则微笑不答，旁若无人。傅子赍用尽酷刑，王仲甲始终坚贞不屈，缄默不语，保守秘密，保护了包括华振邦在内的许多党员。

在狱中，他对前来探望的堂弟王仲任和保长王耀祖捎话："你们想法方法告诉肖焕章，千万要警惕，防止被敌一网打尽。"

这一天早晨，禹兆南在下沟旅店，翻看7月14日的《和平日报》，突然一条消息跃入他的眼帘："匪首王仲甲已在岷县捕获。"

报纸同时还发表了一篇记者在监狱采写的《访问记》其中写道：

> 王仲甲容貌出众，极为高大。他的武功很好，精明强干。他英勇有为，甚是骁勇，行路甚快，可以双手打枪。被捕后头上斧伤数处，裹着白纱布，右臂斧伤三处，左臂斧伤一处，左腿弹伤，肿得厉害，子弹还没有取出……然仍掩不住两眼发射出来的炯炯光芒。仍然以极清晰的语言……有条不紊地和记者攀谈。

禹兆南立即开始营救活动，他了解到王仲甲被关押在省政府后花园，即派人察看地形，联络内应。正在这里，傅子赍将王仲甲秘密转移。

这一年8月,红旗插遍了大半个中国,人民解放军正迅速逼近兰州。8月26日,兰州战役打响,在强大的攻势面前,省府官员已成惊弓之鸟。国民党甘肃省政府和西北军政长官公署之间,在如何处置王仲甲的问题上,意见分歧很大。以西北军政长官公署上尉专员边固为首的一部分临洮籍官员,同情王仲甲,他们联络了九区专员何世英等一些军政要人,向保安司令部司令王昆、国民党甘肃省主席郭寄峤等说情,营救王仲甲。

国民党危在旦夕。大厦将倾,一木难支。郭寄峤觉得,即使杀了王仲甲,也无法挽回国民党失败的命运,倒不如释放他,给自己留条后路得好,何况王仲甲确实是个将才,又有众多高官求情,便顺水推舟,同意释放。

"王仲甲是名震陇上的大土匪,不枪毙过者,怎么能放。"西北军政长官马步芳听到郭寄峤要释放王甲,极力反对。

"马长官,好多高官替他求情,还是放了得好!"郭寄峤弱弱地争取。

"你把人交给我!"马步芳怒气冲冲地说。

郭寄峤慑于马步芳淫威,不敢做主,便将王仲甲移送西北军政长官公署,按照马步芳的意图,由傅子赟押着王仲甲,提前逃到了武威县。

解放军挺进河西走廊,傅子赟准备西逃。于9月5日在武威西郊河滩枪杀了王仲甲。王仲甲牺牲时年仅四十二岁。国民党驻新疆部队司令官陶峙岳和包尔汉起义,傅子赟走投无路,被解放军俘虏,押回兰州审讯。

1951年镇压反革命运动中,傅子赟被判处死刑,立即执行。王仲甲女儿王玉秀听到傅子赟被判处死刑的消息,向组织申请,要求把处死傅子赟的任务交给她来执行。组织上批准了她的要求。执行枪决这一天,这个年仅二十多岁的年轻女子,满怀仇恨,端起步枪,一枪击毙傅子赟,为父亲和丈夫报了仇。

梁恭乡乡长傅建廷、叛徒杨龙祥等都被镇压。

牙含章进入临夏后，被陕甘宁边区政府任命为临夏分区行政督察专员公署专员兼民族事务委员会主任。1950年调任中共甘肃省委统战部副部长，不久中央选调他为班禅行辕助理代表，护送班禅大师进藏。历经四个多月，翻越唐古拉山到拉萨，先后任西藏工委委员、秘书长、研究室主任等职。他深入研究西藏历史，完成《达赖喇嘛传》，用大量的事实阐明了历代达赖喇嘛与历代班禅的关系问题，证明西藏是祖国不可分割的一部分。

1958年离藏到京，先后任中国科学院民族研究所副所长、内蒙古大学副校长、内蒙古研究所主任、中国科学院民族研究所所长等职。他一生著述颇丰，是我国著名的社会学家、民族学家。完成了民族《简史》《简志》《陇右地下斗争》《达赖喇嘛传》《班禅额尔德尼传》《中国无神论史》等。1989年因脑出血病逝北京，享年七十三岁。

肖焕章于民国三十六年（1947）密往西安军官纵队找张子丰，因地下党无活动经费，肖焕章找他筹集。张子丰同妻子商定，为了党的事业，将其半生积蓄折合黄金十五两的法币，全部交给肖焕章，使地下活动得以顺利开展。这年后季，正值张子丰在军官纵队准备办理退役，党组织决定让张子丰去拉卜楞保安司令部。张子丰接受安排，于10月10日到任，受到黄正清热情接待，并让他担任副司令。黄正清出于爱国热情，在党的民族政策感召下，开始靠拢共产党。次年3月，陇右工委决定解放拉卜楞，为西进青海创造条件，派常秋英专程向张子丰传达指示。张子丰利用黄正清对国民政府的不满情绪，谈论时局动态，分析形势，晓以大义，黄正清决定待机起义。1949年，王震兵团西进天水。8月

王仲甲纪念碑

22日临夏解放。黄正清派张子丰、黄立中（副长官）、俄项（寺院喇嘛）为代表，前去临夏会见王震司令员，表明坚决起义的态度。王震即派牙含章和团长刘光奇率部前往拉卜楞，受到夏河各界僧俗数万人欢迎。起义后，张子丰任东藏自治运动联合委员会秘书长兼工委秘书、监察厅监察员。

解放后，甘肃省委书记孙作宾亲批："用张子丰同志的钱如数归还。"张子丰说："只要有了党的事业，我们夙愿已偿，要钱何用？"

1958年2月至1959年9月，张子丰先下放到河西走廊锻炼，后调盐锅峡工程局任福利办公室主任、农场场长，刘家峡工程局医院大夫，省政协专职委员，省人民政府参事室参事。1985年7月至1986年12月，张子丰参加石家庄老年函授医科大学并结业，擅长中医针灸按摩。

1949年8月，陇右人民游击队成立，肖焕章任副司令，领导游击队开展武装斗争，参加了解放渭源、会川、临洮、康乐等县的战斗。全国解放后，肖焕章任康乐县县长并代理县委书记，兼任人民解放军洮西军分区独立团政治委员。1950年，任甘肃军区警备第五团团长、军区司令部科长。1954年，任兰州市兵役局局长，后任兰州军分区副司令员、平凉军分区副司令员。1979年5月10日，肖焕章因病在兰州逝世，终年六十四岁。

任谦于1948年经平东工委书记张可夫和葛曼介绍，加入中国共产党。同年5月下旬，甘肃工委高绥夫被捕叛变，供出任谦是"甘肃地下武装负责人"。省主席郭寄峤电令任谦到兰受训，想趁机抓捕，被任谦识破，托病未去。郭寄峤一计不成，遂令特务头子王富国和叛徒高绥夫赴平凉，6月8日，国民党八十二师参谋长突然率领营防部队包围了平凉专员公署，突然袭击，搜捕任谦。任谦外甥、甘肃省第二行政督察区专员兼保安司令周祥初，一面与八十二师参谋长巧妙周旋，一面派通信兵朱养鳌向任谦同志暗通消息，任谦才化装隐蔽。至6月12日，形势稍有缓和，周祥初即派任谦同志的副官、地下党员胡汉三暗送任谦出城，由地下党在预定地点接应送往边区。任谦同志到达延安后，协助杨明轩同志进行了重建民盟西北总支部的工作，并担任了民盟西北总支部工商部部长。

1949年8月，任谦随人民解放军西进大军返回甘肃。兰州获得解放，任谦同志担任了兰州市军管会副主任。其后，他又受彭德怀同志的委派前往岷县，协助周祥初率所部七千余人成功地举行了起义。与此同时，他还为争取蒋云台、王治歧、鲁大昌等原国民党将领的起义做出了重要的贡献。中华人民共和国成立后，先后任兰州市军事管制委员会副主任，西北军政委员会民政部副部长，西北行政委员会委员、民政局局长，陕西省民政厅厅长，陕西省副省长，甘肃省副省长，民盟甘肃省委员会副主委，甘肃省政协常委，陕西省第四、第五届政协副主席、党组成员。是第一、第二届全国人大代表，第一、第五、第六届全国政协委员。1985年逝世，享年七十九岁。

史鼎新，甘南农民起义失败后，表面上在家中浇园种菜，吟诗作文，阳示消极，私下却与民主政团其他成员及王仲甲等人保持着密切的联系。1946年西北民主政团改建为中国民主同盟甘肃省支部，担任了支部委员。1947年经葛曼、王新潮介绍加入了中国共产党，在临洮下沟以开店为名，为地下党经营了一个联络站。同时以中将参议的公开身份，协助配合陈致中、牙含章、毛得功等进行地下斗争。临洮解放前夕，多次给国民党临洮县县长张祥生做工作，促使张祥生将仓库、档案全部封存，完整无缺地交还了人民。协助陇右游击队在会川一带，策动周嘉彬部三个连起义。

1949年9月，史鼎新同志奉召到兰州，先后担任了民盟甘肃省支部临时工作委员会委员、民盟甘肃省第一届支部委员会委员、省人民政府委员、省商业厅副厅长、甘肃省工商业联合会筹备处主任委员、民建兰州市分会筹备委员会召集人等职务。于1954年逝世，终年六十三岁。

程海寰，离开陇南后转赴上海从事民主运动。得知起义被胡宗南部残酷镇压后，悲痛欲绝，失声痛哭，发誓重整旗鼓，东山再起，为牺牲的同志报仇。1943年春，程海寰随岷县专署专员胡公冕去延安参观访问，目睹了边区欣欣向荣的景象，在延安考察期间，程海寰一行受到了毛泽东、叶剑英、李富春等的热情接见，目睹了边区欣欣向荣的景象，使程海寰深受教育，倍感鼓舞，进一步坚定了跟共产党走，为中华民族的独立、解放事业奋斗的信心与决心。

从延安返程到兰州后，程海寰便加入了中国民主政团同盟（后改为中国民主同盟），走上了为中华民族英勇献身的光辉道路。抗日战争胜利后，为制止国民党发动内战，程海寰前往西安，参与成立了"社会前进同盟"，公开提出"社会民主化，经济社会化""反独裁、反内战、反饥饿"的政治主张。

1946年6月，国民党撕毁停战协议，向解放区大举进攻，血腥镇压民主党派，公开杀害李公朴、闻一多。为避免更大损失，组织决定让程海寰转移到香港躲避。1947年冬，程海寰化名张效剑抵达兰州，以工校历史教员为掩护，秘密从事革命活动。由于行踪被国民党特务侦知，程海寰离开兰州，到达西安。1948年春，程海寰在西安秘密联络胡宗南部进步军官严子夏、王友仁等人，准备起义。为确保起义成功，6月，程海寰携罗全璧（民盟盟员）秘密到达延安。西北局书记习仲勋热情接待了程海寰一行，向他介绍了全国解放战争的大好形势，并希望程海寰按照既定方针积极努力，争取早日发动起义，配合西北野战军的战略反攻。

从延安返回后，程海寰决定加快起义步伐，他匆匆赶往天水，成立了"西北前进同盟策动委员会"，并担任书记。辽沈、淮海、平津三大战役胜利结束后，为迎接即将到来的胜利，西策会决定分别在天水、西安同时发动起义。1949年3月，"西策会"在陕西省凤翔县召开会议，决定新一旅、新二旅等部队在兴平、武功一带起义。决定部队起义后开往文、武、成、康等县，切断胡宗南部退路，配合中国人民解放军第一野战军，全歼国民党在西北的武装力量。

起义即将爆发之际，凤翔会议记录不慎落入敌特之手。胡宗南突袭，程海寰等数十人在西安被捕入狱。1949年5月中旬，解放军第一野战军兵临西安，胡宗南在仓皇撤退之际，以"受命共匪，直承不讳"的罪名将程海寰、严子夏等十三人杀害于西安玉祥门外。时年四十一岁。

程海寰在狱中英勇不屈，痛斥敌人的暴政，写下了《绝命诗》三首，其中《无题》一首写道："事败身当死，偷生殊可羞。自甘随玉碎，不作绕指柔。"慷慨悲壮，正气凛然。

刘余生被任命为中共陇南特委和陇南游击队司令员，带领一支武装部队离开陕甘宁边区南下，开辟甘、陕、川交界区的敌后根据地。这支队伍在六盘山、陇山等地多次与敌交战，终因力量悬殊，受到严重损失。在平凉、泾源交界的老龙潭战斗中，刘余生因腿部受伤，与部队失去了联系，后经庄浪、通渭返回临洮，在东乡冯家沟冯生祥家养伤。

1947年，中共甘肃工委派牙含章、高健君到陇右搞建党工作，冯生祥、冯生旺的家成了牙含章等人的第一个据点。在他返回陕甘宁边区途经平凉时，他又介绍正在任谦家中隐蔽的甘南农民起义军骨干毛得功加入了中国共产党。1947年12月，刘余生被派往中共甘肃工作委员会任秘书长。1949年8月，甘肃工委成员随解放军西进，刘余生被任命为岷县专署专员、专署党组书记。1950年夏，岷县专署撤销，刘余生调任武威专署专员，1953年又调任省民政厅副厅长、党组副书记，1956年起兼任甘肃省移民委员会主任。1978年，任省民政厅副厅长并担任省政协常委。1982年6月11日在兰州逝世，终年七十七岁。

刘余生和刘鸣二人，才华横溢，激愤挥墨，留下了上百首诗词。如刘余生入狱之初，听到民军起义，写下的七律二首，慷慨激昂，其中一首写道：

乍传平地起风涛，三陇健儿齐带刀。
绝世功名哪有种，残民豺虎岂能逃。
冲天怒发山河动，耀日戈挥神鬼号。
壮志雄心吞北斗，从来事业属英豪。

刘鸣于1938年抗战时写的《男儿不乐封侯事》，声节悲壮，催人泪下：

十年磨剑竟气高，国仇未报恨难消。
男儿不乐封侯事，志在乘风斩海鳌。

钱平从临洮到兰州后，化名王平，当上了保四团的班长。他了解到保四团三营负责守卫大片军事仓库，便让华振邦将自己平调到监护营。监护营的营长叫朱亮，是华振邦的换帖兄弟。经过一段时间的工作，钱平将朱亮和各连连长、排长十几个人都发展成了党员。他们联手将军事仓库中的物资偷送给陇右工委，被敌人发觉，朱亮带领部队投奔陇右工委领导的武装游击队，不幸被捕。钱平随同解放军第一兵团司令员兼政委王震，和陇右工委的负责同志，到夏河县参加了藏军起义仪式，宣布甘南藏区正式解放。

甘南、临洮解放后，中国人民解放军第一兵团第一军、第二军奉命进军青海，第一军留驻青海，第二军经青海继续进军新疆。因为解放前青海没有地下党组织，解放后缺少地方干部，一兵团王震司令员指示一军在临洮组织一个西宁工作团，以解决西宁解放后的地方干部问题。经工委研究决定，派西宁籍的老红军钱平负责组建西宁工作团。1949年9月5日，西宁解放。钱平随军回到家乡，他被西宁市军事管制委员会任命为西宁市副市长，投入了紧张的城市接管工作。后担任西宁市政协主席，于1989年10月23日逝世，享年七十四岁。

地下共产党员王新潮，1947年重新加入中国共产党。同年，兰州特务机关接到北平特务组织的案情通报，于10月10日凌晨即对王新潮进行了第二次缉捕。因王新潮机智转移，未遭逮捕。此时王新潮接到甘工委指示，立即离开兰州返回延安。但当时西北军政长官公署已下了"漏匪王新潮，务缉究办"的通缉令，在兰州通往榆中、秦安、天水等地的主要路口悬赏通缉。王新潮只得昼伏夜行，翻山越岭，沿

甘南农民起义纪念碑

路乞讨，于民国三十七年春天回到了延安。兰州解放后王新潮历任兰州市公安局第一副局长，甘肃省司法厅副厅长、党组副书记，民盟甘肃省委副主任，政协甘肃省第一、第二、第四届委员会常务委员等职。

我外太爷马殿选好友禹兆南在兰州下沟开设旅店。1947年1月，罗扬实在兰州官升巷十四号主持召开会议，成立了中共兰州地区支部，并任书记，陆善亭、杨春霖分别负责组织和宣传工作。同年2月，地下党员马永祥来到兰州，将禹兆南旅店作为兰州地下党组织和中共甘肃工委的联络点。以后不知所终。

1949年8月16日，临洮和平解放。1949年7月，中央西北局决定设立临夏分区行政督察专员公署，临洮、洮沙二县属临夏分区。我外太爷马殿选担任临洮县城区街道支部书记。1950年5月撤销洮沙县，成立了临洮市和临夏市，都归临夏地区。我外太爷马殿选担任临洮市群众互助戒烟所所长、临洮县教养院院长，1958年、1959年两年中，我外太奶郭玉兰和我外太爷马殿选相继谢世。临终前，我外太爷马殿选对我奶奶马云英说："我们都是共产党员，经过地下斗争的磨炼，觉悟要更高。你

写回忆录的晚年王效忠

还年轻,要为党好好工作,永远跟党走。"

145 魏发科的讲述

我外太爷过世五十八年后的一个春天,我父亲朱小勤专程看望年秩九十五的副地级离休干部魏发科老先生。他和我外太爷是同时期的地下党员,魏老曾任陇右工委临洮城区直属支部副书记,我外太爷任城区街道支部书记。当年平东工委联络员吴有奎来临洮开展地下工作时,魏发科是熙宁镇公所的户籍干事。一度脱职在家搞小手工业,因为他是临洮工业学校毕业,学过化工。他秘密入党,担任了一百天国民党的镇长,解放后担任过镇党委书记、临洮市市长、定西市文化、教育、卫生局局长、科委主任等职,最后在临洮县政协主席任上离休。晚年的魏发科子女承欢膝下,他享受着天伦之乐,儿孙之福,过着平静而幸福的生活。

魏老精神矍铄,思维稳健,谈笑风生。他对我父亲说:"你妈云英我认识,解放后我见过两次。你外爷我熟得很。"我父亲说:"我妈已经走了。"魏老说:"走了,啥时间?"我父亲说三年前,魏老缓缓地点头说:"你还有个舅舅马仲霖,在铁路宝鸡四中队工作。"我父亲说:"他也走了。"魏老停顿了一下说:"我跟你外爷马殿选是患难之交,不是一般的朋友。你的外爷,临洮人都知道。城里说起马大哥、马大嫂,无人不晓,他与人为善,落了个好人的名声。你外爷是洪帮首领,老百姓有困难,跑去找,他都能解决。甘南民变骨干多的是帮会分子,旧军队连排长多是帮会成员。这个帮会解放后自动消失了,也没被列成反动组织。"

魏发科

我外太爷解放后积极参加了支援前线，支援解放兰州，解放青海，解放新疆的工作。魏老对我父亲说："解放后你外爷担任了临洮市群众互助戒烟所所长。当时社会上吸大烟的人多得很，很普遍，就像现在人们抽纸烟一样，见面装烟。吸烟人各有各的烟盘，如同我们喝茶，各用各的茶杯。你外爷也吸大烟，我们成立临洮市群众互助戒烟所的时候，送去戒烟的要员很多，都是上流人物，有钱人、老太爷，集中起来，进行严格训练。规定每人一天磨多少粮食，罚做苦工。所以大家非常惊慌。在这种情况下组织研究，只有把马殿选先生请出来当所长，才是安定人心的办法，大家一听老马去，就安心了，戒烟效果很好，放了戒烟证。"魏老拿出他收藏的一张照片给我父亲看，照片拍摄于1951年10月，题款是"临洮市群众互助戒烟所第一期烟民出所摄影纪念"，我外太爷就坐在前排。这是我看到的第二张我外太爷的照片。魏老对我父亲说，戒烟任务完成后。在戒烟所的基础上成立了教养院，这个地方在城里，现在广播局那儿，你外爷是院长，应算创始人。教养院其实就是我们现在说的养老院、福利院。

魏老特别说到，写你外爷一定要把他组织工匠修浮桥的事写上，临洮解放时8月16日，兰州是8月26日，相差十天。马家军把桥烧了，你外爷威望高，他出面动员工匠修浮桥，出了大力。临洮和平解放，没有动一枪一刀，其中他起了作用。1949年5月，工委跟临洮自卫队大队长岳铁曾达成协议，在共产党军队没来之前他维持秩序。岳铁曾是讲武堂学生，信守诺言，不放一枪一弹。到了16日这一天，临洮成了真空，国民党工作人员从八点到九点全部离开办公室，很有秩序。退出后何世英授意成立了治安委员会，你外爷也是委员。解放第二天，陇右地下党成立临时县委，牙含章当了临时县委书记。陈治中是陇右工委书记。1950年10月，第二野战军第十八军一部进驻西藏，西藏军区委托杨干丞先生在临洮购买一批牲口，雇一批人，招一批工匠，组织驼骡队进藏，后勤办事处就设在你外爷的脚骡店（客栈）里，你外爷到处奔走宣传，帮助征集了二百工匠、二百匹骡马，这在当时是一件大事情。我父亲问："我外爷的车马店大吗?"魏老说:"大得很嘛,你想拴二百匹驼骡,院子不大,拴得下吗!"

我父亲朱小勤问:"您说跟我外爷怎么个患难之交?"魏老说:"我跟你外爷是通过参议杨干丞相识的,他消息多、为人广,跟杨干丞熟,是朋友。杨干丞双十二事变的时候,担任杨虎城部的警卫团团长,后任杨虎城的保安大队长,镇守华池,和共产党结成联盟。中华人民共和国成立后任甘肃省政协主席。我抗战之前在兰州,抗战之后才到临洮。我是临洮工业学校毕业,专门学化工。在兰州化工厂实习,它是股份有限公司,兰州唯一的化工厂,第一车间搞军用擦枪油,供应地方战区。杨干丞是省参议,又是这个工厂副经理。他的兄弟杨国治和我是同事,他是地下党,兰州西区工委书记兼河西工委书记,专门管大学支部。1949年7月被活埋了。你外爷到兰州,跟杨干丞在一起,我跟杨干丞弟弟来往,彼此就认识了,成了无话不谈的朋友。"

魏老喝口茶说:"我跟你外爷的交情,跟你说件事,你就知道了。这件事我只对你说,连你母亲都不知道。1952年临洮反霸的时候,屠安良被杀了,

临洮市群众互助戒烟所第一期烟民出所纪念

全县震动，方圆震动，影响很大，对你外爷震动也很大，他产生了惧怕心理。那时好多党员过不了关，你外爷虽然是地下党，可他名气大，洪帮首领嘛，因此压力就大。我们无话不谈，观点相投。他找我时脸色不对，说，屠安良打过了，谁谁谁押下了。我凶险得很，跟你说老实话，我棺材准备好了，匕首也准备好了，我要自杀呢。我说你千万不能这么干，谁也没给你提过意见，我们保护你。我当时找了县委书记张建业和县长杨怀祖。张建业是西进干部，老资格，习仲勋当地委书记时，他是延安瓦窑堡市的书记。张建业亲自做你外爷的思想工作，到地委汇报说，马殿选为党做了那么多工作，保护了那么多同志，轮到我们，难道保护不了一个马殿选吗？地委和县委书记共同做保证，才打消了你外爷的顾虑，放弃了自杀的念头。"魏老说："你外爷与人为善，虽然是洪帮头子，但老百姓都说他好。他善始善终，历次运动中没有吃亏，受冲击，没有受到一点委屈，结局好得很。"

我父亲朱小勤还跟魏发科合了影。

我拿着他们的合影端详，新洗的照片泛着亮光，清晰透彻，色彩鲜艳、明快。照片上的他们笑得灿烂，好像刚刚出征获胜的战士，又似浓妆谢幕的主持人。我又拿起了我父亲翻拍的五十六年前我外太爷跟魏发科等人的合影，老照片泛黄，多处破损。但笑容依旧灿烂。

夜深人静，我想起了我奶奶马云英说过的一件事，我外太爷曾说她在"满月抓"中抓了一个秤砣，大家都说她将来要当个公正廉明的判官呢。我奶奶马云英不信，曾暗自好笑，可是未曾料到，二十多年后，她担任了兰州市委、市政府信访室主任，这个职务虽不是法官，却让她扮演了十年的法官角色，平反昭雪了历次政治运动中的冤假错案。

而最令人难以置信的是，她冒着生命危险，顶着巨大压力，调查被树立为全国全军英雄模范的中共九大代表刘学保。当时这个人的事迹家喻户晓，写进了小学课本，出了画册、书籍，各大报刊做过长篇报道。我奶奶马云英一介弱女子，竟然将那个红得发紫的典型从神坛上拉了下来，推翻了轰动全国的"反革命分子李世白炸桥及英雄刘学保护桥案"

案件，还原了刘学保欺世盗名的本来面目，洗刷了李世白的旷世奇冤，惊动了中国的最高层领导。

我奶奶是一位文弱的女子，出生在洪帮头子家庭。十五岁秘密参加地下党组织，成了隐蔽战线上一名坚强的战士。十七岁担任支部书记，二十岁成了少数民族地区第一位妇联主席。四十岁面对惊天大案，婉约的她发出了不屈的声音，纠正了已被肯定的定案。五十岁揭开了蒙蔽国人十八年的弥天大谎，将一个家喻户晓的"英雄"从神坛上拉下，还原了杀人犯的本来面目。

我奶奶说："我们党是勇于正视历史、勇于纠正错误的党。一个人、一个党，谁都不能保证永远不犯错误，犯了错误勇于正视和改正，就不失为英明，就会得到人民的景仰，何况在这刘学保案件中，中央是受了一些人的蒙蔽。"

我奶奶说："一个伟大的、光明磊落的政党，不应该成为少数领导干部个人错误的保护伞。毛主席说得好：'中国人也好，外国人也好，死人也好，活人也好，对的就是对的，不对的就是不对的，不然就叫作迷信。要破除迷信。不论古代的也好，现代的也好，正确的就信，不正确的就不信，不仅不信而且还要批评，这才是正确的态度。'"（毛泽东《关于中华人民共和国宪法草案》。《毛选》五卷131页）

在我的心目中，我奶奶是羞涩的女人，却被民间称为女青天。

在我的心目中，我奶奶是柔美的花朵，却被男人们称为刚韧的包公。

在我的心目中，我奶奶是一个普通的女干部，却有一副侠骨义胆，被人称为奇女子。

在我上大学，在美国工作期间，我始终想不清楚我奶奶一个女人，为何赢得了女青天、包公、奇女子这样的称号，不明白我奶奶哪来这么大的勇气。直到有一天我在美国奇遇了瘦老头刘世通，见证了玉圭的力量。我才突然明白，我奶奶血管里流淌着我外太爷的血，流淌着我外太爷的雄耿，流淌着我外太爷善良的基因。

跋

应该是 2014 年的夏天,我一步步、慢慢地、小心翼翼地走近他们,走进他们中间。这一年从夏天到秋天,一有时间,我就翻阅马云英留下的资料,有录音、有笔记、有讲稿,有她写的文章,还有日记体的工作记录。这些珍贵的资料共有两箱子,布满了灰尘。

我拂去尘埃,从泛黄的扉页开始,一页页、一本本,仔细地阅读。

看着那认真、仔细、娟秀的字迹,从字里行间,我看见了一个如花少女的心声,她的青春吐露的清芬香气,她的快乐和忧伤,她的暗自垂泪,她的失声痛哭以及午夜惊梦。那些资料记录了她从少女到老年的心路历程,记录了那个特殊年代一个女儿眼中的父亲,也记录了他们经历的凄风苦雨和苦难结伴而行的一切。由于众所周知的原因,她对父亲、洪帮首领马殿选的描述总是躲躲闪闪,悄悄地藏在文字中间,好似埋在文字的海洋里,却依然发着微弱的光亮。

历史的书页,落满了一层厚厚的尘埃,即便是那些古纸堆和亲历者,因为所处的立场和角度不同,说出的事情与实际总有出入,甚至大相径庭。除却尘埃的办法,除了大量阅读公开发表的文章外的捷径是得到目睹者锁在箱子里,不愿意在世时公布于众的记录、日记或者回忆文章,它们更接近历史真相。我中学时读过的一本书《安妮的日记》,写的是德籍犹太少女安妮·弗兰克"二战"遇难前两年藏身密室时的生活和情感的记载。她在日记中记录了藏匿且充满恐怖的二十五个月的密室生活，目击了德军占领下的人民苦难生活。战争结束，安妮的父亲奥托·弗兰克决定完成女儿的夙愿，将日记出版问世。在我看来，这是反映"二战"最真实的作品。

虽然从细节、情感、完整性等方面，马云英留下的资料无法跟安妮·弗兰克相提并论，但抽丝剥茧，和大量公开出版的史料相比照，我看见了她的文章中间闪烁的真实的火花，我从她笔下看到了马殿选由帮会头目转变成地下共产党，从"狼娃"嬗变成"好人"的传奇历程。我沿着当年他们走过的那条艰辛而坎坷的道路，循迹寻踪，不间断地去跟远去的年代对话。无论是岳麓山、白石山、紫松山、莲花山、马衔山、贵清山，还是九色香巴拉、金色冶力关、绿色大草滩、黄香沟、三河流域，以及那些古城、古堡、古寨，甚至于不为人知的寺院庙宇、山场歌会，我看到了他们的灵魂，听到了他们的故事，还有流淌的歌声。

我一点点地走进他们的灵魂，他们也一次次走进我的梦乡，用温厚的手掌抚摸我书写的笔头，描述最真实的场景。比如，我在梦中看到了哭泣的刘氏兄弟、哀婉的马云英姐弟，我还遇到的一件有趣而奇巧的事，当我写肋巴佛出水磨川时，思维突然枯竭了，无法继续。我就搁笔睡着了，谁知书中的人物却走进了我的梦，那般的清晰和鲜活。梦醒后，我奋笔疾书，流畅地完成了那一段。第二天朋友黄清彦、靳杰邀我到莲花山，喝酒时说宾馆锅炉房有一本景生明著的《甘南民变史略》，我迫不及待地让他们取书，无心喝酒，连夜看完了那本书。奇异的是，书中的场景和我的梦境竟然吻合在一起。后来张海明、王思阳、马彩霞、康乐县景古红色政权纪念馆提供的照片，也证明了这些。

我喜欢台北歌手五月天的一首歌名："有些事现在不做，一辈子都不会做了。"事情确实如此。比如，2015年11月18日，我到新添铺上街村六社采访何其敏，在他家里待了一天，年逾九十的何其敏躺在床上，头脑清醒，还给我背了一首程海寰的诗："事败身当死，偷生殊可羞。自甘随玉碎，不作绕指柔。"可是咫尺之间，他却已是天涯之远。而那时我第二稿还没有修改完成。这一段时间我没日没夜地伏案，就是不想让这样的事再发生。

我肆无忌惮地使用了公开出版的史料，参考了有关回忆录和素材，采访了尚在人世间的亲历者，掬几朵他们情感的浪花，来纪念七十年前的亡灵。需要说明和感谢的是，凡我参考和运用的文章，我都在文中注明了作品和作者的姓名，不另列书单。

写作是疲惫的，写一部长篇，相当于把自己的灵魂在火炉上烤了一遍。我可爱的主人公们，我与你们相处得太久了，我需要暂时离开你们一会儿，给自己放个假，休息一下，但不管我离开你们多久，我爱你们，包括你们的灵魂。

感谢为此书创作给予大力支持帮助的甘肃华源文化产业集团和兰州交通大学何亚军老师。感谢柳栋先生为本书题写书名。

2016年3月12日第二稿
2016年9月16日第三稿
2017年3月2日第四稿
王维胜